大宋女医官

张爱萍 著

一代大宋女医官，千年民间赵公主。悬壶济世以民为天，心怀家国不折不挠。精忠报国岳飞父子壮志未酬同赴难，杏林高义严家父女妙手回春共驱魔。

中国文史出版社

目录

第一章　高宗皇帝有病难言　佛佑公主下落成谜

一弯眉月，挂在公元 1131 年的夜空，叫宋月。

月亮弯弯照九州，几家欢乐几家愁。几家夫妻同罗帐，几家飘零在外头。

民谣声里，百姓苦难。铁骑奔突，山河暗淡。靖康耻未雪，壮怀谁激烈。皇船未靠岸，奸贼摇橹还。同来临安府，再唱宋宫怨。

公元 1131 年，还有个新年号，叫绍兴元年。

这一年，大宋的国土只剩下江山半壁了。这半壁江山，一样需要个坐龙椅的。如今这龙椅上峨冠博带的男人叫赵构。赵构是大宋朝徽宗皇帝赵佶的第九个儿子，钦宗皇帝赵桓的弟弟。"靖康之变"，让徽钦两位大宋皇帝进了金人牢笼。强权入侵带来的灾难，让岳飞等忠良割袍誓愿，也让几多人的怨恨化成一川江水，不尽向东流。而身为康王的赵构，一面在战乱中慌忙地穿上顶替父兄职位的皇袍，一面东跑西藏担心像父兄一样被逮进牢笼。从开封到南京到苏州，一路奔窜，一直跑到钱塘江边上的绍兴城。绍兴，当时叫越州。江南一隅，会稽山麓，大禹治水的地方，绝色女子西施的故里。只见得山色青绿，鉴湖潋滟。更听得越语温婉，居民亲和。赵构在这里暂停之后，左耳听听，右耳听听，感觉追杀声真的有点远了，才敢真正勒马停步，长吁浊气。

找个地方让一行人安顿下来，用江南的软水洗洗身子，赶紧吃顿饱的，喝口好的。吃好喝好，打个饱嗝，再回房睡吧。

叮咚一声，又惊醒了，跳起来慌忙穿衣。宫娥趴在地上说："皇上，是奴婢打了个盹，手里的醒锤掉在了地上。"赵构说了一声："蠢货，杖！"王保把失职的侍女宫娥拉出去。换班的宫娥进来，握住醒锤，瞪大了双眼。赵构便又睡下了。

重新入睡前的赵构一定呢喃几声："锦被暖，锦衣软，温柔乡是帝王家，不用在月黑风高中逃命了，回家了，真好。"

过年了，大月初一。新年到，新年好，帝王臣子与百姓，一样盼着新年新气象，盼望着今岁更比去年强。看眼前，雪未至，雨将停，江南烟幕天，好像一道垂天大帘，独独地把眼前天地包裹起来，唯见一片江南的安详平静，把北国的肃杀与惨烈挡开了，让人的身体里面，涌起一股相违已久的美好与幸福，涓水流淌，带着暖意，疏通了四经八脉一百零八个穴位。便吐出一口闷气，让身体里的生机汩汩地冒出来。

皇帝赵构，突然扬起手，说话了，说是要传旨。

太监王保连忙把东西备好，恭请皇上到案桌前。

赵构从王保手里接过九紫羊毫，在玉轴绫锦上挥动，一口气写下四个大字，"绍祚中兴"。

王保说："皇上把字写活了。"

赵构说："人活了，字才能活，冬去春来，一切都要还元。"

王保说："皇上宏才大志，是大宋的福分，是天下万民的福分。"

赵构说："马上替朕传旨，改建炎为绍兴。"

王保应："是，皇上。"

很快，王保颁旨的声音传达宋国朝野。

"绍奕世之宏休，兴百年之丕绪。爰因正岁，肇易嘉名，发涣号于治朝，霈鸿恩于寰宇，其建炎五年，改为绍兴元年。"

绍兴府临时寝殿中，穿枝花鸟图案的锦帘挑挂着，沉香炉里似有若无一抹淡烟。案几上，堆着各类奏本。赵构坐案前，朱笔圈点，把各本批阅了一遍。

王保进来，手里端着紫檀漆金托盘，托盘里一只白玉带盖碗。

王保："皇上，贵妃娘娘给您熬了碗紫米粥，差人刚送到，说是一早用文火慢煨到现在，加了点肉桂和山药，皇上您就趁热喝点吧。"

赵构："鹿茸肉桂杜仲山药，朕哪一天不是被这些东西泡着，有用吗？"

王保："皇上，您说过，春天来了，万物就能还元，到时候，您的病也就好了。"

赵构："说什么药到病除，说什么妙手回春，还称什么宫廷御医，一个个都是庸才，统统是没用的东西！"

王保："皇上，如今这江南地界，素称人杰地灵，一定有不少岐黄高人，秦知事说了，一定留心替皇上查访。"

赵构："这位秦知事，对朝廷倒是忠心耿耿，他要是能替朕找到名医高手，治好朕的病，朕一定提拔他。"

王保："皇上吉人天相，一定会有高人相助。"

赵构："那就找吧，把所谓的方士名医统统给朕找来！"

王保："皇上，奴才还想，治皇上的病，除了医家开在帖子上的，说不定更需要另外一味药，有了好药，病就好得快了。"

赵构："还有什么好药？"

王保："皇上，奴才给皇上新物色了几位女子，是绍兴杭州两地的官家女子，人长得好，心性也好，今晚就唤来服侍皇上吧。"

赵构："这就是你给朕找来的好药？"

王保："皇上，试试吧。"

赵构："那你先试一试？"

王保一听，连忙跪下。

王保："皇上，您可以作贱奴才，可您对您自己的身体一定不能丢失信心，您年轻，原本好好的，只不过受了一些惊吓，一定能好回来，很快就好了。"

赵构："那好吧，把人给朕叫来。"

两个年轻女子，都是婀娜的体态，薄衫轻履，足尖点地，欢颜却又敛眉，一步步上来，朝圣案前瞧一眼，马上伏身跪地，莺声燕语叩请圣安。赵构扫了一眼，眉头略展了展，示意两女子上前。

女子显然已经得到了开引婆的教导，懂得了男人女人的事情了，也就知道如何一点点地去触碰，去撩动。那一个，从一杯酒开始。酒是烫成八分热的女儿红，从银壶的龙头小嘴中袅娜吐着白雾。这白雾又一点点上升，弥散开来，让真切的宫室有了几分虚幻的缥缈。把酒倒进青玉杯里，只见酒色橙黄清亮，再捧起来，送进男人的手里。接过来，看一看，微微点了下头，饮了。穿肠过肚，好一个馥郁芬芳。再倒一杯，再饮了。还要。也就靠在了男人的身后，慢慢宽解男人的衣带。轻触肌肤的刹那，觉得扎手。可不是一个寻常男人的结实，是龙躯龙鳞吗？忽然间心底增添了害怕。但是心里明白，这个男人不会因为谁害怕，就让谁轻易地走开。你来的时候可以是一片云，你走的时候肯定不再是一片云。努力控制了指尖的抖动，轻轻地按一按，再把切好穴位，开始细心地摩动。

另一个，踩起了莲花碎步，蛇一样扭转腰身，挥拂衣袖，挟云带月，跳起了春风吹拂杨柳的舞蹈。一面，启动江南女子莺莺燕燕的软嗓，唱一曲偎君采莲的越地情歌。一个绕气的长音明显颤抖了，抖得厉害，连忙提前收声。

男人能感觉到小女子心底的颤动，却说："这样，很好。"

君王说很好，也就没有比这个很好更好的了。胆子大了一些，女子身体里真正的柔情蜜意也就出来了。万千情意，化作指尖柔。一催，二醒，三迎，四

3

合，春光分分秒秒在流淌。

受异族刀枪戕害的身体渐渐柔软过来，接着慢慢地醇香了，深厚了，有了暖烘烘的力量，要往外顶，往外冒。

锦帘垂下来，炉子捅旺了，任他北国冰雪，朕此时正江南春光。

赵构一左一右拥着两个玉人，宽衣解带，细语呢喃，一起上了龙榻。

王保在门外听着声音，舒眉笑了，却又放下脸来教训宫娥和小太监。

王保说："你们听好了，一个个竖起耳朵，瞪大眼睛，这屋里需要什么，赶紧送进去，知道了吗？"

众人回复："王公公，小的们知道了。"

王保："知道就好，要是耽误，小心你们的脑袋！"

王保说完，不由得暗自笑一笑，跟自己说："老奴的这味药，说不定奏效了。"

旁室。吴贵妃的黑发松散着，拥了被子坐在床头。在她的面前，摊放着两件小女孩的棉衣，两件棉衣的胸前都绣着蝴蝶，一只只好看的彩蝶，有飞着，也有停落在花枝头。吴贵妃细长的手指慢慢伸上前，轻轻抚摸着小衣服，抚摸着衣服上的蝴蝶。

宫娥上前过了好一会，才敢说："娘娘，您又在想小公主了。"

吴贵妃说："我的瑷瑷，不知道她在哪里，不知道她过得好不好，北方天冷地冻的，她的棉衣还在这里呢，不知道她身上穿的是什么，从嬉呀，你说，她能熬过这寒冬吗？"

从嬉："娘娘，佛佑公主吉人天相，一定活得好好的，娘娘母女一定会重聚团圆。"

吴贵妃："瑷瑷离开娘亲四年了，这四年来，本宫没有哪一天不在思念她，这思儿念女的苦，不为人父母，是体会不到的。"

从嬉："娘娘，等岳将军杀光敌人，收回故土，就能接太上皇和公主他们回来了。"

吴贵妃："是啊，本宫也在日夜盼望，盼望复国，盼望亲人归来，更盼望皇上虎虎生威，御驾亲征，只是，这心事也只能跟你说说了，跟皇上不敢说呀，国家的大事已经够让皇上操心了，怎么能让他再顾念别的，而且皇上他，他的身体又不好。"

从嬉："娘娘，您就放心吧，就算皇上龙体暂时欠安，王公公他们一定会有办法的，皇上一定会很快好起来的。"

吴贵妃："神母菩萨呀，多多保佑吧，保佑我的夫君我的女儿，还有大宋的万民百姓。"

另室。炉里的炭火埋没在灰里了，小宫娥拿小铲拨了拨，炭火又红旺了起来。潘婕妤坐着，对着桌上的镜子，在自己的眉间一下一下地描着。

宫娥上前，说："娘娘，已经二更了，您怎么还不盥洗？"

潘婕妤看着镜子里的自己，先皱了皱眉，却又展眉笑起来，直笑得春风荡漾、桃花盛开，一面说："木婉，我好看吗？"

木婉说："娘娘可好看了，娘娘是大宋朝顶尖的美人。"

潘婕妤："可不是嘛，当初，潘家有女初长成，都说是洛阳城里最娇艳的牡丹，虽然生在小户人家，可是名动京师呀，长成后凭品貌被选进了康王府，还给康王生下他唯一的儿子雱儿，康王建相州元帅府，让我和雱儿跟随去了相州，躲过了金人的刀尖，康王登基，我就成了皇帝的婕妤，雱儿也被立为太子，真真叫三生有幸，可是，我的幸运又在哪里？我的雱儿又去了哪里呀？"

木婉："娘娘，元懿太子一定被天父天母照顾着，您不要太伤心了。"

潘婕妤说："木婉呀，这些年你守在我身边，我的事情你都知道，雱儿走了，皇上把扬州的事故也迁怒于我，我被视作灾星，从此以后，我就独守冷清吧。"

木婉："娘娘，您就不要想得太多了，皇上他一定还会来的。"

潘婕妤却哭了起来，一边说："雱儿，我的儿呀，你走了，你的父皇也不来了，留下娘亲一个人，日日泪干，夜夜肠断，娘亲好苦呀！"

木婉说："娘娘呀，皇上一定记挂着娘娘，皇上对娘娘一往情深，等娘娘身体好些，奴婢给娘娘梳洗，娘娘要漂漂亮亮见皇上。"

潘婕妤没有再接木婉的话，手里拿着把梳子，自顾轻轻地敲打起桌面，一面唱起来。

你是一枝花，嫁进帝王家。原来想，傍了大树，从此荣华。哪料到，篱墙破，群狼喧哗，拎着小命抛了家，从此天涯。再见不到京城片瓦，梦不得爹娘白发。不如邻居女，命差，嫁个放牛娃。植豆种瓜，携手在乡下，朝暮有他。

木婉说："娘娘，您要保重自己的身体呀。"

潘婕妤说："木婉，我困了，端水来，我要盥洗。"

木婉说："好的，娘娘。"

木婉端着水盆进来。这时候一声女子的惨叫声传进屋来。木婉一惊，手里的盆子掉在地上，水泼了一地。木婉赶紧跪下，慌张地擦地。

木婉："可别吓着您了，娘娘，都是我不好。"

潘婕妤的身子抖索着，却说："不怕，我们什么都没听见。"

一声声惨叫，在午夜关闭的殿门里传出来。

殿门外，原本已经陷入睡意的守夜太监宫娥全都惊醒了，一时弄不清这声音从哪里传来，也不知道是什么声音，木然地相互看看。

紧接着，一声更凄惨的声音传来了。分明是有人受了攻击，发出了几近毙命时的号叫。听出来了，是从殿里传来的，那里可是，可是皇上居住的地方。皇上他，他是和两位年轻女子在一起的，难道是……

太监宫娥想到了什么，一时间吓得抱紧了自己的脑袋。

王保及时出现，却也脸色沉重。众人见到他，赶紧叫一声公公，都闪躲在了他身后。殿门里继续传出女子凄厉的叫声，没错，确实是受到攻击时的惊叫。

王保上前敲门，叫了几声皇上、皇上。门里没有回应，也就一用力把门推开了。王保走进门内。也有好奇的太监宫娥朝里面张望。有懂事的呼喝了一声，都低下头去，病鸭瘟鸡一样呆立一边。

寝殿里，影影绰绰的灯光下，只见赵构披散着头发，手里拿着一柄剑，剑身上一抹红，是血！有血珠从剑尖掉下来。一个女子，同样披散着头发，缩在一边的角落里，浑身颤抖。再看地上，躺着一个女子，全身赤裸，身下一片血泊。

王保匍匐在地，朝赵构叫："皇上，皇上呀……"

赵构不看王保，继续举着剑追赶角落里的女子。女子慌忙地跑，一面跑，一面再次发出惊叫声。

王保磕头，再说："皇上，您保重，您保重哇！"

赵构停下来，用剑指着王保，说："一边去，挡在这里，先把你给砍了！"

王保只得喏喏起身，低头退去一旁。

女子继续跑，却在跑动时脚下绊到了什么，一个趔趄，一下子被赵构追上。举剑向前，一剑刺去。女子中剑，发出凄绝的尖叫。拔出剑来，血随着剑身飞溅而来。女人倒地，又被补了一剑。

两个年纪轻轻的女子，霎时间成了地上两具艳尸。

目睹赵构杀人的王保，浑身发抖，连同手里的拂尘，一起抖得厉害。

赵构看一眼王保，目光里满是不屑，说："朕也是从乱尸堆里爬滚出来的，杀几个人算什么，叫人来，拖出去。"

王保连忙开了门，对着外面说："来人。"

小太监们进来，把尸体抬走。

赵构对着王保说："你不是要给朕找药吗？这两味药，不行，再找。"

王保无力地轻呼一声："皇上……"

赵构说："苏杭女子万万千，找几味好的，给朕送来！"

王保说："是，皇上。"

吴贵妃还是坐在床上，手里紧紧捏着小棉衣。从嬉进来，一脸紧张的神色。

从嬉："娘娘，听外面的太监宫娥说，皇上杀人了，一下子杀了两个，都是才选入宫的秀女！"

吴贵妃的目光凝定，到底还是叹出口气，幽幽地说："皇上他，他真的病了。"

从嬉："说是皇上还让王公公继续找人送进宫，娘娘，您快想想办法吧。"

吴贵妃："本宫去跟太后说说。"

吴贵妃一早梳洗，穿过金水台和之字回廊，只见回廊两旁的几树红梅已经开了，却没心赏看。地上露水成冰，有些滑，也顾不上了，走得有点急，脚下一个趔趄。从嬉连忙在一边搀扶着，一遍遍提醒小心。

隆裕太后已经坐在便殿中了，穿戴整齐，还披件银灰色狐狸毛的大氅，要出门的样子。殿里倒旺旺地生着炭火，让人感觉温暖不少。

吴贵妃拜见过太后，想要说什么，太后抬手止住了。

太后说："蠡采，哀家明白你想说什么，哀家昨晚就听说了。"

吴贵妃："太后，您快想想办法吧。"

太后叹气："哀家明白，既然知道了事情，怎么也得上前去说一说吧，可是哀家有顾忌呀。你们都知道，哀家虽然身居太后之位，但并不是皇上的生母。皇上敬重哀家，那是皇上的仁义孝道，皇上要是不顾念哀家，哀家也无话可说呀。而且，还有苗刘那一闹，逼着哀家主事。现今虽然事情过去了，皇上也真心体谅哀家，可哀家却不能不自责，所以，哀家不能再不知深浅，多言多语。所以哀家想，还是去一趟云门寺吧，求求佛祖。"

吴贵妃也就点点头，说："太后的心思，臣妾明白。这样也好，希望佛祖能保佑皇上早日康复，全民早日平安，只是天冷，太后出门不合适吧？"

太后："大冷天出门，佛祖才会感动于哀家的心诚。"

吴贵妃："真是难为太后了，臣妾陪随太后辇后。"

太后："不必了，你也尽日病病歪歪的，回宫歇着吧。哀家快去快回，你们不要担心，还有，哀家已经嘱咐秦知事，让他早日寻到名医，守护龙体。"

吴贵妃："多谢太后费心。"

朝堂上，赵构正襟高坐，头戴通天冠，身穿履袍，一张脸整齐周正，脸上神色威严，但是隐隐间却透出沉郁，好像遮不去眉间的阴雨雾霾。

堂下两侧，文武对列。文官身着曲领大袖的朝袍，有青有绿有朱紫。腰间都束了革带，带上各式纹饰，有鸟兽，有花鸟。左右宰相张浚、范宗尹居首，身为礼部参知政事的秦桧，只是委身夹杂在人群末位。武将中，有回朝请命的韩世忠等人。不见岳飞，岳飞父子应该正在外面的疆场上征战。

张浚上报："岳将军带领岳家军，继常州四捷，又讨伐逆贼李成得胜。如今已将江淮平定，如今皇上与我等臣民所处的江南之地，也就平安了。"

赵构听着，脸上终于露出喜色，大声说："岳武穆再打胜仗，好！"

范宗尹上奏："岳将军可说是当今战功第一，还请皇上加赏，好让他更加努力杀敌。"

赵构说："朕要封岳将军为神武右军副统制，授他亲卫大夫，建州观察使，让他留守洪州，再拒盗贼。"

众臣："皇上英明。"

赵构："如今江南平定，民心顺一，朕想好了，把都城定在杭州，改杭州为临安府，临安，临时安身。朕与你们众臣一样，身在江南，心系江北，只盼望着大宋山河早日恢复，朕还盼望，朕的君父皇兄能早日还朝啊。"

赵构说着，泪下潸然。

众臣："大宋必将一统，皇上保重龙体！"

赵构也就拭了眼泪，继续说："朕看礼部秦桧秦知事是位人才，就着他带领人马，马上着手建造殿堂庙宇，待建成之后迁都。"

秦桧上前跪地领命："谢皇上，臣秦桧尽忠大宋，尽忠皇上，听凭皇上的吩咐，一定全力以赴。"

赵构："等你把事情办好，朕还有封赏。"

秦桧："多谢皇上。"

韩世忠看一眼秦桧，脸上表现出不屑的神色，鼻子里哼了一声。秦桧也看了看他，目光里既有得意与骜傲，也有求和的意思。而韩世忠不顾秦桧求和的目光，还是一步上前，向皇上请奏。

韩世忠："皇上，你要重用秦知事，还望慎重。要知道秦知事在金营里多年，自称是杀了看守逃了出来，千辛万苦回来。可为什么别人都逃不出来，只有他能逃出来？就算是逃出来，为什么还不是他一个人逃了出来，连同他的家人都一起逃出来了？依微臣看，这里面说不定有着不可告人的秘密。"

秦桧："皇上圣明，韩将军说臣下归来带着不可告人的秘密，臣下自己竟然不知道是什么秘密，请皇上明察。还请皇上让韩将军说个明白，也好让臣下当着皇上和众位同人的面，让大家都看一看，臣下这胸中所怀的是不是一颗大大的忠君之心。"

范宗尹："皇上，对秦知事，臣下也有担心，请皇上明察。"

赵构："秦知事是前朝状元公，先是伏阙上书，忠烈可表，再是辅弼前朝，才能可见。虽然蒙难金营，但是一直心怀大宋，想方设法回归，来不及喘气将息，马上赶来为朝廷效力，朕相信他，朕不会看错人。"

秦桧："皇上英明，臣秦桧叩谢知遇隆恩。"

吴贵妃宫室，太监喊一声皇上驾到，吴贵妃和众宫娥连忙迎驾。

赵构走近吴贵妃跟前，握起吴贵妃的手，左右看看她的脸颊，说："爱妃，你有心事，又瘦了。"

吴贵妃说："皇上，臣妾还好，望皇上多担心自己，不要过分操劳。"

赵构放下吴贵妃的手，走进内室，走近床前，看见了床上的小衣服，拿起来，仔细地看了看。

赵构："这是瑷瑷的衣物吧？"

吴贵妃："从嬉一时粗心放在这里，从嬉，快拿走。"

从嬉："是，娘娘。"

赵构："爱妃，你想我们的小公主，朕何尝不想，毕竟是我们的亲骨肉呀。"

吴贵妃："皇上，是臣妾的不是，又惹你伤感了。"

赵构："爱妃，朕还是要把瑷瑷的事跟你说了吧，希望你与朕一起挺住。其实，太后早就私下跟朕说了，太后亲眼看着瑷瑷遇难而去了。"

吴贵妃："不不，瑷瑷她，她一定不会有事！"

赵构："爱妃，你听朕说，当年车马北去时，太后和瑷瑷同乘在一辆马车上，马在道上受惊，带车翻下悬崖，太后从昏迷中醒来后，看见了一旁的瑷瑷，想救起她，却发现瑷瑷已经罹难。后来的事你也听说了，太后自己九死一生逃出命来，千方百计找到了我们，而朕和你的爱女，回不来了。"

吴贵妃哭着说："皇上呀，我们的爱女，我们的小瑷瑷，她不会有事的，她一定会回来找爹娘的，瑷瑷，娘亲想你呀……"

赵构同样拭泪，一边吩咐宫娥："照顾好娘娘。"

宫娥："是。"

案几上铺着素绢，王保在一旁磨墨，赵构卷了袖子，提笔一口气写下去，一幅行草跃现。只见用笔洒脱，四面出锋，有米书气息，字体圆满外张，长撇大竖，得黄书神韵。

只见上书："高山流水意无穷，三尺空弦膝上桐。默默此时谁会得，坐凭江阁看飞鸿。"

王保说:"好,皇上的字,皇上的诗句,真是好。"

赵构说:"朕也是人,也日日有思儿想女的心痛。替朕想想吧,佛佑没了,旉儿又没了,但朕是帝王,不能把儿女情长挂在脸上,而藏在心底的愁痛,也只能靠这笔墨来宣泄一回了。"

王保说:"皇上,奴才斗胆跟皇上说,皇上要保重龙体,皇子和公主都会有的。"

赵构:"那朕问你,你还有没有给朕找到好药?"

王保说:"奴才正派人查访,一定能找到皇上可心的。"

赵构:"朕这心里烦闷得慌,带几个来排解排解。"

王保:"是,皇上。"

入夜,又有几个娇艳的女子被送到了赵构的寝殿外,在王保的带领下,被一一送进深殿。

午夜,殿里又传出一声声惨叫。

照例,几具年轻女子的尸体,被人从殿门里抬出来。

赵构坐在御阅台前,穿了身软衣,戴了个小幞,低头批阅奏本。王保站在一旁,朝皇上的脸上悄悄瞄去,只见那脸色越发阴郁了。小太监送上茶点,王保接了送上去。赵构让放在一边,也就放下了。过了一会,眼看着茶点快凉了,想提醒皇上用茶点,启了启嘴唇,到底没敢说出来。

小太监悄悄在门口叫唤:"公公。"

王保走到小太监跟前,问他什么事情。小太监说是秦知事来了,想见皇上,希望王公公禀报。

王保重新回到赵构跟前,提一提嗓子,说:"皇上,秦知事在殿门外等候,有事向皇上禀报。"

赵构:"他有什么事?建宫殿的事吗?传他进来吧。"

王保:"是。"

王保走到殿外,跟秦桧说:"皇上请秦知事入殿。"

秦桧:"谢谢公公。"

秦桧来到御阅台前,跪下禀报:"皇上,臣下给皇上叩安。"

赵构:"起来吧,说,有什么事要向朕禀报。"

秦桧:"臣下恭喜皇上,贺喜皇上。"

赵构:"什么喜事?岳将军在前方又传来捷报了吗?"

秦桧:"回皇上,倒不是岳将军的捷报,而是微臣给皇上找到一位难得的好大夫了。"

赵构："就算是好大夫，也不见得出手就能把朕的病除了，是位什么样的好大夫，先说给朕听听。"

秦桧："皇上，臣下查访到的名医叫王继先，山阴人氏，祖辈世代为医，当地人称他为黑虎丹。说是不管多严重的病，只要吃了王继先的丹药，十个病人九个康复。"

赵构："那要是朕不是十个中的九个，而是十个中的一个呢？"

秦桧："人家说了，那一个不是王大夫治不好，而是压根没病，不用治。"

赵构听了，不由展开龙眉哈哈一笑，说："没病也给瞧出来了？有意思，那么还不赶紧请王大夫过来给朕瞧瞧。"

秦桧："王大夫已经在殿门外等候了。"

赵构："好，朕就喜欢你这样，说到做到，事事处处为朕着想。"

秦桧："谢皇上夸奖。"

赵构对着王保："还不快请王大夫进来。"

王保传话，外面一男人敛首入殿。看这人，也就是名医王继先，看上去一副身板文弱而瘦小，穿着青衣戴着顶小帽，年届不惑的模样，手里拎着药包，小心翼翼地走着。一面走时，偷偷朝身边的巨楹高阶扫去一眼。很快进了殿中，看前面，只见案后坐着身体高大的男人，这男人的脸上，隐隐间透出青白色。明白那高座上坐着的一定是皇上，不敢细见，连忙伏身跪拜。赵构让王继先起身，问了几句话，也就籍贯医随之类，一面说让王继先上前诊断，说是诊好治好了，一定封赏他，要是诊治不好，就让他吃杖。

王继先听了赵构的话，说不定心里想，就算帝王，一样患恙不是，一样需要大夫不是。不再像先前般鼠缩，抬起了头，也没同弱医那样说不敢不敢推托的话，只说："皇上龙体正是盛旺时候，只是偶患小恙，一定能够治愈。"

赵构一听着，一时龙颜舒展，吩咐宫娥赐座。一面在王保的服侍下，安坐龙榻，让王继先上前把脉诊断。

王继先也就坐下来，看脸观色，把脉搏，好好地诊了一回。诊完，赵构急不可待的样子，问王继先诊出了什么，怎么样。

王继先有点为难的样子，看了周边一眼。赵构会意，让众人先退出去。

王继先说："皇上伤在肾，以致宗筋失养。"

赵构一听，动了心结，眉宇有些舒展开来，赶紧问："病因病状，请再解。"

王继先："依草民的诊断，皇上曾因惊恐伤肾，导致气血亏损，宗筋失养而弛缓，而后因温补太过而伤阴，因肝气抑郁而失于顺达，阴精竭于内，外不能施化，故器痿而不举。"

赵构："你这个民医，倒真有两下子，那么朕问你，朕的病，真能治愈吗？"

王继先："草民说过，皇上洪福，年岁盛旺，龙体矫健，哪会有治不好的病？"

赵构大喜："好，很好！既然你说治得好，那朕就指望你了！"

王继先："皇上一定很快雄风再现。"

赵构："待你治好了朕的病，朕会让你在宫中为医，还给你加官晋爵。"

王继先："多谢皇上。"

秦桧家的书房里，摆着宽大的书柜，柜中满满地摆放着各色书籍。此外，还堆放着各种各样的字画文玩古物。这些都是人家送来的，送礼的人肯定都是官场高人，懂得探风度势，更懂得附炎。早早看懂了秦桧他巧言的才干，善辩的才思，缜密的心思，还有一个人在朝堂上如鱼得水的策略和计谋，所以，也就有人断定，一个小小的秦知事，只要再翻身跃上一跃，或许就是一品二品的相公了，那么，离一个人的飞黄腾达也就不远了。字画文玩算得了什么，到时候，一句话，甚至半句话，就顶得上汗牛充栋的黄白之物。

而在秦桧的眼里，眼前这些能掂出分量的东西又算得了什么，实在是入不了眼角，不屑让人一顾。但他需要这些，因为只有这些物件堆积起来，是有分量的，有了这些东西的分量，说不定才能体现一个人的分量。所以，东西堆得越高，自然分量越重。古往今来的贪欲，或许都因此使然，秦桧也不例外。而秦桧，他还急于展现自己不一般的分量。怎么个样子，才叫分量呢？或许是，动一动手指，就能君臣侧目；顿一顿脚，就能让朝野倾覆吧。这，才是一个成功男人的分量吧？所以目前，他要度形、积势、谋划，一步步来实施计划。

有看懂秦桧的人，早早就说过："桧阴险如崖阱，深阻竟叵测。"

此时，王继先来到秦桧的书房，给秦桧叩安，垂手旁待。

秦桧朝王继先轻扫了一眼，说："都瞧好了？"

王继先说："瞧好了。"

秦桧说："都瞧准了？"

王继先说："瞧准了。"

秦桧说："都明白了？"

王继先说："明白，皇上是皇上，我王继先不过是一介草民，我会全力效命。"

秦桧："错了，你不明白，你需要明白的是，他赵构不过是你的一个病人，而你，则是主导生杀大权的大夫。"

王继先说："大人，此话怎么讲？草民不懂，请大人明示！"

秦桧说:"你应该懂,是本大人向皇上举荐了你,本大人怎么没向皇上举荐别人,而是举荐你?这其一的原因,肯定是你的医术高明,治病救人的本事大;其二,不瞒你说,当年本大人蒙难金营,而且曾和你的亲友被关押在一处,是他向本大人提及你。"

王继先:"大人,你见过我的家人,我的哥哥?"

秦桧:"没错,韩州知府王立先。"

王继先:"我哥哥本来可以学医继承家业,可他却喜欢当官。好不容易混到个正四品,也算是光宗耀祖了,成了我王家的头面人,更是我王继先的主心骨。没想到,金人来了,他偏偏还不肯逃命,跟随宗泽将军去保卫东京,结果老将军死了,东京沦陷了,他也被俘去了金营。大人,我哥哥目前怎么样了?他还好吗?"

秦桧:"听着,王继先王大夫,只要你听从本大人的,照本大人的意思办事,你的哥哥就能性命无虞,衣食无忧,生活得好好的,否则,随时可能人头落地。"

王继先:"大人,你,你和金人有联系?"

秦桧:"王大夫,你最懂望闻问切,这望,除了观察人的气色,还要看底下的脸色,是不是?问呢,要问该问的,至于不该问的,就别问了。"

王继先叹口气,点了点头:"大人,草民懂了,草民保证,只要我的哥哥安好,一切,遵照大人的意思办事。"

秦桧:"不错,算个机灵的人,那么本大人答应你,只要你照本大人的意思办好了事情,本大人不仅可以保你哥哥平安返宋,还保你封官晋爵,一世荣耀。"

王继先:"多谢大人!"

秦桧:"那么本大人问你,能不能开出一种药,让皇上宝器挺举,甚至大举,但是有器而不成为宗筋,懂了吗?"

王继先:"草民懂大人的意思,是让皇上能行事,但是不能留嗣。"

秦桧:"不愧是名医大夫,一点就通,这样的药,有吗?"

王继先:"有,灵仙脾。"

秦桧:"很好。"

绍兴二年,秦桧奏报,临安城里的皇宫修好了。赵构用了王继先的药,身体大好,脸上男人的精神气色雄现,又有宫殿修筑完毕,真是喜事连连。当下下旨迁都,一时间,从绍兴通往临安城的官道上,只见黄罗踏路,皂盖纷随,步辇车马,隆踏有声,宫人家仆,衣飞带扬,绵延十数里。

新修的宫城禁苑南凭凤凰山,北依万松岭,城门三座,有丽正门、和宁门、东华门。宫殿依照开封旧都的模样，有金銮殿、垂拱殿、选德殿、福宁殿、勤政殿、复古殿等等，还有堂有楼有阁有池山。一眼望去，只见宫宇巍峨林立，重殿光华夺目。

新居新容颜，历劫得安宁。赵构心里高兴，传秦桧来到垂拱殿里。

此时，在帝王赵构的心里，一定是实实在在感激秦桧的，要不是他找到了王继先，要没有王继先治好了他的病，那他这个皇帝，连个男人也不是。一个失了雄色的人，哪里还有振国保家的心思？杀人，杀一个个年轻漂亮的女人，只有变态的人才干得出来。现在好了，能够夜夜笙歌，长战不休了。

赵构却没有说表彰的话，只问了秦桧一句："秦知事，你看范丞相怎么样？"

秦桧没有立即回答，先笑了一笑，慢慢地说："皇上，微臣斗胆评价，范丞相他，他什么都好。"

赵构问："是吗？还有呢？"

秦桧说："只是有一点不太好。"

赵构问："哪一点？"

秦桧说："无人臣礼，竟然说崇宁、大观以来，皇上滥赏。"

赵构再问："张浚张丞相呢？"

秦桧说："张丞相也很好，只是行伍出身，辖理军营，那是我朝第一人，至于辅朝理政，很可能就是粗有余，细不足了。"

赵构说："朕知道了。"

很快范宗尹被罢免宰相职位，张浚也被派出管理军事。朝廷中宰相的职位，可以说是空着。只是赵构也没急着提拔谁任宰相，似乎想等着韩世忠、岳飞等护国大将回朝商议。秦桧看来等不及了，跟王继先说，他有安国定邦的策略，要是让他做上宰相，他就说出来。秦桧要王继先把他的话悄悄传给皇上。王继先趁着给皇上治病的机会果然说了。赵构本来就想重用秦桧，有了王继先说情，又能得到安国定邦的计策，心里也就不再七上八下了，有了定夺。不久，赵构下旨，封秦桧为丞相。

赵构急着问秦桧："丞相，你有什么样的好计谋能够定国安邦？"

秦桧开始故作神秘不肯说，直到赵构催了几回，才说："要想国家长治久安，只有一条，北人归北，南人归南。"

赵构明白秦桧的意思，也就是让北方归金国统治，赵构只管长江以南。赵构在金人追赶下逃亡数年，想到金人就怕，心里想着只要安耽一点，归北就归北，只要还有个南边立足。但是韩世忠、岳飞他们知道秦桧的话后，公开讨伐秦桧，说秦桧主张卖国投降，是汉奸。

赵构还想依赖韩世忠、岳飞保平安呢，也就不敢苟同秦桧的意思，只说："朕也是北方人，朕是不是也不能待在杭州，需要归北？"

秦桧却说："皇上，国家大事有臣下替您操劳，您还需要更好去配合王大夫治疗，让娘娘早日诞下皇子公主，让赵氏宗脉后继有人，才能让臣民看到中兴的希望。"

赵构听后，竟然说："丞相说得有理，丞相确实是在为朕操心呐。"

从此，福宁殿门中，不断变换着女人。

只是，没有看到哪一个女人的肚子隆起来。

王保传话："皇上有旨，宫中的贵妃、贤妃、德妃、淑妃、昭仪、婕妤、美人、才人，哪一位娘娘先诞下皇子，马上立皇子为太子，册封太子生母为皇后。"

后来王保还在口头补充皇上的旨意，说是就算诞下公主，只要是至亲骨肉，也可以考虑把皇位传给公主，公主的生母，一样是皇后。

日子一天天过去，还是，没有一点动静。

荐桥街板儿巷严家，一幢白墙黑瓦前开门的房屋，屋楣上两个大字，严宅。严家在杭州城里也是橘井杏林，有名的岐黄世家。当家坐堂的主男被人称呼严之慎，膝下有一子一女，儿子叫严枳实，女儿叫严茯苓，都是以中药为名。严枳实十二岁了，已经过了黄口之年。严茯苓小名叫苓儿，也快十岁，再过二三年就是金钗豆蔻的少女了。

苓儿忽然跑来，拉着严之慎的手，跟爹爹说："爹，我要去找瑗瑗玩。"

瑗瑗是隔壁邓家的女儿，和茯苓年纪相仿。这邓家的主男叫邓元亮，宣和、靖康年间做过江西县令，建炎年间为拒击金军贼寇起过兵，后来归于岳家军帐下。如今家小都迁居到杭州城里，就住严之慎家隔壁。严家给邓家人看病治疗，邓家人也请严家人喝酒聊天。一来二去，严之慎与邓元亮闲坐，一位大夫，一个位儒将，谈古论今，针砭时局，都觉得对方话语投机，也就觉得相见恨晚，很快成了掏心相见的好朋友。两家的孩子，严家一儿一女，邓家也是一儿一女，都是男长女幼，自然一样成为了好朋友。平日里，孩子们有空就聚在一起，哥哥姐姐弟弟妹妹地叫，很欢快。

严之慎跟苓儿说："去吧，让哥哥和你一起过去。"

苓儿一听了，返身来到院子里找到哥哥严枳实，让哥哥一起去邓家。严枳实提着杆枪在练习枪法，听到妹妹要他陪着去邓家，也就停了下来，却依旧一手提着枪，另一只手拉了苓儿，一起跑出门去。

到了邓家，见了大人问个好，听说邓家兄妹在后院，也不肯停下来多说什么，直接就去后院找人。看到了哥哥邓自明也在练枪，正在后院给妹妹瑷瑷示范长枪。

这兄妹两个，兄长是张马脸，妹妹是张鸭蛋脸，兄妹两个长得倒是不相像。两个人的胸口都挂着个玉佩，哥哥是兽头，妹妹是凤凰鸟。

这时，邓自明见了严家兄妹，停下手脚，却说："这把枪是我爹爹照着岳将军长枪的样子做的，爹爹还教了我不少招式，我教给你们，大家一起来学习吧。"

严枳实一听，马上提起手中枪，跟着邓自明练开。苓儿和瑷瑷，显然对使枪舞棍不感兴趣，跑到一边去背儿歌，只听到"苁蓉楮实茴巴枸，远志草蒲味枣丸"。原来背的是草药汤头歌，看来两个小姑娘不愧身近杏林，对这医药情有独钟。

这时候，院子里突然蹿出了一只老鼠和一只猫。猫追，老鼠逃。而老鼠逃到了瑷瑷和苓儿的身边，猫追来，朝老鼠扑，却眼见着要扑到苓儿身上。女孩儿见状，失声尖叫。

一旁的哥哥严枳实听到叫声，眼疾手快，举起手中尖枪，一把朝猫身刺去。立马只见尖枪捅过猫身，让一只家猫穿肠破肚了。虽然说，怕猫伤到妹妹，只是严枳实这一手，下得也太狠了吧。

邓家兄妹连同严枳实的亲妹妹苓儿一起看着他，全都愣愣的。而在众人惊诧的目光里，严枳实没说什么，关切地看看妹妹苓儿，再领着她，告别邓家兄妹，提着手里带血的枪走了。

荐桥街上还住着一户姓赵的人家，算是皇家后裔，叫赵子彦。只是赵子彦这一脉是太祖的后人，当年太祖把龙座让给了太宗，继承到高宗这一朝，都是太宗的子嗣，太祖一脉相对遭遇冷落。所以赵子彦虽然世袭职为官，也只是个御前护卫，三品的官职。

赵子彦忽然要举办家宴，宴请要客。这要客，可是当朝炙要，就算赵子彦亲自登门，也不见得能把人请来。但是赵子彦既然要请客，肯定有请客的办法，见他给派遣出去请客的下人一件东西，说是登了门，务必见到贵客本人，把宴请的意思说明了，人家要是推托，就把东西拿出来，交给他。

下人接了东西，问去哪家门上。

说是去当朝宰相秦桧家，请的就是宰相大人。

秦桧在闲暇时候，除了和门客相公们谈谈聊天，很少出入喧哗的场合，更不要说接受宴请。更多时候，他一个人在书房里独处，看看书，偶尔提笔，以书画自娱。在他的手上，有一条手绢，是时常伴随的。不过是一条素绢，上面绣了一枝红梅，两瓣兰花。

说是赵子彦的家人，秦桧肯定头也不回，只让下人打发了。下人却说来的人不肯回去，要亲眼见到相爷，有东西要亲手给相爷呈上。秦桧的心里肯定藏着什么，猜想是不是那边人秘密派遣过来的。那边人，那边可是什么人呀，那是得罪不起的。答应放人过来。

赵府下人进了秦桧的书房，低头弯腰，大气也不敢出，只把赵子彦托他带来的小匣子递上前。秦桧接过匣子，打开来一看，并不是金封蜡丸什么的，而是一块手绢。把手绢抖开来一看，上面绣着几枝竹叶，一朵菊花。

秦桧一下子变了脸色，问："这东西你们是哪里得来的？"

下人听了吓得发抖，说："我家老爷赵子彦，他，他说了，备了家宴请相爷相赴，相爷去了，就知道了。"

秦桧说："好，回去告诉你家老爷，本丞相赴宴。"

秦桧一顶青轿来到赵府。进了门，没见着赵子彦出来迎接，可竟然，没见到秦桧脸上出现愠怒。赵府下人上前，低头把秦桧引去，却是引向后花园。秦桧略略迟疑了一下，还是果敢一步走去，进了后花园。

才走过月亮门，就听得一声女子的轻唤："相公！"

好熟悉的声音，可周边的环境到底是陌生的，秦桧没敢轻易举动，停下脚步，扫一眼周边，再仔细看看，方才举目朝向声音传来的地方瞧去。只见假山后面，一丛夹竹桃，一位青衣蓝裙的女子，站在夹竹桃树下。

秦桧紧走几步，走到女子的跟前，定睛看了一眼，惊呼一声："姣娘！"再顾不得什么，一把攥住了女子的手。

叫姣娘的女子，再呼唤了一声："相公！"声音里，有悲有痛，有欲语还休的愁怨。

秦桧急着问："姣娘，你还在人世？这不是做梦吗？"

姣娘说："相公，贱妾没死，贱妾好好的。"

秦桧说："姣娘，你是怎么活下来的？"

姣娘说："当年贱妾为了保全相公，以身殉死，头撞石碑，人晕了过去，大家都以为贱妾死了，连金贼也把贱妾丢开了，可是贱妾没死，贱妾竟然又活过来了。"

秦桧："没事就好，没事就好，可你怎么在这里？"

姣娘说："当年贱妾倒在地上，没有人理睬，是赵将军经过，发现贱妾还没断气，救了贱妾。"姣娘说着，脸上不觉现出红晕，低了声音说："如今，如今贱妾是他的人了。"

秦桧默默点了点头，说："这样，也好。"

姣娘说："相公，还有一件事贱妾要悄悄告诉你，贱妾当年怀着身孕，相公你是知道的，贱妾跟了赵相公后，赵相公让贱妾把孩子生下来了。"

秦桧："你是说，你活下来之后生下了当年腹中的胎儿？生下了我们的孩子？"

姣娘听着，目光晃了晃，还是点了点头，说："是的，相公。"

秦桧："没想到，我还有个没见面的孩子在世间，真是太好了！"

这时，姣娘对一边喊了一声。应着声音，过来一个六七岁的男孩，怯怯地走上前，来到姣娘跟前，轻声叫了声娘。姣娘便拉着男孩，指着秦桧要他叫爹。男孩偷偷地看了一眼秦桧，小声地叫了声爹。

秦桧拉着男孩，连声说："好，好。"

姣娘说："孩子已经七岁了，跟了赵子彦姓赵，起名叫赵伯玖。"

秦桧说："好，赵伯玖，我的儿。"又问，"孩子身世的事，赵子彦知道吗？"

姣娘说："赵相公他，他知道"

秦桧说："知道，也好。"

假山后，赵子彦忽然现身，看一眼前面几个人，目光中一道阴鸷倒是一闪而过了。他故意咳嗽一声，待人惊觉，便若无其事地走到人家跟前。秦桧到底是经历世事的人，见了赵子彦，脸上的颜色马上平复，同样若无其事的样子，与赵子彦若常互喧。姣娘埋下头去。伯玖往姣娘的怀里躲。赵子彦不动声色，只说酒席都备好了，请丞相入席。

秦桧明白，这里刚刚发生的一切，肯定都是赵子彦预先的安排。而赵子彦之所以这么做，一定有他的目的。他这目的不过是钱和权吧，或者两者都要。秦桧觉得以他现在的职位和能耐，满足一个三品护卫的贪欲肯定不在话下。也就不觉得有任何尴尬，爽快地答应了。

客随主便，两个人一同走向厅室。

酒席上，赵子彦果然跟秦桧提出了要求，只是竟然不为钱也不为权，而是说，当今皇上没有子嗣，他愿意把儿子赵伯玖过继给皇上，如果过继之后被立为皇嗣，宋家皇室可就没有了无嗣之忧。

赵子彦提儿子，可没说是他赵子彦的儿子，用了有意味的语气。极智善谋的秦桧，当然不会不明白其中的内涵。

那真的该好好想想了，把赵伯玖过继给皇上？做皇子的儿子？那不就是太子？太子是谁？太子就是将来的皇上！而且，而且赵伯玖到底是谁的儿子？一下子，秦桧心里腾起异样的喜悦，仿佛灵门顿开，金光闪烁一片。只是阴稳的一张脸上却还是同先前一样，没有显露出丝毫的喜色，还慢悠着说道："皇家继嗣是大事，就算皇上有这个意思，也要经过后宫前朝的商议之后，才得以决定。"

赵子彦急急地说："丞相，您先给提个议，谋事在人，成事在天，到底成不成，只好看天意吧。"

秦桧说："当面跟帝王提议立嗣，从来都是宫廷大忌，个中原因，谁都清楚，何况还是过继立嗣，轻易可不敢说呀，真要是龙颜一怒，谁担当得起？所以不要急，想想办法吧。"

赵子彦："赵某不才，这件事全靠丞相操心了，先谢过丞相。"

秦桧说："赵将军与本丞相今日相会，算是有缘，又有共同的心愿，那么就算是同一个阵营中的友人，遇事互帮互助才是道理。"

赵子彦："丞相要是有用得着赵某的地方，开口就是。"

秦桧说："本丞相真要办几件事。"

赵子彦："丞相尽管说，在下一定照办。"

秦桧说："第一件，你赵大人既然早就知道姣娘的来路，还请你多多关照。"

赵子彦："姣娘自从来到府上，虽然自愿以身相许报答在下对她的救命之恩，可在下自从知道姣娘出自当年状元府，哪里敢慢待，就算名为侧室，但事事处处待为正室，从来没让她受过半点委屈。"

秦桧点点头："这样才好。"又说："还有一件事，需要赵大人亲自出马办理。"

赵子彦："丞相快说。"

秦桧："有个江西令叫邓元亮，虽然职位不高，但他当年起兵护驾有功，现在手里掌握有一支有实力的兵马，听说想归于岳飞帐下。日前，邓元亮在杭州安置家小，你去登门劝说，想办法把他拉拢过来。你我不只要手中有权，还要后有兵力，这样一来，才能真正与满朝的文武抗衡，在本丞相在朝堂上说话，才会更有分量。"

赵子彦："在下懂丞相的意思，收集兵马，以备后需。丞相考虑周全，在下马上去办。"

两个人说着便哈哈大笑，一边酒来肉往。

赵府酒肉之后，秦桧竟没有急着回府的意思。赵子彦一看，心里明白，当下吩咐家人，把房间好好收拾了，让丞相在赵府安寝。当然，也让姣娘收拾了，收拾容颜，收拾款致，收拾乌雨楚风，却不顾人家的心情是否得以收拾。然后，让姣娘去推门进户。

一声相公，一声姣娘，也算是回暖了七春八秋的冷风雨。

两个男人，一个为了所谓的旧情，实际的淫欲，一个为了所谓的前程，实际的算计，让一位经苦历难的女子处在当中，成为诱引，甚至成为祸水。

第二天，赵子彦脱下甲袍，穿了便装，亲自来到了板儿巷邓家门前。跟邓家通报，说是殿前三品带刀护卫赵子彦久仰邓元亮邓将军的大名，要和他商议守备与御阵的大事。

邓家和严家的几个孩子正在门前玩，见人过来，连忙把路让开。赵子彦走过孩子跟前，或许心里一时想到，要进人家门，先讨好小人与狗。所以，护卫大人竟然笑着朝几个孩子走去，一面朝几个孩子的脸上扫了一下，正好这一眼扫去，目光落在了其中一个孩子的脸上，顿时现出了惊诧之色。或许觉得这个孩子有些面熟，却一下子想不起在哪里见过，愣着想了一回，不罢休，还想。还真想了起来！

赵子彦马上在心里惊叫："这，这孩子不是康王府的小郡主吗？"一面想到，真是康王府那位小郡主，那不就是当朝公主，应该叫佛佑公主。对了，记得小郡主有个小名，叫瑗瑗。赵子彦不由朝孩子叫了一声："瑗瑗。"孩子们听到了，朝着陌生来人看一眼，其中苓儿抢先回答："你怎么知道她叫瑗瑗？"

赵子彦："瑗瑗，真的是瑗瑗？"

瑗瑗听着，把头一扬，扬得老高，满不在乎地说："是啊，我叫艾艾，艾草的艾，我姓邓，叫我邓艾艾。"

赵子彦："艾草的艾？"苓儿皱了眉头，还想再说什么。瑗瑗一把抓起她的手，说："我爹说了，不要跟陌生人多说话。"一面拉着苓儿跑了。跑进严家院子，苓儿挣开瑗瑗的手说："你明明是瑗瑗，怎么说是艾草的艾呢？"

瑗瑗说："那些带刀带枪的人不是好人，跟坏人怎么能说真话？要是让他们记住了我们的名字，不怕把我们带走吗？"

苓儿："把我们带走？带去干什么？"

瑗瑗说："带走给他们做宫女做丫鬟呀，逼你整天干活，怕不怕？"

苓儿听着紧张起来，说："怕。"

瑗瑗说："那还要不要随便跟人说真话了？"

苓儿："我知道了，再不理他们。"

秦桧家书房，家人禀报赵子彦赵将军求见。秦桧阴阴一笑，点头让人进来。赵子彦步伐急促，进书房匆匆给秦桧行个礼，回报说他已经去过邓元亮家，但是邓元亮决心归属岳家军，对丞相的热情，一点没有心动的意思。

秦桧哼哼几声，阴着脸说："一个小小的县令，乱世起兵，拥兵自重，虽然朝廷给了个督军的职位，却也不过是个草莽英雄，如今竟然有胆藐视本丞相。"

赵子彦："丞相，还有一件事，不知道当说不当说。"

秦桧："说吧。"

赵子彦："在下在邓家门前看到一个小女孩，跟当年康王府里的小郡主长得很像，简直一模一样。"

秦桧："小郡主？"

赵子彦："康王府的郡主呀，丞相！"

秦桧："你是说，是皇上的女儿？当朝公主？你断定？"

赵子彦："在下当年往康王府跑得勤，跟府中上下都熟悉，当年小郡主还追着我喊皇叔，如今几年过去，长大了不少，只是样貌并没怎么改变，认得出来。"

秦桧："那也奇怪了，要真是公主，她的生父已经是当朝皇帝，生母也是贵妃，她为什么不进宫认亲？难道是甘愿流落民间？"

赵子彦："这些，在下也想不明白，可能那女孩并不是公主，只是长得相像吧。"

秦桧："既然相像，不管到底是不是，都要提前处置，千万不能让她进宫。"

赵子彦："不让进宫？为什么？"

秦桧："虽然是个女孩，要真是公主，也是皇家骨肉，万一皇上在没有子嗣的情况下，把皇位传给女儿，也不是没有可能。宫里已经有了传说，说皇上为子嗣的事情已经焦急得乱了方寸，竟然说只要生了孩子，哪怕是公主，也可能考虑传位。"

赵子彦："那么问丞相，我们怎么办？"

秦桧："以私庇宫人的罪名，派人包围邓家，逼邓元亮交人，他要是胆敢不交，那么刚好趁此机会，把异己之人清剿灭门。"

赵子彦："丞相高明，既抓了人，又除掉一股对立的顽固势力。"

秦桧说："记住，一定要斩草除根，不留后患。"

赵子彦："在下记住了。"

秦桧："为了慎重，去慈元宫找个人问问，问公主身体上有没有什么标记，要是有，就容易辨别。"

赵子彦："丞相好主意。在下马上去办。"

慈元宫外，吴贵妃的贴身宫娥从嬉正布置太监小宫娥们打扫洗刷，有看门太监来报，说是赵护卫求见。从嬉不知道一个御前护卫怎么跑来慈元宫了，以为找吴贵妃说事，连忙迎接了。却说不找吴贵妃，只问她，说是在乡间看到一个小女孩，跟佛佑十分相像，不知道会不会是公主，再问佛佑公主身体上是不是有什么标记，好去查看。从嬉一听，有人像公主，不管是不是公主，马上高兴得不得了，不假思索地说，公主的手臂上有一块胎记，像一只蝴蝶。赵子彦听后就走了，还说不要惊动贵妃娘娘。

赵子彦走后，从嬉还是忍不住把话跟吴贵妃说了。吴贵妃一听，又是一场哭。哭完了说："从嬉，不管是不是我的瑷瑷，都要派人跟着，看见了，带进宫里来，让皇上和本宫瞧瞧。"

从嬉答应："娘娘，奴婢一定照办。"

入夜，一队官兵突然进入板儿巷，直奔入内，在邓家门前停下来，在主将的指挥下，把整个宅院围起来，围得水泄不通。只听得，一只只火把在旺烧中发生噼里噼啪的声音。只看见，一大片红光，照耀着邓家的庭院，把整个庭院照得通明。

有将领在马背上高声喊叫："洪州督军邓元亮听好了，有人举报邓家私留宫人，丞相有令，让邓元亮马上交人！"

火光人阵中，一位带头的主将，正是赵子彦。

而邓家大门紧闭着，门里没有一点动静。只是，在官兵这样包抄的阵势下，一家人除了主男邓元亮，剩下老的老，小的小。一家人就算是两胁插上双翅，只怕也是难以逃脱了。

第二章　义小蟾代僵进深宫
孤茯苓中计遇凶险

外面火光冲天，人声喧哗。而在邓家里室，邓元亮的脸上也掩盖不住焦急，他的面前坐着严之慎。邻里相知，秉烛交心，相谈甚欢，哪里想到蓦地里冒出这些人马。

邓元亮见后，心中明白，来者不善，不是虚张声势，很可能有一个扎扎实实的刀光剑影。从窗里看出去，认出领首的正是白天为秦桧做说客的赵子彦，而他知道自己刚刚拒绝了赵子彦的提议，不与秦桧同流合污。原以为，有岳飞这块过硬的盾牌，他们不会轻举妄动，没想到这帮人的胆子这么大，在这京城之中，没有圣旨，就敢出动这大批的人马。而且看气势汹汹的样子，分明是要置人于死地。

而邓元亮担扰的不是邓家满门的安危，自从起兵，也就不再担心刀光剑影，只是，邓元亮还是担心。这个心，担的竟然不是一家人，而是家中的一个人，是小女瑗瑗。而瑗瑗她不是邓家人，不是邓元亮的亲生女儿，而是养女。

外面的将士还在口口声声叫嚷，说邓家私藏宫女。是的，瑗瑗的身世以及她的到来有着秘密。难道这个精心保守多年的秘密被人窥探了？邓元亮想着这些，也就决定跟人说出这个秘密。他想危情眉急，不管如何，必须要做个交代。

跟谁交代？眼前只有好朋友严之慎。也只有跟他说了，就算他只是杭州城里一名手无缚鸡之力的郎中。

邓元亮说："严兄，外面兵马看来不只是冲着我来的，很可能冲着瑗瑗。"

严之慎："瑗瑗？你的女儿？"

邓元亮："她不是我的亲生女儿，是养女。"

严之慎："她有来路？"

邓元亮："是的。"

严之慎："她是谁？"

邓元亮："她，她不是一般人家的女儿，她就是当朝公主呀！是皇上和吴贵妃的亲生女儿，她的大名叫佛佑。"

严之慎一听，张大了嘴巴："佛佑公主？"赶紧又问："公主她，她是如何来到了府上的？"

邓元亮："当年我起兵护主，赶去汴梁京郊没能赶上两圣銮舆，只在山崖下发现一具马尸和摔烂的马车。就在马车旁边看到一个血肉模糊的小女孩，三四岁的样子，好像已经摔死了。我看着可怜，忍不住上前摸了一下小女孩的胸口，还是热的，连忙把她抱起来，让人施救，竟然把她救活了。女孩穿着宫里的衣服，肯定是有来路的。女孩醒后，开始不敢说话，在我全力的关爱下，胆子大了一些，才偷偷地跟我说，她是康王府的小郡主，小名叫瑷瑷。瑷瑷说了，不管怎么样，她都不要回到宫廷。她说金人杀来的时候，父母不在身边，她一个小孩子独自看着金兵杀人放火，那样的场面，她想也不敢再想，更不要说回宫再去经历。所以，小小年纪的她发下誓言说，生不入帝王家！就这样，公主从此远避宫廷，瑷瑷她一直留在了我们的身边。"

严之慎："赵子彦是赵氏宗亲，很可能来府上时认出了公主，所以来要人，那么邓兄，你是不是可以把公主交给他们，他们或许就把公主带到皇上身边去了。"

邓元亮："都是秦桧的人，凭秦桧的奸诈会轻易放过公主？宫里不是传言，皇上身边没有亲骨肉，就算是公主，也会考虑立嗣传位，他们会让皇上轻易传位？再说元懿太子赵旉的死，或许就是个阴谋。杀了他们不想立的人，好立他们想立的人，所以我猜想，公主落到他们手上，十有八九一个字，杀！"

严之慎："那门外这样的形势，交人很可能害了公主，可要是不交人，他们肯罢休吗？这眼下，可怎么办呢？"

邓元亮："没别的办法了，我带着我儿子邓自明去阵前，他们不肯放过我们，就动手吧，杀出一条血路。佛佑公主只能拜托你严兄了。"

严之慎："瞧门外这么一大队人马，凭你们父子两个，能冲杀出一条血路？"

邓元亮："韩将军、岳将军都在外面，还能指望谁来救急？严兄，拜托了，看管好公主，她是皇家目前唯一的骨肉，不管在宫廷还是在民间，我们都应该为她拼生死，让她活着，活得好好的，另外我一家人的死活，就不要管了。"

严之慎："别急，再想想办法。"

有人来到，是邓自明带着苓儿和瑷瑷走进房来。原来苓儿跟着父亲来到了邓家，正在和邓家兄妹玩耍。

苓儿见了瑷瑷，说是瑷瑷的发式好看，梳起了和瑷瑷一模一样的发式。两个女孩差不多年纪，长得也一样圆脸粉唇，同样的打扮，一眼看去，差不多成了同胞姐妹。

严之慎看看瑷瑷，再看看自己的女儿苓儿，忽然说："邓兄，有办法了。"

邓元亮："什么办法？"

严之慎："让苓儿去吧。"

邓元亮："让苓儿去？苓儿冒充瑷瑷？这怎么行？"

严之慎："先让他们把苓儿带去，然后我们紧跟着去要人，他们发现抓错了人，肯定放回来，就算不放回来，你我大不了去告御状要人。"

瑷瑷已经知道官兵的来意，说："他们要的是我，我去吧，爹、严伯父，你们千万不要别让苓妹妹去，不要让苓妹妹受伤害。"

严之慎："佛佑！你是公主，将来你还要负起公主的责任，那是安国治邦的大责任，不是像苓儿这样的民间小女子能够担负的，所以，你一定不能出事！"

瑷瑷："我不大了跟他们说清身份，让他们把我送回宫里去。"

严之慎："错了，奸人当道，谁知道他们是出于什么目的来找你，你要是落到他们的手里，凭他们的胆子，什么事情做不出来？凶多吉少呀！"

邓元亮给严之慎行了个大礼，说："严兄分析得有理，目前，只有这么办了。"

严之慎问苓儿："女儿，让你假冒公主跟他们走，你害怕吗？"

苓儿拉着瑷瑷的手，说："我的好姐妹是公主，能够为公主为好姐妹做事，苓儿很高兴。爹爹，苓儿不怕，让苓儿跟他们走吧。"

邓元亮："苓儿，你小小年纪，竟然这么大义？"

严之慎："好女儿，你和爹都是皇家的子民，能够为皇家做事爹高兴，女儿也高兴。"

苓儿："是的，苓儿高兴。"

瑷瑷："苓妹妹，姐姐对不起你！"

严之慎："看，外面要攻击了，没时间犹豫了，你们快把衣服互换了。"又说，"对了，公主身上可有什么标记？胎记什么的，别难为情，快说出来。"

邓自明说："妹妹手臂上有胎记，是一只蝴蝶。"

严之慎："拿笔来。"

严之慎照着瑷瑷手上的胎记，在苓儿的手臂上画了一只墨蝴蝶。

赵子彦已经让人抬来木桩，要撞开邓家大门，四围的人一个个拉满了弓，箭在弦上，一触即发。

门开了，邓元亮带着瑷瑷出来。

邓元亮："住手！你们说本将的女儿是宫里人，那你们就把她带去查验，查验不是，把她好好交还本将！"

赵子彦："查验不是，保证完璧归赵！"

赵子彦在火光下看一眼瑷瑷，只见扎着与那天所见同样的发式，连衣服也一模一样，便命令人把小女孩拉过来，拉到她的跟前，伸手撩起小女孩的衣袖，一看，手臂上一只黑蝴蝶振翅欲飞的样子，不由笑了起来，说："带走！"

手下人抛出一块黑巾，遮盖了小姑娘的半个身子，押着走了。

赵子彦的人马退去。

苓儿被他们带走了。

严家门前，严之慎的儿子严枳实正趴在窗口里观看外面的阵势，忽然看到邓元亮带出个女孩子，就把女孩子交给了官兵。他远远看清了，认出来了，那个女孩子不是瑷瑷，而是他的亲妹妹严茯苓！

严枳实大喊一声："妹妹！"就起身要往外追，却被他的母亲紧紧拉住。

母亲说："儿子啊，你不能去，外面那些人是狼虎，你惹不起的！"

严枳实说："我爹才是狼虎，他想害死我妹妹！"

官兵带着苓儿走后，很快严之慎回来了，同他一起到来的还有瑷瑷。

严之慎不理会妻儿的盛怒，只叫家里的人全过来。家里人，除了严之慎夫妻、儿子严枳实，还有制药的伙计、撮药的小徒弟和管家理院的仆妇。

严之慎对着一家人说："大家听着，从今往后，这位姑娘姓严了，是老爷我严之慎的女儿，叫严茯苓。"

严枳实大叫："严茯苓是我妹妹的名字，她是邓家人，她不是严茯苓！"

严之慎："从现在开始，她就是你的妹妹！"

严枳实继续叫："不是，她不是！"

严之慎："你爹我决定的事情，你敢顶嘴？"

严枳实："你不是我爹，你疯了，你想害死我妹妹！"

严之慎指示徒弟伙计："把这个忤逆儿子给我绑了！"

严夫人上前，厉声问："老爷，你鬼迷心窍了？把女儿交给别人，回来又要绑儿子，为什么？"

瑷瑷叫了一声："伯母。"

严夫人指着瑷瑷，骂道："我的女儿不见了，是不是因为你？你一个小姑娘，在邓家不好好待着，惹下了什么要命的事？为什么还偏偏连累我的女儿？"

严之慎喝命夫人："不要多话，赶快把家里的东西收拾一下，把马车套上，等天一亮，搬家走人。"

严夫人一听号啕大哭："这家这宅院，是严家几辈子积下的产业呀，你都不要了？搬家走人，走去哪里呀？这都是为了什么呀？"

严之慎说："不要多说，照办！"

严夫人问："还有苓儿，我的苓儿怎么办呀？"

严之慎："把你们安顿好了，我再想办法。"

严之慎不再顾及严夫人的号啕，摆出一家之主的威严，指挥家人收拾，说只能带走一点随身的东西，多余的就不要带了。严夫人见丈夫动了真格，也就顾不上哭喊了，连忙收拾起家什。这床这柜子这椅凳盆碟，哪一样都舍不得丢下。

严之慎说："舍不得丢，那你就等着把命丢了吧！"严夫人这才明白事情的严重性，连忙挑着细软的捡，捡了一包，又捡一包。一面捡时，心里对丈夫生起怨恨，怨他过够了平安日子，要去外面惹一身麻烦回来。一面不由得又怨邓家，怨瑷瑷，心里说，一定是他家惹上了事情，要严家替灾。

临走，严之慎给伙计徒弟和仆妇发了点钱，说严家待不下去了，让他们各自去另外的地方谋生。下人都说严老爷的好，厚实待人，亲如爹娘，说要是老爷惹下了什么官司，尽管去避避风头，好人好报，不要害怕，等风头过了再回来，回来时需要谁招呼一声，都依旧会回来。严之慎只有抱拳相谢。走时，严枳实拧着不肯走。只好众人一起动手，把人推上了车。

天蒙蒙亮，都准备好了，车马开步，载着严家老小出了板儿巷，行过荐桥街，消失在杭州城的晨雾清岚中了。

再说赵子彦，他包围邓家的名义说是搜查宫女，把人找到了，却没有送去宫里，而是等天一亮，直接押进了宰相府。在宰相府的厅堂里，赵子彦让人把苓儿带上来，一面挑去她身上的黑巾。

赵子彦看一看苓儿，感觉有些不对劲，赶紧上前仔细看，看清了，分明不是。连忙跟秦桧报告，说是抓错了，抓来的小姑娘并不是他先前看到的那一位。秦桧一听，气得牙痒，恨不得甩赵子彦几个耳光，责问他为什么不把人看清楚。赵子彦只得支吾说夜黑，火把不亮，看不清楚。赵子彦还说马上重新去抓。

秦桧冷冷一笑，说："晚了。"

赵子彦："怎么会晚了？"

秦桧："既然掉了包，还会等着你再去抓？"正说着，下人通报，说是宫里来人了。宫里人进来，是慈元宫的，说是贵妃娘娘听说丞相府找到了宫里人，过来问问怎么还不送去宫里。

秦桧连忙说："请公公禀告娘娘，娘娘一定是误会了，怎么会是宫里人，要是宫里的人，本丞相就是胆大包天，也不敢把人留在府里，没有，真的没有。"

宫人说："本公公都听说了，丞相府里明明带进了一个女子，怎么说没人？"

秦桧说："那不过是一个小村姑，撒泼惹了赵护卫，赵护卫说带到本府做下人，让府里人给调教调教，哪里是什么宫里人。"

宫人说："是不是村姑，没有带去宫里检验过，也就不能排除出逃宫人的嫌疑，还是把人带进宫去查实。"

秦桧："好好，公公请便。"

秦桧正想着怎么处置这错抓的女孩，把人乖乖送回去，说弄错了，这是没面子的事情，不送回去，邓家要人，也是麻烦。带去宫里，那不正好，自己算是脱手了，就算邓家来人计较起来，那也是宫里的事情，自己不过是替宫里办事。

苓儿被带进了慈元宫。走来的一路上，只见墙高门深，种种森严，虽然生长在杭州城中医世家，也不过是小户人家，看见眼前的阵势，不由吓得整个人发紧，小腿抖索，也就低了头再不敢多看，小心地踩着脚下的四合砖，一直走到布满铜钉的大门前。带领的人跟守门的人招呼了，大门打开，小姑娘被带进了深深殿。

苓儿进殿，发现殿里并没有什么人，壮着胆子看了一眼，看到一张锦榻，榻上锦缎靠枕，一边是案几香炉，炉里熏了香，有焚香的轻烟从炉里飘出来，便也闻到了幽微的香味。一时来了两三个宫娥，一旁站了，都静静地不发声，紧接着一个宫娥，搀扶着一个妇人过来。女人一身绫罗，一面走时，下摆的罗裙好看地摆动着。

这时苓儿听到有人说话，那人说："娘娘，就是她。"

苓儿明白了，这个妇人，一定是宫里的娘娘。

娘娘上前，一直走到苓儿的跟前，伸出手来，一把抓到了苓儿的手。苓儿感觉到，娘娘抓她的手很用力，苓儿几乎被她抓痛了，只是娘娘的手有些冰凉。

娘娘问："你叫瑷瑷？"

苓儿知道怎么回事，还是点了点头。娘娘来不及问清人家名字是哪个瑷字，赶紧一把抓住了孩子，怕再跑了一样，一声声地说："瑷瑷，我的瑷瑷，你可回来了，娘亲想你呀，想得好苦。"

吴贵妃低头弯下身来，要好好看一看眼前的小姑娘。她的女儿丢失多年，要是长到现在，应该就是眼前小姑娘的身高。再看小姑娘的脸，看着，一双眼睛里便泛出了泪光，不知道是不是太过惊喜了。

一声皇上驾到。赵构来了。

赵构说："爱妃，听说你找来一个孩子，朕特意过来看看。"

吴贵妃握着苓儿的手，把苓儿领到赵构的面前。

苓儿小小年纪，生长在杭州城里，也听说过皇上、娘娘的话，在心里，觉得皇上和娘娘是很有本事的人，想让人活就让人活，想让人死就让人死。苓儿没想到自己竟然会站在皇上、娘娘面前，也就不敢想皇上、娘娘会让自己死，还是让自己活。苓儿可以提早跟他们说，自己不是瑷瑷，是别人错把自己当成瑷瑷抓来了。但是在姑娘小小的心里，觉得自己多坚持一下，就能让好朋友跑得远一点。并且在心底她已经明白，她的好朋友是公主，同样是了不起的人，却又是需要保护的人。能够为公主做点什么她觉得很高兴。从小听爹爹讲英雄的故事，她早就听说，韩将军和夫人是英雄，岳将军也是英雄。她觉得，自己也是个小英雄。所以，苓儿反而不怕了，她从容地站在皇上、娘娘面前。

吴贵妃带着哭腔跟赵构说："皇上你看，我们的孩子回来了，瑷瑷回来了。"

赵构仔细看了一眼苓儿的眉眼，说："只怕是冒充的。"

吴贵妃："怎么会？不会！一定不会是冒充的！肯定是我们的瑷瑷！对了，我的小瑷瑷手臂上有标记，一只小蝴蝶。"

赵构："对啊，我们的小瑷瑷手臂上有一只扇动翅膀的蝴蝶，快瞧瞧！"

吴贵妃连忙拉着苓儿的手，轻轻地把她的衣袖往上揭，揭到一半，忍不住叹了口气，有些迟疑了。

从嬉看出了娘娘的为难，说一声："娘娘，让奴婢来。"从嬉接过苓儿的手，把她的衣袖一下子揭了上去。都看见了，手臂上一只墨蝴蝶振翅欲飞的样子呢。

吴贵妃惊叫一声："我的女儿，你回来了！"高兴得过度了，差一点虚脱过去。众宫娥连忙上前，把吴贵妃扶住了。

赵构上前，看打量一下苓儿，眉头还是皱着，看看女孩的手臂，忽然叫人拿打湿水的布巾过来。众人不知道皇上这时候要吸水巾干什么，但还是遵照意思办了。赵构拿过湿巾，在苓儿手臂上一拭。霎时间，墨蝴蝶不见了，原来长着蝴蝶的皮肤与别的地方一样白皙。

吴贵妃一看，再惊叫一声："啊——"

赵构说："好大胆的村姑，竟敢冒充公主！"苓儿也吓住了，哭着说："没有，小女没有冒充公主。"

赵构问："那你手臂上的蝴蝶斑是怎么回事？"苓儿也是聪明机灵的姑娘，惊慌中也还没有把实情说出来，只说："和小伙伴画着玩的。"

赵构说："竟敢再撒谎，拉下去，杖毙！"

吴贵妃说："皇上，她手臂上画的蝴蝶跟我们瑷瑷的一模一样，说不定她见过瑷瑷，再问问吧，先不要杀了她。"正说着，门外响起一声太后驾到。隆裕太后在太监宫娥的陪同下走进来。

太后说："哀家从佛堂回来，听说慈元宫热闹，刚好路过，进来看看。"

赵构和吴贵妃连忙请太后安坐。

太后坐下，看看赵构和吴贵妃，说："瞧你们，一张张乌鸡脸，好像见了哀家不开心。"吴贵妃便说："怎么会？"便把宫人带了一个假冒公主的事说了，一面把苓儿推到太后面前。

太后说："不怪她，怪你们不相信哀家的话，一心想着公主还在人世。可怜父母心呀，也难怪你们这么想。哀家看着这张小脸长得真不错，怪可怜的小人，别再计较她了。哀家宫里需要个提水扫院的，就让她留在哀家身边吧。"

赵构说："也好，太后想收留她，就听太后的。"

吴贵妃："孩子，还不快谢太后。"苓儿一听，从惊吓中恢复过来，连忙给太后下跪磕头。

太后问："叫什么名字？"

苓儿说："我叫艾艾，艾草的艾。"

太后说："哀家给你改个名字，以后，就叫小蟾。"

苓儿再磕头，说："多谢太后。"

再说苓儿的父亲严之慎，要说他不担心女儿的安危，那是不可能的，儿女是爹娘的心头肉，儿女要是稍有不测，在爹娘的心里，比剜心割肺还痛。严之慎也知道，女儿前去很可能是有危险的，进了秦桧的丞相府，一定是进了虎穴，要是再进一步，进入皇宫，那还不是下了龙潭。但是，救公主于危难，保存皇室的血脉，在严之慎看来，似乎更加重要。他懂得，他明白，一个寻常百姓能撑住的，很可能只是一个家。而皇室宗亲，他们能撑住的将是国家。而国家，也就是万万千千百姓的家。而目前这个国家算是支离破碎了，于是乎，更需要有人去撑，需要有号召力的人去撑。

正因为有了身如草芥、心忧国是的人，才会有赵氏孤儿的故事，程婴舍子救赵武，成就三晋赵国，鼎立一方，如今严之慎，一样舍女救公主，认公主为养女，世间有大义，春秋入典籍。只是不知道，等待他们父女的又将是什么样的遭遇和命运。

严之慎带着家人一路向西，日夜赶路，不敢停下来喘口气，只怕秦桧赵子彦的人马追上前。眼看着行出数百里地了，后面也没见到异常，才敢缓慢一些。但还是向人稀的地方走，尽量走狭路窄道。

这一天来到了一个小镇，停下来找个路人问一问，这是什么地方。路人说，这里是衣锦营下的一个小镇，叫唐昌。

只见一条小河自西向东，两排民舍沿河而筑，白墙黑瓦，错落有致。一条街巷，同样东西贯通，街上有书局、成衣铺、点心铺、当铺、铁匠铺等等。只见街面上，来往的行人谈笑轻松，见到了外人，笑脸相迎。也就觉得，地有古气，民风亦古，是个安家藏身的好去处。便找了间房子，付了租钱，把家人安顿下来。

安家之后，严夫人和严枳实肯定还是一脸的不愉快，对严之慎心生怨恨，但慑于一家之主的威严，当着他的面也不敢怎么发作。瑷瑷顶了芩儿的名，叫严茯芩，成了严家的人。她的心里有着愧疚，心里无时不念着为她别离亲人的姐妹。对严家人那是无比感激，虽然有些话不能明说，也就在平时里多干活。安家理院、提水打扫，什么活都干，跟家人抢着干。看起来，这位原姓赵名叫佛佑的女子，原本就是一介村姑民女。严之慎看在眼里，不由暗暗地想，宋室赵家有如此这般一位公主，真是难得，将来长大以后，一定是个有用的人。

严之慎把严茯芩交给家人照顾，他还有事情要办，要返回杭州城打听女儿的下落。严之慎走的时候，再三嘱咐夫人好好对待茯芩，要把她当成亲生女儿，也叮嘱儿子枳实，把茯芩当成自己的亲妹妹。

杭州城，严之慎过了清波门，只见马车川流，人头攒动，杭州城跟以往一样繁茂。在街上转了转，怕被人认出，来到旧衣店里，买了套布衣短衫换上，又买了两只油桶，改装成枭油老汉，再朝着荐桥街走。来到板儿巷，看到严家宅院，也不敢太靠近，远远地看一会，觉得没有动静，才敢前去。没有进家门，悄悄地来到邓家，却看见邓家的大门跟严家一样紧锁。

似乎觉得周围有些异常，连忙退身出来。果真有人上前盘问。跟人解释说自己是个枭油的，每个月给邓家送油，这几天没来，门关了，不见人了，不知道怎么回事。说自己的几个油钱怕是拿不到了，一面说一面叹气。还向人打听邓家人去了哪里，找过去，要找人讨油钱。盘查的人见两只污秽的油桶晃来荡去，而眼前这卖油老头还为一点油钱叨叨不停，便心生厌烦，不肯多看一眼，打发赶快走开。

严之慎又装扮成测字的先生，去丞相府前找人打听。见到一个从丞相府出来跑差的，追着说人家有凶有灾，自己有解法。说得人家将信将疑，坐下来聊天。聊着，除了凶灾的破法，几句忽悠，把丞相府的下人忽悠相信了，放松了警惕，海聊起来。严之慎便说到自己当时在板儿巷摆摊，看到一个姑娘被人抓了，当时有人嚷嚷是丞相府抓人，还说什么宫里人，可能是公主，也不知道是真是假。当差的悄悄透露，确实抓了人，只是根本不是什么公主，是假冒的，被送进宫里查验了。还说宫里一验，冒充齐天大圣的六耳猕猴肯定一下现了形，这会可能早就做了杖下鬼了。

严之慎终于打听到消息，明白女儿已经进了宫，却不知道在宫里是死是活。只是不管是死还是活，进宫容易出宫难，不是死别也是生离。如果是这样，真不知道，父女这辈子还能不能相见了，一想，心中无比凄恻。

严之慎不死心，又在杭州城里待了几天，一心想打听到皇宫里面的消息，但是一个小老百姓想要知道深宫里的事情，几近于异想天开了。

也就偷偷抹一把老泪，明白自己再怎么心痛，却无法逾越皇城的高墙了。只好遥望着宋宫方向，为女儿的平安祈福。想想残躯还是要保重，为公主，也是为家天下，做点什么，也就只好先出了杭州城，依旧朝着唐昌方向走了。

再说邓元亮父子，当日藏身在晨曦微光中，看着马车从严家出来。看见遮盖严重的马车，邓元亮吐了一口气，明白没有看错人，所敬的异姓兄弟严之慎，确实是位堪以托付重任的人。一介平民百姓，危急中现大义，舍下自己的女儿换下皇家血脉，又为保护公主抛家弃舍，远走他乡。如果把他比作救助赵氏孤儿的程婴有过之而无不及。只是，当时邓元亮虽然极想上前说声谢，道一声别，但是不敢，一怕凄凄泣别，耽误了时间，更怕一来二去引人注目，从而扰醒了秦氏的耳目。所以只能在胸腔中呼喊一声："兄台，保重！"而邓自明，看着远去的车马，又看看爹，颤抖的声音叫一声："妹妹。"

邓元亮当然能听出来，儿子对义妹的离去有多么不舍与揪心。他们两个虽然不是亲兄妹，到底在一起几年了，朝暮相处，形影成双，也算是情深意厚了。邓元亮还隐隐觉得，儿子邓自明对他这个义妹有别的心思，是啊，也算是个半大少年郎了，说不定也有了男女的心弦，于无意间触动，无声而有情。只是，人家虽然甘愿流落民间，到底是皇族，有着人间天上身份的女子，还是别靠近了。所以，在儿子疼痛的声音中，邓元亮只说了一句："走了，也好。"也就目送着马车远去了，看不见了。

紧接着邓元亮把家人托付给信得过的下人，让人把现住的房子退了，另外找个僻静的住处。还嘱咐要悄悄地，不要被人察觉。自己带着儿子邓自明告别走了。父子两个，一人一匹快马，出了杭州城，往北面去了。

邓家父子奔跑一路，没几日来到了岳家军营中。走进寨门，只见校场上围了一大圈人，都是兵士，一个个戴盔穿甲，却在拍手欢呼。邓自明好奇，连忙跑过去，从人缝里挤到了前面。上前一看，原来人群中间有个人在舞耍。那个人一样穿戴盔甲，手里提着两只圆锤。那锤差不多有洗脸盆大小，看样子好像是实心的，那么一定够沉够重的，只是被那人拎着，就像两只拨浪鼓。一时间，只见那人举了大锤，甩开双臂，舞动起来。刹那间，人和铁锤都不见了，幻化成一片影子。四周的人看着，一起拍手，大声叫好。

有人端了只盆子过来，盆里满满装了水。端水人上前吆喝一声，众人朝两边缩去，让出一条路来。只见端水走到人群的最前面，站稳了。舞锤人还在舞动，一片锤影，是一堵墙，铜墙铁壁。忽然间，端水人举起水盆，借势发力，把盆中的水朝舞锤人扑去。啪啪啪，满耳是水与铁器撞击的声音。很快，只见一大片水流被反弹回来，飞溅开来，溅向看热闹的人群。霎时间，闪躲声、跺脚声、推搡声、笑骂声，好一片热闹。

舞锤人收手，向众人抱拳。只见他身上片角未湿。再看一张脸，竟然没有丁点汗珠。还是一张年轻俊气的脸，鼻梁挺直，眉毛浓黑，双眼的闪亮，而眼中射出的不是行伍人的凶光，而是温和的笑意。

父亲邓元亮跟邓自明说："这位少年英雄哥哥，是你岳世伯的大儿子，你的岳云大哥。"岳云也看到了邓元亮，拨开人群，朝父子俩走来，一直走到他们跟前。

岳云："邓叔，父亲正念叨你呢，说你快回来了，没想到这么快就到了。"

邓元亮说："让岳将军惦记了。"

岳云又看着邓自明，说："这位就是自明弟弟吧？"

邓元亮："是小儿自明，让他一起来营里，也好早点历练筋骨，明儿，快见过你云哥。"

邓自明学着大人给岳云抱拳："云哥！"又说，"云哥，我看到你舞锤了，舞起来水都泼不到你，真有本事。"

岳云一笑："谈不上什么大本事，只要苦练，你也能做到。"又对围观的兵士说："都回去吧，各人站好各人的岗，不得有误！"围观的众人随即散去。

三个人一面说着，一面朝将军帐篷走去，到了岳飞的中军帐前，只见是一顶高大的青帐，帐门前有持长枪的卫兵。见到来人，派出一人进里面通报了，一会出来，说将军正在帐里，让大家进去。

岳云得令，带着邓家父子走进帐门。

邓自明跟在父亲身后，小心地走进去，一时觉得帐里有些幽黑，看不清什么，也就觉得身边有些空荡。眼睛慢慢适应下来，看到前面一位身材高大的人，身上没有穿戴盔甲，一身皂衣，头上同样颜色的头巾，看上去挺和气，不是想象中的狼虎将军。那个见了来人，马上从正座上起身，朝他们走来。

邓元亮连忙行礼，口里叫着："末将参见岳将军！"邓自明也连忙跟着下跪。邓自明明白，眼前这位威风高大的人，就是大名早闻的岳飞岳将军了。

岳飞赶紧上前把邓元亮扶起来，说："贤弟，你我还行什么大礼。"一边，岳云也早拉起了邓自明。

岳飞又说，"这位少年郎，就是自明侄儿吧？"

邓元亮："正是犬子，想让他早点进营锻炼，也好早点为国家出力。"

岳飞："英雄出少年，后继有人，大宋复国也就有望，很好！"

听着大人亲切交谈，邓自明的胆子大了一些，抬了眼睛四处看一看，只见帐中正墙上一幅地图，图上有红有绿，只是暗光下看不清楚。一旁架着盔甲，暗色中闪烁着金辉，肯定是岳将军在战场上的披戴。还有一杆长枪，那枪杆差不多有人的小臂粗，可不是一般人能够提举的，心里暗想，这就是岳将军的神风枪吧，好威风。还有一把大弓，好粗壮的弓身，早听说岳将军能拉三百斤的弓，果然是一把大弓。又看到帐中还有一架东西，有四个轮子，龙头龟背，背上三把大弓。邓自明悄悄问爹，那是什么。爹说他也没见过，不知道是什么。岳飞听到了，笑着跟他们解释，这是床子弩。

邓元亮听了恍然大悟，说这器物原来就是传说中的床子弩。邓自明却没有听说过床子弩，不知道用来做什么的。

岳飞说："当年先圣元孝皇帝，亲征澶渊，就用这床子弩大败辽贼。"说这床子弩，三弓合一弦，拉满了，抵得上五六壮士的臂力。如果再来一个居高临下，射程能逾数十里。劲风疾器，让敌军闻之丧胆。

岳飞说："再说战局，常州四捷以来，凭着岳家军响亮的名号，不费一兵一卒，已经平定了抚州、建州、道州、贺州，等把江州、虔州的蛊贼平定了，马上向朝廷请命，向北挺进，要跟金人来一场大战，一步步夺回中原。"

邓元亮说："有云少将，还有床子弩，将军一定如虎添翼。"

岳飞说："你们都是本将军的臂膀与虎翼。"又问："对了，听说邓弟前几年在行军道上收留了个孤女作养女，如今你们父子来到营里，家小安置妥当了吗？"

邓元亮："都安置好了，没有牵挂。"

岳飞："那好，本将军就马上派你们上战场，邓副军去虔州，云儿去江州。"

邓元亮和岳云应命："是！"

岳飞："少侄就留在营里吧。"

邓自明："不，我要跟随父亲去杀敌！"

岳飞："少侄有志气，好样的！"

严茯苓，也就是改了名的瑗瑗，她好吗？

一位被刀光剑影吓破了胆从而发誓"生不入帝王家"的公主，流落民间，认救命恩人为养父，在战乱的时代里颠沛流离，再遇危难，又被养父邓元亮再托付仁士严之慎。而严茯苓，也就又认严之慎为养父，继续颠沛流离。

严茯苓所在的唐昌镇，距离杭州城也不是特别远，二三百里地吧，只是转溪进山，是一处山区小镇，相对封闭。镇外有一条兵马古道，只是没见多少兵马从这道上过境，道上走的也就是一些挑柴背草的樵夫农人。沿镇，有一条江河，叫柳江，江上帆动舟往，有一些北上南下的船只经过，也就有船工客商来镇上中转休息，给小镇带来了不少生气。只是地域相对僻远，山里人家，不问世事，民心高古，可以说是一处世外桃源。

镇上一条铺着青石板的长街，贯穿小镇东西，叫鱼水街，如鱼得水的意思吧。临街，两边房屋，一眼看去，一片灰黑的墙头。早上，长条形板门打开，亮光从屋顶狭窄的天空照射下来，去看一看屋里的陈设，只见这边杂货柜，当铺柜，那边米仓，肉摊，还有盐缸、油罐、铁器架等等。一家家民居，又是一家家店铺。

严茯苓一家就租住了鱼水街上的房子，靠近西端，比正街上僻静。原先的租客走了，房东也没有收拾，屋子里一片脏乱，需要好好打扫整理。眼下没有仆从和帮工，收拾的活，谁来干？当然是严茯苓了。

照理说严夫人也是能干的，但她认为自己虽然不是什么贵妇诰命，但自从进了严家的门，也一直有仆人服侍，她自己只是照看一双儿女。儿女长大一些之后，她也只是偶尔走几针，玩玩女红，所以让她干粗活，才不愿意。在她的眼里，让这个假茯苓进了家门，难道真的当成自家女儿来白白供养？所以，严茯苓想留下，就得干活，什么活都得干，就像一个小丫头，由着全家人来使唤。

严枳实年纪比严茯苓大，身手也好，也应该干活。可他到了唐昌镇，转眼不见人影了。说是满街跑开了，跑过了路，跑熟了街道，还是不肯回家，又去镇外跑，说是去看江，还要看山，看了一遍江和山，还是不见回来。说不愿意看见家里的那个人，只要有她在，宁愿在外面瞎逛看天。

严茯苓什么也没说，低了头一个人干活。扫了地，擦桌子，擦凳子，擦床擦柜，擦洗了一遍，停下来喘口气，又被严夫人指使着，擦门洗窗，刷锅洗台。

出身帝王家的小千金，能干得了这些吗？当年康王府的小郡主，那是锦衣玉食，养尊处优，只是自从遭遇劫难，严茯苓就决心要让自己成为一名民女。成为民女的条件，当然是会干活，能吃苦。虽然进邓家以后，邓家还是像公主一样优待她，什么活都不要她干，但她存心跟人偷偷学，偷偷干。小小年纪的姑娘想好了，要想安身，首先要让自己的手脚练好了，不管是粗活还是细活，都得拿得起来。

严茯苓把打扫清洗院落的活干完了，脸上疲惫却还带着微笑，请严夫人里外过目。严夫人检查一遍，还算满意。就让她放下扫把，再打发她上厨房生火做饭。

厨房里一孔破锅台，台上台下虽然收拾干净了，但是一片空空荡荡，要火没火，要柴没柴。严夫人也是有意为难严荻苓，就算你能干，看你能不能做得出无米之炊。严荻苓到底知道什么都没有，怎么能做得出饭来。不过也难不了她，只见她出了趟门，转眼把柴火带来了。一张甜甜的小嘴巴，开口去问邻居家借一点。小镇上的人纯朴善良，见了外来人特别热情，一把柴火，别说借，拿去就是了。再出门一趟，买点米和菜。身上并没有钱，怎么买东西？先问严夫人要钱了，可她就是想为难人，推说家主没给自己留钱。同样难不倒严荻苓，她带着自己的玉佩去了街上，看到一家门匾上写着"当铺"的店面，走了进去。当铺里，跟掌柜讨价还价，把自己随身戴着的一块玉佩给当了。玉佩是义哥邓自明留给自己的，虽然说不仅是一块玉石，上面还附着情义，但是先把眼前的困难解决了，等有了钱再赎回来吧。而干这典当赎当的活，还是以前跟人上街时看到，感觉好奇，就看在眼里记在心里，没想到来到唐昌镇，马上派上用场了。

严荻苓拿着一点钱，去米店买了米，去盐号买了盐，去油坊买了油，还去肉摊上割了点肉，高高兴兴提着回家了。舀米洗菜，火旺旺烧起来，浇油添盐，严荻苓灶上灶下忙开了。不用多长时间，肯定热汤热菜，香喷喷的米饭，都有了。

正忙着，突然间灶膛间一股浓烟往灶口外扑出来，把严荻苓呛得不行，一阵乱咳。很快里屋传出了骂声："怎么生火怎么烧饭的？弄出这么大的烟，想呛死人吗？咳咳……"

严荻苓只得捂着眼睛鼻子，钻到灶口探看，好不容易睁开眼睛，看到黑烟中一摊污水。起火时这灶膛明明是干的，怎么会有水？想不出为什么，只得点了柴火再烧，哪里烧得着。把自己的脑袋钻进灶膛里看，只是看到不断有水涌出来。

听到头顶好像有响声，心想，大白天有老鼠吗？不对呀，出了什么事？好像觉出了什么，起身走出屋去，跑出老远，再抬头看自家的屋顶。只见屋顶上一个人，手里拎着一只桶，脚踩瓦片，站在烟囱旁，不停往烟囱里倒水。严荻苓刚想叫喊，认出屋顶上的人不是别人，是严积实。

一时间周边围了几个人，指点着屋顶上的严积实，又有人看了一眼严荻苓，忽然张口大笑起来。别的人也看严荻苓，一起大笑。严荻苓开始不明白，自己有什么好笑？忽然想到刚刚钻了灶膛，肯定成了一只花脸猫了。心里怪自己仓促出门，也不照一照镜子，被人嘲笑了。在严荻苓的心里，自己可以食不果腹，但是不能衣冠不整。或许，到底皇家的出身，是不容许有失礼仪的。

所以严荻苓赶紧回家把自己清洗收拾了，再也忍不住，偷偷抹了把泪。好不容易烧好了热饭，炒好了热菜，还煲了个热汤，高高兴兴端上桌来，请养母和义哥坐下来吃饭。

　　自从逃命奔波以来，路上也只是吃点干粮填肚子，严夫人早就想吃上热饭菜了。此刻再也顾不上什么了，坐下来接过严茯苓端过来的饭大口扒起来。盛完严夫人的，再盛了端给严枳实。严枳实却不接饭碗，从自己的怀里抓出一个烧饼，大口啃起来，一面也斜着眼睛，白了严茯苓一眼。严茯苓只好自己坐下来，拿起筷子，小口地吃点饭菜。

　　"啊！"突然间，严夫人一声大叫，惊慌得跳起来，碗筷都摔在了地上。

　　严茯苓连忙问："娘，怎么了？"

　　严夫人捂着嘴，瞪起眼睛，一面用手去指汤。严茯苓看过去，看到汤面上一个黑点，看仔细了，是一只苍蝇。

　　严夫人看来恶心得不行了，跑去门外，"哇"的一声，饭粒菜渣满嘴喷出来，喷了一地。

　　苍蝇，哪里来的苍蝇？严茯苓自责，自己怎么这么不小心，把苍蝇烧进汤里了。可是，可是真的没看到苍蝇，这苍蝇是什么时候飞进汤的呀？

　　严枳实倒是若无其事，却又瞟了严茯苓一眼，脸上似笑非笑的样子。严茯苓一看，明白了，很可能又是严枳实在捉弄她，是他故意把苍蝇扔进汤里了。

　　严夫人吐完了，骂人："你这个小害人精，我们一家人被你害得还不够惨吗？不想干活明说呀，偏要做出这么恶心的饭菜，成心想害人吗？"

　　严茯苓只有忍气吞声，收拾一地的碗片和饭菜，再收拾呕吐出来的污物。收拾完了，累得小腰小背都直不起来了。好不容易等到严夫人进房睡下，自己才敢走进自己的小屋。

　　终于有自己独立的小空间了，好歹还有一张小床，一条薄被。严茯苓脱下衣服上了床，吹了灯躺下，小小的人儿再没有流泪，只是在黑暗中咬了咬自己的牙齿。合上眼睛，没有想如果此刻自己身在皇宫，满院仆从，满床锦缎，那么会是怎么样的处境，倒是想起邓元亮和严之慎两位养父，不知道他们怎么样了，苓儿又不知道怎么样了，万一，万一苓儿出了什么事情，自己就是做牛做马也抵偿不了严家。这样想着，小姑娘倒又觉得自己的鼻子酸酸的了，正想抹泪时，觉得脖子下面凉飕飕的，好像有什么东西，是啊，软软的，在蠕动呢。忽然想到了什么，从床上一下子跳起来。摸索着点了灯，上前一照，天呀，枕头边一条蛇！

　　不知道蛇是从哪里来的，吓得再顾不上什么，想呼天抢地地哭，还是担心放纵了自己，惊着严夫人他们呢，使劲地把哭喊声咽下去，咽进肚子里，只敢在鼻翼间轻微地抽两下。

　　严茯苓想不出有什么办法让蛇离开床，只好自己把衣服穿起来，缩在角落里，眼睛也不敢合上，一直熬到天亮。

大清早，严茯苓又挨了严夫人一顿棍子，原因是她竟然在灶膛口睡着了，把一锅面条烧成了焦糊。

一天又一天，严茯苓和严家母子凑合在一起，勉强地熬着日子。也就盼着严之慎早日回来，自己好歹有个人关照，从日出望到天黑，又从天黑盼到天明，却还是没见养父回来。

严夫人躺在床上不起来，说是被严茯苓气坏了，胸口闷得慌。严茯苓问养母，是不是让她出去请位大夫过来瞧瞧。严夫人说不用了，死不了。

严枳实突然变了个人似的，朝着严茯苓友好地笑，主动跟她说，那条蛇是他抓来放在严茯苓床上的，他已经把蛇抓走了，还说他这个做哥哥的以后会照顾严茯苓。这样一说，让严茯苓心生感动，觉得就算不是义哥，也是邻家大哥哥，大家从前就在一起玩，多少还是有情谊的。严枳实还提出来，想让严茯苓陪他一起去山上采药，说是他从小跟着父亲学习医药，稍稍懂一点，去山上采几味草药煎了水给母亲喝，母亲的病就好了。

严茯苓一听，哪有不陪哥哥上山的道理。连忙跟严夫人说一声，让严夫人先照顾自己，而她自己背起小篓，跟着哥哥出门去了。

唐昌镇的四周全是山，高山耸立，峰托云天。严枳实带着严茯苓，一个十四五岁的少年，一个十来岁的小少女，走完鱼水街，出了唐昌镇，沿着兵马古道一路走去，走进了大山里。

山里大树杂木，藤草茂盛，还有鸟儿飞去飞来，停在树梢上，叽叽喳喳，很清脆地唱歌。严茯苓一下子来了精神，哼着小曲，在山路上跑起来，一面跑，一面又停下来，采几朵野花别在头发间。

严枳实指着石崖下一丛植物给严茯苓看，说那些一层七个叶子的，叫重楼，它的根茎，是最好的跌打药，爹一直想要。严茯苓一听高兴了，说："哥哥，你等着，我去把重楼挖来。"

严茯苓朝石崖前跑去，眼睛只盯着石崖下的草药，脚下跑得欢快，什么也没提防，突然间，"扑"的一下，地面陷了，整个人往下掉。等到叫出一声，不好，整个人已经落在了一个深坑里。原来是个陷阱，上面盖着树皮草叶，看不出来，一脚踩空，人就在井里了。看看高耸的井壁，严茯苓明白自己落了深井，肯定是爬不出去了，连忙喊："哥哥！哥哥！你快来救我！"

严枳实来到陷阱前并不救人，朝井底恶狠狠地说："这是打猎人设下的陷阱，我找了几天，好不容易发现这么个好地方，带你来，就想让你掉进去，没想到你这么顺利就入套了，那就把这口陷阱留给你吧，你就在里面好好地待着。"

严茯苓哀求："哥哥，你快救我出去吧，要是爹回来不见我，他会焦急的。"

严枳实："他是我和我妹妹的爹，不是你的爹！邓瑷瑷，我其实并不想要你的命，毕竟我们一起玩过，而且，我原先对你对你们一家都没有仇怨，可是，你们害了我妹妹，不报复你，我对不起我的亲妹妹！"

严茯苓："不不，哥哥，苓儿一定好好的，她会回来的，你救我出去，我们继续一起玩，一起长大，我们大家永远是好兄妹，好朋友。"

严枳实："不可能了，看到我那么小的妹妹打扮成你的模样，被送到官兵面前，我就知道以后我们不可能是朋友了，只能是敌人。"

严茯苓："可是，苓儿她真的不会有事，他们会放了她的，不会伤害她，他们保证过的！"

严枳实："我才不相信你的鬼话，更不相信他们的鬼话！"

严茯苓："哥哥，我要是死在这里，被爹知道了，他不会放过你。"

严枳实："我愿意被我爹揍死，我和妹妹都死了，让他做个孤老头子！好了，我就不陪你了，你一个人待着吧，你能活着出去是你命大，只是别指望我或者是我爹来救你，告辞！"

严枳实说完果真就走了，再不管井底人一声声地呼救，他只顾走上原路，一步步朝前，头也不回。

严茯苓困在深井里，只能继续呼救，但是，深山空谷里，除了几声鸟叫，哪里还有人声？时间一点点过去，严茯苓喊哑了嗓子，没有，什么人也没有。渐渐地，她的体力越来越不支了，眼看着要倒下了。

风刮起来，雨来了，一阵瓢盆大雨扑打在井底人的身上。看来，也该着宋家皇室零落了，好不容易从铁骑下逃出来的一点血脉，也就要断送在这唐昌的狭谷深山中了。可是，严茯苓还是不甘心，她用仅有的一点力气，发出一声声轻微的呼喊："救我，救救我……"

恍惚间，她看到她的兄弟姐妹来救她了，她的两位养父来救她了，她的父皇和母后来救她了，她的太皇祖父和皇伯父也来救她了……

严之慎赶到家了，不见了严茯苓，问夫人和儿子，严茯苓去了哪里。严枳实跟父亲说，他和严茯苓一同进山采草药，严茯苓爱跑，一转眼人不见了，他找了半天，找不到，说不定在山上迷路了。严之慎一听人丢了，顿时紧张万分，说："那还不赶快再去找！"

严枳实带着父亲进山找人，却把父亲带去了方向相反的地方。

第三章　威武将军銮殿进言
多情后妃深宫思忆

茯苓获救了。救她的是岳云。

岳云受命带领部队赶赴江州，走的是兵马古道，来到了唐昌境内。挾风顶雨行军，风雨停歇之后加快步伐。进了深林，天色快黑，岳云下令扎营。

有士兵听到了微弱的声音，不知道是人还是兽。话传到了岳云的耳里，岳云担心山里樵夫采药人之类出了什么意外，让兵士去看看周边。查看的士兵发现了陷阱中有人，不知道是死是活。岳云听说，马上下令把人救起来。

严茯苓被人从陷阱里拉起来，送进了军帐里。众人一看，一个十来岁的小姑娘，倒还活着，却已经浑身湿透，奄奄一息，一时都觉得可怜。连忙给女孩喝下热汤，让军妇替女孩换掉下湿衣服，再把她裹进被子里。严茯苓好不容易睁了睁眼睛，但是很快无力地闭上了。遭受惊吓和雨淋的小身体，身心受创，整个人在不停地颤抖，后来又发起烧来，烧得火烫。岳云让随军大夫煎了药，喂女孩喝下。可女孩已经不能自主喝药了，只好强行灌下。灌了药之后，女孩的身子还是冒火。

黑夜来到了，兵士们在营帐里安睡，一路奔累，都疲惫至极。岳云却担心着生病的女孩，和衣坐在帐中，亲自为她守护。朝军榻中的女孩关切地看去，只见眼闭眉锁，脸腮绯红，只是眉宇之中却显得依然温婉生动，一时间，竟然觉得这脸面在哪里见过，似曾相识一般。想仔细看看，却碍于男女身份，怕自己的行为显得浅薄，也就没有再看。

后半夜，严茯苓才勉强睁开眼睛。看一看眼前，昏暗的灯火，再看头顶，灰青色，像是布幔。一时不知道自己到了什么地方，身处何地。不过，她严茯苓到底是有过经历的女孩，并没表现出特别的害怕。慢慢地看清了，好像是军帐中。就在几年前的一次昏迷醒来，同样在军帐中。同以前不一样的是，没有看到养父邓元亮，而看到了一位军官，一边用手支着脑袋，看样子很易了，正在打盹。

严荍苓看着军人的脸，那是一张年轻的脸，黝黑的皮肤，挺直的鼻梁，浓黑的眉毛，还有微微上扬的下巴。忽然间，严荍苓觉得，这张脸自己见过。慢慢地，一点点去回想，一直把记忆拉回到孩提时候。回想起来了，在先前那个重楼叠宇花园盛大的家中，父王邀请许多人来家做客，那场合，应该称作王府家宴吧。其中有个高大的男人，带着他的儿子来了。他的儿子，是一位大哥哥，一身精神，脸上带笑。大家称呼高大的男人为岳少将，称呼他的儿子为云儿。还说英雄出少年，看少年岳云的架势，将来一定和父亲一样能兵善战。父王拉着瑷瑷来到岳云的面前，让她称呼他为云哥哥。瑷瑷拉着云哥哥去后花园玩，她要和云哥哥捉迷藏。瑷瑷让自己躲在假山后面，让云哥哥找她。后来，父王还让瑷瑷给大家弹琴。瑷瑷弹了，刚学的曲子，弹得不熟练，只是女童弹得用心，琴声清脆，弹完了，赢得了好一阵掌声。

现在，严荍苓想叫，云哥哥！

她果真叫了，但是没有声音，她的嗓子已经哑了。很快，她意识到不能轻易暴露自己的身份！要是让人知道她是公主，就算云哥哥不把她送去宫里，别人也会。这样一来，两位养父的心血白费了，自己远离宫廷血腥的愿望也就泡汤了。

严荍苓想着，忽然间一阵咳嗽，咳嗽声把岳云惊醒了。岳云连忙上前，说："姑娘，你终于醒了。"又问，"是不是想喝水？"严荍苓努力地点点头。

岳云亲自倒了杯热水，送到严荍苓嘴边，小心地侍候她喝下。

队伍要开拔了，严荍苓不能再留在军中，可她还在病中，怎么能把人丢下不管呢？有兵士前来跟岳云说，发现山里有一幢茅屋，就是前面，说不定屋里有人。

岳云让人赶快去探看。探看的人很快回来了，说是屋里果真有人，是一位上了年纪的老大娘，跟人家说路上救了一个生病的孩子，一时回不了家，让老人家收留下来，老人爽快地答应了。

要把严荍苓送去山里人家了，严荍苓没说什么，倒是岳云还有些不放心，拿出一只荷包，说是荷包里面有点碎银子，让严荍苓先拿着，万一遇到什么情况，也好派上用场。严荍苓哑着嗓子，谢过岳云，果真把荷包收下了。

严荍苓来到老大娘家里，远远地再看一眼队伍，远远地看见岳云骑在马背上，很快过去了。

再说收留严荍苓的老大娘，虽然头发灰白，脸色看上去并不苍老，眉眼周正，身上穿着打满补丁的衣服，却很平贴，看起来不像是平常的山里人。老人把严荍苓带进屋里，让她在床上躺下。老人看看孩子的脸色，伸手摸一下她的额头，还在发烫，就拿布巾沾了水，替她擦拭。

老大娘说自己姓沈，还有儿子，母子两个住在这山里。如今儿子没在家，进山采药去了。问严茯苓怎么进了山，又出了什么事。严茯苓的喉咙已经能够稍稍发声了，便说自己贪玩，一个人跑进山里玩，不小心掉进了陷阱里。大娘说小小年纪的一个姑娘，一个人跑进山里玩，胆子也太大了，掉进陷阱里，要是没人发现，还不是等死，而要是救的人存了坏心，姑娘就算被救了，也难活下来。严茯苓说，真是遇见了好人。

正说着，有人背着一篮草药进屋了。大娘跟严茯苓说，是她儿子回来了。她儿子看上去头大面圆的，跟沈大娘并不相像。见了娘，打着手势说话，看来是个哑巴。

哑巴儿子告诉娘，今天采到了不少好药。娘告诉儿子，有个小姑娘受伤生病了，来他们家休养。哑巴嘴里发出哦哦的声音，眼睛看着严茯苓，很关切的样子。

沈大娘从儿子的背篓里拿出几种草药，拿着给严茯苓看，说是麻黄，发汗的，这是柴胡，退烧的，马上熬了给你喝。还有这种草叫金线莲，难得的好药，能清血滋补。等你的烧退下来，再喝点金线莲泡的水，很快能恢复。

沈大娘很快熬好了药，让严茯苓喝下。喝下没多久，出了一身汗，精神回来了，感觉到肚子饿了，咕咕直叫。大娘已经煮了粥，让严茯苓热热地喝下一大碗。再拿金线莲泡了水，让严茯苓慢慢喝了。严茯苓感觉自己的身体很快恢复了，说这山里的草药真是神奇。

沈大娘说："草叶树皮，都能成药，是老天爷给人备下的好东西，草药用好了，治百病，用坏了，是狼虎，会伤人。"

沈大娘说山里人都懂一点草药，家常的病不用请郎中。还说自己原先也不是这山里的人，夫家在东京汴梁城，还是岐黄世家，丈夫也是位名医，叫陈木扇。金人屠城，来到家里见人就砍。自己也被砍了几刀，躺在死人堆里。杀人的以为全死了，不再理会。自己却没有真死，半夜里爬起来，看一眼，只见所有的亲人都躺在地上，全没了气息。还好丈夫出诊在外，没在死人堆里。而自己竟然顾不上为亲人痛哭一场，连夜就跑，好歹逃出了一条命。一路上要饭，也打听丈夫的消息，但是一直没有打听到。后来，认识了同样要饭的哑巴，两个苦命人认作母子，相依互助，一直逃到了这山里。

原来是这样，严茯苓点点头，怪不得沈大娘的脸面看起来不像是山里人。严茯苓说如今杭州城里也算是太平了，大娘母子为什么不离开深山去城里。

沈大娘说，一个目睹过屠杀场面的人，只要还有口饭吃，还有间茅房住，就觉得很幸运了。而且有了之前的劫难，如今看见人多的地方就害怕，所以就想躲在山里，平平静静安度光阴，了此残生。

严茯苓想跟沈大娘说，自己和大娘的遭遇一样一模一样，自己也是在刀尖上捡了一条命，自己的想法也和大娘一样，哪里也不愿去了，就想躲在这山里，平静地过一辈子。只是严茯苓并没有说，她想要自己彻底忘掉身世，忘掉从前，抹去刀飞血溅的记忆，从而把自己看作一个出生在平民百姓家的女儿，过平静的日子。只有这样，也许才能保命。

严茯苓的身体慢慢恢复，心里到底还是牵挂着家里，不知道养父严之慎有没有回来，不知道苓儿怎么样了。她也明白严枳实不会放过她。只是她想不明白这个严枳实，以前一起玩也是亲亲热热的，大家称兄道妹，怎么现在一定要把她往死里整。不过转而一想，他一定是太疼爱他的妹妹了，当日为了妹妹的安全，不竟然一枪捅死一只猫，如今妹妹替人受罪，下落不明，他怎么能受得了？所以，他才会失去理智，痛下杀手。严茯苓在心里就这样替严枳实设想，她似乎觉得，严枳实置她于死地也能理解，他是为他的亲妹妹报复，是因为心疼妹妹，爱护妹妹。这样想着，严茯苓也便原谅了严枳实。

严茯苓跟沈大娘母子告辞了，她执意要早点回家。沈大娘不放心，叮嘱她，回去之后听父母的话，再不要到外面乱跑，不要闯祸害，不要惹是非，不要到人多热闹的场面上去，把日子过得安安稳稳的。严茯苓答应了，深谢沈大娘的关心。

严茯苓走时，沈大娘让哑巴哥哥把严茯苓送到山下。严茯苓也就泪别沈大娘，在哑巴哥哥的陪伴下，朝山下走去。到了山下，严茯苓让哑巴哥哥不要再送了，让他回去照顾沈大娘。哑巴哥哥便挥着手，跟严茯苓道别，嘴里发出哇哇的声音，一定是叮嘱小妹妹保重。

严茯苓走了一程，又回过头来，朝着山上大声喊："大娘，哥哥，我们一定还能再见！"

严家出事了，出大事了。严枳实被绑在厅柱上，而他的父亲严之慎站在跟前，手里拿着粗实的木棍。

严之慎指着严枳实大骂道："你这个逆子，一定是你故意把茯苓带进山里的，你存心祸害，想把茯苓害死！你，你把茯苓害死了，你的亲妹妹就是死了也是白死！你的老子我，我严之慎就是活着也是白活！"

严夫人披头散发，在一旁嚎："老爷呀，你就放过实儿吧，他可是你们严家唯一的男丁，再说茯苓是自己跑去山里玩，跟实儿没关系呀。老爷，你手下留情……"

严之慎："你闭嘴！一定是你们母子两个串通好了，故意设计祸害人家，等我收拾完这个逆子，再来收拾你！"

严枳实不服，朝他爹吼叫："你不把自己的亲生女儿当人，把女儿往火坑里推，把儿子当畜生捆起来打死，你还是人吗？你不是人！"严之慎听着，怒火攻心，扬手一棍，结结实实地落在严枳实的身上。

严之慎绝望地喊："天地君亲呀，邓兄元亮呀，都怪我严某无能为力，放纵了逆子为害，没有保护好重托之人。我有罪，我该死，等结果了这个逆子，我严某一定自尽谢罪！"

严之慎又举起棍子，举得高高的，看他的手势，分明要朝严枳实的天灵盖上砸。严夫人一见，再不知道如何是好，只得慌乱地大叫："杀人了，要杀人了……"

严枳实却不见得害怕，只见他紧咬着嘴唇，再慢慢地启开，冷冷地吐出一句话："严之慎，不管我严枳实是死是活，你再也不是我的父亲！"

严之慎手里的棍子越发举高了，眼看着就要砸下去。一棍下去，说不定就是脑壳开裂，血浆四溅。那么父子俩的情和怨，也就真是今生已休，再世再续了。就在这危急之际，只见一个人跑来，飞快跳进屋子里，扑上前大叫一声："爹爹，你要干什么？"

严之慎手里的棍子扑通一声掉在了地上，整个人却呆成了木鸡。好半天，严之慎才回过神来，一看，竟然是茯苓，赶紧一把紧紧地抓住了严茯苓的手，好像怕她一转眼又不见了人影。

严之慎："茯苓，这些天你跑到哪里去了？你让你爹找得好苦哇！"

严茯苓："爹，我没事，我好着呢。当日贪玩，去了山里，不想迷了路，走着走着不知道走了多久，还好在深山里碰到了好心的大娘和她家的哑巴哥哥。他们收留了我，给我吃的，还让我在他们家住了几天。"

严之慎："没事就好，没事就好。茯苓回来了，爹爹就放心了。"

严夫人："老爷，茯苓好好的，你看看，枳实还被你绑着呢。"

严茯苓："爹，你怎么能绑着哥哥呢？我给哥哥解开吧。"

严之慎："不用不用，我来解。"

严之慎上前，亲自给儿子严枳实解开了绳绑。严之慎却没有给严枳实说句软话，只说："逆子，今天放过你，以后自己当心！"

严枳实摸摸自己的手臂，一定是被绑痛了，再瞪了严茯苓一眼，眼神一片冰冷，一副怨人不死的样子。

严茯苓也明白，要是苓儿不能回来，不能来到她母亲和哥哥的面前，严家母子肯定还是不会轻易放过自己的。

严家门前又挂起了"严氏医馆"的牌子。严之慎说了，要养活一家人，也只有靠这看病治病的本事。只是又吩咐家人，不要说是杭州城里过来的，只说由北方南迁。

唐昌镇上原先也是有家医馆的。病人如果不是十分急迫，总会进熟悉的旧馆。所以严家医馆虽然挂了牌，却没有患者前来就诊。严之慎一个人坐在堂中，周身空落，倒也不见他十分心急，见他拿出随身带来的医籍，今籍古籍，一日日翻读，读到心动处，大声喊妙。有时候声音传出门外，惊动了过路人，一些人便停了脚步，别过头来瞧一瞧。

也有几个人偶尔来严家医馆坐坐，一位是典当行的掌柜，姓白。白掌柜几次路过医馆，见严之慎都在埋头看书，认为他有学问，遇到字款模糊的物件，自己不能定夺，就拿过来让严之慎帮忙参考。后来严之慎得知他那里有块玉佩，是茯苓当掉的，二话没说出资赎了回来，交还给女儿，一面还责怪女儿草率，不问父母拿钱，把自己好好的东西拿去典当，那是跟养父母生分。严茯苓也就跟养父道歉了，收下了养父替她赎回的东西。还有一位，是卖烧饼的小贩，叫强二，一身短衣短衫，挑着个烧饼担走街串巷。卖完了烧饼，强二把空担子支在严家门外，人走进医馆在厅堂里坐下，给厅堂里带来了一股葱花味。严之慎也不嫌弃，每回还亲自给人冲茶倒水。

几个人一起聊聊，天南海北的，也说徽钦二圣在冰天雪地里一定吃了不少苦，说当今岳将军威风神武，一定能把二圣迎接回来，又说二圣回来，这高宗皇帝还能不能当皇帝。真真是身为草芥，心忧国是。也聊到这唐昌最出名的郎中叫朱三帖，往往三帖药就能把病治好，要是吃了他的三帖药不济事，那不是人家医术不行，而是阎王那里缺了人手，决计要收人了。还说这朱三帖朱老先生每回出诊都得讲究好排场，非轿不行。也就是说，请他出诊，先把轿子停在他家门前，诊完了，一乘轿子再把人送回来。

正聊着，医馆又跑进了一个人，也是短衣短衫的打扮，是位粗眉汉子，却见人拧巴着眼，双手捂着肚子，一进门就问："哪位是大夫？"强二连忙给他指一指严之慎。来人跪下给严之慎叩头，说自己拉肚子，一天十来次，拉了好几天了，再这样下去只怕熬不了几天了。也去过朱先生门前，因为没钱，被他家的下人轰赶出来。

来人说："大夫快救救我吧，我上有老母亲，下有一双儿女，我要是被阎王拉去了，他们怎么办？"还没说完，又赶紧问茅房在哪里。等他从茅房回来，严之慎看了他的口舌，却并不见他开药，倒是开口问茯苓厨房里有没有剩下的米汤。茯苓说还有半碗。严之慎让茯苓去端过来。茯苓果真端来了，却说已经冰冷了，要不要热一下。严之慎说不用热，你端给他。病人接了茯苓手里的碗，看着冷冰冰的半碗米汤，心里想，就算知道我几天粒米没进肚了，也不能舍我这半碗冷米汤吧？严之慎让他一口把米汤喝下。病人苦着一张脸，说："我这几天拉下来，肚子里已经冷飕飕了，还喝这冰冷的东西，不是要我的命吗？"

严之慎说："喝吧，喝下去就好了。"

病人听大夫这么说，也就不管不顾了，端了碗仰起脖子，一口气喝下了。病人喝了冷米汤之后，再等着严之慎开药。严之慎却说不用了。病人不信，带着哭腔说："大夫，你不给开药，肯定是怕我没钱，等你把我的病治好了，我给你家做牛做马，会还上药钱的。"

严之慎却说："回去吧，没事了，我家不种田地，不需要牛马。"

病人还是不信，再等了好一阵，竟然没有再去茅房。高兴起来，问："大夫，我的病真的好了吗？需要多少钱？"

严之慎说："好了，不要钱。"

不要钱？治好了病还不要钱？哪里见过这样的大夫？又要下跪给人家叩头，却被严之慎拉住了。严之慎把汉子送出门去，让他赶快回家去照顾老母小儿。

白掌柜看在眼里，觉得神奇，便也忍不住说："严兄，这冷米汤治腹泻从没听说过，实在高明。"

严之慎说："他这是受湿秽而致泄泻，时间一长，腹泻失水，伤阴耗液，米汤有养阴润燥、健脾和胃的功效，而冷米汤，用以调节肠紊。"

白掌柜听了便赞叹不已，一面说他自己也有隐恙，说是内痔多年了，吃了不少药，包括朱三帖的药，也吃了，却总是好了一阵又发作。每每发作起来，如厕时便揪心疼痛。心里想着这也是顽疾，陪伴终身的毛病，也就断了治愈的念头，所以就算坐在医馆也不提有病。既然严大夫医术高明，忍不住说了出来，问严大夫给不给试试。严之慎给开了张方子，方子上面只有一味药，地龙。说是晒干碾粉吞服。心里想，这地龙不就是蚯蚓吗？想着蠕动的软体虫，觉得恶心。可为了治病，不妨吃着试试。

过了几日，白掌柜又过来了，说内痔没有了，不再疼痛了，一身轻松。烧饼强二听见了也跟严之慎说，自己的两条腿时常发麻，走的时候不觉得，歇了挑担坐下来就麻得不行，严重的时候抬都抬不起来。还说自己是个依靠双腿吃饭的人，要是腿不行了，那还怎么活。问严大夫是不是也给开点药吃。严之慎说不用吃药，空时多按摩后溪穴吧。跟他说后溪穴不在腿上，而是在手上，一面教给他具体位置。问这腿上的病怎么在手上治？说病根也并不在腿上，在颈椎，一个卖烧饼的人，整天梗着脖子吆喝，日子久了落下的毛病。

强二听了严大夫的话，果真照着做了，没多久，竟然再没有觉得双腿发麻了。从此这个烧饼强二认为严之慎严大夫的医术实在了不得，于是逢人便说。从此烧饼担子挑到哪里，严家医馆的名声就传到哪里。还说严之慎不欺贫爱富，待谁都一样，遇上实在拿不出钱的人，看了病还免除费用。

四乡的人听说唐昌来了这样一位好大夫，有病没病都过来瞧瞧。一时间，严氏医馆热闹起来。严家医馆坐堂大夫严之慎很快就忙不过来了。幸好，有女儿茯苓在一旁帮衬。

这时候，严茯苓跟养父严之慎提出来，她也要学医看病，跟着爹爹学。一个年幼的孩子有心向医，有志学习，还愿意学习这治病救人的技术，那是大好事。可严之慎并没有立刻答应让茯苓学医，因为作为一个人到中年经历世事的人，严之慎心里清楚，这个孩子到底不是小门小户人家生养的。她虽然现在寄居在自己这样的小户家中，可她到底是一个有身份的人，她身体里流动的是皇家的血脉。她要是学会了医术，真的就像自己一样，一辈子在巷弄间给人把脉看病吗？

也就是说，严之慎隐隐间觉得茯苓不该真的在民间埋没了。她既然有了高于常人的身份，那么她多少应该担起异于常人的担当吧。如果仅仅把她培养成一名村姑民医，之前的付出是不是太不值得了？像苓儿做她的替身，邓家父子不怕为她拼命。所以，严之慎一时决定不了，该不该让茯苓学医。可是，一时又不知道该让她学什么。像《论语》《春秋》之类的史论圣言，怕她不感兴趣。《弟子规》《三字经》这类常本，好像她已烂熟于胸。一个姑娘家，总不能让她学《孙子兵法》《六韬》吧？

要不要遂养女的心愿让她学医，严之慎在犹豫。严茯苓却没有犹豫，她觉得，这一次能在山里捡回一条命，离不开沈大娘母子的中草药。常见的草根树皮能把一条命从死亡边缘拉回来，简直是奇迹。所以严茯苓想好了，自己一定要学医。把医术学好了，以后遇到需要帮助的人，要像沈大娘和养父一样，治病救人，拉人一把。

小小年纪的她甚至想，自己学了医，有了技术，那么就能在民间立足自给了，这样一来，就可以真正断了返回宫廷的念头。现在，既然爹爹还没想好要不要教她，那她就自己先学。也不知道先学什么，就记药名，记写在药屉上的药名，一一去背，去记，然后打开药屉，把药名和药材联系在一起，记住一样一样的药。

一片片黄焦焦的切片叫甘草，一颗颗小黑豆一样的籽颗叫女贞子，一块块黑片叫炙首乌，切成半寸的小叶茎草叫旱墨莲。遇到两样形状相似的药材，怎么区别？当归与独活，闻一下，都香，香味不一样，舔一下，当归甘苦，独活苦，麻舌。地骨皮与五加皮，同样内茎灰黄色，也舔一下，地骨皮先甘后苦，五加皮辣而苦。细辛与徐长卿，同样细长的根须，一闻，细辛气味清，徐长卿浓郁。

一天天下来，严茯苓都在医药上用心。严之慎看在眼里，觉得丫头确实有心。想自己的一双儿女，恐怕并不能继承父祖家业，把一生留在杏林岐黄中了。苓儿进了皇宫，就算留下命来，不过是个宫娥仆妇。儿子枳实，甭提了，自从上回出了事，见到父亲就像见到仇人，随时会扑上前咬人的样子，还整天出外不归家，只怕在外面混上歧路。这祖传的技艺，既然不能传给亲生儿女，能传给养女也未尝不是一件好事。而且她这样身份的养女，就算将来不会从医，但让她用医术来照顾好自己，也是个不错的主意，这也算是养父留给她的一点心意吧。

再说了，就算她严茯苓，不，赵佛佑，大宋公主，她甘愿一生为医，也可能不是坏事。要知道，民间医家治的是百姓的身体，皇室宫廷中人懂医，治的可能不仅是众生，还可能是大家，是国家。严之慎思考再三，终于答应让严茯苓学医了。严茯苓一听，一张小脸都高兴得涨红了，大声说："爹，我一定会用心的！"

严之慎沉下脸，严肃地跟严茯苓说："我女茯苓听好了，国之将兴，必有世德之臣；医之将兴，必有勤能之士。潜心医道，无丝竹之乱耳，无案牍之劳形。学医非一朝一夕能够速成，业精与否，全赖于勤奋与积累，所以要学医，首先要有不怕苦心骨、不畏劳形体的打算。"

严茯苓说："爹，我记下了，我能做到。"

严之慎："能不能做到，做得好不好，爹都会看在眼里。"

严茯苓："请爹爹考验。"严之慎点头，一面交给女儿两本书，说要求一本阅读，一本诵记。严茯苓接过来一看，一本叫《竹书纪年》，还是抄本，另一本是《五行书》。翻了一下，一本其中讲的是古人古事，另一本呢，讲的是金木水火土。

严茯苓便说："爹，你把书拿错了，这不是医书。"

严之慎说："学医之道，懂得医事医德医理，才是首要，至于技艺，是末。"

严茯苓说："原来是这样，爹，我听你的。"从此严茯苓一有时间，除了埋头读书，便听爹爹讲医。

学医之外，严茯苓还是有件放不下的心事。她严茯苓虽然年少，但经历磨难的孩子懂事早。这些日子以来，有块沉甸甸的石头一直压在她胸口上，那便是苓儿代替她被抓走的事情。她一直记挂着，但是想不出好办法，只好一次次提醒养父，快快打听她先前的养父邓元亮，让邓爹爹想办法打听苓儿的情况。

严之慎通过打听岳家军的所在，竟然打听到了邓元亮。给邓元亮写了封信，说苓儿被人送进宫了，不知道死活，让邓元亮想办法打听。写完，驿传过去。不久接到了邓元亮的回信，说他已经拜托岳将军打听，相信岳将军一定会想办法，让严家放心。

再说宋宫里，岳飞在前线的捷报一封封传来，虔州大捷，江州大捷。赵构高兴，特意下旨让岳飞入京，来到朝堂觐见。而另一个人，也早早知道了岳飞要进京面圣的消息。是谁？是当朝宰相秦桧。

秦桧家书房里，秦桧正在和赵子彦密谋，他们说着岳飞进京的事，还说要利用岳飞为他们办件事。事情办好了，得益的是他们，办不好，受损的肯定是岳飞。什么事情？也就是催促皇上立嗣。秦桧自己当然不愿意去冒犯龙颜，触人大忌，而利用岳飞去办事，那不是损人利己，一举两得吗？而他们知道，岳飞的性情忠诚、直性子，没有阴人谋士的曲弯肠子。所以，可以利用他说话，而他仗着军功和皇上的宠信，肯定没有什么不敢说的。只是需要有个人出面，把话传进岳飞的耳朵里。让谁来说？秦桧和赵子彦都不行，他们不是岳飞信赖的人。想想，觉得有个人合适，谁？张浚。

自从排挤了范宗尹，朝廷里压得住秦桧的人只有张浚。张浚是老臣，虽然在秦桧的设计下，目前以主管军事为主，但是朝廷政事也还有他插话的分。张浚和岳飞的关系呢，虽然谈不上十分亲密，但是一个为帅，一个为将，所以相处中也还算过得去。

刚巧秦桧听说张浚的夫人病了，治疗之后不见好。趁此机会，秦桧表现出关心同僚的模样，奏请赵构，让赵构恩准王继先前去诊治。赵构以为属下互相推心照拂，他也就高兴，让王继先赶快去张府看病。

王继先果然让张夫人药到病除。对于王继先的到来，张浚不知道是秦桧的主意，以为皇上隆恩，并且早就知道王继先王太医的名声，也便邀请他坐坐。聊天中，王继先故意叹气。张浚便问王大夫何故伤心。说作为皇上的贴身御医不能让皇上有嗣，实在惭愧。然后隐约间给张浚透露，皇上很可能不能让后宫添裔了。张浚听了也跟着王继先叹气。王继先便说，在张丞相面前说句斗胆的话，希望张丞相不要追究什么。张浚便说我这里不是皇宫，你随便说。王继先便说，作为王公大臣，也该为朝廷立嗣的事情操心了。张浚说，我也为难，跟帝王提议立嗣，从古至今都是大忌，何况当下皇上还正当盛年，要是提出来，皇上高兴还好，要是不高兴，让你吃不了兜着走。王继先说，张丞相自己要是为难，不妨让别的人说，比如岳飞岳将军，战功赫赫，皇上当他宝贝一样，他说了什么，皇上一定不会怪罪。张浚说，这是大事，再说吧。王继先赶紧说，我本是蝼蚁，瞎操心呢。

王继先走后，张浚却思量起他说的话。张浚想，岳飞的战功越来越大，他为人做事的气势肯定越来越高，再过不了多久，自己都快被他压下去了，让他去赵构那里碰个大钉子也好。所以等到岳飞到达杭州城还没进宫，张浚先把委托他向皇上提议立嗣的事情说了，并说是满朝文武的心愿，都说他目前是殿前的红人，只有他提议最合适。岳飞一听，答应了。

金銮殿中，赵构正襟危坐。岳飞走进殿门，一直走到殿前，对着龙椅跪下，三磕头。赵构连喊爱卿。让王保下殿拉起岳飞，一面当着满朝文武的面给岳飞赐座。

赵构封赏岳飞，先是一面旗，旗上四个大字，"精忠岳飞"。上铃御前之宝，下有高宗御押二印，可谓分量不浅。

再宣圣旨："奉天承运，皇帝诏曰，荆湖东路安抚都总管岳飞，拒敌有功，平乱有力，精忠报国，尽济国事，授镇南承宣使、江南西路沿江制置使，敕封其母姚氏为国夫人。"岳飞接旨谢恩。

赵构还跟岳飞说："爱卿尽日在外奔波，来一趟朝中不易，可有什么话跟朕说？"岳飞倒也没急着开口，转过头扫了一眼身后的文武，隐约看见张浚给他丢了个眼神。张浚能轻易唆使岳飞？当然不见得，但岳飞是真性子的人，不去琢磨人家为什么要借他的嘴来说，而且人家要他说的话，也正是他自己的想法，到底不是私心，是为宋室与朝廷着想嘛。也就不再考虑什么，张嘴说了出来。

岳飞："皇上，臣下有两件事要说，一是希望皇上能够亲征北伐，早日收复中原。第二，希望皇上能够为大宋后续江山着想，早日确立皇室后嗣。"

赵构一听，脸色忽然变了。也难怪，这两件事都是让他不愉快的，皇帝亲征，离开安乐地去荒野奔走，谁乐意？更何况赵构好不容易在江南安定下来，舒坦的好日子没过几天，又要过以前一样月黑风高的日子？第二件，一个做臣子的督促君王立嗣？你安的是什么心？而且你又不是不知道，我赵构唯一的儿子夭折了，现在并没有嫡出的血脉，立谁为嗣？

赵构沉着脸，一句话也不说，对着王保吼一声："退朝！"

在赵构拂袖而去的背影里，岳飞还是脊梁坚挺，脸上神态自若。倒是张浚，或许担心皇上盛怒之下追责，担心追到他这里，不由轻轻拭了拭额头的汗水，脸上表情尴尬。而秦桧，暗中捋一捋自己下巴上的几根胡须，阴阴一笑。

慈宁宫，小蟾拎着一只小壶，给园子里的花草浇水。进宫受教之后，小蟾成了宫里一名司苑小宫娥，料理照看这高墙禁苑中的花花草草。

吴贵妃由从嬉她们几个宫娥搀扶着走过来。小蟾见了，连忙放下手中的物件，施礼见过贵妃娘娘。以为吴贵妃会很快走过去，走进宫里见太后。却没有，吴贵妃推了推从嬉她们，自己走上前去，走到了小蟾跟前。

吴贵妃："孩子，你别怕，本宫只想问问你，你是不是见过一个叫瑷瑷的小姑娘？"

小蟾听了，连忙摇头："没，没有。"

吴贵妃再问："你家住在哪里？你的爹娘叫什么名字？能告诉本宫吗？"

小蟾迟疑了片刻，说："回禀娘娘，小蟾是孤女，没有家，也从来不知道爹娘的名字。"

吴贵妃便叹了口气，说："本宫真的没有恶意。"从嬉过来说："娘娘，外面风大，快进屋去吧。"吴贵妃点点头，转过身去。一行人走过小蟾的跟前，走进了内室殿门。

小蟾暗暗吐了口气，连忙拿起水壶，再低着头浇花。一会，潘婕好过来，见了小蟾，同样走上前去，一把抓住了她。

潘婕好："你就是假公主？"小蟾低着头，不敢说话。

宫娥木婉说："娘娘，她现在是一个浇花的小宫娥，太后等着娘娘，娘娘快进殿吧。"潘婕好却还不走，说："他们都说你是假冒的，我看未必，看你的眉眼清清秀秀的，就是瑷瑷。"

木婉说："佛佑公主手臂上有胎记，她没有。"

潘婕好说："一块斑记算得了什么，长大褪掉了也不一定。"一面又凄切地说，"瑷瑷回来了，我的旉儿呀，你也回来吧，回来看看娘亲。"小蟾听着害怕，手里发抖，把壶里的水洒在了潘婕好的脚上。一看，小蟾吓得不行，连忙掏了自己的手巾，蹲下身子给潘婕好擦拭。

潘婕好抓着小蟾的手，小声地说："其实吧，做公主不如做民女，看看，这些花在高墙里，看着鲜艳，却生死不由己，不如那只蝴蝶能自由地飞，飞出高墙外。"

小蟾轻声说："娘娘，我听不懂。"潘婕好说："有一天，你会懂。"

秦桧家密室，秦桧、赵子彦、王继先三个在人坐在一起。

王继先："皇上朝退之后，说是被气得肺都胀了，要在下开平肺的药呢。"

赵子彦："看来真是触到龙颜了。"

王继先说："还有潘婕好，听说前朝议论立嗣的消息，忍不住赶过来，原来的皇嗣太子就是她的短命儿子赵旉，听到消息起了伤心，来到皇上面前哭，让皇上又多添了几分烦恨。"

赵子彦："照这样看，就算不给岳飞处分降级，恩宠总会薄掉些尺寸了。而岳飞受了这一击，气焰也会消减几分，所以丞相的这步棋，算是走对了。"

秦桧："子彦，你说得对，你也长进了。"

赵子彦："那皇上立嗣的事？"

秦桧："关于立嗣的事，要是皇上还不肯松口，那么只有再想办法。"

赵子彦："什么好办法？"

王继先："丞相足智多谋，肯定想好了。"

秦桧："本丞相是想好了一计，到时还需要你们二位一同实施。"

赵子彦、王继先："我们？"

秦桧："是的，你们，缺一不可。"

　　隆裕太后派人给岳飞宣懿旨，让他上慈宁宫觐见。

　　岳飞正在府里和母亲姚氏夫人闲话，妻子李氏夫人一边在为他收拾行装，打算早日回归军营。听说隆裕太后宣见，不敢怠慢，换了身衣服，就跟随唤传太监进了宫。

　　御花园里正是春盛时节，花开蝶舞，暖风送香。潘婕妤由木婉扶着，正在春苑里踱步散心。正走着，远远看见有陌生人过来，两个人连忙闪躲在一边。主仆两个猜度来的人是谁。木婉说，听人说了太后要见岳将军，来的是不是岳将军？潘婕妤听说可能是岳飞，她倒要好好看人家一眼。因为前几天就是岳飞提议立嗣，平白惹了她一场伤心。

　　潘婕妤从假山后面偷偷看过去，只见岳飞头戴朱紫巾帻，身穿袍衫，腰束革带，脚蹬青云靴，身材伟岸，形体挺拔，一路走时，让人听到噔噔有力的脚步声，果真是英气威扬，是不一般的英雄气概。

　　岳飞走过皇苑，朝着慈宁宫的方向，一路上脚步铿锵，目不斜视。看岳飞走过去了，潘婕妤才回过神来，竟然有些怅然的样子，还幽幽说了一句："这位岳将军倒是个真男人。"

　　岳飞走进慈宁宫，给太后磕头。太后连忙让人把他拉起来，一面赐座，还特别让人拿她常用的一张青狐皮椅垫子给岳飞垫上。岳飞一见，连忙推让。

　　太后说："岳将军，哀家面前千万不要拘谨。"岳飞这才谢过太后，坐下了。

　　太后说："皇上不知道多少次在哀家面前说，岳将军为宋室赤诚肝胆，又作战有方，是百年一遇的良才，只有他配得上'精忠'二字。"

　　岳飞说："多谢皇上恩识，多谢太后垂爱，臣岳飞一定披肝沥胆相报。"

　　太后说："岳将军，哀家身在后宫，可前朝的事情也难免会传进哀家的耳朵里，让哀家略知一二。岳将军在朝堂上的奏言，哀家也就有所知晓，哀家跟岳将军也就不见外了，说一说哀家心里的想法。哀家认为，岳将军不论是提议御驾亲征，还是立嗣，都是为宋家江山思虑，全都在情在理。"

　　岳飞连忙说："多谢太后认同臣心。"

太后说:"岳将军呀,你待皇上赤诚,皇上视你为手足,你的忠心,皇上是明白的,所以哀家认为,岳将军回营之后尽管放心,皇上就算一时脸上不快,但他是不会怪罪你的。"

岳飞说:"有太后这话,岳飞没什么不放心的。"也就知道了,太后是安抚自己,这是为皇上打圆场,让外将安心,不要对皇家有想法,不要起心思。岳飞听着,心里明白。临走时,岳飞想起了邓元亮的嘱托。当时邓元亮接到严之慎的信后左思右想,只有拜托岳飞在进宫时打听芩儿的消息。

岳飞想到这里,便问了太后:"太后,臣下还有一事相询,帐下副督军邓元亮有一女,说是送到了宫里,不知道现在如何。"

太后说:"岳将军说的是小蟾吧?她已做了宫娥,就在哀家身边。"连忙对身边人说:"快叫小蟾进来见岳将军。"

小蟾被唤,小心走进殿里。太后招手,让她走近岳飞跟前。

太后:"这就是邓家姑娘。"一面又说:"小蟾,快过来,让岳将军瞧瞧。"

小蟾连忙给岳飞行礼:"岳将军好。"

岳飞:"你家里父母亲都好,让你在宫里安心。"

小蟾点点头,说:"还请将军转告奴婢父母,奴婢一切也都好,不用记挂。"

太后:"岳将军,你就放心吧,哀家不会让小蟾受罪。"

岳飞:"多谢太后关照,让太后费心了。"说完,岳飞告退出殿。见小蟾一起出来,便私下问她:"姑娘,你要是想回家,你岳伯父就向皇上、太后讨个赏,带你出宫。"

小蟾听了,没有马上高兴应允。从姑娘的脸上看得出来,只怕小小年纪已经明白进宫容易出宫难,不想因为自己拖累父母家人,只听得她说:"多谢伯父好意,小蟾心领了,小蟾在宫里挺好的,不想回家。"

岳飞:"伯父明白你的心思。"

小蟾:"伯父,你要是见到自明哥哥,让他转告瑷姐姐,让瑷姐姐不要为我难过,要她自己多多保重。"

岳飞:"伯父记下了,好孩子,你自己也要多保重。"

唐昌严家医馆,严之慎收到了邓元亮的来信,知道女儿在太后身边好好的,不由对着信纸偷偷擦拭了一把老泪,一面拿信给家人看。

严夫人读完来信先是哭了,哭了几声又笑了,说:"我的好女儿,既然进了宫,还能待在太后身边,说不定有出人头地的一天呢,这家就指望你了。"

严之慎:"没事就好,还指望什么?"严枳实不以为然,说他爹:"他当然不指望我妹妹,全指望他的养女了。"

严之慎斥子："不要胡说！"

严枳实："狼虎之父，你会后悔的！"

严之慎："逆子，你又想干什么？"

严枳实："我只想报复你！"

严之慎："你滚！"

严枳实："要是我不想滚，你撵不走，我想滚了，你追不回！"严之慎听着，气得一阵咳嗽，扬手又要打人。严夫人连忙上前拉着。

严获苓知道苓儿进了宫，改名为小蟾，在太后身边。太后，也就是和她一起在北掳路上死里逃生的奶奶。虽然不是自己的亲奶奶，她知道这位奶奶礼佛，心性仁厚，相信她会照顾小蟾。这样想着，也就放心不少。还私下把自己的想法跟养父说了，严之慎说有太后和岳将军照顾，他放心了，让获苓也尽管安心。

严获苓日夜读古书，记先训。《竹书纪年》中有个叫伊尹的人，虽然是采桑女生的孩子，但是勤学广识，心怀天下，成为商朝一代名相，还是名医。有人把他和黄帝、神农并列为医学三圣。"原百病之起愈，本乎黄帝；辨百药之味性，本乎神农；汤液则本乎伊尹。此三圣人者，拯黎元之疾苦，赞天地之生育，其有功于万世大矣。万世之下，深于此道者，是亦圣人之徒也。曰：古之至人，不居朝廷，必隐于医卜。"

严获苓明白，养父让自己读这样的故事，一定也是用心良苦。只是不知道养父让自己掌握医理医技之后，像伊尹一样心怀天下。或者相反，永远不涉朝政，一生隐藏于民间，隐藏于医业。严获苓的心愿，当然是后者，做个民间医者，一辈子默默无闻，却踏实安心。

一天天的日子，是围绕唐昌镇的柳江水，有激越，有干涸，更多的时候平缓流淌。这一日，医馆里来了客人，头戴巾帽，身穿襦袍，下巴一撮山羊胡，黑中夹白，已逾不惑的年岁了吧。却见脚步异常矫健，进门越过众人，径直来到严之慎的诊台前，就着诊凳坐下来。

严之慎："这位客官，来小馆何事？"

来人："进你家医馆，还有什么事，当然是看病。"

严之慎："你没病。"

来人："我没病？怎么说？"

严之慎："客官眼清目明，气定神闲，腰直腿健，哪有毛病？"

来人："我有病，病在这里！"来人边说，边指指自己的胸口。

严之慎："心病需用心药治，恕本医馆没有心药。"

来人听着阴阴一笑，说："有，别的医馆没有的药，你这里有！"

严之慎："客官什么意思？"

来人："你有熊心和豹胆！"又说："来到唐昌，在我朱某的碗里抢饭，却一直没见你过个门，认个脸，你说，你是不是有熊心豹胆？"

这样一听，严之慎也就知道了，来的不是别人，应该就是唐昌镇上有名有姓的大夫朱三帖。

严之慎："原来是同行朱先生，久仰久仰。"

朱三帖冷笑，说："不跟人打个招呼就抢食，说说看，什么来路？"

严之慎："在下原先也不过是一介草头郎中，逃难来到唐昌，只想靠薄技给一家老小混口吃的，并不想要抢朱先生碗里的饭。只是想，这西街馄饨摊，东街云吞铺，卖一样的东西，都各有各的主顾，实不相碍。朱先生要是觉得在下碍了你，那么在下现就给你赔礼了。"

朱三帖："我今天已经上了你家的门，你不咸不淡一声赔礼，事情就了结了？还说什么馄饨摊云吞铺。在唐昌，我朱某人要是肯让你摆这个摊你就能摆，不让你摆，你试试，只怕迟早只能卷了摊铺走人。"

严之慎："在下可不想得罪朱先生。"

朱三帖："你已经得罪我朱某了。"

正说着，一个下人跑进来喊："老爷，县太爷家的夫人又病了，轿子已经等在门口了，让你快去！"

朱三帖听后站起来，却又对着严之慎说："是唐昌县太爷家的轿子，在唐昌镇，除了县太爷，这轿请问还有谁敢坐？告诉你，还有我朱某敢坐！姓严的，你听好了，你得罪我朱某的事情还未了，等我从县太爷家回来，再跟你计较！"

严之慎听着，笑一笑，不置可否的样子。朱三帖见状，他的气显然没消，只是要赶去给知县夫人看病，没有时间再理会，便从鼻子里哼一声，拂袖出门。

朱三帖走后，白掌柜才探进门来，说："严兄呀，这县太爷家谁生了病，每回都是出轿子来请朱三帖，有县太爷撑腰，朱三帖才敢在唐昌这么横，他要是跟你较劲，只怕你在这里真的难以立足了。"

烧饼强二也张望了几下，小心地塞进门来，说："严大夫呀，有一年来了位外地客商，也是没有照会朱三帖，他扬言要让人家爬着出唐昌，客商说不相唐昌地界没有王法，不相信，结果真的被朱三帖的手下打断了腿，一路爬着出去，是我亲眼看见的，千真万确，严大夫你别不信了。"

严之慎："这样看来，我是惹上麻烦了。"

强二："是啊，大麻烦呀！"

白掌柜："快想个应对的办法吧！"

严之慎："兵来将挡，水来土掩，看着办吧。"

第四章　敏郎中妙手治暴盲
　　　　　慧义女拜师遇难题

　　岳飞军帐中，岳飞置了一桌薄酒，算是犒劳打了胜仗归来的将士，其中有爱子岳云以及邓元亮父子等人。

　　邓自明身穿战袍，跟随父亲，走在凯旋将士当中。岳飞见了，拍拍他的肩膀，说："一仗归来，自明贤侄又长高了不少。"

　　邓自明："伯父，这次小侄亲手砍下了五具鞑子的头颅，下一次，一定砍杀更多。"

　　岳飞："贤侄好样的，人不犯我，我不犯人，人来犯我，而且是一犯再犯，让我大宋江山沦陷，万民荼炭，那么我们一定要豁出性命去反击，见到鞑子，人人诛杀，来一个杀一个，来两个，杀一双，让他们有来无回！"

　　邓元亮："明儿年纪尚小，将军不要夸他，夸多了，怕他年少气盛，生出骄傲的毛病来。"又说："明儿，你听好了，要以你岳伯父和云哥哥为榜样，天地忠贞，复国为念，为我大宋的天下而战，九死不惧。"

　　邓自明："伯父和父亲的话，明儿都记住了。"然后大家都坐下来，斟了酒，先齐干了一杯，动起筷来。

　　岳飞放下杯子，看着一旁的儿子："云儿，说说你最近的作战心得。"

　　岳云："父亲，各位叔将，兄弟们，我的一条作战心得是，杀敌时，你越是害怕，他们越是胆大，你不怕，他们就胆怯。要是让敌人的胆大起来，他们的气焰便会高涨，打起来就费劲，需要以十当十，让他们胆怯了，缩头缩尾，就好攻，可以以五当十，以一当十。所以，我们必须先行胆大，灭人气焰。"

　　岳飞："这是攻心术，攻敌先攻心，你能总结出这样的经验，看来比以前成熟了。"

　　岳云："父亲，我还想好了对付金人拐子马的新办法。"

　　岳飞："哦，对付拐子马？"

邓元亮："拐子马重甲护体，三马连横，成千上万的马匹形成铁波铜浪，呼啸向前，金贼就依靠拐子马驰骋中原，我军也吃了拐子马的苦头，要是有破阵方法，那就太好了。"

岳飞："云儿，把你想的办法说来听听。"

岳云："我军之前也运用了破拐子马战阵的办法，是用长钩刀砍马腿，长钩刀的长处是兵士不用靠近马身，减少损伤，弊端是杆长，与马距离远，杀伤力不强，所以战绩并不佳。现今我想培养一批手脚利索、行动快疾的兵士，手持麻札刀，冲入马阵，不要抬头，见马腿就砍，砍麻秆一样。"

岳飞："主意不错。"

岳云："拐子马三马相横，只要有一匹跌倒，另外两匹就不能前进，只要有几匹倒地，就会牵扯一片，到时候，人马相互践踏，而我军，不需要阵前冲杀，只需弩子床远远发力。"

邓元亮："麻札刀，弩子床，太好了，要是金贼再犯，杀他个片甲不留！"

正在这时，探子进帐报讯。

探子："岳将军，据前边可靠消息，金军又大举南下，声称这一回要灭了宋廷，首领是完颜兀术和他的儿子完颜亨。"

岳飞："来得正好！"

岳云帐房。岳云已经脱去了盔甲，身穿衫袍，头戴方巾，手里拿着一卷书，正坐在帐中阅读。在他的身边，除了一些简单的用品，显眼的是一只锦袋，里面好像装着一只匣子，装得仔细，一定贵重。帐壁上，还挂着一支紫竹箫。这两件物品能随岳少将来到军营，看来一定是他的钟爱之物。

邓自明独自跑来了，先在帐门里探了一下脑袋，再钻进来，一面叫："云哥哥！"

岳云见了邓自明，笑着放下书，说："怎么？又想操练兵器？"

邓自明说："刚练过，想云哥哥了，过来看看在做什么。"

岳云："你小小年纪，挺会说话。我没做什么，看会书。"

邓自明："云哥哥看的是什么书？"邓自明一面说，一面看着岳云把书卷翻过来，再凑上前看看，说："是《虎钤经》呢，我爹让我读《孙子兵法》，我只读了《作战篇》《谋攻篇》和《军形篇》。"

岳云说："你年纪小，慢慢读，边读边实战。"

邓自明左右看看，先看到竹箫，抚摸了几下，没有取下来，再看到锦袋，忍不住问是什么，得到岳云的允许，便打开了袋口，把里面的东西取了出来，看了看说："云哥哥，这是琴匣，里面是一张琴吗？"

岳云："是的，你想看，就拿出来吧。"邓自明连忙退身："谢谢云哥哥。"

邓自明取琴时，岳云止住他，说："先别动，怕你毛手毛脚，还是我来吧。"

岳云释卷起身，打开琴匣，果然是一张琴，却是一张旧琴。邓自明低头去看，看见琴身上刻着两个字，叫"和云"。岳云把匣中琴取出来，架好了，随手拨一下琴弦，几声清脆。

邓自明看着，瞪大了眼睛："云哥哥，你会弹琴？"

岳云："想听什么？"

邓自明："你随便弹，我都喜欢听。"

岳云果真弹了。弹的是《剔银灯》，一面弹曲时，一面低声吟唱："昨夜因看蜀志，笑曹操、孙权、刘备，用尽机关，徒劳心力，只得三分天地，屈指细寻思，争如共，刘伶一醉……"一曲弹完。邓自明拍手说："云哥哥，只知道你的双手抢得起百斤锤，没想到你抢锤的双手还能弹琴，还弹得这么好，太让人意外了。"

岳云说："我弹得不好，先前有个小姑娘，她弹得才好。"

邓自明也说："我有一位义妹，她也会弹琴。"

岳云说着，把琴放回匣内，依旧装入锦袋。

两个人，一个是方才弱冠的英雄少将，一个是早早上战场的勇敢少年，互相惺惜，说了不少话，直到军中响起开饭号声，才一起走出帐去。

———

严家医馆的门前，过来一顶轿子，就停在了医馆门口。虽然一顶素轿，也有四个身强力壮的轿夫抬着，落在了小医馆的门前，还是挺招眼的。却见轿帘挂着，轿里是空的。随轿一位读书先生模样的青衣人，急急地跑进医馆。

来人急吼吼，想三言两语把话讲清，越急反而说得零乱，只听得说什么县太爷，请大夫上轿。还说他是县衙的刀笔先生，过来请人。

这县太爷怎么了？生病了？要是病了，他家不是有专门的大夫？刀笔先生把话再说了一遍，才听清楚，原来还是县太爷的夫人生病，已经请朱三帖朱郎中诊过了，也给开了药，却一直没见好。把县太爷急得不行了，着人四处打听好大夫，听人说鱼水街西端严家医馆的严大夫可能有办法，就赶紧派人来请。怕耽误时间，让刀笔先生过来请，连轿子也一起过来了。

刀笔先生："严大夫，快走吧，不快点，要把县太爷给急坏了。"

严夫人正在厅堂，听到来人说的话，一把拉住严之慎，说："老爷，你已经把朱大夫得罪了，要是再得罪了县太爷，那我们在这里还如何待得下去？"

严之慎："身为医家，治病救人是本职，论什么得罪不得罪？"又招呼严茯苓，"女儿，和爹一起去趟县太爷家。"

严获苓答应，收拾几样出诊用具和爹出门。门外，严之慎朝轿子挥一挥手，说："唐昌镇最远的脚步不过半个时辰，这轿子走的也是脚力，不用了。"

父女两个快步朝前走去。刀笔先生连忙退了轿子，追上前，给人诺诺带路。

唐昌县衙在鱼水街东头，坐北朝南，门前椽木架，架子上击冤鼓。大门前两只威武石狮，从大门里望进去，只见一面"明镜高悬"的金字匾额挂在中堂。进了县衙大门后再穿过边门，转到后院，才是县太爷的内室。路上刀笔先生介绍过了，县太爷姓邹，四十余岁，夫人邹陈氏。

邹知县已经等在院门前，看来确实急慌，还穿着朝服戴着乌纱，见到了严之慎，也顾不上摆个官架，连忙抱拳迎接。

邹知县："这位就是严大夫吧？贱内的病，全倚仗你了。"

严之慎："知县大人抬举，草民尽力而为。"众人一起走进内庭，走过回廊，只见房屋有东西两厢。邹知县亲自引着严之慎父女来到东厢房里。知县夫人拥被坐在床上，双眼上面盖着布巾，留下鼻嘴，嘴角处好像带着怒气。倒没听到呻吟声，却是一声声叹气。说是病来得急，一双眼睛全瞎了。

邹知县焦急地说："这家里家外，还有一双儿女，全仗夫人打理照料呢，一双眼睛瞎了可怎么行呀？"

夫人却说："这家里还需要我？瞎了才好，什么也看不见，省心。"又说："我这眼睛瞎着，你还肯在这跟前站站，要是好了，哪里见得着你了？"

严之慎也不听夫妻俩拌嘴，上前诊断。问病因。说是双目视力骤丧。查看，只见眼膜灰白混浊。把脉，脉弦涩。

严之慎说："是暴盲症。"

邹知县连忙说："对对，朱大夫也诊为暴盲，只是夫人吃了对症治疗的药，却不见好。"夫人听着，鼻子里哼一声，只顾让人拿过布巾，重新把眼睛覆上。

严之慎想，朱三帖号称三帖，既然诊出暴盲症，那么也一定能开出对症下药的方子。严之慎提出看看先前的药方，很快拿来了。方子上桃仁、红花、赤芍、川芎等。桃仁活血祛瘀，红花活血通经，赤芍清热凉血，川芎活血行气。这药方并没有错，怎么吃了药会毫无起色？

严之慎看看这室里，桌凳井然，床前的盂罐里只有少量的痰，不见异常。再看，见夫人床头临着窗口，不由上前，探身看了一眼。回身看看知县的神色，再看看夫人的脸色，心里便明白了几分。

严之慎把邹知县引到一边。邹知县见状，以为夫人不治，便急着问："严大夫，贱内的眼睛还有治吗？"严之慎只是端起茶水喝了一口，不置可否。这样一来邹知县更急了，开口说："姓严的，你要是把我夫人的病治好了，在这唐昌县境里要是遇到什么大事小事，本知县全给你罩着，要是治不好，你就从哪儿来滚回哪儿去，唐昌再没有你落脚的地方！"

严之慎摆摆手，说："知县大人，先别恼，恼怒伤肝，肝胆相照，胆主明目，夫人的病，也就是急火攻出来的。"邹知县听着，倒败了恼火，嘟囔着说："没让她恼，是她自找的。"

这样一听，严之慎心里越发有了几分把握，说："知县大人一定做了让夫人生气的事。"邹知县点点头，说："前几天刚纳了一房小妾，事前她也没说不同意，才把人接过来，结果她就出了这样的毛病。"

严之慎并不提笔开方，只问："先前煎好的药还有吗？"

邹知县："有，有。"一面唤下人："快去把炉上煎好的药端来。"

不一会儿，下人端了药过来。严之慎接过来，却不见端给知县夫人，只是把严茯苓唤到跟前，跟她耳语了几声，让女儿去送药。

内室，严茯苓上前，不急着送药，却凑上前，在知县夫人耳边轻语了几声。语毕，只见知县夫人挺身而起，一把盖在眼睛上的布条扯下扔了。从茯苓手里中接过药碗，一口气把碗里的药汤喝下，一滴不剩。

第二天，知县夫人就能看见一丈之内的景象了。严之慎给方子里加了几味人参、大枣等生荣的药，只说再吃几剂，就没事了。

邹知县惊异不已，问同样的药，为什么原先不行，严之慎来了就行了。还问严茯苓，当时在夫人的耳朵边说了什么。

严之慎一笑，说："知县大人还是问夫人吧，只是病在夫人身上，病根却在大人这里，所以想要去掉病根，还须大人你来制衡调节。"

邹知县也就明白了几分，说："严大夫高明，你来到唐昌，是唐昌百姓的福分。"

没过几天，说是知县夫人的病痊愈了。县太爷高兴，特意做了一块匾额，要送给严家医馆。敲锣打鼓一路过来，一直送到医馆门前。一看，匾额上两个闪闪发光的金字："妙医"。这一热闹，唐昌境内都知道县太爷褒奖严大夫的美事了，也纷纷谈论起严大夫的妙手回春之法。

白掌柜和强二自然挤在了医馆的厅堂，待到堂中清闲一些，先说医馆有了衙门送来的金字招牌，再不用担心朱三帖的排挤了。再问严之慎当日如何施展了神奇之术，把那朱三帖治不好的毛病给治好了。

严之慎说："是茯苓的一句话起了大作用。"

严茯苓说："是爹让我说的，我当时认为，爹怎么竟然让她跟知县夫人说那样的话，我都怕人家听了，立马撵我们走人。"众人便赶紧问严茯苓，她爹让她说了什么话。

严茯苓说："我爹让我在知县夫人的耳边跟她说，知县大人说了，你的眼睛要是好不了，就把小的扶正了。"听严茯苓这么一说，严之慎不由拈须哈哈笑了几声。堂上的人也想笑却笑不出来，不知道这严之慎严大夫怎么跟病人讲出这样的话，说人家的病要是好不了了，就让小的上位，这不是捅人心窝吗？

严茯苓继续说："虽然我有些担心，夫人听了会不会更加生气，可既然爹让我说，我就说了，知县夫人一听，并没有撵我们，倒是抢了碗就喝药，一口喝光了。"

严之慎再笑，说："知县夫人因夫纳妾，盛怒气急，以致痰热上壅而暴盲。朱三帖朱大夫并不是欺世庸医，他准确地诊出了夫人的病，而且也对症开出了药方，夫人的病怎么不见好呢？我给夫人把了脉，脉象过弦，可见体内并没有入药，再观察，发现临床的窗口一片黄渍，也就猜到，是夫人并没有喝药，她趁人不注意把煎好的药泼掉了。夫人为什么要这么做？从她说的话里可以听出来，她认为自己病着，丈夫的心思就还在自己这里，病好了，丈夫的心思一定会归小妾那里，所以她就不配合治疗，以病体来攫取丈夫的心思，并且认为只有这样，才能让丈夫的心里感觉到愧疚。

众人说："原来是这样。"

严之慎说："所以说，诊病要知察善辨，只是这辨的不仅是病状，还有病人的心思。"众人听了，都赞许严大夫真是妙医。又说这"妙"字用得真妙，少女为妙，少女是茯苓，这桩医事中少不了茯苓的功劳呢。

满堂笑过。

严之慎还有意无意让人传出话，说知县夫人的病是朱三帖确诊的，药方也是朱大夫开置的，自己不过把现成的药送到病人嘴里。唐昌小镇，一句话十人传百人，当然能很快传到了朱三帖的耳朵里。

朱三帖又来到了严氏医馆。只是这一回，已经收敛了之前的气焰，脸色和柔还带了卑谦，走向严之慎，抱拳相向。严之慎也便抱拳迎接。朱三帖跟严之慎解释，自己并不是豪绅劣医，出诊时让人家派轿子来抬，确实是想标榜自己的医术，毕竟十年寒窗还能试搏金榜，十年学医未必能成良医，所以想让人们懂得重医尊医。还有欺贫凌穷、无钱不予看病的事情，是下人在胡作非为，当然自己也有责任，自己埋首医术医道而失察其余，以致犯错。

严之慎说："同道中人，只要性情作为不是太过偏颇，都是能够相交为友。"

朱三帖和严之慎，唐昌镇上的两位大夫郎中，从此之前的不愉快一笔抹掉，一起谈书论籍，谈道论医，畅述医学心得，解析各自遇到的病情医案，也就成了好朋友。

原来，医家与医家，也是不打不相识。

御花园里，小蟾和两三个小宫娥坐在芍药花下玩耍，一个说，独活灵芝草，另一个说，当归何首乌。一个又说，独有痴儿渐远志，另一个接，更无慈母望当归。原来是在玩药名联对。小蟾又说了个上联，厚朴待人使君子长存远志。这联中有厚朴、使君子、远志三个药名，串联起来，成为一句厚德激励的诗话。小宫娥们摇着脑袋左思右想，一时间对不上来。

王继先去慈宁宫请脉，留意听了，听在了耳里，便有意慢下脚步，大声说了一句："苁蓉处世郁李仁敢不细辛。"

诗句里也有苁蓉、郁李仁、细辛三味药，一个长存远志，一个敢不细心，对仗药名与意思都工整。小宫娥闻声朝人一看，见是宫中的御医大夫，连忙行了个礼，散开跑走了。

王继先把小蟾喊住，说："我认识你，你是太后宫里司苑的。"小蟾便止住脚步，叫了一声："王大人，奴婢也认识您，您常给太后看病把脉。"

王继先说："你出的对子挺好，看来懂不少药名。"

小蟾："闹着玩呢，不想惊动了大人，奴婢造次了。"

王继先摆摆手，说："没事没事，你们这样玩，挺好。请问姑娘，想不想再对一回？本大人出上联，你对下联。"

小蟾本来不敢多说话，可听他这么一说，年轻人自然有好胜心，小宫娥们不是她的对手，而这大夫当然是药名诗句中的行家，一下子，心里涌起跃跃欲试的冲动。不等小蟾回话，王继先说："白头翁骑海马赴常山挥大戟怒战草蔻不愧将军国老。"

小蟾一听，这一长句，有多少药名呀，白头翁、海马、常山……心里默记细数，要一一对上，却也不容易，蹙了眉头想，却一下子想不全。

王继先看在眼里，说："不急，慢慢对，对上了再说。"王继先说完，笑一笑，起步走了。

王继先进了慈宁宫，太后斜靠在矮榻上。王继先先请了安。太后说："哀家这几天睡眠不太好，一晚上好像睡着了，又好像没睡着，似睡非睡。"

王继先："刚去了福宁宫，皇上也是这么说。"

太后："皇上可好些了？"

王继先："并无大碍，换几味药调理一下，应该就会好转。"

太后："皇上没事就好。"

王继先给太后诊完脉，说："臣下觉得太后脉象有些弦，病象倒是没有，猜想是不是药食上面不太均匀，导致脾胃虚弱，并而出现假寐。"

太后说："可不是这么回事，来到这临安府，宫里宫外全是新辟的，宫中各等侍候的人也都是新招的，初入行，总是手脚迟钝，难免不尽如人意。只是哀家不愿多事，也就不苛责他们，自己多担受一点，不均不匀，也是常有的事。"

王继先："别的事情要是怠慢一点，太后说不要紧，那还不要紧，这奉药的事可是万万不能怠慢的，一定要足量准时。"

太后说："哀家吩咐他们吧。"

王继先："太后，我看着宫外莳花的那个小宫娥挺机灵，太后是不是试着让她过来给你侍药。"

太后说："你说的是小蟾吧，是挺机灵的，不妨唤她试试。"

王继先："太后康健，是宋廷的福，是万民的福。"

太后："王大夫尽心尽职，是哀家的福。"

王继先从殿中出来，四处看看，果真又看到了小蟾，正在芙蓉圃前修剪。王继先走过去，故意咳了几声。小蟾闻声，回过头来。

小蟾："大人。"

王继先："刚才的联，对上了吗？"

小蟾说："奴婢想好了，何首乌驾河豚入大海操仙茅逼杀木贼千年堪称长卿仙人，大人您说，对得工整不工整？"

王继先："很好，真是既机灵又聪明的姑娘。姑娘，你还有件喜事，想不想听？"

小蟾："大人见笑了，奴婢哪里会有喜事？"

王继先："太后说不定马上安排你去跟前侍候。"

小蟾："奴婢照看这花园挺好的。"

王继先："到了太后的跟前，不用整天风吹日晒不说，职级一定也会给你提升。"

小蟾："可是大人，到了太后跟前，奴婢怕自己做不好呢。"

王继先："你这么聪明，一定能做好。"又说："对了，要是遇到什么事情，尽管跟王大人我说，本大人一定全力帮你。"

小蟾："奴婢谢过王大人。"

王继先："姑娘，好好干，干好了，再谢本大人。"

秦桧家密室，秦桧与赵子彦、王继先又聚在了一起。

王继先跟秦桧汇报，福宁宫和慈宁宫药物已经到位，人也有所配备。其中有个叫小蟾的宫女，就是被赵子彦误抓又被宰相送进宫去的假公主，天真烂漫，胸无城府，已经取得她的信任，安排到了太后跟前，到时候一定可以利用。

秦桧："这局布得不错。"

王继先："还有个人，到时必须支开。"

秦桧："谁？"

王继先："王保。"

赵子彦："他是皇上的近侍太监，日夜不离左右，怎么支得开？"

王继先："我倒想好了一个办法，给他吃的食物里面下点药，泻药什么的，让他因病告假几天，只是在他的食物里面做手脚，需要赵将军了。"

赵子彦："这个好办，我是御前护卫，检查各处膳食是职内的事情。"

秦桧："好，就这么定了，按计划进行，选一个月黑风高的夜晚。"

王继先："愿丞相如愿以偿。"

秦桧："哪里是本丞相的心愿，是赵将军的事。"

王继先："那先恭喜赵将军了，不日来年，你可就是太皇。"

赵子彦："同喜同喜，要是玫儿能上位，丞相一定一言九鼎，王大人是太师太傅。"

赵子彦、王继先说得高兴，秦桧脸上却不着颜色，心中阴阴暗笑。

沉沉夜幕，笼罩了西子湖，笼罩了凤凰山。夜风吹疾，絮花飞扬。宋宫里，赵构从阅案前起身，觉得脑袋有点沉重，唤王保。小太监上前禀告，说王公公因疾告假了。赵构也便不再说什么，想召个陪侍的人，又因王继先劝告要他这些天调养，也就没有传人侍寝。一面起身，在小太监和宫娥的服侍下，黯黯地睡下了。

掖好被子，垂下帘帐。宫灯悉数灭去，只留一盏角灯，烛光明灭，如真似幻。一朝帝王，也便在他宽不过六尺、长不过二丈的龙榻之上，摇橹梦乡。

午夜里，赵构做了个梦，梦见有个人站在他的床前。隔着帐纱，在明明灭灭的烛光里，看见一个身影，也像烛光般如真似幻。但他看清了床头人的形状，翅冠宽袍，长须及胸。好像，好像画像上的一个人。像哪个人呢？对了，像先皇太祖。

人影在烛光里举起一件东西，看清了，竟然是一把斧子。斧影印在墙上，黝黑而凌利。赵构的心里急得不行，担心斧子落下来，落在他的脖子上。却，一直没落。

可人影说话了，他说："赵氏后世侄孙构听好了，开宝九年，朕患病卧床，朕的亲弟弟光义以探视之名入宫，烛光中，斧声响，催朕命，更褫夺了朕的皇位。从此，朕这一脉人丁凋敝，皇位由他太宗一脉承继，至今已百又六十载，要知道，光义弑兄夺位，行为猪狗，他命终后近不了神灵，登不了佛堂，天帝为了惩处他，让他投胎转世转为猪狗，任人捕杀，为人杖毙，猪狗又投胎成了蝼蚁，任凭千人万人踩踏，蝼蚁几世，再投胎便是你！为了让你再受到惩处，已使你的名下无后。而你如果再冥顽不化，今晚的斧声就是你的归路。你再去转世投胎，仍然是猪狗蝼蚁！"

赵构大叫："太祖，不要杀我！我不要冥顽不化，我不想做猪狗蝼蚁，如何才能得到天帝和先皇太祖您的原谅，恳请明示啊！"

人影："你要易弦改正，很简单，马上立太祖这一宗脉后人为嗣。将来让嗣子继位，把皇权交还于朕的后人，就算了了烛光斧影的罪孽。本太祖回天庭禀明天帝，保你得到寿终正寝，来世投胎，仍为贵人。"

赵构："好好，我答应！"

人影厉声说："如果做不到，随时来取你的性命！"

赵构："我一定做到！"

人影哈哈一笑，说："是归还的时候了……"赵构醒来后，发现自己一身臭汗，再看寝宫里，哪有什么人影和斧子。天亮后，想想要不要照梦中人说的话办事，犹豫不定。便来到慈宁宫跟太后说说，把梦里的情景和话语全都跟太后说了。太后跟他说，自己也做了个梦，梦中的情致和他说的一模一样。

赵构一听，便又吓得额头沁汗，说："一定是先皇太祖来托梦了，冤魂不散，要朕归还皇位，朕要是不照办，只怕真的不得善终。"

太后说："皇儿要是心中忐忑，那么对立嗣之事有个定夺也好，一来消散臣民的担心，二来弭除自己心中的疑虑。"

赵构："朕马上着人查访太祖余脉，要是有适龄的男童，马上接进宫来，过继到朕的名下。然后着人授业调教，观视之后，再确定太子人选。"

太后说："皇儿圣明。"

　

岳家军营，岳云正带领兵士在校场上练习。士兵手里拿着麻札刀，像猿猴一样，在地上扑来滚去，一个个身体矫健。邓自明也在士兵队伍中，一板一眼，练得认真。岳飞来到校场看爱子和爱将们练兵。才看一会，忽然有兵士报来，说是韩将军和夫人来了。岳飞一听，连忙迎接。

韩将军韩世忠，延安人，出身贫寒，勇猛过人，为抗击金军立下汗马战功，与岳飞正是生死相交的兄弟。而夫人梁红玉，不仅是韩世忠的知己，更是一名智勇双全的女将，在与金人的黄天荡之战，就留下了梁红玉击鼓战金山的故事。

韩世忠夫妻俩下马，见了岳飞父子，却不肯随他们去帐房，要看看岳家军营兵士们的训练。岳飞听了，便吩咐岳云继续训练，好让韩伯伯、梁伯母指点。岳云果真带领兵将，在校场上再次展开手脚，扑腾开来。

岳飞："这是小儿想出来的新战术，用麻札刀砍马脚，想破金人拐子马阵。"

韩世忠："那是要把拐子马的马腿当麻秆砍，好办法！"

岳飞："韩兄、嫂子，你们看看边上那个小崽子兵，灵活得像只猴子。他是元亮兄的儿子，叫自明，首次征战，就砍了五具金人的首级。"

梁红玉："英雄出少年哪。"

岳飞："韩兄，嫂子，进营坐吧。"

韩世忠："好。"

岳飞和韩世忠夫妻一起，来到帐营，各各落座。

韩世忠跟岳飞说："贤弟呀，你在朝堂上的奏请出效果了，皇上已经下旨，查访适龄男童，过继立嗣。"

岳飞："宋室江山后继有人，我们这些做臣子的，也就放心了。"

韩世忠说："朝廷安稳，接下去的事情，就是我们兄弟联手，痛击金狗！"

岳飞："歼灭金狗，还我中原，迎接二圣，恢复大宋，是你我兄弟的心愿，也是大宋所有臣民的心愿，岳飞的一胸热血，一定为此喷洒！"

韩世忠："我韩世忠也是！"

梁红玉说："自从黄天荡一战，金人知晓了你们两位的威名，称叔叔为岳爷爷，称相公为韩爷爷，他们再次南下，肯定会加倍小心，我们也该加倍用心对付。"

岳飞："嫂嫂说得有理，金人有黄天荡的教训，肯定会步步为营。"

韩世忠："所以这一回，我们除了让他们知道弩子床与麻札刀的厉害，还要施计智取，所谓兵不厌诈。"

岳飞："强攻，能做到以一敌一，以一敌二已经不错了，以一敌十算是奇迹，而计谋智取，可以做到以一敌百，以一敌万。"正说着，岳云走进帐来，看来已经结束了训练，一面走时，一面拿布巾擦汗。见了韩世忠夫妇，连忙施礼相见。

梁红玉见了岳云，少不了拉住，左右看了，满心喜欢地说："侄儿越发结实了，看你在校场上练得那么好，伯母真为你高兴。"

岳云也便腼腆着脸，说了谦虚的话。

梁红玉又对着岳飞说："岳叔叔，你看看，侄儿已经这般威武挺拔，长成军中第一帅哥了，你也该为我侄儿的婚姻大事操操心了吧？"

岳云一听，连忙说："伯母见笑了，云儿还年轻，再说战事要紧，不谈儿女私事。"

梁红玉："这婚姻也是一等一的大事，该办的时候就得办，要做到谈婚论嫁与打仗两不误，是不是，岳叔叔？"

岳飞："嫂嫂说得有理，那就有劳嫂嫂操心了。"

梁红玉问岳云："侄儿，有没有中意的女子？"

岳云红了脸，说："哪有。"

梁红玉："好，那就伯母替你留心着。"

韩世忠："等灭了金贼，让皇上赐婚。"

梁红玉："等着皇上赐婚？让云儿娶公主吗？可是当今皇上并没有女儿呀。"

岳云听着，竟然接口说："不，皇上有女儿！"

梁红玉说："也是，皇上是有个女儿，大名叫佛佑，小名叫瑷瑷，只是那可怜的孩子，现如今不知道在金人手里还是在哪里，不知道是活还是死呢。"

正说着，邓自明为找岳云来到了帐外，听到了几个人的谈话，心里想，皇上的女儿佛佑公主小名叫瑷瑷？我的义妹也叫瑷瑷呢。那个瑷瑷和这个瑷瑷是同一个人吗？又想，怎么会呢？一个是公主，另一个是落难的小民女。看来，父亲邓元亮的口风十分严实，一直没有把养女的身份透露出来，哪怕是自己最亲近的儿子。

邓自明因为想到妹妹，蓦然间胸中陡生出一份思念。要知道青梅竹马的情谊，在少年的心里，已经生长出丝丝缕缕的情愫。如今这份思念之情在刹那间涌上了心头，让人好想立马跑出军营找到妹妹，好好地看一看她。

严家医馆暂时没有病人，严之慎和朱三帖、白掌柜等人坐着聊着，又说到了唐昌衙门里的邹知县。

白掌柜喜欢道听途说一些消息，这回说，听说知县夫人病好后，知县又整天往西厢房跑，夫人经历这场病也就想通了，提出带着儿女回老家，眼不见心不烦。果真就走了，让丈夫和西厢房那厮闹去。聊了一回，又说杭州城里传来的消息，说当今高宗皇帝名下无子，想找赵氏后人为嗣，找的还不是他自己这一脉的，也就说不是太宗皇帝的余脉，偏要找太祖的余脉，着意要把皇位传给太祖后人，也就是权归太祖，还说是太祖托梦。便私下悄悄说，说不定早前传闻下来的烛影斧声，确实有那么一回事呢。

严之慎倒不参与议论人家的东西厢房，或者朝野轶闻，开口说的是女儿严获苓学医的事。他说按照严家的传统，真正收徒授业前要办个仪式，虽然如今是个女儿，可也不想破了这传统。朱三帖接口，说办仪式不重要，重要的是出几道题，考考孩子有没有学医的悟性和耐力，是不是一块学医的材料。严之慎说朱三帖的说法有道理，只是他怕为难孩子，想不好该出什么样的考题。朱三帖看出严之慎的为难，说干脆他来代劳，由他来给严茯苓出题。严之慎说也好，只是不要出太偏颇刁钻的题目。朱三帖说你放心，我会出看起来偏颇、解起来并不刁钻的题，只有这样的题，才能看得出你女儿的心性是不是灵慧，将来能不能成大器。严之慎只得说，那就试试吧。

说试就试，一面就唤来了严茯苓。严茯苓笑吟吟步上前，给众人行过礼，肃立静听，等候试题。

严之慎到底不放心，说第一道题目还是由他自己出，他出的题目是让女儿三天内背出他写下的汤头歌，共有五十首。

朱三帖说："你这个老严，据我估计，你写好的汤头歌肯定不下一百首，只要你女儿背五十首，明明是袒护。"

严茯苓说："爹，你别偏袒了，让我背一百首吧。"

白掌柜说："三天背一百首？孩子，别太难为自己了。"

严茯苓笑着说："没事的。"

朱三帖说："你既然答应背一百首，那就一百首，只是第二、第三题由不得你爹了。我来出，我先出一题，同样是三天时间，必须收集八种煎药水，分别为甘澜水、白饮水、井花水、潦水、浆水、泉水、酒水、东流水。"

严之慎说："老朱，你这题目是从众方之祖《伤寒杂病论》中来的，甘澜水就是流动的水，古医书说，取水二升，置大盆内，以杓扬之，水上有珠子五六千颗相逐，取之，即为甘澜水。这甘澜水外动而性静，其质柔而气刚，主治病后虚弱。白饮水是米汤，性甘温，和药内服，可健脾胃，益津气，扶正以祛邪。这八种水中，别的七种都还容易收集，只有这潦水，也就是天上降注的雨水，性味甘平，主用于煎补脾胃和去湿热。潦水看似平常，可要是这三天内不下雨，叫小女怎么收集？"

朱三帖："这就看天意了。"

严之慎："也好吧，天意定夺，那么第三道题呢？"

朱三帖："这第三道题，还是等到第一道和第二道完成之后再出，反正要是一二道题完成不了，第三道出了也是白出。"

严之慎："也是。"当即，严之慎拿出一本纸页泛黄的书册交给严茯苓。

严之慎："这是严家祖传的《汤头歌诀》，保管好了。"

严茯苓："是，爹。"

众人便走了，走时，朱三帖倒关心了严茯苓一句，说："茯苓侄女，这些天可别累坏了，这天热夜凉的，就算学不成医，也要当心身体。"

严茯苓："多谢伯父关心。"

严茯苓的房间，姑娘把本子捧在手上，小心地翻开，看时，却是一张白纸，上面没有一个字，再翻一页，一样是白纸，整册去翻，全部是白纸。严茯苓以为拿错了，把稿纸当成了本子。想去调换，一抬头，看见窗口一张脸，惊了一跳，定神去看，只见脸上阴笑，带着凶狠的神色，是严枳实。严枳实朝严茯苓挥一下手，手里拿着一件东西，是纸张，看清了，应该是真正的歌诀书。

严枳实说："听着，这是严家替人看病的破书，我可不想学，你想学，偏不让你学！"

严茯苓说："哥哥，我们一起学吧。"

严枳实："早就说过了，别叫我哥哥，我没你这妹妹，我不是你的哥哥！上次算你命大，被你逃出生天，可我要告诉你，我还不会罢手的，迟早置你于死地！"

严茯苓："哥哥，你也已经知道，苓儿好好的，为什么不肯放过我？"

严枳实："我妹妹好好的？我没看见她，你也没看见，怎么认定她好好的？我的妹妹是你夺走的，你还夺走了我的父亲！"

严茯苓："我没有，爹是我的养父，是你的生父，永远改变不了！"

严枳实："我没有爹了！自从他让我妹妹替下你，他就不是我爹！好了，不跟你多说了，这个本子你是拿不到了。"

严枳实说完，在窗后一闪身，不见了。不一会，他又出现，只见他拿着一团纸火，在严茯苓的窗前挥舞，舞成一圈火流星，纸灰纷飞。

岳家军营，副督军邓元亮坐在帐房里，正在擦拭一把佩刀。微曲的刀身、薄薄的刃片，在灯下反射出一道寒光。儿子邓自明走进帐来，看一会拭刀的父亲，并没有说话，兀自在榻座上坐下来，再看着父亲的背影，有些心事的样子，整个人呆呆的。

邓元亮拭完佩刀插入鞘内，转过身来看一眼儿子，走过来坐下，坐在了儿子的对面。营灯下，父亲静静地看着儿子。在父亲的眼里，儿子虽然少年儿郎初长成，心里欣喜，但觉得儿子太不像个兵将了，没有岳飞将军一样虎虎生威的身板，也没有岳云一样英气逼人的浓眉大眼。儿子邓自明他一张修长的脸，一双细长的眼睛，笑起来眼睛里带着笑意，竟然有些女孩儿的柔弱。所以儿子虽然首战就拿下五具鞑子首级，但是儿子能不能成长为合格的将领，邓元亮觉得心里没谱。儿子与他的义妹暖暖一起长大，至今并没有让他知道义妹的身份，邓元亮却隐隐担心义妹在邓自明心里的分量。邓元亮害怕儿子儿女情长，将来说不定还会被情所伤，因为瑷瑷她可是当朝公主。

此刻，在少年儿郎的眼睛里没有笑意，有的是阴忧，是青春少年常有的阴忧。

邓自明开口跟爹说话了，他说："爹，我想出去逛逛。"邓元亮听到儿子说的有些吃惊，兵营里的人，说的不是有关操练和战备的话，而是要出去玩。父亲邓元亮的脸也就沉了下来，眼神表现出一丝失望。

邓元亮说："军营有军营的纪律，何况这里是岳家军营，军纪比哪里都严。如今上上下下都在为迎击金兵准备，你还有心出营闲逛？"

邓自明："不是说金兵还没过黄河吗？两军交锋早着呢，再说我也不会在外面多逗留，很快会回来，不会耽误大事。"

邓元亮："你是入营不久的新兵，把心思放在当兵打仗上，别的不该想的就不能想，随随便便出营，那是违反营法军纪！"

邓自明听他爹这么说，似乎还是没有消除出营的心思，还有些生气的样子，站起身来，只身朝帐外走。

邓元亮："干什么去？"

邓自明："你不同意，我向岳将军和云哥哥请假。"

邓元亮听了，厉声说："儿子，你要是想将来成为一名出色的将领，今天就不能走出这帐门。你岳伯父和云哥哥每天操心，都这个时候了，你还要去打扰他们？"邓自明听着，迟疑了片刻，还是回转身来。

邓元亮这才缓和了神色，再问他："想出去干什么？"

邓自明气呼呼地说："找妹妹！自从妹妹跟严家人走了，你就不记挂她了，我不像你这样无情，我要去找她，想看看她。"

邓元亮叹了口气，说："爹也想你妹妹，只是目前要以国事军事为重，这个道理，你必须懂。再说，等将来杀光了鞑子，爹一定和你去找妹妹。"

邓自明听着，目光怨怨地看了他爹一眼，也就没再说什么，神色黯淡地上了床。邓元亮继续在灯下读了一阵兵书，实在困倦了，才掩卷熄灯在儿子身边躺下。

天亮后，起床一看身边没人，儿子邓自明不见了。床头一张纸笺，拿过来一看，是儿子写的，说他出营了。邓元亮叹了口气，只能说："儿大不由爹呀。"

刚好岳云进来，问邓自明在不在。邓元亮只得把邓自明私自出营的事情如实向岳云相告。岳云听后说："邓叔，你不要担心，我找自明弟弟去，我今天本来就打算出去，过来找自明弟弟约伴呢。既然他先出去了，那我出去再找他。"

邓元亮："大战在即，你是少将军，怎么能出营？"

岳云："我爹得到消息，说是汴梁城里的名医陈木扇也来江南了，说是隐居在一处山间，他是治疗枪伤和时疫的高人，爹让我去请他，军中最需要他这样的神医。"

邓元亮："原来是这样，那贤侄外出可要小心，要是见到逆子，一定带他回营受处。"

岳云："邓叔放心，自明弟弟不会有事。"岳云说完，告别邓元亮出营去了。

严家医馆，严茯苓面临考试答题。当日，朱三帖来了，白掌柜来了，连强二也放下烧饼担来了。他们已经知道歌诀书被烧的事情，说不定是严枳实故意说出来，小镇上一传十，十传百，一下子传开了。却没有人跟严之慎说，或许都想看看，聪明的严茯苓不知道答案，该如何答题。

严茯苓也没有跟爹爹说书被烧的事，她大概不想增添父子之间的怨怼。因为是初试，也就没有讲究什么仪式，只见严之慎来到厅堂里，给众位到场的友人抱个拳，算是答谢捧场。一面在诊桌前坐下来，摸一把自己下巴上几根稀疏的胡须。

严茯苓出来了。豆蔻之年的女孩，穿一身春绿色衣裙，头发乌黑，头顶盘扎了一个矮髻，旁边插了一朵小杏花，整齐明净的装扮。再看姑娘容貌，两道柳眉，弯转温婉，一双漆目，明启微合，却是敛光韬晦，薄而腻的嘴角微微上扬，透着喜色。再看那片鹅蛋小脸颊，光洁如玉，玉白里又透出红润，真是个粉雕玉琢的小可人。都说瞧这茯苓姑娘年纪轻轻，但一步一行，一笑一颦，都是大家闺秀的体范，可不像是医门小户人家养育出的小家碧玉。

当下，严之慎对着茯苓说："女儿，难为你整日整夜背诵歌诀，现在让你背，你记得多少背多少吧，别担心什么。"听听这话，分明是严之慎爱女心切，不管答题如何，先让她放下心头的担子。

众人却一起盯着严茯苓，要看看这个叫茯苓的姑娘，是不是只能做到金玉其外，而其中，会不会是败絮。

严茯苓开口了，她说："爹，各位伯父，叔父，茯苓现在答题，请听茯苓背严家汤头歌诀吧。"从第一首一直到第一百首，她竟然全背下来了。一时间，众人还沉浸在姑娘圆润好听的声音里，一时回不过神来。

严茯苓："爹，我还能倒背。"果真又背了一遍，从后到前，一字不差背出来，真叫一个倒背如流。

朱三帖忽然站起来说："不是说歌诀书被人拿走烧毁了？那你拿什么背的？是不是做爹的祖护补写了一本？"

严之慎："什么？严家祖传的歌诀书被你丢了？"这时候严枳实跳进来，大声说："没错，被我烧了！"

严之慎："孽畜，那可是祖宗传下来的东西！"

严莜苓听着，却脸不改色。见她一转身去了里边，一会出来，手里拿着一件东西。一看是书，仔细一看，正是严之慎交给她的那本书。众人见了面面相觑，不知道纸灰怎么又变回书本了。连严枳实也没想到，一下子呆住了。

严之慎连忙把严莜苓手里的书册接住，说："还好，还好，祖宗的笔墨没丢掉。"对着严莜苓又说："跟大家说说，怎么回事。"

严莜苓："爹、各位伯父、叔父、哥哥，是这样的，我和蟾妹妹玩耍的时候，我们经常玩药名联对，也试着背汤头歌，我们都把汤头歌背熟了，我还把记住的写了下来，写成了一本小册子，哥哥拿去的那本是我写的。"

姑娘心性机灵，故意没说苓儿，说小蟾。众人也没关心小蟾是谁。严之慎听着，只有在心中暗暗惊叹。众人听着，却都嘘了口气，说："原来是这样。"

严之慎："那么第一道考题，就算你通过了，虽然你有作弊的嫌疑，因为你早就背熟了，却没有跟爹明白说出来，爹也就不追究了。"

严伏苓："谢谢爹爹祖护。"

严枳实："你不要先得意，还有第二题，这一回，那是谁也祖护不了你，因为这三天来，感谢老天有眼，存心作弄你，天天艳阳高照着，看你怎么拿出潦水来。"

严莜苓："第二道考题，小女已经准备好了，到时请朱先生评判，相信朱先生的评判是公允的。"

朱三帖："肯定公允。"

八个瓦罐，一一端上来，在桌子上摆放整齐了。严莜苓："朱先生，请评判。"

朱三帖不由微蹙了一下眉头，不知道这个聪明的丫头是不是存了心机，不知道这八个瓦罐里面是什么货色，也不知道看似偏颇的考题，是不是真的被她用并不刁钻的办法化解了。

朱三帖是什么人，他是唐昌镇上有名有姓货真价实的郎中，所以，他要表现一下自己有能耐，他说他这一回评判，不用眼睛，不用舌头，就用鼻子。他让人用布条蒙上了眼睛，然后走去瓦罐，对着罐子闻一闻。

朱三帖一一辨明："甘澜水、白饮水、井花水、浆水、泉水、酒水、东流水。"

他说一罐，众人看一罐，也有人沾一点送上舌头尝一尝，看过尝过，都点了头。最后一罐，最最关键的最后一罐，是潦水吗？

白掌柜到底忍不住了，先说："没有见过下雨，一定是以假充真！造假，这可是医家的大忌！因为这药物关系药性，药性关系治病，治病关系性命，性命关天啊！"

严之慎说："小女要是还没入医门就敢干以假充真的事情，那么一定让她从此远离医药，并且再也不许她抛头露面！"

严枳实："很好！那么朱大先生，你说吧，这罐里装的到底是什么水。"

朱三帖："潦水！"

严枳实："什么？朱三帖，你有没弄错？这三天并没有下过雨！你还敢包庇？"

朱三帖："严家少爷，你可以让任何懂医懂药的人来评判，这罐里装的是不是潦水。再不信，可以看一看尝一尝，判断一下这潦水跟甘澜水、白饮水、井花水、东流水是不是一模一样。"

严枳实："那你说，有什么不同？"

朱三帖："甘澜水质轻，闻一下，气味烟纱般似有若无；白饮水平常，隐约带有浊气；井花水相对停滞，却因静久而有了细微的沁香；东流水运动，水味清新；而这潦水，从天降落，高空砸坠，看似水液纷发，实际水体裹合，如同人或动物受到撞击，自然缩身以护体，所以水味也就含蓄，凝而不发，外感沁凉，内蕴幽香，而这香味还似有若无，似无而若有。"

朱三帜说完，又对着严之慎问："严兄，可是如此？"

严之慎："确实如此。"

严枳实还是不肯罢休："那这潦水是从哪里来的？"严获苓想说话，严之慎却打出一个阻止的手势，让女儿不要开口，一面对着众人说："还是请朱先生来解释吧，说说这潦水到底是从哪里来的。"

众人："朱三帖知道潦水从哪里来的？是不是他有意偏袒？早早藏好了潦水，私下交给了严获苓，好让她顺利过关。他这么做为什么？"

朱三帖："各位，事情并不是这样，而是昨晚下了雨。"

严枳实："好笑，昨晚下雨了吗？就算晚上下了，早上谁看见地上潮湿了？"

朱三帖："下雨了，三更时分，下了一刻钟，雨量稀少，近日因为久晴天干地燥，下完马上蒸发了，早上哪里还有雨迹？

众人："三更天？"

朱三帖："是的，三更天，三更天里大家都睡着了，可获苓姑娘还在等候，是诚心学医的一个人，坚持等待，彻夜不眠，等候着天意，难得啊！"

严枳实："就算三更天下雨了，但是雨量稀少，她怎么能够接上半罐？"

严之慎："她准备了许多的承接器具，把接到的雨水凑合在一起，才有了今天大家面前的这半罐潲水。"

众人都叹了一口气，说："茯苓姑娘这么有心，真是难为她了。"

严茯苓微笑着，说："小女能完成考题，其实多亏朱先生提示。小女相信，医者仁心，不会出无解的死题给考生。朱先生当时说了一句，天热夜凉的，当心身体，看似只表达出长辈对小辈的关切，可小女想，暑天热，夜凉易雨，朱先生肯定早就观过星象，知道近几天夜里会有稀雨，所以先生给出的不是死题，有解，虽然这解答得来有点悬。"

朱三帖："哈哈，聪明！我朱三帖果真没有看错人，严家姑娘人中龙凤，小小年纪，就能彻悟朱某的心机，真真了不起，是块学医的好料哇！"

严之慎："朱兄不要夸得太早，还有第三道题。"

白掌柜："第三道题我来出吧。"

强二："你一个开当铺的，也就能识个真翡假翠、真壶假碗的，自己能把眼掌好就不错了，哪里懂医，还谈什么出考题呀？"

白掌柜："我是不懂医，所以我这考题也不是医书上的，但又和医有关。"

严之慎："非医而似医，很好，那么小女的第三道题，就有劳白掌柜了。"

白掌柜："那我可就不客气了，茯苓侄女，要是太难，可也别怪你白叔叔。"

严茯苓："白叔叔，茯苓听题。"

白掌柜："唐昌县城西南三十里地，说是有个山谷叫神仙谷，谷中的绝壁峭崖上长着仙草灵芝，说是那里的灵芝遍体通红，叫赤芝，药效极好，能让人起死回生，只是谷中有虎豹毒蛇，要想采到灵芝，那是九死一生，所以极少有人敢去神仙谷采药，贤侄女，愚叔认为，要想成为真正的医者，不仅要懂书本上的知识，还得具备胆识，做一名好的采药者。白叔叔问你，敢去神仙谷走一趟吗？"

强二："让茯苓姑娘去神仙谷？亏你白掌柜想得出来！"严枳实赶紧接话："她可以不去，没有人逼她去神仙谷。"

严之慎："白老弟，小女年幼，我看还是换一题吧。"

朱三帖："对，还是换一题吧。"

严茯苓："爹、朱先生、白叔、强二叔、哥哥，我看白叔出的题挺好，医药不分家，一名好的医者，必须成为一名好的采药者，不用换题了，我去神仙谷。"

严之慎急了，说："这怎么行？你可是……"严茯苓连忙说："爹，让我去吧！"

白掌柜："既然贤侄女下定了决心，万一遇到意外，可别怪你白叔叔，当然白叔叔也有一件东西送给你，希望能够给你帮助。"一面拿出来展开，是一张图，图上有山有水，只是画得粗劣。

白掌柜："是一个去过神仙谷的人画的，当时来我这里典当灵芝，说是神仙谷采来的赤芝，怕我不信，就绘了这张图，说要我走一趟就知道真假了，只是我惧怕虎蛇，哪里敢去。"

强二："你都害怕，还让小姑娘去？"

白掌柜："我只是出了一道题，做与不做，我不决定。"

严茯苓："大家相信我，我去神仙谷，一定能够带着赤芝回来！"

再说邓自明出了军营，找着杭州城郊的方向挥鞭策马，一路疾走。他并不知道妹妹去了唐昌镇，也不知道妹妹已经改名为严茯苓。邓元亮没有把接到严家来信的事告诉儿子，肯定明白儿子的心思，怕他有所牵挂，只是没想到儿子会莽撞行动。

邓自明来到一个小镇，停下脚步，向人打听，镇上有没有新来的大夫，带着家人，其中一个姑娘十三四岁的样子。一路问了，都说不知道，没见过。又是赶路又是问讯，一场劳累，也就觉得困顿下来，而肚子里咕咕直唱了。

见到路边一间矮房，门口高挑着店旗，认出是家饭铺，就下了马，把马系上桩，让伙计给马上料，自己走进店去。进了店，看见有两个人在前桌吃饭，自己便坐了边角的一张，学着爹的样子，呼喊店家上饭菜。也就点了一个菜，再要一大碗饭。店家问他还要不要来壶酒，连忙摇头说不用。

邓自明一面吃饭，不经意抬头朝前看，也就看见了前面的人。那两个人虽然坐在那里，但看起来都高大，其中一个是年轻人，束发戴冠，富家公子的模样，正举着酒杯慢慢呷一口。另一个中年人，满脸黑须，端着个大碗快速扒饭，看样子是公子的仆从。

年轻公子也朝邓自明这边看过来，投眼过来时正好碰触到了邓自明的目光，竟然微微一笑，像是招呼。只见这位公子剑眉星月，双唇坚挺有型，可不是寻常之辈的模样。

邓自明到底年少，没有跟陌生人打过交道，连忙垂下目光，低头吃自己的饭。谁知吃完了饭，出事情了！

什么事情？邓自明身上没钱呢。以前在爹身边，走到哪里遇到什么事，都不用他操心，现在匆匆出营，压根没想过要带钱。付账时，先在店家面前先支吾一下，可能想蒙混一下，到底觉得混不过去，还是说了出来，说自己忘了带钱。

店家听说吃完饭的年轻人没钱，看看他身上的装束也还整齐，不像讹饭的，也就没有开口骂人，只说让他把骑来的马押在这里，等拿来钱再把马骑走。这话听着也有理，只是邓自明要赶路，还要赶着回营，不能没有坐骑。一时间不知道怎么办，慌了神，两只手在身上乱摸，摸到了身上的一块玉佩。这是爹给他的，给了他和妹妹一人一块，玉保平安，让他们随身佩戴。虽然说舍下与妹妹成双的玉佩有点心痛，但如今也只能指望它能派上用场了。当下把玉佩解下来递给店家，问能不能抵这饭钱。店家接过去一看，连忙笑着说可以、可以。

一个人突然站在了他们面前，一看，正是邻桌吃饭的年轻公子。年轻公子微微笑着，抬手指着店家手里的玉佩，说："他的饭钱我来付，这玉佩就归我吧。"店家有些不乐意，但看着身材高大的年轻人，也便点了点头。

年轻人果真付了钱，接过玉佩。但他却没有把玉佩收起来，而是举着跟邓自明笑着说："小兄弟，随身的东西不能轻易丢了，收起来吧，这饭钱哥哥替你付了。"说着又把玉佩拿近看了看，说："倒是块好玉，雕得也不错，一只貔貅，有什么意思吗？"

邓自明说："我爹说给我是貔貅，给我妹妹的是凤凰，貔貅是守护神，让我守护妹妹。"年轻人听着便"哦"了一声，一面把玉佩塞回邓自明手里。

邓自明无端受人好处，心中过意不去，追着年轻公子说："小弟我叫邓自明，敢问哥哥尊姓大名。"

年轻人："免尊姓颜，都叫我颜公子。"

邓自明："很高兴能认识颜哥哥，多谢颜哥哥相助。"正说着，却见黑须大汉从外面进来。可能这仆从吃完后去外面方便了，再回来跟主人。看着这名仆从，只见一双圆瞪的大牛眼睛，眼中的目光烁烁的，就好像灯火，要是一般人看着，一定会觉得心惊。邓自明并不觉得害怕，只是这样的人好像见过，在哪里见过呢，却一时想不起来，也就没有多想。

颜公子还让黑须汉拿出点银两奉送给邓自明，让他拿着，以应眼前需求。邓自明自然是推托，推托不过只得收下来，少不了又是一阵深谢，心里想着来日一定双倍还人。一面还跟颜公子说他一路上找亲人，如今还没找到，要继续去找，还说亲人是位游医大夫。颜公子问他要不要帮忙。邓自明说自己一定能找到，谢绝了帮忙。

颜公子还说此地往西北方向走，不出三五十里地有个大镇，那里人口稠密，说不定会有游医落脚，不妨前去问询。说完，邓自明再谢过颜公子，相互道别告辞了。

邓自明果真朝西北方向走，一路上想，初次出门，差点成了白食客，幸好贵人相助，有惊无险，还能认识斯文俊朗的好心人颜公子，也算没有白走一回。

又想，这外面的天地就是精彩，跟家里军营里都不一样。

　　严家医馆中，闻听鸡叫头遍，严茯苓就起了床，带好地图，带上干粮。见爹娘的房门紧闭，就在门外作了个揖，算是告别。转身，果真出门而去了。图上的道路已经熟记在胸，出了门便快步疾走，一个人离开了唐昌镇。踩着月影星光，找着西南方向，一路过去，很快上了山路。过了一程，远天才渐渐露出乳白色。清辉下，只见路草上凝着露水，有虫子跳过，有小蛇滑过。都不理会，一直朝前，爬上山梁，翻越过去，急急赶路。

　　一个年轻女孩子钻进深山老林里，要问会不会害怕。那不用问，能不害怕吗？但是严茯苓决定进山采药，绝不是逞强或者意气用事。她明白自身的分量，不会拿自己的性命轻易去打赌。当然她需要历练，以便应对自己多舛的命运，也需要向养父严之慎表态，让他认同自己学医的诚心。至于选择毫不迟疑进山，那是她心里对此行有一定的把握。她暗暗揣测，乡野小镇上的人心人性，认为纯朴之地不会豢养狼虎之心。就像白掌柜，他有生意人的精明，但是不至于滋生置人于死地的毒念。所以聪明姑娘认为，神仙谷此行，一定是有惊而无险。

　　也是，到底是帝王之家的女儿，不是平常的乡野村姑，她的心思纯洁但是缜密，她的思维质朴却又前瞻。

　　待到红日高升，严茯苓已经走过了三十里山路，来到了一座山下。这山是悬崖峭壁，望过去只见崖石裸露，青黑一片，高不见顶。石崖下面，一口水潭，水色幽绿，不见潭底。一双眼睛看看石崖，再看看深潭，心里一定志忑。严茯苓从怀里掏出地图来看，地图上标明了，这是通往神仙谷的必经关口，叫鬼见愁。一定是鬼要经过这绝壁石崖也会发怵。相信不少的探险人到了这里，都却步了，再不要说去面对谷里的险恶。

　　严茯苓前后左右看看，又抬头看看天空，深山里安静极了，风声也没有，草动也没有，好不容易看见一只飞鸟，在石崖上方展翅，却并不见幻化成救赎的神仙，远远飞走了。

　　严茯苓走近石壁前，试着寻找可行的路径。只见石壁上有长长一排的印窝，弯扭向上。每个窝眼只能容得下脚尖。除此之外，再没有其他可立足之处。她一咬牙，爬上了石壁。脚尖死死咬住石窝，两只手张开来趴在石壁上。这时候恨不得自己是一只壁虎了，像壁虎一样有四只脚还有掌蹼，可以吸着坚壁，利索地游走，那该多好。可严茯苓不是壁虎，也不可能是壁虎。她爬了几步，低头一看，下面是深潭，好像一张绿幽幽的大嘴巴。吓得脚下抖动，几块小石子从脚下滑开落了下去，掉进了水潭里，好一阵咕咕的水声。

严茯苓知道，就算自己不顾生死往上爬，也很难翻越这山崖。有人能够翻越吗？怎么翻越？她想了想，再看看旁边，想找到什么可以抓的东西，或者一个支撑。这时候，看到旁边倒是有一些茅草，一簇簇的，长得茂密，只是茎细叶窄，这样的草，抓一下还不是连根拔起了，怎么能够支撑一个人攀行的力量？可是除了茅草，没有藤条，没有荆棘，什么都没有了。

严茯苓伸出手去，无奈地抓一把茅草。这一抓，不由得卷起了嘴角，乐了。心里头一下子有了底。马上手抓住，脚用劲，"蹭蹭蹭"就上去了。

原来草团里有支撑的东西，硬硬的，很坚实。一定是攀崖的人暗中埋下的，埋在了在草叶中间，不易被人发现。翻过石崖，算是出险了吗？不对，照白掌柜说的，应该这才是到达真正的险境。因为，马上要面对狼虎毒蛇！

可是，没见到狼虎出现，蛇倒有一条，横在路上，见人来了，"嗖"的跑开了。看眼前，只见氤氲的山岚之中，满眼绿树杂花，好看极了。看脚下，花丛中间一条小路，真是草带芳香花带露，是一条花草小径呢。便顺着小路往前走，两边山雀叫着，山兔跑着，山风轻轻地吹拂，送来满鼻满怀的山花芳香。

这哪里是凶谷，压根是人间仙境。这时候有个声音从不远处传来，从一棵树上，是人声！树上的人叫："来送死吧！"

严茯苓看见了，一个人坐在树上，手里拿着东西，是弓箭，箭搭在弓上，箭头对着她，弓已经拉满了。是严枳实。

严枳实说："本人先来一步，在这里等你呢，这一回，只怕再也没有人能救你了。当然，能葬身这神仙谷，总比埋在那处荒山陷阱里面好，算你还有些福气。"

第五章 邓自明历险闯金营
严茯苓胡诊惹事端

皇宫中，赵构自从做了烛光斧影一梦，便日夜觉得心中忐忑，脑中恍惚，甚至害怕入夜，害怕上床，生怕一觉睡去，太祖又来梦里问责。为了早日摆脱梦魇，果真让秦桧拟旨传达，在太祖宗脉后裔寻找适龄孩童，过继立嗣，快快办理。

很快秦桧上报，说是已经在太祖后人中找到了两个合适的男孩，一个就是赵子彦的儿子赵伯玖，是个六岁的蒙童，另一个是秀安僖王赵子偁的儿子，叫赵伯琮，比伯玖大三岁，已经九岁了。

赵构一听，找到人了，心里觉得踏实了不少，吩咐秦桧把孩子看好了，还要他尽快带到宫里来，让太后和他自己看看，也让大臣们都过过目。

赵子彦府中，赵伯玖蜷缩在母亲的怀里。六岁的赵伯玖，长得白皙娇弱，看上去像个女孩子。一只书笈放在旁边，看来孩子已经入塾启蒙。

母亲姣娘堆了云髻插着绢花，容颜犹好，只是凤眉柳眼微微皱着，似乎总是处在雨雾中，伸展不开来。也就是说，这姣娘虽然身在富足府第，可她似乎并不开心，她的心里好像藏有什么心事呢。

对着儿子伯玖，姣娘说："孩子，你要离开娘亲了，娘亲千般万般舍不得你，可是娘亲没有办法，只能眼睁睁地看着他们把你带走。"

伯玖说："娘，要是离开了你，我会害怕。"

姣娘："我的孩子，别害怕，你要相信，没有人会伤害你，遇到事情，他们会帮助你的。"

伯玖："娘，他们是谁？是那个长胡子的吗？你们让我管他叫爹呢，他是我爹吗？"

姣娘："你别管他们是谁，让你管谁叫爹，你就叫吧，必须得听话。他们这

79

回带你去，是要你管皇上叫爹呢，我的孩子，你要记好了，你要把他们都叫得亲亲的，让他们都喜欢你，保护你，但是你也要记住，你的娘只有一位，永远只有一位。"

伯玖："娘，孩儿记住了，娘也要记住，孩儿不在娘身边，娘也要好好的。"

姣娘："我的孩子，娘也记住了。"

母子两个边说边哭，边哭边搂在一起。做娘的哀叹孩子不该投胎到自己的肚子里来，来到世间不由自主搅进这料想不到的是是非非。想想，那两个男人，干什么不好，偏要拿骨肉来打通关，以骨肉为筹码，为的是什么呀？

而年幼的孩子还不知道命运是个什么东西，命运与皇家关联又意味着什么，但也许会在心里觉得，母亲的怀抱才是自己唯一的依靠，离开了母亲的怀抱，自己可能就是一朵絮花，不知道飘去哪里。

可是，命该如此，又有什么办法逃脱呢？

神仙谷中，突然有声音大吼一声："住手！"

听到吼声，严枳实愣了一下，没有把手中的箭立刻放出去。循着人声望过去，原来是他严枳实的亲爹，严之慎。

想想，他严之慎既然肯做到让亲生的女儿做顶替，救下这个流落民间的宋室公主，又怎么可能轻易让公主她只身去闯险谷呢？他，跟着来了！默默地跟随，暗暗地祈安，无语地爱护。这些，严之慎认为都是他应该做的。他知道，作为养父是爱心使然，作为臣民是责任所在。所以，严之慎一路护着严茯苓呢！

严茯苓走一路，严之慎跟随一路，严茯苓要是遇险罹难，叫严之慎又如何苟活？

严之慎的眼睛里清晰地看到了严枳实手里的强弩和利箭，但是如何制止儿子行凶，却让这位胸怀大义的父亲感到苍茫空白。所以，他只能以父亲的权威来呼喝儿子。但他明白，儿子的心肠已经扭曲，父威对他极可能不奏效了。严之慎喝后，马上放柔声音说："枳实，你是爹的好儿子，以前爹处事也确实鲁莽了，有不对的地方，爹这里向你认个错，你就先下来再说话吧。"

严枳实："严老头，你别假惺惺的，我说过，害丢我妹妹，还想打死我，这样的人怎么可能是我爹？所以在我心里，我早就没爹了！你现在说什么也都没用！我就想先取了这个害人精的性命，然后把你的老命也在这里给结果了！"

严枳实说完，执意把弓拉满，把眼睛也瞪圆了。只见他的双手在做最后的努劲，只要手一松，那支装着铁头的羽箭一定就奔严茯苓而来。而身处险境的严茯苓，就算马上开步跑，肯定难以跑出高处弓弩的射程。严枳实他松手放箭了！严之慎闭上眼睛，痛苦地大骂一声："逆子！"这时，听到"啪"一声。这声音，很清脆，不是箭头扎进身体的声音！严之慎连忙睁开眼睛看，看到地上躺着羽箭，不是一支，而是两支。再看见不远处，有个人的手里也握着一把弓，看样子刚刚放过箭。他也就想到了，一定是前面那个人放出的箭，挡开了严枳实射出的箭。

好功夫！

严枳实看来没料到会有个强人突然来阻碍他，一时间愣在了树上。只见那个放箭的人从容地从箭囊中再提出一支箭来，搭上弓，朝向树上的严枳实。

严之慎连忙惊叫："不，不，不要伤害他！"那人却不理严之慎的哀告，执意地射出了一支箭。应声严枳实中箭。却只见一把弓从树上落来，射他的箭也同时落了下来。看过去，却是一支没有箭头的箭，光光的箭杆。看来放箭人只是想威慑严枳实，并没想要伤害他。

严枳实明白遇到了什么人，一位放箭高手！也不敢再说什么，夹了屁股，从树上滚下来。下地之后朝放箭人瞄了一眼，只见那人个头壮实，朗眉星目，不敢多看，更不敢停留，抱着头就跑，转眼跑远了。

严之慎向施救人抱拳，眼前是一位年轻后生，束发皂衫，挺胸昂首。严获苓走上前也看了人家一眼，却不由地发出一声惊呼："云哥哥！"

严之慎："女儿，你认识他？"

岳云："这位姑娘，我们素不相识呀，怎么会认识在下？"

严获苓："云哥哥，你救过我！我就是掉在陷阱里的姑娘！"

岳云："是你？可你当日昏迷中，后来匆促别过，怎么知道我的姓名？"是呀，严获苓怎么知道他就是岳云呢？行伍上的人很多，岳云的脸上又没有写名字，而且当日又没有称呼，怎么就认定他就是岳云呢？严获苓一个小声音暗叫，汴梁城康王府，我是瑗瑗呢！

但是严获苓怎么敢把那时的事情说出来，所以她只能说："凭你的容貌，回来后我就猜想，救我的人一定就是名震天下的岳云哥哥。"

严之慎倒也不想深究他们认不认识的问题，也来不及多想怎么就遇上了岳家军岳将军的公子岳云少将，只想，有人救了获苓，还救了两次，那就是恩人，大大的恩人。所以严之慎立马跪倒，要给岳云磕头。岳云连忙出手，把严之慎拉住了。

岳云说他来神仙谷找一个人，是当年宋宫中最有名的御医，叫陈木扇。说是陈木扇也受了金人的掳掠，南逃后不敢再问世间之事，隐身于山野。可是队伍行军打仗，士兵们免不了受到刀枪创伤，还有南下北上，容易感染时疫，所以需要寻求陈木扇这样的好大夫。岳云说他已经找到了陈木扇的隐居秘室，只是室里没见人，只有一个守门童子，说是师父云游去了，不知道什么时候才会回来。

严之慎听岳云说找大夫，毫不迟疑地向岳云表明自己也是个大夫，还给岳云指出了一味药，血竭，活血定痛，化瘀止血，生肌敛疮，队伍中多备些这种药，就不怕刀枪创伤了。而防时疫，除了要士兵们增强体质，就需要多嚼些葱蒜，这葱蒜有解表散寒、杀虫去毒的功效。还有生石膏，生石膏一来可以杀毒去邪，二来遇上患疫发烧，可以用生石膏退烧，如果烧得厉害，下的剂量也要大。岳云一一记住，也就谢过严之慎，和他们作揖告别，走上了回头路。

严茯苓默默地伫立山野中，目送岳云远去，久久不能回神，似乎若有所思。也能看得出来，少女的春心依依，如天上的白云缭绕，欲拂还来。严之慎把养女的心思看在了眼里，却沉默不语，只在心里微微叹了口气。

宋宫金銮殿，皇帝高坐，文武成排。殿下却看到两个男孩子被带了上来。一个胖些，圆脸大耳，看着身体壮实。另一个瘦些，肤白腰蛮，看上去有些女孩的秀气。

带孩童入殿的秦桧，向着在龙椅上高坐的赵构禀报说，胖男孩叫赵伯琮，秀安僖王赵子偁之子，瘦的男孩叫赵伯玖，三品带刀领卫赵子彦之子。

两排文武看一眼孩子，再看着赵构。这些高阶下的臣子们，在常人面前，尽日或愠或怒或喜笑颜开，而在皇帝面前，每个脸上不着表情，让人看不出取与舍，看不出憎或爱，甚至看不出是人或非人。所以，不见有人站出来评说伯玖和伯琮。

当下，还是秦桧说："皇上，这伯玖和伯琮，都是皇脉中适龄男童，谁个留取请皇上定夺。"

赵构："朕想听听丞相的意见。"

秦桧："臣下愚见，觉得这伯玖……"秦桧的话还没说完，突然间朝堂上蹦出一只猫，众人还没看清怎么回事，猫已跳到了伯琮、伯玖两个孩子的身边。伯玖吓得一声惊叫，不由抬腿朝猫踢了一脚，而伯琮气定神闲，既不怕也不闹，站着一动没动，没事似的。

赵构的目光便落在了赵伯琮的身上。秦桧一见，心里发急，就把没有说完的话吞了回去，只说："皇上，两个孩子初来乍到，良莠一时难辨，不如皇上把他们都留下，耐心考察几天，再决定取与舍。"

赵构："爱卿说得有理，都带去后宫，把伯琮交给吴贵妃抚养调教，伯玖交给潘婕妤。"又对着孩子说："朕给你们各自赐个名字，伯琮赐名昚，伯玖赐名璩。"

两个孩子连忙跪下磕头谢恩。

严之慎父女两个，带着神仙谷采得的灵芝回到家中。回家一看，只见堂中一地碎片杂物，碎杂中间坐着严夫人，正在哀哀直哭。连忙把夫人扶起来，问她这是怎么了。严夫人擦把眼泪，说这些都是儿子枳实砸出来的。还说儿子走了，走之前说，要是不混个人样出来，就再不回来见人，连母亲也不见了。

严获苓连忙安慰严夫人，一面收拾家里。严之慎只有再叹口气，无可奈何地摇一摇头。

再说邓自明，多亏颜公子解囊脱困，得以脱身。从饭馆出来之后，仍然一路奔突。每到一处，依旧向人打听严家和妹妹瑗瑗，但是一直没有打听到消息。

转眼又是天黑，一时不知道自己到了什么地方，该往哪里走。年轻人鲁莽大意，不知道早早为自己的安顿做准备，只好临时再去找宿地。走了一程，看到前方有一片灯火，猜想是一处村落，心头立马惊喜，便追着灯火而去。

天黑，心急，也就没有顾得上小心细看。一路过去，快靠近灯火时，蓦地听到一声尖哨。怎么会起哨声？心中疑惑，赶紧勒马止步。却感觉有东西落上了他的双肩。一惊，很快回过神来，心想一定是遇见什么人了，也就马上感觉出落在肩头的东西是绳索。但是来不及抬手脱除，只觉得套口一下被收紧了，自己的脖子也就给勒住了。一时间，脖间被一把扯去，整个人身不由己从马上翻下来，滚落在地。

很快周身亮起一团火把，烁烁耀眼。火光下看清了，眼前人一个个穿盔戴甲，原来撞到了兵营。再看那些盔甲的样式，分明不是宋兵，而是金国鞑子。原来是落到金人的手中了，邓自明只好在心里暗暗叫苦。

金兵推搡着邓自明，把他推向营寨大门。有兵士向长官模样的报告，说是抓到一个夜闯营寨的汉人，一定是奸细。长官模样的听了，说是让人带去大王帐前，报告大王，怎么处置，听凭大王发落。

一处宽大帐篷，帐帘垂挂，却见帘缝间透出一道黄亮的光芒。带过来的人先报告看门的，得到允许，掀帘走进去。在帐帘被掀开的刹那，邓自明朝帐里看去，一眼看到火光下坐着一老一少。老的红袍黑须，年轻的编发戴冠。而且，那年轻人的脸面让邓自明觉得眼熟。想了一会，想起来了，好像就是，就是在小饭馆里邂逅的颜公子。

颜公子？他？他怎么在金人的帐里？他怎么还穿戴着金人的装束？难道，难道他为金人做事？或者，他就是金人？

很快，先前进去的人回来推着邓自明，把邓自明推进了帐中。邓自明进帐站在熊熊火光下，只好低着头。倒不是害怕金人，上过战场砍过金人，也练出了几分胆量，但他却有些担心被那自称颜公子的人认出来，也不是让人认出会有尴尬，而是对于一个帮助过他的人，一个在他心目中几近恩人的人，却要以仇人的身份来面对，他怕自己难以接受。

进来的人冲着年老的人叫大王，冲着年少的人叫少主。邓自明听着也就思忖出来了，说不定这年老的就是爹和岳将军说的那个金将首领完颜兀术，那么这个年少的，很可能就是完颜大王的儿子完颜亨。这个颜公子，原来是完颜的颜。而完颜亨帮他邓自明付了餐钱，那就是邓自明吃了金人的东西，那就是仇人的东西！这样一想，邓自明的心里一阵作呕。

完颜兀术正和儿子完颜亨在谈论作战的事情，听说抓到了一个小奸细，随意看了一眼，只说："拉出去，砍了。"既然落在了贼人的手里，砍就砍了，反正也砍过金人了，死也不亏了。邓自明也没觉得什么，被人一推，也就朝前走。

完颜亨抬头看看邓自明的背影，突然又说："停！"架着邓自明的金兵连忙把人拉住，停下脚步。

这时候完颜亨站起身来，走近邓自明的跟前，说："把头抬起来。"邓自明不听，继续低着头。架他的金兵，便依照主子的意思，一手托起邓自明的下巴。完颜亨看着邓自明，笑了起来，说："这就是没钱吃饭的年轻小兄弟吗？我帮你付饭钱，你喊我大哥呢！"邓自明听着哼了一声，说："早知道你是金贼，就算被打死也不要你付钱。"

完颜亨一笑，说："我们已经替你付了钱，你还收了我们的银两，说起来，你吃了拿了，就算是我们的人了。"

邓自明："落到你们手里，要杀要剐随便，爽快点。"

完颜亨："看不出来，年纪轻轻的，胆子倒不小。"

完颜兀术开口了，说："小子，你是哪里的奸细？岳家军的吧？"

完颜亨："父王，他不是奸细，是个在外寻亲的，孩儿和他有过一面之缘，还替他出过饭资，就请父王把他交给孩儿处置吧。"

完颜兀术："原来是我儿的故识，那好吧，就由我儿处置。"

当下，完颜亨把邓自明带出帐外。在帐外，完颜亨说自己又一次替邓自明解了困，救了他，也算是有缘人，如今该邓自明还他的情谊，要邓自明办一件事，把一件东西送到杭州城，交到丞相秦桧的手中。边说，边拿出两个蜡封的小丸，交到邓自明手中。

完颜亨："你要是不接任务，少主我马上可以让你人头落地，再也见不到你的亲人，要是接受任务，把事情办好了，那么，我们自然放过你，让你继续去找你的亲人，和亲人团聚。"

邓自明看看目前的形势，身陷险境，脱险才是上策，其余的事情可以边走边看。也就暂且把完颜亨的要求答应了下来，把他手中的蜡丸接了过来。完颜亨见他这样，点点头，赞许的样子，一面吩咐手下放邓自明走人。走之前，完颜亨笑着对邓自明说："小兄弟，哥哥猜想，你要找的人一定是你的心上人，凭你找他的决心，哥哥还猜想，那位姑娘一定貌美绝世。"

邓自明听着，虽然心中憎恨金人，但完颜亨的话说到他的心坎了，还是让他不觉红了脸，一时不知道如何应答，只好木愣地点点头，又摇摇头。

完颜亨又说："小兄弟，天这么晚了，依哥哥看，你还是在这里住一晚再走吧。"

邓自明："你要是真放我走，那么现在就放，我马上走。"

完颜亨："那好吧，我吩咐手下马上放你走，不过要记住了，你带着任务。"

完颜亨让人把邓自明的马牵来，还说已经吩咐人给马喂饱了，有足够的力气把他驮去杭州城。邓自明低头牵马，再没多想什么，朝前走去。背后的完颜亨，嘴角边现出一个阴笑。

离开完颜亨，邓自明被人带着朝外面走。走时，邓自明悄悄看了一眼周围，只见周边一大片火光，远近应该有几里地。

邓自明没想到，自己竟然真的从金营出来了，就好像做梦一样，叫人不敢相信。只是不管如何，能够虎口脱险都是好事情，所以再也不敢有片刻停留，跃上马背，趁着星光月影，找到东边方向，连忙赶路。

一路上，邓自明朝岳家军方向走，想早日回到军营，也好跟岳将军和父亲说说他在金营中的所见，让岳家军有个应对。还想早点打开蜡丸，看看金贼在里面藏着什么秘密，跟秦桧又有什么关系。可是到底不敢轻举妄动，因为早听父亲他们说过，说是金人多疑，诡计多端，怕暗中还有眼睛盯着，而自己稍有举动，就会引来不测。左思右想之后，邓自明还是先去杭州城。怕自己唐突冒行，行踪被金人察觉，害的不仅是自己，更担心给岳家军带去麻烦。

也就进了杭州城。一路过去，摊贩的叫卖声无心理睬，花红柳绿的路人无心看上一眼，连过路的车马也无心躲避，还差一点被撞翻在地。过荐桥街时，远远地看见了板儿巷，想着那里曾经有过他的家，有过和妹妹瑗瑗朝守暮伴的日子，忍不住又是一阵黯然神伤。

一路过去，不知不觉间，丞相府就在眼前了。手中捏着蜡丸，手心微微在冒汗。想好了，金人的东西绝对不能送进丞相府，要是送了，自己还不是成了金人的帮凶？要是这样，还有什么脸面去见岳将军？去见自己的父亲和家人？想着，也就拐进了旁边的一条深巷里。停下来，看看四周没人，不再犹豫，赶紧把蜡丸拿出来。想打开来，看看里面的究竟。

突然间，听到轻微的金属声。风击兵器，隐隐有声。连忙疾步转身，一看，果真有情况，两个黑衣人手拿刀剑朝他直冲过来。邓自明随手抓了一根墙头上晾衣的杆子，和黑衣人打斗起来。刀来杆挡，剑到手拨。邓自明自幼习武，身手还是相当敏捷。但是以一抵二，又是以年弱之身，跟矫健的成年人相搏，以致一阵打斗下来，渐渐处于下风。邓自明被黑衣人一左一右夹攻，步步后退，退到了墙根下，眼看着无路可走了。

黑衣人见邓自明没有了生路，扯了脸上的蒙布，冷笑着，恶狠狠地说："小子，少主倒想培养你，想不到你不识抬举，竟然想偷拆蜡封，你这是自寻死路！"原来，真的是有金人盯梢，跟随而至。

邓自明："金贼，就算是人头落地，小爷我也不会做你们的走狗！"

黑衣人："既然这样，那好吧，我们现在就成全了你！"

黑衣人话落手起。邓自明身后是堵墙，左右也是墙，没有了退路。眼看着贼剑即刻落下，朝着要害刺来。看来，年纪轻轻的邓自明就要亡命于金人剑下了。邓自明见状，也就暗自喊了一声："爹娘，妹妹，来生再见！"

就在邓自明遇险的时候，严荻苓呢，也正是身陷困境的时候。

严荻苓自从跟随养父严之慎学医，每天书不离手，药不离口，把书背熟了，把药性辨清了。每逢爹爹给人诊病开方，她也不离左右，看着爹爹怎么给人把脉，怎么辨证，怎么开方下药。一天天看过去，一点点烂熟于胸。这样一来，严荻苓也就认为自己已经掌握不少。年少的人，一旦有些本事，就免不了想着试上一试。也就是想用自己学到的知识试着给人瞧病了，觉得自己已经学到不少了，完全可以像爹爹一样坐堂行医了。

这一天，严之慎出诊不在医馆，馆里来了个病人，是位年轻妇人，脚步徐缓而至，案前轻语询医。一问，知道原来是脸上长了黄褐斑，过来请大夫诊治。妇人重颜貌，恳求良方，好让她脸上的斑点消除了。黄褐斑不算什么大病，而且严荻苓知道爹爹前几天过看同样长黄褐斑的病人。连忙爹爹开过的方子，一找，真找到了。当下，严荻苓也就气壮地跟病人说，自己就是馆中的大夫，可以给她瞧病。装模作样地搭了一回脉，也不管浮沉迟数，然后照着现成的方子，写一遍红花、川芎、益母、草藁本制、香附、牛膝等，让人拿着去柜上撮了药。

病人拿了药，谢了严荻苓，还夸她了不得，小小年纪就成坐堂大夫了。看着病人拎药离开，严荻苓一时信心满满，还免不了有些得意，心想做个大夫真不难，自己不就能给人瞧病了。

过了三天，瞧黄褐斑的妇人又来了，这一回，不再是之前的轻声徐缓，而是脚步重重，一脸怒气地过来。见到严荻苓尖吼一声："你，你是什么大夫？你想害死我吗？"

原来妇人喝了严荻苓开出的药，不仅斑点没有消除，而是愈加严重了。只见满脸褐斑墨团，就像钻了灶膛锅底乌瞅瞅一片，简直惨不忍睹。

妇人视容貌为性命，容貌没了，那还怎么见人？还怎么活呀？一时间，死的心都有了。也就丢开斯文，成了一头张了嘴想撕咬的狮虎扑过来，看样子，好像下了决心，非跟毁了自己容颜的人拼命不可了。

严获苓虽然也经历过不少凶险场面，但到底是年轻姑娘，还有行医的身份，不能伤害人，又一时无法躲开，眼看着要伤在母狮牝虎的凶爪下了。

再说邓自明，就在他闭目等死的时候，却听到叮咚的声音。听起来，好像是金属落地的声音。连忙睁眼一看，两个黑衣人的剑都掉在了地上。就在黑衣人的前面多了一个人。那个人手上拿着一把弯刀，看来，是他用弯刀劈落黑衣人的剑器。邓自明不知道这个人是从哪里冒出来的，也不知道他怎么会救自己。朝人仔细看了一眼，只见一张粗糙的大脸，脸上牛眼黑须。眼熟，哪里见过。一想，想起来了，在饭馆里遇过，跟那位颜公子在一起。颜公子，也就是金人少主，那么他，应该也是金人。既然都是金人，怎么会救自己？

黑须汉都不理会邓自明狐疑的眼神，自顾对着黑衣人说："少主有令，放他回去！"

黑衣人："是！"

两个黑衣人在黑须汉面前一脸恭敬，答应了之后，弯身捡起地上的剑器，转身飞快走了。黑须汉看了一眼邓自明，目光里满是不屑，却说："少主怕手下人鲁莽，取了你的性命，特意让我赶来相护，你看，幸亏我及时赶到，要不你的小命就没了。"

邓自明："少主为什么不杀我？"

黑须汉："少主不杀你就不杀你，没有为什么，你要是想活命，不要多问了，骑上你的马，赶快走人！"邓自明听着，也就骑上了马，心里还是想，他完颜亨第一次放自己，或许是想利用自己做个报信的奸探，但是现在，自己已经表明不从，那么他应该让金人杀了自己，为什么还要再一次放过自己？

邓自明想，金人凶残成性，他们一再放人，到底是为什么？他完颜亨难道真的会念之前的一面之缘？是不是另有目的？虽然想不明白，但是既然能逃命，为什么要送死？也就胯下不敢再有丝毫松劲，骑马跑了一程路，再回头看看后面，竟然没有发现有人跟随，也就不再多想，策马劲骑，朝着军营的方向回去。

严家医馆中的严获苓，要是陷进狮虎爪中不说半死，也极可能被抠眼揪鼻，毁容伤身。正在危急时候，严之慎赶到，快步上前一把捉住了妇人的手。妇人只得收手，却是好一顿哭诉。

严之慎听完妇人声泪下的哭诉，没有多说什么，只让她在诊桌前坐下，自己重新给她把了脉，看了脸和舌，再给开了一张方子。开完方子，严之慎说："照这方子再吃三天，要是还没有改观，你再过来，你想砸医馆也行，你赶走我们一家也行，全凭处置。"

妇人仍然一脸怒气，指着一旁的严茯苓说："三天之后，要是老样子，我一不砸你家医馆，二不赶跑你人，就是要在这个害人精的脸上抓三把，让她也见不得人。"妇人说完，拎着药跺一跺脚，走了。

妇人走后，严茯苓站在一边，这心里头真是恼也不是，臊也不是，真叫五味齐呈，纠成一团，猫抓心肺一样不成个滋味。

严之慎看一眼茯苓，说了一句："病无小病，为医都需谨慎。"一面把方才开出的方子递给严茯苓，让她看看，与她开给人家的比较一下。严茯苓还是愣愣地，朝爹爹看一眼，努力地伸出手接过方子。看一看，只见上面写的是白芍、薄荷、伏苓、丹皮、甘草、柴胡等。

严茯苓好好看了，忍不住问爹爹："同样是黄褐斑，为什么给上一个病人开的是红花，这次却是白芍？"

严之慎说："上一位是风邪伤于营卫，需要红花来活血散风，这一位抑郁而伤及肝脾，气耗血虚，继而化火，火躁郁滞而成斑，需要白芍来养血敛阴，致病的原因不同，对症所下的药也有异，如果不问病因，照方抓药，就可能火上浇油，雪上加霜。"

严茯苓听着，脸上发热，心中惭愧，说："爹，女儿我没有好好学艺，就想着上阵操练，实在是鲁莽了，差一点闯下大祸，请爹责罚吧。"

严之慎说："女儿知错就好，学一行才知道难一行。以后记住了，业无止境，苦海求精，只有学好了，才可作为，才能惠人。"

严茯苓："女儿谨记爹爹教诲，虚心谨慎，再也不干鲁莽逞能的事了。"

过了三天，妇人又来了。这一回，又恢复了之前的风度，款步徐行，春风弱柳。再看她脸上已然白皙光洁了不少，而整个人的心神面貌也都有改观了。走到人跟前，没再开口叫骂，却笑吟吟说，严之慎是神医高手，没想到才三天时间，就让她的脸恢复光鲜了。

严之慎给再瞧了一回，把先前的方子稍稍改动，加入肉桂之类温补肾阳的药。让她撮了药，继续吃着，说过不了十天半月，大约就能斑尽颜回了。

妇人免不了再说一番感激的话，临走前还不忘跟严茯苓说："姑娘，三天前是我血火冲了头，冒犯你了，跟你说声对不住了，你有一位神医父亲，相信你将来也能做一位有本事的大夫，等你学成了，我再来找你瞧病。"

严茯苓说："大姐，我没事，你回去多保养身体，不希望你再来瞧病呢。"

众人便都笑了。

宋室后宫，花开鸟鸣，松风柏影，看去只觉得春光江南，庭安院适。

蕊珠宫中，潘婕妤坐在桌前，桌上铺着纸张，旁边一只纤巧象牙的墨盒，盒里盛了新研的墨汁，汁水间散发着松香的气味。木婉站在一边，在架山上取下九紫羊毫，拿笔毫小心地舔了墨，送到潘婕妤的手里。潘婕妤接了笔，握住了，拿墨须就近纸张，轻轻涂描起来。很快，纸上的黑线构成了图形，却是一张人脸，圆圆的小脸，大眼小嘴，满满的稚气。

木婉："娘娘，这是元懿太子，你画得可像了。"潘婕妤朝画像看着，看了好一会，直看得两眼汪汪泪水，却叫起来，说："不，不，不是的，这不是我的旉儿。几年过去了，我的旉儿肯定长大许多了。"便换了纸，继续画，画了几张，觉得都不像，便又哭起来，说："旉儿呀，我的旉儿，娘亲都不知道你已经长成什么样了。"木婉听着，一时不知道如何开导她，只得默默地在身边守候。

潘婕妤却让木婉拿笔再添上墨，还要画。拭去泪水，捏着太阳穴清清神，继续执笔。一笔，又一笔。画像完成了，一看，纸上是一张中年男人的脸，朗眉、虎眼，眼睛如炬。

木婉："娘娘，这是长大成人后的太子吗？"

潘婕妤却没有回答她，自己再盯了一会，摇了摇头，说："都拿去烧了。"木婉收拾时，觉得这男人的画像有些眼熟，好像在哪里见过。一面想时，脑子里现出一个画面，一个男人从眼前经过，目不转颈不移，稳重又矫健的身影，从容走过去。再一想，脑中出现的那人不是别人，竟然是岳将军。想到这里，便再不敢多想什么，连忙把桌子收拾干净了。

小宫娥来报，说是殿下请安来了。潘婕妤稳定了一下自己，让把人带进来。赵璩进来，站在门沿边，再不敢朝前一步，口中叫了声娘娘，也不敢大声，文弱的样子。

潘婕妤便问了赵璩几句，他这些天所读的功课之类。赵璩小声答上来。说了几句，潘婕妤就让人带赵璩下去了。赵璩走到门边，倒又回头向潘婕妤请示，说是想找哥哥赵昚玩。潘婕妤也就随意一摆手，说声，去吧。

木婉看着，心里不免感叹，到底不是亲生的骨肉，就算有母子名分，也难有母子的亲热。也就又想起早逝的元懿太子赵旉，替潘婕妤伤心，忍不住留下几张画像，偷偷私藏了起来。

慈元宫，吴贵妃又在轻抚佛佑公主的衣物，泪眼婆娑。

赵昚进来，说："娘亲，您不要伤心呀，待孩儿长大，就算粉身碎骨，也要找到皇姐。"

吴贵妃:"昚儿,你怎么会有这样的心愿?"

赵昚:"孩儿希望娘亲高兴,更希望有皇姐和孩儿一起,陪伴在娘亲的身边。"

吴贵妃:"好孩子,有你这句话,娘亲就很高兴了。"又说:"昚儿,你要想将来有作为,得现在打好基础,首先要把书读好了,把功课做好。"

赵昚:"娘亲,孩儿一定谨记娘亲的教诲,这几天太傅讲授《长短经》,孩儿已经能默诵一半了。"

吴贵妃:"好啊,继续好好学,等着父皇考量你和璩儿。"

赵昚:"娘亲,我约了璩弟弟,等会和他一起玩会。"

吴贵妃:"你和璩儿能玩在一起,多好,不过要记住了,你是哥哥,他是弟弟,要是有什么争执,你要让着他一点。"

赵昚:"孩儿知道,做哥哥的一定要保护好弟弟。"吴贵妃点点头,只说:"你们两个都是好孩子。"

邓自明一路策马往军营赶,路上不免心里忐忑,怕金人玩阴招,尾随他的行踪。更怕自己给狼虎带路,祸害了军营。所以一路上也想了些方法使了点心眼,故意选择错路走,看到有遮蔽的地方,赶紧连人带马藏了,看后面有没有人追上前来。竟然一直没有发现后面有人。难道他完颜亨不是在玩把戏?真的要放过自己?因为饭馆中的一面之缘,真把他邓自明当兄弟了?这金贼,会有侠骨柔肠的时候?

少年初涉江湖,经历了原先意想不到的事情,心绪也便烦乱,也就一心想要归队安静下来,也就不再顾忌什么,只朝着营地而去。

邓自明回到军营,难免被他父亲邓元亮教训一通。但是父亲见他能够平安回来,也只是嘴上训斥,并没有加以别的责罚。不过跟儿子说了,做了错事,想要继续在军营中留下来,必须要过一道关,那就是去元帅帐中,听候岳将军的处置。

邓自明只得去找岳将军请罪,到了中军帐,先见到了岳云。原来岳云没有找到邓自明,也没能遇上陈木扇,却意外邂逅了严家父女,得了严家偏方。出了神仙谷,与严家父女告别,也就回营了。

岳飞正筹谋接下去与金人再交锋的策略,见年轻人平安回来,同样没有过多询问,只叫他们继续勤练,等候开战。

从中军帐出来,邓自明和父亲回到自己帐中。父子有了相处的时间,邓自明便把路上遇到金人的事情说了,说了自己与完颜亨的交集,也说了在金营所见的阵势。一面想起金人交给他的蜡丸,一摸,还在身上,连忙拿出来。邓自明问父亲，要不要把蜡丸马上拿去交给岳将军。邓元亮说天太晚了，怕累着岳将军，先看看，要是有大事，马上汇报，没有大事，天亮再说。

父子两个在灯火下打开蜡丸，里面果真封住了一个纸团。把纸团慢慢展开来，再看，却是一张白纸，上面一个字也没有。觉得奇怪，翻来覆去再看，什么也没看到。猜想是金人的诡计，故弄玄虚。邓元亮倒提了个疑问，问金人为什么要使心眼。邓自明说大概是为了试探自己，看自己是不是乖乖听话，为他们利用。邓元亮说可能吧，只是还觉得有所疑心，又说金人诡黠，既然邓自明不为他们利用，还放了他，其中是不是还有计谋。邓自明说他太累了，只想睡一觉，有什么疑问，明天再陪同父亲报告岳将军，让岳将军一起思量。

邓自明也就睡下了。连日奔波，也是真累坏了，头一着枕便沉沉睡去。

父亲邓元亮虽然疑惑，但是也想不出究竟，夜已深，白天劳累，也就随后歇下了。

当天夜里，军营中出了事情。

事情出在马厩里，厩里的一匹马没有好好吃草料，摇首踢蹄，很烦躁的样子。饲马的兵士以为马跑累了，闹情绪，也就没有在意。半夜里，听到动静大起来，再到厩里探看，只见这匹马又吐又泻，而且鼻腔里流出大量黏液。兵士上前一摸马身，只觉得掌心烫得厉害。也就明白，这匹马生病了。

这匹马，刚刚从营外归来。

就在邓自明严莜苓各各奔波、各各历难的时候，还有一个人去了哪里？谁？他们曾经的邻居发小，后来又几近背道而驰的一个人，严家的男丁严枳实。

严枳实自从在神仙谷中害人不成，回家一通乱砸，然后甩手走人了，再不见踪影。严之慎夫妇开始着人寻找，但是都没能找到。明白儿子的禀性，有些怪僻，认死理，他认准的道理没有人能够更改，父母也不行，九头牛都拉不回。如今因为妹妹的事情让他心性扭曲，真不知道，这个人什么时候才能回心转意。

既然他有心撇下爹娘，就由他在外面碰碰壁吧，碰到硬壁了，头破血流了，总会记得回家。严之慎和夫人两个每日在心里暗暗求神庇佑儿子，让他早日回心转意后回到亲人身边，与家人和睦相处，也求神庇护女儿平平安安。

这一天，是二月十九。在杭州人的习俗里，这天是观音菩萨的生辰，灵隐、吴山、天竺等寺院都会举行庙会。庙会上，善士香客、虔男信女、老人小童、商家摊贩、各色人等都会如期奔赴。

热闹的节目，开场是群舞，名称有猪八戒背新媳妇、柳巧儿回娘家等等。一个个红衣绿裤，抹脸戴花，扭腰摆头地跳，一路过来，一路过去，极其喜乐有趣。随后是抬阁的，抬着王母玉帝、洞宾果老、各路神仙，衣飘裙舞一路走来。还有抛绣球招亲的，比武会友等等。

道路两边，少不了各色杂耍，各式叫卖。闹场之中，那真是一个擦肩接踵，人头攒动，杭城内外的男女老少，往往是闻风而来，尽兴而归。

赵子彦府中，姣娘自从与儿子别离之后，一直心情郁闷，愁眉不展，茶饭不思。赵子彦看在眼里，觉得一张苦瓜脸让人心烦，见天气晴好，便有心劝说她出去走一走，散散心，就说城西的庙会热闹着，提议她不妨也去看看。开始姣娘并没有回应，却听赵子彦又说不妨去灵隐寺里烧个香，保佑儿子在宫里平平安安。姣娘听了，眉眼总算转动了一下，有了一丝泛活。略略收拾了一下，带着个丫头，出门去了。

在灵隐大雄宝殿里烧了香，走出来，走上行道，展眼一看，眼前是一片人海，头巾在飘飘，衣袂在飞扬，红巾素裹，绛衣碧裙，看得让人眼花。姣娘见状，怕被人挤着，就拉着丫头，赶紧随人群往前走。走时，只见道路摆满了货摊，有卖香粉的，叫着："绿雪含芳啦——陌花海棠啦——"有卖绢花的，叫着："来来来，快来看看，宝髻簪花花啊——"

赵府的小丫头一见这光景这物品，不由得满脸兴奋满心喜欢，再不肯随人群往前走，拉着姣娘往旁边蹿。姣娘也只好随着丫头，走到了边上，看一看摊头货品琳琅，还伸手拿起个粉盒闻一闻。

人群总会有这类人，趁着人多赶来浑水摸鱼的。姣娘主仆两个的不远处，就站着个细眼斜眉的轻薄人，穿戴了绸帽缎衫，有些身世的样子，后面还有跟随。一双贼眼，就在人群中游滑寻觅，一旦落在了姣娘的脸脖间，就再也滑不动了。只见妇人脸面如梨，项脖如藕，都是白润得令人想啃上一口的。霎时间，只见恶少的脸眉间露出一个淫笑，把手一挥，起身就往前挤，随从就跟着挤，一直挤到姣娘主仆跟前。几个人在姣娘主仆身后扭捏了几下，都是露骨的动作，周围人看见了，连忙避开。而姣娘两个正在看东西，没能发现身后的人。见人没有反应，就来了个直接的，扑上前，朝人的身上撞去。

姣娘主仆这才发觉，一时受惊，手里的东西掉落下来，花粉扑撒一地。也就明白遇到了找事的家伙，连忙起身往前走。

恶少见到美色，如同狗见了食物，哪里肯轻易罢手。追上前，挡在姣娘的面前。姣娘往左，他往左，姣娘往右，他往右，嘴里还叫着娘子亲亲，娘子爱爱，极尽轻薄挑逗。路人见了，虽然不免憎恨，却明白为者不善，善者不为，怕引祸上身，都敢怒不敢言。恶少见状，也就越发张狂，张了双臂，一把将姣娘搂进了怀里，不顾人家挣扎叫唤，一张猴嘴，直往人家脸上、身上拱。

姣娘没有办法，只有嘶声叫喊，却是只被逮住的鸟儿，使了全身的力气，却只能扑腾扑腾，根本没力挣脱。恶少拱了人家还不算，还想把人拉走。看样子，想进一步作恶。而姣娘因为过度惊吓，喉咙里已经叫不了声音，眼看着连扑腾的力气也没有了。看来，姣美的妇人是难逃淫贼的魔掌了。

突然，恶少"啊"的一声惊叫，松开了姣娘，双手捂在了脑袋上。看来，他的脑袋上受到了击打。看见了，击打他的，是一根棍子。棍子抓在一位少年的手里，少年黑发浓眉，正凛凛地站在那里，双眼冒火。

少年："恶棍，把人放了！"

恶少："什么人？吃了豹子胆了是吧？敢坏爷的好事？"

见眼前只不过一介身子单薄的少年，虽然眉眼有些凶狠，但是不至于让人心怯。恶少见此便喝一声，打！随从听令，一起上前，朝少年扑去。少年手持棍棒，左打右扫。少年虽然有些手脚，但到底人单力弱，几个来回下来，渐渐敌不住一群恶狗撕咬。眼看着被人掀翻在地，夺去棍子，紧接着棍棒、掌头疾风骤雨般落在他身上。少年趴在地上，恶狗还是不肯罢手，把人往死里揍。这样下去，要出人命了！

这时候一队人马赶到，是赵府的。赵府来人三下两下制服了恶少，救下姣娘。要带着姣娘回府，姣娘指了指地上一动不动的少年，说这位小兄弟是仗义人，要带回府去救治。

赵府，姣娘亲自给救助她的少年擦脸喂水。好半天，少年才虚弱地睁开眼睛。问他是哪里人，他说是杭州城里的。问他叫什么名字，他说他叫严枳实。

大宋岳军营地，一匹归营战马半夜患病。饲马兵士从马背收回自己火烫的手掌，再也不怠慢，马上向上级报告，一面找来兽医。

随军兽医立马来诊，一遍查看，说这马得的不是一般的毛病，是鼻疽。鼻疽，传染病，很容易在牲畜间传染，严重的，还可能传染给人。这样一来，知情的将士都没有了睡意，想着怎么医治病马，防止传染。有人问要不要连夜向岳将军汇报。有知冷热的将士便说岳将军白天过于辛劳，夜里不要打扰他了，让他睡个安稳觉吧，等到天亮再行汇报。

当下，在兽医指导下，兵士把病马牵走，单独隔离开来。一面冲了石灰水，泼浇马厩。又给厩中战马添了草料。马无夜料不肥，希望马儿多吃点，身壮体强，好抵抗疾病，也好来日再上阵冲刺，所向披靡。

只是，最不愿看到的事情发生了，厩中又有几匹马出现了同样的症状。

大战在即，战马患病。失了坐骑，就是鹰鹫没有了翅膀，枪炮没有了火药，要是这样，让将士如何应战？如何御敌？

如何是好？

第六章　岳家军大败金鞑子 严积实赵府生情愫

邓自明一觉睡醒，只觉得气清神明。睁开眼睛一看，只见窗中已经白亮。再看父亲的床铺，铺上空着不见人。忽然间听到外面声音有些嘈杂，嘈杂中听出父亲的声音，在说什么病了，病得不轻。从父亲的语音里，听出有些焦急。邓自明连忙穿衣跳下床，向帐外走去。

邓自明走出帐门时，却不见了父亲。问守护的兵士是不是出了什么事情。兵士说是岳将军的手下把邓将军传过去了。问父亲是不是去了岳将军帐中。却说不是，去了马厩。

邓自明赶到马厩，看到厩前围了不少人，有岳将军父子、各路将帅，还有自己的父亲。不知道发生了什么，靠近前面一看，看到厩中只有一匹马，这马的神色不对，无精打采的样子，好像是病了。再仔细看一眼，认出来了，正是自己此次出营的坐骑。

父亲邓元亮发现了邓自明，一把抓住他，说："你干了什么？怎么让马染病了？"

邓自明惊得直摇头，说："我，我没干什么。"

邓元亮再问："是不是让马喝了污染的水？或者和生病的牲畜靠近了？"

邓自前："没有呀。"

邓元亮："你看看，昨天你骑回来的，现在病成这个样子，你好好想想，一路上遇到过什么，出了什么问题。"一面说时，岳家父子转身走近前来。邓自明也便向岳伯父他们问安。

岳飞说："自明，马生病了，不过你别怕。"

邓元亮跟岳飞说："岳兄，这马出了问题，肯定是这小子骑出营才惹下的，不管问题大小，都同他脱不了干系。"

岳飞："回帐再说吧。"一行人离开马厩，朝中军帐走去。

帐中，邓自明向众人一一说起路上的情况，说起在小镇饭铺受困，得人解围，后来夜闯金营，才知道给他解围的竟然是金国大帅完颜兀术的儿子完颜亨，以为会葬身金营，没想到完颜亨让他送信，竟然放他出营。

岳飞问邓自明，在金营马匹是不是被人牵去喂食了。邓自明说是的。岳云听着，朝岳飞叫了声父亲。岳飞朝儿子摆摆手。

邓元亮忍不住说："肯定中了金人的奸计，金人狠毒奸诈，什么事情做不出来？一定是他们故意让马染上病，然后放回来，让病毒在营里传播！"

邓自明一脸哭丧，带着委屈的声音说："可是，我从没跟人家提起我也是行伍中人。"

邓元亮："你这个不知道天高地厚的傻小子，你不说，人家就看不出来？看看战马的体形，还有马掌、嚼子，跟平常人家的会一个样吗？"

邓自明："爹，我真没想到。"

邓元亮："这回你把祸闯大了！"

岳飞："自明还是个孩子，没有遇过事，难免被恶人利用。当下之急，不是责怪他，而是要把马治好，把传染病治好。"

当下又有兵士来报，说是原先得病的马匹眼看着越发严重了，又有新的马匹得病。

又来兵士来报，饲马的兵士也得病了，也是发高烧流鼻涕，病状和马一样。

在行伍中，让军人害怕的不是行军打仗上战场。战场上你进我攻，你死我活，肯定有死伤，但那是军人的使命，就算战死沙场，马革裹尸，也是军人应有的归宿。况且，自己有死伤，敌人一样会有死伤，有可能亡一杀百，亡十戮千，就算自己的队伍伤亡更惨重，自亡一千，那也会让敌人死伤八百。但是，有一样东西比战争可怕，那是什么？是病疫！

病疫，时疫，传染力很强的疾病。那可是杀人的恶魔，若是袭来，再强健的体魄都抵挡不住。无声而来，无孔不入，无论将帅还是士兵，都不放过，杀人不用刀斧。要是军营染上疫病，战马倒下，兵将倒下，那会是什么样的后果？虎虎的军营一下子丧失了战斗力，就好像坚强的篱笆墙顷刻腐朽了。要是敌军前来，不费吹灰之力，摧枯拉朽，全然倒塌。军队垮了，没有了御敌的屏障，遭殃的是身后的国土与万千百姓呀。

岳飞当然明白疫来山压顶的道理，那是兵家最忌恨的，但是来了，只有面对，只有想出办法来抵御。冷静考虑一番，传出命令，把病了的兵士安置好，及时医治，再把最先得病的病马宰了，挖坑深埋。另辟马厩，让健康的马匹远离病马。同时，全军上下严格保密，不得向外泄露疫情实况，以防敌人乘虚而入。

但是，虽然采取了措施，情况却还是往糟糕里发展，更多的人和马得病，病情越来越厉害。随军大夫虽然竭力诊治，给病人和病马都喂了不少药，却一直没见任何好转。

岳飞坐在中军帐中，也不由得剑眉蹙愁云，星目笼忧雾。

邓元亮上前，小心地问："岳兄，是不是要把军中疫情及时跟朝廷通报？"

岳飞摇了摇头，说："如今奸人当道，无孔不入，要是朝廷知道了，等于天下人都知道岳家军营闹疫病了，到时候，只怕朝廷救不了咱们，咱们还会给朝廷引祸。"

邓元亮："万一疫情闹大了，朝廷通过另外的途径知道，会不会治我们的不报之罪？"

岳飞："顾不上这么多了，当务之急是拿下疫情！"

邓元亮："疫情并不可怕，怕的是没有良医良方。"

岳飞："营中没有良医良方，去营外找，世间肯定有良医良方！"正说着，岳云大步进来，给父亲岳飞和邓元亮匆匆揖了个礼，说："父亲，邓叔，我忽然想到当日神仙谷遇人，他曾教给了一个治疫病的方子，是不是试试。"

岳飞问："先说说，什么方子？"

岳云："用生石膏，这疫病先发烧，而且势头来得凶，烧烫得厉害，照那位大夫的话，生石膏的用量要大。"

邓元亮："岳将军，照少将军说的，不妨试试？"

岳飞："好吧，快去跟随军大夫一起商议。"

岳云来到病房，军医一听大量用生石膏，都说这生石膏可是大凉的药物，虽然能清热泻火，但对治疗鼻疽这样的疫病没有先例，不敢乱用。还有说治鼻疽用五味子、五倍子这样的杀菌药才是对症下药，用生石膏清热泻火，就算一时清泻了，只怕还会烧起来，难说能起到治疗的作用。

岳云听着，自己不懂医术药理，没法跟人辩论，只有在心里干着急。而他说的方子，在所谓懂医大夫的嘴里，也就成了行外人的瞎说胡扯。眼看着，岳云说的药方得不到试验。

金营帅帐，敞口铁盆中燃烧着红旺的篝火，照映着四周的黑沉。火光之处，一把宽大的兽皮靠椅上，端坐着一个人，正是金帅完颜兀术。这完颜兀术又叫完颜宗弼，是金国太祖完颜阿骨打的第四个儿子，金国四太子。传说这四太子是赤须龙转世，还说他日常间头戴金镶象鼻盔，旁插两根雉鸡尾，身穿大红织锦绣花袍，外面黄真龙鳞甲，就好像是一位不可一世的大魔王。其实并不完全是这样，看看靠椅中的完颜兀术，只戴了顶貂绒毡帽，穿了件普通的护身铠甲，外面罩了件盘肩绒袍。只是两道粗眉下一双大眼，眼神如同一道从利剑的剑刃折射出的寒光，深沉而锐亮，与人对视一眼，会觉得剑光一掠，让与他对视的人不由得心头一凛，似乎有利剑穿心。

幕门揭开，有人进来，是一位青年武将，也就是完颜兀术的儿子完颜亨。

完颜亨，完颜兀术的儿子，完颜阿骨打的孙子，金国皇室的后人。他并不像他父亲一样虎虎生威，他更像一位汉人后生，身形挺拔，眉目秀明，而且似乎不喜欢用盔甲来束缚自己，而喜欢穿一身闲适的袍子，束发戴冠，看起来更像一位俊朗又不失儒雅的世家子弟。而且，完颜亨的目光，让人感觉是温和的，只是透过温和的表皮，深入内层，一样能让人觉察到他目光深处的冷寒，像他父亲一样。并且不像他父亲那样寒得纯彻，而是寒冷中夹带着暗芒，就像狐狸。

完颜亨给父亲完颜兀术行了礼，恭立一旁，一面说："父王，据儿臣估计，宋国岳家军营这个时候已经病疫暴发，人心慌乱，我们是不是该立马起营拔寨，杀向岳家军营，杀他们一个还手无力，力不从心。"

完颜兀术听着抬抬嘴角，阴冷一笑，说："不急，这个时候，就算岳家军营中疫情已经爆发，但还是小部分人马染病，不会全营尽染，也就怕他们的战斗力还在，要是开战，还会让我军受创。要是疫情再进一步扩展，那时人马齐暗，再去收拾，可就不用费什么兵卒了。再说，要是现在跟他们正面交锋，遇上病马疫兵，还有可能传染我军，待他们疫情大发，也就自灭了，让我军省力又省事。"

完颜亨："父王英明，让岳家军全盘埋葬，我军直接南下，灭绝宋家余孽。"

完颜兀术："是我儿足智多谋，想出的好方法，不费周章，啃下了岳家军这块硬骨头。对了，我儿可肯定那小子是军营中人？"

完颜亨："没错，在饭铺中偶遇，我就认定他的坐骑不是一般的马匹，应该是军用之畜，也就留了心，并让聂儿孛堇趁他与孩儿我交谈时，外出细察，果然是军畜。在这块地域出现的军畜，当然是岳家军营中出来的，当下故意提醒他往西北方向走，把他引来军营。之后让人把营中封存的病毒之物喂给马匹，再放他出营。为了不让他起疑心，说是让他送信，又为了让他在马匹病发之前归营，就在路上设计截杀与相救，这样一来，小子绝境脱险，肯定归心似箭，什么也不会多想，一头扑回营巢。"

完颜兀术："好，我们父子两个，今晚就提前庆祝劲敌的溃败！"

完颜亨听着，马上吩咐手下："把那两坛兰芷和玉沥搬上来。"

手下答应，很快搬来两坛美酒。菜肴酒器等物也在帐中布置下来。父子坐上桌席。

完颜兀术："我儿，开坛论剑。"

完颜亨："父王，不费刀剑了，开坛赏乐吧。"

完颜兀术："好！"

果真打开美酒，唤来鼓手和舞女。在狼虎营中，一时间馥郁的酒香，轻快的鼓声，玉女起舞，蛮腰翻转，环击佩响，好一番醉人景象。

岳家军营，岳云正发愁。军医不认可药方，自己心里也没有底，不知道该放弃还是坚持。这时候有个别军医站出来，说这生石膏有透热外出的功能，要是能把体烧透出来，至少能减轻病状。疫情汹涌，如果不能压下，很可能在全营爆发，与其束手无策看着，不妨用着试试。

说试试，那就试一试。也就没有再迟疑，马上用生石膏煎水，先让马喝。马喝下，等了一个半个时辰，还是老样子，没有变化。看来委实不行，只得放弃这个方子，再想办法了。

可是岳云思量了片刻之后，还是不肯罢休，竟然下令，把生石膏增加一倍，煎水再喂。明明没有效果，还要试验？

看看眼前的岳云，岳家军营中的这位少将军，满头满额青筋暴起，就像之前上战场一样，不见黄河不死心，不见棺材不掉泪，端着一股拗性狠劲，任凭谁也扭转不了他了。再说，病马得不到医治，还不是等着宰了深埋，是个死，被生石膏水灌死，也是个死。就照着岳云的要求，增添了一倍的数量，再煎水，再灌马。这次灌下之后，没过多久，烦躁的病马好像不动了，眼见着安静了不少，上前摸一摸马身，好像也不再先前那么火烫，渐渐地，只见马儿口鼻中的黏液也减少了。病马开始凑近草料，开始叼起几根草料在嘴里，慢慢嚼动了。连忙再舀药水，让感染的兵士也喝。喝下之后，也看到了效果。

那位支持岳云的军医到底有些医术，再往生石膏中加入了知母、犀角等。知母可以清肺热，辅助生石膏，而犀角具有解大热之功，也就是透中加透，把热透得更彻底些。

病来如山倒，病去如抽丝，一场有可能像蝗虫啃庄稼一样的灭顶灾难，降临军营，眼看着可以把整个军营摧毁于无影，因为有了化解的良方，得救了！

幕帐中，将帅岳飞听说疫病消除了，不由深深地吐了一口气，对着爱子岳云说："云儿，是你在神仙谷中遇到的高人救了岳家军，你可知道这位大恩人的姓名？要是知道，来日再遇，一定要好好谢谢人家！"

岳云说："当日匆忙，没顾上问高人的贵姓大名呢。"又说："高人有位女儿，生得明丽端秀，要是再见，孩儿一定认得出来。"

邓元亮听了，犹豫着说："医道高人，一位端秀的女儿，会不会是……"

岳飞："邓贤弟，你认识高人？"

邓元亮："没有没有，愚弟想起之前一位行医的故人，现今只知道他带着家小多年在外游医。要是他们父女在神仙谷中与少将军相遇，那可是天缘，只怕世上并没有这么巧合的事情。"

岳飞："有缘人一定会再见面，到时候再谢不迟。目前疫情已除，金人虎视，战事紧迫，要赶紧谋划与金人作战的大事。"

岳云："父亲，金人用毒计谋害我军，如今肯定以为计谋得逞，沾沾自喜，我们何不来个将计就计。"

岳飞："好，我们就商议怎么个将计就计。"

严家医馆，严茯苓自从经历了胡诊风波，开始明白医学精深博大，自己还没学到皮毛呢，竟然以为自己就是位医家大夫了。从此，越发专心用功，仔细听讲，遍读医籍。特别是《黄帝内经》这样的始籍，逐篇理解，朝暮背诵，真真做到了每日朝读《灵枢》，暮诵《素问》。也逐渐明白爹爹让她学五行的道理，五行讲的是金木水火土，五种天地元素，既分离又相关，既相生又相克，其中木生火，火生土，土生金，金生水，水生木，而又木克土，土克水，水克火，火克金，金克木。而在医学上，按照先人的摸索与判定，认为肺属金，心属火，肝属木，肾属水，脾属土，也就是说肺主气，气为风，风为能，能即肺金；心主血液，旺盛为火；肝主筋脉，护血液，如同木桩；肾为水，水是生命之源；脾属太阴，太阴为湿土，万物从土而出。五行用在诊治上，木生火，病在心火，除了治心火，还要护肝，火又克金，心火会对肺金造成伤害，治心火不忘护卫肺金。

如此种种，需要融会贯通。

严茯苓沉心学医，暂且忘却了身外的事情，无论是国是家，是她自己被称作佛佑郡主的前世，还是唤为严茯苓的今生。当然，树欲静，风不止，总会有事情找上门来，何况人在医馆，遇上医事来临，也是算是再平常不过了。又有人急急来唤大夫，说是产妇遇上难产了，性命攸关。这遭遇难产的病人，不是别人家，正是邹知县的小妾。

生产遇难，那是万分火急哪！偏偏，父亲严之慎出诊去了，去了外地，算算应该回来了，可是还没有回到家。

怎么办？

人命关天！严茯苓也就不管不顾不再迟疑了，一把扔了书本，跟着知县家的仆从走出门去，一路奔跑，直向着唐昌县衙。来到县衙后院，只见接生婆双手淋血，说是实在已经无计可施。而堂堂邹知县正砸着自己的脑门，急得团团乱转。一面看见派去传唤的下人进屋，一把抓住前襟，问："严大夫，严大夫呢？"听回来的人说严大夫外出不在家，也就大叹一声，说："完了，看来是天要杀我妻儿！"

严茯苓上前，对着邹知县说："父亲不在家，还有我！"听到这话，以为是哪位救星，抬眼一看，我的天，不过是位小姑娘。谁不知道，这小姑娘不管有没学过医，不管她医术行不行，只怕她压根没进过产房，她哪里知道女人生产的事情！

邹知县也就朝严茯苓挥挥手，意思是你就别添乱了，赶紧走人吧。严茯苓偏还不走，还说："让我上！时间就是人命！"

邹知县好歹重新看了一眼严茯苓，只见姑娘眼神凛然，一脸沉静。可是，可是这是妇人难产，不是让一个姑娘家来学针线，没那么简单，稍有不当，就是一尸两命！

见邹知县还是犹豫，严茯苓说话了，她说："知县大人，你再不放我进房，只怕来不及了，为了救人，我们就立个生死状吧，如果我没把人救过来，让你把我关进县衙大牢，是死是活，随你处置。"

接生婆再报危急："救，救人呀！"

那，那还有什么办法？小姑娘不知天高地厚，不明白知难而退，她自己要找死，那就成全她吧。着人马上拿来纸笔，写明是她自己要求的，写好了，让她按上手印。严茯苓压根没看纸上写了什么，手指沾上红泥，飞快按下，按了个大大的红手印，转身就跟着接产婆进房了。

严茯苓一踏进房门，只觉得一股血腥气味扑过来。顾不上什么，来到产床前。只见产妇脸色蜡黄，在床上哼哼出声，声音已经微弱。旁边一个小丫头，嘤嘤哭着，抹着眼泪。

说是妇人生产是头胎，已经连着两个时辰在生产，出了不少血，但是孩子就是下不来。严茯苓给产妇一把脉，脉象弦大现至数不匀，有心力衰竭的迹象。也就明白，情况实在过于危急，产妇连同腹中下不来的孩子，随时可能毙命。

接生婆悄悄在严茯苓的耳朵边说："依老身多年接生的经验看，恐怕是没办法回天了，老身接手了这桩晦气，躲不过去，可是姑娘还年轻，搭着自己的命来救人，是何苦呀？"

严茯苓说："救人，比什么都重要！"这时候，听到产妇微弱的声音说："闷，闷，胸口闷……"

严茯苓听着，一个激灵，连忙摸产妇的胸口，一摸下去，硬鼓鼓的，就好像一块石头胀在了胸腹间。严茯苓马上想到了什么，大声说："是气滞！"一面说，一面一把拉住床头的丫头，拉到一边，在她的耳朵边问："快说，夫人平时最怕什么？"

被问的人一定会想，产妇生孩子，孩子生不出来，大难在即，问产妇害怕什么，当然是害怕生不出孩子，害怕自己和还没有见面的孩子一同赴鬼门关了。

不过这丫头倒还算机灵，很快说："夫人怕蛇！"蛇？这一会半会去哪里找蛇呀？正要气馁，听丫头又说了一句："还有蚯蚓！"

严茯苓不由分明，打开房门，让邹知县赶快找蚯蚓。邹知县一听，不由想，这产房里要蚯蚓干什么？蚯蚓是味药，可不过是平肝利尿的功能，没听说能助产呀！就算让产妇吞下整条的活虫，能生下孩子吗？还不是胡闹吗？但是看到严茯苓脸上不容别人犹疑的神气，也就不敢多说什么，赶紧让人挖地找蚯蚓。很快蚯蚓就找到了，又粗又壮，扭动着蠕软的身子。

严茯苓接过蚯蚓，飞奔到产床前。

正在这个时候，严之慎赶来了。

严之慎出诊回来，到家中还没放下药篓，先找女儿，左右看看，不见茯苓，便问店里的伙计，茯苓去了哪儿。店里人告诉他，茯苓也出诊了。出诊？是的，去了邹知县家出诊，说是邹知县的小妾生孩子，遇到难产。严之慎一听，一把扔了肩上的东西，拔腿冲出门去，拼命般往县衙方向跑。

严之慎喘着粗气进门，没有见到严茯苓，见到的是无头苍蝇一样的邹知县。向邹知县问情况，听邹知县一说，一张脸就绷住了，就好像嘴角眼睛全都定了形，动弹不了了。赶紧要亲自进产房，却被邹知县拦住了。邹知县说他的小夫人生产已过两个多时辰，现在房里没有一丝动静，只怕人已经过去了。邹知县说完，拿出一张纸，说是严茯苓立下的生死状。他说他接下去要做的事情，就是问严茯苓索命，索一妻一子两个人的命！

严之慎接过纸张一看，上面果真写着如果严茯苓救治不成，产妇遇难，自己以命抵命，任凭处置。纸上，落款处一枚鲜红的手指印。

一时间，严之慎惊得连眼珠子都不能动了。

严茯苓的手指紧紧地捏住蚯蚓，那蚯蚓的身子便在她的手指间使劲扭动，让人看着觉得悚麻又恶心。严茯苓不管这些，她把地龙举到产妇的眼前，然后呼唤产妇睁开眼睛。产妇的眼睛慢慢睁开了。可令她没有想到的是，在她的眼前，是一条又粗又长扭动着的蚯蚓。

"啊！"只听得产妇一声惊叫。产妇惊叫之后，紧接着是接生婆的一声惊叫："啊呀，出来了！"过了没多久，"哇呀"一声，初生儿的声音，在产房里响亮地唱开。

接生婆把新生儿擦洗包裹了，打开房门，抱出来，笑嘻嘻跟外面的人报喜说："老爷老爷，恭喜了，是个胖小子！"

却看到邹知县瘫坐在地上。一旁还有个男人，同样瘫坐在地。听到报喜声，邹知县还一脸木讷，没什么反应，而另一个男人倒是先哭起来了，嚎一声哭开来，接着接连几声嚎嚎嚎，是一个老男人过度压抑之后的宣泄。

过了一会，邹知县才有所省悟，可竟然也哭起来了，放声地哭。两个老男人，一把鼻涕一把眼泪，哭得停不下来，一片稀里哗啦。

房门再次打开，严莜苓从房间里走出来。姑娘的脚下有点松散，看来是过度紧张与劳累之后的虚乏。但她笑着，来到老男人的跟前，一把抓住了他的手，说："爹，没事了，都好好的。"

严之慎也就慌乱地抹自己的脸，连声说："没事了，没事了，好女儿，没事了。"

邹知县连忙起身，也给自己抹了一把脸，再拿起桌上的纸张，正是按着严莜苓手印立生死状的那张，再没看上面的字，拿着一把撕掉了。一面说，要重谢严莜苓。

严莜苓一听，微微一笑，摆摆手，说："不用谢我，要谢，就谢你家夫人的那位贴身丫鬟吧，她懂夫人。"

邹知县连声说是，又说严莜苓技高仁义，还问她怎么想到用蚯蚓吓产妇，一吓，把孩子吓了下米，救活母子两条命。

严莜苓说："我也是读了《产宝》，看到有气滞致难产一说，夫人生产是头胎，产前肯定害怕忧惧。医书上说了，忧则气结，恐则气怯，躁则气逆，惊则气乱，小女见夫人气血受阻，气机不利，加上胸闷，一定是气结气滞，导致生产不力。要想夫人顺利生下孩子，只有让夫人胸中的滞气下行，怎么下行？医书上说恐则气怯，只有让夫人突然间恐惧，才能使滞气下行，蚯蚓一吓，肺腑发力，推动滞气，也就把胎儿推出了体外。"

又对着严之慎说："爹，是不是这个道理？莜苓没有造次吧？"严之慎终于松动了面颊，点点头说："你长进了。"

严莜苓同父亲严之慎一同回到家中。一进家门，严之慎马上变了脸色，不许严莜苓回房休息，要她马上在堂中跪下来。严莜苓不知道爹要怎么样，但她听从爹的话，果真就跪下了。

严之慎说："这一回，我是不肯放过你了，你就给我跪着，跪到你想明白了才能起来。什么时候想明白，什么时候起来。"

严莜苓："爹，你让女儿想什么呀？"

严之慎："看来你是真不明白，那就跪吧，别说累了，别说膝盖痛，也别怪我严之慎狠心，一直跪下去！"严莜苓听着，果真就跪着。半个时辰之后，到底还是严之慎不忍心，说："你就是想不明白吗？还是不肯想明白？"

严莜苓说："爹，让我跪吧。"

严之慎急了，说："好，好，好样的，看来你是真的不肯明白了，你就继续跪吧！"又过了半个时辰，严之慎实在是忍不住了，对着严莜苓大声说："下次，你要是再跟人立那样的生死状，你就再不要进这个家门！不要再喊我爹！我严之慎从来没有认识过你！"

严莜苓说："爹，女儿明白。"说完，身子一斜，竟然一头栽倒在地。

岳家军营，邓自明也病倒在床，一连几天起不来，直到听说疫病得到控制，因他的不慎引来的一场灭营之祸已经及时化解，才觉得身上松动了一些，挣扎起来走出帐门。

帐门外，看到不少兵士换上了平常百姓的衣服，三三两两往外走。悄悄拉住一位兵士，问他们换装出营去干什么。兵士说是买药。买药？为什么买药？买药做什么？不是说疫病已经好了吗？兵士说他们也不知道，让买药，就买药去。

邓自明赶紧回帐，找到父亲邓元亮，问他："爹，疫病还没治好是吗？"

邓元亮说："治好了，你就安心吧。"

邓自明："那怎么让那么多人出去买药？"

邓元亮："你岳伯父自有用处，别多问。"邓自明听父亲这么一说，果真没再多问什么。

军营附近几个镇上的药店药铺，几乎都来了不少买药人，点名要几味药，全都大包买。

买药人提药离去，躲在角落里的人探出一张贼似的脸，阴阴一笑，站起来，闪身进入药房。进来的人也说要买药，不说药名，只说照前面买药的人一样，每样要一份。

贼脸人把药包抱在怀里，往一个方向跑，却是与前面买药人不同的方向。走了不久，有骑马人策应。骑马人接了东西，马上挥鞭，策马飞跑。跑到的地方，却是金营。他们把带来的东西直接交到完颜亨手里。完颜亨一一打开，只见里面有黄黑的药籽药片，还有白色的晶粒。叫过身边的一位，说："药师，你认一下。"

药师马上报上药名，分别是五味子、五倍子、黄连、乌梅、白矾等。完颜亨问药师，这些药治什么病。药师说，五味子生津，五倍子解毒，黄连也是泻火解毒，乌梅收敛浮热，白矾解毒杀虫，一般来说是治疗发热性感染病。完颜亨听着一笑，说："很好！"

完颜亨马上来到帐中，向父亲完颜兀术汇报。

完颜亨："父王，岳家军营大量士兵乔装买药，所买之药都是治疗传染病的，从数量来看是大量购买，这样看来，军中需要大量用药，据此可以推测，疫病在岳家军营中已经全面爆发。"

完颜兀术："那我们就等着看岳家军全数尽毙。"

完颜亨："父王，依儿臣看，我们不能再等了，早日出手，早日收拾干净。而且，儿臣已着人配备了预防传染病的药物，人马都提早服用，不用害怕被传染，可以出击了！"

完颜兀术："我儿想得周到，那就下令，全军做好准备，明日一早击杀！"

完颜亨："好！"

完颜亨亲自领军，虎将雄马，铠甲士兵，还有一队拐子马，一同奔突向前。路上，什么动静也没有，一片悄悄然，就好像对手已经消失不见了。这样一来，就让金军不费力气，长驱直入。眼看离岳家军营越来越近了。也有人提醒完颜亨，会不会岳家军使了什么计策，诱敌深入。

完颜亨迟疑了一下，让队伍止步休整，但是他马上说："就算他有防备，只怕也是弱兵病卒，不用害怕，要是我军白白放过这样大好的机会，一定后悔千古！"

一挥手，队伍继续向前。岳家军营地越来越近，远远看见寨旗了，可还是没有动静。完颜亨忍不住跟手下说："那位被金军称作岳爷爷的岳飞大将军，是不是也已经得病身亡了？"说着，暗笑，却又假惺惺地悲叹，说："要知道英雄惺惺惜英雄，没有对手的战场，多么空旷寂寞呀。"

完颜亨下令，队伍全面加速。就算没有了敌手，也要让战马在坟场上践踏尸骸。营寨一点点接近。而此时，让金兵金将担心的不是战争，不是与岳家军的对阵，而是不无战而胜，胜利得太过于容易了。

就在这时，听到一声鼓响，鼓声中，一群整齐的兵将蓦然地冒了出来。紧接着，四面鼓声雷动，四个方向都拥出来了兵马。四围人马一起向前，向着金人的队伍，冲杀过来。哪里是弱夫病马，只见所有人马全都精神抖擞，威风四面。

怎么回事？

哪里来得及再思考怎么回事，冲杀的人马已到跟前了，连忙应战。当然，完颜亨不怕，再多的人也不怕，他们有拐子马。拐子马铁甲护身，体力强大无比，是铜墙铁壁，更是呼啸的巨浪，所向披靡，可以将山冈夷为平地。

拐子马阵，冲锋！然而金兵接着就看到岳家军不少兵士耍起了猴术，就像猴子一样在地上打滚，身形极其快速，就像一个个装了机关的圆球，飞速滚来，滚进了拐子马的阵地里。立马，听到一声马的嘶叫，一只被砍断的马腿飞出老远。

这拐子马是几匹锁连在一起的，一匹断腿倒地，另外几匹受到拉扯，也统统倒地。而这些马受到了断腿之痛，还有想摆脱拉扯的竭力挣扎，加上胡马性烈，力大无穷，折腾间让战场上扬起一片尘沙，蒙天遮日。刹那间，有马匹因相互撞击倒地毙命，也有挣脱缰绳之后，反冲进自己的队伍，踩死不少金兵。

完颜亨明白中了岳家军的埋伏，连忙下令撤退。这时候，岳家军的弩子床开启，疾箭劲射，射程足够十余里地，射人射马，让金将一个个落下马来。

金少主完颜亨在众将护卫下一路奔突，突出了重围，却早已衣甲不整。正想喘口气，却见一匹枣红马雷电一样飞驰而来。马背上，一位年轻男子手里提着两个大锤扑过来。完颜亨想掉头避开，却见这个方向，又是一位年轻人，骑马提枪，同样飞奔而来。

完颜亨知道，持双锤的叫岳云，岳家军少将，岳飞的儿子。双锤震天下，金兵谁不知道那一对能够让天塌让地沉的大铁锤。还有一位，完颜少主也认出来了，正是被他设计利用过的年轻人，虽然他不知道年轻人的名字叫邓自明。

双雄夹击，完颜亨就算武艺超群，也很难以一抵二，何况大军溃败，正在心悸与心疼中，几个交锋，很快无力还击，只想策马逃跑。跑了一程，又被拦下。幸亏他胯下的马匹是胡马中绝好的上品，踩山踏石不在话下，狂奔起来似火如风。烈马发力，终于还是甩开了拦阻，纵出了弓箭射程。

完颜亨带领残兵余部好歹突出岳家军重围，一清点，已经折去十之七八。一队拐子马也所剩无几。他终于明白自己年轻气盛，低估了岳家军的实力，中计了。看来这岳家军确实不乏人才，有勇也有谋，比拐子马的铜墙铁壁更厉害。想来，也只有他们能够挡住金军一举南下，成为宋朝复国和宋君保命的希望。

败将完颜亨在溃逃的路上暗暗思量，想要打败甚至消灭岳家军，光靠武力，恐怕难以捅破这道铜铁墙壁。

杭城临安府，朝廷得到信报，说是岳家军大胜金兵。赵构得报，当然高兴，少不了下旨封赏，歌舞庆祝。本来想让岳飞亲自前来杭州接受朝廷的再度封赏。只是秦桧悄悄跟赵构说了，岳家军营中刚经历过瘟疫，虽然说是疫病已经得到控制，疫情没有蔓延，但只怕会有病毒残余，万一带进宫里那可是天大的祸害。赵构一听瘟疫，当然再不提让岳飞来朝的事情。秦桧又说，这个岳飞能干是能干，可是胆子不小，军营中发生瘟疫这样的大事竟然瞒着朝廷，一字不报。赵构听着，虽然并没有赞同秦桧，但心头难免不会咯噔一下，心想，这个岳飞，前几天提议立嗣气撞朝堂，这一次，虽然立下了浩大战功，但是把遭遇瘟疫这样的危情瞒下来不告诉朝廷，是目中无人？还是果真别有居心？

赵构的心里，无疑会对岳飞生出几分警惕与戒备。

赵子彦宅院赵府。这赵子彦是个三品带刀护卫长，也就是御前侍卫的首领，负责宫廷安全的。虽然是皇族赵氏后裔，还有个正三品的官阶，但跟当今皇权更靠近的亲王郡王比起来，他不过是个靠边的小官。也正因为靠边，当日北掳的花名册上才没有他和他家人的名字，要不然就和北去众人一个样，身处雁门关外，任人作践，受尽风沙苦寒了。哪还有机会领略这杭州月、西湖水？所以这赵府，显然不像王孙贵胄之家一样楼亭走马，后院深深，不过好歹也有楼房数幢，风荷月池一处，还有轩室假山、芙蓉牡丹，乱世之时，也算难得了。

严枳实救了赵子彦的侧室姣娘，得到姣娘的感恩举荐进了赵府。赵子彦见年轻人腰实臂壮，眉眼之间显出几分机灵，虽然见他眼神隐约间有些狼虎形态，却也不尽露，懂得收敛，何况有姣娘开口，就收留了。让他留在赵府做个看庭护院的家丁。自己负责看守皇宫，家里也需要另找别人看守。

赵子彦还叮嘱严枳实，别的都不重要，最重要的是得把女主人姣娘看护好了，不能有半点差错。听起来，这做夫君的赵子彦可关心爱妻了。

严枳实在赵府，倒也安心尽职，每日迟睡早起，里里外外视察，不敢有一丝怠慢。他原先的虎狼心性也都深藏起来，在府中上下人面前，全都以卑谦自居，唯唯应答。

有时候看到姣娘一个人坐在轩窗前，月池旁消瘦的身影一动不动的样子。只有后庭风吹拂着她的头发，楚楚黑丝，微微飘摆。就觉得，赵府的夫人好安静。而且，安静得似乎有些不平常。会不会有心事？看了几次，渐渐觉得姣娘她真的有心事，这心事应该还有点沉，有点重，风吹不去，满中的花草抚不平，挺让人感觉奇怪的。有时候还看到姣娘手里还拿着一块手帕，在眼角擦，好像在抹眼泪。

严枳实对着姣娘的行为有些疑问，不免朝人多看几眼，只是不敢上前，更万万不敢靠近上前。倒是姣娘，蓦然间发现严枳实，觉得自己在下人面前失态了，连忙收了手帕。却也不把严枳实当外人，也就朝他笑笑，让他近前说话。

严枳实见主子召唤，只好来到姣娘跟前，却不敢看人家，低眉垂眼，只盯着自己的脚尖。

姣娘便说："你救我的那天，大打出手，挺威风的，想不到如今在家里，竟然这么胆小了，在我面前，就不要拘谨了。"严枳实听主子这么说，只好抬起头，目光在姣娘脸上扫了一下，只见一张鹅蛋脸，像煮熟刚剥了壳，鲜嫩白皙，而这脸上因为罩了一层伤感，看上去就显得十分柔软了。

严枳实看着姣娘，竟然感觉到了自己的心慌，连忙再垂下眼睛。垂眼低头，却又瞥见姣娘的袖口露出一角粉帕，帕上还绣有一朵莲花。看着绢帕，严枳实竟然也觉得自己心头慌乱。

而姣娘并不在意严枳实的神态，在她的眼里，眼前这个人只是一个大男孩，一脸年轻人的羞涩，说不定还从来没有跟女人亲近过。看到女人，就像猫狗见了狮虎一样。

当然严枳实心里的体会呢，面对一名温软美貌的女子，一定不是猫虎见狮虎那种心暴胆裂的害怕，这种害怕，不至于心胆破碎。而且，而且在害怕中会感觉一丝异样，这点异样就像春日后庭风一样，微弱而细致，似有若无，却能让一个人的身体从内到外产生酥软的感觉。

姣娘问严枳实叫什么名字，哪里人，家里还有什么人。严枳实便说了自己的名字，哪里人，并没有说自己就生养在这杭州城里，却说在偏远的小镇唐昌。家里没有什么人了，父母双亡，也没有兄弟姐妹。

原来是个外乡孤儿，姣娘听到耳里，对眼前的年轻人多了几分同情，何况年轻人见义勇为，自己身处逆境还肯帮助别人，所以也就增添了几分好感。一面叮嘱严枳实在府上不要过分拘谨，吃饱了穿暖了，需要什么就开口，要是跟别人说不方便，就直接找她。

姣娘这样说话，会给人什么样的感觉呢？似乎，有一种母亲的慈，温暖又软和，有长姐的爱，唯恐叮嘱得不够。当然还有女主人的高高在上，雪峰莲花一样，只能仰望，遥不可及，高不可攀。严枳实呢，自从与家人反目，只身流落在外，能够得到女主人的关心，这心头自然感受到了春风杨柳，平软敞亮了不少。

这一天严枳实照常巡院，却在假山下见到了一件东西，浅绿颜色，在草丛间并不十分醒目，不由上前捡起来，一看是一块手帕。浅绿色的绢罗手帕，一定是女人的东西。想依旧扔出去，却还是摊开看了看，看到一角绣着花，一朵小小的素色莲花。一下子想到这东西眼熟，是见过的。他赶紧塞在了身上，悄悄掩藏了起来。

严家医馆又有人上门，说要请大夫出诊，家里人病了。来的人也认识，洪升当铺的，也就是白掌柜家的。来人还说，病的不是别人，正是白掌柜。

唐昌小镇的街头，从洪升当铺到严家医馆，走趟来回也不过一刻时辰，平日白掌柜一有空，就会来医馆闲坐聊天，如今竟然差人唤请医生，看来病得不轻。严之慎正想亲自出门诊治，忽然又止步了，对着女儿严茯苓说："茯苓，还是你先去看看白叔叔，爹爹随后到。"

严茯苓马上站起身，却还是谦虚地问了一句："爹，我能行吗？"

严之慎笑着鼓励："有爹爹在，你大胆一些。"严茯苓点点头："好，我去。"

白掌柜的家人一听皱了眉头，说："严大夫，您此刻并没有出诊，现在医馆里也没有等着急诊的病人，您就辛苦跑一趟，我家掌柜等着您的呀！"

严之慎说："放心吧，你家掌柜不会有事。"来人还是嘀咕："要拿我家掌柜试手呢。"严之慎严茯苓父女两个听着，相视笑了一笑。

白家，严茯苓随着白家人进门，来到房里。白掌柜躺在床上，正捂着腹部大声喊痛。见到严茯苓，忍了痛问："你爹呢？怎么还不来？快痛死你白叔叔了。"

严茯苓说："我爹说了，让我给白叔叔诊治。"

白掌柜说："你爹这也太不够意思了吧，我三天两头跑医馆，跟他老严就算没有十分的交情，总也有七八分吧，现在我病了，他倒好，甩手不管了，哎哟哟——"

严茯苓不管白掌柜说什么，自己取了凳子，来到床前，模像样坐下来。看床上的病人，脸色红赤，像赭石一样，额上冒着热汗，嘴巴里一声声叫痛。一诊脉，脉象沉洪有力。胃痛处凸起有核桃大，用手按一下，病人杀猪一样叫痛。问怎么会出现这样的情况。白掌柜没有回答，家人帮他说了，说是前天有事出去，一口气跑了几里地，口渴得不行，刚好遇到个卖冰镇乌梅汤的，贪图爽快，连喝了两碗，回来后开始有点不适，以为不是什么大病，卧床休息一下就行了，没想到越来越痛，痛得都起不来床了。

严茯苓听完，点了点头，只说："白叔叔，你放心，能治好的。"白掌柜勉强说："那就快点开药，不要让你白叔叔痛死。"

严茯苓走出房门，来到外间，却看见爹爹严之慎已经在了。严茯苓正要跟爹爹开口说什么，严之慎止住她，只说："我都听到了，你说是什么病吧。"

严茯苓说："是食膈。"严之慎微笑着点点头，再说："那么开药。"

严茯苓提笔，落笔纸上，只见开了四味药，大黄、厚朴、枳实、芒硝，想一会，又加上一味，牵牛。严茯苓开完了药，严之慎还没置可否。房里出来人，说要把药方拿去，白掌柜要亲自过目。看来，白掌柜对年轻的新手女大夫到底不放心。既然他要看药方，那就拿给他看呗。

白掌柜拿过药方一看，一口气都快上不来了。他这日日往医馆跑，耳濡目染的，对医药当然也懂得了三两分，如今一看，好厉害的泻药。

白掌柜不由苦着脸跟严茯苓说："好侄女，你还记着白叔叔让你去神仙谷冒险的仇吧？如今用这样的药方对付我，是不是要置我于死地？"

严之慎进房了，跟白掌柜说："方子前面的四味药来自《伤寒论》，叫大承气汤，后面这牵牛也是泻药，只是前面四味走血分，牵牛走气分，为的是泻气分中的壅滞，你食膈在胃，结成硬块，十分严重，当然要血气齐泻。"

白掌柜听了，弱弱地问："我吃了，真死不了？"

严之慎说："放心，死不了。"

白掌柜："那就吃吧，这样痛着，比死还难受。"家人很快就煎好了药，白掌柜咬着牙关喝了一碗，挺在床上等着，不知道是死是活。却没死，而且感觉到让他痛得要死要活的硬块移动了，慢慢往下移。也就又惊又喜，再喝了一大碗。这一碗下去，疼痛很快移到了小腹。第三碗下去，就疼到肛门了。那么就再喝。喝了之后，一下子滚下床，直奔厕房。待到从厕房出来，说是拉下了一个像圆石头一样大而坚硬的东西。说再不敢贪嘴了，喝了两碗乌梅汤，差一点要了一条命。又问乌梅汤怎么就这么厉害，是不是不能喝。严之慎解释说乌梅汤并不是坏东西，好着呢，问题出在冰镇上，你白掌柜当时跑了许多路，体累身子热，一下子喝了两大碗，当然容易中寒邪。

说话间，白掌柜的精神气回来了，跟家人说饿了，想吃点东西了。严茯苓告诉白家人，现在只能给白掌柜喝点粥汤，或者吃点煮烂的面条。说是肠胃受了硬物的磨扎，会有损伤，要慢慢护养回来。

白掌柜也便对着严茯苓说："贤侄女，你的医术以后一定能够大成。"严之慎听着，先呵呵一笑。严茯苓连忙说："小女能得到爹爹的一鳞半爪，就足够了。"

白掌柜："一定会青出于蓝而胜于蓝。"

第七章 飞将军大胜金兀术 苦慈母思女伤肝肠

金军袭击岳家军营不成，被反击得落花流水。完颜父子当然不肯罢休，稍稍休整之后，马上行动起来，发誓要出掉胸口间的恶气。怎么出气？眼看一时啃不动岳家军这块硬骨头，那就先挑软的吃。结果金人四处出击，凭借着骁勇和恼怨一连攻下了多座城池。攻城之后，见人就杀，见东西就拿。杀了拿了之后，再放一把火。把原本安静详和的一座城池，焚烧夷为废墟，让黎民百姓生不如死，受尽煎熬。而完颜父子，继续寻找下一个目标。

这一天正值暑天，烈日下的江南官道上，走着一老一少。年老的须发微白，粗衣布衫，身体消瘦，却精神矍铄。年少的戴了顶帽子，面容清秀，同样粗布衣衫。两个人的背上都背着东西，像是药篓。只见背药篓的脊背上，衣衫已经被汗水浸透。

年长的说："茯苓，累了吧，看，前面有个亭子，去歇歇。"

年少的说："爹，你也累了。"

正是严之慎与严茯苓父女俩，看样子外地出诊，走了不少的路。再看严茯苓一身年轻男子打扮，女扮男装，肯定是为了省去因女儿身带来的干扰与麻烦。

父女两个走进亭子里。严之慎让女儿坐下来，他说去附近人家讨碗水。还说眼看路上来往的人不多，路对面就有人家，女儿一个人留在亭子里歇力，也不用害怕。严茯苓说还是她去吧，爹爹歇着。严之慎说她开口，容易让人听出女子的声音，引来不便。严茯苓也就只好说辛苦爹爹了，自己坐着，安心等爹爹回来。

严之慎走了。他一走，紧接来人了。两个人骑着马过来，在亭子前下了马，也走进了亭子。

严茯苓见人进来，自己只好坐着，没敢轻易挪动，只是从帽檐下偷偷朝人瞄了一眼，只见一个朗秀，身着长衫，一个粗壮，穿了短褂。本想只是瞄一眼，却看到穿长衫的那个有些不对，好像生病了。似乎不能自主走路了，被穿短褂的扶着进来，在亭中坐下来，身子伏在了亭椅上，气息奄奄的样子。

严茯苓不由睁大眼睛，朝人脸上看了一眼，只见那人已经面赤体倦，牙关紧闭。医者到底是医者，一看见病人，就什么都不顾了，马上起来上前，说："他中了暑热！"伸手抓过年轻男子的手，一搭脉，果真脉象洪大。

短褂男子听了点头，说得病者是他家公子，公子平日身强体壮，这次在烈日下奔跑了太多的路，长途跋涉，劳累过度，所以很可能受了暑伤，眼看着走不了了。

严茯苓说："没事，我这医箧里正好有清营丸。"这清营丸也是医家在暑天外出常备药，由犀角、生地、银花、连翘等药物配制，具有清营解毒、透热养阴的功效。拿出来，让黑须短褂的丁仆接过去，指导他把药送进病人的嘴里，让他吞下去。这时候正好她爹严之慎讨了水端过来，严茯苓接过水，自己没喝，让病人喝下去。再跟短褂人说声病人吃了药，应该没有大碍了。她自己和爹爹依旧背起医箧，走出亭子，跟陌生人摆了摆手，走了。

路上，严之慎不知道该骂女儿还是该赞女儿。该赞，当然是医者仁心，走到哪里都不忘救死扶伤。该骂，因为她竟然在一个人的情况下，不顾身份主动去跟陌生人说话，而且对方是两个大男人。而且，那碗爹爹辛苦讨来的水，她自己没喝一口，全给人家喝了。严茯苓明白爹爹责怪的心思，也就没有多说话。父女两个，也就只顾着往前赶路。

那亭子中，没过一会，年轻人的额头冒出一层细汗，病症减轻了，人也清醒了。听仆从说是刚路过的年轻人给他吃了药喝了水，及时救了他。

年轻人问："救我的人呢？"

仆人说："走了。"年轻人赶紧说："好歹也要谢谢人家呀。"

仆人说："少主怎么这么仁义了？"

年轻人说："作战是另一回事，作战不怕狠恶，但做人是另外一回事，做人就算不谈知恩图报，至少要讲个礼貌，完颜家族的祖先就是这么教导子孙的。"听出来了，这两个人，竟然就是金少主完颜亨和他的手下聂儿字董。

主仆两个马上走出亭子，上了马，挥鞭策马，一阵疾跑。很快，看见前面背医箧的一老一少两个赶路人了。完颜亨一见，飞快地追上前去，靠近了，正想下马。却见疾马扬起的风，把年少者头上的帽子吹下来了。

顷刻间，只见少年头上的满头青丝呼啸垂下，漆黑如墨，飘飞如旗，而发际正反射着阳光，就好像上天赐戴的圣洁环束，明亮耀眼，熠熠生金。少年人转过头来，与完颜亨四目相对。原来是位姑娘。再看姑娘的脸，含蓄柔和，素净中透出娇艳，就像那深夜蓝天上的姣姣月。何况还有一双大眼睛，通透，带着隐约的笑意，似乎能够说话。

刹那间，金少主的心尖上有了一点莫名的触动，就好像有了一张绷着的弦，被轻轻碰触了一下，不由得轻微地振动了。这样的感觉，是从小南征北战的胡漠汉子还不曾有过的。神秘又莫测，美妙又生动。这样一来，让他有了干件什么事情的冲动。是一颗心，蠢蠢欲动。就像跟面对大宋万里疆土一样，心底涌起来一股征服与拥有的欲望。

完颜亨连忙下马，把姑娘的帽子捡起来，一步上前，递给姑娘。看着姑娘接过帽子，看她有些慌乱的样子，还看着她把头发挽一下，把帽子飞快地戴回去，然后，就看到她转回身去，朝前走了，连同和她一起的老人。

而完颜亨竟然呆在了那里。他没有跟人道声谢，没有跟人说一句话，只是愣愣地目送他们朝前走，直到背影依稀。聂儿孛堇提醒少主有要事等着，应该继续赶路了。完颜亨才回神过来，忽然觉得，他们是不是应该问问姑娘是哪里人，叫什么名字。当然，他们完全可以追上去，策马上前，把人拦住，要是不肯不从，聂儿孛堇的半只手就可以把他们制服。

但是完颜亨并没有这么做。此时，他或许想起了完颜祖先的另一句话——攻城容易，攻心难。他抬头看了一眼眼前的山水，走了。

杭州朝廷，军机奏报，金军一路扫荡，江南多座城池失守。众臣便议，说要是金军再往南攻击，杭州城也可能朝不保夕。而龙椅上的皇上赵构，原先就已经被金人吓破了胆，陆逃海漂的，好不容易在杭州城里安稳了几年，如今听到这样的消息，又吓得不行了。连忙退朝，一面叫住秦桧，两个人进福宁宫私下商议，接下去该怎么办。

秦桧说什么话，谁都猜得出，那就是向金人乞和。提议赵构亲笔书信，向金人低头乞安，再派出使臣带乞信和礼品出使金营，求得金人撤兵。

赵构好歹问了一句："朝廷这么做，不怕伤了韩世忠岳飞这批忠勇将士的心？"

秦桧说："岳飞再神勇，他也只能保全管辖的领域，对于整片大宋江山，他又奈何？何况，如果岳家军进一步壮大，有了独立与金人对抗的能力，那时候是岳飞听命于朝廷，还是朝廷听命于岳飞？"赵构听了，一时沉默不语。

秦桧接着说："还有韩世忠，如今皇上让他镇守扬州，臣下听到探子传来的消息，说是金人攻打的下一个目标，就是扬州，那么韩世忠能在扬州拦阻他们吗？只怕到时候，扬州跟别的城池一样，韩世忠也像别的将领一下，自己项上的人头能不能保全了，这样看来，皇上还顾忌什么？早早派人出使吧，再迟疑下去，金人手上的筹码会越积越多，我们想求和，就必须增加更多的条件，会更加被动。"

赵构只得点点头，说："好吧，只有这样了，一切照丞相说的办。"赵构很快写好了求和信件，准备好各色礼品，选好出使的人员。让使臣带着他的乞信和礼品，立马上路，赶赴金营。

扬州，淮左名都，竹西佳处，是长江和京杭运河的交汇处，唐宋盐米集散地，在之前就有"扬一益二"的说法，说的是扬州、益州的经济收益对宋国家来说，可以说是居一居二。有道是，"万商落日船交尾，一市春风酒并垆"，"雄富冠天下"。

金人要是攻下扬州，得到的将不仅是财富军资，还能打通南下攻宋的道路。镇守扬州的军领，是韩世忠。韩世忠与夫人梁红玉，一对贤伉俪在营帐中研讨军机。卫兵来报，岳飞父子前来探望。夫妻两个连忙扔了地图，外出迎接。岳家父子不待迎接，已经迈入帐内。两下相见，不用客套，都笑逐颜开，搂臂拍肩，一派欢喜。寒暄的话也不多说了，直接就说战事。

岳飞说岳家军得到可靠情报，金军马上要攻打扬州。韩世忠说他们也已获知，正是谋划应击。

韩世忠说了，想驱逐鞑子，保住大宋，一定不能让金军到达杭州，那么扬州这个通渠要塞之地，万万不能失去。他说他要誓死守卫，与扬州城、扬州的黎民百姓共存亡。梁红玉点头称是，说要是让金人踏过扬州，他们夫妻两个就不活了。

岳飞说："韩兄忠勇，天下知名，以谋取胜，比以勇获胜更事半功倍。当年韩兄贤嫂在黄天荡就是以智克敌，如今，一样需要智胜。"

韩世忠说："贤弟说得没错，让我们一起谋划克敌制胜的好方法。"正在这时，兵士报告，说使臣经过扬州，想要见一见韩将军。韩世忠一听，跳起来，一巴掌拍上桌子，大骂："我们在外拼死拼活，命都不要，皇上倒好，派人向金国求和！"

岳飞说："韩兄，不要动怒，先不管朝廷求和的事，你我还是按原先的计划打仗。如今要想一想，使臣路过扬州去金营，是不是能被我们利用一下。"

韩世忠："贤弟，怎么利用？"岳飞跟韩世忠夫妇如此这般说了一通，韩世忠连声说妙。

金军营帐，金帅完颜兀术正在擦拭他的兵器，一把螭尾凤头金雀斧。乌黑色的斧身，灰黑色斧口，口刃上透闪着寒光。这道寒光，是多少项上人头的鲜血浸润出来的，凝聚着的可是金大帅的能力与骄傲，以及由此得来的权威与名望。

完颜亨看着父亲，后退了半步，说："父王，有消息说宋国已经派出使臣，向我们求和。"

完颜兀术点点头，说："来得挺快。"

完颜亨："父王，你会同意吗？"

完颜兀术："同意，或不同意，都不重要，重要的是，刀必须握在我们手里，那么那只鸡，迟早会被斩杀。"

完颜亨："那父王要不要接见宋国使臣？"

完颜兀术："使臣从哪里过来？"

完颜亨："走运河，目前应该到达扬州了。"

完颜兀术："经过扬州？"

完颜亨："是的。"

完颜兀术："那好，本王要见他一见。"

扬州，使臣果然到了。一艘大船，吃水线深沉，说明载了不少东西，肯定是朝廷给金人备了大礼。韩世忠主动迎接，邀请使臣和船工歇整。大船也就靠岸停泊，使臣从船上下来，到达韩世忠的营地。

本以为韩世忠这样的勇猛烈将，见到出使金国的使臣一定会痛击痛骂。却没有，还热情给人备了酒席。一时，主客就座，满杯举筷。韩世忠说使臣一路辛苦，劝他多喝点酒解乏。他自己也喝，喝了不少，脸上一片红光。待人酒足饭饱之后，趁着酒兴提出陪同使臣出去走走，看看韩家军的营地。

酒后，韩世忠陪使臣走走，还真走到了兵营。使臣看到，这营地上正忙着，一处处，都是士兵在拆帐篷。不由得问韩世忠说，不是说你们要在扬州护城杀敌吗，那得安营呀，怎么拆帐篷呢？韩世忠说刚刚接到皇上的圣旨，要移师平江了，不待在扬州了，拆了帐篷好开路。使臣点点头，不由得再走，悄悄再看，只看到韩世忠部队的人马似乎有些零落，心想，这兵将的力量好像不怎么样呀。也就在心里偷偷地想，原来韩世忠队伍的实力十分有限呢，而外面传闻什么兵强马壮，兵兴马旺，都是唬人的。

使臣肩负使命，扬州稍停之后重返大船，依旧上路。船开了，韩世忠与梁红玉夫妻还在岸边挥手相送。大船远远开走了，韩世忠与梁红玉夫妻两个忍不住相视一笑。

韩世忠立马通知部下，来到一个叫大仪镇的地方埋伏起来，并且给队伍下令，到时候只有听到鼓声后才能出击，所有人马一起出击，要是有人违反，立马斩首。一面给岳飞去信，说战备已经照他们谋划的铺展，下面就等着在大仪镇痛快歼敌了。

福宁宫中，赵构连日一脸悲郁。想想，使臣出发这么多天了，还是没有一点消息回复。万一金人不接受求和，那么极可能很快攻打扬州。要是扬州失守，从扬州到杭州，一路上再没有可以凭借的天险和城池，只怕到时候风卷残云，呼啸而至。那么自己怎么办？又颠簸逃窜？又去海上漂？

要知道那种飘零的日子真不是人过的，整天日晒雨淋提心吊胆不说，有时候还连吃的都没有。记得先前逃跑的时候，在海上漂泊了一连好几天，没吃没喝，好不容易见到一座沿海寺院，赶忙去讨点吃的。寺院和尚给了五个饼，他赵构一口气吃了三个，竟然还不觉得饱。难道，还要重新过上那样的日子吗？这样想着，赵构难免整天愁眉不展，心中难受，很快就感觉浑身不舒服，又病了。

王继先很快就到，给赵构诊脉，一面诊，一面说："皇上，你今日的脉象真不太好，举之无浮盛之象，按之无坚搏之形，你这是郁闷致病。"赵构一听，心想这王继先到底是宫中第一御医，高手啊，一诊就诊到病眼上了。便说："快给朕开药，让朕快快好起来。"

王继先开了药方，开的是陈皮、柴胡之类。陈皮行气宽中，柴胡疏肝解郁，这样的方子治郁结，没错呀。赵构喝了药，再让王继先诊脉，他说脉象正常了，没事了，皇上的病好了。可是，赵构却不觉得自己的病情有所好转。

也是，这几年来，身为皇帝的赵构，总觉自己的身体有些异常，跟自己以前健康时候不一样。有什么不一样呢？也难说清楚。也就觉得吧，自己的身体中有个影子跟着似的，到哪跟到哪，罩着，蒙着，扯不去挥不掉，要想好好看一看呢，偏偏又看不见。总之，就觉得自己有病，或者说病没完全治好。

跟王继先说呢，他说皇上好好的，没病。可不是，自从吃了他的药，自己饭吃得下，觉也还睡得着，并且床上劲挺，完全可以夜夜行欢。这样一来，赵构能说自己有病吗？而且，连王继先都诊不出、治不好，说了又有什么用？只是赵构到底不舒服，忍不住了，还是觉得要治疗。一个当皇上的想要治病，当然必须是全国最好的大夫。这位不行找那位。宫里的不行，找宫外的。

赵构把自己想在宫外再找高手大夫治病的想法跟秦桧说了，让秦桧尽快想办法。秦桧一听，心里急了，这皇上身边要是再找来一个医家高手，万一又不听从他秦桧的，到时候搅了他的局，那么他们苦心做好的一盘棋可就完了。说不定，他们的计谋还会全面暴露，那么所有的一切，会不会全盘倾覆？

秦桧一想着急，马上找到王继先。跟王继先说了，让他想办法再展露一下自己的本领，好让宫中上下认为只有他王大夫才是全国最高明的大夫，并且除了他，世间再无第二。就算皇上不死心，想找别人，那也没用。

正在这个时候，慈宁宫来人找到王继先，说是太后又犯病了，让王继先快去诊治。王继先一听，机会来了，正好可以展露一下身手。王继先让人传话，他要用新医术给太后诊病，叫牵丝切脉。

慈宁宫，隆裕太后躺在床上，一脸病容，身体倦怠。小蟾低眉敛目，正在床前端水侍茶。有后宫妃嫔陆续进来，领首的是吴贵妃、潘婕好等人，一一来到太后病床前询安侍疾。

正在这时，门外传话说是王继先王太医来给太后看病了。太后跟妃嫔众人说："听说王太医的医术越发了不得了，可以牵丝切脉，大家不要回避，一起见识见识，开开眼界。"妃嫔听了，也就分座次坐下来。

小蟾扶太后躺好，放下帐缦。很快，御医王继先在公公的引领下走进宫来。妃嫔们都看见了，一位脸削肩窄的男人走来，走路的姿势并不像往常御医那样低头碎步，而好像脚步笃定，振地有声。而且他身上穿的，也不是翰林医官院中成全大夫、保和大夫之类的服装，而是朱色朝服。看来，这个王继先是深得皇上信赖重用的，他不仅是御医，还被封了朝官。

王继先进来，少不了对着太后的寝榻跪拜行礼，给在座的妃嫔行礼请安。小蟾在太后床前安放了坐凳。王继先坐下来，拿出几根红丝线，要小蟾系在太后的手腕上。众妃看去，果真要牵丝切脉？一个个不由得敛住了呼吸，紧紧盯着。

丝线连成，然后只见王继先一手牵丝，一手扣弦，闭目凝神。才过了一会，松了手，让小蟾把丝线解下来。一面说："脉象偏细，沉，无力。"众人一听，惊异不已，能在远远牵出的丝线上切到这样细微的脉象。

王继先又说了，"太后只是感受了风寒之邪，原来不是什么大事，只是老年人体质虚弱，才导致一时卧床不起，吃过药就会好。"众人一听，都松口气。王继先给开了方子，是熟地、当归、炙甘草、干姜、肉桂、柴胡、人参。此后，太后才服了一帖药，说是出了些汗，舒服多了。再服了一帖，能下床了。

这样一来，都说王继先是神医。太后亲自开口，请求皇上赐封王继先。太后体愈，赵构当然也高兴，马上亲笔题写，赐封王继先"天下第一神医"。

而事后，赵构果真再不提寻医觅医的事。

金营，赵构派出的朝廷使臣被送到了完颜兀术面前。

自从金军入侵中原，铁蹄践踏，血染河山，以致大宋朝廷上下，南疆北土，无论是贵胄还是平民，只要听到"金人"两个字，都会吓得不行，轻者后背冒汗，而重者，就像当今的皇上赵构，都被吓成阳痿不举了。使臣当然也害怕，何况身处这胡帐中，面对阴火森光中魍魅一样的龙虎大王，还有旁边那位看上去白净像个书生，应该是金国少主。他早就耳闻，金少主完颜亨也是个杀人不眨眼的家伙。

完颜父子他们对使臣带来的信件以及礼品，当然是不屑一顾。信件、乞和，一条丧家犬有什么资格谈停战交和？贡纳的物品也不稀罕。想想，只要进一步向前捉了赵构，灭了宋国，这个国家所有的东西还不都是他们的。完颜兀术扫一眼使臣，阴阴一笑。大宋的使臣呢，只有夹紧双腿，好让自己不要抖动得过于厉害，站也站不住。

突然间，完颜兀术竟然从座位上起身，上前一把揪住了使臣的襟衫。

使臣慌乱地乞求："大王，别，别杀我……"

完颜兀术："杀你？那可对不住本王的蟠斧，本王只想问你一件事。"

使臣："问吧，问吧，十件，一百件，都行。"

完颜兀术："听说你一路过来经过扬州？"

使臣："是，是，可小人跟韩世忠没有交情。"

完颜兀术："韩世忠倒是个人物，怎么会跟你这样的软骨头有交情？说吧，把你在扬州听到的、看到的，统统说出来！"

使臣一听，金大王原来并不是要他的命，而是想要打听扬州兵营的情况，暗暗松了口气。也不敢多想什么，把经过时看到的情况一一如实地说了出来。说韩世忠部队当时正准备转营，现在应该已经转去平江了，还说兵马有限，并不像外面传言中那么强大。

完颜父子听了，不由暗中相视一笑。听完，完颜兀术一把搡开使臣，让兵士带去帐外。父子俩想要得到的已然得到。并且得到的这结果，比他们想要的还要好。这才是他们梦寐以求的，是足以让他们心花怒放的。

完颜兀术下令："肃整队伍，向扬州开拔！"

金国的兵马又驰骋在了宋国的疆土上，所到之处，只见狼烟四起，尘沙飞扬，四野号哭，天地昏暗。

马背上的金少主完颜亨，在父祖给予的教导里，记忆最深刻的只剩下两个字，征服！而宋国长城内外，大河上下，有着万里江山，万千臣民，有足够的场地和人阵，让他施展身手，实现抱负。只是现在，完颜少主的眼神比往日显得朦胧，眉心间一时舒展，一时又轻蹙，似乎有点模糊又灵动的情绪，就好像一只翅翼闪着亮光的小蝴蝶，一上一下，跳跃在年轻征战者的表情里。

说不定他想起一个人了。还不是曾经拥抱过的哪个人，也不是远在黄河北岸的亲眷，说不定是那位半路上给他提供救治的、穿着粗布衣衫的、阳光中挥洒一头黑发的、神女一样的姑娘。

所以，完颜亨在所到之处，特别是上次路过的村庄，都用心去探看，极力放远目光去搜寻。当然他也明白，姑娘以及那位像她父亲的人那天明显是在赶路，他们不一定就是见面那个地方的人。哪里，能轻易再见呢？

姑娘，你在哪里？完颜亨心里也想，自己这一路征战过来，什么样漂亮的女人没有见过，宫廷美人、官府千金、大家小姐、小家碧玉，只要他愿意，这些女人都是他的奴隶，想怎么摆布就怎么摆布，甚至想杀谁就杀谁。而如今牵动他情愫、让他思念的那个人，不过是个村姑丫头。

可是，完颜亨的一颗心怎么偏偏就栽在了村姑丫头的粗衫下？

完颜亨一时心里有些恼恨，倒也不是完全恼恨可能再也见不到心中的姑娘，更恼恨的是他自己。想想看，一位征战者行进在征战的路上，应该全心全意去设想接下来面对的战争，而不是去胡思乱想着一个女人，并且是一个只有一面之缘的陌生女人。

怎么可以让一个汉人姑娘的身影这样满满占据自己的心间？怎么可以让自己的一颗心酸酸的、胀胀的。要知道，这样的酸胀多么令人难受，都快影响到手脚的力气了！而完颜亨眉眼间的心事别人是看不出来的，包括他的父亲完颜兀术。却有一个人看得出。谁呢？聂儿孛堇。

聂儿孛堇也是一介武夫，心思心性肯定是粗大于细。然而他跟随完颜父子多年，少主完颜亨可以说是他看着长大的。一天天相处，熟悉少主的心思如同熟悉自己。小完颜一举一动的变化他也就能够有所觉察，而少主这次的变化，可以非常肯定地说，是从那天下马给人捡帽子的一刻开始。所以聂儿孛堇忍不住了，悄悄跟完颜亨说："少主，你有心事！"

完颜亨一听聂儿孛堇的话，心思总算有所回醒，从那酸胀的情绪中暂时挣脱开来。却没接口聂儿孛堇的话，自顾着一声苦笑，一面挥鞭策马，奔跑了一阵，直到甩开了队伍和人马。

这时候，完颜亨对着天空恶狠狠地说了一句："我爱的姑娘，我要杀了你！"

金军到达大仪镇。大仪镇在扬州西部，距离扬州不过数十里。完颜亨见金军长途过来，走了不少的路，想先停下来休整一下，再一口气奔赴扬州。完颜亨策马上前，跟飘扬帅旗下的父王完颜兀术商议。完颜兀术说眼前的地形不熟悉，眼看这四面大片的河塘芦荡，万一有埋伏，那就可怕了，还是早点通过好。

正在这时，只见前面几匹快马，正在拼命向一个方向奔跑。完颜亨说："一定是前哨的探子，看到我军前来，要跑去扬州给韩世忠报信，快拿下来！"兵将得令，挥马朝前面追去。大部队也跟着继续向前。

一路过去，前面的人马还没有抓到，却发现一支队伍进了沼泽地。只见一大片沼泽地，四面环水，水波激滟，两岸芦苇丛生，秆秆如旗似箭。完颜兀术看清地形，连忙命令兵马停步，掉头另找道路。

正在这时，忽然耳旁边响起一声巨响，没来得及分清雷鸣还是鼓声，只听得紧接响起了喊杀声，四面都是，密集成片。马上就看到箭矢飞来，兵将从芦丛苇坡间跳出来，一起向金军这边冲杀过来。金军又中埋伏了，被宋兵包围了，也不知道围过来的有多少人，只见四面黑压压一片。才知道使臣所透露的情况并不真实，这里的兵马比完颜父子预想中要多、要强。

韩世忠梁红玉夫妻，一左一右，配合攻来。紧接着，岳飞父子带领轻骑劲将赶到，把金军的退路堵死。

战场上的宋兵，只见人人手中举着长斧，斧刃锋利，上劈人胸，下砍马脚。而金军出自漠北，对南边的地理地形并不熟悉，慌乱中一个不小心，人马就陷进了泥淖中，越挣扎越往下沉，直到被泥巴封堵起来，动弹不了。

完颜亨和聂儿孛堇全力拼杀，护着完颜兀术撤退。拼杀中，聂儿孛堇的臂膀中了一箭。胡将到底勇猛，中了一箭还全然不顾，抡着鬼头刀砍杀，百十名兵将一起包围，一时还是奈何不了他。

完颜亨凭借自己的一身好武功，左右开杀。完颜兀术到底也是虎将，猛虎下山，自有震惊百兽之威。最后，完颜父子总算突出重围，落荒逃跑。只是，完颜亨最贴心得力的助手聂儿孛堇，还是被韩世忠人马生生擒拿下来了。

收拾战场之后，韩世忠提出把聂儿孛堇交给岳飞。韩世忠说自己的心性，过不了当日，就会把金贼的脑袋砍下来当球踢了。让岳飞带去营里，说不定能够好好审问，从贼人的嘴里得到一点什么。岳飞到底比韩世忠慎重些，听韩世忠这么一说，说金贼虽然可恨，但如果能从他身上得到些情报，还是可以让他多活三五日的。

岳飞岳云也就带着兵马，押着聂儿孛堇，告别韩世忠夫妇，返回岳家军营地。

大仪镇之战大获全胜，武略与文韬并举的韩世忠与岳飞，分别填词一阙《满江红》。在文字里各自表述，互为应和，尽展忠烈。

韩世忠的《满江红》：

> 万里长江，淘不尽、壮怀秋色。漫说道、秦官汉帐，瑶台银阙。长剑倚天氛雾外，宝弓挂日烟尘侧。向星辰、拍袖整乾坤，难消歇。　　龙虎啸，风云泣。千古恨，凭谁说。对山河、耿耿泪沾襟血。汴水夜吹羌笛管，銮舆步老辽阳月。把唾壶、敲碎问蟾蜍，圆何缺？

岳飞的《满江红》：

怒发冲冠，凭阑处、潇潇雨歇。抬望眼、仰天长啸，壮怀激烈。三十功名尘与土，八千里路云和月。莫等闲，白了少年头，空悲切。　靖康耻，犹未雪；臣子恨，何时灭。驾长车，踏破贺兰山缺。壮志饥餐胡虏肉，笑谈渴饮匈奴血。待从头、收拾旧山河，朝天阙。

朝廷，赵构一听韩世忠、岳飞大仪镇之战胜利，金军已经向北撤退，心里一下子高兴起来。没有金兵压境，自己总算可以睡几个安稳觉，还可以在歌舞美酒中做他的皇帝。就算金人迁怒于他，说他派兵抵抗，让金军伤亡惨重，但是再怎么说，跟人低眉乞求的筹码总算有了一些，那么乞和成功的可能性是不是也就大一些。只是赵构还是感觉自己被无形的病影子拖着，心胸间不是很畅快，也就没有在宫中大举摆宴庆祝。

这一天到了秋末，天气有些凉下来。秋天一来，万物都要面对繁华退去，肃杀苍临。这种时候，会让人的心头感觉到惆怅若失，也就想着怎样散散心。身为皇帝的赵构也一样，惆肠怅绪需要和人说说，化解一下。这时候能够说话的必须是相互懂得的人，也就是我说了你明白，你说了我也理解，知你知我，有默契的。

赵构这样想着，就来到了慈元宫看望吴贵妃。跟吴贵妃从北到南，一路相伴，也算情意深重了，就算后来有了换不尽的莺莺燕燕，到底还是不能抹去由出生入死积下来的旧情。

吴贵妃见了皇上，少不了说些道贺战捷、祝愿平安的事。只是吴贵妃却不能陪皇上一起感怀了，因为她又病了。说是老毛病，胸胁痛，偶尔呕吐，已经照着以前的方子吃了药，好了一些，只是没有全好，只怕是不能全好了。

赵构当然说："爱妃，在这深深宋宫里头，你是第一个懂我的人，你可要把身子骨养好了，朕不能没有你。"

吴贵妃："臣妾一身病，不给皇上添恼就很好了，只希望皇上自己要多保重。"

赵构说："不是有王继先吗？王继先不是还有牵丝切脉的神技吗？朕马上把他叫来，让他牵丝切脉，让他给你把病看好了。"转身就让从嬉去唤王继先。

御医院中，一群战兢如鼠的皇宫御医在翻阅医书，琢磨方子。只有王继先气定神闲，一个人在慢悠悠地喝茶。从嬉走到王继先的跟前说："王大人，贵妃娘娘病了，麻烦你去瞧瞧。"又说，"刚刚皇上说了，要王大人也给贵妃娘娘来个牵丝切脉，如今皇上也在慈元宫等着呢。"

王继先一听放了茶杯，却又不着急出门，倒给从嬉使了个眼神，引她跟他走，一起来到内室。王继先正色跟从嬉说："你是吴贵妃身边的宫娥，实话告诉你吧，我王大人并不能牵丝切脉。"

从嬉疑问："王大人不是刚给太后牵丝切脉治好了病？"

王继先竟然说："牵丝切脉只是一个把戏，我早就在太后身边安插了人，通过她的嘴，提前知道了太后得病的原因和症状，从而反推脉象，弄假成真。"

从嬉："王大人，你怎么会把这么大的宫廷机密告诉我一个小奴婢？"

王继先："因为本大人不怕你说出来，凭你一个小宫娥怎么说，也没有人会相信。"

从嬉："可是王大人为什么要这么做？"

王继先："这不是你一个小宫娥该问的！而本大人叫你到内室的目的你也应该明白，就是要你如实说清吴贵妃的症状，配合本大人牵丝切脉，并且不向外透露半个字。"

从嬉是慈元宫贵妃的贴身宫娥，自然不比别的小宫娥小奴才，所以就大胆地说："王大人，奴婢要是不听您的话呢？"

王继先听着也不由怔了片刻，但马上转了脸色说："我知道，你们慈元宫在找一个人，一个下落不明的孩子，而我，知道那个孩子的下落，如果你肯配合我，我就把孩子的下落告诉你们。"

从嬉一听，差一点惊叫出声，问："王大人，你说的是真的？"王继先说："没错。"听王继先这么一说，从嬉高兴极了。心里想，说不定真有这么回事，佛佑公主有下落了。要是能找到公主那就太好了。吴贵妃天天忧心，就是因忧起病，找回公主，还有什么病好不起来？从嬉连忙把吴贵妃的症状一一说了，把王继先领到慈元宫中。

王继先依旧用牵丝切脉给吴贵妃做了诊治，也没有露出什么破绽，说是脉数，应该是个外寒内热的病症，病在肺经，就开了苏叶、银花、连翘、沙参等药。苏叶驱外寒，银花、连翘散内热护肺腑，沙参养阴入肺经。

只是吴贵妃吃了王继先的药后，身体毫无起色，并且呕吐越加频繁严重了。倒也没有怀疑王继先的医术，只心想，这天下第一的神医都治不好自己的病了，是不是自己已经病得太严重，恐怕已经是病入膏肓了。这样想着，就越加思念女儿，心想要是女儿还在人世，好歹在母亲殁前见上一面吧。

听到从嬉悄悄跟她说，王大夫可能知道佛佑公主的下落。吴贵妃一听，精神陡然提升，挣扎着坐起身来，让从嬉赶快想办法去找人，打听到公主的下落。一面叮嘱从嬉先不要声张，不要让事情在宫里传开。从嬉再找到王继先，王继先却否定了，说当时只是心急，跟从嬉开了个玩笑。

从嬉在吴贵妃身边多年，也见识了宫里宫外太多的变化无常，所以面对王继先抵赖，倒是不怒也不恼，既然王继先说话不算数，那么她当时同意保密的话也不算数，出去就把天下第一神医玩把戏的话说出来。

王继先没想到碰到这么一个刁丫头，到底怕她果真把事情说出去，坏了自己的大事。何况，他王继先的身后还有人，说不定给一起牵扯出来。一时间，王继先也便有些急，只说："也在一个行医大夫家里，年龄相仿，不知道是不是真正的公主。"

从嬉想要再问详细，王继先说他也不知道了。王继先确实是不知道更多，只能跟从嬉说，当日相府抓了个小姑娘，也就是后来的小蟾，真正要抓的人消失不见了，一同消失的还有旁边一户邻居，那户邻居还是杭州城里的医学世家。

从嬉把得来的消息说给吴贵妃。吴贵妃听了，又是一番悲喜，悲的是女儿还是不知道流落在什么地方，得不到确凿的消息，自己的一颗心每每被拎起又摔下。喜的是总算还有一丝关于女儿的消息，就算不知道是真是假。而在每一位母亲的心里，只有儿女安好，自己才算是活着的。

听说女儿可能在百姓医家，吴贵妃有主意了，面见皇上，跟他说去。没跟皇上说找女儿，怕做皇上的丈夫责怪自己无端找事，想女儿找女儿，只怕又是胡闹一通。也就说自己的病连王大夫也治不好，只怕是死症，可还想多陪皇上几天，是不是可以去民间寻访异人，异人有异方，能治异病。要是真能治好，自然会帮着皇上打理后宫，尽心尽职，万一治不好，也认命了。

赵构呢，本来已然忘了去民间寻医的事情，经吴贵妃一提，记起自己先前也有过同样的想法，而且他自己还有症结，所以马上同意了，答应替吴贵妃去民间寻医。

赵构这次找医生，没有再询问秦桧、王继先的意思，也没有公开下旨，只是私下吩咐贴身太监王保留心打听，要是真有民间贤能，马上带进宫来。

王继先呢，他心里明白，并不是吴贵妃的病不可治，也不是他治不了，只是为了玩牵丝切脉这个把戏，而当时对宫娥从嬉的问询也有些匆促，所以没能对症下药。随后，王继先提出再行给吴贵妃诊治，可竟然被吴贵妃拒绝了。当然，吴贵妃不是不想早日病愈，也不是不相信王继先，说不定，她是想让自己的病引来一个人。

一个人？是谁？女儿赵佛佑吗？就凭人说，公主目前可能置身医家这么一点似有若无的传言，想把人给引出来？这不是同牵丝切脉一样不可信吗？

严家医馆，严之慎有些心事。那天在出诊归来的路上，茯苓暴露女儿身份，让一位陌生的年轻男子失魂落魄。这些做父亲的哪能不看在眼里。也就感叹，一晃几年，不觉间养女长大了，已经到了及笄待字的年龄。

那么，作为养父的自己，接下去是不是应该干点什么了？想想司马《史记》中，春秋赵家遭遇灭门灾祸，郎中程婴高义救孤儿。而程婴救赵武为的是让他复仇兴业。而自己救下当朝公主赵佛佑，就为了让她实现"生不入帝王家"的誓言？让她从此做一名女郎中，埋身民间？

再替她佛佑公主想想，在乱世做贵胄之家的子女，生死不由己，性命可能朝不保夕，确实不容易，也就远远不如做个平民家的女儿。平民家虽然清苦，但有个来去自由，铁蹄扫荡，赶快躲一躲，还能避开。而贵胄之家就不一样了，像前朝二帝连同宋宫万千公孙命妇被胡人装上马车，从此身成鱼肉，任人刀斧，早晚将是个悠悠无着的鬼魂。

既然作为养父，严之慎希望茯苓平安为福，安然一生，但作为宋国的臣民，就不能眼看着身带皇族血脉的公主，一生背着医箧给人治病，从此碌碌无为。严之慎还有一份心事呢！又是什么心事？眼看着女儿长大，凭女儿的容貌足以诱人眼目，动人心魂，所以心里极担心，怕她招惹了什么事端。万一真出了事情，可怎么办呀？

那么，是不是也该考虑考虑她的终身大事了？可是，她严茯苓，不，是赵佛佑，她毕竟是皇家的女儿呀，而自己到底是一介平民，怎么操心她的婚事呢？严之慎想着这些，真真不知道该怎么办，又不能跟白掌柜、朱一帖他们说说，也就只好压在心里。不觉心中沉甸，一筹莫展。

医馆又来了病人，是一位农夫。说是脚被蛇咬了，已经找人治过，有一段时间了，脚上不再肿胀，可是伤口还开着，不肯愈合。只好隔三岔五去郎中那里拿药，可是吃了很长时间了，创口仍旧是老样子。

严之慎看看病人，说："你身上是没有蛇毒了，这伤口不用再吃药。"

病人说："不吃药我这伤口怎么能合起来呢？大夫，你就行行好吧，别嫌我没钱，你帮我治好了，我一定给钱！"

严之慎一笑，说："你三五天不吃咸味，就没事了，不信，过三五天再看看。"

病人问："真的？"

严之慎："不会跟你开玩笑。"

病人迟疑起身，一面嘀咕："以前的郎中总是要我吃药吃药，你这位郎中倒好，不要我吃药，也不收钱。"

病人走后，严茯苓不由问爹爹那个人是怎么回事，是不是碰到庸医治不好。严之慎说不是，前头的郎中是故意的，不让病人的伤口愈合，也就让病人不能断药，这就叫郎中钓病人，病人养郎中。

严之慎又说："你不是背诵《素问》吗？关于这起病例，《素问》中讲得很清楚，你给爹爹背诵一遍。"

严茯苓想了一下，说："北方黑色，入通于肾，开窍于二阴，藏精于肾，故病在溪，其味咸，其类水，其畜彘，其谷豆，其应四时，上为辰星，是以知病之在骨也，其音羽，其数六，其自腐。"

严之慎听了点点头，说："不错，是这个出处。再说这位蛇伤的病人，他的伤口在脚背，脚背腐烂，腐归肾经，肾病忌盐，这是简单的医理。可悲的却不是病人，而是郎中，郎中知道钓人谋钱的方法却不读圣书，不知道这方法出自《内经》。《内经》是一本圣书，圣书讲的道理可不仅仅是为医之道，而是为人之道，是君子之道。"

说话间又来了位病人，是位产妇。严之慎给人切脉问诊，诊断为产虚，就开了个方子，方子上只有一味药，山药。产妇病人刚走，又来了一位病人，说是烦渴，烦躁干渴，爱喝水，一喝就要上厕房。病状清楚，严之慎让严茯苓开药。严茯苓也只开了同样的药，山药。

严之慎看了点点头，说："没错，山药不仅能治诸虚百损，补心气不足，还能培阴消渴，不同的病，用同样的药，这就叫异病同治。"又跟茯苓说起医药心得，说病不拘药，药不拘病。很多医家可以做到病不拘药，但往往做不到药不拘病。这药不拘病，就说这大蓟吧，一般用作凉血止血，可遇上泻病，也可以用呀，血都能止，怎么不能止泻？

严茯苓也就把爹爹的话，一条条记在了心里。

这一天，严家父女两个出诊回来，走在衣锦的街头。这衣锦，是杭州城郊一座城郭，介于杭州与唐昌的中间。

严之慎也便跟女儿讲起衣锦的来历，说这原先倒叫临安，也就是当今杭州的府名，在五代十国时候，这城里走出了一位人物，叫钱镠，南征北战成了吴越王。吴越国定都钱塘，钱大王"一剑霜寒十三州"，功成名就之后衣锦还乡，除了自己穿锦戴花，还让故乡的道路树木房屋都披锦戴绣，所以后来就因此改了个地名，叫衣锦。钱镠大王镇海射潮，筑墙存粮，保境安民，护守一方，是繁华钱塘的奠基人。后来钱氏子孙在宋太祖定夺江山后，主动纳土归宋。从衣锦走出来的钱氏，与大宋帝王赵家有着匪浅至深的情谊。

严茯苓听着，一想这衣锦的吴越钱王与自己的先人有情谊，算是世交，那自己走在这钱王故里，也算是访旧吧。顿时，觉得眼前栉次的房舍和街头质朴的居民都异常亲切。

走过衣锦街，爹爹严之慎说要去丁字桥边的药铺买些药，带回唐昌。快到丁字桥头时，忽然间听得有人喊："死人了！死人了！"只见丁字桥下围了不少人，父女两个也就跟上去看看。

行医人，看的不是热闹，而是看能不能以自己的技术去帮助人。严之慎拨开人群，挤到前面。只见人围中一个男人躺在地上，四肢展开，一动不动。从样貌上看，还是个年轻的小伙子。又有人上前，探了探地上人的鼻息，摇着头说："没气了，不行了。"

人群中的男女发出一阵叹息。还有人说："那么快点报给官府，让官家派人来收尸吧。"

严之慎把背上的东西解下来，让严荻苓看着，自己走上前去，走到"死人"的身旁蹲下身来。一面抓起一只已经冰凉僵直的手，把腕切脉。人群中有人窃窃说话："看样子，这人是个大夫。"又有人说："人都死了，大夫有什么用？起死回生？谁有那么大的本事？"却听得严之慎大声地说："还能救！"

人群听一个模样像大夫的人这么说，都觉得好奇，要知道地上这人鼻息没有，身体都僵硬了，还能救？都觉得不可信。但是不妨看看，看有没有奇迹发生，也看看这个大夫是不是个吹牛皮的。还有人说，这位过路大夫就算仁心，到底学问不精，不知道古人说过"六不治"的医训，地上人就算没死全，也就命存一线，是神医说的"阳阴并"，治好，希望实在是太渺茫了，治不好，还不是坏了大夫自身的名声，而这回坏名声的事没谁找他，是他自找的。也就有人附和，是啊是啊，这位大夫不识趣，没事找事。

这些话听在了严荻苓的耳朵里，她知道医者仁心，而父亲还是大仁，他是不可能见死不救的。自己也一样，就算做不到起死回生，也不会袖手旁观。就算因此坏了自己行医的名声，也会在所不惧。严荻苓一同上前，在爹爹的嘱咐下，把地上人扶起来。也有热心肠的人主动上前一起帮忙。

严之慎动手给人按摩，用掐法，从风池穴开始，到尺泽穴、大椎穴、迎香穴……一个个穴位掐拿下去。不多一会，严荻苓看到父亲的脑门上冒出细汗，再过一会，大汗淋漓。严荻苓忍不住了，说："爹，您歇会吧，我来。"只见父亲摇了摇头，并没有说话，脸上神情凝重，手下没有一丝松劲。

直到按完了涌泉穴，只听到"死人""哇呀"一声，身子一个抽搐，吐出一口浓痰。一时间，眼看着已经死去的人脖子动了一下，手动了一下，脚也动了一下。很快，又见那胸口开始起伏了，眼睛也慢慢睁开了。围观的人都大叫："活了！活了！死人活过来了！"

而严之慎，整个人已经累得瘫倒在地。都说小伙子命大，遇到好人好大夫了，要不，这会肯定已经被衣锦城的收尸人拉上板车，送去西径山乱坟岗了。得救的小伙子听了，一下子扑上前，趴在严之慎跟前给恩人叩头，叩得咚咚山响。

严茯苓连忙把人扶起来，叮嘱先要喝点热汤暖暖身子，最好是参汤，再喝点药。说他这是尸厥症，长时间赶路或干活导致阴阳失调，气机暴乱，挟痰挟食，清窍闭塞，严重的会突然昏倒，不省人事。

小伙子说他叫陈鹏，是外乡人，经过衣锦去杭州城一路过来没有停歇，实在是赶得急了，才出现了这样的状况。还说一辈子不忘恩人的大恩大德，要问恩人的名字，将来告诉父母，还要告诉子女。

严之慎便笑笑说："救人扶伤，是医家的本分，不需要感谢，要是有感恩之心，你就记得以后多做善事，积德行善。"严之慎起身，与周围的赞叹人众抱了一拳。一面拉着严茯苓，走上了丁字桥。

小伙子还追着问了一声："恩人，你们是哪里人？我要是再犯病，好去找你们呀！"

严之慎："唐昌人氏。"

只是让严之慎没有想到的是，等他们父女回到唐昌，等待着他们的将是完全不一样的命运。变故的根源竟然就这个犯尸厥症差点死去、却又被他们拯救过来的陈鹏。

是陈鹏一心报恩？还是恩将仇报？拭目以待。

第八章　自明大义再陷魔营
　　　　　　获苓无奈重返深宫

　　杭州城的街头自然是烟柳画桥，风帘翠幕。哪怕处于乱世中仍然保持着自古沿袭的繁华，让所见之人，有的赞叹吟哦，有的嗟南怨北。

　　在来往的人群中，正走着一个人。是一位小伙子，只见他一面走，一面朝街两边瞧瞧看看，一副轻松愉快的样子。这小伙子虽然短衣短衫，不像王孙公子一样遍身绫罗，但因为容貌清秀，还是容易被人多看一眼。此刻，身后的一双眼睛就紧紧盯住他了。这位在杭城逛街的小伙子，就是邓自明。

　　邓自明是跟随他爹邓元亮来朝廷领赏的。大仪镇大捷，虽然主要力量是扬州守军，但岳家军也功不可没。朝廷下令封赏韩、岳两军，而岳飞因为营中军务繁忙，还要处理像聂儿孛堇这样的俘虏，也就没有再奔朝廷。岳云要求留下来陪伴父亲，领赏的事就交给了邓元亮。父亲邓元亮要去杭州城，邓自明自然提出跟随。邓元亮把儿子引疫为祸的事情架在心头，想儿子还是安心待在军营为好，但经不住儿子的纠缠，只好同意带他回一趟旧地。

　　朝廷领赏完毕，邓元亮没有急着回营，还要趁机处理一下家室的事情。邓自明提出去街头转转。邓元亮开始不放心，怕儿子又惹来麻烦，但邓自明说了，他把行伍的军服脱了，换上仆从小厮的衣服，什么也不带，也不走远，就在附近转一转，并且保证只转两个时辰。邓元亮心想，对年轻人也不能禁锢得太过严厉，难得回城一趟，就让他去透透气吧。等儿子出门，到底不放心，安排了个手下随后跟去，再三叮嘱早点回来。

　　此时，在街头一眼认出邓自明把他给盯住的人，是谁呢？是严枳实。

　　这严枳实呢，他刚替主子赵子彦办了一件事情。那件事情出自宰相府，宰相秦桧要与金人联系，把事情交给了赵子彦，而赵子彦又交给了信得过的家丁严枳实。严枳实不负厚望，及时进入金营，完成了差事。而在金人那里，严枳实又接了份新差事。

完颜亨给了严枳实两张画像，画像上分别是一男一女的头像。男的脸面清秀，眼带稚气，女的发黑如墨，容貌端丽。在展开画像之前，严枳实万万没有想到，金人所展示的两个人竟然都是他严枳实认识的。女的是严茯苓，自己名义上的妹妹。男的竟然是邓自明，严枳实的邻居发小。完颜亨提出，让严枳实查找画像上的人，说如果能找到，马上交给他们，将重重有赏。

当然，严枳实没有跟金人说他认识这两个人，他可不想轻易暴露自己。金人为什么要找邓自明与严茯苓呢？对于邓自明，严枳实能够猜出一二，他在岳家军营抗金，肯定在战场上与金军相遇，被金人忌恨了。而严茯苓又是怎么回事？严枳实怎么想也想不明白了。想不明白也就不想了，反正，只要他们落入金人的手里准没好事。而把这两个人推进虎口，正是严枳实乐意干的事！

严枳实高兴地接受了金人交给的任务。领了任务，严枳实又想，找到严茯苓，甚至连同他自己的父亲严之慎一起交给金人，那都是容易的事，因为自己知道他们的落脚地。可是能不能找到邓自明，他没把握。没想到天降机缘，刚一回到杭州城，竟然就撞上了邓自明。

机不可失，万万不可错过了！怎么才能把人逮住了交给金人，让自己得到金人的赏赐，甚至是赏识？严枳实的脑子里轱辘辘地转开，很快就想好了。

严枳实突然跑上前，来到邓自明的跟前伸手在他肩上一拍，用惊喜的声音叫了一声："兄弟！"邓自明先是一惊，没想到杭州城的街头还有人认识他，再一看，认出来了，是严家兄弟严枳实呢。故人见面，当然高兴。虽然一个是真高兴，另一个是为实现阴谋而高兴。

严枳实拉着邓自明说了几句话，也就问他这几年过得怎么样，是不是还记得两个人在板儿巷弄棒舞枪的事情。很快，邓自明的情绪被严枳实提起的旧事感染了，也便忘记了对他爹的承诺，和严枳实说得热闹。

严枳实拉住邓自明，说一起去他家玩玩，还说他爹和妹妹在家呢，而他现在的妹妹，可就是邓自明的妹妹，是瑷瑷。邓自明一听，自己日思梦系的妹妹瑷瑷在严家，那可是太好了，如果趁机能见上一面，也算是聊解自己多日的苦思之情。只是，没有告知父亲，自己能只身前去吗？

严枳实见邓自明有些犹豫，却不由分说，紧拉了他就走。严枳实拉着邓自明还不在大街上走，偏偏绕着里里弄弄走。因为他的眼睛早就看到邓自明的身后有人跟随。而他从小生长在杭州城，熟悉城里的路，以至于在里弄间一来二去，就把跟随的人甩掉了。

严枳实把邓自明带到了赵府，没走大门，从后门进去了。邓自明举头看看，觉得眼前是个陌生的所在，便问严枳实，他的家不是在板儿巷，怎么把他带到这儿来了。严枳实说这是他们的新家，一家人从原先的家里搬过来了。邓自明听着，因为一心想着见妹妹，也就没有多想什么。严枳实把邓自明带进一间屋子里，让他坐下。邓自明看看屋子里空空的不见人。便问严伯父和瑷瑷怎么不见人。严枳实让他先在这里等着，他去把父亲和妹妹叫来。

严枳实出门，出去时，还随手把门关上了。邓自明坐了好一会，还不见人来，到底坐不住了，起身去开门，没想到这门怎么拉也拉不开，好像被人锁住了。怎么回事？

严枳实把引邓自明进家并困住的事情跟赵子彦说了，又说了一遍金人交代办事的来龙去脉。赵子彦一听，连声说干得好，又说当下形势只有把金人奉承好了，让金人高兴了，与金人结下关系，才算是有了后台，也算留下一条后路。赵子彦于是就下令拿下邓自明，尽快交给金人。

姣娘听到了一些动静，前来问家里出了什么事情。严枳实说是府上进了一个蟊贼，不过没关系，已经被捉住了。当下，赵府数人围住了邓自明所在的房子。待门锁启开，几个人同时扑进房里。见到邓自明一下子扑上前，把人控制住了。

邓自明看见严枳实，惊疑地盯着他，可是还没问出话来，嘴巴先被人用绳子勒住了。然后，一只黑袋从头套下来。最后，手脚全都被捆住了。当夜，邓自明被绑上马背，由严枳实押解带出去了，朝着城门方向。出城时，城门已经关了。朝守门护卫亮出相府令牌，护卫看一眼，什么话也没敢问，打开城门。

月光下，严枳实看清脚下道路。出现在他眼里的，那可是一条宽又阔的邀功路。一面挥鞭，一路过去了。

杭州城的另一端，邓元亮派出跟随儿子的手下回来跟邓爷汇报，说是把小爷跟丢了，还问小爷是不是自己先回来了。

邓元亮说自明还没有回来，向人问起跟随上街的情况。那人便说了，小爷开始在街上走得好好的，后来遇到了一个什么人，应该是熟悉的人，相互说话，很高兴的样子，后来那个人就拉着小爷走，走得飞快，很快就见不到他们人影了。

邓元亮想，自明在街头碰到了熟人？那是会是谁？又叹气，这个不懂事的儿子，见到熟人就不知道回来了。没见人，只好等，一等两个时辰过去，再等又是两个时辰。直到天黑，还是没见到儿子的人影。一想似乎有些不对，儿子就算任性贪玩，但有了上次的教训，应该不会再妄为。而且手下说了，看见他是被一个人拉着走的，那么拉他那个人，到底是什么人？

邓元亮又想，自己或儿子在杭州城里有没有仇家？好像没有。邓家在杭州城盘踞的时间不长，没有与谁家冲突，没有结下恩怨。那么，是上次围家的官兵？要是官兵，一定是自明不熟悉的，不至于让他放松警惕，与人高兴地说话。既然是熟悉的，又为什么不让他及早回来？好客留下他了？不，不，儿子应该知道他时久不归，又没有回音，会让父亲如何焦急不安。而且，他还是军营中的军人，军人有军纪，应该早早回营待命。

想来想去，邓元亮觉得儿子这次外出不归有些不正常。不，是很不正常！说不定，儿子是被人扣留了！那么，人家为什么要扣留一个未知名的小兵？儿子值得谁扣留？还有，自己是不是应该去找儿子？当然，儿子失踪，父亲怎么坐得住？可是，偌大的杭州城，一点儿子行踪也没有，去哪里找人？

邓元亮提着一颗心，忐忑郁闷，却也一时无可奈何。

还是杭州城，却是在尸厥症中起死回生的小伙子陈鹏，和另外一名男子进了候潮门。只见他们推着装酒桶的车子，一路跑着。

杭州城老少都会唱一支民谣，唱的是："武林门外鱼担儿，艮山门外丝篮儿，凤山门外跑马儿，清泰门外盐担儿，望江门外菜担儿，候潮门外酒坛儿，清波门外柴担儿，涌金门外划船儿，钱塘门外香篮儿，庆春门外粪担儿。"

陈鹏是和他的老乡给候潮门外的酒坊做工，往宫里送酒呢。

候潮门外紫阳酒坊，新醅的新蚁酒，灌进了竹木桶里，再一桶桶装上板车。送酒人推着车，过凤山路，过观桥，经鼓楼，来到凤凰山皇城根边。为了供应宫里的用度，送酒人总是一路小跑。

皇城的角门里走出司厨的小役，等见了酒车到来，再看着车上的酒一桶桶搬下来。宫里人一一接了物件，还有些闲时间，喜欢听宫外人讲一些市井上的新鲜事。和陈鹏一起送酒的伙计，就把陈鹏先前遇到的事情说了，说这个送酒佬在来杭州的路上死了又活过来了。

陈鹏连连点着头说是，还添油说自己的魂魄都已经飞到半空，只看到下面黑压压的脑袋，还有自己的尸身，却来不及去阎王殿报到，硬生生被拽了回来。

都说那大夫了不得，真是治病救人的高手。小役回宫之后再加了些油醋，把当时严之慎救陈鹏再的事再扩大，说是能把死去几个时辰的人救回来，是神仙来到人间了。宫里人多，传起来飞快，传来传去，竟然连王保的耳朵里也传进了。王保听着，不由思忖了片刻，心里头说，这宫外真的有神医？那神医比王继先王太医还厉害？

当然就想到了皇上暗嘱他寻医的事情，动了念头，要好好找一找。王保与王继先，虽然都紧紧围绕在赵构身边，但是他们并不见得交心。主要是王保，对王继先心存芥蒂，起因当然在王继先。就前回因疾告假的那事，得的疾病是急性腹泻。凭王继先天下第一神医的医术，完全可以三帖两剂帮他治好吧？可是王保足足吃了一个月的药，泻病才好。所以王保怀疑，王继先对他敷衍了事，或者是压根不用心。

能够找个高手进宫，压压王继先的气焰也好。何况，这事还是皇上的重托。王保连忙派人顺着风闻找线索。也没花费多少力气，就找到了送酒的小杂役陈鹏这里。

陈鹏被人带进宫，那可真是吓得浑身直发抖。一个外乡来的年轻人，在这京城里，只想挣口饭活命。跟人说尸厥的经历也不过想给人卖个乖巧，讨点眼色。却没想到招惹事情了，让自己进了这种老百姓想也不敢想的地方。也就一路低着头，万万不敢抬眼看一看。只是脚下过于宽大平整的砖石，也能压得他吐不出气来。

把他带来的人到了一个去处，再没有往前一步，屏气靠壁站立了。陈鹏又被别的人带着，直接进了屋里。这屋子里也不知道会见到什么人，还是低头敛眼，却隐约看到一双墨靴，一角紫衣。一时间，带他的人让他站住。他也就听话站住了，只是两条细腿还在不听使唤地抖索。听到屋里人说："来了？"这说话声音，听上去有点怪。

带陈鹏的人："是的，公公，就是这个人，他说他起死回生过。"

屋里人再说："你，真的起死回生了？"

陈鹏一听，不由抬了一下头，只见眼前是一位穿紫衣戴黑帽的老年男人，脸上起皱了，却没有一根胡须。他当然不知道，眼前这位是皇上的贴身大太监，王保王公公。陈鹏看一眼，连忙又低下头去，说："是，是的，小人死了，又被人救活了。"

王保："小子，听好了，这是宫里，你要是说了谎，就照宫里的规矩办了你，要是没说谎，就把让你起死回生的神医大夫找来，听清了吗？"王公公的语气听起来并不严厉，只是听进陈鹏的耳朵里，还是吓得差点憋不住尿，心里想着这回是轻易脱不了身了，也就只好豁着胆子说："听清了！"又说，"是两个人，父亲和女儿，都是神医！"

王保说："那好，本公公派人跟你一起去找，一定要把父女两个一起带来！小子你要是耍心思，出了宫想跑掉，可不是那么容易的！"陈鹏确实在思量从这危险之地脱了身再说，没想到后路先被人堵死了。

一面之缘的人，去哪里找？从屋里出来，陈鹏被人押着走，一时间，真的感觉自己上天无路，入地无门，心里哀叹还不如上次死了好。

只是死的感觉已经尝过了，不就是身子轻飘起来飞上天空嘛，也没什么大不了的。这样想着，陈鹏心里也就稳定了些，抬头朝眼前看一眼，只见一处处楼房高大精致，红墙绿柱，铜钉大门，真是自己梦也梦不到的景象。再看前面，就连夹道墙角的花草，也比外面所见的娇艳。心头一轻松，陈鹏倒是想起了两个字，唐昌！

金营，严枳实果然把邓自明押到了完颜亨面前。对严枳实的表现，完颜亨不由称赞了几句，又让手下给他端金送银。严枳实倒没有收受金人的东西，不是不敢，他既然有胆往金营跑，怎么怕拿点金人的东西？他竟然是不想！不是真的什么都不想，而是这些还不是他想要的。等到真正想要的东西出现的时候，他一定会断然伸手，取之不拒。

完颜亨的心里呢，他当然想要稳住这个肯为他们跑腿的年轻小子，接下去他还想继续利用人家。只是一个人，还是个年轻人，在黄白之物面前不动声色，那会让人担心。完颜亨也一定懂得，君子交心，贼子捉柄。对于严枳实这样一个人，肯定非君子，看上去也非贼子，但是他完颜亨还是有办法捉拿的。也就打发严枳实先回去，让他继续寻找画像上的另一个人。

这里，完颜亨让人解开邓自明，耻笑着，说："小兄弟，我们又见面了。"邓自明脱了头套，看清了眼前，也就明白自己遇人不防，竟然又被送来虎口了。也没有多惊恐，只对着完颜亨说："既然冤家路狭，那么要杀要剐随你。"

完颜亨却不怒，还指着邓自明脖间的玉佩说："你看，当日你指着这件信物叫我哥哥，从那天起你就是我的好兄弟，我怎么会杀你？只是，本少主抓住你想问清楚一个问题，上次哥哥让你带了那么厉害的病毒回去，猜想是一定能传染开来的，怎么就被你们轻易治好了呢？"

邓自明听了，忍不住骂："金贼，你真卑鄙！"

完颜亨哈哈一笑，说："小兄弟，你错了，不是你哥哥我为人卑鄙，而是你们汉人的兵法大家教给的办法，叫两军对阵，兵不厌诈。"

邓自明说："你这不叫诈，叫祸害！"

完颜亨继续笑着说："都一样。"

邓自明怒瞪着眼睛，不再跟金贼说话。

完颜亨又说："小兄弟，告诉你哥哥，你们那里是不是请到了一位神医？那神医叫什么名字？"

邓自明："你休想知道！"

完颜亨："哥哥我会知道的。"

唐昌，陈鹏带着人找来了。刚到路上碰到个卖烧饼的，连忙向人打听，这叫唐昌的地方是不是有位神医。

这位卖烧饼的人是谁？强二呀，严家医馆的大熟人。烧饼强二一听找神医，再看看眼前人，以为是来找看病的，就咧了蛤蟆大嘴笑起来，说："你们向我烧饼强二打听神医，算是找到人了，先吃个烧饼，过后就带你们去！"来人果真赶紧掏钱，跟强二买了几个烧饼。

强二收了钱，再说："走，这就带你们去！"一行人很快来到了严家医馆门前。医馆里面，严之慎正在给人看病呢。看完了一个，让人拿着方子去撮药。

药房那里，严茯苓便忙着对着方子一味一味撮药。严之慎一转头，看一张年轻人的脸，那脸有些熟悉，一时记不起来在哪里见到过，也就问："瞧病吗？坐下。"

来人却扑通一声跪在了地上，大叫："恩人，快救救我！"严之慎一面扶眼前人，再仔细看了一遍，记起来了，说："哦，原来是你，衣锦街头犯尸厥症的年轻人，你的病不是好了吗？找来干什么？快起来说话。"陈鹏起身，也就把被人抓进宫的事一五一十说了，又指指身后跟着的人，说这几个就是宫里派出来的。

陈鹏带着哭腔跟严之慎说："恩人，这一回的事情，您要是不给小人想办法，小人我肯定是活不了了，还不如上次您就别救我，让我死掉了。"这时候宫里人说话了，说宫里也不是来取人性命的，只是吴贵妃重病，皇上爱护吴贵妃，下了圣旨，务必请个高手大夫去给吴贵妃治病。

一声吴贵妃病重，别人听着没什么，严茯苓就不一样。蓦然一个激灵，手里的一包药掉了下来，白枝黑片散了一地。

宫里人再说："王公公吩咐了，要你们神医父女俩一起进宫！"进宫给皇宫里的人治病？严之慎听着，脸面不由肃穆下来，却也没跟人直接说去，还是不去，只跟来人说："你们远路过来，辛苦了，先去找间客栈休息，我这里，明天再给你们回话。"

宫里人肯定不会担心，一个乡间民医让他进宫，那是抬举他，是走了天运了，怎么会说不去？就算不想，他有胆反抗吗？要是反抗，那可就是违旨抗命，是不要脑袋的事。所以说，皇命要你去，去得去，不去也得去。万一你人要是敢不去，可别怪人家把你的脑袋提了走。

身不由己的事情，就这样从天上降下来了。严之慎不由得想，要是自己那天没去衣锦，去了衣锦不去丁家桥，去了丁家桥快步走过没去救挺尸人，救了人再不要动恻隐身，跟人说有病来唐昌，那么，是不是就没有宫人登门这桩事了？

要知道，自己为什么舍下亲生女儿？为什么要离开杭州城？又为什么要千方百计疼护着养女严茯苓？还不都为了她的安然，让她远离宫门是非吗？如今，被宫里人找上门来了，逼着进宫，而且来人说了，还不是他一个人，是要他们父女两个一起进宫去。

严家医馆的夜，也就显得异样黑重，连桌上的灯火都弯弯的，站立不住了。灯光下，严之慎问女儿："茯苓，爹知道你的誓言，生不入帝王家，可如今，只怕又要重返宫门了。"

严茯苓说："爹，事情已经这样，您就不要替女儿担心了，也别太难为您自己。"

严之慎："爹一介草民，有什么难为不难为的，爹只是担心你，万一回到你原来的位置上，只怕又风卷云翻的，让你还得受罪。"

严茯苓："女儿知道爹疼我，我也实在不想回宫，只是，病中的吴贵妃就是我的娘亲呀！"

严之慎一听，明白女儿的心思还是松动了。也是，亲娘有病，做儿做女的怎么能听而不闻？要是一个人，自己学得医术，却听凭亲人苦痛呻吟，只为己益，一枚铁心，一副硬肠，那还是个人吗？

严之慎便说："女儿，爹懂你。"

严茯苓又说："爹，妹妹也在宫里，女儿想看看她，爹肯定一样。"

严之慎："是啊，苓儿一别多年，也该长大了，爹确实想她，好想瞧瞧她。"

严之慎也就不说去还是不去的问题了，只跟茯苓交代宫中行医的难与忌。说给富贵人，特别是手握生杀大权的帝王看病有种种难处，第一难，富贵人气傲，往往自尊自大，相信自己，不相信医人，甚至根本不把称作医伎的人放在眼里，所以就不信医。第二难，不管什么病，都以为吃点药就能好的，要是一时三刻没有好转，就把罪责推给医人。第三难，宫里诸人都过于娇养，往往体质虚弱，承受不住药力，药未达，身先垮。第四难，有的人极其放纵，非药能救。第五难，大都贪图安逸，很少有人注重生养，不肯配合活动调节……还说进了宫的医人，往往自己的心里也不干净，一来总想着即刻把人治好了，讨个封赏，还往往贪心，除了财物，还想着一官半职，封妻荫子；二来又担心不能把人治好，自己项上的脑袋会掉。而行医者一旦心有旁骛，就算有十分的医术，也就只能使出七八分，甚至三五分。而这治病救人的事情，可是失之分毫，差之千里呀。

严茯苓说："爹，女儿听着。"

严之慎："女儿，一脚踏入禁地，一定是万事由不得你爹了，也怕由不得你，所以你一定要记住了，不管爹遇到了什么情况，你首先想着的不是你爹我，而是你自己，你要自保呀！"

严茯苓："爹，我们不想别的，只去给吴贵妃治病，治好了她的病，我们马上出宫，依旧回这里给人瞧病。"

严之慎："爹何尝不想这样呢。"语毕，却又说："你这孩子，怎么不称娘亲，倒唤吴贵妃了？"

严荷苓："爹，既然您这么问，那女儿有句话可要先说明白了，这次进宫，是严荷苓随父进宫，而不是赵佛佑重返宫殿。"

严之慎点点头，说："爹听你的。"

严之慎打算出远门了，出门之前，先把家人安顿了，把家里的事情交代了。同样是出诊，是治病救人，以往虽然急迫，但是有归程，而这一趟，到底是归程不知，凶吉难卜，还是要把该说的说了，该办的办了。

严夫人呢，对她来说，虽然因为儿女的事情顶撞过丈夫严之慎，但在妇人的心里，丈夫到底是她的天，她的性命所依，所以是万万不能失去的。对严荷苓一直不待见，遇事没少刁难她，而严荷苓却从来不曾计较，每里日侍茶奉水，朝请平安暮问候，把严夫人待为自己的亲母。严夫人对荷苓也渐渐有了些感情，谈不上视如亲儿，但好歹不再为难她。在同一屋檐下，和平相处，相互为伴，想着就这么岁岁年年过下去吧。哪里料到，丈夫和养女要远走。

丈夫和养女要出远门，不知道什么时候才能回来，亲儿亲女又不在身边，自己一个人寄居在唐昌，虽然不愁衣食用度，但到底是孤单的，也就不觉声泪俱下。

严之慎看着老伴，心里不免凄恻。只是面对皇室强权，一户平民百姓人家能怎么样呢？要你生，你就能生，要你死，你不得不死。人家也没叫你生死，只是要你治病救人。治病救人，当然是医者天职，于理于法都得履行。何况需要去救治的，是严荷苓的生母，理与法之外还带着情呢。所以这一趟远门，是必须要出的。

严荷苓看着养母，心头承载着太多的歉意。是自己的到来，让本来平静安详的一户人家儿女东西，奔波流离。如今，还只能眼巴巴地看着老夫妻道别夕阳，泪湿衣衫。

上路吧，总归还是要上路。上路之前，严家父女跟镇上的知交，如邹知县、朱一帖、白掌柜、强二等等一一告了个别。别的人还好，只说希望严大夫早去早回，唐昌不能没有他，唯有强二，认为自己把不明来路的人领上了门，让严家父女两个身不由己，就掩了面哭。严之慎安慰强二说没事，让他安心卖烧饼。然后一脚走出了祥和安宁的世外小镇，走向了京师杭州城。

入夜时分，赵子彦家大门已经闭合，门头上还亮着几盏角灯，灯光昏黄。

下房偏室，严枳实已经上床。他和衣坐在床上，并没有入睡。他那白日佩带的剑解下来挂在了墙头，而他日常握剑的手里，现在捏着的是另一件东西。什么东西？竟然是一块手帕。只见严枳实把手轻轻摊开，把手帕放在了被子上，再慢慢抚平了。然后，定睛看着，看看柔如春水的绢面，又看看面上小小的绣花。一面忍不住又伸出手去，在绢帕上轻轻地抚摸。

此刻的严枳实，说不定在思量，自己到底是个什么样的人呢？从小个性偏执，爱走极端。为人做事下得了狠心，捅猫，杀人，都不眨眼睛。而且，就算杀父弑母的恶事，他也干得出来。他是无情人吧？而他为人卖命，却又不轻易取人家给的赏赐，那么他是个明智的人？无情而理智吧。可是可是，女人的一方手帕,竟然为什么能让他如此痴缠？是不是,在他的心里也还藏着一份柔情？

柔情付与谁？谁人共柔情？也就思量了片刻，灭灯睡下，一宵黑甜。

这一日，赵子彦出门之后，严枳实来到后院又看到姣娘了，还是一个人，坐在角落里。只见她的身子佝偻着，还在抖动着，一颤一颤的。看得出来，又在偷偷饮泣。严枳实没再回避，而是走了上去，径直走到女主人的跟前。

哭泣的人沉浸在伤心里，没有察觉有人站到了她的身边，直到哭眼看到一角巾帕，惊了片刻，认出还是自己的，才接过来拭了把泪水，抬起头来。看清了眼前人，是严枳实。

严枳实说手帕自己在院子里捡到的。他说完，还没走，双眼看着姣娘，眼睛里是深深的关切。姣娘也就没有再掩饰，又哭了一会。哭够了，姣娘才说：“严兄弟，是你救了姐姐，姐姐就不把你当外人了，你看到姐姐这举止，还请不要笑话。”

严枳实说：“你说，又是谁欺负你了？”

姣娘听了，连忙摇头，说：“没，没人欺负我。”

严枳实：“我已经不止一次看到你哭了，一定是有人欺负你，你要是不把我当外人，就告诉我！”姣娘再看看严枳实，看到满脸满眼的愤懑，其中却又有诚恳，是一个男人对女人才有的诚恳。姣娘是经历过世道的人，她懂。所以姣娘起身看看四周，没看到人，便把严枳实引到一处偏房里。

姣娘跟严枳实说：“赵子彦，他不是人！”

赵子彦，赵府的主人，姣娘的夫君，他不是人？严枳实不明白。

姣娘说着，再不顾许多，当着严枳实的面撩起自己的衣袖，露出了一截手臂。严枳实看到，在这条白皙瘦弱的手臂上竟然布满了伤疤。姣娘说赵子彦面子上对她很好，似乎无比关爱她，可是私底下，自从那个人来过之后，没有一个晚上肯放过她，抽她，打她，还不许她声张，说要是声张半句，就要了她和孩子的命。

姣娘知道赵子彦恨她的原因是什么，但是当日那么做，还不是听从他赵子彦的安排？她能不听吗？姣娘说她就算跟赵子彦辩解，可又有什么用，他还不是骂她，打她。为了玖儿的安危，身为母亲的姣娘忍着。如今孩子被送去了宫里，姣娘倒是有些放心了。只是，赵子彦对她的折磨愈加凶狠了。姣娘还说自己真的不知道能活到哪一天。

严枳实听了，咬起了牙齿，心里一声声骂赵子彦是畜生。姣娘说完这些，替自己抹去眼泪，再跟严枳实说："兄弟，姐姐不过跟你说说，你不要放在心里，千万不要像上次那样为姐姐打抱不平，姐姐就是这样的命，只怕是没人救得了了，是生是死，就听从天意吧。"

严枳实只说："你要挺着，会有办法的！"

姣娘说："姐姐已经跟你把事情说出来了，心里头也好受些了，你快走吧，被人撞见你在姐姐跟前可不好，你会受连累的。"严枳实听着，只好从姣娘身边走开，却再也展不开眉头。

宋宫禁苑。严家父女跟随宫里人，可以说被宫里人领着，也可以说是被押着，从唐昌过衣锦进入杭州城。来到宫门口，都下了马，带领的人说了，这里是西角门。严家父女以为跟随一起来的几个人进去，没想到大门口早就有人等候。

等候的宫人跟带人回来的说一声："辛苦了，你们歇着吧。"又跟严家父女说，"两位就是神医？跟我们来吧。"严之慎听了，也不敢多问什么，就拉着女儿，跟着走进了大门。在曲道回廊间走着，严家父女不知道人家要把他们带去什么地方，心想或者是吴贵妃的宫室。还想吴贵妃可能病重，有病求医，是刻不容缓的事。

严莜苓或许在想，马上要见到亲母了，虽然分离多年，但到底母女连心，不知道会是怎么样的场景，可不要太凄切呀。说不定还能见到父亲。却希望他们不要认出自己，让自己治好母亲的病，看一眼双亲，依旧回到平实的生活中去。日升日落，炊烟归牛，月安星宁，梦里无魔，才是自己想要的日子呀。

眼见着在一幢楼前停下来。门楼高大，楣间有字，什么翰林医官院。他们也就明白，来到了御医院。很快被带进了医馆，在一间内室停下来。室内却没人，只看到墙上挂着华佗像，还有穴位图之类。带来的人让他们等会，马上去通知王大人。

严之慎连忙问："小爷，不是让我们进宫给病人治病吗？还要见哪位王大人？"

宫人没有好脸色，只说："一会就知道了。"等了足足一个时辰，才看到有人进来。打首的那位身子瘦小，身上穿着青红官服，脚上蹬着朝靴，正慢慢迈步，来到严家父女面前。

后面的人先说话，大声说："这是我们御医院的王大人，他是敕封天下第一神医。"严之慎已经隐隐猜出是谁了。在杏林丹苑这些年，就算没见过，也闻听过"黑虎丹"王继先的大名。

严之慎连忙揖了个礼，叫了一声："王大人。"王继先朝眼前人扫了一眼，说："你就是能让死人回生的神医？"

严之慎："王大人明鉴，那只是以讹传讹的事情，谁能起死回生？草民怎么会有这样的本事？"

王继先："看来你还知道个深浅，那好吧，在你看病之前，本大人先跟你说几句话，还有这位小姑娘，看样子是你的女儿吧？"

严之慎："是的，是草民的小女茯苓。"严茯苓也便勉强叫了一声："王大人。"

王继先一面坐下来，从下人手里接过茶盏，举盖轻拨，徐徐吹口气，再小啜一口。放下杯盏，只朝前面拂了拂手。跟随的手下人见了，都退出了房间，再有人把门掩上。

王继先再跟严之慎说："同行，听好了，这宫里不是你想进就进，想出就出的，只怕进来容易出去就难了，而且，你这竖着身子进来后，要再想竖着出去就更难了，所以，你们想好了，要是想自个多活几天，最好不要把脚伸进这趟浑水中来，要是知趣懂道理，马上悄悄走人吧，本大人最多让人向上面汇报，说是好事者造谣，没有那回事，也根本找不到人，而你们要是还不肯走，那么过了今天，就不知道能不能有明天了。"听出来了，王继先不想让外面的人进宫行医。为什么？暂时不知道为什么，但肯定，他有他的打算，或者有着不可告人的秘密与阴谋。

严之慎暗想，这宫里果真与外面不一样，才进来，就遇到绊子了。严之慎倒也想好了，干脆来个顺坡下驴吧。自己又不想在这深宫高院求得什么，能让自己父女两个竖着身子出去，说不定是再好不过了。严之慎也就赶紧说："王大人，多谢了，草民父女是从西角门进来的，还是从西角门出去吧。"

父女俩正要起身，却看到门开了，门外有人站着，拦阻的样子。又一个人进来，走到王继先的跟前，在他的耳朵边说话。严之慎听清了一句，说什么宰相说了……

怎么？秦桧搅进来了？严之慎听着，心里有些焦虑，心想肯定还有麻烦。只是身处这里，又不能太莽撞，只好等着再听王继先吩咐。

王继先："好吧，既然把宰相也惊动了，宰相要本大人验验你们的身手，那本大人就只好从命了，你们先留下来，有什么好身手，也就拿出来瞧瞧吧。"

严之慎一听，刚刚说让走，现在又不让走了，真是让人一时欣喜一时愁，又无奈，只得说："草民听从大人吩咐。"王继先再说了一句："好自为之。"

相府，王继先匆匆赶到，下人说宰相正在内室等着。

王继先来到秦桧面前先请了安，再问怎么回事，宰相竟然要把外面的人留下来，万一那人不懂规矩又不知深浅，把一些秘密揭露出来，那可是天大的事。

秦桧淡然一笑，就算揭开秘密，这满宫中是听你我的？还是听他们的？又说倒不是他想留人，而是他跟皇上提确立太子的事，皇上说等到吴贵妃病好再说，说是王保已经找到神医。既然皇上都已经知道王保找了人的事，也就不能把人原路退还，一推了之，不妨就让这位外来的神仙大夫给治治病吧。

秦桧再低声说道："你我干脆借假外来人之手，治死一两个碍事的。"碍事，碍事的，那是谁？别人不知道，王继先肯定清楚，这碍丞相大事的，倒不是吴贵妃。

虽然吴贵妃身为贵妃，后宫中没立皇后，所以除了太后外数她为尊，但她是病体恹恹的一个人，除一身思儿怨女的悲凄，对宫里宫外的事从来很少过问，也就没有人把她当回事。真正碍事，倒是她名下挂着的那个人。是谁？当然心知肚明。

王继先想，秦桧毕竟是秦桧，为了达到他设定的目标，什么人都能利用。借刀杀人，借刀去除旁杂，这正是他的拿手好戏。而许多被他利用的人，就是死了，也怕不知道究竟是因为什么原因而送了死。也就不由感叹，再高明的大夫，治得了病，却治不了命。

岳家军营，岳飞父子和邓元亮在帐中。邓元亮愁眉不展，因为儿子失踪的事情到现在还是没有任何消息。却又十分自责，觉得是自己松懈了，没有看管好儿子，是自己失职了。

岳飞和岳云同样为邓自明下落不明而焦虑，同时也为邓自明的安全担心。军营已经派了不少人去打听，却还没有好消息反馈过来。

正在这时候，兵士报告，说有鞑子来到营前，已经被拿下。一起出营去。果然看到一名身着胡服的，被人押着臂膀，已经卸下佩刀，却还在扭动着身子，挣扎着。

胡兵说："小人我是来送信的，两军相争，不斩来使！"

岳云："那好，信在哪里？"

胡兵说："完颜大王说了，要小人把信亲手交给岳飞岳爷爷！"

岳飞对着士兵说："放了他。"又跟胡兵说，"我就是岳飞，把信拿出来吧。"

胡兵被松开手脚，有些怨气地朝押他的人瞪了一眼，一面伸手在胸前掏，果真拿出了一封信，牛皮包着。捧着信件，来到岳飞面前，很恭敬地呈上。

岳飞也就接了信。众人疑惑，鞑子这会给岳家军来信，又要玩什么花招？回到帐中，岳飞拆了信，看完，说了一句："鞑子实在阴毒，自明小侄原来是落在他们手里了！"邓元亮和岳云连忙接了信看，看完都切齿瞪眼、极其气愤的样子。

邓元亮："这些金狗，设计绑架了我儿子，拿他交换聂儿孛堇，还要岳家军向南撤退三十里地，亏他们想得出来！"

岳飞："邓贤弟，先别恼怒，你我好歹知道了侄儿的下落。"

岳云："是啊，邓叔叔，知道自明弟弟在金人那里，我们就不用没头没脑找人了，而他们既然要拿自明弟弟作为条件，跟我们交换人质，想必不会轻易动他，我们现在就不必太担心自明弟弟的安危了。"

邓元亮："犬子的性命不算什么，金人的条件绝不能答应！"

岳飞："放心，我们一定会想办法救回贤侄。"

岳云："爹，您可以给金人去信，让他们先放掉自明弟弟，他们需要人质，我去！"

邓元亮听着大惊，说："岳云贤侄，万万不能胡闹！"

慈元宫中，从嬉笑逐颜开，一路跑进来，跑到吴贵妃榻前。

从嬉："娘娘，奴婢看到新进宫的神医了，一老一少，说是父女俩。那个姑娘，看起来跟瑷瑷差不多年纪，而且也是弯眉杏眼，奴婢想瑷瑷长大了，一定就是这么个好看的模样。"

吴贵妃一听，精神气立马提了三分，展了眉头问："真的？"从嬉使劲点头。

吴贵妃："那还不赶紧把人请到宫里来？"又慌张地说："快把宫里先收拾一遍，不要让瑷瑷担心娘亲。"一时间慈元宫里移凳的移凳，置花的置花，团团好一阵忙碌。

严荻苓和爹爹受命，来到慈元宫视诊。严之慎抱箧在前，进室叩拜，先行了一番大礼。严荻苓跟随在爹爹身后，也不抬头侧目，就像一个小户人家没见过世面的女儿，慎行慎为。听到榻上有妇人的声音："快起来吧，免礼。"

听起来，妇人的声音果然微弱。严之慎站起身来，看到床榻间锦被相拥，靠坐着一位妇人。想必，就是吴贵妃了。

严之慎在贵妃脸上扫过一眼，看到脸色果然灰暗。也就连忙低了头，在榻前的凳子上坐下来。吴贵妃把手伸出被外，只见那只指间无力，手腕处有筋脉凸起。从嬉拿过一块缎帕，盖在了吴贵妃的手腕间。严之慎也就抬了手，切向关尺寸，缓气敛神。而吴贵妃的眼睛，始终盯着茯苓，盯紧了。

严之慎切完脉，站起身来，低头告退。严茯苓朝病床上的母亲看了一眼，眼睛里竟然没有流露出喜忧。再屈身行了个礼，跟着爹爹去了外间。

吴贵妃对着严茯苓的背影喊："姑娘……"从嬉也就拦住了茯苓，说："娘娘好像还有话跟女神医说。"严茯苓只能返身回来。却看到吴贵妃从床头拿起一件小衣服，抖索着拿衣服的手，让严茯苓看看，说："姑娘，你认识这件衣服吗？"

严茯苓看了眼，心头自然有些异常，却生生压下去了，只是摇了摇头，没有说话。

吴贵妃："瑷瑷，娘亲知道，你受大难的时候父皇和娘亲都不在你的身边，让你受了大苦大罪，所以你不肯与父皇娘亲相认，再不肯回到我们身边。"

严茯苓："娘娘，民女不知道您在说什么。"

吴贵妃："瑷瑷，你长大了，你的模样变化了，娘亲看着高兴，可娘亲认得你，什么时候都认得。"

严茯苓："娘娘，您认错人了，民女姓严名茯苓，唐昌人。刚才给您看病的就是民女的亲爹。"

吴贵妃："看来，娘亲是把瑷瑷的心伤透了。"又跟从嬉说："从嬉，看看瑷瑷的手臂，瑷瑷的手臂上有蝴蝶呢，一定在。"从嬉上前，跟严茯苓说："佛佑公主，娘娘一直想你，想得好苦，现在想看看你手臂上的蝴蝶胎记，你就给娘娘看一眼吧。"

没待茯苓说什么，从嬉拉着她的手，把她的衣袖撩起来。一看，手臂上一片白皙光洁，什么蝴蝶，什么胎记，压根没有。吴贵妃见了，半天说不出话来。从嬉也愣住了，看着严茯苓，眼睛里布满了疑问。

严茯苓连忙低头，退身来到外间。严之慎连忙抓住严茯苓，却什么也没问，父女两个对视了一眼。很快，从嬉跟着出来，收拾了自己脸上的神情，跟严之慎问贵妃娘娘的病。

严之慎还问："娘娘平日喜欢喝凉水还是热水？"

从嬉："娘娘喜欢喝凉水呢。"

严之慎点点头，再说："脉乱数甚，体内应当藏了燥热，看起来是阳证，但不是虚弱，是热盛，也没有外邪袭表，应当是寒热之症。"严之慎很快给开了方子，有知母、石斛、木通、生石膏等。

严之慎父女走后，慈元宫的专职侍医连忙拿起药方子，走入内室，跟吴贵妃说："娘娘，起先王大人给你诊过，说是外寒内热，这位外来的神医，也说有寒热，就算病诊对了，可是这方子上的药也太凉了吧，眼看都要入秋了，凭娘娘的本质，受得了这么凉寒的药？"

吴贵妃却因为刚经历了见到失散骨肉的惊喜，又经历了错认女儿的悲伤，一头倒在了床上，什么话都说不出来了。从嬉见状，就对身边的侍医说："让王大人来一趟，让他看了方子再定夺。"侍医听了，说声是，退身出来。

王继先见唤，赶过来看了方子，却不置可否，只说："这样的凉寒用药，真不好说，还请皇上过目定夺吧。"

这时候内房传出话来，说是娘娘说了，不必惊动皇上，就照着方子喝药吧。

福宁宫中，赵构坐在阅案前，正御笔朱圈，逐一批示奏本。王保手持拂尘一边垂立，随应需要，添墨侍茶。门外太监来报，去慈元宫探望回来了。说是贵妃娘娘喝药后觉得困倦，睡了一觉，醒来后精神大好，已经能够下床了。

赵构一听高兴，对着王保说："果真是神医。"又说："这回你立大功了。"

王保说："能为皇上娘娘效劳，是奴才的福服。"又问："外医把贵妃娘娘的病治好了，让人走还是把人留下来？请皇上定夺。"

赵构："当然留下来，宫里这些人，哪一个不是三猫两狗的，整天让朕操心，多招几位有真医术的进宫才好。"

王保："奴才知道了。"

王继先说得没错，这皇宫里，外边看着只是几扇大门，里面却是深不见底，就好像是渔家埋在水底的绝户网，不管是鱼是虾，进来容易出去难。就说这大夫治病吧，要是没给人把病治好了，会轻易让你出去？如今把病治好了，却也是不让人出去了。

严之慎神情忧虑，对着严莜苓说："莜苓呀，皇上的命令难以违抗，爹只有认命留在深宫里了，你要是想出去，爹和你一起想办法。"

严莜苓："爹在哪里，女儿也得在哪里，莜苓要陪着爹爹。"

严之慎："莜苓，你真是位孝女，你既然是位孝女，那么爹有句话要跟你说，爹看出来了，你的娘亲吴贵妃是真的思念你，已经思女成疾，痼疾缠身，你是不是可以考虑一下，和她母女相认？"

严莜苓："爹，为什么要让我这么做？"

严之慎："爹怕万一出什么事情，好让你的父皇母后保护你。"

严莜苓："他们保护得了我吗？要是真能保护我，会让我落入金魔的手掌？而且，我的皇爷爷皇伯父以及那么多亲人，还不是至今没有回来？他们保护得了吗？"

严之慎："是啊，乱世之中，皇权又怎么能够抗御强权？"

严之慎叹息几声，又说："更可怕的是，现如今连一个御医院的大夫都可以那样跋扈。这宫里的局势一定被奸人掌控着，你我的行踪作为，也一定在人家的监视中。别说显露出你的身份，就是稍稍有异常的苗头，都很有可能受人荼毒。"

严茯苓："爹，女儿要不是真怕了，怕得心伤胆裂了，眼看着生我养我的双亲就在身边，我怎么会不愿意与他们相认呢？"

严之慎："是啊，如今宋廷虽然偏安一隅，但内忧难消，外患未除，你要是身处尊位，一定随时凶险，要是看你再被刀剑或阴谋卷入，爹就是死了，也不瞑目。茯苓听好了，在这皇宫中，你如果真想保身安处，必须做到心不为动，性不为移，情扉关闭。"

严茯苓："爹，女儿做得到。"

严之慎也不免问起，女儿严茯苓是如何去除了手臂上的胎斑，从而在慈元宫中避过了一回母女相认。严茯苓一撩衣袖，笑着说："蝴蝶还在呢。"严之慎一看，果然没错，女儿手臂上一只墨蝴蝶，栩栩完好。这是怎么回事？

几天下来，严之慎一边谨慎行医，一边忍不住想，这皇宫里的人，侍奉的是皇权，似乎跟皇权沾了边的人，会身价拔高，但又因为距离皇权过近，就如同离生杀的利剑太近，一不小心，剑斩脖项，所以说，是扛着脑袋干活。

今天的任务完成了，今天算是平安的。明天谁知道呢。明天的明天，更加是没有人知道了。所以才踏进宫来的严之慎，看着眼前的画梁和雕栋，心头都是冰凉的。

可既然要留在宫中了，严之慎也就忍性安心，让自己姑且随遇而安。私下里开始打听女儿的消息，跟人询问一个叫小蟾的宫女。人是打听到了，说是在慈宁宫隆裕太后的身边。想见，却因为宫纪森严，一时还没有得见。

既然有了消息，明白父女两个同在一道围墙里，也就想，只要人在，总会有机会得以相见。这样想着，也就放下焦急，以一颗安之若素的心，应对周际莫测的风雨。

而这宫中的风雨，说来就来。

第九章　弱皇子急症疑宫斗
威将军患疾引御医

皇宫风雨，果然说到就到了。这一回，在蕊珠宫。

赵构听到报信，说是赵璩病了，病得不轻，连忙起驾，来到蕊珠宫。潘婕好迎驾，跟皇上说璩儿说他肚子痛，已经数天吃不下东西了。赵构一听，数天没吃东西了，还没请御医看病？潘婕好说早就请御医了，还是王继先王大夫亲自看的。

王继先看的病，竟然都治不好了？心里也就隐隐替赵璩担心。

这赵璩是谁？赵构和潘婕好名下的继子，赵子彦的儿子，太祖的血脉后裔，入宫后被封为信王。而且这个赵璩，与当朝宰相秦桧，竟然还有一种不为人知的秘密关系。他一病，又病得厉害，一下子把满朝文武都惊动了。

王继先来到赵构的面前，脸上带着戚色，跪下说："皇上，别怪微臣不尽力，微臣接到蕊珠宫传唤，马上赶来诊治，诊治不力，请皇上责罚。"

赵构听着王继先的话，倒换了脸色，说："朕知道你素来尽职，快起来吧，跟朕说说璩儿的病情。"

王继先起来也不敢坐，垂手站在一边，说："信王他，面色苍白，四肢厥冷，脉象沉微。"

赵构："快说，这是什么症状？"

王继先："气虚阳衰之症！"

赵构："那就赶快对症下药呀！"

王继先："下药了，没有起色。"

赵构："吃了药没有效果？你王继先不是天下第一神医吗？"

王继先："皇上，微臣无能，听凭处治，不过微臣有一事要禀明皇上，听信王说，他是吃了人家给的东西才犯病，可具体谁给的，给他吃了什么东西，他一概不说，这样一来，让微臣下药也就拿捏不准，有失偏颇。"

赵构一听，脸上又现出怒气，让人把潘婕好唤来。潘婕好一到，没等她行礼，赵构劈头问："你也不知道谁给璩儿吃了东西？不知道璩儿究竟吃了什么？"

潘婕好说："奴婢知道，是昚儿带给璩儿的，一盒糕点。"

王继先听着，把头越发地低了下去。而他低头，应该不是因治病不力而惭愧，而是，他的目的达到了，他需要用低头来掩盖脸上也许会不经意显露出来的得意。

赵构一听，果然十分生气，愤恨地说："胡闹！"这里潘婕好倒无心顾及许多，只拉着赵构，动情地说："宫里的孩子，不能再出事了，皇上，听说新进宫的严姓御医很不错，就让他来瞧瞧璩儿吧。"

赵构听了不免会心动，但是碍于老臂膀王继先的面子，并没有立即表态。

王继先一听，好事来了，快快来个顺水推舟吧。要知道，他们为了实现阴谋，不惜让赵璩受苦，只是王继先明白，说不定丞相最心痛了。所以，也该让赵璩的症状有所好转了。

王继先也就跟赵构说："皇上，潘娘娘说得没错，治病要紧，而且小人明白，医术各有千秋，小人不会嫉贤，这小儿方面的病，就请更擅长的大夫来诊治吧。"

赵构也便顺势说："也好。"那边派人唤严之慎，这边赵构却又说："待璩儿的病好了，朕再收拾别的。"皇上他，还要收拾什么呢？

蕊珠宫，严之慎父女应召来到，被带到里间。却看见正座上坐着个男人，身材高大，脸面修长，剑眉朗目，眉目间似威非威，非武似武。看着那人的庄严和旁边人的维诺，严之慎能够猜出是谁，连忙下跪，给人叩头，口呼："万岁。"严茯苓倒不看人一眼，只是跟着养父一起跪下了。

赵构："起来吧。"又说，"新进宫的，朕听说了，你还有点医术。"

严之慎："草民粗陋，不敢惊动圣上。"

赵构："不说这些，今天让你来，是小儿病了，要你诊治。"

严之慎："草民怕医术不精，耽误小王。"

赵构："小儿确实病情危殆，只是既然朕下令让你来，治与不治，那是由不得你了，不过，治好了，朕自然会给你封赏。"

严之慎："草民愿意尽力。"

赵构："朕倒还想问一句，万一治不好，担不担心误了你严大夫的身家性命？并且，你这身边还有一位，这位大概是你的女儿吧？"

严之慎连连点头："是，是，是草民小女。"缓一会儿，又说："草医既然学医，应当知道医以仁术济世，要是遇到危急，借故推托，明哲保身，那就不是医者！小女同样是学医人，应该和小人我一样的心思！"严茯苓听了连忙点头。

赵构："说得好，那就看你们的了。"

严之慎来到赵璩床前一看，床上的少年人脸白体弱，裹在锦被中，已经气息奄奄。再不敢多想什么，连忙给人诊治，察颜、观色、叩胸、触腹、切脉，果然是四肢厥冷，脉象倒是沉实有力，又问吃了什么凉寒的东西。

严之慎诊后，也没多说什么，立马下笔开药，方子上写下芒硝、厚朴、生大黄……蕊珠宫的专职侍医一看方子，惊得大叫："这是狼虎药！"又说，"小王四脚厥冷，不饥不食，分明是元气已伤，不给用扶正培本的药剂也就算了，怎么还用这么猛烈的攻伐之药？"

严之慎说："想必宫中先前已经用过人参、白术了，为什么却没有一点起色？"

侍医听了，换了脸色说："你严大夫的胆子让人钦佩，但你一定知道虚虚实实之戒，小王素来体弱，用狼虎药，还不是在虚症上再添一层？"

严之慎说："病不除掉，谈什么扶正？压根就没有正气可扶！"

侍医只好把严之慎开出的方子拿去皇上面前，让皇上定夺。一面把自己的疑问，又跟皇上说了一遍。

赵构却说："照方用药！"

既然皇上相信严之慎，那就照方煮药吧。煮好，扶起赵璩，让他喝药。赵璩确实虚弱得不行了，只能喝下半碗。喝下去没多久，说是腹里难受，扶起来，泻下了一摊粪便。泻完之后，不行了，一下子昏死过去了。这样一来，赵构也就二话不说了，让人严之慎父女控制起来。

严之慎却不以为然，面对赵构说："不泻除污秽，怎么能除病？信王他不是真死，而是已经他的身体吸收到药物，药效起来了。"

赵构听了半信半疑，也就先让人放了他们，再问："那么接下去怎么办？"

严之慎："必须再让信王喝药！"说是等会待赵璩缓醒过来，还让他再喝药。

侍医听着苦挂了脸，说："皇上呀，喝一次就让小王他成那样了，再喝一次，还不是要了小王的命？"赵构也犹豫了好一会。

还是潘婕妤建议说："皇上，奴婢之见，疑人不信，信人不疑，既然相信了严大夫，还是信到底吧。"

赵构："那行，再喝吧。"要是病童是他们的亲骨肉，不知道这皇上与潘妃又会如何决断。

这会儿，秦桧和赵子彦已经赶到蕊珠宫的门口了。大概他们已经听到了关于赵璩病危的消息。相信两位的心里比赵构与潘婕妤更加焦急。可皇上下令让人喝药，也就没有人能够阻止了呀。

赵璩再喝了半碗。不一会儿，侍医和大小宫娥一起跑到赵构的面前，说：

"皇上，不好不好了，信王他不行了！"连忙传王继先来，王继先看了也摇摇头，跟赵构说："怕是不行了，早点准备后事吧。"

消息传到宫门外，秦桧和赵子彦都差一点晕倒。当然，赵子彦能当众人的面晕倒，而他秦桧可不行呀。秦桧要坚持住，还要把臣子该有的忧戚挂在脸上。

赵构下令，赵子彦执行，再一次把严家父女捆绑了起来。要知道，赵璩要是死了，会牵涉许多，这宫里几多人的心机心术算盘就落空了，几多年的心血心力也就白费了。就算拿严家父女的命来抵偿，也消不了这心头的痛恨。

严之慎被绑，大声地喊："申时见分晓！"

严家父女一脚踏进皇宫，还不知道宫里的是是非非，非非是是，眼看就要人头落地了。也真是生死毫发间，命运不由娘。

吴贵妃赶来。肯定是听到了蕊珠宫中的事情，赶到之后什么也不说，径直来到赵构面前匍然跪下，恳求说："望皇上开恩，看在严大夫为奴婢治好顽疾的前情上，就饶了他们父女二人的性命吧。"当然，吴贵妃肯定还有另外的想法，严获苓的那张脸，能让她见死不救吗？见赵构还是不肯松口，又说："太后见奴婢的身体一下子这么爽快，她老人家说了，也想请严大夫去帮忙调理。"

又搬出了太后。赵构听了，只说："那就等到申时吧，等申时一过，小儿再没起色，那么就算朕心起恻隐，恐怕也不行了，要是朕不为小儿的生死做主，也就枉为帝王了！"严获苓听到会不会想，你先前怎么就不为我的生死做主了？

时辰一刻一刻地过去，严家父女被绑在宫柱上，只待申时一到，马上会被拉去宫中刑房。到那个时候，只怕再说什么也来不及了。命悬于人，悬之一线。只是，在受死父女的脸上，看不到太多的恐怖与悲凄。这一点，看在王继先的眼里，感觉到不可思议，也就隐隐担心，担心这两个人不太寻常，太不寻常。所以，他也在焦急地等待申时。申时一到，了了后患，免了担忧。

申时，到了。赵子彦一见时辰已到，抢先众人一步，按住严家父女。一面令手下把人解离廊柱，押着，走向刑房。

突然，宫里传出急令，只说："慢！皇上有令，严大夫治皇子有功，受赏！"原来，就在申时，宫娥们在赵璩床前哀哀痛哭，要为亡皇子送行。没想到泪眼婆娑的恍惚间，看到赵璩坐起来了。以为是诈尸呢，吓得宫娥失声惊叫。却听到赵璩说："我饿了。"

端上一碗稀粥，竟然一口气喝完了。赵璩起死回生，满宫上下不由惊叹严之慎的医术。包括秦桧和赵子彦，他们两个就算恼恨严之慎出人风头，但在救活赵璩这事上，想必也还是心存感激的。只有一个人，他的脸上挂不住了。谁？王继先，号称天下神医者。在一片为严之慎叫好的人群中悄悄溜走了。

有人请教严之慎，为何病人已经气虚阳衰，不思饮食，进补无效，喝了硝黄这样泻的药反而得救了。严之慎解释信王确实是气虚阳衰，积食挟感，照理用解表消导的方子可以治愈，但是他的体质实在过于娇弱，如果不先解除积食，过早过补，那就是不仅不能除邪，反而是助邪为实，以致积食与邪热全都滞停在体内，并且，脉象沉实有力，粪便秽臭，都是内结的症状，除消内结，当然要用泻药，硝黄厚朴生大黄，看起来猛烈，是狼虎之药，但是正因为猛烈，清热泻下才有神效，所以一剂而愈。众人一听，都极心服。

赵构果真要赏赐严之慎。下旨让他以御医的身份留在御医馆。还附着安排了严之慎的女儿严茯苓，说是给她参加宫廷御医考试的机会，如果通过，也可以留下做个女医，如果通不过，就进慈元宫为宫娥。显然，对于严茯苓的安排，少不了吴贵妃的恳求。

严之慎父女对圣上的旨意，也就只能从命了。

严之慎还是跟严茯苓说，她还是去慈元宫比较合适，有吴贵妃护着，总归好些。严茯苓却断然说，她才不做服侍人的宫娥，要做，当然是女医。严之慎想想也是，到底是正经的当朝公主，怎么可以埋首做宫娥？

严之慎提醒女儿："为父早年就听说，宫廷女医考试那是过五关斩六将，能够顺利过关的都是百里挑一，相当艰难的。这其中的难，不仅仅是试题的难，而是关关有卡，卡卡有难，是人为的难。"

严茯苓："再难，女儿也不怕！"没有遇到难处，当然是初生牛犊之言。可如今严茯苓心里惦记的，还不是考女御医的事，而是刚遇到的疑惑，所以她问："爹，号称天下神医的王继先，真治不好赵璩的病吗？"

严之慎一笑，说："看来，你也看在眼里了。"

严茯苓也笑，说："还是想听爹爹怎么说。"

严之慎："这就是宫里的微妙，能治却不治，或者说不肯轻易给治愈，这其中肯定隐藏着什么。而隐藏着的到底是什么，我们不知道，只是那黑暗中的东西迟早会见光，会慢慢浮现，大白于人。"

严茯苓点点头，说："小的时候在宫里，都觉得宫里人一个个人模人样，这次回来再看，虽然没几天，已经觉得太多的人具备了人模，却不具备人样。"

严之慎只说："有想法压在心里，别说出来，万事谨慎。"

很快，私底下有人悄然说，一个说赵璩生病闹出来的余震还没结束，到时候可能会震到一个人。另一个问震到哪个？这一个却不肯道明，只说等着瞧吧。

岳家军营，岳飞做出决定，同意金人的条件，拿聂儿孛堇交换邓自明，另外对于退营，岳家军可以退，但是金营也必须退，各自后退十里地。

众兵将一听，都觉得岳将军这回不可思议，竟然肯这么做，那是向金人妥协让步。带头反对的就是邓元亮。他说："万万不能退营！岳将军要是因为顾念属下我邓某以及小儿自明，那你可就是罪人，你的罪名就是假公谋私！"

邓元亮一面说，一面还要提刀冲到岳飞跟前理论，大声喊："你岳将军要是跟金狗妥协，那是我邓元亮认错了人！我还会继续跟金狗拼死！我的儿子邓自明你们甭管，就让他死在金人的刀下，就算被金人砍了，还算是个英雄，总比做缩头乌龟强！"

岳云多少懂得父亲的心思，明白父亲的为人处事，所以拦住邓元亮以及众将，一面说："邓叔叔，各位，先冷静，听我父亲解释。"

岳飞说："虽然岳家军后退十里地，对战势有所不利，但是金军同样后退十里。他们退后十里可就退回长江北岸了，而且，在不动兵马枪炮的情况下，能够让金军后退十里地，至少给这十里地上的百姓免除了灾难，带来了平安。而这十里地上有万千百姓，他们都在这乱世中深受苦难，他们对和平早已经望眼欲穿，他们都是我大宋的子民啊！"

岳飞说："打仗不是为了流血！而是为了不流血！杀死匈奴，铲除鞑子，也不是为了要取他人的性命，而是为了消灭挑起血战、践踏百姓与和平安宁的人！"

岳飞还说："我们抗击金虏，要做的不仅是收回大宋国土，还要收回民心啊！只有爱民护民，时刻为百姓的安危着想，才能让大宋的子民归心啊！"众将听了，纷纷点头赞是。

岳飞还说了，交换俘虏，也不全是为了自己顾念邓自明的私心。作为带兵将领，营中每一人不管是兵是将，都是跟自己血肉连心的，哪一个出意外都会让自己痛心疾首，而有条件避免意外，为什么不利用条件？一番掏心刨肺的话，众人哪里还会不明白将军的心情。也就誊写了回复函，让来使的金兵带回金营。

金营，完颜亨接了文书，先交给完颜兀术过目。完颜兀术看过，没有动声色，只递还给完颜亨，让完颜亨也看看。

完颜亨看完一下子跳起来，说："这个岳家军，竟然跟我们大金国谈条件？"完颜兀术颔首，不置可否地一笑，并没有说话。

完颜亨再说："父王，孩儿也顾不上聂儿孛堇了，出去就把押在营里的那小子给宰了，马上再跟他们打一仗，出这口气！"

完颜兀术却轻轻摆一摆手，说："不，要答应他们的条件。"

完颜亨："父王，凭什么呀？后退十里，我军不是返回江北了？"

完颜兀术："亨儿，你要知道，大仪镇一战，我们这支队伍的实力已经下降了三成，要是继续坚守目前的阵线，其实是力不从心了。如果后退十里，凭借长江北岸相对牢固的局势，正好可以休整，等兵力回升，给养添足，再过江不迟。"

完颜亨："可我们的要求，是要岳家军后退三十里地！"

完颜兀术："小子，你没有听说'撼山容易，撼岳家军难。'人家这次答应后退十里地，已经是做出很大的让步了。"

完颜亨："孩儿明白了，听从父王安排！"

完颜亨一个人坐帐中，一边的桌子上放着酒壶和杯子。一面喊上侍卫，让人把邓自明押解进来。只见邓自明披镣戴铐，人形黑瘦。完颜亨看了一眼，吩咐手下把邓自明身上的镣铐除了。邓自明不由得捏一捏自己的手，看来是酸麻得不行了。完颜亨还说让邓自明坐下。但是邓自明显然不买完颜亨的账，瞪着一双眼睛，直挺挺地站着。

完颜亨笑一笑，说："小兄弟，要是你我之间没有关系家国利益的战争，凭你我初识的缘分，是不是可以成为异族的好兄弟？"

邓自明："小爷我才不跟金狗做兄弟！"

完颜亨："小爷？这么跟金少主说话，不怕被一刀宰了？"

邓自明："你就一刀宰了吧，干脆点。"

完颜亨："小兄弟，有几分骨气。不过宋国像你这样不怕死的人有，但是不多，更多的是贪生怕死，包括你们朝廷中的帝王将相。那些人实在是不值得你为他们卖命。"

邓自明："给谁卖命，都不会给你们金狗卖命！"

完颜亨听着，突然恶狠狠地指着邓自明说："不识抬举的小子！你听着，用不了多久，整个宋国都将是我们的，天下就是金国的天下，宋人也将全部是金人的奴隶，到时候，再看你还能为谁卖命！"邓自明没有再说话，却在鼻子里哼了一声。

完颜亨只得又耐下性子，说一些劝慰开导的话。总之，邓自明肯定听出来了，完颜亨是想以他的话语来攻心，让邓自明变节，还要让他成为金人隐藏在岳家军营中的耳目。

完颜亨说什么邓自明充耳不听，他的目光倒是落在了帐壁上，那里挂着一幅画，是人像。邓自明睁大眼睛盯着画像看了好半天，看清楚了。邓自明不由自主地问："你怎么有她的画像？"

完颜亨顺着邓自明的目光，也看了画像，问："你认识她？"邓自明却又不肯说话了。

完颜亨暗中狡黠一笑，说："你知道她是我的什么人吗？"

邓自明惊问："她是你的什么人？"

完颜亨："恩人！"

邓自明："恩人？怎么会？"

完颜亨："因为她救了我，所以是恩人。"

邓自明："她会救你？"

完颜亨："你真的认识这个人？"

邓自明差点脱而出她是我的妹妹，但他到底忍住了，只是摇了摇头。完颜亨也没有追究，只说："小兄弟，我们不杀你，让你回去。"

邓自明："让我回去？"

完颜亨没有回答，拿起桌上酒壶，往杯子里倒了一杯酒，再说："为了祝贺你返回岳家军大营，喝了这杯吧。"

邓自明摇摇头，说："我不会喝酒。"

完颜亨："这杯酒不喝，恐怕由不得你了！"递到邓自明嘴边，邓自明抬手想要挡开。完颜亨的眼睛里露出凶光："敬酒不喝，喝罚酒，是吧？"忽然手一挥，门口几个狼虎兵将进来，一下子按住了邓自明。

完颜亨冷笑着，举起杯子，还盯着杯里的酒液好好地看了看。然后，他把酒液倒进了邓自明被人掰开的嘴巴里，让邓自明吞了下去。

完颜亨阴险得意地说："小兄弟，谁让你不听哥哥的话，哥哥只好给你喂了毒酒。不过这不是叫人过喉就毙命的鸩酒，而是慢性毒酒，缓缓地发出毒性，等你回去后，要是听话，哥哥会给你解药，你要是再不肯听话，就等着死吧，到时候，五脏六腑全都会烂掉！"

邓自明怒骂："金狗！"

完颜亨却不恼，放了三件东西在桌上，分别是一张纸，纸上写了字，一把匕首，还有一只小瓶子。

完颜亨指着东西再跟邓自明说："拿着吧，纸上是哥哥希望你办到的事，另外两件，是你办事需要的工具。完成了，来哥哥这里交差，交完差，给你解药，并且哥哥保证再也不会找你的麻烦。"

岳家军营，上下将士正在退营做准备。这些天，营里出现了一件让将士纳闷的事情，那就是连续几天了，都没见到岳将军。往常，岳将军只要没有出营，再忙，也一定会抽时间看望将士，或者参与训练。可这几天，并没说他出营了，但却没有见他在营里现身，这是为什么呢？

所以，将士们不由得担心，岳将军他是不是病了？只是，将士知道军营中的纪律，不能随意打听事情。所以他们心中虽然有所担心，也还是跟往常一样紧张有序，不会有丝毫懈怠。

帐营里，岳飞竟然坐在床上呢，不过，他的脸色灰白，身上还裹了被子，一面冷得直打哆嗦。看起来真的是病了，看来，这病倒是最不会徇私的，管你是男女老幼，是帝王将帅还是平民百姓，一律对待。会叫帝王失江山，能把将军拉下马。岳云和邓元亮正在床前侍候，都不免苦了脸。

岳云："父亲，在退营的骨节眼上，你担心军心松动，扛着病不让说出去，可是这样扛下去，总不是办法。"

岳飞："没事，很快就好了。"

邓元亮："军医把能想的办法都想了，药也吃了，但是眼看着将军的病情不见减轻，而是每日加重。依我看，还是赶紧报告朝廷，让朝廷派医吧。"

岳云："是啊，父亲，还是按邓叔叔说的办吧。"

岳飞听着却摆摆手，坚定地说："不可！"

邓元亮："岳将军，好兄长，你就想想，万一你这个时候倒下了，叫愚弟我和云贤侄怎么办？岳家军怎么办？大宋的江山又怎么办？"

岳飞叹了口气，说："朝廷中金人的耳目众多，怕万一走漏我岳飞生病的消息，传到金人耳中，金人会趁危而动。"

邓元亮："也是。"

岳云："可父亲的病体不能这样拖下去呀，怎么办？"

邓元亮想了想，忽然有了办法，跟岳云说："贤侄，就跟朝廷报我邓元亮病重，要求马上派医。"

岳飞："贤弟，这算什么话？"

邓元亮："就这么报，报病重危急，还有传染性，让朝廷急速派医，越快越好。云贤侄，不要耽误，快快去报！"

岳云看了父亲一眼，看到依旧颤抖厉害的父亲，只得说："好吧。"

宫中，赵构还在追究一件事情。也就是，当日是赵眘拿了冷糕点给赵璩。赵璩吃了赵眘拿来的糕点才大病一场。那赵眘他，有什么居心吗？是不是故意这么做？

赵眘他，为什么故意呢？那还用说，争嫡夺位呀！他们两个都是太祖后脉，又同时过继在赵构名下，同为皇子，也算是手足兄弟，但他们又是竞争者，他们两个人当中，只有胜出的一位才可能被册立为皇太子，成为宋室赵家皇权的继承者。

目前，他们的目光是不是都已经盯紧了皇太子的那宝座？你上座，我失利，我上座，你失利。你死我活，我活你死。很可能，他们年纪尚小，不会懂得竞争，也不会干出你死我活的事情来，可是，他们的背后有人，有指使的人！

　　赵昚的背后是赵子偁，秀安僖王，还有慈元宫。赵璩呢，自然是赵子彦，宫中三品带刀领卫，当然还有蕊珠宫。而且，宰相秦桧也暗中提醒了，要皇上查一查，不要让才进宫的小皇子就死得不明不白，到时候让后宫争斗，传出来贻笑朝野。当然，秦桧的话很明显是指责赵昚，袒护赵璩。在朝中需要以沉稳来撑大船的宰相，怎么会私心袒护信王赵璩？又为什么排斥建王赵昚？或许，是宰相更喜欢赵璩吧。

　　赵构先唤来慈元宫和蕊珠宫中的侍应，听一下他们说的情况。两宫的侍应竟然都说，两位小皇子平时友好得很，一个呼弟弟，一个唤哥哥，只要有空，总会在一起读书说话。而且做弟弟的黏哥哥，做哥哥的也总是照顾弟弟。

　　赵构听了也就想到，当初问赵璩谁给他吃了冷糕，他一直不肯说，看来是怕连累哥哥赵昚。觉得两个孩子之间相处融洽，关系和睦，倒也是件令人欣慰的事。当然他也相信小小年纪的孩童不会生出狼虎之心。那么，是不是真有背后什么人在指使？

　　赵构还没把内宫发生的事情理出个头来，忽然得到急报，说是岳家军中有人病重，要朝廷急急派医救治。赵构以为是岳飞病重，吓了一跳，看看军报，幸好只是一名中将。虽然庆幸岳飞没有得病，但一名中将生病，给朝廷发急报，还要朝廷急速派医，到底让皇上心里有些不乐意。想想，要是各路军马都这样，朝廷连同宫里的医人够用吗？

　　却又想，现在正是倚重岳飞岳家军的时候，不能因小事让他们心里生出罅隙，而且岳飞平时很少向朝廷开口，既然难得开口一回，那就成全他吧。一面把事情跟秦桧说了，问宫里哪位御医派往岳家军营合适。

　　秦桧当然提议派出王继先。因为王继先去了军营，就可以摸清军营的底细，回来后肯定向秦桧汇报，而秦桧呢，正好又可以向他暗中的主子邀功了。但是赵构好像并不乐意王继先去岳家军营，不知道皇上对王继先多少有点戒心，还是担心岳飞不乐意接受王继先，竟然说："朕离不开王太医，外面的事另外安排人吧，依朕看，新进宫的严太医可以当此重任。"

　　既然皇上发话了，那还有什么说的，马上派人通知御医院通知严之慎，让他马上准备行装，赶往岳家军营。

　　严之慎听了，能为岳家军效劳，倒是挺高兴，只是不放心女儿严获苓，提出带着女儿一同前去诊治，说女儿严获苓可以做自己的助手。宫里也就同意了。严之慎父女两个，又能出宫去了。

岳家军营，严之慎父女快马加鞭赶到。进营一看，只见士兵装束整齐，神情亲和安定，营户之间井然有序，心里不由暗暗赞叹，到底是岳飞整饬的队伍，果真不一样。一会儿，被人带到一处大帐前，说岳将军的中军帐到了。守门的侍卫说稍等一下，先进去通报。不待通报，帐门打开了，一个年轻有力的声音传出来："大夫到了吗？"

严茯苓一眼认出了，这人可不是别人，正是两次救了她的那位大哥哥。严之慎自然能猜到眼前这位体壮身强的年轻人是谁，倒还没来得及仔细看人相貌，听到问询，连忙说："小人严之慎，正是朝廷派来的大夫。"

岳云惊喜地说："御医大夫到了，太好了。"严之慎这时候定睛看了人一眼，觉得面熟，想了片刻，朝严茯苓问："这位少将，好像在哪里见过。"

严茯苓提醒："爹爹，在神仙谷。"

严之慎想起，说："对了，少将军救过小女。"

岳云也想起来了，说："原来就是神仙谷中有一面之缘的高手大夫，你们可帮了岳家军大忙了，岳云在此深谢！"说完，给严之慎父女深深鞠了一躬。

严之慎父女两个一时不明白给岳家军帮过什么忙，但不及细问，进营给瞧病要紧。

严之慎、严茯苓随着岳云走进帐中，竟然见到了邓元亮。没想到故人在这里相见，严之慎与邓元亮不由相互执手，千言万语尽在掌心里。邓元亮再见严茯苓，见她又安然站了自己的面前，而且长高长大了，都快长成大姑娘了，十分高兴。严茯苓便冲了邓元亮叫爹。岳云不明白怎么回事，问邓元亮怎么还有个女儿。邓元亮说等忙完了再慢慢跟他说。严茯苓又问起哥哥邓自明。邓元亮也说忙完了再说。

原来得病的人竟然是岳飞将军，严之慎便不再说什么，赶紧来到岳飞榻前一看，只见岳飞已经两眼深陷，眼圈发黑，脸色灰白，只是脸面的神色依旧泰定。

岳飞见到来人要挣扎起身。严之慎连忙上前按住岳飞，让他别动。自己坐下来，伸手将自己的手指按上将军粗实的手腕。把过脉，严之慎说："脉象迟，但不沉，而是数。"

岳云说："不是说数脉就是体内有热吗？可我父亲冷得发抖呢。"

岳飞也开口说了，说是军医也早就给把脉诊治过了，倒也说是寒症，用了解表驱寒的药，也用过清谷养阳的药，有五石散之类，但是都没见效。

严之慎说："将军的寒症是寒邪使腠理闭塞，阴气纵行，阳不得泄。"岳飞听着严之慎的话，点了点头。岳云脸上带着疑惑神情，或许对父亲的病理病因还没能听得十分明白，但有神仙谷一遇，他对严之慎的医术却是极其钦佩的，也就不再迟疑，恳请严大夫早早下药治疗。

严之慎却说："不用药，只劳累将军起床，去校场坐下。"

岳云一听，不由苦下一张脸，心里肯定想，我父亲已经病成这样了，怎么去得了校场？又让他去校场干什么？他受得了吗？可是不待岳云说话，床上的岳飞说："听大夫的，云儿，快扶我起来。"

大义凛然的将军，虽然病体极其虚弱，断然坐起身来下了床。只是，岳飞到底怕冷，身上的被子还没除去。严之慎一见，坚持说："不能裹被子！把衣服也脱了！"

岳云听着，再忍不住了，用带着哀求的声音说："大夫，我父亲冷成这样了，怎么能让他连衣服也不穿？"连邓元亮也说："严兄，这是冬日霜雪天，好好的人都得穿棉袄了，何况病人。"

岳飞却什么也不说，自己除下被子，脱了衣衫，咬着牙关，说一声："去校场！"岳云和邓元亮要扶岳飞，岳飞一甩手，坚定地说："我自己来！"身体打着哆嗦，但是努力正了身子，一步步朝门外走去了。只见岳飞在校场上坐下，赤裸着上身，熊熊虎背，并没有因为生病就弯缩，背上竟显露出四个黛色字样：精忠报国。

母亲大义儿忠良，母亲送儿上战场。母亲用心的尖尖刺进儿的背背。儿子用一生来背负母亲的心愿，为国为家为百姓天下拼杀。顶天立地中华男，笑看三十年功名如尘土，追逐八千路云和月，不等闲。

看着将军威凛的脊梁，营里的所有将士以及严之慎父女，莫不热血冲撞心头，暗暗发誓要与将军同生死，相追随。严之慎又让岳云准备水桶，桶里装满水，是凉水。

严之慎要水，没有人拿水。要知道，岳云虽然听清了严之慎严大夫的话，但是他想，这时要凉水干什么？会不会是拿凉水泼自己的病父？怎么可以这样？所以，岳云做不到！

严荄苳一看没水，她马上起身自己去拎。很快，拎来一桶水，只是一路颠着，拎到时只剩得半桶。放下，严荄苳没有停歇，再去拎。这时，严之慎拎起水桶，来到岳飞的身边，看样子，确实是要拿水往人身上浇。岳云再忍不住了，飞身扑上前，一把抓住桶把，大叫："严大夫，不要胡闹！我父亲已经这样了，你再浇冷水，是不让他活了！"严之慎也厉声大喊："少将军，将军的病情再也不能有片刻耽误，快放手，你只管准备水去，保证随时供上！"岳云还是不肯放手。

岳飞发言，只说："放下！治病就得听大夫的！"岳云没办法，只好放手。只见严获苓一个人继续奔跑着，继续拎水。严之慎一把拎起水桶，还不是往岳飞身上浇，直接就是泼上去。要知道在这冬日里面，虽然不是冰雪严寒，但凉水浇上去，只怕一个好好没有生病的人，也会被冻僵。

再看岳飞，在棉被包裹下还是打哆嗦，现在冷水泼身一样在抖，到底是铮铮铁骨的人，就算是体表止不住哆嗦，身子还是坐正了。就像咬住地面的钢铁人，任凭冰水浇身，而他岿然不动。

严之慎没有停下来，一桶一桶地泼水，泼了一桶再来一桶。士兵见了，都和严获苓一起拎水供应，一个个来回奔跑。后来，岳云也加入拎水队伍中去了。浇了足足有一百桶水，奇迹出现了，只看到岳飞的身体不是被冻僵了，而是冒出了热气。那热气越冒越多，越冒越浓，蒸腾起来，袅袅上升，形成了一片云雾。

看那阵势，果真是云蒸霞蔚般壮观。

严之慎终于停下来，喘上一口气，朝拎水的众人一摆手，说："够了。"却再要一只碗，在桶里舀了一碗凉水递给岳飞，让岳飞喝下。岳飞接过来，二话没说，一口干掉了。不一会儿，只见岳飞从雾团中站起身来，高喊一声："爽快！"

当下，严之慎说岳飞体内的寒气已经尽数排出，阳气通畅，没事了。一时间，在全营官兵将士的眼睛里，又现回神武将军的腾龙跃虎之躯了。

岳飞连忙感谢严之慎，赞叹高人高技，让岳云好好跟人家道谢。岳云对着严之慎还有严获苓一再鞠躬，为自己的浅薄道歉，向恩人道谢。众人便一起步入帐中，再叙情谢恩。

岳飞跟严之慎说起一件事，在大仪镇一仗中俘虏了一名金将叫聂儿孛堇，如今还关押在营中。说他当日中了箭，虽然拔矢治疗了，只是他不肯配合治疗，伤口还没好全，如果继续糜烂下去，很可能会伤及性命。岳飞的想法，是让严之慎父女也给金人瞧瞧。

给金贼治疗？严获苓一听，先嘬了嘴巴。然而岳飞说："虽然我岳某恨不得马上拧下金营的全部人头，但是对于一个手上并没有拿刀的人，哪怕他的兵器刚刚被卸下，只要他目前没有能力与你对抗，那么在你面前的这个人，不管是什么人，他首先是个人，是人就必须给他人的待遇，饿了给饭吃，有病让他得到医治，这是我们军营对待俘虏的政策。"

严之慎听了点点头，赞同说："岳将军这话不仅是英明大义，而且入情入理。军中以人为本，医者也应该一样，面对病人，不管是敌人还是朋友，只要他有人的身体，你就要把他当人来治疗。这是一个医者的职责，也是人的职责。"岳飞也点点头，一面笑着问严荻苓："贤侄女，你可明白？"严荻苓听着，脸上有些发热，却说："岳将军，荻苓明白了。"

马上，严之慎带着严荻苓走进军营中的关押房。看见了那名叫聂儿孛堇的金将就在押房内，只见他发须蓬乱，衣衫污秽，一双眼睛还在大大地瞪着，露出凶光，就像随时会咬人。而他的胸前挂着根带子，带子上吊着手臂。

严之慎上前，向聂儿孛堇表明自己的身份，说要给他治疗创伤。但是聂儿孛堇毫不领情，像之前一样不肯配合医人，用另一只没伤的手高高举着，坚决不让人靠近。或许，他害怕被人算计；或许，他宁愿死，也不肯接受汉人的好意。

面对一个胡族猛将，严之慎一时也不能上前。这时，却见聂儿孛堇的一双眼睛凝了一下，开始盯向前面。一看，他是盯着前面的一个人。谁呢？是跟爹爹严之慎一同前来行医的严荻苓。见那样一个人盯着自己，严荻苓看着不免有些害怕，一步步往后面退去。聂儿孛堇却说话了，他说："姑娘，我认识你。"

严荻苓不敢相信，一个关押着的金人竟然认识自己？聂儿孛堇再说："姑娘，你可还记得，当日是你救了我家少主的命。"严荻苓有些慌乱地摇摇头，说："没有，我不知道。"

聂儿孛堇的脸竟然出现了笑意，语气和缓地说："姑娘忘了吗，在一个路边的亭子里，我家少主因为赶路中暑昏厥了，是姑娘给他吃了药，把他治好了。"这回严荻苓听明白了，也想起来，不由跳起来，说："什么？你们是金人？"

严之慎听着，倒接口说："是有这么回事，我也想起来了，既然以前就认识，那就请配合一下，让我给你看看伤情。"聂儿孛堇还是说："不！"金人倔强，看来是无计可施了。

聂儿孛堇却又开口了："要治，就请这位姑娘给我医治！"严荻苓一听，让自己一个人给金人治疗？心里不免有些为难，要知道，她正为自己在不知情的情况下救治了金人而懊悔不已，现在明明白白知道对方是金人，还要再亲手给他治疗？而且，让她一个年轻女子去靠近这黑毛怪人，到底心头发怵。

严之慎却鼓励严荻苓，说既然病人提出要求，那么就满足他吧。严荻苓听爹爹这么说，只好从爹爹手里接过药具，憋着气，提着胆，一步步上前，走到聂儿孛堇跟前。正要给聂儿孛堇解衣撩袖，却见他一扬手，竟然一把撕了自己的衣服，让手臂袒露出来。连忙一看，果然有一个大创口，周边的肉已经发黑了。

严荻苓咬着牙齿，给创口擦洗了，接过爹爹递来的小刀，去刮除腐肉。捏着小刀，不让自己的手抖动，就着黑紫色的腐肉，一点一点地刮。一面刮时，满鼻子一股馊肉味，差一点吐出来。刮了许久，直到看见血红的新肉，再放下刀，慢慢给敷上金创药。

聂儿孛堇好像一点不觉得痛，竟然还笑着，说："再次谢谢你了，姑娘。"还说，"我家少主也忘不了姑娘的恩情，正在找你呢。"金少主还在找她严荻苓？听到这句话，严荻苓的心头可真不是滋味。

严荻苓却没说什么，只是把带来的药递给聂儿孛堇，告诉他怎么吃。一面收拾了东西，和爹爹从押房出来。走出押房，严荻苓忽然感觉自己想哭。

忙完了事情，严荻苓总算松了口气，她再次向养父邓元亮问起哥哥邓自明。邓元亮这才一五一十地把邓自明的事情说了，说现在还在金营，不过岳家军与金人已经谈好条件，很快就能够回来了。严荻苓更加痛恨金人的狡诈龌龊，也恼恨自己在不知情救了恶狼。听说哥哥能够安然从金营回来，心里多少还有些欣慰。

邓元亮还跟岳飞父子说了一遍他和严家的深情旧谊，当年的劫难以及严之慎舍女护人的义举，堪比古时程婴，叫人没齿难忘。当然，他没有提及严荻苓的身世。为人保守秘密，以心为池，以胸为墙，以一辈子为期限，是君子仁士的不二选择。而严荻苓的两位养父，便都是这样的忠仁之人。众人也都赞叹严之慎医者仁心，也安慰严荻苓说劫难过去了。

几天后，岳家军营退营，待安营扎寨安顿好了，两军进行人质交换。一时间，军营上下，都盼着邓自明能够早点平安归来。

这一日，聂儿孛堇从押房出来。脸面倒也收拾过了，衣着整齐。一条手臂挂在胸前，看起来创口还没有痊愈，只是从他的步态看，创伤显然比先前好转了。只见他皱了一下眉头，再抬头看看天，然后睁大双眼，朝眼前的人群扫去。前面的营道上站着不少人，连大将军岳飞也在列。

众人也都看着聂儿孛堇，个个心里明白，在他们面前的是金人，是践踏大宋国土江山、杀人不眨眼的一个恶魔。放他走，那是解龙入池，放虎归山。谁都想抽刀拔剑一刀砍去，把那颗毛蓬蓬的大脑袋给砍下来。但是为了战略，必须遵守军纪，也就只能眼睁睁地看着金国大仇人，若无其事地在众人面前一步步走过。

聂儿孛堇没有急着出营，只见他来到岳飞的面前停下脚步，双手行礼，给岳飞深深地鞠了一躬，说："岳爷爷英武，在下佩服得很。"说完，转身竟然又走到了严荻苓的面前，给严荻苓也鞠了一躬，说："多谢姑娘！"

严荻苓看着，一时心里慌乱。她想，这金人给自己鞠躬，还给自己致谢，身边的人会怎么看自己呀？连忙看看众人，却发现众人看她的目光一片平和，也就松了口气。

聂儿孛堇走了。邓自明也很快回来了。小伙子显然黑瘦了许多，一双眼睛依然明亮，只是眼神里似乎带着忧虑，一看就怀有心事。邓自明见了岳飞连忙下跪行礼。岳飞一把拉他起来，说了许多劝慰的话。接下去，邓自明又给父亲、岳云等人一一行了礼。

父亲邓元亮少不得拉着儿子说了责备的话，说他把整个军营连累了，整整向南后退了十里地。邓自明听了大哭，说要是因自己影响到战事，自己就是千古罪人。众人也都安慰邓自明，说都怪金人狡诈，害苦了他，退营的事情也是战略需要，不能怪他，要他不要伤感，好好休养。

严获苓等邓自明的情绪稳定些才敢上前，叫一声："哥哥！"邓自明转头看见了严获苓，细细地看了一眼，脸上却没有一丝激动，只见他的目光里一片阴沉，竟然说："我不认识你！"

严获苓连忙说："哥哥，哥哥，你怎么会不认识我了？"邓元亮也连忙说："儿呀，是你妹妹瑗瑗呀，她现在的名字叫获苓，跟你严伯伯学了医术，一起行医，刚刚治好了你岳伯伯的病呢。"邓自明却还是气呼呼地说："我没有妹妹！"

邓自明的话让众人惊愕。却见他再不说话，忽地一转身，独自走进了帐篷。

邓元亮在儿子身后追问："小子，你怎么啦？"

严之慎说："贤侄可能误会我们了。"

岳飞说："自明贤侄是个忠厚的孩子，这段时间肯定受苦了，让他好好休息，等他休息好了，大家把误会的事说出来也就没事了。"大家齐声说是。

严之慎和严获苓又来到营中给有病的士兵治疗。长年作战，难免都有些旧伤，还有肝旺便秘的毛病，都一一给开了方子。对身体强壮的，也教给一些预治的方法。将军纷纷提出来，要严家父女留在岳家军营，说有他们这样的高手大夫作后盾，他们抗金的劲头更足，整个岳家军的战斗能力也就越发强大。而严之慎父女又将如何决定？

赵璩食糕病危一事，赵构把他的疑心指到了赵眘之外一个人的身上。是谁？没有人想到，他这次怀疑的竟然是吴贵妃。

为什么会怀疑吴贵妃？要知道，她和皇上可真是患难伴侣，从北到南，山高水远，一路相伴过来。并且吴贵妃性情沉静，并不太过问宫内外的大小事情。怎么就怀疑她了？

是潘婕妤说了，糕点是赵眘从慈元宫带到蕊珠宫的。赵眘当时说过，是贵妃娘娘吩咐人特意做的。而那糕点呢，她看过，也不特别，是元贞枣泥糯米糕。

不过潘婕好还说当时送来的时候璩儿并不在跟前，也就让他们先放着。之后宫娥报说王继先王太医过来请平安脉，她也就进了内室。

赵构想，吴贵妃送来的，让孩子吃了病成那样，她好歹是脱不了干系的。至于别的，也是免不了要思量一下了。思量什么？后妃皇子都是自己身边的人，都是跟自己亲密的人。难道，他们真会干出见不得人的事情来？赵构的心里一时麻乱，难有定论，也就想到将宰相秦桧找来，他的心思缜密，让他给说说。

果真招来了秦桧。秦桧跟赵构分析了，他说，如今在后宫，并没有册立皇后，最有可能被立的当然是吴贵妃。但如果赵璩被立为太子，那皇后甚至皇太后就很可能不是吴贵妃而是潘婕好，甚至是别人。如果赵璩没有被立，或者干脆出事了，那么太子和皇后是不是非慈元宫莫属了？

赵构听秦桧这么一分析，不由一下子跳起来，"啪"的一声，一巴掌拍在了龙案上。只听得赵构大骂一声："祸害！"要知道，害人利己，铲除异己，甚至垂帘听政，牝鸡司晨，从古至今，后宫都不乏这样的好戏。想到这些，天子怎么能不震怒？

秦桧见龙颜盛怒，不由低头暗笑，告退出门。

赵构也就没有再多加思量，马上让人给慈元宫传了一道圣旨，让吴贵妃闭门思过。一面派人告知赵子彦，让他给蕊珠宫增派守卫，以防万一。

赵府，赵子彦跟严枳实说了，目前宫里急需人手。而他作为领卫，最信得过家丁严枳实，让严枳实随他进宫领职。进宫成为一名宫廷守卫，在帝王身边任职，那一定比待在小小的赵府强。可是，严枳实的心里却舍不得离开赵府。因为赵府，有一个让他情牵梦萦的人呀。

那个人似乎高高在上，令他只能遥望，可是，哪怕只能遥遥望一眼，就会让一个情窦初开的年轻人感觉多么美好。

只是让人进宫，不想进也得进。严枳实收拾一下自己简单的行装，又悄悄来到了后院。在后院一角果然见到了姣娘。一眼看去，那个人，越发消瘦了。严枳实的心里，不由地暗叹气。严枳实上前，把进宫的事情跟姣娘说了。姣娘却又把严枳实带到了一边，再跟他说话。这一回，姣娘含了泪说："弟弟，你走了，姐姐在这里就更孤苦了。"

严枳实好想把眼前人搂进怀里，好好地抚慰她，给她温暖，也给她希望，却还是不敢。只说："府上需要，可以叫我回来。"

姣娘抹着泪，说："走吧，那里比这里好。"严枳实听着，只摇摇头。

姣娘突然换了语气，断然地说："姐姐心头有桩秘密，必须马上告诉你，因为姐姐怕自己万一死了，就只有他知道了，所以现在姐姐要说给你，到他无法无天的时候，你就把事情告诉一个人。"

严枳实："告诉谁？"

姣娘："秦桧！"

严枳实："宰相？"姣娘重重地点了点头。

姣娘伏在严枳实的耳朵边，飞快地说了几句话。严枳实的眉头不由得皱了起来，却还是说："放心，我记下了！"

姣娘再拿手帕拭了眼泪，似乎想到了什么，把手里的帕子递给了严枳实，说："弟弟，你要走了，姐姐也没东西在身上，就这块帕子，还是你捡到还给姐姐的，就留着做个念想吧。"姣娘把手帕塞给严枳实，到底怕旁人看见，也就不再多停留，悄悄地走了。

留下严枳实一个人，他站了一会。只见他把牙齿咬紧了，在鼻子里说一声："我要杀了他！"

第十章　吴贵妃服糕卸冤屈
茯苓女试院遭诬陷

岳家军营帐里传出了琴声。听出来了，是《潇湘水云》。琴声里，碧波漾开，云烟苍茫，轻舟漫语，人随天水，天人共风波，忽然，骤转风雨欲来，波浪激扬……

岳云走到帐中，却原来是严茯苓在弹琴。只见"和云"摆在了她的面前，而她那纤长的十指，正在琴弦上熟稔又娴美地挑抹。岳云放轻了自己的脚步，慢慢地走过去。一时间，觉得眼前那个身影，那一双灵动的手，好像见过，似曾相识一般。

琴声却断了。严茯苓见了岳云，连忙停手站起来，低了头说："云哥哥，我动了你的东西。"

岳云说："你弹得真好，一直练习吗？"

严茯苓说："只是小时候弹过，许多年没碰了，都生疏了。"

岳云的神情却有些恍惚，像是在回忆什么，一面说："在我的记忆里，有一位姑娘，是一位好看又高贵的姑娘，她会弹琴，弹得跟你一样好。"严茯苓悄声问："那位姑娘，是云哥哥的亲人吧？"

岳云说："不是亲人，胜似亲人。"

严茯苓再问："姑娘现在哪里呢？"

岳云："人世苍茫，不知道她现在在哪里。不过我一直记得她，记得她有个好听的小名，叫瑷瑷。"

严茯苓听着，脸上不由红漾一下，连忙深埋了脸，说："云哥哥，我来把琴收好了。"岳云却说："刚才的曲子还没弹完呢，再弹一遍吧。"见严茯苓想推托，又说："营中将士们听多了铿锵刀斧声，让他们也听听柔美的琴音。"

严茯苓听了，说："那好吧，弹得不好，云哥哥要指点。"

岳云："来吧。"

严荛苓果真又坐了下来，闭目凝思片刻，重新按弦拨音。

这时候帐门移开，有一个人走进来，朝里面看了一眼，毫不迟疑地走上前去拔出剑，扣着琴弦一用力。琴弦断了，一声哑音。

岳云和严荛苓在仙音里惊回，看到身边站着邓自明，他正瞪了一双恶狠狠的眼睛。严荛苓对着砍琴人惊叫一声："哥哥！"

岳云看着邓自明不由得问："自明弟弟，你这是怎么了？"邓自明竟然恶狠狠地说："我要杀了她！"

严之慎父女还在考虑能不能留在岳家军营，却很快接到了来自宫廷的报急，说是太后病了，要严之慎立马回宫侍诊。宫里不是有御医，何况有王继先这样的高手，为何要千里报急？说是太后亲自点名，必须严之慎大夫侍诊。

既然是太后点名，自然刻不容缓。严家父女要走了，营中上下都出来送行。岳飞让严家父女保重，严家父女也请将军保重。又与邓家父子惜别，严荛苓在邓自明脸上看到一团阴沉，似乎心里真的怨恨自己。

严荛苓还与岳云告别。两个年轻人四目相对时，竟然都在对方的眼睛里看见了一脉波光。这波光似乎有些不同往常，却只是一闪而灭，似乎无力展开，或者不想被人轻易捕捉。

回宫的路上，虽然心中不免滋生即将重新被关进笼子的痛苦，却有一件事让父女俩开怀。是什么事情呢？那是因为要为太后出诊了，而有个人就在太后身边，在慈宁宫中。那是让严之慎魂梦牵系的一个人。更是让严荛苓既感激又自觉愧对的一个人。谁呀？严之慎失散多年的女儿，真正的严荛苓，如今的小蟾。

虽然先前就向人打听了，也打听到了去处，但是在皇宫，就算在同一禁墙之内，而其中的宫与宫之间看似相通，其实是相互隔离的。这个宫的主子要去那个宫走动，也必须事先通报，得到所去宫主以及守卫的同意。要想去慈宁宫这样的重地，不仅要获得太后的同意，还要得到内廷侍卫长的许可。所以身在宫里想要见到一个人，并不比宫外容易。

总算有了亲人相见的机会，父女两个也就心怀喜悦，一路奔突向南。

慈宁宫隆裕太后中了风寒，正躺在床上。潘婕好在旁边小心侍候。问起吴贵妃，潘婕好回话说，皇上让贵妃姐姐在宫中静待些日子，虽然没说反思，但明白宫里的规矩，知道静待的意思。太后听了，也就叹了口气，说等身体好些再去瞧瞧，又说想喝水。小蟾等大小宫娥团团应侍，一时听到传唤汤水，连忙端上前去。

照理说慈宁宫每日都少不了王继先等御医请脉问诊，那么太后染疾一定是御医随唤随到。可太后这回竟然点名要严之慎前来诊治，这是为什么？

原来自从王继先进宫，太后一直由他专职侍诊。王太医的医术确实高明，原先累积下的毛病倒是被他治好了。却又感觉好得不全，或者说似好非好，就好像剪了这里的干枝，冒了那里的芽，身子总是不利索。平日老是有点犯晕，又不见得太厉害。具体哪里不好，自己说不出，人家也诊不出。也就这样，一天天过着。如今又病了，王继先早瞧过，说得了风寒，并无大碍，也吃过了药，好些了，却还是没有好利索。前些天听说宫里来了位高手大夫，也就有心让人家过来给诊诊。跟皇上一说，皇上当然应诺。这个做儿子的皇上虽然跟太后没有生身的血缘，但他的血亲都远在胡漠，思亲不见亲，徒然泪沾巾，也就把隆裕太后当作生母侍奉，事事尽心。当下，就算被太后点名的御医远在军营，也立马召回。

严之慎父女赶回皇宫，来不及歇息，马上奔赴慈宁宫。到了慈宁宫一看，与别处所见有些不一样，只见墙更高门更宽，门前看守的太监侍卫也多了许多。被检查一番身体器具才被引进大门。一直引到一处楼门前，看着朱紫色门户，应该是太后的寝殿。

这时候有个人从门里面走出来，一身平常宫娥的打扮，手里端着一只盂盆。宫娥见了来人，连忙闪身让路，却又不免抬头看了一眼。这一眼，眼睛再也闭合不下来，一下子瞪大了。严之慎也早早留了心，看到宫娥朝人家端详了一眼，同样瞪大了眼睛。都认出来了，御医竟然是父亲。宫娥真的是女儿。

小蟾端盆的手抖了一下，盆中的水漾起来差一点泼出来，急忙收住了。一面张开嘴，看样子想叫唤一声父亲。要知道，生我养我的亲人哪，一天又一天，寂寞自知，委屈自知，只有梦里敢哭诉，以为今生再也不能见到双亲，可现如今，亲人又好端端地站在了跟前。哪能不想高声唤至亲？

严之慎见状，连忙用眼神制止了。要知道，皇宫禁池，生死一念间，如果私下认亲，不知道又会引发出什么样的事端呀。也就只能父女对面装不识，关情爱意唯心知。严茯苓也与小蟾对视了一眼，目光里有感激，怜惜，还有鼓励。而小蟾呢，故友相见，两个人之间还有着不一般的情缘，也就差一点闪出了泪花。

严之慎父女随太监来到内室，众女眷都闪去了屏风后面。眼前只见，低垂的罗帐中隐约躺了位白发贵妇。引路太监上前，恭敬地对榻上人说："太后，严大夫来了。"帐后苍幽地应了一声："好吧。"

严之慎和严茯苓听了，连忙跪地请安。太后倒又说话了，却说让人把罗帐撩了挂起来，再说："哀家一个老太婆，东奔西走见过多少人，怎么这会见不得人了？"待宫人挂了帐，一面让严之慎上前诊治。

严之慎见太后亲和，便上前在宫娥搬来的凳上坐下，开始望闻问切：望，看太后的脸，只见富贵团圆，脸颊间除了略见憔悴，并不见太多的病状；闻，室中檀香浓郁，遮去病人体味；问，一问寒热二问汗，三问头身四问便，五问饮食六问胸，七聋八渴俱当辨；最后是切脉。结论是体表微热，不思饮食，日夜倦怠，手足冷，脉象弱。判断太后确实是感受了风寒之邪，并不是什么大病。但是太后贵体阴虚，也就让情况变得有点复杂。

诊后开方，这药方倒是与先前的不同，有熟地、当归，还有肉桂、人参，这是肾阳与肾阴同补。既补阳，又补阴，双管齐下，也算是稀方。最后加了味柴胡。说是柴胡能引路，引邪外出。太后喝了两次药，感觉不一样了，再喝了两天，只觉得神清气爽，胃口大开。

严之慎再来复诊询安。诊治之后，说是太后已经大愈。太后听了高兴，问了严之慎乡籍，严之慎只说是唐昌人。又问严之慎行医年载，严之慎说是生在医第，从小耳目濡染，弱冠之后开始坐堂，专职至今。太后听了连连称赞，说神技磨炼得，心血养岐黄。又问跟随在严之慎身后的女子。严之慎说是他的小女，叫茯苓，也学医，如今是他的助手。

太后让茯苓上前瞧瞧。严茯苓只好上前几步，却低着头。太后以为民间女子胆小，笑着说不妨事，尽管抬起头来。茯苓也就抬了抬头。太后看着茯苓的脸，突然间凝住了神思，说："你不是佛佑吗？"严茯苓一听，连忙摇头。

严之慎连忙说："太后，小女生在草绳之家，虽然跟为父我没少走动，但也只在乡间，如今长这么大才第一次来到杭州城，太后不要责怪，她就是只小雀。"

太后听后才"哦"了一声，说："大概是哀家眼花看错了，只觉得这姑娘跟曾经宫里的一个孩子太像了。"说着，便随手拿支玉簪，让茯苓拿去玩。太后赏赐的东西，严茯苓不敢不要，赶紧接了过来。太后又叮嘱身边宫娥小蟾，要好好招待严大夫父女。

严之慎与小蟾总算有了说话的机会。小蟾先问了父母的身体，父亲和瑷瑷来宫里的原因，也说自己了近况。严之慎告诉女儿，自己和她母亲都好，家里收了瑷瑷为养女，让瑷瑷顶用了她先前的名字，还说她们两个如今也算是亲亲的姐妹。一时，姐妹四手相握，万千情分都在手心里。

小蟾还说了一件事，她说她哥哥也进宫了。严之慎听了，惊问："你哥也进宫了？怎么回事？"

小蟾说她也是承太后之命，给慈元宫和蕊珠宫的两个孩子送东西去，在蕊珠宫中，看见新来的侍卫，一眼认了出来，是她的哥哥严枳实。哥哥也认出了她，只是碍于宫中规矩，彼此并没有说话。

严之慎心里感叹，一家人竟然进宫相聚了。虽然宫中险恶难料，但不管如何，知道了一双儿女的下落，也算是把一颗提着的心略略放了下去。

想跟女儿说说她哥哥后来的变化，种种恶行，但是这里不能久待，也就没有提及，只嘱咐女儿做事勤快，多讨太后欢心，以后遇到什么事情，能得到太后的庇护。一面惜别，和茯苓离开慈宁宫。

秦桧的密房，秦桧和王继先又站在了一起。这一回，秦桧的脸阴沉着，露出明显的愠怒，对着王继先骂道："让你着意照看好皇子赵璩，你倒好，让他害病一场！"

王继先说："宰相，俗话不是说了嘛，舍不得孩子套不住狼，让孩子受点罪，才会引发皇上对慈元宫的芥蒂，这样才能给立嗣唱好前戏，打好基础。"

秦桧："话是这么说，可你不应该让他病得那么重，不当心，还把他的小命给弄丢了。"

王继先："宰相不必担心，当日要是最后还没人出手，小人自然会出手相救。"

秦桧："那你说说，是怎么让璩儿得病的？"

王继先："我到蕊珠宫请脉，听说慈元宫刚送来糕点，还是赵眘送来的，就放在桌上，一看是糯米做的糕点，我就有主意了，请完脉出宫，刚巧碰到赵璩，就主动和他聊天，多聊了几句，等他回到宫，那糕点自然冷了，小孩子不分冷热，潘婕妤对孩子又不尽心，所以，赵璩吃卜去就膈挡肠胃，大病一场。"

秦桧听了先不说别的，倒说："这个潘婕妤，也不知道整日在干什么！"

王继先："也是，每日也就宫中走走，偶尔去慈宁宫，看她整天无事可忙，不见得争权邀宠，也不见好好培养孩子为来日做个打算，真是个魂魄离守的。"

秦桧："慈元宫、蕊珠宫，一个思女一个念儿，都没把心思放在宫政上，那么后宫中也就没有尖锐的眼睛，这样也好，少了我们许多障碍。"又说，"只是连着几次，让姓严的出了风头。"

王继先："皇上还允许严家女子参加御馆女医的考试，是不是给拦下来？"

秦桧："为什么要拦？"

王继先："宫中要是让他们父女合手，我们对付起来自然难度大些。"

秦桧："不用拦，多找几个优秀的一起考试，到时候，让大家看看什么叫技不如人，这样不仅扫了严家父女的颜面，也让皇上无话可说！"

王继先："宰相英明，在下照办。"

从秦桧房里出来，王继先想，这老贼对赵璩倒是真疼上了，为赵璩生病的事，骂人家继母潘婕妤，也怪了他王继先，听语气这怪里还带着恨呢，真是老糊涂了。老贼你可要想仔细了，那个小病孩不过是你围猎人家江山的一颗棋子，用得上，留着；用不上，甩了。他骨肉亲爹赵子彦心疼还差不多，你也璩儿璩儿的，犯得着吗？

　　金兵营帐，完颜亨一个人在帐中，眼睛对着墙上的画像，手里拿着一管羌笛，正在吹奏着，却竟然是怨曲《折柳》。笛声徐缓，情怀绵长。聂儿孛堇走进来，笛声顿停。聂儿孛堇先说了回营的一些事，再说："少主，在下见到她了。"
　　完颜亨惊问："谁？"聂儿孛堇看一眼挂着的画像。完颜亨的双眼一下子放亮，大声问："这位姑娘？你真的又见到她了？"聂儿孛堇使劲地点点头，一面把衣袖卷起来露出手臂。只见他那黝黑的手臂上，现出一块嫩红的颜色，正是一块新愈的伤疤。
　　聂儿孛堇："就是这位姑娘给在下医治的，要是没有她，在下这条手臂，恐怕已经废了。"聂儿孛堇也就把自己受伤被押到岳营，严获苓姑娘和她父亲一起来到军营，还给自己治伤的事情一一说了。
　　完颜亨："她知道我们是金人了？"聂儿孛堇点点头。
　　完颜亨："她是汉人，又跟岳家军接近，心里一定痛恨我们，痛恨极了。"完颜亨说着，眼睛看看帐外，却见外面一团漆黑，他的眼睛里，也就难得地退了锐光，现出一丝茫然。不待聂儿孛堇再说什么，完颜亨又拿起笛子，重新吹奏起来。笛声一会高亢，一会呜咽，似乎豪情里裹了些许惆怅，披靡向前的节奏中也夹带了遗憾。

　　忙完了慈宁宫，严之慎想再去慈元宫给吴贵妃请脉询平安，却被告之除非有皇上的手谕，要不谁也进不了宫。以为只是宫规森严，也就没有多问什么。从嬉以吴贵妃又病为理由找到严之慎，把慈元宫的现状说了。严之慎这才知道，吴贵妃遭到了禁闭。
　　从嬉说，就因为信王得病的事，皇上迁怒吴贵妃，她说当天的糕点虽然是吴贵妃亲自点的，但是是自己从御膳房拿来，一份让建王吃了，一份吴贵妃让拿去给信王。送点心的时候，建王说想找弟弟玩，一起过去了。当时宫里没见到信王，建王就和自己一起回来了。后来，就从蕊珠传来消息，说是信王吃了慈元宫的东西得了重病。
　　严之慎说："那你拿一份同样的糕点过来。"从嬉听着走了，不一会，果真提着一个匣子回来。严之慎揭开来一看，见是糯米做的糕点，也就明白了。
　　从嬉问："严大夫，奴婢求你了，想办法帮贵妃娘娘洗脱罪名吧。"
　　严之慎："那就让贵妃先受点罪。"一面把该怎么怎么办轻声跟从嬉说了。
　　从嬉听了，展开眉头，说："奴婢回去就告诉娘娘，奴婢想娘娘会同意的。"

从嬉说完，提着匣子就走了。

严莈苓问爹爹："爹，你跟从嬉姐姐说了什么？"

严之慎轻声说："为了贵妃娘娘，能想办法就得想。毕竟她是你娘亲呀，到底爹爹给想出了什么样的办法，你就等着看吧。"

当天晚上，慈元宫急报皇上，吴贵妃得了急病，恐怕不行了，想最后再见皇上一面。赵构虽然心里责怪吴贵妃，但到底有同出生共入死的夫妻情谊，听说病重，也就推开身边的莺燕，走出露华殿，急急赶向慈元宫。

慈元宫中，吴贵妃躺在床上，果真是脸色惨白，气若游丝。一见皇上到了，还挣扎几下，想要行礼。赵构连忙把人按下了，一面问怎么回事。吴贵妃已经没有力气说话。

从嬉替主子说："皇上，自从信王得病之事，娘娘一直惦记在心，今天还说要尝尝与那天同样的糕点，让奴婢去拿。奴婢拿来之后，见娘娘午憩，就没敢惊动她，只把糕点悄悄放下，也就去了外边。娘娘醒来后说是才吃了一块，腹中就不行了。本来还想只是腹闹，待一待就过去了，哪里想到越来越厉害，竟成了现在这个样子。"

赵构："爱妃有心亲尝糕点，原来是这样，那怎么还不传太医？"

从嬉："没有皇上的旨意，门外的侍卫不让任何外人进慈元宫。"

赵构："混账！朕如今就在这里，还不快去传人！传王继先，不，不，传严之慎！"

真龙一声怒吼，下面一阵屁颠。严之慎也就很快到了慈元宫，给吴贵妃诊后，说是与当日信王一样的症状。赵构听了点头，说是吃了同样的东西。又问严之慎是不是糕点带毒。严之慎看了看糕点，解释说糕点没毒，要不可以投与猫狗一试，只是这糕点的食材是糯米，糯米的食物要趁热吃，冷了再吃容易凝沉在胃肠间，严重的成为内寒，要人性命。赵构听了恍然醒悟，说："当日璩儿一定也是吃了冷却的糕点才致病。"

严之慎说："宫里人肠胃娇弱，一定要把握冷热分寸。"

赵构："好一个冷热分寸，朕也得把握！好吧，那就快给朕的爱妃开药。"严之慎开方，拿给赵构看了，确实与当日开给赵璩的一模一样。吴贵妃用了药，也就药到病除。慈元宫的宫禁，也就同时解除了。

严莈苓得到指令，入住女医待试馆一边学习，一边等待参加女医考试。也就收拾一下，与父亲严之慎道别。严之慎免不了叮嘱女儿，不要与人争高低，遇事先冷静，学习要努力，身体更要紧。等等。严莈苓也就一一记下了。到了馆里，才知道已经来了许多待考人，一个个年龄体貌都与她相似，都是年轻明朗的女子。

想入住却被告知，欲入医馆，先进试馆，而要进试馆，必过一关。这一关，却是严茯苓先前所不知道的，也是从来没有听说过的，说是要验明处身。

验明处身？

听说要过这样的关，严茯苓真不曾想过，心中隐隐泛起被人作弄的羞辱感觉。但既然是定下的规矩，必须经过这一道关卡，也就只好遵从了。几个姑娘一起被带到内室，来到一名老妇的面前，应该是职务叫稳婆的一个人。只见眼前的稳婆满脸起褶了，而皱褶里射出的两道目光却尖烁，好像一柄利刀，能够挑开人的外皮，看见内里。

稳婆开始说话语气还温和，听她说："姑娘们别怕，你们是验身选女医，不比选宫女后妃，不用担心解襦裙下亵裤，只要用守宫砂验一验，没事就行了。"点守宫砂？这守宫砂，不知道姑娘们先前有没有听说过，但如今，略略都能明白这东西的用意，到底一个个还是在暗中羞红了脸面。

稳婆接着问："哪一位先来？"姑娘们听着，一时间都对身边的人推推搡搡，自己却躲在后面。稳婆见了，说："可别耽搁了。"

严茯苓从人群中站出来，走上前去说："先试我吧。"稳婆也就笑着说："这么主动的姑娘，一定是处身，好，老身这就给你验出来。"让严茯苓撩起衣袖。严茯苓果真撩起来，露出玉藕般的手臂。稳婆也就拿器具沾了砂泥，点在严茯苓的手臂上。一会再看时，却见着了身体的砂泥不是殷红色，而是浅红色。

稳婆一见，皱了眉头，说："老身还断言你是处身，没想到你好大的胆子，已经失掉了身子，还敢第一个上前来应验！"待验的姑娘们听着，也就听懂了，前头的那个人是已经失掉身子的！一时间都觉得不得了，马上有人惊叫，有人捂了自己的嘴巴，一片惊讶的神情，还带着鄙薄的眼神。严茯苓开口想解释，却只能说："我？我？怎么会？"

稳婆："你走吧，下一个。"严茯苓继续说："我没有呀……"

稳婆："快走吧，别再丢人现眼了！"这时候人群中站出了一个姑娘，是个脸面修长、眼睛黑溜溜的姑娘。只见她站出来走上前，利索地撩起自己的衣袖，让稳婆试她。稳婆照样点砂。再看，她手臂上现出的颜色与严茯苓一模一样。黑眼姑娘指着众人说："再点她们！"

姑娘们只得一个个上前，让稳婆一一点去。手臂上现出来的颜色全都一样。黑眼姑娘便对着稳婆大声地说："我们一个个，难道全是淫妇？"稳婆便有些为难，支吾着说不出话来。

黑眼姑娘又说，"不还我们清白，我们就一起去皇上面前告发！"稳婆连忙讨饶："姑娘们，别，别这样，老身知错了。"没想到一个年轻姑娘的嘴里会说得出这么犀利的话，虽然听着有些扎耳，但道理却是这么个道理。因为这位黑眼姑娘的挺身而出，凭理力驳，也就把严茯苓她们因验身而差点提前出局的势面扭转过来了。

严茯苓来到宿房，看到宿房里一共四张床铺，一张床位来一位姑娘。很快，四个姑娘到齐了。四个年轻女孩子一回打闹，两声耳语，很快也就熟悉了。在验身房里挺身而出的黑眼姑娘也在，她叫陈小蛮，听说她父亲是县吏，是位官吏人家的碧玉。而四个人中最有来头的女子叫王娇娇，来自杏林世家，是当今宫中大御医王继先的侄女。而她人确实长得娇艳，当得起"娇娇"这个名字。还有个圆脸文静的姑娘叫桂枝，来自普通百姓人家，说是从小跟做郎中的父亲学医。父母说了，能够进宫为医，那可是桂家祖坟冒青烟的事。严茯苓只说自己的父亲也是一名郎中，并没有说已经进宫的事。倒是王娇娇帮她说了，说她爹严之慎也不过一名小小的乡医，充其量跟草头郎中差不多，如今竟然也混进宫里了，还在她伯父手下，不过他伯父说了，她爹这样乡下来的人，拎起来不到三两，甩出去不值两文，是无足轻重的。严茯苓并不计较，随人怎么说。住下之后，也就为应试的事情铆劲，早早起床看书学习。每一天，严茯苓总是起床最早的，睡下最晚的。而几个姑娘住在一起，过不了几天，就会出现我跟你更亲近，跟她疏远，这样的情况，也就叫结伴。结伴而行，结伴而学。

照理说陈小蛮在验房中给严茯苓解了围，让她挺过险关，她对严茯苓应该存有一点心思的。当然严茯苓记着陈小蛮的情，除了嘴上感谢，还一次次主动帮她整理打扫。本来她们应该很快成为好伙伴、好朋友的，不料陈小蛮反倒愿意和王娇娇凑一处，两个人有说有笑。倒是平时说话不多的桂枝，主动跟严茯苓接近，两个人悄悄相互照应。

这一天桂枝擦拭桌子，不小心撞到了陈小蛮的水杯，赶紧扶，却没能及时扶住，杯子倒下茶水洒了一桌，把桌上的书籍也污染了。桂枝连忙向人道歉，再收拾干净。本来只是个小意外，可事情从王娇娇的嘴里说出来可就不一样了，她说："小蛮哪，瞧人家多有心计，把你的书弄糊了，让你考不好，把你挤掉，她可就顺利过关了。"

陈小蛮一听，马上瞪起她那双黑溜溜的眼睛，大骂："你这个乡下丫头，从你老爹那里学了点医药皮毛，能从乡下出来给我们陪考就是你天大的福分了，还想耍心计坑害我们不成？"

桂枝听了，一时不知道如何辩解，只能低下头无声地抹一把眼泪。严茯苓听不过去，跟陈小蛮说："桂枝不是故意的，你就饶了她一回吧，下次小心就是了，大家能凑在一起是个缘分，应该像亲姐妹一样相处。"

王娇娇的话马上来了，说："小蛮，你瞧瞧，当日可是你替人家解的围，让人家不至于提前灰着脸走人，可现在人家竟然不向着你，还说你的不是。"陈小蛮也就起了劲，再朝严荻苓说："姓严的，你听着，当日要不是本姑娘出马相救，你这会肯定被扫回乡下去了，要是那样的事情被人传开，有你好受的，知道你会被人骂什么吗，破人！烂货！你就会一辈子低着头，活不是人，死不是鬼！"骂了一阵，直到惊动了舍监，一个个才赶紧闭上了嘴巴。

可是，事情还远远没有结束。到了晚上，严荻苓和桂枝掀开被子躺下睡觉，被子里凉凉的，一摸，全是水渍。吃饭时，打开食盒吃起来，吃着吃着，嘣，一颗沙子，吐了沙子再吃，嘣，又一颗。严荻苓和桂枝带过来换洗的几件粗布衣服，在衣篓里放得好好，拿出来时无端出现了破洞。

严荻苓往往一言不发，桂枝却忍不住哭。这边一哭，那边就笑。嘻嘻哈哈，笑得欢快。严荻苓少不了劝桂枝，说只要熬过这阵，以后大家各奔东西，谁也就欺负不到谁了。以后想起来，说不定也会感怀同室的情缘。

王娇娇还丢下了句话，说："你们要是在这里待下去了，那就赶紧回家吧，不用怕试馆不放人，我可以让我伯父帮忙的。"严荻苓一听也就明白了，说不定是故意排挤，而且这排挤的主意可能还不是王娇娇想出来的。明白了这些，她就越发不计较什么，咬了牙齿，好好坚持。严荻苓暗中捏一捏桂枝的手，告诉她，要让祖坟冒烟，就不要哭鼻子，要忍得住气，吃得了苦，更要受得了罪。桂枝说她听荻苓的。

此后在女医待试馆、廊道边、樟树下、坪地上，每日看到两位身着粗布衣衫的女子一起走，或者一起坐下来，一起看书。她们两个往往是手不释卷，卷不离手。

只是，树欲静，而风不止。王娇娇突然说，她的玉簪不见了。考试还没开始，学馆中先发生了盗窃的事，这还了得。舍监马上到了，连试馆的主事也惊动了，赶到现场。要知道，她们这些个考生考的是宫廷女医，如果考上了，是要进宫的，是要在帝王嫔妃身边任职的。要是有谁手脚不干净，没有及时查出来，让她们混进宫里，到宫中再出什么乱子。到时候宫里一追究，很可能就会追究到试馆这里，说他们把关不严，咎责难免。到时候，只怕试馆这些管理的、授业的都会受牵连，就算不让你脑袋搬家，皮开肉绽总是免不了的。所以，主事、舍监一个个脸上严厉，心中忐忑。

严荻苓她们正在外面背习，说是宿舍出事，要她们回到宿舍。一时也不知道出了什么大事，看到舍监，正想问问，却看见人家的脸已经凝固成了一张铁板。几个姑娘被集拢在一起，受命靠边站着。舍监带着人，开始抽查。

严荻苓想，不管人家折腾什么，总不关自己的事，也就看着，若无其事的样子。桂枝看到人家凶恶的气势，心里先怵了几分，倒好像大气不敢出的。

王娇娇大概以为不会搜她的，因为她是喊捉贼的。倒是先翻了她的东西，说有可能是她自己遗落了，错怪了别人。但是没找到，却找到了一个小瓶子。问她是什么。她说是药，困倦的时候抹一点能提神，还是她伯父王继先送给她的。既然是王大人的馈赠，别人也就不多说什么，依旧放回去。翻了陈小蛮，别的倒没什么，却翻到了两个布偶。说她又不是孩子了，怎么还带着布偶。她说她把布偶看作家人，想他们的时候看一看。也就不说什么，把东西放回来。桂枝几件旧衣服，什么也没有。

　　接下去，只剩下严茯苓的。把严茯苓的衣箧提起来，摆放好，等待打开。这时候，王娇娇的脸上，闪过一丝不易被人发觉的冷笑。

　　严茯苓的衣箧里与桂枝的一样，也是几件粗衣旧袄。只是翻到下面，大概手下碰触到了什么，搜检人的脸马上凝住不动了。慢慢拿出来，竟然就是一支玉簪！

　　王娇娇连忙高喊："就是这支簪子！"舍监看着严茯苓，脸上现出得意的冷笑，还有鄙夷的讥笑，一面厉声地问："严茯苓，大家都看着，东西是在你这里找到的，说说吧，你是如何得手的？"

　　严茯苓疑问："你说什么呀？"

　　舍监："你是怎么偷人东西的？快说！"

　　严茯苓摇头："没有，我没有偷，这东西本来就是我的。"

　　舍监："没偷，凭你的家底，怎么会有这么贵重的东西？"

　　严茯苓："这支玉簪是在慈宁宫中太后赏给我的呀，我觉得是一件好玩的东西，没什么贵重不贵重，就放在衣箧里了。"可不是，人家一出生，就是王府郡主，什么样的金银玉镶没有见过，玉簪金钗之类在她眼里，也就是随玩随丢的小东西。就算后来流落民间，失了宫廷中的富贵生活，却怎么能丢失少小养成的高贵心态。

　　可是，贫贱庸庸之人，怎么能够理解其中微妙？所以舍监说："这么罕见的碧玉簪，怎么是玩玩的东西？明明是你看见了人家的好东西，想据为己有，就偷了，如今还谎说什么是太后赏赐的，真是刁钻，明知道我们不可能因为这样微末小事去惊动太后她老人家。"

　　严茯苓说："东西确实是我的，你们要是觉得稀罕，拿去好了。"

　　舍监："还是不肯承认，好像我们还真冤枉了你！"

　　严茯苓："本来就是。"

　　舍监听了，气呼呼问主事："大人，你看怎么处置？"

　　主事说："不肯认账，那就先关几天禁闭，叫她想明白了，再逐出馆去！"

桂枝一听，先忍不住大哭起来，说："大人，求求你们了，放过严茯苓吧，她是

172

个好人，你们不要关她。"舍监却重重答应："谁求也没用，关人！"

严荻苓知道再辩解已经没有用了，也就昂扬了头说："清者自清，浊者自浊，桂枝别怕，要关我，请吧。"

主事："小小年纪，这样的口气，必须严惩！"很快，在王娇娇她们的嗤笑声中，在舍监鄙夷的目光下，严荻苓被带进了黑室中。"哐当"一声，门被锁上。

蕊珠宫，潘婕妤梳洗了，在木婉的忙碌下，一番细细穿戴。穿戴好了，才坐下来。木婉说："娘娘，皇上快来了吧？您这发鬓边再插支步摇吧。"

潘婕妤便打趣说："木婉，你比我还激动，看起来好像皇上这回要临幸的是你。"

木婉便红了脸，说："还不是为娘娘好，想着娘娘要是再给皇上生位皇子，或者公主，那就好了。"

潘婕妤说："我懂你的心思，你是为本宫着想。只是霁儿一走，我就是个活死人了。何况皇上自有他的好日子，天天新人，夜夜笙歌。对我几年来一直是个不冷不热的样子，我还想怎么样？"

木婉说："皇上的事情奴婢不敢说，可是娘娘你还年轻哪，只要皇上多来，孩子一定会有的，皇子公主都会有。"

潘婕妤："木婉，你知道我现在最想做的是什么？"

木婉："娘娘最想做的，就是等皇上到来。"

潘婕妤："不是，我最想做的是出宫去找个平常的男子，去私奔！"

木婉："娘娘，这话可不能乱说！"

潘婕妤笑笑，说："也就跟你说说吧。"一时间听到外面有人声，以为是皇上过来了。等了一会，却没有听到皇上驾到的高喊声，却是宫里的太监进来说，是王公公来了。

王保进来给潘婕妤行了礼，再说："娘娘，皇上今天有事，走不开，让老奴过来给娘娘说一声，等办完事情，过几天再来看娘娘。"

潘婕妤也就苦笑了一下，说："王公公回去跟皇上说，让皇上自顾着忙他的吧，我这里不要紧。"

王保赶紧说："娘娘多保重。"

潘婕妤也就说："多谢王公公的好意。"

王保走后，潘婕妤一时无聊，坐了会，或许心中忽然起了思绪，就唤木婉，把灯火挑亮一些，把她的玉箫拿来。箫来了，呈向前。潘婕妤接过，她说她吹箫，让木婉唱词。木婉也就听从。箫声起来，唱词跟上，却是柳七的《定风波•春自来》。

自春来、惨绿愁红，芳心是事可可。日上花梢，莺穿柳带，犹压香衾卧。暖酥消、腻云亸，终日厌厌倦梳裹。无那。恨薄情一去，音书无个。　　早知怎么，悔当初、不把雕鞍锁。向鸡窗，只与蛮笺象管，拘束教吟课。镇相随、莫抛躲，针线闲拈伴伊坐。和我，免使年少，光阴虚过。

一时间，声乐翻卷，勾思挑绪。灯花有意，月华阑珊。这时候，有个人在窗下悄悄地听了，也不免被牵动了愁肠。

窗外人，是哪一个呀？却是严枳实。

严枳实心中牵挂的不是他的父母亲人，而是赵府中的那个人——姣娘。她，是让他心心念念的姐姐，是让他魂梦牵系的相思月影。姣娘、姐姐，你的孤单，你的悲苦，你那不为人知的秘密，你活得，真不容易……你，还好吗？这样想着，严枳实心中悲恸，忍不住一巴掌挥向前。却碰到了什么，"啪"的一声。是一只花盆被撞倒，掉下来摔碎了。

这一下惊动了屋里人。木婉连忙出来察看，看到了严枳实和他身边已经摔碎的花盆，只说娘娘在屋里，你当心点。没多说什么，也就回身折进屋去了。木婉回屋跟潘婕妤说，是一个新来的侍卫，手脚还不知道轻重，不当心让花盆碎了。

潘婕妤说："新来的侍卫？什么时候来的？我还没见过吗？让他进来，让我瞧瞧吧。"木婉再出来传唤严枳实。严枳实听了，也就跟着木婉进了门内。进了门，严枳实抬头望一眼，只见檀榻锦靠间，一位华衣丽裹的女子倚身坐着，看上去，那人就像一只好看的金丝雀，却又好像病着，有些耷拉的样子，浑身恹恹的。严枳实猜想美妇应该就是蕊珠宫的主子潘婕妤，连忙行了礼，低下头去。

潘婕妤看着严枳实，只见一个年轻人身形高拔，腰间还佩了刀，初见时，眉宇之间展现一股英气，但很快隐去，似乎懂得收敛。也就朝人家问了几句，哪里来的，何时进的宫。草草几句，一面让人家退下了。

严枳实走后，潘婕妤又跟木婉说："我这几日感觉身上有些困倦，明天去传严大夫，让他也给瞧瞧。"

木婉说："娘娘是应该让严大夫好好瞧瞧，多吃些调理的药，也好早点再怀上皇子。"

潘婕妤说："就你多嘴。"

慈元宫，吴贵妃因为皇上让她闭宫思过一事，又气又恼，结果又病了些日子。让她气恼的倒不是闭宫这事。要知道她平素就不爱胡乱跑动，待在宫中，倒也静心。气的是一个人的心呀！想想，自己跟他也算是多年相伴共患苦难，以为早就知此知彼，知你知我，可是没想到，那颗心中还会生出如此这般的猜忌。

这一天身体好些，天气也好，就坐在外庭晒着太阳透透气。看到眼前一树杏花开得灿烂，花叶间还有蜂蝶飞舞，还有只墨色蝴蝶张开翅膀，在花树间忽上忽下。看着好像又想起了什么，眼睛里又是雾泪蒙蒙。

从嬉过来看在眼里，只说："娘娘呀，严大夫嘱咐了，娘娘想要病好，必须放宽心思才行呀。"吴贵妃倒也没说什么，只是问从嬉，怎么严大夫最近每次来宫里询诊，都没再见到他的女儿。从嬉回复贵妃，说严大夫的女儿茯苓姑娘进待试院了，要参加女医选拔考试，要是考过了，可以进宫做名女侍医。吴贵妃也说这样更好，不仅她父亲有个得力的帮手，宫里的女眷也十分需要医术高超的女医。

吴贵妃让从嬉空着的时候，带些瓜果去看看人家。从嬉答应了。又让从嬉把晷和璩两个孩子叫来。两位皇子很快来了，笑嘻嘻围坐在娘娘的身边。

吴贵妃便抽查起俩儿子近日的功课。

赵晷先背："古之王者，太子乃生，固举以礼，有司齐肃端冕，见之南郊，过阙则下，过庙则趋，故自为赤子，而教固已行矣……洋洋洒洒，背完了整篇《治安策》。接着，赵璩也背了一遍。

吴贵妃听了，便笑着说："皇儿们，读了圣贤书，就要照圣贤的话做，少小学好了，一辈子都受用，要是学不好呢，可就亏了。"

两个孩子说："谨记娘娘教诲。"

女医待试馆，从嬉果然带着点东西过来了，一面打听严茯苓的住处。

从嬉知道，吴贵妃对严茯苓的惦记，可不仅仅是主子对身边医伎子女的惦记。茯苓姑娘的那张脸，那眉眼，别说让一个做娘亲的人放不下，就是自己这样一个跟随主子多年的下人，也搁在心头呢。找到了严茯苓的住处，却不见人，还听说已经被关起来。为什么？说是偷盗犯科。

茯苓姑娘，她是个贼？从嬉听着，不免觉得惊诧。心想，要是那样一个清秀明净的小姑娘，真的犯了事，也算是知人知面难知心了。可再想一想，严之慎在宫中的表现，还有自己对严茯苓仅有的了解，不太可能吧？那么茯苓认作贼，是为什么？一定是原因的。这样想着，忽然明白了几分，心里有了主意。

从嬉跟人表明自己的身份，说是从慈元宫过来的，让人把馆中管事的叫来。舍监一听是慈元宫来人，也就赶紧过来了。再把王娇娇几个叫在一起。从嬉已经打听清楚，严茯苓偷的是玉簪子，还说是宫里出来的东西。也就告诉舍监，先让人把赃物拿出来，让她也见识一下。舍监一听，连忙让王娇娇拿东西。王娇娇听了也没办法，只得拿出来。

从嬉把玉簪接过来一看，通体碧翠，知道除了宫中至尊者，一般人难以得到这么贵重的东西。便问王娇娇，是从哪里取得这件东西。王娇娇先说是从家里带来的。从嬉指出来，这簪子可是宫样，一定是从宫里出来的，百姓人家要是有，那么就要追究到底是哪里得到的，查实出处。王娇娇一听，被吓住了，连忙又说是她伯父王继先送给她的。从嬉便说，那就只好回去报告贵妃娘娘，让人查查王继先王太医是如何取得这支簪子。并说，依她判断，这可不是一般地方出来的，是慈宁宫太后的东西。

　　王娇娇啜嚅着说："怎么，怎么能肯定是太后的……"

　　从嬉厉声说："那么谁敢说，这不是太后的东西？"王娇娇听这么一声问，连忙缩起了脖子，再不敢吱声了。

　　舍监一看，心里也就明白了。严茯苓并没有说假，果真是慈宁宫的东西。那么要是再追究整件事情，先不说要将这几个不知道天高地厚的小姑娘怎么处置，就说自己和馆中主事等人只怕也脱不了干系，会担责受罚。舍监连忙对从嬉赔笑说："姑娘，我们知错了，您就行行好，不要让宫里来追究了。"

　　从嬉："我一个宫娥，只能负责把事情禀告贵妃娘娘，怎么处置，那要听娘娘的，不过我想，要是你们早点把陷害的人找出来给关起来，多关几天，这样处理妥当了，或许娘娘心慈，就不计较了。"

　　舍监："是是，听姑娘的，马上照办。"很快，严茯苓被放出了禁房。她出来后，听说要把王娇娇几个生事的关起来。严茯苓听了并不是解恨地一笑，反而向替人求情，说眼看快要考试了，就让大家安心学习吧。舍监也就答应了严茯苓的请求。

　　消息传来，说女医考试的日期定下来了，还有主考官人选也定下来了。说这主考官不是别人，就是宫中大御医王继先。听了这样的消息，当然有人欢喜有人忧。

第十一章　忠父子热血卫山河
弱女儿苦情司宫苑

　　宋廷朝堂，以韩世忠为首的主战派，以秦桧为首的主和派，正展开交锋，互不相让。

　　韩世忠说，大宋的国土江山，是从太祖太宗一代代交付下来的，一代君主一朝臣，一代君主坐江山，一朝群臣卫江山，都需要拼了性命来守护，不得有丝毫闪失，失去山河，那是上对不住祖宗，下对不住子孙，会让人万年诟病。为了对祖宗和子孙有个交代，当朝君臣应该一心社稷，胸怀春秋，不畏强权，不惧艰难，杀尽鞑子，尽快恢复大宋锦绣河山。

　　秦桧说，朝廷连年征战，如今已是军民疲惫，国库空虚，如果继续跟金国对抗，也就是以卵击石，自取灭亡，如今迁都杭州，虽然是江山半壁，但只要与金人谈和，割江而治，至少还能保全半壁江山上的君民安然。

　　韩世忠说，与其延口残喘，不如拼死痛击！

　　秦桧说，逞匹夫之勇，让华夏绝尽，才是千古罪人！

　　赵构听着，觉得韩世忠有韩世忠的道理，祖宗的江山当然不能丢。秦桧也有秦桧的道理，目前打不过人家呀，打不过就求和，有什么不可以。他自己的想法呢，当然更偏向于求和。兵嘶马吼的，想起来就让人害怕，更不用说经年累月地斗下去，哪一天还把狼虎引到杭州来，自取亡命。只是，赵构并没有立刻表态，因为他明白，自己身下的这把椅子不仅是自己的，还是赵家的，不，是宋国的，万一惹恼了韩世忠、岳飞这帮莽夫勇士，使得他们抱成团，然后会不会干出掀翻龙椅这种的事来也难说。

　　赵构也就提醒自己，权衡，再权衡。这个时候，韩世忠与秦桧之外，还有个人站了出来，说了自己的想法。是张浚，朝廷中尚且还能够与秦桧抗衡的老臣。他站出来，声明自己支持韩世忠。

　　张浚也是主战派，只是他支持韩世忠，却并不是为国为民考虑，最主要考虑的是他自己的事，他个人的身份地位与安危保全。如果韩世忠、岳飞受到排挤，那么秦桧在朝野也就一手遮天，而他张浚对朝廷来说就算是有功重臣，然而万一落到奸人手里，也就难以预料是个什么样的下场。

所以张浚说，皇上，进确实艰难，但既然韩将军、岳将军等人愿意拼命，有韩、岳的两支铁军，如果进就算不能收复全盘失地，也会给金国造成压力，不至于让金人无所顾忌，为所欲为。如果退守不为，看起来容易，其实守不比进容易，万一金人先谈和，后来个撕约强攻，而将士想进的时候不让进，冷了他们的心，那样他们抵抗起来就不力，如果真成这样的局面，金人不就横扫直下，再无障碍了。

横扫直下？赵构一听这样的话，后背就惊出汗来。他很明白，自己要是不做个决断，真的会冷了许多人的心，甚至会激怒许多人。万一局势失控，不管攘外还是安内，那就统统难以把控了。

赵构把轻重掂量了一遍之后，说："众卿，朕的旨意是让岳家军领首，继续向北挺进，先收复建康，再收复中原，图我大宋中兴之大业！"张浚与韩世忠等人连呼万岁。

只有秦桧一脸阴鸷。

岳家军营，王保快马来到传达皇上圣旨。岳飞领着众将士，一起跪接。

王保展旨，颁："岳家军将士、神武将军岳飞听旨，朕着众将士随飞出战，如朕亲行，一切进止，朕不遥制，过江往北，且望不日，中兴大事，悉交尔等。"

中兴大事，悉交尔等？这皇上的语气，也太看重岳家军将士了。岳飞和众人连忙叩头接旨。皇上十分信赖岳家军，而且希望岳家军过江北上，收复中原，中兴大宋，这也太让人兴奋了。要知道，将士不怕流血，不怕马革裹尸，只希望能遇上英明的君主，如同好马找到好主，好车要有个好车手。君臣同心，将士同志，还惧什么金狗鞑子？还怕看不到山河归日？

当时，在岳飞的想象中，似乎看到了他在《满江红》中表达的志愿，"待从头、收拾旧山河，朝天阙。"

将士们也就越发勤练兵，明纪律，精神抖擞。只待将军令下，开拔上阵，杀向金敌。只是营中，有一个人的精神状态并不好。是邓自明。自从金营中返回，似乎一直低垂着脑袋，见人也只是点个头，没有了往日的笑脸，更没有了少年人的意气风发。问他是不是身体不舒服。他摇摇头。问他是不是有心事。他还是摇摇头。

邓元亮看在眼里急在心里，但是儿大不由爹娘，儿子不说什么，爹娘也就难以知晓他心里到底在想什么。只是邓元亮觉得儿子的状态是从金营归来开始的，有些不太寻常。也就不免担心，儿子的心里或许藏着什么。

而此时全营上下将士的心里面，都一门心思惦记金人的再度交锋，痛击金狗。至于小将邓自明神情间的异常，认为不过是年轻人闹情绪，过几天就没事了，也就没有人放在心上。

女医待试馆，严荻苓、王娇娇她们一帮姑娘终于等来了即将开考的这一天。然而就算到了这开考的前一天，她们宿舍里还是闹出了事情。

晚间，陈小蛮端了一盆水进来，在桂枝的脚边滑了一下，说是桂枝故意整她，就骂了桂枝几句。桂枝连忙解释，说她在看书，没有留心陈小蛮，她不是故意的。严荻苓也劝几位马上要考试了，别再吵架了。王娇娇挑嘴，说她看清了，桂枝明明是故意的，而严荻苓还帮衬桂枝，那就是联合起来欺负人。陈小蛮听着，火气上来，举起盆子要泼桂枝。桂枝见状连忙伸手一挡，把盆子挡了回去。眼见着一盆水全部回泼，泼在了陈小蛮自己的身上。

这一来陈小蛮不得了了，顾不上换掉身上的湿衣服，戳着尖尖手指，大声骂桂枝，还要冲上去打人。闹了一阵，好不容易才平息下来。当天夜里，别人没事，她陈小蛮自己却不行了，被冷水淋浇后受寒了，发起了高烧。严荻苓来到陈小蛮的床边，看了一回，只见她满脸通红，又抓住她的手，给切了脉。

严荻苓说："烧得这么厉害，不想办法退烧，明天怎么参加考试呢？"

陈小蛮闭着眼睛说："让我死好了。"

王娇娇继续阴阳怪气说："少一个参加考试的，就少一份竞争，你们不就想达到这样的目的吗？"

严荻苓却不管王娇娇的冷言冷语，也不顾陈小蛮的推搡，让桂枝配合，端水拿巾，再让桂枝按住陈小蛮的手脚，自己给她做起了推拿。从脚踝开始，到小腿，到大腿，到臀，到背，到颈脖，到手掌心十指。推了一遍，身体还是烧热，又再推一遍。一遍又一遍，直到陈小蛮的烧退了，沉沉地睡了过去。

严荻苓看着，总算吐了口气。再看她自己的身上，已经里外湿透。看到窗外已现出微白，严荻苓让桂枝赶紧上床睡觉，她把陈小蛮床前的东西收拾了，再把要带去考场的笔墨放好了，然后脱掉衣袜，上床睡下。

一大早，王娇娇早早起身了。病愈一身轻松的陈小蛮也起床走了。大家都走了，眼看考场闭门的时间快到了，可是，严荻苓和桂枝还睡着。桂枝好不容易睁开眼睛，看着满室白光，想到了什么，跳下床，一边梳洗一边推严荻苓。可是，严荻苓睡得太沉，沉极了，怎么推也推不醒。

怎么办呀？桂枝也焦急得不行，这个时间了，自己得赶着去考试，可严荻苓就是醒不过来。万一错过了时间，这些日子的心血不就白花了？桂枝想走，但看看严茯苓，又觉得不该丢下好朋友。只好一狠心，捂紧了严茯苓的口鼻。严茯苓一时气闷至极，从睡梦里挣扎出来，这才睁开了眼睛。

严茯苓睡眼惺忪地问："我怎么了？"

桂枝说："我都拉你半天了，怎么拉都醒不来，马上就要考试，急死人了！"

桂枝再顾不上多说什么，一把将严茯苓拉下床，也顾不上让她梳洗了，只让她趿了双鞋子，拉着她就往外面跑。严茯苓也就被桂枝拉着，衣衫不整，披散着头发，拼命地跑。跑到试场门口，顾不上喘气，冲进眼看要关上的大门。

王继先站在考场里走过来，看一眼严茯苓衣衫零乱的模样，说："一个女子，还想待试入馆，看看，成何体统，快滚吧！"

桂枝连忙替严茯苓求情，说宿舍里有人病了，严茯苓一晚上替人推拿，天亮才睡，没能及时醒过来，所以来不及梳洗，恳请主考官放过她这一回。

王继先摇摇头，说："有坏场面，不能纵容。"众考生一起求情，说："主考官大人，这位严同窗平时很注重收拾，读书也很用功，如今是帮助人才成这样，请主考官高抬贵手吧。"

陈小蛮也站起来说："严茯苓确实为了给我治病才成这样，主考官大人，你应该明确处断，要是草率决定，不让她参考，只怕会寒了众位考生的心，到时候大家一起罢考也不一定。"王娇娇听着，怒瞪着她，暗骂："陈小蛮，你疯了！"

众人一起说："请大人饶恕严茯苓吧！"说完，众人一起给王继先跪下。

王继先对着严茯苓说："好，既然这么多人为你求情，那就让你参加考试吧，本官倒想看看你，能考出个什么不一样的结果。"严茯苓和桂枝听主考官松了口，连忙谢过他，又给众考生鞠了一躬，赶紧跑到各自的座位上坐下。

严之慎来到考场外面，看到被人守卫的大门，只能在外面举目看看，当然是目不能及，什么也没有看见。这时从嬉来了。从嬉见到严之慎跟他说，贵妃娘娘也牵挂着严茯苓，不知道她考得怎么样。还问严之慎有没有里面传出来的消息。严之慎摇摇头，说把关很严，没有任何消息。

两个人默默地站着等了一会儿。严之慎让从嬉先回宫，他说一有消息，马上去慈元宫禀告娘娘，同时感谢娘娘对小女的关爱。

从嬉走后，严之慎继续站着。

考场内，众考生正在答题。只见题卷上有"五劳""七伤"等解释，还有任职御医，看治需要做到的"六要""八责"等等，还有医与治宫、医与治国的论述。

桂枝凝神，显得答题困难。王娇娇得意满满，不急着答题，左看一下，右看一下。一时目光与她的伯父王继先相互对视了，她便朝伯父使了个眼神，针对严获苓所在的方向。她的伯父心领神会，朝侄女点了点头。陈小蛮一抬头，发现了王继先与王娇娇间的暗语。严获苓敲敲脑袋，又捏捏额头，看来脑子里有些问题，好像没有睡够，人还在混沌当中。

主考官王继先坐在高椅上，对考场里的状况一目了然，见了严获苓的状况，不由得暗中冷冷一笑。过了好一会，别的考生都已经做完近半了，严获苓才好不容易开始写。一旦动了笔，倒还写得从容。一题题做下去，"五劳"，即为五脏劳损，分别为心劳、肝劳、肺劳、脾劳、肾劳；七伤"，第一忧思伤心，第二大怒伤肝，第三寒冷伤肺，第四大饱伤脾，第五久湿伤肾，第六恐惧伤志，第七风雨寒暑伤形。

宫廷诊病"六要"，一是臣医共责，二是会诊，三是联名封记，四要共监煎药，五是臣医先尝，六是存方备档。御医"八责"，分别为侍直、进御、扈从、奉差、储药、祭先医、诊视狱囚、施药。

不一会儿，别的考生一个个继续在写，严获苓却站了起来。以为她完成不了考试，却见她的考卷写满了，并且交了卷。紧接着，王娇娇也做好了，同样交了卷。

王继先看了一眼卷面，有些惊讶，原来严获苓竟然在这么短的时间里把试题做好了。也就在糊盖考生姓名之后，趁人不注意，把严获苓的考卷折了一下。接着，把侄女王娇娇的考卷也折了一下。王继先的动作又被陈小蛮看在眼里。一会儿，陈小蛮也完成了答题。只见她照着王继先的动作，悄悄把自己的卷子也折了一下，又把旁边桂枝的考卷也折了一下。

严获苓出了考场，一眼看到了爹爹严之慎，正要开口喊叫，却硬是停下来，原来她及时发现了自己身上的不妥，连忙跑回了宿舍。梳洗完毕，她没有急着出门，而是一屁股坐在了床上想，早上听桂枝说，她拉自己拉了半天都拉不醒，自己怎么会睡得那么死？睡得太迟？太累了？照理说就算天亮才睡，也不至于被人拉了也醒不过来。

严获苓一面为自己的失仪感到恼羞，一面又觉得有些异常。回想起在自己入梦之前，好像发现过什么事情。什么事情呢？对了，好像隐隐间闻到了什么气味。气味？什么气味？到底是什么想不起来，一想，脑子发疼。

这时候严获苓的目光有意无意投向王娇娇的床铺，看到床上棉被叠放整齐，只是枕头下面露出一个东西。连忙走过去掀开来一看，是个小瓶子。正是舍监搜查时拿出来的瓶子。她觉得奇怪，就往自己手帕里倒了一点。听到外面有脚步声，连忙把东西放回枕头下去，自己退回身来。门打开，王娇娇进来，见了严获苓也没说话，直接跑到她自己前床上挪开被子，又掀开枕头，找东西的样子。直到看上去找到了，见她吐了口气。

王娇娇收好东西，一面说："我的伯父真是大人大量，那样一个蓬头秽脸的人，也会让她完成考试。"严荻苓想着父亲还在馆外等她的消息，不想和王娇娇拌嘴。

王娇娇却以为严荻苓害怕她，越加轻狂了，说："过得了初一，也过不去十五，什么人，就该是什么命，再怎么折腾，没用的，你就等着瞧吧！"

严荻苓听了，也便不由得在心里自问，自己到底是什么人？会有什么样的命？

严荻苓从宿舍出来，看见爹爹严之慎还在等着她。便上前把考试的情况跟爹爹说了，又说明了一回自己衣衫不整的事情。一时想到了什么，把自己的手帕拿了出来，让爹爹闻闻，是不是药物。

严之慎看了一遍药末，又远远地闻了闻，说："是迷香。"

严荻苓点点头，说："我也这么猜想，要不，我不会睡得那么沉。"

严之慎说："我也是早年听说过，有一种很厉害的迷香，是用曼陀罗花和沙漠狐狸的体味合成的，就叫月狐香，闻这个气味，十有八九是月狐香。"

严荻苓听了，惊疑地问："曼陀罗花和沙漠狐狸？爹以前怎么没有提起过？"

严之慎："曼陀罗花和沙漠狐狸都不是我地有的东西，你爹我也只是在医书上读到过，只有胡人那里才有，所以，这样的东西很可能是从金人那里得来的。"

严荻苓："这么说，王家叔侄与金人有联系？"

严之慎："有可能。"正说着，只看到陈小蛮和桂枝走过来。严之慎也就再叮嘱女儿要当心，自己一边走了。再看陈小蛮和桂枝，一个神气自得的样子，一个哭丧着脸。

严荻苓先朝陈小蛮启嘴，想跟也说句什么。陈小蛮却抢先说话，她说："想说谢我吗？不用！听着，我不是故意要帮你，更不是为了还你替我推拿的情，只是这么干我高兴。"说完，扬着头走了。

桂枝耷拉着脸说："我没考好，等着回老家了。"

严荻苓便安慰她说："现在什么也别管了，安心等着放榜吧。"

蕊珠宫，赵璩走到宫门口。严枳实见了，连忙上前小心搀扶着，问信王去哪里，用不用护送。赵璩说只去慈元宫找昚哥哥，不用护送。严枳实还嘱咐，吃的用的小心了，早点回宫。等等。听起来，倒与他平日不苟言笑的形状不太一样，俨然成了赵璩的慈父或长兄。

木婉看在眼里，就跟潘婕好说："听说严侍卫是从赵子彦家出来的，也许赵家对他有恩，而他记着老主子家的好，所以对信王用心些。"

潘婕好听着静默了一会，像是想到了什么，却说："把宫外的好与坏、是与非带进宫内，也许就会人在宫内而心在宫外，难以静消。"这样的话，听起来是说人家，却又像说她自己。

木婉也就不再接着说，只说："娘娘，您近日越发消瘦了，严太医一会过来，等您吃了严太医的药，身体大好了，皇帝一定来蕊珠宫，每天来。"

潘婕好说："一只病鸟，再怎么好，也飞不起来了。"外边，严之慎来到。

严之慎一眼看见了儿子严枳实，竟然上前高兴地喊儿子："枳实！"

严枳实抬起头，却是面无表情，双眼冰冷，只说："我姓严，你也姓严，我是蕊珠宫的侍卫，你是御医馆的太医，我们谁也不认识谁，走吧，去你该去的地方！"

严之慎还说："孩子呀，如今爹和你，还有你两个妹妹都在宫里，都好好的，你再也别闹情绪了，一家人好好说话，多少有个帮衬。"

严枳实冷笑一声，说："你们过你们好好的日子，我不需要！"一面故意高叫一声："严太医到！"严之慎只得暗暗叹口气，再看了儿子一眼，抬步走过他的跟前，朝着里间去了。

王继先坐在案前，案前摆着一叠考卷。这每一份卷子虽然全都糊盖了姓名，但揭开糊盖，都有明明白白的一个名字。她们有的出身世家门第，也有官吏人家，大部分还是平民百姓之家的女子。她们不能像男子一样参加科举，金榜题名。她们能有机会参加宫廷选用女医这样的考试，也是万般幸运。要是考中，也就有了自己一生的去处与作用。而且一旦被宫中选用，无论对自己还是对家族，也都算是体面的事情。

王继先动手，想在把卷子交给阅卷官之前，把他做了记号的掏出来，给人一个说明，或者只是一个暗示，相信人家一定会照着他的主意行事。谁知一掏，却不是两份，还有同样的两份，成了四份。怎么是四份？再看这四份中记号，却显然是两两相同。也就想看看卷面的字迹，就算找不出严荻苓的，也要把侄女王娇娇的找出来。王娇娇不能出错，血脉连着筋，亲侄女进了宫，无疑是他王继先最好的助手。何况在后宫中，有些地方是男人的目光与脚步无法触及的，而女人就不一样了，可以看到角角落落，行到角角落落。这样一来，叔侄合力，无所不至。

可是，王继先还没来得及看文字，突然门口一声高呼："皇上驾到！"一听皇上到了，再来不及干什么，连忙跪地迎驾。

赵构看起来心情不错，一脸笑容，对着王继先说："爱卿哪，如今金军北退，国势安定，想到韩、岳二卿算是救宋的功臣，而你和严太医也是辛劳，以医助朕，可就是治宋的功臣，想到众卿为我大宋朝做到了救有成，治有为，朕心里高兴。"

王继先跪着叩头说："大宋平安，是皇上带给臣民的福祉，小人承沐皇恩，何敢论功。"

赵构："爱卿谦逊，医家本色，起来吧，朕还听说女医考试刚才完毕，顺道过来看看，其中可有凤举之才？"

王继先："禀皇上，刚完试，还没来得及阅卷。"

赵构："那就让朕先阅。"

王继先连忙说："都是民间粗荆，文字粗陋，怎么能劳驾龙阅？"

赵构却说："不妨。"一边让王保上前拿卷。王继先见状，也就只好退身一边。

赵构拿起第一份卷子，只见逐一答来，条理清晰，文字娟秀，特别对医与治宫治国的论道，运用了医圣伊尹的话，"治大国，如烹小鲜，以道莅天下，其鬼不神……"

赵构看了，便说："这位考生，笔下倒不是一般的人才，可惜是个女子，只能学点医术，要是位男儿，竟是可以提拔任用的。"赵构说着，竟然抬手一把撕掉了糊盖，看清了底下的名字。

严茯苓！当下朱笔御批，录用。

接下去，又看了一份，说："这份文字看上去稚嫩，答题也不尽全面，但是说得独特，说女子能学识医术，能为侍奉，已经三生有幸，治宫与治国，那是能治宫治国的大才考虑的事，自己一个小女子哪里敢想。在朕看来，这个人倒也实在，也准予录用吧。"

皇上一时兴至，批了两份卷子，其余也就不再多看，丢了笔走了。

转眼，到了公布录用女医名单的日子。也算是开榜，虽然比不上科甲三试放榜的隆重与浩大。

宿舍里，四个姑娘在最后的等待中，她们又在干什么？只见王娇娇对着镜子，自顾着描眉画彩，看起来胸有成竹。陈小蛮倒在床上看书，满不在乎的样子。桂枝把被褥叠起了打成包，低头埋脸，默默地收拾东西。严茯苓拉着桂枝，劝她别急，等到开完榜，大家要是真的名落孙山了，一起收拾吧。

红榜张贴出来了，榜前一下子围上了许多人。严茯苓拉着桂枝挤上前去看，一下子看到了自己的名字，竟然就在榜首，也就吐了口气。严茯苓的名字下面，紧接着是王娇娇和陈小蛮。却不见桂枝的名字，她真的落榜了？让桂枝找她自己的名字，桂枝却拿双手捂着自己的眼睛，说她不敢看。严茯苓不信，继续找，一个个名字往下看，一时还没看到桂枝。桂枝已经承受不住了，说："快走吧，肯定没有我的名字。"

严获苓却"呀"的一声，说："有你，桂枝！快看！"桂枝还以为是严获苓开玩笑，不肯松开手。严获苓把她的手一把拉开，把上面的名字指给她，榜尾的一个名字，真的是桂枝。

桂枝一下子惊喜得笑开了，大声说："我也考中了？"激动不已的她对天大声地说："爹，娘，女儿没辜负你们，女儿考中了！"

严获苓和桂枝回到宿舍，发现王娇娇和陈小蛮竟然还没起身，没有去看榜，便说："都发榜了，你们怎么不去看看？"王娇娇哂笑，说："榜上少不了我的名字，有什么好看的？"

陈小蛮翻了个身，淡然地说："我们四个人的名字都有，是吗？"

桂枝听了，不解地问："你又没去看过，怎么知道？"

陈小蛮："你告诉我的。"

桂枝："我？我刚才没说话。"

陈小蛮："说了，全写在你脸上了。"这个陈小蛮，果然与别的姑娘不一样。

一时间，主事、舍监以及众多同窗都来道贺。明白几个姑娘一旦入宫，虽然只是个当差的，却在贵人的身边，以后可能水涨船高，说不定将来能帮衬说句话。也就都留了笑脸，又说了许多好听的话。

晚上，众人散去，姑娘们也累了，要洗洗睡下。陈小蛮却说："各位，等我们几个进了宫，再聚一起说话恐怕没那么容易了，既然一起住了这么些天，眼看马上要分开了，都坐下来，说几句掏心窝的话再散吧。"几个人听了，果真都坐在了一起。

还是陈小蛮说："我先说吧，我不想进宫。"

桂枝听了，反问："不想进宫？那你为什么要参加考试？"

陈小蛮白了桂枝一眼，继续说："我爹是县吏，我也算是官吏家的小姐，只是我娘早早死了，我爹又娶了个后娘，后娘看我不顺眼，我又不肯听她的话，她就经常打骂我，我是在后娘的打骂中长大的。现在我长大了，后娘打不动我了，所以，她要让我爹把我送进宫。她说了，爱一个人，最好把她送进宫，恨一个人，最好的办法也是把她送进宫。所以，进宫对我来说，不过是被人算计，被早早推进墓地。"

又说："还有一件事，在考场你们差点失考，是我首先站出来帮你们求情，后来还有一件事，你们不知道，我在暗中给自己和桂枝的考卷做了手脚，你们猜想是我想帮你们吧？错了，那是因为我恨你们！为什么恨你们？因为你们一定都有完好的家庭，有父母亲人相依疼爱，而我没有，所以我恨所有生活在美好中的人！因为恨，我要让你们和我一起进宫，让你们和我一起殉葬深宫！好了，我的故事就这样，你们说吧。"听了陈小蛮的话，几个人不免震惊，也就一时没人说话。

陈小蛮便嗤笑一口，说："怎么？想同情我？收起来吧，本姑娘不需要你们的矫情！另外，本姑娘也不是故意要祸害你们，你们要怪，就怪本姑娘的命运和你们自己的命运！"众人只得回应着笑一笑。

接下去王娇娇说："我，也不想进官？"

陈小蛮："看你急巴巴的，好像已经把自己当成宫里人了，何况你有亲人在宫里，好歹彼此有个照应，怎么会不想进宫？"

王娇娇："我的父亲就是大御医王继先的哥哥，他叫王立先，官至韩州知府，跟随宗泽将军抗金，后来兵败被金人掳去了。现在还在金营里回不来，不过叔父大人说了，要我进宫，听他的话，好好干，他会想办法，求人把我的父亲给放回来。所以，就算我不想进宫，为了父亲能早日归来，我必须进宫！"大家都没想到看似骄横的王娇娇，心里竟然也藏了这般凄苦。一时又都无语。

严茯苓也就想听王娇娇的肺腑之言，而且凭她这样一个年轻姑娘的心性，不至于一次次给人使阴谋下毒手。诬陷偷簪和下月狐迷香的那些事，一定都是背后有人指使。也就笑着说："桂枝，轮到你了。"

桂枝说："我想进宫，做梦都想，我的父亲是一名乡下郎中，也就是大家说的草头郎中，走乡串村给人看个病，也没多少人相信他，赚的钱不够养活一家人，家计主要靠我娘没日没夜纺麻织布、卖布换点钱。现在我能考进宫里做侍医，四村八邻一定看得起我爹娘了，爹娘的生计一定会好起来，他们就不用再那么辛苦了。想到这些，我真的好高兴。"桂枝一边说，一边又哭了起来。几个人连忙一起安慰她，说她真是个孝顺的好女儿。

严茯苓说："我呢，想进宫，又不想进宫。"

众人问她："怎么想进又不想进？到底是想？还是不想？"

严茯苓摇摇头说："想，是因为我父亲现在宫里，我要回到他的身边。不想，是因为我知道，皇宫就是一只精美的鸟笼，要是进了，也就被关进了笼子。到时候在笼里怎么扑腾全由不得你，想出笼，那就更不可能，一切都怕身不由己了。"

几个人听了严茯苓的话，倒不再关心她想不想进宫，却说她的心性好大。不过先前跟随他父亲严之慎去宫里转了一圈，哪里真的知道宫廷生活，就说什么鸟笼、小鸟，好像她对宫里真的有多么了解。大家都把心底的话说了，也就散了。

一时各各睡下。都在床上辗转睡不着。也是，年纪轻轻的小女子就要离别家人，从此隐没在一个全然不知、也不会被外人知晓的环境中去了，是祸是福，是好是坏，谁知道呢。

宋宫御医馆中下设有女医馆。女医的职责，当然是为太后、嫔妃等众多的后宫女子治病、侍疾。后妃有娠有疾的时候，男御医总不能全天陪护在妃嫔的床前。而男医不能做的事情，就由女医来完成了。

严茯苓几个很快被召入宫中。先到司礼处，让司教宫娥教给种种宫中规矩和礼仪。而后，御医馆给每个人安排职位：王娇娇在慈宁宫，专职侍奉隆裕太后。陈小蛮在蕊珠宫，侍护潘婕好还有皇子赵璩。桂枝被安置在慈元宫，服侍吴贵妃和皇子赵昚。

只有严茯苓没有被安排。王继先倒是说，由他亲自来安排严茯苓。王太医亲自安排，他会把严茯苓安排去哪里？除了慈宁宫、慈元宫和蕊珠宫，总不见得让严茯苓去福宁宫吧？

王继先开口了，他说："严茯苓，从哪里来，回哪里去吧，这宫里的活，没你的份。"众人一听惊呆了，从学到考到进宫学仪一步步都过来了。可是，怎么就让严茯苓回去了？

众人说："她考了头名，她最厉害了。"

王继先说："是啊，就因为她太厉害了，她方方面面都太出色，所以，她不适合待在宫里。"

众人问："为什么呀？"

王继先说："年轻人，听说过一句话没有，这句话说的是，国医未必是高手！要是懂了这句话，也就什么都不用问了，走人吧。"

严茯苓，真的要走？严茯苓呢，并没表现出甘心或者不甘心，更没有向王继先恳求留下，她只是提出，让她同她爹严之慎见一面。可王继先并不答应，他说她严茯苓既然能进宫，那就是个宫外人。宫外人要见宫里人，哪有那么容易的事？赶紧走人吧，一刻都不能留了。

慈宁宫中，赵构在王保等人的陪护下过来看望太后。在寝殿，问太后安，又聊了几句康泰。太后只说先前好些日子了，最近又老样子了，头有点晕，身上懒懒的，倒也不见是病。赵构便说户外天气好，不妨去外面坐坐，让身子晒一晒，或许精神些。小蟾几个宫娥听说主子要去外面，连忙收拾了榻椅，搬出来摆在庭院里。

庭院里，只见红繁绿茂，桂兰齐芳。桂花树的旁边还有一口池塘，探去池边一看，锦鲤翻红，绿萍点翠。等太后落座稳妥，赵构也便迎着暖光，缓步走走，看着池中时，若有所思，不觉说了一句："浮萍半夏。"还说，"这是朕出的上半句，谁来对下半句。"

浮萍，半夏，两味中药，合在一起，挺有意思，太后听了，也就展了眉皱，笑着对跟前的众人说："看看，皇上今天的兴致高，大家都别拘谨了，都来对一对，对上了，讨皇上的赏赐。"

果真有人来对，这个有对"沉香百合"的，那个对"黄柏通天"。赵构听了，觉得都不是很合意。

小蟾也轻轻说了一句："茯苓独活。"王保听着喝道："小奴婢真是大胆，敢说这样的话！"小蟾一听，连忙跪下。

赵构倒是笑着说："既然是对对子取乐，只要能对上，说什么不可以？你这个茯苓独活，朕倒觉得对得不错。"一时又说，"朕前日批了份考卷，考生就叫严茯苓，据说是宫中御医严之慎的女儿，有其父便有其女，文才医学应该都不错。"小蟾听皇上提到父亲和姐妹，再不敢说什么，只深埋了脑袋。

太后说："那位严家姑娘哀家也见过。曾跟随她的父亲来过这慈宁宫，哀家还说，小姑娘好像一个人。"

赵构便问："母后觉得她像哪一个？"

太后一时觉出自己失口，连忙说："一个故人，皇上哪里认识。"又说："这几日听说，宫里正给她们新进的几个安排去处。这个茯苓姑娘不知道怎么个安排。"

赵构说："母后关心，把她叫来问问就是了。"

太后连忙说："不必了，将来都在宫里，要见容易。"

赵构却说："既然这个女子有才懂医，叫过来先让她给母后瞧瞧，正好让她也一起凑兴，也对个对子，说不定能得到好句。"

太后便说："也好。"

赵构果真让王保去叫人。王保赶到御医馆，一问，说是王大人让走人了，出宫了。王保一听，心里也明白怎么回事，他王大人哪里肯轻易容下他眼外的人？但王保这回偏偏不肯轻易罢休，要知道严之慎父女还是自己找来的呢，人家要赶，他偏要想办法将人留下。

王保马上对人说："皇上要见人呢，还不赶快把人给叫回来！"

王继先听了，只好命令手下快去把人追回来。严茯苓呢刚走到宫门口，眼看就要一脚踏出门去，从此再一次离开这是非地，投身民间自由池。却没想到，身后有人飞快追到，要她快速回转。一时让出宫，一时又让返回，严茯苓觉想，自己是不是被人当陀螺踢着？

这样一来，因为皇上的偶尔唤起，严茯苓的出宫就出不成了，而且她的任职也很快得到了安排，被安排在慈元宫和桂枝在一起。也好，陪在生母的身边，日夜看见她，就算不能表明自己的身份，消除生母的惦念，但能够陪伴和照料她，也不枉母亲十月怀胎生育疼爱的那份深恩。而自己心中的煎熬就暂且不要去想了吧。身边还有桂枝呢，好朋友在一起，可以多说话，相互有个照应。

进了宫，还不能立刻被定职，只是个司药的女侍，要经过一段时间考察，宫里觉得合格了，再给定下女医的职位。进了宫的几个人，也便牢牢记着进之前得到的教诲，处处遵照宫里的规矩行事，早起晚睡。睡觉睡七分，醒三分，稍有动静，赶紧起床。平日嘴上装笨拙，脚下要飞快。所以过了一段时间，也都相安无事。

杭州城，山外叠青山，楼外还有楼。西湖边，只见断桥未断，堤柳绿翠，荷花映日红，蜻蜓立上头，暖风吹拂，熏醉了游人。又见数只船舶，围着一条宽大的龙头画舫，一起在湖心的碧波上，流连徜徉。

画舫坐着当今皇上赵构，只见天子春衫轻帽，脸上带笑。一旁，还有潘婕好等人。朝阳中登船，一直到落霞散去，还不见返岸。赵构看着烟波晚景，船娘摇橹，渔夫唱归，只觉得另有一番意境，龙心甚是喜悦，也就在船中吟哦起来。王保连忙临窗铺卷，笔墨齐备，等候皇上填写佳句。

赵构果真提笔挥毫，写下心得，却是《渔父词·渔父》。

一湖春水夜来生。几叠春山远更横。烟艇小，钓丝轻。赢得闲中万古名。　　清湾幽岛任盘纤。一舸横斜得自如。惟有此，更无居。从教红袖泣前鱼。

帝王的才情雅兴自然引来一片喝彩。填了词，又乘兴谱了曲。伴兴的秀女很快熟稔了词曲，一时间，吹箫的吹箫，弄笛的弄笛，歌者歌，舞者舞，就在湖心处柔一声，曼一声，像水雾烟花一样弥散开来。

正在此时，却有一条快船，划开烟波，通过外围护船的诘问，径直朝龙舫驶来。一等靠停，马上有人跳上大船。递上一份奏本交给卫兵，由卫兵传侍卫，侍卫传给大太监王保。王保也不敢怠慢，飞脚跑到赵构跟前，看一看四周的歌舞，迟疑片刻，终于还是压低了声音说："皇上，岳家军五百里加急奏报。"

赵构一听扫了兴致，挥手让宫人停止退下，自己从王保手里接过奏报，一看，说："是岳飞亲自奏来的，说是江阴等地发生瘟疫，军队因为帮助感染人众，也有所染及。"

潘婕好也听着，忍不住说："皇上，这军民都感染了瘟疫，那可怎么办？"

赵构说："这瘟疫的事也不是没闹过，速速派医送药就是了。"又说："就让严之慎再跑一趟吧。"

潘婕好忽然说："皇上，奴婢有个想法，想请命前去军营看望将士，算是替皇上劳军。"

赵构说："我大宋朝从来没有后妃劳军的先例，你要是在宫中觉得闷，就让人陪你到宫外走走，不要胡闹。"潘婕好听了，也就不再说话。

赵构吩咐完事，并不是急着让船靠岸回宫，一个手势，嫔娥们依旧上来，重操管弦。待烟霞落尽，夜雾升起来，早有人添灯上盏，布上各色香美的吃食。南屏的晚钟，也便在酒色之中敲响，又落下。

歌舞继续，肉色生香。何时有个人出了舫舱，走上船头，默默地靠在船舷，望着灯光下暗色粼粼的湖波，任凭初凉的湖风卷起了身上单薄的裙裾。是潘婕好。看起来，似乎如此这般热闹繁华也抹不去她心头的寂然。

宫中严之慎得到旨令，说是常扬有疫，岳家军营被染，让他速去医治。一听，心中立马焦急如焚。倒不是担心自己又要跋涉，或者近瘟被染。身为医者，从医之日就把治病救人放在首位，还会担忧什么？所以，现在让他万千担忧的是疫区的军民，是人命！所以，也就恨不得马上起程，星月赶路。但还有牵挂的人，也就提出来，想跟女儿严莜苓道个别。宫中竟然同意了，大概知道他这一去只怕凶多吉少，不知道有命去，还有没有命归来。

严之慎见到严莜苓，把去常扬治瘟疫的事情说了，一面嘱咐女儿在宫中处处留心。严莜苓一听父亲外诊，竟然提出跟父亲一同走，说父亲行医不能没有帮手，她一直是父亲的好帮手。严之慎想阻止女儿，不想让女儿陪他去冒这个险。可是严莜苓不听，还自作主张找到王继先跟他说了。王继先一听，父女一同去疫区，那就是正中下怀，马上笑颜答应，还说让他们尽管放心前去，宫中用医，自然有人会替他们担待下来。

严之慎也就只得答应，让女儿跟随一同前往。连夜备药，收拾好马车，已是半夜。睡下去，也就睡了两个时辰。待到东方微白，连忙出宫赶路。

就在严之慎父女俩在宫门外骑上马的一刻，蓦地里蹿出一匹惊马，蹦跳着冲上前来，眼看着就要撞到严莜苓的坐骑。这个时候，只见严之慎紧急策马，冲上前去，让自己和马匹挡在了两匹马的中间。刹那间，惊马一头撞来，正中严之慎的胯下坐骑。坐骑受惊跳起，严之慎被一下子弹下马来，重重地落在了地上。

严莜苓见状连忙下马，扑到爹爹面前。明白爹爹是为了保护他，用性命把危险替她挡开，再一次救护了她。惊马很快被侍卫制服。再看严之慎已经动弹不了。抬回宫中一检查，腿骨摔断了。

说不定，惊马是被人故意操纵的。为什么要这么做？大概是想阻止严之慎前去治病救人吗？只是，现在不是追究惊马伤人事件的时候，更重要的是马上赶去疫区治疗。可是严之慎腿断了，去不成了。让朝廷另外派医吗？肯定是拖的拖，推的推，一个个担惊害怕。等他们到达，不知道病人已成什么样子了。

怎么办？却听到严茯苓坚定地跟她爹说："爹，你放心养伤，治瘟疫还有女儿我，我去！"严之慎虽然皱着眉，却点点头，说："爹虽然舍不得你去，但是前方需要你，病人需要你，为国为家为病人，爹支持你！"

这时候小蟾和桂枝赶来。听说严之慎受伤，受各自宫主的委托过来探望。桂枝听说严茯苓要只身去疫区，马上要求带着她。桂枝说就算她医术不行，好歹能给茯苓做个伴。小蟾又提出，她会照顾好严太医，让严茯苓放心身后的事。小蟾她才是真正的严茯苓呢，是爹爹严之慎的亲女儿，有她照顾，还有什么不放心？

就这么定了，说走就走。严茯苓和桂枝，还有护送的人马，带着装载药物的车辆，朝北而去。

第十二章

疗伤更兼深深情厚
家书唯添幽幽怨生

　　从杭州城去江阴，为了赶路，严荙苓一行并没有走水路，而是选择了旱路。时值盛夏，一路上，骄阳炙烤着大地，庄稼苗禾都卷起了叶子，只有知了不知疲倦，紧一声缓一声地嘶鸣着。

　　一队人马车辆往北而去，骑马人是官兵的装束。其中有两位眉眼清秀的姑娘，同男人一样骑马赶路。这姑娘，正是严荙苓和桂枝。不觉间车队来到一处山路，一边是密压的松林，另一边是悬崖。眼看着是险路，严荙苓也就催促队伍快一点通过。

　　就在这时，蓦然间从树林里冲出一支人马，一看装束，竟然是金兵。明白遭到了伏击，押车的官兵赶紧停了车马，仓促应战。枪来盾挡，挥刀相向，可哪里是骁兵的对手，几个来回大部分已经仆地。还有几个转身就跑，也被金兵追上去，手起刀落给劈了。

　　留下严荙苓和桂枝两个姑娘，金兵没有杀她们，却下了马，狞笑着，从三面围拢过来。严荙苓和桂枝两个人的手紧紧地相互抓着，一步步后退。她们两个弱女子，又哪里是强兵的对手？不先杀她们，是因为她们是女子！

　　严荙苓面对危急，急中生智，喊了一声："我救过你们的完颜少主！"金兵听着，愣了一下，可是杀得兴起的魔兵，哪里会顾及什么，眼看着一步步上前，一点点向姑娘靠近。看眼前这些人，一个个脸上的神情，得意又放浪，分明是成了魔兽。眼看着，严荙苓她们已经无路可退，只能是落入魔掌了。

　　忽然，两个人的脚步松动，一阵沙石滚落的声音，原来已经退身到悬崖边上了。不由扭头一看，只见一面悬崖，深不见底呀！

　　严荙苓马上朝眼前的人喊："再过来，我们就跳下去！"可是，金兵依然不管不顾地扑上来。

　　面对魔兽，严荙苓和桂枝不由得继续后退，一时间，脚下空了，身子也收，势不住了！两个人一起，掉下了悬崖。金兵上，探头朝下面看看，脸上现出遗憾。既然淫欲得不到发泄了，也就没有再停留，走之前不忘放火把装药物的车辆点着，一团红旺。等到火光熄灭，车辆药物都化为了灰烬。

人死了，林鸟也飞走了，四野一片空寂。这时，却有人从悬崖底下爬上来了，一点一点地往上爬。不是一个，还是两个人。只见两个人的头发披散，衣服破烂，满脸都是血污，从悬崖底下，一点点往上爬。是严茯苓，还有桂枝。

两个人原来没死，一个拉着一个，一个鼓励一个，竟然爬上了悬崖。两个人喘口气，看着被金兵烧杀后的场面，一个没有哭，另一个哭了起来。没有哭的严茯苓说："别害怕，岳家军会替大家报仇的！我们快赶路，有病人在等着我们呢。"桂枝也就擦去了眼泪，说："我们走吧。"

严茯苓和桂枝赶到江阴，竟然是岳将军和她养父邓元亮亲自迎接。但是岳飞没想到，来的不是严之慎，而是两个年轻姑娘。本来还想问朝廷派送的药物，看一眼姑娘的样子也就明白了，肯定路上遇到了拦劫，九生一死才逃出命来。

严茯苓也就来不及解释什么，并且顾不上喘口气，立马要求见病人。村道上、屋子里，坐着、躺着生病的人，有气无力的样子，只有一声声微弱的呻吟不断从干巴的喉管间传出来。军营里得病的士兵被安置在营房里，也是同样的症状。一个个都发烧，还说身子疼，哪里都疼。盛夏天气，病成这样，还能熬到几时？

严茯苓看过之后，语气坚定地说："去村子里找孩子，多找几个，越多越好！"一个姑娘，本来就不相信她能治大病，如今一到，竟然不是开药，只让人去找孩子，不是玩闹吗？

但是见严茯苓一脸毋庸置疑的神情，岳飞还是遵从严茯苓的意思，吩咐将士，赶快照办。村子里，把个几个孩童聚拢过来，站成一圈，中间放了一个盆子。说了，让孩子们对着盆子撒尿。还说谁撒了尿，给谁好吃的。孩子们一听有好吃的，可高兴了，一个个赶紧掏出小鸡鸡，朝着盆子就赶紧撒尿，撒得欢快。

严茯苓把盆里的尿液装进杯子里，分给病人，要他们趁热喝下。病人却不肯接，说自己都已经病成这样了，还要受糟蹋。也有病重的，撑起身子接了就喝，不管有用没用，喝了再说。

奇迹发生了，喝了童尿的，不久说想如厕了，厕后，拉出来的竟然是黑血。都拉黑血了，是不是没救了？却不是，说是感觉好些了，身子轻松下来，而且很快身上的烧退了。

看来，药物见效了。这样一来，不肯喝尿的，都抢着要喝尿。一时间，童尿成了宝贝。说这童子尿，中医里称童便，也称轮回酒、还原汤，它性味咸寒，滋阴降火，还能清除瘀积，化瘀生新。特别是降火甚速，凡阴虚火动，热蒸如燎，服药无益者，非童便不能除。而这是暑天的瘟疫，导致病人肝经和肺经上火，用上童便，先把火给泻了。童尿缓解了病情，可是要尽除病根，还需要另外用药。

只是军营和附近村庄的药所剩无几了，能找到一些先煮了，分给病人喝了。分量有限，实在没有办法了。严茯苓提出，把金兵烧药那地方的焦土收集回来。岳飞果真派人去把焦土挖了，全部装回来。用焦土煮了水给病人喝下。

军营中架起了大锅，只见岳将军脱了铠服，只穿一件短褂，露着臂膀，亲自抢锅。而严茯苓忙着盛药，桂枝忙着分发。很快，病人全都喝到了药汤。

这时候岳云回来了，竟然押回了一大车的药物。说是从金兵那里劫来的。原来金人害怕传染到瘟疫，就收集一些药物备用。没想到被岳云的兵马劫下，拉回了军营。

金人烧了朝廷送的药物，却又把他们收集的药物贡献给了岳家军，也是算是老天有眼。有了对症的药方，又有了药物，江阴的疫情很快得到了控制。

岳家军营，夜灯已亮，四面安然。在一处营帐中，岳云站在了严茯苓的身前。剑眉下一双星辰般的朗目，目光沉静又有力，定定地看着与自己有着数面之缘的姑娘。不用言语，谁都能识出眉眼间满满的关切。

岳云说话了，他说："这次又多亏了你们。"

严茯苓一笑，说："将士们好，比什么都好。"

岳云："一连几天，看你几乎都没合眼呢。"

严茯苓："你也一样，岳将军，我邓爹爹还有桂枝他们都一样。"

岳云也就让自己放松地笑起来，一面说："宋宫女御医，你看你，也不好好收拾一下自己，哪里还像个姑娘。"严茯苓低头看一眼自己身上，确实是衣衫破烂，脏得分不出黑白了，也便微微红了脸，说："我一定难看极了。"

岳云连忙说："没有没有，姑娘很好看。"说着，又觉得自己似乎有所失言，这位战场上叱咤风云的双锤英雄，脸上竟然也浮现出与平常年轻男子同样的羞涩，悄悄低了头。

严茯苓想让岳云先回去自己盥洗一下。话还没说出口，只见他的身后蓦地冒出个人，手里还拿着把匕首，一把寒光闪闪的匕首！

严茯苓想提醒岳云，但是她还没喊出口，只见眼前那人已经扑过来，扬起手，一下子把手中的匕首刺向了岳云。而那匕首分明要刺向岳云的心脏，但他抬臂挡下了。

竟然是邓自明！邓自明他竟然行刺岳云！而且，下手那么狠，半把匕身隐入在了岳云的手臂里。严荍苓终于发出一声撕裂心肺的喊叫："哥哥，你怎么啦？"

邓自明没有说话，只见他定定地盯着严荍苓，目光里带着痛楚还有绝望。突然间，只见他的头往后一仰，直挺挺地栽倒在地。众人把邓自明抬上床，探了鼻息，倒还没事。又给岳云拔下匕首，清了创口。却没想到，创口的周围很快出现了青紫色。

严荍苓惊叫一声："匕首带毒！"岳飞赶到，瞧了一眼儿子的手臂，脸上不由一片静穆。邓元亮捶胸顿足，不知道自己的儿子怎么了，竟然用带毒的匕首刺伤好兄弟。岳云倒仍然从容，轻松地说："一个小口子，没什么。"

严荍苓先镇静下来，果断地说："马上排毒！"一面吩咐桂枝："打一盆清水。"桂枝很快照办。

严荍苓再说："取刀。"桂枝取来递上。

严荍苓握住岳云的手臂，说："少将军，你要忍住点。"

岳云轻松地说："放心，我没事。"

严荍苓也就拿紧刀，咬着牙齿，把住岳云的手臂，刀锋直抵红紫的创口，切下！再切下！切成十字口。

此时的岳云竟然没有扭头避开，而是静静地看着严荍苓行刀，连眉头都没有皱一下。刀子切开了创口，再挤血。把带毒的血液挤在了盆中，一盆清水，马上红黑。

严荍苓看了，说："不是一般的毒，是剧毒，现在不知道这毒药的成分，只有先行排挤。"岳云手臂被挤去毒血好了一些，但是一停下来，很快又见紫黑。

严荍苓说："不行，这样排不干净，要吸毒！"

桂枝问："怎么吸？"

严荍苓说："我来。"岳云一听，扭过身子，拒绝说："那怎么行？"

岳云还抓住自己的手臂，再不让严荍苓碰触。他岳云，虎虎生威的青年英雄，堂堂的男子汉大丈夫，怎么肯让一个姑娘替他吸毒？

严荍苓却一脸正色，命令道："战场上士兵听你的，现在必须听我的，我是大夫！"不由分说，抓住岳云的手臂，嘴巴就着创口用力吸起来。一口，又一口，浓黑的毒血被吸出来，吐在了盆子里。桂枝换水，倒了一盆，端来清水，清水又黑红了。

严荍苓一口口吸着，一口口吐出。直到看见创口现出肉红，再不现紫黑才吐了口气。然后清理妥当，敷上创药。

岳云得救了，再看严荍苓已经身子摇晃，几乎站不稳了。看来，姑娘真的是累坏了。可是严荍苓还不能休息，她的心头还牵挂着另外一个人，她的哥哥邓自明。

邓自明依然在昏睡。严茯苓上前看一眼，只见床上哥哥的眉头紧锁，脸颊间隐隐透出了青灰色。连忙捉起他的眼睑，一看只见眼膜充血，瞳孔略有扩大。

严茯苓说："我哥哥，也中毒了！"一听邓自明也是中毒，营中上下顿时越发紧张起来，不知道如何就中毒了，更不知道这毒厉不厉害，会不会伤及性命。

邓元亮听后说，儿子从金营回来之后，一直很少跟父亲或其他人说话，平时锁着眉头，心事重重的样子。还以为过段时间忘了金营中不愉快就好了，可没想到他竟然行刺岳云，干出这般匪夷所思的事情。众人猜测，这一切，只怕又是金人的阴谋。

不管是不是金人的手脚，目前最要紧的是解毒。只是不知道他中的是什么毒，也就开了点甘草绿豆，煮了给哥哥灌，给他不停地灌。邓自明被灌下大量解毒汤，终于醒了过来，睁开眼睛，有了神志，却只说："让我死吧，我死了就好了。"说完了，又紧闭了嘴，再不肯多说什么。

严茯苓等人一时也没法可施，只好彻夜陪护在邓自明床前。邓自明再次睁开眼睛，只见眼前帐灯昏暗，父亲邓元亮和严茯苓都陪在他的床前。严茯苓竟然趴在床沿睡着了，身上盖着父亲的战袍。

邓自明不由一下子心中大恸，到底一位是他又尊又爱的父亲，另一位，是和他少小为伴，让他疼爱有加的妹妹。而且这个妹妹，在邓自明心头的分量比亲妹妹还要重。

邓自明再也忍不住，跟父亲邓元亮说了在金营的遭遇。说是金人给他服下毒药，开出的条件是杀掉岳飞父子，就会给他解药。只是他并不想这么做，哪怕自己因为中毒而身亡。只是，两度看到严茯苓和岳云在一起，让他不由又恼又妒，一时失了理智。

邓元亮说，自己明白儿子的心思，他并不是恶毒的人，更不是不可救药。如今能够认识到自己做了错事，相信大家都一定会谅解他。只是，万一拿不到金人的解药，这中毒的事怎么解决？

父子正在说话，严茯苓从昏睡中醒来。看到邓自明的样子，很高兴地叫了一声："哥哥！"又说："爹爹，哥哥，你们不要担心，我一定能找出解毒的药方。"

宰相府密室，秦桧和赵子彦在室中，秦桧一脸严肃的样子。

赵子彦靠近秦桧的跟前，说："大人，你快想想办法让皇上把立嗣的事情定下来。听说，有不少门客主动找上僖王的门下做他的门客，他们这么做，明显是看好被立嗣的是建王呀！"

秦桧说："王继先照本相的意思，一步一步按计划在实施，等药量用足了，皇上和太后意识就便全部丧尽，到时候就任凭我们左右了。"

赵子彦说："宰相呀，不能干脆一点吗？"

秦桧说："给皇上和太后开出的方子要众御医过目，煎出的药也都必须由众御医先尝，所以每份药汤中，只能多出一般人觉察不出的微量，而要是一次下足了量，只怕就难以顺利进入皇上的嘴里了。"

赵子彦说："小人只是担心，这样下去会生变，万一皇上立了建王为嗣，我们的所作所为，还不是前功尽弃了？"

秦桧听了阴阴一笑，说："你倒是比谁都急。"

赵子彦一听，连忙说："小人只是为璩儿着想。"

秦桧："尽好你的职责吧，朝堂大事，本相自会操心。"

赵子彦："是！"

蕊珠宫，潘婕妤懒懒地依在靠榻上。榻前，陈小蛮给潘婕妤请了平安脉，慢慢退回身来。想退出门外，却听到木婉吩咐，帮她拿把扇子。找一会儿，看到扇子在临窗案几上，便上前拿。近前时，却看到案几上放着素纸，纸张上却是描了一个人的画像。是一张侧脸，看上去很年轻、俊朗，但眉头锁着，似乎带着忧郁。陈小蛮也不敢多看，连忙拿了描金佩玉团扇，拿过去交给木婉。

陈小蛮出来时，正好看到一张侧脸，觉得有些熟悉，好像哪里见过。马上想起来了，好像就是刚见过的画上模样。想着，没顾及脚下，竟然碰着了什么东西滑了一下，陈小蛮一下子摔向前。却没摔倒，及时被人扶住了。扶他的人就是画像上的人，蕊珠宫的侍卫，叫严枳实。

陈小蛮一时想说，潘娘娘画了你，画得可像了。可又觉得这么说太冒失了，就朝严枳实笑了一笑，只说："谢过。"不由得又朝严枳实看了一眼，只觉得这位侍卫确实与别人不同，眉眼间像是藏着什么，看上去深深沉沉的，却又脸正鼻挺，怪不得画画的人会照他的脸作画。

她便站住了，跟眼前的侍卫说："我是新来这宫里任职的女医，我叫陈小蛮。侍卫大哥，你也是新来的吧，我们认识一下。"

严枳实说："我不是新来的，是去了外出办事刚回来，同在一处，好好做事吧。"

陈小蛮还想多跟人说话，也算是同处一个屋檐下，低头不见抬头见，先套个近乎吧。可是严枳实却好像不愿意多说话，才说了两句，就转身走了。

这时有喊声，说是贵妃娘娘到。陈小蛮听了，连忙低头避开。原来吴贵妃刚过了暑日午困，惦记着璩儿，过来看看，一面和潘婕妤说会话。

内室，木婉正给潘婕妤打着扇子纳凉，听到喧声，潘婕妤连忙起身。吴贵妃却早一步进了内室，把潘婕妤依旧按下，不让她起身。

吴贵妃说："妹妹，你身子弱，还是躺着吧。"

潘婕妤也便说："多谢姐姐担待。"

吴贵妃说："我们姐妹两个不比别人，别人进了宫就在锦团绣乡里，我们从北到南，都受了什么样的罪，所以你和我最不需要什么客套了。"

潘婕妤说："先前说内宫之中只有嫉妒相争，而我们姐妹却从来安然，就算出了璩儿吃冷食犯病这样的事情，妹妹心里还是很清楚，姐姐不会害我和璩儿，姐姐也应该明白，我也不会伤害姐姐。"

吴贵妃说："可不是，旧话说得好，盛世权谋，乱世保命，我们姐妹身处这乱世中，只想求得自身安然，也希望周边人以及天下人全都安然无虞。对于传闻中后宫的钩心斗角，尔虞我诈、你死我活之类阴谋宫斗，我等诸人，哪里可能会有这份闲心思？"

潘婕妤说："姐姐，你说得没错，妹妹跟姐姐何尝不是一样的心思，只是有一件事，你我不争，也不想参与其中，但只怕宫里宫外还是有人掺和，迟早会起纷争。"

吴贵妃："妹妹说说，是因为什么事必然纷争？"

潘婕妤："立嗣呀，敕立太子，对这件事，是不是很多人不肯袖手旁观了？"

吴贵妃："妹妹说到了立嗣，倒是件大事，眼看着昚儿和璩儿也一天天长大了，到底立哪个孩子为太子，相信皇上很快会给个定夺。"

潘婕妤："反正呀，禹儿走了，我的心就给掏空了，什么立嗣不立嗣，立他还是立谁，对我来讲，都一样了。"

吴贵妃说："是呀妹妹，姐姐我自从丢了瑗瑗，与你失了禹儿的心还不是一样的，只是，现在既然让我们姐妹看管昚儿和璩儿，虽然他们不是你我的亲骨肉，但既然喊你我一声娘亲，也就盼望着他们好好的，将来有个出息。"

潘婕妤说："姐姐，说真的，妹妹的心中倒并没有为这些操心。我只想着，什么时候能让我飞出这笼子透口气，就算透了气再被关进笼子里，也是好的。"

吴贵妃便说："妹妹，姐姐要说你了，你可不能想这些不着边际的。眼前养好身子最要紧，你还年轻，养好了身子，等到皇上的身子也好了，你再给皇上添个一男半女。"

潘婕妤说："妹妹斗胆和姐姐说句悄悄话，皇上如今不比往前了，天天沉醉在西湖歌舞中，只怕再没时间顾及我们姐妹了。"

吴贵妃听着也暗暗叹了口气，只说："皇上迷失，一时糊涂吧。妹妹你只管把身子调养好，到时候，皇上自然会来的。不比姐姐，年纪大了，不求别的了，只求安耽。"

潘婕妤便说："姐姐，你也要保重。"

　　岳家军营中，严荭苓还在思考哥哥邓自明中毒的事。既然是金人给他下的毒，自有他们使毒的惯用手法。就像汉人，惯用砒霜。而金人惯用的是什么？严荭苓很快想到自己的遭遇，先前王娇娇用月狐迷香让她昏睡，而月狐迷香用的是曼陀罗花。让她哥哥邓自明中毒的这一次，是不是一样与曼陀罗有关？

　　她也不敢确定，只能试试。严荭苓也就改用了以白茅根为君药的方子，煎了药汤，让哥哥每天当茶水喝。过了几天，邓自明中毒的体征果然有所改观，精神也好了许多。严荭苓便嘱咐哥哥再喝，以药代饮，把毒性一点点排出体外。

　　喝了，每天都有起色。哥哥好些，严荭苓总算舒了一口气，但还没敢懈怠。一大早，又和桂枝采草药去了。岳云不放心，悄悄跟在了姑娘们身后。

　　野外，青山秀水大片的树林。两个姑娘跳进林子里，挖这个，刨那个。在医人的眼里，这些根藤果叶全是治药救人的好材料。严荭苓又看到一株株小草，认出是金线莲，当年落陷阱被岳云救后在沈大娘家养病，是沈大娘教给她的，是一味滋补强体的好药，连忙采起来。岳云和邓自明两个哥哥受伤体虚，正用得着呢。采的时候不由得想，沈大娘和那位哑巴哥哥不知道怎么样了，自己不知道还能不能与他们再见面。

　　不知不觉就采满了背篓，严荭苓和桂枝两个背着下了山。山下，横流着一条小溪。两个人来到溪边，只见溪水缓软如缎帛，不由蹲下身子掬了一捧在手心里，看着晶莹的水珠从指缝间滴去。玩了一会，觉得不过瘾，又坐下脱了鞋袜，把一双赤脚伸进了溪流里面浸泡起来。

　　正在这时，一条蛇掠过来，直掠向严荭苓的跟前。严荭苓见状，不由"啊"的一声惊叫。这时候，有个人从对面的林子里闪了出来。严荭苓又惊了一下，想赶紧转身，却又来不及穿上鞋袜。朝人看一眼，竟然是岳云。

　　看来是想在暗中做护花使主的岳云，听到惊叫声，再没来得及思虑，马上现身，大概是急于英雄救美吧。

　　严荭苓的心头也掠过了一条小蛇，只是小心蛇吐出来的不是受惊的白沫，而是绯红如霞的莲花。

　　眼前的岳云，见严荭苓有惊无险便放了心，脸带微笑走上前，还打趣说："想学武松进山打虎，虎没见着，却撞见了两截白藕。"

　　严荭苓说："云哥哥，你尾随我们了吧？你不厚道！"说着，一面随手捡了块石头，朝岳云掷去。却见岳云捂着手臂，哎哟了一声。严荭苓一听岳云痛喊，再不顾什么，慌忙地站起身来。

　　严荭苓一定想着他那条手臂伤还没痊愈呢，是不是被自己砸中了？这样一想，竟然就赤脚踩着砾石就往对岸跑。溪水中一滑，还差一点滑倒，摇晃几下再往前。一口气跑到了岳云跟前，关切地问："砸痛你了？"

岳云哈哈一笑，说："骗你的。"

严茯苓听了不由装着生气，骂："你也这么坏！"

河的那一边，桂枝已经收拾好药篓，看着前面那一双男女。明白他们两个之间有着那一份尚未挑明、却掩饰不住的情愫。那情那愫，在你的眉头，在他的嘴角，在他们烁烁闪光的眼瞳中。不由朝他们微笑，眼睛里装满了祝福。

邓自明连续用了严茯苓的药，毒性渐渐减去，一点点排解。严茯苓回想一下当日王娇娇故意祸害自己，没想到却因此启发了人，也算是因祸得福了。

邓自明身体好转，心情也宽松了许多。说出当日的事情，是被严枳实引诱到赵府，然后被押入金营。严茯苓虽然和邓自明一样，痛恨严枳实陷入迷途，为虎作伥，但能够听闻到养兄的下落，也算是意外之喜了。

严茯苓嘱咐岳云好好养伤，也嘱咐哥哥邓自明休养生息。既然军营中已经安然，严茯苓和桂枝也就要回去了。何况严茯苓的心里，牵挂着受伤的爹爹严之慎，想着来到爹爹的身边陪护照顾。走之前，岳云拿着一件东西，让严茯苓带走。是他从北到南征战中一直带在身边的"和云"古琴。

严茯苓见了，连忙推让，说："这是你的爱物，还是你带在身边吧。"

岳云说："自从得到康王府天仙小妹的馈赠，我就一直保存在身边。伊人再不见，睹物思故旧。日月空念远，眼前自可怜。茯苓，你要明白我的心思。"

严茯苓听了，也就暗波涌动，只说："也好，我先替你保管，等你们北定中原之日，再完好奉还。"

岳云点点头，说："等到那一天，我们再合奏。"

严茯苓笑着接应，说："必须是《故园春》！"

岳云："是的，故园一定春灿烂！"然后依依辞别，严茯苓和桂枝上路了。巾帼才秀，红颜女儿，为谁人，心事悄然。然却，山一重，水一重，依旧奔走。

严茯苓走后，邓元亮父子在营帐中，交谈起各自心里的事情。

邓元亮说："孩子，你的心思爹爹早就看在眼里，你对你妹妹的好，不是一天两天了的事了，早在孩提时候，她就进了你的心，爹懂的。"

邓自明也便说："可是人家的心里没有我。"

邓元亮说："其实，你妹妹和你不般配。"

邓自明听父亲这么说，有些恼怒，说："那她和别人就般配了？"

邓元亮说："不，她和云儿也不合适。"

邓自明问："又怎么不合适呢？"

邓元亮说："你也别多问了，爹觉得不合适，就是不合适，这世间太多的有情人，未必能成眷属，两个不合适的人就算成了眷属，也不见得是好事。"

邓自明摇摇头，说："爹，我不懂。"

邓元亮说："孩子，总有一天，你会懂的。"

严茯苓回宫，向宫里回复了使命，便急急赶到院舍看望爹爹。看到爹爹伤势已经好转，能够下地挪步了。严之慎便跟女儿说，这些天多亏了太后和吴贵妃的垂眷，还有小蟾的照顾。让茯苓快去给吴贵妃报个平安，毕竟母女连心，就算目前还没有相认。

严茯苓和桂枝也就回到慈元宫，与吴贵妃以及宫里的姐妹见了，都是一番欣喜。吴贵妃让严茯苓上前，要好好看看她。严茯苓果真上前让她看看。看着，一会说瘦了，一会又说黑了。说着，眼睛里又泛起了泪花。私下里，吴贵妃却跟从嬉说，茯苓姑娘回来有变化了，眼角眉毛都在笑呢。从嬉也就笑着说，姑娘的年纪也不小了，可能遇到心上人了。吴贵妃便说，要是我的瑷瑷在，我和她的父皇，也到了为她操心婚事的时候了。

而严茯苓自己是不是也在心里悄悄地考虑，该让谁来操心和主持自己的婚事了，严爹娘？邓爹爹？还是她自己的生父生母？心里可能是指望两位养父，可是，他们到底是知道自己身世的，肯为自己做主吗？却又想，人家还没有开口呢，自己倒先急起来了，急什么呀？

很快，宫里说严茯苓和桂枝治疫有功给予表彰，把她俩正式定职，成为御医馆的女医。王娇娇有他伯父王继先运作，也定下了女医的职务。还有一个人没有被定职，陈小蛮。

严茯苓和桂枝自从懂了陈小蛮与人相异的心思，也就理解了她的为人处事，在心里把她看作了与自己一样的姐妹。知道小蛮一时没有被定职，怕她难过，就一起过来看看。蕊珠宫门前，没有见到陈小蛮，倒是见到了严枳实。严茯苓见了他，还是感到高兴，上前想叫声哥哥。严枳实却是一脸冰霜，说："你别若无其事的样子，我迟早收拾你。

严茯苓说："小蟾妹妹在慈宁宫好好的，你也看见了，为什么还要跟我过不去？"

严枳实说："因为你们已经把早先的严枳实扼杀了，并且逼我成为一个恶毒的人，那么，我只好用我的满腹恶毒来对付你们了。"

严茯苓说："那你就针对我吧，不要伤害爹爹和小蟾妹妹。"

严枳实说："快滚吧，要不我现在就杀了你！"严茯苓和桂枝只得往回走。路上，桂枝不由问严茯苓："那名侍卫对你怎么那么凶？他认识你吗？"

严茯苓说："可能有点误会吧，以后就好了。"

这一天，皇上身边的大太监王保又病了。上回得病，病的是疟疾。这一回，说是下消。想想在皇上身边当个差，每日里低头哈腰，提心吊胆，不要说白天贴身跟随，就是睡着了，也恨不得眼皮用根棍子撑着，怕塌下来误事。所以，有个病有个痛也是平常事。王保起先还想撑着，心想自己多尿，怕喝了水，会尿得更频，就坚持少喝水。没承想，少喝水还多尿。撑到后来，尿出的尿液竟然是混浊的，就像是尿液中和了膏粉。也就知道自己病得不轻了，再撑下去，会不行了。心中一个松弛，也就一头栽倒在床，再也起不来了。

这次王保不让请别的御医，就指点要严之慎。手下人说严太医的腿伤还没好全呢，只怕来不了。可王保说了，就是抬，也得把严太医抬来。严之慎得知信息，很快就来了。王保一见严之慎，哭丧着脸说："严太医，公公我怕是活不了了。"

严之慎看他的身子，果然大肉去了十之八九，再把了脉，脉象还缓和，便说："再熬下去，真的没救了，现在胃气犹存，还有希望。"接着就开药，开出白术、茯神、黄芪、龙眼肉、酸枣仁、人参等等，说是叫归脾汤。说这归脾汤，专治劳伤心脾的人。还说这劳伤心脾的有什么症状呢？就是心悸、怔忡、健忘失眠、盗汗虚热、食少体倦、面色萎黄、舌质淡、脉细缓。

王保一听这症状都对上了，也就更加笃信，严之慎是个真正的医学方家。当下让人去撮药准备。却又退去房里所有的人，只留下严之慎。

王保悄声跟严之慎说："严大夫，你的实力我领教了，有一件事，我思量了许久，必须跟你说出来，想求你出手相帮。"

严之慎说："王公公，有什么需要下医的，尽管开口。"

王保说："我想请你关注一下皇上的用药。"

严之慎一听，摇了头说："皇上所有用药都是王继先王大人一手操办的，我一名下医，哪里敢僭越半步？"

王保小声说："我是一名皇上身边的老奴，依我看来，总觉得皇上的用药有些不对，皇上的身体一样有所不对。"

严之慎："听王公公细说。"

王保："我现在心力不支，等我吃了药身体好些，再跟你严大夫好好说说。"

王保吃了严之慎的药，果然就好些了。严之慎对王保也极其用心，每日过来探视。一见两个人又掩门私聊。

王保有了力气，便坐直了身子，跟严之慎说："皇上这些年的事情我都记得，为了房中事，没少杀人呢，王继先来了之后倒是可以纵横了，但总不见妃嫔有孕，这是其一；其二呢，听皇上亲口说，一次次出现幻象。老奴我想，凭皇上的年纪和身体怎么可能老是作幻？这其中，是不是有原因？"

严之慎也就试探着问："王公公，你是担心用药有误？"

王保直接地说："不，老奴担心有人故意使然。"

严之慎一惊，压住声音说："药中做手脚？那可是弑君！"

王保说："是啊，替人家想想，真要这样做了，那胆子也太大了。要是万一露出丝毫马脚，可就是株连九族的大罪！所以，我也就一直不敢冒昧透露半句自己的猜测。看你严大夫是个靠得住的人，有医术又有医德，而且我已经病成这个样子了，怕自己什么时候闭上口气，心头的事情也就跟着埋了，所以才下决心私下跟你透个风。"

严之慎说："多谢你王公公对下医的信任，下医一定守口如瓶。"

王保说："老奴还想恳请你严大夫平素多留个心眼，也算是替皇上留心尽忠，替大宋的臣民留心保全。"

严之慎说："王公公的心思懂了，下医我一定谨慎。"

回来后，严之慎免不了暗自想一想王保交代的一番话。想想，从来只听说宦官作乱，阉人误国，如今能有真心为国为君操心的宦官，倒也是朝廷与君王的福分。一名宦官都有心除佞，何况自己？虽是草芥，也是大宋国的臣民！所以严之慎也就想，或许自己真的应该做点什么。

其实这几日让严之慎最担心的不是自己的亲生儿女，而是养女茯苓。看到她从岳家军营回来后心气形神都不一般了，当爹的也就猜想得出，姑娘的情怀开了。这一回，一定与所怀的那个人相处了，而且相处得有些深入。她回来也跟自己说起过邓自明和岳云的事，邓自明中毒，岳云受伤。也就猜想，能让她动心的就是这两个人。只是能让严之慎更断定的是，女儿茯苓真正喜欢的，还不是青梅竹马的哥哥邓自明，而是岳家少将军岳云。

是到了该为他们操心婚事的时候了，自己的一双儿女还有养女茯苓。可是枳实和蟾儿由不得自己了。茯苓呢，就算自己有心替她做主，自己又真能做得了这个主吗？要知道，那一边是诰命府第，另一边呢，实在是帝王血脉。而自己呢，只是区区草民。只是严之慎觉得茯苓跟岳云不甚般配。为什么呢？就因为她是公主。倒不是，她是皇上的女儿，而且她是赵构的女儿。

明白人都会猜测，凭岳飞一心进取的性子，与偏安一隅的赵构能相处吗？能相处到什么时候？而且，岳飞父子的性情是那么刚烈，面对帝王以及眷室，肯低腰敛眉吗？总之，就算严茯苓和岳云情投意合，用外人的眼睛来看，是不合适的。可是，他们两个真要发生了事情，那该如何应对？

严之慎思来想去，还是找来严茯苓。当着女儿的面，倒没有问她儿女之事，只是再次告诫她，遇事谨慎，不管什么事情都要三思而行。提醒完了之后，又跟女儿说起了行医的规矩，说是医者无忌。告诉茯苓，今后行医治病，不管是男是女，不管是爹还是娘，也不管得了什么样的病，都不要忌讳。只用一心记住，自己是一名医者。

听起来，爹爹所说似乎若有所指。但是，严茯苓并没有去想爹爹指的是什么。如今，只见姑娘眉梢微翘春风柳，眼波含娇二月花。心腹之间一定充盈着少女的沁思秘梦。别的事情，都暂时难以抵达她的心底了。

金军营中，完颜兀术和完颜亨父子两个分座而坐。完颜兀术貂尾毡帽下露出一绺头发，黑中夹了些许灰白。红黑色脸庞，浓眉大眼，眼圈间还带着青黑。完颜亨依然是抿紧嘴角，目光炯炯，挺直着身子。

完颜亨先说话："父王，我们是漠北人，习惯干燥的天气，更习惯骑马打天下，南方潮湿，多水，还动不动水面作战，这些条件对我们不利。要是长期下去，就像车轮陷进了泥沼中，动不了身子使不出力气，所以孩儿想，不如及早进攻，拿下全局。"

完颜兀术摆摆手，说："有韩、岳挡道，就算没有泥沼，一样寸步难行。现在要做的，还是先灭除韩、岳的力量。"

完颜亨："不动兵戈，不杀伐，怎么灭除？"

完颜兀术："当然要杀人，不过杀人有很多种方法，最畅快的一种，当然是在战场上，对阵而战，枪来刀往，几经激战之后，力取首级。"

完颜亨："父王，您是豪气盖天的英雄，最喜欢在战场上取胜。"

完颜兀术："但是面对岳飞这样的强敌，靠你我手中的刀枪已经战胜不了他，还可能会死于他的刀下，那么，只好另想一招来制胜了。"

完颜亨："另想一招？什么招？"

完颜兀术："藏机杀人！"

完颜亨："父王说的是，智取？"

完颜兀术听着儿子的话，却不置可否，只问："你布在岳家军的机，可用吗？"

完颜亨："孩儿已经得到信报，那小子回去之后，确实用毒匕首刺伤了岳云，还想再杀岳飞，只是被一个人化解了。"

完颜兀术："是谁？怎么化解了？"

完颜亨："说是一名叫严茯苓的宫廷女医生，用她的医术治好了岳云的伤，还解除了邓自明身上的毒。"

完颜兀术："好厉害的女医生，有机会本大王倒想见识见识。"

完颜亨："这位医术高超的女医生，会不会是……"

完颜兀术："亨儿，你想到了什么？"

完颜亨："没有没有，父王，孩儿想，这藏机杀人并没有如我们所愿，那接下去我们还能用什么办法智取呢？

完颜兀术："借刀杀人！"

完颜亨："借刀杀人？谁的刀？怎么杀？"

完颜兀术："他们自己的刀，至于怎么杀人，父王我自然会一步步安排，只是接下去的一步是关键，那就是跟他们的朝廷和谈。"

完颜亨："让我们大金国跟赵构这个躲在杭州的小皇帝和谈？"

完颜兀术："是的，这是关键的一步，要走好这一步，还需要你出面上场。"

完颜亨："孩儿遵从父王吩咐。"

完颜兀术："你带着父王的书信即日起程，前往杭州宋国朝廷面见他们的赵构皇帝，与他们商议条件，并签下和约。"

完颜亨："父王，这是缓兵之计？"

完颜兀术："不，以退为进！"

完颜亨："孩儿懂了！"

第十三章　宋金议和遗耻千古
云苓东西唯情难断

宋宫女医馆的寝房里，亮着一盏绢纱四角小灯，灯光照见低矮的床榻和床上素洁的被褥。严荍苓已经盥洗了，把一头黑丝松松绾了，穿了件贴身睡袄。

窗外，月色皎洁，盘月已近中天。严荍苓却还没有睡下，只见她搬出一只锦袋放在了案桌上，一面解开袋口，把里面的古琴抱了出来，放好了。是一架连珠式古琴，颈腰内敛，双珠相连，龙池上方章草书，有"和云"二字。

严荍苓坐下来，纤纤十指，轻轻地抚摸着琴身，又一一地抚一遍七根弦。顿时，严荍苓的眼前现出康王府花园的景象：明净的阳光下，花开着，蝶飞着，欢歌阵阵，笑语盈盈。一曲终了，小郡主从琴架前站起来，看到年少的岳家公子从人群中走来，一双漆黑明亮的眼睛，朝小郡主看一眼，嘴角边浅浅带笑，再伸出手来，轻轻抚摸着琴首。爹爹，康王府的主人，他说，岳家公子也喜欢琴呢。她严荍苓，哦不，当时叫佛佑呢，就说了，我要把我的"和云"送给大哥哥。爹爹说好。看见了，那时的爹爹，他的目光是温润的，他的身子是那样挺拔。岳云听了，开始摇头，不肯接受人家的东西。他爹岳飞说，这是康王与小郡主的好意，你就收下吧。岳云这才把琴接过去，抱在了怀里。一面又扭了头看着佛佑郡主，嘴角卷起感激的笑意。

正想着，手指却触动了琴弦，"当"的一声，余音袅袅。桂枝过来，身上和严荍苓一样的衣着，透着乡下姑娘特有的质朴，走上前靠着严荍苓的身子站住了，说："又在想人家了？"严荍苓抬头朝桂枝看一眼，眼波里现出娇羞，却说："哪个人家呀？"

桂枝说："我都看出来了，你喜欢他，他也喜欢你，你们两个可般配了，依我看，你们就早点请爹娘做主，把婚事定下来。"

严荍苓故意装了脸色，说："你一个姑娘家说这样的话，差不差？"

桂枝说："我们村子里就有这样的事情，一个姑娘和小伙两个人暗中相好，却都没好意思跟父母说，结果呢，家里的父母给他们另外选配了婚事。"严茯苓听着，不由急了，连忙问："那他们怎么样了？"

桂枝说："还能怎么样，不能在一起了呗。"

严茯苓说："这样啊，真是可惜了。"

桂枝说："更可惜的在外面呢，两个人都抗婚了，但是到底抗不过，后来就双双跳河了。"严茯苓听着桂枝说的，一时再没说什么，坐在琴台前静默了许久。

宋宫闲道上，身着女医官服的严茯苓，一个人低头默默走着。

姑娘的心头应该正想心事，还想着桂枝说过的话。那就是把心事跟父母说出来，让他们替自己做主，把事情定下来，把自己的终身托付给一个人。可是，让哪一双父母为自己做主呢？养父严之慎吗？她心里知道，严爹爹是最疼爱自己的，相信不会干涉女儿的选择，可是，他作为一名在宫中任职的下级医官，就算有心要为女儿主婚，但他能做主吗？要知道，爹爹和自己都进了宫，成了宫里人，万事，能自己做主吗？

那么，可以让亲生父母来替自己做主吗？跟他们道明，自己就是佛佑，然后以公主的身份，体面又风光地嫁入帅府。可是，这样的体面风光，是悬崖下那位血肉模糊的小姑娘想要的吗？是隐忍民间多年的严茯苓想要的吗？甚至，这位体面风光的公主，是他岳云想要的吗？

这样一面想一面走，不当心碰了一个人，差一点撞了人家。连忙抱歉，再点了下头让过一边。那人却还不走，挡在了她的面前。还听得那人说："女大夫，你不认识我了？"

严茯苓听人家这么一说连忙抬了头，朝人家的脸看去，看到剑眉下两道寒星般的目光，鼻梁劲挺，薄唇轻抿，嘴角边带一个似有若无的浅笑。严茯苓看一遍，摇摇头，说："你认错人了，我不认识你。"

那人说："你坐在山亭里，来了两个骑马人，其中一个病了，奄奄一息，是你救了他，对吗？"

严茯苓："你就是那个昏迷的？"

那人说："想起来了吧，就是我呀。"严茯苓却也一下子想到了什么，说："你是金人！"

这人正是金少主完颜亨，原来他进了宋宫。严茯苓没想到会遇到这个人，倒也来不及想他怎么会出现在宫中，只是转身想走开，不想跟人家再有沾边。

完颜亨却依旧堵住她，说："你怎么不理我了？因为我是金人？金人和汉人不就一身衣服吗？当日和今天，我都穿着汉服，你不就没认出我是金人？既然只是一身衣服，你又何必这么在意我是金人还是汉人。"

严茯苓却厉声说:"你一个金贼,有胆来到宋宫,不怕被人砍下脑袋碎尸万段吗?"

完颜亨:"本少主来了,还是大摇大摆地来,连你们的皇帝都把本少主奉为座上宾,谁还敢动我?"

严茯苓:"皇上,还有全宫上下满朝文武,都一定不会放过你!"

完颜亨听着一笑,语气轻松地说:"是吗?那就等着瞧瞧。"只是完颜亨说完,还是不肯离身让道,依旧挡住了严茯苓。

严茯苓只得再跟他说话,只说:"你走你的,我是宫里的女医,还有事情,请让开。"

完颜亨:"我会跟你们的皇帝提个要求,本少主在宋宫的这段日子里,让你做本少主的专职御医。"

严茯苓说:"让宫中御医为金人使用?休想!"

完颜亨:"你要是不肯,你们的皇帝随时可以给你下一道圣旨。"

严茯苓:"你现在好好的,没病,不需要大夫。"

完颜亨却指着自己的胸口,说:"茯苓姑娘,本少主有病,是心事!你可知道,你的名字以及你的经历,本少主都打听清楚了。如今本少主只想告诉你,本少主的病是因为你而起的。病了好久了,必须由你来医治。"

严茯苓听了连忙摇头,说:"原来我只认为'六不治'说法是错的,医者逢病就当治,现在才知道自己做错了!"

完颜亨说:"茯苓姑娘,我不是想让你难过,我只是想告诉你,你救了我,还打动了我的心,让我从见你的那一刻起,就再也放不下你了!"

岳家军营,这一天岳飞收到了两封书信。第一封是家书,母亲太夫人写来的,说是自己年岁已高,希望有生之年能抱上曾孙。如今云儿已到婚娶之年,做父母的,应当为他的婚事操心做主了。第二封呢,是好兄弟韩世忠写来的私信,说是夫人梁红玉一直为贤侄岳云的婚配大事操心,如今已物色好一名贤良女子巩氏,希望能及早定夺。

原来两封信是同一个内容,岳飞也就猜想,红玉嫂子肯定先征求了太夫人的意思,得到了太夫人的应诺。岳飞也就把岳云叫来,说了书信的事情。做父亲的,少不了说几句儿大当婚的话。

岳云听了,却说:"父亲,恕孩儿不能从命。"岳飞一听,奇怪了,儿子岳云从来是最听话的,别说还是最疼他的奶奶开口要他娶亲,也就问:"为什么?"

岳云说:"因为,因为孩儿的心里,已经有人了。"

岳飞听着,倒不觉得十分突兀,却还是问:"是哪位姑娘?"

岳云就壮了胆子，说："就是宫里的女医，严荗苓严姑娘。"

岳飞听了，也没有表现惊诧，却没有立即赞同，只说："倒是位好姑娘。"

岳云连忙说："请父亲替孩儿做主，孩儿想娶严姑娘为妻！"

岳飞点点头，却说："也该禀告你奶奶，让你奶奶定夺，另外，为父我也考虑考虑。"岳飞知道，军中好兄弟邓元亮就是严荗苓的养父，也就把邓老弟找来，在私帐中把话挑开了，想听邓元亮的意思，如果有可能，那么征得太夫人同意后，就把两个年轻人的事情敲定下来。这样，也算了却太夫人和自己心头的一桩大事。

邓元亮也估计会有这一天，只是他却说："云儿和荗苓，他们不合适。"

岳飞说："云儿忠良，荗苓贤能，依我做父亲的看，倒是挺合适的一对，邓贤弟，你怎么觉得不合适呢？"邓元亮心里有话，但是又不能说出来，毕竟，这是一个秘密，一个不说天大也是不小的秘密。虽然说，将军联姻皇亲，倒是常事，可是，凭岳家父子的心性愿意与赵家牵扯吗？所谓忠将之门自清高。就算现在不知道荗苓的出身，但迟早总会真相大白的。

而荗苓，不，是佛佑，她身体里继承的到底是赵家的血脉。要是嫁入岳家，给忠将之家带来的是福？还是祸？总之，邓元亮就觉得岳云与荗苓不合适

所以，邓元亮就说："要不，问问荗苓的意思，我只是听说，她自小就由亲生父母作主给许了人家。"

岳飞一听邓元亮的话，马上变了脸色。原来荗苓早就有人家，那她怎么还跟我儿子含情脉脉，眼波切切？这样品性的女子，还想嫁进我忠烈之家？当下，岳飞发话，要儿子断了对严荗苓的念头，考虑与巩氏的婚嫁。

岳云万万没想到千辛万苦等来的消息，是严荗苓早就定下了人家。自己的万般憧憬，千般情怀，还不是东流水一样，白付了？一下子心意灰暗，情绪寥落。再想一想，一个撞开他心扉的姑娘就算两情相悦，眼看着走不到一起了。而另一头，有奶奶的殷切，父亲的威严，还有他最敬重的韩家伯父母的保婚，那么自己到底该怎么办？怎么取舍？何去何从？一时间，岳云的内心是一片油煎火燎。

朝堂上，赵构坐在龙椅上，看样子想正冠端坐，但偏偏他那皇冠与身子，都显得些歪斜。

宋国的文武，玉阶下面两排站立。殿下，走来了金国使臣。正是完颜亨与他的随从聂儿孛堇。

完颜亨与聂儿孛堇昂头挺胸，踱步上前，脸上带着轻蔑的笑意。看起来，他们哪里是出使别国，分明是来给宋朝廷示威呢。完颜亨到达玉阶前，一样是

昂头相向，并没有行礼，也不打算行礼。

这时候武列中有人站出来，是老臣张浚。

张浚说："金贼，竟有胆来到我大宋朝堂，看你是使臣的份上，且让你苟活几天，如今觐见我大宋皇上，还敢不行三跪九叩之礼！"

秦桧连忙站出来，说："金人的礼仪与我大宋不同，就不要苛责了。"

完颜亨说："徽钦二帝，是你们的大宋皇帝吧？而且，他们还是座上高宗皇帝的父兄呢！本少主见到他们，可是从来不行三跪九叩之礼呀！本少主只知道，金宋议和，首要条件就是宋向金称臣。所以，该你们君臣向我金国使者叩拜行礼才是！"马上，武列中一个人跳出来，只见他手中抓中剑柄，就要拔出来。

是韩世忠！

韩世忠瞪圆了双眼，大声说："金贼，老夫今天手痒，先砍下你的首级，再叫你狂妄！"聂儿孛董一见，也拔出了随身佩剑。

完颜亨连忙闪在一边，脸上隐隐露出惧怕神色。赵构却说："文武归列！金国使臣完颜少主年轻，又远道而来，何必跟他们计较礼节。"

完颜亨听了，放松脸色，得意地一笑。张浚和韩世忠，也就只得强忍了怒气。而秦桧，倒是暗暗吐了口气。

赵构："金国使臣，有什么话，请讲来吧。"

完颜亨："我大金国君，为解除金宋两国军民劳苦，保障你朝在杭州安心而居，同意与你宋国签订和约。故授命本少主为使节，来你宋朝廷商谈，本少主已拟好商谈条目，有劳你们君臣过目。"

还没商谈，他们就已经拟好了条件？韩世忠几个听着，都差点把自己嘴里的一副牙齿咬碎。

完颜亨代表金国出具的条件是宋向金称臣，由金册封康王赵构为宋国皇帝。还有，宋国太皇徽宗已薨于五国城，只是和谈达成之后，可以马上归还徽宗皇帝的棺椁，金还向宋归还唐、邓二州，划淮河为两国国界。宋呢，必须每年向金纳贡。

还是韩世忠先跳出来，说："让我大宋给金贼称臣？做梦吧！"

秦桧连忙说："如果两国从此以和相处，化干戈为玉帛，那可是两国君臣以及黎民百姓的福分呀！"

韩世忠暴怒，大声说："秦桧，你这个卖国贼，老夫与你势不两立！"

秦桧："匹夫逞勇，为害社稷！"

韩世忠再不理秦桧，只对着赵构说，"皇上，老臣和岳将军只等皇上一声令下，立马挥鞭扬蹄，不捣黄龙，誓不还朝！"

赵构却说："朕听说先帝已薨，五内俱焚，生不如死，你们作为臣子，竟然无动于衷，还只顾着争吵，这样争来吵去，能吵出个世道太平吗？"听皇上这么说，一时间，文武只得噤声。

赵构一时又涕泪俱下，说："为了迎回先帝灵柩，让父皇魂归故国，与金国达成和谈，又有什么不可以呀？"完颜亨听了，心中一定暗笑，这个懦弱的高宗皇帝，为了他的富贵安然，明明甘愿做狗乞怜，却还要在众人面前表演一场孝子哭亲的大戏。

秦桧暗中点头，自己多年不断在赵构耳里解说金人厉害，要想活命保位必须谈和，如今眼见得要大功告成了。那么，自己在金人那里，就是位大功臣了。

韩世忠还是痛心疾首地说："皇上，大宋的君臣如何能不念父母之仇？不思宗庙之耻？不痛宫闱之辱？不恤百姓之冤？与金人谈和，那是逆天违人啊！"

张浚也对着秦桧说："如果议和，朝野上下，一定说宰相监国不成，恐怕要被后人耻笑千年！"

秦桧哼一声，只说："不必再多嘴多舌，议和的事，皇上自有定夺。"

赵构也就说："宋金议和，福泽南北，就这么定了！"就这么，定了？纵然韩世忠等人想拼却一腔热血阻止和谈，但到底阻挡不了皇上赵构怕战惧金的心理，以及秦桧刃片一样的削薄嘴皮了。

千古英雄，只能仰天长叹。

宋朝廷很快悉数答应了金人的和谈条件。后来金国使臣完颜亨又开出一个附加条件，让宋国给金国提供一批医伎人员，而且点了一个人的名字，宫中女御医严荍苓。

赵构一听，这算什么，千金万银都纳上了，还会舍不得几个医官伎人？关于严荍苓，赵构还有点印象，御医严之慎的女儿，一位出身平民家的女子，医术倒是不错，给朝廷出过力，治好了一场瘟疫。原本想一直留她在宫里奉职，既然金人要她，那就让她去金国吧。就算，强虏指名要他的女儿，他又能怎样？

很快，皇上下达旨意，要数百名技人工匠随金使赴任金国。而女医严荍苓的名字赫然在列。

严之慎和严荍苓父女两个也明白要是去了金国，万事都将是身不由己了，但是不去那就是抗旨。怎么办？是抱头痛哭？还是思谋对策？

严之慎说："女儿，只有求求你的生母吴贵妃，或许她还能救你一回。"

严荍苓："可是，她现在是贵妃，凭什么救我一介民女？要我向她表明我的身份吗？"

严之慎："这个时候，要是让大家知道你的身份，只怕金人更加不会放过你，那个完颜亨肯定马上提出和亲，要皇上将你许配他，让你远嫁金国。"

严获苓：“爹爹，我只能听天由命了吗？”

严之慎：“去吧，去找吴贵妃，你的娘亲，她会怜悯你的。”

严获苓：“好吧。”

严之慎又说：“女儿，爹这里有一包药，万一不得已你就吃了，吃下之后，你会通体发热。”

严获苓听着笑了起来，说：“爹，女儿懂你的意思，你是不是早就在替女儿想办法了？”

严之慎：“古亭畔看见那男子失魂落魄的神情，后来知道他竟然是金国的少主，我就料到他不会放过你，迟早会有这么一天。”

严获苓：“爹，女儿就是死，也不会从了金贼。”

严之慎：“错了，女儿，要记住，无论如何自己的性命必须放在第一位，必须活着！只是不到万不得已时候，不要放弃抗争。”

严获苓：“爹，女儿听你的。”

慈元宫中，严枳实带着圣旨过来传旨接人，说是要把严获苓接去交给金人。

吴贵妃在内室坐着，宫娥从嬉从里间出来。从嬉看一眼严枳实，心里觉得，以往这位严侍卫的脸上总是布着阴霾，现今眉眼带笑。一丝裹阴带奸的笑意，抖动在眉眼这间，藏都藏不去。

从嬉来到严枳实的跟前对他说：“请严侍卫回禀皇上，严侍医病了。”

严枳实说：“才见她好好的，怎么会病了？”

从嬉说：“宫里御医已经诊治了，说是病得不轻，恐怕是瘟疫，严侍医她刚刚从疫区治疫回来，很可能被传染了病毒，只是当时并没有发作，如今才发作。”

严枳实说：“在下一个当差的就这样回去，只怕无法跟皇上交代吧？请从嬉姐姐关照在下并高抬贵手，让在下好歹看一眼严太医，也好回去如实禀报。”

从嬉说：“你就不怕被传染？”

严枳实说：“宫中任职就要尽职，哪敢说怕还是不怕。”这时候吴贵妃从内室出来，对着严枳实说：“严侍医确实病了，本宫的话，你也不信吗？”

严枳实连忙说：“卑职不敢！卑职只想完成差事，不受责罚。”

吴贵妃说：“既然这位侍卫这么尽职，从嬉，你就带她去看看严侍医吧。”

从嬉：“是，娘娘。”

严枳实在从嬉带领下，来到一处偏楼，进入有人把守的内室，果然看见严获苓躺在床上，面容憔悴，眼皮都睁不开。

严枳实还是不肯罢休，上前伸手在严获苓的额前一探，只觉得一团热火，烤炙一般。赶紧退回身来，二话不说拔腿就走。

严枳实出了慈元宫，并没有急着去福宁宫复命，而是来到金人的住处，把他所见情况跟完颜亨汇报了。完颜亨听了，说："本少主早就让你看过她的画像，你明知她在哪里，却长久没有向本少主提及？如今又跟本少主称她病了，是不是都是你故意为之？你是她的什么人？你这么做，是为了保护她吧？"

严枳实说："小人所以没有向少主提及，是想把她擒了献给少主，给少主一个惊喜，只是一直没有得手的机会，至于少主怀疑，说她是手下小人的什么人，那小人跟少主坦白了吧，她是小人的仇人！"

完颜亨："仇人？为什么？"

严枳实说："是的，仇人。"却一想，还是没有道明原委，只说，"严家父女没有给我好好治病，害得我差一点丧命，所以，小人恨不得一刀把她严茯苓给结果了。"

完颜亨："不不，你可以这样仇恨别人，对茯苓姑娘不可以这样，因为她是本少主的心上人，你不可以对她说动刀，不管怎样都不可以！听着，本少主要娶严茯苓为妻，她的父亲就是本少主的岳丈，要是她有兄弟，那就是本少主的舅兄，本少主都将一并厚待。"

严枳实没有想到一名北胡少主，竟然对一名汉家平民女子怀有如此深的感情。他还说，严茯苓要是有兄弟就是他完颜亨的妻舅。而严茯苓的兄弟，不正是自己吗？

只是，他严枳实最看重的倒也不尽是这些，把他打动的是一个男人对一个女人的深情。想想，自己不正是同他完颜亨一样深深怀着一个女人？能够得到心爱的女人，才算是得到了一切！所以，严枳实也就觉得，自己能够理解完颜亨此时的心思。

严枳实也就说："等严茯苓病好，小人一定负责把她交给金少主。"

完颜亨说："好，等你完成这个任务，本少主自会好好赏你，对了，你好像对钱财不感兴趣，那么你肯定有另外的索求，那你告诉本少主吧，是什么？"

严枳实却还是不肯明说，只说："小人能为少主效命就是万幸，不敢索求什么。"

完颜亨："看来你真是个有心机的人，不可小视！"但他并不想深究严枳实的心里，只是再嘱咐说，"保护好茯苓姑娘，要是她有什么动静，一定要及时告诉本少主！"

严枳实点头，说："小人谨记。"

完颜亨却又幽幽地说："你一定体会不到，一个人的心里爱上了一个人，会把所有的心肝肺都交给她，其余的怎么也挤不进心里了，可又一时得不到那个人，这心里就只剩下了酸楚和惆怅了。"

严枳实听着，一定想说，我的心中又何尝不是这样的滋味？

岳家军营，岳飞得到朝廷与金国议和的消息，当时就气得喷出一口鲜血。要知道，金人践踏大宋，屠戮百姓，血染山河，制造靖康之耻，如今北国疆土尚未收回，宋室帝妃还在金国受役，靖康耻，犹未雪，而岳家军以及宋国万千忠义之士，拼尽腔中热血，勤兵秣马，卧薪尝胆，只为与金人决战！一日一日，望眼欲穿的是饮餐胡虏肉，渴饮匈奴血，收拾大宋山河，重振大宋雄威，朝天阙！

可是，一纸变节乞怜的和约，让宋国忠烈臣民的一颗心都霎时由夏至冬，寒凉成冰，并且从天砸地，一下子掉进了万丈冰渊。也就看透了，自己拥立并敬重的这位高宗皇帝，先前一度激越陈词，主战抗金，鼓舞了不少文臣武将以及宋国百姓，如今看来，这只不过是假象，他的骨子是软的，太软弱了，压根是个想苟且偷安的主子！他真正想要的不过杭州的暖风熏月，是苟且偷生，而不是真的想收回故土，重振大宋雄风。或许，他赵构甚至不想接回被北掳的父兄！想到这些，一代英豪岳武穆，也就只能发出苍声悲叹。

凭栏潇潇雨，壮怀空激烈。

正在这时，岳飞又接到家书，说是岳母太夫人病重，在病榻上没有一天不叨念儿孙的身体和云儿的婚事。便对儿子岳云说："为了遂你奶奶的心愿，为了让你的亡母瞑目，也让你爹有件开怀的事情，我们父子这就回去，把你和巩氏的婚事办了吧。"

岳云深深地知道，朝廷跟金人议和，对主战的父亲来说是五雷轰顶，满腹悲凄，如今父亲让自己办婚事，说是多少让他能开怀一些，那么，为了病重奶奶，为了早亡的母亲，更为了愁怀不展的父亲，自己还能怎么样呢？

宫中，待金人满载而去，严获苓停止用药，也就退烧了。这引发肌体发烧的药，也就用了黄芩、连翘等几味解表药，增加皮肤温度，再喝口酒，让体热骤升。如果细探，肯定能区分出这病与非病。但是人们一听说瘟病在身，心中首先就怵了五分，待挨近，也就看一下表面，最多接触一下皮肤，一触立马收手，唯恐自己被传染。所以，就算严枳实这样一个精明的人，也被轻易蒙蔽了。

严获苓逃过大劫，深谢吴贵妃。要不是吴贵妃鼎力相助，就算逃出金人的手心，也只怕逃不过宫役的草菅与荼毒。要知道宫中役杂诸等，只要是听说谁染身瘟疫，轻者马上被禁锢，重者很可能被活活埋葬。严获苓深深感受到生身母亲的善良与慈厚，与亲人因为离别而疏远的一颗心，不由向着亲情稍稍往前滑进了一些。

当她听到朝廷与金国签订和约的消息，明白这一定是以身为皇上的父亲为主使的一群偏安者，所做出的辱国丧节的败行。父亲他为什么要这么做？他真的害怕金人？还是害怕失去眼前的所有？要知道，连自己一个小女子都懂得，宋国的大部分国土还在金人手里，赵家的那么多亲人也还在金人的手里。国土不争，亲人不顾，就议和了？竟然还向金人称臣纳贡？

父亲啊父亲，赵构呀赵构，当年恶魔屠城，你顾不上儿女亲人的生死，如今就算女儿在你的跟前，只怕你一样顾不得，顾不了！就算知道亲生女儿的事实真相，只怕还会把人往深坑里推去！

生不入帝王家！严莸苓觉得，自己的选择实在没错！转而又想到了岳家军，猜测岳家军的将士以及岳家父子听到宋金议和的事情，一定会十分激愤，无比悲怆吧？他们一定在各自心中大骂赵构这个懦夫帝王，骂他罔置江山，罔顾亲人！还骂他的失信！他的屈从！骂他一定遗臭千年！

要是让天下忠义之人都知道自己就是赵构的女儿，是不是会嗤之以鼻？而岳将军和云哥哥也会另眼看待自己吧？那么，要是自己真与岳云在一起以后，再被他明了自己的身份，他会怎么看？会不会责怪自己故意欺瞒？会不会因此而反目？严莸苓不敢再想下去了。

慈宁宫中，太后从榻上挣扎起身，呼叫："小蟾，小蟾。"有人应声上前，却是王娇娇。

王娇娇说："太后，小蟾姐姐出去了。太后的药饮，奴婢来侍候。"王娇娇扶着太后坐好，让小宫娥拿上靠枕靠仔细了，再吩咐小宫娥端上汤药。

王娇娇从小宫娥的托盘中接过药碗，慢慢搅动一下黄黑中隐隐泛着微红的药汤，自己先轻轻地抿了一抿，算是试药，一面喂给了太后。

王娇娇看着太后喝药，她的脸上现出一丝异常的表情，只是轻易不能让人察觉。太后才喝了几口药，听到有人通报，说是皇上来了。才通报完，赵构已经进来，径直走到太后床前，给太后请了安。

太后说："皇儿呀，你可安好？"

赵构说："母后，儿子尚安。"

太后叹了口气，说："前朝的事情，哀家也听到一二了。"

赵构说："母后，儿子与金国议和，还不是为了护住这块江南之地，还有宫中老小的安然，可是却要顶着骂名。"

太后说："皇儿呀，哀家虽然不是你的生母，但哀家懂得，在这个乱世里做皇上，是多么不容易的一件事情。"

赵构说："是啊，母后，儿子这个皇帝不好做，所以今天特意过来想跟太后商议一件大事，是宫中立嗣的事情。"太后听了，朝手下人摆手，让都退出去。

众人垂首退出。王娇娇没有走远，捧着半碗药，站在了门帘后边，看上去好像准备着随时给太后侍药。房里，赵构说："据儿子的观察，这昚儿和璩儿心性都可以。只是，总觉得昚儿更老练稳重些。"

太后说："可不是，昚儿比璩儿长得也结实些。"

赵构说："既然母后和儿子一样的意思，那儿子就让人选个日子，早点颁布了吧。"

太后说："也好，只是不要出什么意外才好。"

岳府一派张灯结彩，宾客络绎而来。岳飞也早早褪下了盔甲，换上了新袍，在门前恭敬迎客。看得出来，岳飞的眉头拧着一股心事，但是脸上还是强装微笑。客人也便只是跟他道喜，没有人跟他提国事与战事。

韩世忠和夫人梁红玉，满脸带笑来到。韩世忠经过岳飞的跟前时，拍了拍岳飞的肩膀，说："此一时，彼一时，很快就会变化的，今天是叫人开心的好日子，贤弟只管开心吧。"

岳飞也便说："大哥说的是，愚弟听教。"屋里，岳母太夫人也衣着簇新，被人搀扶着，来到宾客面前。

太夫人对着众人，说："老身本来已经病入沉疴，遇上孙儿成亲，心里委实高兴，没想到还能挣扎起身跟亲友们见上一见，确实是万幸了。"

众人都给太夫人道喜，请太夫人保重。众人又说："新郎呢？新郎呢？"前后左右看看，竟然不见岳云。

太夫人说："这孩子肯定又在房里，和他死去的娘说个话，是要给他娘也报个喜吧，随他去，让他们娘俩多说几句。"众人连忙说是。

房里，供桌上摆着牌位，牌位上写着先妣岳夫人刘氏之位。岳云身穿新郎红装，跪在亡母的牌位前。

岳云跟亡母说："母亲，儿子今天要大婚了，母亲在天上一定看着，是不是也特别高兴？"

又说："母亲，你走后的这些年来，儿子一直以父亲为榜样，跟随父亲，为大宋，为家园，也为岳家将门的光辉，东征西战，拼尽热血，死而无憾。"

又说："母亲，今天儿子要大婚了，可是儿子心里多么不想跟一位从来不曾见面的女子成婚，儿子的心里装着一个人呢，儿子想她，日想，夜想，梦里也想。"接着就哭着说："儿子不孝，儿子心里好想，好想和她在一起……"

正在哭诉，却听到外面一声呼喊："花轿到！"

慈元宫中，吴贵妃坐在榻上，身旁伴着赵眘。吴贵妃看看赵眘一定在想，这孩子进宫几年，已经出脱个大半小伙子了，眉眼俊秀，骨骼健朗，也算是一表的人才呢。蕊珠宫中的璩儿呢长得娇弱些，但也不错。在吴贵妃眼里，两个孩子都是好孩子。吴贵妃也知道，作为继父的皇上赵构也是心疼两个孩子的，所以会早早给他们两个封了王。而且，先前璩儿一病他急成那样。如今，差不多到了该立嗣定位的时候了，想皇上他一定操心思量。但是两个孩子，不可能都立为太子，成为太子的只能是一个人。将来，也只有一个人能继承大统，另一个人或许只能成为辅臣。

令人欣慰的是，两个孩子虽不共生身父母，但他们亲如手足，并不像后宫传奇中那样，夺嫡皇子之间明枪暗箭，水火不容。

吴贵妃也就问起眘儿，怎么没见璩儿过来。赵眘说他刚去蕊珠宫找过了，却没见人，听说一个人去花园了。吴贵妃听了，也就没再问什么，一面让赵眘背习了一遍功课。

赵眘习完功课，却问起吴贵妃一个问题，他说："娘亲，古代前朝有墨翟、荆轲、李广、卫青、霍去病、秦琼、郭子仪这样的英雄，当今我朝，谁是大英雄？"

吴贵妃说："我的儿，你这个问题问得好。依娘亲说，今朝你太祖皇帝是最大的英雄，太宗皇帝也是大英雄。如今呢，还有韩将军韩世忠、岳将军岳飞，他们都是天大的英雄。"

赵眘说："娘亲的话，孩儿记住了。"

御花园里，赵璩一个人低着头采起许多花朵，却全是白花。走到一处角落里把白花放好，然后坐下来，悄悄地抹起了眼泪。

严枳实找过来，远远看见了，走到赵璩的身边。严枳实问："殿下，你这是怎么了？"

赵璩惊了一下，连忙抹了泪水，抬起头来，却见是严枳实，便又流出泪来，说："枳实哥哥，我娘没了。"严枳实一听大惊，问："你娘？赵府姣娘？她怎么了？"

赵璩："我爹私下跟我说了，我娘去了，再不回来了。"

严枳实："你娘去哪儿了？"

赵璩："爹说，我娘去天上了。"

严枳实："怎么回事？"

赵璩："爹说了，我娘生病了，是病亡的。"

严枳实："不可能！"

赵璩："枳实哥哥，我们回宫去吧，让人看见了不好。"严枳实点头，却朝天瞪直了双眼，一时双睛绯红，几乎喷出血来。

蕊珠宫，严枳实站在那里，身子一动不动像根木桩似的，手里抓着一方手帕。陈小蛮过来看看他，偷偷地笑了笑，有些娇羞的样子。

陈小蛮上前走近严枳实，悄声说："严侍卫，枳实哥哥，看你时常带着这条绣花手帕，是你妹妹给你绣的吧？我猜你喜欢绣品，就给你绣了一条汗巾，你看看。"

陈小蛮果真拿出一条绣花汗巾要给严枳实。严枳实却没看一眼，还一把把人给推开了。陈小蛮没想到自己的一片心意，这样讨了没趣，要是别人，说不定当时就哭出来了，她却是个不肯哭的人，只是恨恨地走开了。

这一日，蕊珠宫内间又传出了潘婕好的声音，听她说："木婉，再温一壶酒。"

木婉说："娘娘，别喝了，你要养好身子。"

潘婕好："身子养好了又有什么用？不如喝酒，喝足了，才是暖心。"

陈小蛮进去，跟潘婕好说："娘娘，奴婢给您再温一壶。"陈小蛮果真满满地暖了一壶酒，给潘婕好呈上。

潘婕好说："还是小蛮好。"

陈小蛮说："娘娘，这酒善行药势，达于脏腑、四肢、百骸，是百药之长，还能让人却愁忘忧，可以说是人间仙浆仙液。"

潘婕好说："小蛮懂医，还懂本宫的心思。"

陈小蛮："娘娘要是喜欢，奴婢天天给娘娘温酒。"

潘婕好："这样好，本宫喜欢。"又说，"不如再温一壶，你和木婉也喝一点，还有外面的严侍卫叫进来，一起喝吧。"

这时有人说慈宁宫的小蟾来了，说是有事找木婉同，请她出去一趟。木婉就跟潘婕好说了。潘婕好说身边有小蛮和枳实陪着，你尽管去吧，多玩会。不一会儿，陈小蛮又温好了酒端过来。

严枳实也就进了里间，坐在潘婕好的前面陪潘婕好喝起来。陈小蛮在一边斟酒侍候，一双眼睛却不时朝两个人脸上瞄一眼。目光阴晦，深底里似乎藏着什么。

潘婕好让严枳实喝，严枳实也就喝了。严枳实还主动给娘娘敬酒，潘婕好也喝了。没过多久，只见潘婕好和严枳实脸上出现了红晕，眼神也迷离起来。陈小蛮说她再去温酒，转身退出房去，出去时把门掩上了。在门外，却又站住了，也不让别的小宫娥进去。

潘婕好以为酒劲上来，想停杯时却感觉自己的身体里着火了，窝着一团红旺的火，快速地烧起来，很快烧得不行了。睁眼去看严枳实，看见的不是那一张侍卫的人，分明是一张有棱有角的男人脸，还见脸上眉如剑，目如星。这不就是自己心底渴望的一张脸吗？

而在严枳实的身体里，燃烧起一团更加旺盛的火，迷幻的火光下，他自然看到了心爱的姣娘，那一张梨花带雨般含情带怨的脸，那一双汪汪泪流似尽不尽的眼，还有那唇，那齿，那似兔若狐的姿势。日夜思念的人原来就在眼前，这么近，伸手可及。

潘婕好站了起来，身子摇晃几下。严枳实连忙伸出手，把眼前的人扶住了，心里还在想，把她扶回榻上。可是，眼前人却一下子扑在了他的怀里，一面说："好人，你是个真正的男人，早就想你疼我一回了。"严枳实分不清这话是对他说的，还是对谁，也就在混沌中呼叫一声："姐姐。"两个人都异常火热，都通体膨胀，又是怨妇与痴男，干柴与烈火的两个人，不由自主地搂抱在一起，身体与身体，相互挤压着，相互吸吮着。很快忍不住，一起倒在了鸾帐中。

相府，秦桧和赵子彦在密室谋议，有家人报告，说是王继先王太医来了。不一会，王继先脸色有些异常地匆匆进入。

秦桧便说："有什么紧要的事情？"

王继先说："丞相，赵将军，我侄女王娇娇在慈宁宫窃听到太后和皇上的密议，说是他们打算立赵昚为太子。"

赵子彦："果然是这样！丞相啊，我们怎么办呢？眼看着大势尽去吗？"

秦桧："什么大势尽去？就算已经内定，只要还没有颁旨诏告，总还有回旋的余地，何况就算已经立定，也不是不可以推倒重来。"

王继先："丞相，接下去该怎么办？"

秦桧："该怎么办？还是这怎么办！太后和皇上药中的分量再增加一些。"

王继先："药量多了，怕被别的御医识破。"

秦桧："就算识破，哪一个敢说？只管照本丞相的意思去做！"

王继先："是。"

而在岳府，岳飞扶着太夫人，早早等着新婚的儿子媳妇来请早安。等来的却是媳妇巩氏一人现身前来。而巩氏的脸上也不见红花灿日，似乎藏有阴郁。巩氏一个人给太夫人和公爹请了安。

岳飞受了礼，再问："云儿是不是赖床了？"

巩氏却说："回禀爹爹，相公他一早出门了，说是归营了。"岳飞一听了，又气又急，只说一句："这会回营干什么？"

太夫人看看孙媳的神色，心里有了几分猜度，便让儿子岳飞先出房外，再问巩氏："贤孙媳，跟奶奶说实话，昨晚上云儿是不是好好的？"巩氏低敛着眉眼，轻声说："相公好好的。"

太夫人又问："告诉奶奶，你们合卺圆房了吗？"

巩氏听着，烧红了双腮，把头埋得更低了，却还是启齿轻声说："没有。"太夫人听了，叹了一口气。

巩氏再壮起胆子说："相公连我的盖头也不给揭，还是我自己揭了，只见他拿了书卷在灯下坐着，我等到半夜还是不见起身，只好问他安寝，他却头也没有抬一下，只跟我说一声好睡，自己一直和衣坐在灯下看书，一直看到天亮。"

太夫人："天一亮，他就走了？"

巩氏："是的，奶奶。"

太夫人："这个孩子呀！"太夫人一时气急，忍不住一阵咳嗽。岳飞听到，吓得赶紧跑进来，替母亲捶拿。

太夫人、岳飞和巩氏祖孙三代都能猜到，岳云的心里一定藏着什么，让他在新婚大喜之夜也不能放下。

蕊珠宫中，潘婕好自然明白自己的行径已然是犯了大罪，秽乱宫闱。按照宫规，应当以悬三尺白绫自绝来清洗。可看她，一张脸上竟然没有现出丝毫愧色，隐隐间倒是有些心情愉悦的样子。好好梳洗了一番，似乎嫌宫室狭隘，盛不下她舒展的身躯，说要出去走走。

走在御花园里，只见先前病倦恹恹的那个人，什么时候换了容颜，看上去倒是一派神色怡然，容颜灿烂。还见乌鬓堆云画妩，柔腰春柳写媚，几乎足以让花见花羞，鸟见鸟飞走。

潘婕好正走着的时候，看到前面一只纸鹞不知道从哪里飞来，一直向上飞得高高的，快要和白云齐驱了。潘婕好不由得举了头，出神地望了许久。低下头时，吓了一跳，跟前站着个人，竟然是皇上。

潘婕好连忙给皇上请安。又怪皇上到了跟前也不说一声。赵构说是自己不让旁边人说。赵构竟然仔细看着潘婕好，左看右看，说："你又活过来了。"

潘婕好娇笑，说："皇上，臣妾虽然没有了旉儿，可臣妾还有皇上，臣妾要为皇上活过来。"

赵构说："多好，你这光彩的容颜，让朕不由想起与你初见的时光。"

潘婕好听了，也若有所思，不由娇嗔着叫了一声："皇上——"

赵构也动情地喊她："玉卿——"

潘婕好这才想起来，自己原来也是有名字的，叫潘玉卿。而叫潘玉卿的女人那是一枝花，正值二八春华时，得幸嫁入了帝王家。想当日，与轩昂倜傥的康王相见汴梁城，定情花树下。

往事曾飘摇。却又都回来了。也就只问伊人春风醉，不问伊人曾憔悴。春风一度，冰雪消融，便又是一番桃花红，一片杨柳绿。玉箫声渐，与君共枕良宵，共享佳时，真似那天水瑶池，碧月仙宫。冷清多时的蕊珠宫，一时间又成了皇上赵构和后妃潘婕好的锦绣窝。

第十四章　宋室深宫隐藏私密　汉家儿女坦露旷情

　　御医馆中，严之慎在屋间走动，看起来跌伤已经全好了。小蟾带点东西过来看望。虽然明明知道是看望亲爹，却不敢明说，只说禀了太后的赏赐，要面见严太医。

　　严荻苓也过来了，路上一头遇见了小蟾，免不了相互拉着手。姐妹两个找个僻静的地方去，一起说几句悄悄话。严荻苓说当年爹爹为了救她，让小蟾顶替，实在是让小蟾吃苦了。小蟾却说幸亏有了那一趟劫难，让自己能进宫见这么大的世面，也算是没白活了。严荻苓当然知道，小蟾说这话是为了宽慰人。严荻苓再问小蟾对以后有什么样的打算，小蟾说能陪在太后身边，看着大家都平平安安的，就是最好了，别的事情，再也不去多想什么。而小蟾是知道严荻苓身份的，却一直守口如瓶，现在也就悄声问一声荻苓，有没有好的打算。严荻苓只说还是想出宫，远离这块是非地。

　　两个人一起来到严之慎身边给爹爹请了安。严之慎看着两个女儿好好地站在面前，心里极其痛快，却总有些隐隐担忧。也没别的办法，只有暗地嘱咐姐妹两个要处处谨慎当心，不可多说半句话，不能多走半步路，要她们留心防备她们的哥哥严枳实，怕严枳实还给她们带来麻烦。说了，却又叹气。

　　姐妹两个不说也知道，爹爹的心里一样担心着她们的哥哥严枳实。父女三个说了几句，小蟾说她要回宫了，慈宁宫中有些事情要做。说是前些天宫中领卫赵子彦的夫人没了，虽然宫中送了殡礼，太后惦记着，让人另外带去一份私恤。前几天，岳飞将军的儿子成亲，太后硬让找出两支玉如意添赠。找的时候，整理出一些裙裙袄袄。太后也是经历了苦难的人，破旧的东西都舍不得丢，让小蟾能改的改改，给小蟾自己和宫里人做几身穿着，所以小蟾说自己又要忙上一阵了。

　　小蟾的话还没说完，只见严荻苓脸色大变，从原先的桃红色变为一脸惨白。

小蟾一见害怕了，说："茯苓，你病了吗？"严茯苓张着双眼，眼珠定止了，却问小蟾："岳将军的儿子成亲了？哪位公子？"

小蟾说："当然是岳家大公子，少将军岳云。"

小蟾刚说完，只见严茯苓呆在那里再变了个人，身子摇晃起来，看上去就好像突然间整个人变轻了，或许连魂魄都不见了。严之慎和小蟾一起叫了她一声，她才回神过来。却又见她忽然转身，大步要朝门外走。

小蟾连忙问严之慎："爹，茯苓怎么了？"

严之慎听了绿了脸色却又低声说："蟾姑娘，说话不要轻率，不许叫爹！"

小蟾慌忙低了头说："是。"

严之慎再说："蟾姑娘，你说了不该说的，茯苓受不住了。"小蟾听了，一时摸不着头脑，不知道自己说错了哪一句。

严之慎只说："快去追上茯苓吧，劝劝她，要是她不肯听话，就请吴贵妃一起开导。"

小蟾说："知道了。"

严茯苓朝宫门外跑去。她的身上全然不见了一名宫廷小女医的隐忍和怯弱，而是刹那间变成另外一个样子。恢复成了先前模样，也就是公主的模样了，任性，专横，不怕天不怕地。

她跑着，目中无人，目空一切，却又双目如洞，眼中没有了神气没有了内容。就好像先前所有的希望都熄灭了，荡然无存了。但是，看上去她并不甘心。

她朝着前面跑去。前面不远处拴着一匹马。她一定是想来到马的跟前，跃上马背，抓过马鞭，鞭子高高扬起，朝马背抽去。

严茯苓果真跑到马的跟前，飞快解开了缰绳，跃上马背，抓起马鞭。可是，鞭子却没有落下来，在她的眼前，出现了令人惊骇的一幕。

眼前，只见一大队盔甲整齐的人马，杀气腾腾，朝着皇宫狂奔而来。严茯苓她，不，赵佛佑她，见过这样的阵势！这样的一幕，似曾相识！

只是，当初的一幕发生在汴梁城。而现在又出现在杭州城。面对兵马强闯入宫，守卫宫门的侍卫完全可以拉起吊桥，关紧城门。而他们竟然没有这么做。眼看着，人马飞奔直闯而来，带沙夹尘奔入宫中。

严茯苓意识到了什么，明白自己以及身后的宫廷、宫中众人已经身陷险境，再也没时间想出不出宫的事了。趁没人注意门角边的她，滚下马来，一面拔腿朝一个地方跑去。严茯苓所去的地方，是慈元宫。看来，在危急的时刻，她心里最牵挂的还是她的母亲。

外来人马竟然是赵子彦带领。他们进入宫中如入无人之地，如果遇到阻拦，马上挥刀砍杀，很快就冲向内宫。内宫的侍卫，虽然拼死护守，但却不是人家的对手，边战边退。眼看着，赵子彦带领的人马即将杀入宋宫的核心重地，也就是福宁宫！

这时候，有一个人挺身而出，杀在了最前面。竟然是严枳实！

赵子彦看一眼家丁旧部，认为他不过想在自己面前逞强一回，趁此捞点他将来升职的资本，便不以为意，只大喝一声道："小子，没你的事，闪一边去，待本王成就了大业，自然有你的好处！"

没想到严枳实却朝他破口大骂："赵子彦，你这个恶人，你恶毒得连自己的内人也不放过。现在还要造反谋逆，你一定没有好下场，必定死无葬身之地！"

赵子彦："小子你不识相，竟然还惦记着本王死去的贱人，那就让你的尸骨给她守坟吧！"

严枳实："赵子彦，你就找死吧！"

严枳实边说边左击右挡，浑身发力，把前面的人马扑杀了一大片。在他身后众多的侍卫，见同伴英勇无惧，也跟着拼了命地厮杀起来。但是内廷侍卫到底是赵子彦的手下，有部分人便顺了他的势，还有部分思忖着看看，是皇上灭了反贼，还是赵子彦反控皇室，看清了再出手。这样一来，只有小部分诚心护驾。虽然严枳实拼死拒敌，但兵力悬殊，眼见逆兵一步步逼近福宁宫。

福宁宫中，赵构已经得到消息，赵子彦忤逆逼宫！一会听人报，逆军过了垂拱殿。一会又听报，逆军已经快到达福宁宫门。一声比一声紧迫，听到这里，原本骨子懦软的皇帝早已被吓得魂魄双飞，人呆成了木鸡。

这时候听报，说是一名叫严枳实的侍卫临危不惧，全力护驾，还在拼命抵挡，暂时抵住了叛逆。赵构听了，才缓过一丝神色，连忙说："听着，马上给朕传旨，谁给朕杀了逆贼，朕就给谁封官晋爵，还赐给免死金牌！"

一帮太监宫人缩在赵构的身边瑟瑟发抖，哪一个还敢站出来，跑出宫门，帮皇上把他的圣旨传达。这时候，王保站了出来，果断地说："皇上，老奴这就去替皇上传达旨意。"

赵构说："外面混乱，你怎么能去？"

王保说："老奴要是能解开当下危急，就算是死，也算是死得其所了。"

赵构说："王保，朕知道你的忠心，可是，朕身边不能没有你，朕不能让你去冒险。"

王保再给赵构行了一礼，说："皇上，您要保重龙体，万一老奴回不来，您不要记挂。老奴这就去了。"当下，王保出了宫门，毅然来到乱阵当中。

王保走向刀枪阵前，扯开嗓子大声地喊："皇上有旨，杀贼有功者重赏，赐免死金牌，荫蔽子孙！"刀枪丛中，阉人王保抬直他那原来日复一日佝偻的身躯，以他不成人样的嗓音，一声又一声高喊着。

在王保的喊声里，那些一心护驾的侍卫们听见了越加勇猛，还有那些原本有心观望的侍卫听了不再犹豫，也加入了战斗。眼看着，宫中侍卫越战越勇，似乎能够逼住赵子彦人马的脚步了。

这时候，一匹马奔奔向王保。马背上正是赵子彦，是与王保在内宫共侍宫廷的皇家奴才。赵子彦策马来到王保跟前，问："阉人，你就不怕死吗？"

王保骂："逆贼，你逆天而行，辱没了赵家的祖先！"赵子彦听后，不再说什么，只见手起刀落，王保的人头被砍飞，身子轰然倒地。

慈元宫中挤满了人，吴贵妃、潘婕妤、赵睿赵璩两位皇子，严之慎父女，还有一众大小宫人。外面作乱的事件已经传到宫里，知道是赵子彦领兵作乱，也知道局势不妙，只是这些妇孺弱男一个个手无寸铁，手无缚鸡之力，哪里有计可施，只有紧闭了宫门。

吴贵妃却不甘心，问众人有没有办法，倒不是为保护慈元宫，而是救急护驾。

严之慎说："既然是赵领卫带兵围宫，怕是受人蛊惑，一时昏聩，这里有一个人，或许可以劝说。"

吴贵妃："谁？"

严之慎："信王。"

吴贵妃说："璩儿本来就胆小体弱，要是去乱军中有个闪失，可怎么办？"

这时候赵璩却说："娘亲，我不怕，我去！"

赵睿也说："娘亲，我陪弟弟去！"

严茯苓说："娘娘，还有我，让我们一起去吧！"

赵璩说："有哥哥和茯苓姐姐，我不怕。"

吴贵妃却又抹起了眼泪，说："你们都是好孩子，只是外面实在危险，我不放心……"

赵璩和赵睿却主意已定，坚决一起出门而去。严茯苓跟上，桂枝跟上。

福宁宫外，只见尸横遍地，血染花草，树木抖瑟。几个年轻人顾不上许多，直接跑过去，来到宫门口，面对一派混乱的打斗。

站住了，顾不上喘口气，赵璩一改往日的文弱，对着兵士喊："我是信王赵璩，是赵子彦的亲生儿子，我命令你们，不要再打了，全都住手！"马背上一人喊："臭小子，这里没你的事，快闪开！"喊声里听出是赵子彦。

赵璩朝他爹赵子彦叫："爹，您犯大错了，赶快停手，向皇上请罪，孩儿我与爹爹一同请罪，求皇上放过我们！"

赵子彦大吼："我要是再不拼命，皇位就没你的份了，一切也就白辛苦了！"

赵璩说："爹，孩儿我不要皇位！"

赵子彦说："你不要，你爹我要！"

赵璩还想跟他爹说什么，这时掠过一条身影，一下子来到他的跟前，赵璩闪躲不及，被人一把抓住。一看，抓他的人是严枳实。严枳实劫持了赵璩，朝赵子彦大喊："赵子彦，你再不撤退，先要了你儿子的命！"

赵子彦对严枳实叫："奴才，我赵某待你不薄，你一味不知进退，那就等着受死吧！"

严枳实："赵子彦，你这个恶人，明里是将儿子送进宫中过继，暗中是你自己想坐上皇位，想过一把皇帝的瘾！"

赵子彦："是那个贱人告诉你的吧？"

严枳实："你说，姣娘是怎么死的？"

赵子彦："你凭什么过问本王家事？"

严枳实："姣娘不是病死的！是被人折磨死的！"

赵子彦："是又怎么样？"一面争论着，突然间赵子彦跃身上前，冲到严获苓、赵昚几个人的跟前，出手神速，同样把赵昚给控制了。

赵子彦恶狠狠地对赵昚说："没有你小子，我赵某就不用着急，不用铤而走险，现在，我就先要了你的命，除掉你个这个孽障！"

赵璩大喊："爹，你不能伤害哥哥！"

赵子彦说："既然豁出命来，谁也管不了我！"说罢，赵子彦举刀，毫不迟疑地朝赵昚砍去。眼见着，赵构的继子，建王赵昚立马也要成为无头鬼了。却"嗖"地飞来一支利箭，不偏不倚，直中赵子彦的后背。赵子彦从马背上翻下，跌落在地上。严获苓连忙拉过赵昚，闪到一边。另一边，严枳实看来并不想伤害赵璩，一把将他推开。赵昚、赵璩、严获苓他们几个连忙互抱在一起。

眼前，只见另一队人马呼啸赶到。却是秀安僖王的旗帜，也就是赵子俩的人马。只听得赵子俩的人马大喊："秀安僖王，救驾护主！"很快，赵子俩的人马冲上前，把落马的赵子彦团团围住，刀枪利斧，一起指向了他。

赵璩声嘶力竭地叫一声："爹！"

赵昚也冲他的生父喊："爹，不要杀人！"

却没有谁听两个孩子的叫喊声，片刻间刀斧落地，把人砍为肉泥。赵子彦的手下见主子已经毙命，明白大势已去，连忙扔下器械，举手投降。

一场弑君谋篡之乱，被赵子俩及时化解了。

得知谋乱被除，自己的皇位与性命保住了，赵构总算吐了口气。环顾四周，再不觉有什么异常，才斗胆令人打开宫门。

僖王赵子偁，当然成了救驾有功的重臣。严积实全力护驾，功不可没，受到了封赏，接替了赵子彦领卫的职位，还得到了皇上许诺的免死金牌。

王保，在乱军中传令，是一名忠心尽职的太监，虽然身首异处，到底留下了让人敬佩的气节。赵构下旨，赐宫人王保忠贞称号，金椁大葬。

而赵眘和赵璩两位皇子都临危不乱，让人刮目相看。只是赵眘成了功臣之后，自然阶位看着上升。而赵璩他的父亲是乱贼，接下去难免会受其连累。然而赵眘却给赵璩向皇上求情，还说愿意和弟弟同荣辱，共生死，恳请父皇不要责罚璩弟。

太后和吴贵妃也说，璩儿进宫几年，一直安分守己，是个好孩子，不应该受赵子彦的牵连。还有秦桧也竭力鼎陈，说信王赵璩既然过继，早就是皇上的孩子，与赵子彦再不相干，而皇继不仅有关宗脉，还关系到皇上的名声与信誉，不能轻易废止。有了众多的说情，加上赵璩在镇乱时的表现，赵构也就没有让他受责。只是，关于立嗣之事，已然明朗了。

而且赵构的心里还想重用赵子偁。毕竟如果没有他及时出手相救，如今的龙椅上，是不是仍然坐着他赵构，很难说了。所以，赵子偁算是赵构的救命之人。既然赵子偁救驾有功，无疑应当被倚重，成为朝廷重臣，国之梁柱。

赵构与秦桧商议如何给赵子偁论功定职，没想到秦桧却另有一论。

秦桧说："皇上，赵子偁与赵子彦同是太祖后裔，从血脉上来讲，他们两个之间相比，再与皇上相比，是不是更亲近？而赵子偁没有帮赵子彦，而帮皇上解围，他是不是也有自己的心机？而且赵子偁在赵子彦作乱时能够及时带兵赶到，这就说明他也早就屯兵，并且时时关注动向，所以事发之后，才做到如此这般神速。所以皇上要想一想，他，是不是一样会有阴谋？那就不妨猜测一下，要是皇上立嗣之事没能遂他赵子偁的心愿，他会不会一样起兵作乱？"

秦桧是什么样的舌头与肚肠，一番话听得赵构只有点头。在赵构的心头不免又想到身陷险境中的绝望，又联想到赵子偁会带来的威胁，当然又是一番心惊肉慌，连忙问秦桧怎么及早化解。

秦桧沉了脸色，果断地说："欲留子，必去父！"

赵构惊问："丞相是说，要除掉赵子偁？"

秦桧说："没错。"

赵构："必须这么做吗？"

秦桧说："皇上要想宫中太平，必须马上实施！"赵构沉默了一会，终于说："好吧。"

秦桧听后暗中一笑，继续说："那就请皇上先抚而后除吧。"

当日，宫中大摆庆功筵宴。正席上的赵构眉开眼笑，看起来陷在劫后余生的欢喜中。后宫中有名分的妃嫔尽数出席。赵眘赵璩等皇子王爷个个到场。秦桧等朝廷重臣也有数位莅临。

赵眘生父秀安僖王赵子偁也到了，以居功者的身份，被安排在上席。席间，赵构春风满面，几度夸奖赵子偁的忠心与才干。而秦桧以巧簧之舌，一面讨好君王的欢心，一面盛赞僖王实在是居功至伟，是满朝文武同僚的榜样。也就场面热闹，人人高兴。

赵构还让人斟了酒，亲自赐给赵子偁。当晚尽兴席散之后，各自回到住处。很快，从僖王府传来消息，说是僖王赵子偁回府之后，竟然吐血而亡。赵构与秦桧听到消息，当然暗自一笑。

赵眘呢，明白父亲死得蹊跷，也能够猜度其中原因，但是面对当下的局势，知道自己稍有僭越，很可能自身不保，只好把痛苦都吞进肚子里，隐忍不发。

御医馆中，严之慎悄悄群阅医籍，思度着器萎的用药。此时，严之慎惦记着一个人的嘱托，心中沉甸。那个人是王保。王保已经死了。王保先前重托严之慎，关注皇上的用药。严之慎不想负人。可是，接近并察看皇上的用药，有那么容易吗？

严之慎思忖着，谁能帮上忙？

女医寝房，严茯苓坐着，身上穿了件薄衫，松垮垮的，没有心情好好收拾自己。自从获知岳云大婚，严茯苓一直郁郁寡欢，多次想去岳家军营找人，当面问个明白，但是总是身不由己，轻易出不了宫。而且她也知道，就算自己出了宫，也怕很难进入军营。坐着时，抬头看一眼柜顶，无意又看见扔在上面的"和云"古琴，不禁又一阵钝器割心。

桂枝看在眼里，却知道实在是无法解除人家的心事，只觉得无可奈何。有人敲门。桂枝去打开，来的是从嬉。也就连忙带从嬉进屋，一面跟茯苓说，从嬉姐姐来了。严茯苓听了，来不及更装，连忙起身相见。从嬉带了些糕点果子过来，让小宫娥放下，自己走到茯苓跟前。

从嬉说："茯苓姑娘，你好像有心事，看着提不起精神，连贵妃娘娘都看出来了。不放心呢，特意嘱咐我过来看看。"

严茯苓："我没事，让娘娘和姐姐费心了。"

从嬉："没事最好，要知道，在这宫里不仅要身子清净，就是心里也得清净才好。也只有这样，才能让自己过好了。"

严茯苓："姐姐的教训，茯苓记住了。"说了几句，从嬉的目光透过严茯苓的身上的薄衫，无意间看到一截白臂，如藕玉洁，那臂之上隐隐有一块黑斑。

好像是黑蝴蝶！这一见，让从嬉差一点失声惊叫起来。但是多年处身宫中的经验和历练，成就了一个人的沉稳。就算是面对骤雨惊电都不轻易动声色，所以，她忍住了。还跟严茯苓说了一句："茯苓姑娘，桂枝姑娘，快吃块糕点吧，看着你们吃点东西，姐姐也就放心回去了。"

严茯苓和桂枝果然就着匣屉中莲花状的糕点，各人捡了一块来吃。桂枝吃着，忍不住说："这么好吃，是什么糕？"

严茯苓当时就喊了出来："莲花酥。"

从嬉点头微微一笑，从容地跟严茯苓和桂枝告别。回慈元宫的路上，从嬉的一颗心，却扑棱棱地要从胸膛里飞出来。这名叫严茯苓的女医，她的容貌加上手臂的胎记，几乎可以确定，她就是佛佑公主。只是上一次吴贵妃看她的手臂，怎么没有黑记？或许是她故意遮去了，一个懂医的人，想办法遮住一块斑，不是难事。可是，茯苓她为什么要遮住自己的身记？不想被人看见吗？不想被人识破她的身份？为什么呀？

想想，一个人，明明在亲生父母的身边，竟然不想表明自己的身份，投入父母的怀抱，怎么能做到呢？难道是因为当年的伤害和失散而伤心了？伤心至极了？从嬉想了许多，可不管怎么样，在她的心里，有一个坚定的判断，严茯苓就是佛佑公主！既然心中有了这么一个认定，作为后宫的奴婢，她应该及时把这个天大的消息告诉主子吧？但是，她担心万一像上次一样是个误会，那么又让吴贵妃再白白伤心失望一场了。还有，只怕还会给严茯苓带来意想不到的伤害。

宫娥从嬉的心思，可真的是缜密又善良。思来想去，最后从嬉决定，把事情先压在自己的心头，自己再去慢慢观察，慢慢去揭开面纱，到时候，再挑明不迟。从嬉一面想，一面走在回慈元宫的路上。正巧，一头碰上了个人，不是别人，正是严茯苓的父亲严之慎。从嬉给严之慎道了安，一面悄悄打量了一眼严之慎的眉眼。暗中觉得严之慎与严茯苓从面貌上看，可真不像是亲生父女。

严之慎也看见了从嬉，两个人互道了安。严之慎也便跟从嬉说，自己此行也去慈元宫拜见吴贵妃，有件事情想跟娘娘说说。

从嬉忽然想跟严之慎进一步问一问严茯苓的身世，话到嘴边，又咽下了，因为想得到，严之慎他要是肯说，进宫之初就应该说了，不会一直隐瞒着。从嬉还是跟严之慎问了一句："严太医，听说你们的老家在唐昌？"

严之慎说："是的，世代为唐昌山民。"

从嬉："听说，唐昌可是个好地方，山清水秀，那茯苓姑娘就出生在唐昌？"

严之慎迟疑了一会，再说："是的，小女生养在唐昌，没有出过山镇。"从嬉也便笑笑，说："严太医，你养了位好女儿。"

严之慎连忙说："多谢从嬉姑娘，还望多开导小女。"说着，两个人就一起走向慈元宫。

严之慎进慈元宫见了吴贵妃，想跟吴贵妃说王保的托付，也不敢全然明白地说，只说王公公在世日日为皇上龙体操心，曾经嘱咐寻求古方，如今获得一二，想向皇上禀呈，却担心自己位卑言轻，不被皇上采纳，只能恳请吴贵妃抬机玉成。

吴贵妃听了，也便深谢严之慎严太医的忠心，说她一定想办法禀明皇上。

朝廷，赵构经历了赵子彦围宫这一场劫难，虽然万幸开脱，但是惊恐犹在，也就认识到危及性命的凶险，不仅仅是北国的强掳，还有身边那些觊觎龙椅的人。而所谓龙椅，也不过是身下这一把椅子，坐着的时候能够将椅面焐热了，只是身子一离开，也就马上会凉飕飕。再雕龙，再刻凤，也不过是一块木头。这样想开了，赵构这位当朝皇上的心里头不自觉把为人为君的基调再降低了一个档次。

顾得眼前且顾眼前，明日兴败明日说。

偏安一隅是一隅，有一隅强过无一隅。

花无百日红，人难百岁寿。

朱雀桥边，乌衣巷口。

将军熬白发，青冢已拥黛。

黄土垅几重，帝王家何在。

何况自己的父亲已经魂归九天，母亲生死不明，而自己名下又无半个亲生子女，还想什么万岁千秋，道什么大统永继。也就面朝北方，遥遥伏拜一回，算是给亡父家兄请罪。一面来到案前，挥手一书——"暮暮朝朝冬复春，高车驷马趁朝身。金挂屋，粟盈囷。哪知江汉独醒人。"这位宋高宗，是不是蓦然幡悟了？

马上着人拟旨，拟就，过目，示准，钤印，再颁旨诏告天下，册封吴氏蠡采为宋宫皇后，册立继子赵眘为太子。

文武两列，山呼万岁。秦桧等人虽然心存巨芥，万般不甘不愿，但是皇家立嗣到底不是一个外人能够干预的，就算是一言九鼎的重臣，也只能建议，无权左右。只好顺势先认了，只等以后有机会再兴浪翻船吧。

宋宫中谋乱已定，立嗣完成，一切似乎又恢复了原样。就好像那无风无雨之时的西湖水，平静又安恬。这时候，宫中又起了一条讯息，倒是一条喜讯。

说是蕊珠宫的潘婕好又结蕊珠了，怀喜了！这可是天大的喜事，皇室有后了！

虽然宫中刚册立赵昚为太子，可谁都知道，册与立不过是一场仪式，继子终归是继子，皇位的传承自然是以血亲为重。只要潘婕好诞下皇上的亲血脉，那么江山社稷定然还在赵构子孙的名下。就算寻常男女之家，后继有人，是自己的亲生骨血，是不是最感欣慰？皇上，也是人呀。一时间，得知消息的都恭喜皇上，说如今南北议和，天下太平，娘娘怀的一定是皇子，天降祥瑞，护佑万民百姓安康。也给太后道喜，希望太后万福延年。

还有恭喜王继先的，说王太医真不愧为天下第一御医，为龙裔结瑞珠，功德盖世，当今世间，真是无人可以比肩。秦桧也获知了消息，不由心叹，前功尽弃了，也就免不了责怪王继先。明明让他王继先给赵构服用能行房事却不留子嗣的药物，可他倒好，偏偏让人留下了子嗣。

王继先面对秦桧却说："丞相，卑职一直照你的吩咐行事，不差毫厘给皇上用药，所以卑职确信，不至于留下后患。"

秦桧："都已经有孕在身了，你还说什么不留后患？"

王继先肯定地说："事有蹊跷！"

秦桧："蹊跷？什么蹊跷？"

王继先："丞相，这事情确实意外，却不是卑职有所贻误。"

秦桧："你是说，潘婕好的胎珠得来有异？"

王继先："丞相，先不要急，瞧瞧再说吧。"

秦桧："你是说那潘妃所怀，竟不知道出何处？"

王继先："等孩子出生了可以辨真假。"

秦桧："如何分辨？如何让人信服？"

王继先："可以鼓动皇上滴血认亲。"

秦桧："倒是，如果这样后宫一定大躁，赵构无地自容，好主意。"

蕊珠宫，自然道贺者络绎不绝，前脚有人走，后脚有人来。道贺者一为尽礼数，二为巴结留后路。都知道万一潘婕好顺利产下个皇子，那么皇后很可能改吴姓为潘姓。至于承继大统的太子，更不用说了。道贺的都带着一团笑脸，一份重礼。一时间，这蕊珠宫被元懿太子赵旉带走的热闹又回来了。也就只见，笑脸抹满墙，珠光照四壁。

所记只有今日好，谁人更问曾荒凉。

锦上添花趋者众，雪中送炭有谁人。

待到夜深人散去，周边也没有了嘈杂，潘婕好方才沉静下来。也就吁口气，在心间好好理一理这件事情的头绪，想想这些天到底发生了什么。也就前日用餐时，突然感觉胃里不舒服，想吐，呕了两口，加上身体倦懒，以为又起了旧疾，让木婉唤个御医来瞧瞧。木婉还没出门，陈小蛮倒先来了，好像专门候着。不过也是，她是蕊珠宫的专职侍医，应当专候。

陈小蛮上前认真给潘婕妤请了脉，还问潘婕妤是不是近日口中是否犯酸。潘婕妤想了想答应了。一面也就问陈小蛮，自己这回是犯了旧病还是时疾。陈小蛮却没有回答，认认真真地把完了脉，只见她满脸团笑，还一下扑下身子，说是给潘婕妤道喜了。说潘婕妤的脉是喜脉，娘娘有身孕了，怀上龙胎了！

潘婕妤一听自己又有了身孕，当然首先一阵惊喜，但她到底是过来人，有过经历，心里合着日子一算，马上想到了什么，心头不由得一凛，喜颜全失。却又不能在下人面前失态，不能露出丝毫破绽，只好强打起精神，装出欢欣的形态。

陈小蛮那双黑眼睛在潘婕妤脸上溜了一下，把人的神情瞄在了眼里，却飞快罩下眼皮，不让自己露出任何神色。当时潘婕妤还想把消息压下来，好好想一想事情的来历，再想想怎么应对，怎么处理。可是这个叫陈小蛮的小侍医，却似乎欢快得不行，一张嘴，把潘婕妤有喜的大事嚷开了。全宫上下，立马被惊动了，消息一阵风似的刮进了福宁宫，刮遍了整个宋宫。

这阵风来得太突然了，太大了，就像是日久冰封后来了个大春风。首先，就把皇上赵构吹了个心窝暖，高兴得不行了，立即起身赶往蕊珠宫，给了潘婕妤一个热烘烘的怀抱。此后，赵构只要有空就来蕊珠宫探看陪伴，要是不担心惊动胎珠，恨不得整天整夜都守护在潘婕妤身边。

太后也亲自来到蕊珠宫，送了两柄玉如意，说是如意如意，一切平安如意。求个胎珠平稳，万事顺利。吴皇后身为皇后也一趟趟过来，亲自吩咐安排大小宫娥、太监照拂好潘娘娘。

太子赵昚也一次次来请安了，还悄悄跟潘婕妤说，让婕妤娘娘安心，有了弟弟，他自己会主动退让。

倒是赵璩，别母离父，只身入宫，长期也就沉默。现如今父丧母亡，更是心神俱失，终日失魂落魄，整天病猫一样把自己埋藏起来，哪里都怕去。所以赵璩虽然名分挂在蕊珠宫，却极少在潘婕妤跟前露面。只是潘婕妤本来就很少问起他，也就不想着计较他的什么。

潘婕妤倒是想当年自己怀旉儿时，也带给人喜悦了，也受人关照了，但是当年在战乱逃亡中，一路上提心吊胆，颠沛流离，得到的关照也就能多喝口热水，多吃口热饭。但如今，虽然未见得天下太平，但好歹暂时安稳下来了，所以如今得到的恩宠与昔日比，有了天壤之别。

只是前一回怀胎，潘婕妤的心中是安然的，是心安理得的，因为，明了腹中是谁的骨肉，明了那是真真切切的皇家血脉。而如今，能明了吗？要是不明了也还好，问题是身为女人，是有过生育经历的过来人，心中又怎么能不明了呢？

潘婕好明白自己的处境，一个女人附着在皇家的权杖之下，体面又尊贵。但是，她头顶的权杖是悬着的，如果出现异端，稍有不慎，那悬杖就会随时落下来，也就立马将下面的人从头到脚给贯穿了！想一想吧，面对头顶的铁杖，自己这位看似体面尊贵的皇妃、宋国帝王的妻妾，对待自己异动的腹部该怎么办？接下去，该何去何从？

御医馆，王继先坐在居中宽椅上，面无表情，漫不经心地翻一翻手中的卷册。手下来报，说严茯苓受唤正在门外。王继先便说一声，让她进来吧。

严茯苓入内，一双眼睛也不多看什么，甚至没有朝王继先投以正眼，不过稍稍折了一下身子，算是给王继先行了礼。王继先看来并不计较严茯苓的情态，倒是微笑地问："茯苓姑娘，你爹的腿伤好些了吗？"

严茯苓："谢谢王大人关心，我爹已经大好了，再过三五天，可以下地行走了。"

王继先："好就好，医馆缺不少人手，只盼你爹早日康复，替本官分忧。这次唤你前来，是有事跟你商议。事情是这样，有外臣得了急症，外医已束手无策，只得向朝廷请医，皇上恩准出医。本来呢，应当本官亲自诊疗，无奈近来宫中医事繁忙，那么你的父亲也是人选，只是腿伤尚未痊愈，想来想去，本官认为你的医术在宫内外也小有名声了，所以想再劳动茯苓，请你出宫跑一趟。"

严茯苓心想，这王继先葫芦里装的也不知道是什么药，要只是让自己外诊一趟，犯得着他把自己唤到跟前再亲口吩咐？但既然是大御医王继先开口，自己也就没有推托的分了。而且，有出宫的机会也好……

严茯苓便说："大人抬举，茯苓承受不起。既然大人令茯苓出宫外诊，茯苓受命就是，只是能不能给人治愈，下医不敢保证。"

王继先："严侍医不用担心，将帅之家能有御医登门，就是蒙了皇恩，能救不能救，得看人家造化了。"

严茯苓听了，说："下医一定尽力。"当下，严茯苓要动身出宫。临行时，严之慎一再叮嘱女儿当心，快去快回，不能有任何闪失。

同伴桂枝提出陪伴严茯苓一同出宫。但严茯苓说吴皇后前阵也受惊不浅，需要有人伴随调理，让桂枝安心尽好宫里的职责。

其实严茯苓的心里一边想着诊病的事，另一边还想着一件事情。那件事多日来像云雾一样笼罩在她的心头，也就让她的一颗心愁绪满结，抑郁难言。怀着心事的严莰苓，竟然没有去跟慈元宫诸人招呼道别，一个人起身出宫去了。

金营，金主完颜兀术与少主完颜亨相对而坐。完颜亨跟父亲说，虽然金国同意与宋廷议和，但让金军长久盘踞右岸也不是个办法。他说金兵的强项就是打仗，而不让打仗让守城，无疑是要猛虎入笼，骏马在厩，只能让他们烦躁压抑。压抑久了，会让他们对上层的施令生心不满，这样一来，轻者懈怠，重者爆发，只怕会生出不少事来。所以 是不是该一鼓作气，马不停蹄，把剩下的江南残局尽早收拾了。

完颜兀术说自己何尝不想尽快剿清宋室，班师还朝，只是有韩世忠和岳飞这两块绊脚巨石摆在那里，就算过了江，也一时难以抵达杭州。所以，要想洗荡宋廷，先要除掉这两大障碍。特别是岳飞，年轻勇猛，谋略过人，这个人不除，金国就实现不了一统天下的大业。

完颜亨说想要除去韩世忠和岳飞，只有在战场上神拼勇战，取下人家的首级。完颜兀术说那是匹夫逞勇，而且凭韩、岳的身手，就算完颜父子联手上场也未必能够取胜。老完颜阴笑着说，只有用计取，迟早能让岳飞的人头落地。又说，借人之手以杀人，是汉人的拿手好戏，我们金人不过是仿照而已。完颜亨问，父王，有人帮助我们除掉岳飞？老完颜倒是没有正面回答，只说待到岳飞被除，而除他的那个人也该气竭身亡了。

完颜亨听得懂父亲要借谁的手除岳飞，整个宋朝能除去岳飞的，除了那个残君，还能有谁呢？只是完颜亨不知道父亲暗中又布了一个什么样的局，目的达到后，不费刀枪，让残君也悄然身亡。

完颜亨没有多问，因为作为儿子的他知道，父亲不想说的，儿子就不该多问。说了一阵，老完颜站起身来，可竟然腿脚颤动，一条腿一时间怎么也迈不出去。完颜亨连忙扶住父亲，问他怎么了。老完颜长叹一声，说这些日子腿脚时不时发麻，可能在南边久了，潮湿的水气入侵了肌骨。北国人，到底不习惯南方的水土。

老完颜歇下，完颜亨回到自己的营帐中。他拿出一件东西慢慢摊开来。却是女子的画像。完颜亨对着画像上的脸静静地看着，看了许久。

完颜亨说："大宋的江山君臣都逃不出金人的手，我的姑娘，你也逃不出我的手，很快会来到我的身边。"说完，把画像抱在了怀里。

城外道路，一辆马车在奔走，赶车人不停挥鞭，急着赶路的样子。

严莰苓坐在车上，是应承了御医馆的指令出宫外诊。因为心里担忧着病人的病情，也就任由车子奔走，没多在意什么。却看见马车一路过去，把城镇村庄都远远甩在了后面。眼看着到了荒野外，也就觉得，是不是驾车人驶错道路了。至此，严获苓才连忙喊停车。连喊了几遍，车子总算停了下来。一看，车子停在一片树林间，耳朵里鸟声清脆，听不到车辆行人的声音。

严获苓连忙对驾车人说："一定是走错路了，赶快往回走吧。"驾车人转过身来，慢慢取下头盔脸罩。严获苓一看，不是别人，却是严枳实！

严获苓赶紧叫了一声："哥哥，原来是你？"严枳实阴沉地笑着，说："小魔头，你终于又落在我的手里了！"

听严枳实这么开腔，严获苓也就凛了语气说："你想怎么样？"

严枳实："送你去死！"

严获苓："哥哥呀，你咬着所谓的仇恨不放，一意孤行，执迷不悟，伤害爹娘，伤害我，如今把我带到这孤山里到底是为什么呀？现在，我反正是叫天不应，叫地不灵了，也就只好随你处置了！不过，哥哥，听我一句劝，以后你再别跟爹爹作对了，你和爹爹还有小蟾妹妹都要好好的！好了，我的话说完了，你就杀了我吧。"

严枳实："杀你？那可就太便宜了你了，我要把你送到金营去，让你生不如死！"

严获苓一听，对着严枳实怒骂："严枳实，你要是做出勾结金贼的事，爹娘和小蟾妹妹都一定饶不了你！"

严枳实被骂，不由伸出手掌朝严获苓抓来。严获苓连忙闪身躲过，拔腿就跑。却哪里跑得过人家，没跑出多少路，眼看着就被追上了，眼看着就只得听人摆布了。严枳实再一次伸手，朝严获苓抓去。却听到严获苓大叫一声："慢！"

严枳实也就怔了一下，停了手。看到严获苓手里拿着一把小刀，那是一把行医人随身携带割疮去腐的小刀，她把刀尖朝着自己的喉咙，大声说："大不了我自己了结！"

严枳实没想到严获苓会出这么一手，一时慌了，连忙说："好好，我停手，你别激动，我还不希望你死。"

严获苓："你不是早就心心念念想要我死，还怕我死吗？"

严枳实："你要是这么快死了，我就没有报仇的对象了，那可就枉费了我的一身力气和满腹计谋。所以，我要留下你的小命，让你多多遭罪！"

严获苓："你既然不肯让我早死，那就送我回去。"

严枳实："那好，我送你回去，那就上车吧。"

严获苓将信将疑，慢慢挪动脚步，经过严枳实的跟前，见他并没有动手的意思，才靠近车子坐了上去。严获苓的手里还拿着刀，抵着自己的脖子，没有丝毫放松。看样子要是严枳实稍有不是，她就随时朝自己的脖间扎下去，不会让自己受人污垢。

严枳实看着，大概觉得一时无从下手，也就慢慢坐上驾位。车子还没驾驶起来，严莜苓却闻到了一股异常的气味。这气味，似曾相识，好像，好像什么时候闻到过。对了，在待试馆，王娇娇的瓶子，曼陀罗……不好！严莜苓惊叫，却已经叫不出声，只见她很快垂下手臂，刀子落在地上。而她的整个人也就昏睡了过去，倒在了车上。

严枳实看一眼手中的小瓶，收回衣袋，一面取下自己口鼻上的罩子，再看一眼不省人事的严枳实，阴狩而笑。严枳实把马背上的车辕取下来，把软成泥的严莜苓抱过去，架在马背上绑好。一面绑时，严枳实的脑子中现出与严莜苓从相识善处又到恶处的种种画面。想想，在自己的脑子里，初见的瑷瑷确实是一位面容姣好又机智聪明的一个女子。如果说，赵府姣娘和蕊珠宫潘婕好都在是腐土中生长，却长成了明艳剔透的水晶兰。那么严莜苓呢，倒好像是凌霄花，就算身姿在上，却又肯向人低头。

如果不是因为早年的原因恨透了她，说不定有可能应父母之命，媒妁之言，娶她为妻，与她相守。而他严枳实这些年所做的一切，图的是什么呢？明中为朝廷效命，舍命护驾，暗中甘愿被金人利用，为金人奔走，还不稀金不罕银，到底图什么呀？或许，他一心尽力想攀上高位，从而有能力与赵府相争，得到心上人。然而心上人已经香逝了，赵子彦也已然命归黄泉，那么，严枳实还图什么？是蕊珠宫中那个一朝欢娱的女人，连同欢娱后可能的孽种？不觉得，真不觉得。

是对风烛父母和弱妹的牵挂？也不是。要知道，自己的父亲，那位举着棍棒要取儿命的父亲，在他的眼里实在是比虎狼还毒。父亲，他严枳实早已经没有父亲。他心里真正的父亲，已经死在严之慎和身边这个严莜苓的手中了。他会报仇，为心中的父亲报仇，向这两个人索命。

严枳实隐隐间觉得，他留在宋宫中、留在人间继续奔忙的原因，是一双眼睛在看着他。在午夜，在相思情梦中，一双那么深切又哀怨的眼睛，似远似近，若即若离，一闭一合之间，全都是汪汪的眼泪。她恳求他，一遍遍恳求他，照看好她的孩子。他答应她，一定好好照看她的孩子。她听着严枳实的话，慢慢靠近他，投进了他的怀里。他和心爱的女人在梦中，宽衣解带，肌肤相亲，蒂莲联结，共赴逍遥池。完事之后，静静地依偎，闻花香，听月行，多么馨香美好。他多么希望她出现在所有的午夜，在他所有的梦中。

他觉得，她一定还在哪里等着他。总一天，他会和她再聚，并且从此不再分开。姣娘她一定没死，一定是被藏起来了！而严枳实觉得，只有自己强大了，真正强大了，才能找回他的姣娘！这，才是严枳实所要的！

严枳实脑子里想着种种，手下却没有丝毫放松。把严莜苓的身子绑结实了，然后自己跃上马背，挥鞭打马。卸了车子，去了累重，骏马也便轻松扬蹄，在策马人的指使下，向着北方奔跑而去。

慈元宫，从嬉从桂枝口中得知严莜苓只身出宫外诊的消息，心中不免有些担忧。因为察觉到了严莜苓的异状，但是不明白严莜苓为什么不摆明身份，还要故意掩盖。如今自己窥得隐私，但事情也不是十拿九稳，所以也就藏在心里。但是既然猜测到严莜苓的身份了，作为慈元宫的忠心仆从，她又怎么能不操心？

眼看半天过去，不见严莜苓回宫，也没有宫外传来的任何消息，心中越发担忧，只得来到吴皇后的跟前，把严莜苓外诊迟归的事情说了。吴皇后听了，也替宫人担心，连忙差人去御医馆，向王继先问询严莜苓的去处。很快问询的回来，回话说王继先只知道去了外臣家，具体哪家他也不清楚，是内廷领卫严枳实要他派医。再去侍卫处询问，却说严领卫另外办差去了，并不是为外臣送医。隐隐感觉到，严莜苓此行只怕会遭遇到什么，唯恐凶多吉少。

道上，马在跑，颠簸得厉害，马背上的严莜苓被颠醒来了。醒过来的严莜苓一时间脑中懵懂，只觉得身下在动，身子被震得生痛，想动一动，却发现根本动不了，手脚都被绑住了。这才回想起来，自己中了严枳实的计谋被带出宫，已经身陷险境。现在自己正被马驮着跑。看策马人的后背，就是严枳实。

严莜苓明白自己的处境，马上让自己冷静下来，保持先前的样子。一面拼命挣扎双手，想要挣开手上的捆绑。一阵挣扎，绳头真的松动了，双手挣脱出来。只是身子和双脚都被捆着，要想不惊动前面的人解脱出来，实在办不到。

这时候，严莜苓的手不经意探到了前面的衣袋，发觉衣袋里硬硬的，似乎有东西。会不会是那件东西？严莜苓心里顿时一阵激动，把手慢慢伸过去。

严枳实只顾策马跑得快，没有察觉身后的动作。严莜苓把严枳实口袋里的东西拿到手了，果然是一只小瓶子！一定是曼陀罗迷香！

严莜苓屏住自己的呼吸，朝严枳实开启瓶子。很快，严枳实觉得十分困顿，以为跑累了，连忙一拉马辔让马停下，好歇一会再走。只是，没待马停步站稳，他就一头栽下，晕倒在地。

严莜苓飞快解开绳索，滚下马背。严莜苓想骑马离开，但是看着地上不省人事的严枳实，到底放心不下，便使出浑身的力气，把人扶上马背，像人家捆她的样子，把人捆好了。然后自己再上马，策马而去。严莜苓不会往北跑，可竟然也没有走回宫的路，而是走上了一条兵马官道。

岳家军营，只见一匹骏马朝营门奔忙而来，守军连忙拦住。一看，骑马的是一位姑娘，却是认识的，来营里治过病、救过人的御医大夫严姑娘。姑娘的身后还驮着个男人。只见那人趴在马背上一动不动，不知道是昏迷还是死了。

严获苓见拦，跃下马背，把手里的缰绳连同马上的人扔给守军，说："他昏了，扶他下来，安顿他休息吧。"并且一改先前的温和，大声对人说："让开，我要见岳将军！"

守军说："严大夫，严姑娘，我们都认识你，知道你先前是岳将军的恩人，是整个军营的恩人。但你应当知道军营的纪律，没有军令谁都不许进营，你就别为难我们了。"

严获苓说："那你们快去通报岳将军，就说严获苓又来了，专程过来拜访他。"

守军还说："严姑娘，营里如今没有大的病患，不需要你亲自进营诊治。而你一个姑娘家不懂得带兵打仗，就别打扰岳将军了。岳将军他整日操心，累着呢，你就快快回去吧。"

严获苓说："你们不给通报是吗？那我可就叫营了！"严获苓一面说，一面扯起脖子，想要大声呼叫的样子。

守军连忙说："别叫，别叫，我们这就给你通报。"正在这时候，却有一个人从里面走出来，朝着营门走来。来人穿了身软袍子，外面罩了副护甲，没有佩戴头盔，严获苓远远就认出来了，不就是他！守军见了，朝他喊起来："少将军，严大夫来了，想要进营呢。"

岳云大步上前，看见了严获苓，也就愣在了那里。严获苓呢明明日思夜想，千方百计，一心想见那个人。明明有满腹的话要跟他说，有千言万语要问出口。相见之后，感觉整个喉咙都被堵住了，所有的言语都凝固，什么话都说不出来了。只见严获苓张着嘴，瞪着一双眼睛，像个木头人一样站着，一动不动。而她一双眼睛，黑黑幽幽的，都快积液成池了。真的是云山雾海遮不住，掩不了，也挥不去，飘飘绕绕，是诉不尽的哀言怨语呀！

岳云的眼睛里，一样欲语还休，一言难尽。岳云很快恢复过来，跟守军打了个招呼，走出营门。岳云看着严获苓，只说："跟我来！"说完，岳云朝着前面走去，走向前面那片小树林。那里有婆娑的树，有芬芳的草，有一条清澈的溪。那里严获苓曾经脚踏溪水，又被岳云不期而见。那里有他们的玩乐，他们的嬉闹。那里是他们互送情愫、暗表衷肠的地方。严获苓不再犹豫，朝岳云的背影追去。

小溪旁，只见岳云站住了。远远地看着一尊背影，跟无数个梦里的情景一样，高大、挺拔，纹丝不动，看上去就好像站成了一棵树。

山风吹来，卷动着他的袍角衣袂。隔着两丈远，严莜苓停下脚步，也站住了。现在，可以对他说话了，可是，该说什么呢？

说你真的一点没明白姑娘的心思吗？说姑娘我一腔的情怀就这样白付了吗？说你可知道姑娘的心有多伤，我的肝有多疼！知不知道，为了你，我心无宁日，我魂梦不守，我快发疯了呀！却还是，什么也没说。

鸟飞来，叽喳有声。鱼潜底，呢喃有意。终于，严莜苓的嘴里迸出了一句话，用一个撕心裂肺的声音大声地喊了出来："我恨你！"惊飞了林鸟，惊散了游鱼。

眼前的他，站成木桩的那个人，在姑娘的嘶喊中似乎复活了。只见他慢慢地转过身来，慢慢地抬头，看着眼前。他，目光坚定地看着眼前人。却说："都是我不好，你要好好的。"

严莜苓终于哭了，问："为什么呀？"

岳云继续看着莜苓，却什么也没说，只是摇了摇头。严莜苓终于忍不住，放声哭开，说："你为什么要这么做？你明明知道……你知道的呀，你都知道！"

岳云说："我知道。"

严莜苓说："世间只有我最痴傻，想着还有一天，能与那一个人一起同奏《潇湘水云》，能够共琴瑟，两相知，没想到，到底是白付了！"

岳云说："我都知道。"

严莜苓却又大叫："你不知道！你什么都不知道！我恨你！"严莜苓叫完，立刻回转了身子，抬了腿就跑。

岳云朝着严莜苓的背影喊道："严姑娘！莜苓！千万保重！"

金营完颜亨帐中，严枳实刚刚赶到，跟完颜亨报说把严莜苓劫持，却被她半路逃脱的事情。完颜亨听了，却只是一笑，并没有责怪严枳实的意思，说："看来，我心爱的姑娘不仅貌美，有高超的医术，而且还有过人的智慧，真是世间难得的佳人。本少主没有看错人，如今不怕她逃跑，只要她还在人间，迟早会落入本少主的掌中。不，是迟早会来到本少主的身边！"

完颜亨的神情看在严枳实的眼里，只觉得竟然有人像他爱恋姣娘一样，把一个女人摆在自己的心尖上。只是，那个女人虽然与他严枳实有些关系，他们真要成了事情，他和金人也便有了不一样的关系，但到底她是他仇恨的人。

所以，此时严枳实的心里也一阵苦酸，不是滋味。严枳实想了想，忽然下定决心，跟完颜亨说："实话报告少主吧，在下看到严莜苓还跟一个男人去了偏僻地。"

完颜亨一听，厉声问："男人？是谁？去偏僻的地方干什么？"

严枟实说："是岳云，岳家军的少将军岳云，他们去干了些什么，在下当然不知道，只有他们自己知道了。"

完颜亨一把揪住严枟实的衣领，大声问："你是不是想告诉本少主，本少主的茯苓姑娘，她已经有了自己的心上人！她的心上人是岳云！快说，怎么回事！"

严枟实："实禀少主，当日在下被严茯苓迷昏带到岳营，醒来时无意听到守兵议论，说是岳云和严茯苓去了前面的树林，说严茯苓救过岳云的命，还说他们两个早有情谊，曾经一起在营中弹琴，还说琴声好听极了，是什么《潇湘水云》的曲子。"

完颜亨瞪着眼睛，一把揪住严枟实的衣襟，大声问："你为什么不追过去？为什么不杀了岳云？"面对完颜亨的暴怒，严枟实脸上表现得有些慌张，心底却不以为然，似乎在想，凭什么人间失恋只有我？

所以严枟实面对完颜亨只说："在下不是岳云的对手，哪敢贸然而动，而且，他们两个的事也不过是听说而已，是真是假，还请少主斟酌处置。"

完颜亨听了，一把甩了严枟实，竟然一时显示出丧气的样子，不无伤感地说："怪不得她见了我就跑，原来她已经有心上人了，而她的心上人竟然是我的劲敌岳云！"

完颜亨慢慢踱了几步，突然又说："本少主是不会就此善罢甘休的！"

第十五章　严良医妙手治侫症　金少主登堂求婚配

　　宋宫门前，从嬉站在一边，不时手搭双眉看看前方。这时候，看见一匹马奔上前来，临近宫门停下了。一看，骑马人正是严荻苓。从嬉连忙赶上前去，一把抓住马辔，说："我的老天，你总算回来了！"

　　严荻苓的脸却好像冻住了，什么表情也没有。只把手中的缰绳往地上一扔，也不理会从嬉，什么话也不说，径直朝宫门里走去。从嬉却一点也不生气，连忙追上去，跟随在严荻苓的身后，跟得紧紧的，看起来就像是害怕眼前人突然间又不见了。

　　宫门前的侍卫看着觉得奇怪。私下议论说，这从嬉可是慈元宫的大宫娥，也算是宫役的头领。而她严荻苓不过是个小小的宫医，凭什么，一位大宫娥把个小宫医捧上了天，捧得像个主子似的，也不怕坏了宫里的规矩。

　　慈宁宫中，随宫侍医王娇娇整天围绕在太后跟前。每天给太后请脉，不辞辛劳修改药方，增减药量，还亲自为太后煎药，煎好了药，一定自己亲尝，仔细把握温热，再耐心服侍太后服下。服了药，还要给太后推捏捶背，一边捶着，一边说个小趣事，逗太后开心。在王娇娇的悉心照顾下，太后身子也真的泛活了不少，心情也不错，经常笑口常开。王娇娇自然成了太后最贴身人。而小蟾，也就只有靠边站了。

　　小蟾近不了太后的跟前，在慈宁宫成了可有可无的人，在宫里便待不下去，便走出来，来到御花园里，见花园里的各色花草鲜艳，也就上前拨弄几下，心里想着在父母身边那些无拘无束的时光。再想身陷宫中，万事不由自己，想着，也就神情黯然，心间沉闷。

　　从嬉来了，走到小蟾的跟前。而小蟾竟然还在低头想心事，并没有发觉。

　　从嬉叫了一声："蟾姑娘。"

小蟾受惊吓了一跳，抬头看清是从嬉，连忙叫："从嬉姐姐。"

从嬉说："蟾姑娘一个人在花园里低着头，是不是想心事了？"

小蟾低了头说："没有。"

从嬉拉着小蟾的手，说："过来，姐姐想和你说说话。"

从嬉把小蟾拉到一个僻静的角落里，两个人坐下来。从嬉拍拍小蟾身上的花草屑，说："小时候，没少莳花弄草吧？"小蟾点点头。

从嬉说："蟾姑娘的老家，是在哪里呢？"

小蟾便说："少小孤落，记不得了。"

从嬉说："可从嬉姐姐我听御医馆的宫侍说，馆里的大神医严之慎是蟾姑娘的亲爹，他们亲耳听到蟾姑娘叫爹了。"

小蟾一听，又惊得跳起来，说："没，没有。"

从嬉笑着说："蟾姑娘，别怕，他们没有告诉别的人，只跟姐姐我说了。放心，姐姐不让他们再说，姐姐自己也绝不外说。"

小蟾："谢谢姐姐。"

从嬉看着小蟾，再说："蟾姑娘，姐姐找你，是想直接问你一件事。你才是你爹严之慎的亲生女儿，严茯苓她不是，她只是你们严家的养女。"

小蟾吓得瞪大了眼睛，说："从嬉姐姐，你怎么这么说？"

从嬉说："你爹说你们老家在衣锦唐昌，是南边人。我还问过你爹，茯苓从小有没有出过远门，你爹说没有。可是她竟然认识莲花酥，那可是旧都汴梁的特产。我向人打听过了，南边原先并没有，是迁都后才带来的，所以，姐姐我断定，茯苓一定有北方生活的经历。我还猜想，她真正的身份是当朝公主赵佛佑！"

小蟾一听急了，连忙说："就凭茯苓认识莲花酥，姐姐就断定她是当朝公主？"

从嬉："当然不只是这一点，最重要的是她的相貌，她的年龄，还有，她手臂上的蝴蝶斑！还在佛佑小的时候，我亲眼见过的，一只扇翅膀的黑蝴蝶，如今，同茯苓手臂上的一模一样！"

小蟾还是支吾，说：可能，可能茯苓手臂上的胎斑，刚好跟佛佑公主是一样的。"

从嬉说："蟾姑娘，姐姐我不指望你说出来，姐姐只想跟你说，在姐姐心里已经断定，茯苓就是佛佑。你可以为你的姐妹继续保守秘密，姐姐我也一样会慎守这个秘密，轻易不告诉任何人，包括佛佑公主的娘亲吴皇后。可是你应该知道，无论如何，我们有责保护茯苓，好好地保护她，不要让她再受到任何伤害。"

小蟾听着，不由得点点头。

福宁宫，龙榻上坐着皇上赵构。这赵构明显有异，屈身抱着头，疲惫的样子。贴身服侍的太监宫娥细声软语地请求他躺下，他不躺，再请求他下床走走，他也不下床。大御医王继先已经诊过，说是染了温病，开了药，喝了，再诊，没诊出皇上身体内的毛病，可他还是一动不动。吴皇后榻前侍疾，数天不见皇上好转，只得差宫人禀告太后。

太后过来，在赵构身前坐下来，跟他说话。赵构却还是没有反应。竟然看到太后的身子也在摇晃，似乎也有些不爽快。吴皇后怕太后出意外，连忙请太后回宫。太后让小蟾留下来，说皇上身边有任何消息，都尽快报给慈宁宫。

走之前，太后吩咐吴皇后："还是请严大夫过来瞧瞧吧。"

吴皇后点头，说："母后，臣妾也是这个意思。"

太后："那赶紧去办。"

吴皇后："是。"

很快，严之慎赶到。给皇上诊脉，诊完后禀告吴皇后，说是脉象平缓，确实不像有病。吴皇后听着，急在心里，只让严大夫再想想办法。严之慎想了想，再问皇上身边的宫侍，是不是皇上受到了什么惊吓。宫侍说前天夜里确实有宫人失手打掉东西，把皇上惊到了。严之慎跟吴皇后说，就给开舒络开郁的药。吴皇后说王继先给开的药，也是开郁的。

严之慎点点头，却一时也想不出更好的办法，只跟吴皇后说："启禀皇后，以末医来看，皇上的病情有些疑杂。所以恕末医斗胆，末医想查看皇上的医档。"

吴皇后听了，却不觉得严之慎要求突兀，只点点头，说："皇上有疾，不能自主定夺，那就由本宫做主，授命你御医大夫严之慎自主查研御医院中有关皇上的医药档案，掌握病情，对症下药，促使龙体早日康复。"

严之慎："谢皇后娘娘信任，末医一定尽心尽职。"

御医馆中，严之慎提出接手皇上的医档，把守的馆役从来没把严之慎放在眼里，只说没有王继先王大人的命令，谁都动不了皇上的医档。严之慎当下说出吴皇后的口谕。馆役听了，只得打开箱柜，打算拿出医档。王继先却得到消息，及时赶到。

王继先对着严之慎厉声说："这些可是皇上的医档，是本大人亲自经手的，没有皇上的旨意，哪一个敢轻举妄动？"

严之慎说："皇上现在病着，是皇后信任末医，让末医试着研看，要是冒犯了王大人，还望王大人体谅，要是王大人为皇上着想，不放心末医，那请先记下末医的不是，待皇上病愈，末医情愿向皇上请罪。"

王继先说:"严之慎严太医,你一名乡医,能有幸进宫,就已经是你严家祖坟冒青烟的好事了,进了宫还能待到今日,更应该感谢上天对你恩厚了,要是还不知进退,冒犯大不韪,那你会得到怎么样的下场,你的心里应该明白。"

严之慎:"末医明白,万一不慎,就可能粉身碎骨,万劫不复。"

王继先:"既然你明白,很好,那么就请好自为之吧。"

严之慎:"为皇上,为宋室,我严之慎就算粉身碎骨,也在所不辞!"

王继先:"严之慎,看来本大人先前实在是小觑你了,平日看上去本分慎微,原来竟是名烈臣忠士,只是,现如今你凭一道莫须有的皇后口谕,想在御医馆拿走皇上的医档,本大人是御医馆主事,是不会让你轻易得逞的,还将此禀告皇上,治你的图谋不端之罪!"

眼看在王继先的为难下,严之慎还拿不到赵构的医档,正这时,有执事太监赶到。

太监:"皇后懿旨,着御医馆王继先、严之慎接旨!"王继先和严之慎一听,连忙跪下接旨。

太监宣旨:"御医严之慎进宫以来,一心为公,勤于钻研,终日操劳,不辞辛苦,其医德医术人尽可知,为此,特准许参与宫中帝后医护,御医馆所存医档可供其研习查阅,任何人不得阻拦。此诏。"

有了皇后特颁的懿旨,王继先只得接旨应诺。

秦桧家书房,秦桧坐在中座翻卷,王继先禀传入内。

王继先来到秦桧跟前,气急败坏地把严之慎接手皇上医档的事情说了一遍,再说:"丞相,万一严之慎有心彻查,你我做下的手脚,怕有所暴露呀!"

秦桧听了,倒并不慌张,说:"存档的方子与实际用药的,你会没做修改?"

王继先:"虽然每次修改了,但怕万一纰漏,留下马脚。"

秦桧:"一名粗浅的乡医,凭他的能耐,能查明你第一神医的纰漏?"

王继先:"谢丞相对卑职的肯定,卑职一向战战兢兢,唯恐误了丞相的大事,所以严之慎的这件事就得越发谨慎对待,万一有纰漏,实在是对不住丞相的知遇之恩啊。"

秦桧:"本丞相信得过你,就算万一这些不懂深浅的查出点什么,本丞相和你联手,自然有办法对付。"

王继先:"丞相,卑职以为,我们还是先下手为强,不妨把人处置了,让我们所担心的事情不要发生,防患于未然,提早给个了结。"

秦桧:"你是说,不管有无纰漏,先让严之慎闭嘴,什么也来不及说?"

王继先:"丞相以为?"

秦桧："可行，找机会办了。"

王继先："是。"

女医寝房，严莜苓竟然同福宁宫中那人一样，一动不动，不言不发。只是她看起来身体内外并没有毛病，却不肯理人，躺在床上，闭着眼睛，滴水不进。

桂枝守着严莜苓，一脸焦急。从嬉来到女医馆。桂枝带着哭腔，跟前来的从嬉说："莜苓她已经三天三夜不吃一口饭，不喝一滴水，再这样下去，只怕挺不住了。"从嬉听后大惊，说："出了这样的大事，你怎么不早说？"

桂枝说："是莜苓不让说，不想让皇后和从嬉姐姐担心。"

从嬉又问："她爹知道吗？"

桂枝："严太医这几天忙得很，一个人在屋里关起门来，谁都不让进，也就实在没办法告诉他老人家了。"

从嬉："是这样，不管怎么样，我们万万不能让莜苓出事！"

桂枝："姐姐，快想想办法吧。"从嬉连忙上前，给莜苓端饭送水。只是凭从嬉怎样好言相劝，严莜苓还是咬紧牙关，无动于衷。桂枝急得不行，满屋子团团转。

从嬉把桂枝拉到一边，再问她："莜苓为什么要绝食？她到底遇到了什么事？"

桂枝开始不肯说，抵不过从嬉眉宇间的关切和急迫，终于说："是，是因为岳云岳少将娶亲了。"从嬉听了，微微惊讶了一回，却很快定了神色，点点头，说："明白了，原来莜苓是为他绝食，别的不多说了，我问你，他们之间可有什么过往？我是说，如果他们有过异样的交集，或许可以利用一样，唤起莜苓。"

桂枝："他们曾经相互帮扶，岳少将多次救过莜苓，莜苓也给岳少将疗伤。他们，他们还一起去过小树林，在溪水边暗许心思。"

从嬉："看来他们两个之间确实有过深情，只是，你所说的这些，对解困莜苓姑娘似乎起不了什么作用——"

桂枝再想，忽然说："我想起来了，他们曾经一起弹琴，弹《潇湘水云》。"

从嬉："好，我有办法了，让人扮岳少将在她窗外弹一曲试试。"正物色弹琴人时，有宫人来报，说是宫里刚新进一位乐师，技艺不错。那还等什么，连忙把人唤来。很快，乐师来了。

从嬉看一眼这招来的人，虽然衣着粗旧，但一步步过来，脚步平稳，身子挺直，看起来倒有些不凡姿势。再看脸面，只是披风帽下看不清真容，只看见腮帮边一道长长黑疤，让人不敢多看。救人要紧！赶快摆琴布局。

桂枝有心，悄悄抱出了莜苓身边的"和云"。从嬉让乐师换了衣服，换上类似军营将士的袍氅。这时候，有两个人跑来了，是王娇娇和陈小蛮。看到她们两个，桂枝不由想，这两个人说是过来看望严茯苓，只怕是从哪里得知了严茯苓卧床的消息，表面上过来看望，表一表同窗姐妹情，暗地里，恐怕是过来看热闹，为的是想看着严茯苓体竭气咽吧。只是既然她们过来了，桂枝也就没有多说什么，让她们进了房。

很快，琴声响了。

一串弦音，摇扶而至，弦声里，缓缓展开一卷山水，在江南，山空蒙，水悠长……也就可以感受到，一双手指，时而蛇行，时而鹤步，重按，如泰山，轻挑，似鸿毛。忽然间，咣，一个颤音，逶迤而来，直直触人心尖。王娇娇听着这般琴声，不由地惊叫了一声，说："啊呀，真是仙音！"说完，王娇娇再顾不上看一眼严茯苓，一把拉过陈小蛮，朝外面跑去。

王娇娇和陈小蛮两个原本在宫中谨言慎步的俩侍医，竟然再不顾许多限制，一直跑到了奏琴乐师的身旁。只是乐师依然故我，平静又饱含深情地弹奏着古琴，让琴声旷古悠远。

室内，床上的严茯苓也忍不住了，竟然动了动身子，微微地扭过头，静静地听着，听了好一会。终于，挣扎起身，让桂枝扶她下床。

严茯苓追随着琴声，走去窗口。往窗外一看，只见花树掩映下，先看到王娇娇、陈小蛮两个的身影。在她们的面前有一人，正在抚琴。从人家的背后看，是那么沉稳又静穆，深情又专注。再看那人的装束，竟然像是他！严茯苓转身要往外走，无奈身体三天没有进食，一点力气也没有，迈开一步，脚下软绵绵的，像是踩在了云端里，差点摔倒。

这时候听得严茯苓坚定地说："快，我要吃饭。"从嬉连忙奉上食物。在严茯苓吃饭的时候，窗外的琴声一直响着，鸟飞，惊浪，云展云舒……严茯苓听着，眼角止不住沁出了泪花。

严茯苓吃了东西，身体里的力气也便有所恢复。再走去窗口，朝外面一看，只见花树下一片空空的。不见琴，也没有弹琴的人。严茯苓说："我明明看见他了，人呢？"

王娇娇她们又跑回来了，听了严茯苓的话，取笑说："听听琴声病就好了，这么快。"

陈小蛮说："只怕是装病吧。"

王娇娇："为什么要装病？"

陈小蛮："装了病，就会有人可怜有人疼，不像我们。"

桂枝再听不下去，说："那你们也装吧。"

陈小蛮马上接口说："你近水楼台，学得像，快装吧。"

王娇娇："那不就是东施效颦了。"严茯苓不想理会她们，她们想怎么说，随她们说去。

从嬉说："两位女侍医在这里闲聊，等着各自宫里来催吗？"待两人走了之后，从嬉来到严茯苓的跟前，说："刚才是一名新来的乐师在前面练琴呢，没想到唤起了茯苓姑娘，要是姑娘喜欢，让人家时常来弹一弹。"

严茯苓摇摇头，有些失望地说："不必了。"

从嬉说："听说茯苓姑娘也喜欢奏琴呢，不妨也弹奏一曲吧。"

桂枝也说："是啊是啊，茯苓弹得可好了。"只见桂枝的怀里，已经抱上了"和云"。严茯苓见状，推让不过，只得一起走去室外，来到方才琴师练琴的花树下。移凳摆琴，坐下身来，低眉额首，静静地弹了一曲。

福宁宫，严之慎闭关数天，终于给皇上赵构开出了新药方。赵构服了严之慎开的药之后，病状似乎略有所缓，只是遍体长出了红疹子。

虽然严之慎说这疹子并不碍事，是毒邪外解，是皇上的身体开始排毒了。但是王继先却抓住机会不肯放手了，说他严之慎来路不明，一定是故意下毒，想要谋害君王。当下，唤来侍卫，把严之慎抓起来，还说要求立刻杖毙，为皇宫除害。侍卫果真捆了严之慎，打算带走。

吴皇后及时赶到，对王继先和侍卫说，是她让严之慎为皇上治病，要抓，就得把她给先抓起来。可王继先哪里肯放过铲除严之慎的大好机会，竟然跟吴皇后抗争，说如今明摆着龙体有异，要是皇上有个三长两短，谁也担不起责任，现在，怎么可以放走下毒的人。别的人也便劝吴皇后，不妨把严之慎先交给宫中司刑房看押起来。

既然是众诘，吴皇后就算有心袒护严之慎，却也不能因此失了众心。眼看着，严之慎即将被绑去司刑房。正在这个时候，赵构咳嗽了几声，吐出一口浓痰，说："好啊，朕终于喘上气了。"

吴皇后听了惊喜过望，大叫："皇上！皇上！皇上能开口说话了！"

赵构："是啊，朕憋闷了几日，就像做了一个梦。"

众人说："皇上好了，真是太好了，是我大宋的福，是万民的福啊！"

吴皇后说："皇上，这次能治好您的病，多亏了严太医。"

赵构："待朕痊愈，一定好好封赏严太医。"

吴皇后连忙问宫侍："严之慎呢？"宫侍回话，说严之慎还被侍卫控制着呢。

吴皇后赶紧说："还不快给严太医松绑！"侍卫受令，连忙给严之慎松了绑。王继先见他的计谋不成，连忙退身。严之慎上前，给赵构行了礼。赵构也赞他的忠心。

不一会儿，赵构又对着众人说："朕真是做了个大梦，在梦中，朕还听到有人弹琴了，听琴声，分明是朕的爱女瑗瑗在弹奏呀。"吴皇后一听，不觉脸上又落寞下来，现出愁眉忧目。而严之慎听赵构的话，心有所触，不由在心头咯噔了一下。

蕊珠宫，潘婕妤的孕身已经显怀，微微撑起了衣裙，似乎腹中的龙儿想要早早现出模样了。潘婕妤整日里也就懒懒的，偶尔走几步，更多时候靠坐在榻椅间。

王继先每日准时来到，给潘婕妤请脉。这一日王继先请完了脉，说："娘娘的脉象很好。"潘婕妤便给王继先道了谢，还说承蒙皇上隆恩，让王大人每天亲自往蕊珠宫跑，真是辛苦了。

王继先慢慢收拾起诊具，却还不走，说："娘娘，下官还有几句话想跟娘娘说。"

潘婕妤："那就请王大人说吧。"

王继先："下官必须单独跟娘娘说，请娘娘清侧。"潘婕妤迟疑了一下，还是摆了摆手，让木婉她们避开。

潘婕妤说："王大人，现在屋里只剩你我两人了，有什么话，直说无妨。"

王继先看了一眼潘婕妤，脸上滑过一丝阴笑，说："娘娘，下官想说，在这宫里，皇上的身体下官清楚，娘娘应该也清楚。"

潘婕妤一听他这话，刹那明白了话里的意思，不由得脊背一凛，如同受到了雷击，却努力让自己镇静住，不要在脸上露出表情，一面淡然地说："王大人，你说这样的话，有什么意思不成？"

王继先："娘娘明白下官的意思，想必，不需要下官明说吧？"

潘婕妤："既然你有胆这样开口，那就必须把话说个明白，要不，蕊珠不就成了下人的放肆之地。"

王继先："那好吧，下官只好照着娘娘的吩咐放肆一回了，下官请问娘娘，娘娘腹中所怀，确定是龙种？"

潘婕妤："大胆！"

王继先："娘娘不要动怒，下官实在是万万不敢在娘娘面前放肆，只想冒死提醒娘娘，下官凭自己的医术判断，以皇上现今的龙涎，不可能让妇人受孕。"

潘婕妤一时又惊又气，也就语无伦次，说："你，好你个王继先，你，你真的好大胆！"

王继先："娘娘安静，小心动了胎气，娘娘一定要明白下官的用心，下官委实是为娘娘着想，娘娘您可要想清楚了，待到孩儿坠地，如果容貌相差过大，就不担心皇家起疑心？万一起了疑心，会不会来个滴血认亲？"

潘婕妤："凭什么疑心？凭滴血认亲？"

王继先："娘娘，下官只说到这里，要是娘娘不放过下官，追究下官的罪责，只好听凭娘娘发落。"

潘婕妤听着，到底是妇人的胆量，何况心里确实装着心事，心头早就一团乱麻，如今更是稀糊一片，也就一时间说不出话来了。

王继先看在眼里，便更加大胆地说："要是娘娘想好了，有用得着下官的地方尽管吩咐，下官随时效命。"

王继先还在潘婕妤跟前轻语了几声。王继先说完，起身走了。众人回到潘婕妤身边，看她，竟然整个人还呆在那里。木婉见潘婕妤的样子，连忙让陈小蛮上前，快给瞧瞧，到底怎么了。陈小蛮看了，却说潘婕妤好好的，没事。

只是，陈小蛮的脸上，滑过一丝不能被人轻易察觉的阴笑。当晚，潘婕妤吩咐木婉，把严枳实招来，让他进入内室。待到严枳实来到，潘婕妤还吩咐木婉把门，不许任何人靠近。

严枳实从内室出来时，只见一言不发，脸上死灰。再进去看潘婕妤，却见她红着眼睛，刚哭过的样子。木婉连忙问："娘娘，您这是怎么了？"

潘婕妤说："我要吃药，保胎的药，快去请严之慎严太医替我开药！"

木婉说："娘娘，王太医不是说了，龙胎安稳，还需要喝保胎药吗？"

潘婕妤："不要多说了，照办就是。"木婉只得点了点头。

果然唤来严之慎。严之慎给潘婕妤把脉之后，也说胎象稳定，不需要用药。潘婕妤执意说感觉头晕体虚，为防不测，要吃药。严之慎也就给开了几味滋养调养的药。因为是孕妇胎儿，用药当然是慎之又慎，只用了当归、芍药等几味。严之慎开了药方，交给手下，自己又赶回御医馆密室中。只见这室中，堆放着大量的簿册。

宋宫永乐殿，只见宽大的梁柱间挂起了彩灯，拉起了花幔。厅中，摆起了围桌，主桌东西横向，副桌南北对设。看样子，是宫中设宴庆欢的排场。

是日，太后并没有出席，帝后相携而至，在主桌落座，随之，太子王子落座，一众妃嫔落座。末席，竟然坐着王继先、严之慎等人，是宫中的一众御医。还见王娇娇陈小蛮等小侍医也来了。而受到邀请的王陈等人，看起来喜不自胜，都把自己精心装扮了一番，要与春花争艳的样子。

严荴苓和桂枝也来了，却还是平时素雅的模样。这样看来，说不定皇上赵构因为御医的精心治理，得以康复，所以特意邀请众御医参加这宫廷宴会。

皇上赵构开言，说定都杭州以来，一直纷忙不断，如今总算宋金议和，免于战事。而如今宫中也是有不少喜事，第一喜，是皇上他自己刚摆脱一场侫病，体愈康健；第二喜，是皇后太子加冕这件大事，因为忙乱没来得及庆贺；第三桩大喜呢，当然是潘婕妤再怀龙胎，为宋室家国传延香火，真可谓让举国上下，都倍感喜上眉梢。

赵构话毕，众人起身离席，一起给皇上皇后太子婕妤行礼道贺。礼毕，归座。开宴。一时间，只见送菜肴酒水的宫人忙上忙下，一片蜂来蝶往，却又各司其职，井然有序。而在主人身旁，各宫随侍的太监宫娥等人也便端壶递酒，尽职操劳。

敬酒时，皇上领首，众人随后，站起身，端起酒杯，先向着北方遥敬，酒向前方，思亲念故，尽在冽液中。而后，皇上要求众人收敛哀思，只管在眼前的宴席中尽兴尽欢。众人也就不再拘谨，放开神态，开始以酒尽欢。都敬酒，开始下敬上，上也回敬了下。然后，各桌之间互敬。

严茯苓的脸上却不像王娇娇、陈小蛮一样笑意盎然，依然一片寡淡，就好像眼前的一切她都视而不见，皇上的恩垂也与她无关。她的心思，根本不在这里。在桂枝的提醒和催促下，严茯苓才勉强给人笑了笑，却不见她动筷，不吃不喝。面对这样盛大又隆重的宫宴，她竟然丝毫没有受宠若惊的表现，而是看上去就来应个场，好歹给皇家一个面子。

皇上却兴致极高，喝了不少酒。吴皇后抵不过众人相敬，也喝了几杯。这时候王继先提议，值此良时，不妨让宫中乐师前来奏乐一曲，好给皇上皇后和众人助兴。赵构听后，一口恩准了。才一会，乐师出现了，一步步走上殿来。

只见怀抱古琴的乐师，身形挺拔，脚步稳健，身上穿着氅衣，竟是一件七彩羽氅，鲜艳华丽，足以让满堂生辉。而乐师的一张脸遮在氅帽中，不露真容。可能怕脸上的疤痕丑陋吓着皇室中人，所以主动遮掩了。

乐师到达殿中央，布好琴，坐下来。抬指微微扣弦，便有黄莺出谷，乳燕归巢，果真技艺不凡。只是，这琴曲是《宋宫怨》！

严茯苓听出来了，竟然再不顾眼前的场合和自己的身份，立马站起身来指着乐师，大声责问："你是谁？"一时间，众人愕然。

乐师听到责问，停止弹奏，再站起身来，先朝严茯苓看了一眼，伸手，慢慢地除去头上的帽子，褪去氅袍。乐师本来的面貌和装饰显露出来了，毫无保留地呈现在众目之中。只见那张脸上根本不见疤痕，一片洁净，可谓是颜如美玉，而一双黑亮的眼睛里带着刁钻与轻蔑的神情。再看他头饰与着装，竟然是编发束冠，身着绛色蟒龙袍。皇上赵构倒是敏捷，一眼把人认出来了，惊呼："完颜亨！"

竟然是金国少主，完颜亨。一时间，宴席冷却，众人呆成木鸡。只见直立众人面前的完颜亨若无其事，还挑动眉毛微微一笑，再直面席上的赵构，说："宋君好记性，正是本少主。"原来以为只是一名普通的宫殿乐师，却原来是金国少主假冒。

对"金国"这两个字，几个人一听，早被吓得魂飞魄散。也有几个人听着，恨得直咬牙。其中竟还有几个不问宋金，不管家国，只盯着完颜少主的脸孔看。那脸上的五官精致英挺，眉宇间神采飞扬，目光里带着坚毅。啊，好一位英俊又冷酷的王子！一下子，有人芳香酥软了。这人是谁呀？还有谁，小女医王娇娇之类。

众人还没回不过神来，不明白眼前到底发生了什么事，不知道好端端的宫宴中怎么就冒出了金国人。只有严荻苓挺直着身子，站在完颜亨的跟前，手里还抓起了席上的一柄餐用小刀叉。还有另外一位不惊不惧的也站起来了，是御医严之慎。

严之慎怒目直视完颜亨，说："鞑子，你竟然胆敢假冒乐师混进我大宋宫中，今日一定让你有来无回！"

完颜亨听了，却收了蔑笑，换了真诚的语气说："我认识您，您是荻苓的父亲。你们父女救过本少主的命，本少主敬重你们。"众人一听，倒马上回神了，一双双目光全射出了不屑，似乎说，你严之慎父女早就向金人示好，那还冒充什么英雄？

严之慎厉声说："当日不明身份，所以施以援手，而且各位都明白，医人所救的只是病人！今日，你不再是病人，而是贼人，定当被诛！"

完颜亨却不再理会严之慎，只扫一眼赵构，再扫一遍众人，脸色凌厉而下，说："既然本少主有胆进来，会害怕什么不成？你们君臣都应当明白，万一本少主在这里有什么闪失，那么我大金国的百万铁骑，那就立马呼啸而下。"

赵构听了，喏喏地问："完颜少主，宋金已经议和了，你还来朕的宫中干什么？"

完颜亨："赵君，金宋和谈还有一个条件，就是你宋国向我大金国称臣。"

严之慎听后盛怒，不顾皇上的脸色，朝完颜亨开口大骂："放肆！要让我大宋向你鞑子称臣，老汉我豁出命来，先劈了你小子！"

完颜亨再挑了挑眉毛，说："大家先不要动怒，此次我前来宋宫，并不是想跟你们谈息战条件，大家都看见了，我可是抱琴而来。"

赵构暗暗舒了口气，连忙问："完颜少主，既然是抱琴来到宋宫，有什么用意吗？"

完颜亨："抱琴而来，为的是求瑟。"

赵构："求瑟？请问少主竟有何求？快快给朕讲来吧。"

完颜亨："宋君，本少主不求别的，只向你宋国求一个人！"

赵构一听，再大吐了一口气，赶紧说："那也犯不着你完颜少主前来，让使臣前来就是了。少主需要什么人，朕都一定会让少主如愿。"

完颜亨："可本少主担心那个人不听话，要是她真不听话，你做君王的就动用权力把她捆起来交给本少主吗？可是这么一来，就多么无趣！所以，本少主不辞辛苦，只身入宫，是要让她看见我的真心，为我动容，并从此剔除杂念，心中只怀少主我一人。"

赵构："听少主的意思，抱琴求瑟，肯定有心与我宋国联缘和亲吧？那太好了，朕求之不得。完颜少主快快告诉朕，少主想找的是哪一位？只是，朕如实告知少主，朕如今膝下并无亲生女儿，宋国并没有能与金国和亲的公主。"

完颜亨："宋君，本少主所求之人，远在天边，近在眼前。"

赵构愕然，问："完颜少主所求佳丽，竟是这宫里人？"

完颜亨："正是！"

完颜亨突地转身，一手直指着严茯苓，大声说："就是她！"众人见状，也惊愕不已。

这名声鼎赫的金国少主，千方百计地找她？严茯苓？一名来自民间的宫廷女医？再看此刻的严茯苓，应该听清楚了完颜亨的话，可她却并没有表现出受宠若惊的样子。而是继续瞪直了双眼，手中紧握着刀叉，像是随时要冲上前去同金人拼命。

完颜亨也并没有因严茯苓的表现而退却，继续跟赵构说："赵君，你和你的夫人，可以把严茯苓严姑娘收为义女，然后许配给本少主，那么，宋国与我大金国也就结下了秦晋之好。从此，本少主会向我金国大王和我父王多说宋国与宋君的好话，为宋国争取利益，让宋金两国之间多玉帛往来，少兵戈相向。所以这桩婚事对于宋国和你宋君来说，可谓是有百利而无一弊。"

赵构听了，当然心动，不只是心动，是开心，心花怒放，马上与吴皇后商议。说是商议，也就是要吴皇后配合照办，遵从完颜亨的意思，把严茯苓收为义女，再嫁女和亲。

吴皇后却另有所思，只说要容与时日，需问问严之慎。毕竟儿女是父母所生所养，这婚姻大事，总得听听人家亲生父母的意思。

赵构却按捺不住，当场把吴皇后的话说了，直问严之慎："严爱卿，女大当嫁，何况眼前这位少主可是万里难挑一的人中龙凤，得此佳婿，你肯定十分高兴。"

严之慎差一点张口跟赵构说，只有你高兴。

到底不能忤逆龙颜，为缓和一下场面，同时他心里清楚，茯苓的婚事，真不是他能做主的，所以也就说了句："请容我和她母亲商议一下。"

完颜亨一听，爽快答应，说让严家有个准备，过几日再定大事。还说一定隆重婚娶，给宋国，给严家，给荻苓，一个大大的面子。

严荻苓却当场怒吼："我才不嫁！"

慈元宫，从嬉一脸焦急，待吴皇后身边没人了，"扑通一下跪在吴皇后的跟前，直把吴皇后吓了一跳。

吴皇后问："从嬉，你这是怎么了？"

从嬉："皇后，你不能让荻苓嫁给金人，千万不能！"

吴皇后："从嬉，我知道，你善良仁爱，把宫中的年轻人都当作自己的兄弟姐妹，不忍心让荻苓妹妹去金国受罪，说实在的，我也不忍心。"

从嬉："娘娘，不只是这样呀……"

吴皇后："从嬉，你要是有想法，有心事，就跟我说出来。你与我主仆多年，你是知道的，我从来没把你当外人。"

从嬉："娘娘，奴婢不能说！奴婢只是恳求您，救下荻苓！救下荻苓！"

吴皇后："唉，从嬉呀，你让我怎么说呢。我只能跟你说，一个人的命是自己的，可又不全是自己的，是国的，是君王的。有时候，还是天下民众的，与国与君与民，谁又能保全得了谁？哪怕他们要我的命，我，一国皇后，又能怎么样呢？"

从嬉："可是，可是荻苓她，她是……"

吴皇后："从嬉，别多说了，我知道荻苓和她爹都是好人，他们救过不少人的命，他们还给皇上和宫里人治好了病。只是，如今她被金人看中了，就算她不想嫁，也只怕难了，而且是谁也帮不了她了。也就只能求求菩萨，让菩萨多多保佑吧。"

御医馆，王娇娇急急跑来，找到王继先。

王娇娇："叔父，在永乐殿上你怎么不说一句话？"

王继先："雷池中我说什么话？只有莽夫会逞强。"

王娇娇："叔父，你应该开口，开口跟皇上皇后说，严荻苓不愿意嫁金人，就请把我的亲侄女收为你们的义女，让她出嫁金国。"

王继先："什么？你想嫁金人？有这个野心这个豹胆？"

王娇娇："叔父，我的父亲不是还落在金人的手里吗？我要是嫁去金国，就可以和我的父亲团聚了。"

王继先："好侄女，原来你是想冒死寻找你的父亲。"

王娇娇："叔父,不仅为的是寻父,完颜少主他一表人才,我喜欢他,要是能嫁给他,就算死在他的刀下,我也愿意。"

王继先："侄女呀,你还有这番心思,叔父真是没有想到,好,叔父答应你,一定把你的心思转达给完颜少主。"

王娇娇听叔父这么说,吐了口气,缓过来时的焦急,一缓,也就缓回自己这女儿身上,脸上泛出桃花羞涩,也是娇极艳极。

王娇娇再跟叔父说一声:"父亲不在身边,侄女的婚事,听凭叔父给做主。"说完,低头跑了。看着侄女王娇娇的背影,王继先点一点头,又摇了摇。

驿馆中,完颜亨来往踱步。此时金国少主的容颜与之前宋国大殿上的神采奕奕相比,似乎黯淡了下来,已然失神许多。

宋国丞相秦桧赶来驿馆,陪侍金国贵客。

秦桧劝他:"少主,那赵构一定替你做主,让少主把人带走。"

完颜亨:"可是,我能带走她的人,却带不走她的心。"

秦桧:"那么请少主说来,她严荗苓的心在哪里?臣下一定让她死心,然后叫她乖乖地跟着少主走。"

完颜亨:"她的心,在另外一个人身上呢。"

正说着,王继先来到,打手势让秦桧过去。悄悄把他亲侄女王娇娇想嫁完颜的事情说了,还请秦桧美成。

秦桧思量了一下,竟然没有多说什么,直接把王继先领到了完颜亨的跟前,而且把他的想法跟完颜亨说了出来。

王继先连忙说:"少主,我亲侄女王娇娇她与你看中的那位荗苓姑娘同窗学医,医术不相上下,相貌身款更不比荗苓差。还说她先前已经两次与少主见面,也是缘分,请少主思量,如不嫌弃,还请少主接纳。"

完颜亨听了,先是一愣,继而笑开,说:"本少主哪里没见过女人?我中意荗苓姑娘,是因为我俩曾经有缘而邂逅,无意而情生,是她的真诚与美丽,让本少主不得不情动真心!所以,本少主才如此牵系,却又如此情伤……"完颜亨说着,竟然将身子扑倒在案桌上,失声痛哭起来。

只看见他的肩背耸动,只听得他的喉鼻间传出沉闷泣响。这哪里是北方来的魔国霸主,分明是情到深处,欲罢不能,害了相思病痛的大男孩。

驿馆外,秦桧和王继先秘语。

秦桧问王继先,早前定下的事情安排得怎么样了。王继先说按部就班。秦桧说很好,借刀杀人,可以挑出骨中刺,同时除掉眼中钉。王继先说请丞相放心，不自量力的人，这一次一定让他难逃在劫。秦桧说多年的心血，不能有任何差错。王继先说好戏已经开演，丞相等着看就是了。

秦桧却又提醒王继先说，你那侄女王娇娇可要当心了。她本是这局中的一颗小棋子，不承想今日竟敢生出这么大的心思。而她的心思又没能实现，保不定她的心里会不会生出异端，所以要及早预防。

王继先听着免不了询问秦桧，要是丞相他对自己侄女的做法有疑虑，怎么不拦阻自己，却直白告知了完颜。

秦桧说："你叔侄两位长时间为本丞相忠心效命，所提出的要求，本丞相当然得答应，而且要是小完颜乐意接受娇娇姑娘，倒也不失是一桩美事。"

王继先说他理解丞相的心思与胸怀了，侄女的心愿不能实现，他会宽慰，请丞相放心。

两个人一番密语，各自走开。

很快，严莸苓给了完颜亨明确的答复，拒婚。她说完颜亨要是动用权力，威逼她婚嫁，那么，娶回去的将是一具尸体。完颜亨听后，不免又惊又怒。惊的是，心头的姑娘对自己竟然如此绝情，怒的是，宋国小小女子，如此不把他金国少主放在眼里！一声拒婚，就能让完颜少主黯然收场，就此罢手吗？

这时候金营有密报到，通过秦桧，转达到了完颜亨的手里。密报上说完颜兀术患病，要少主即刻回营。完颜亨见报后心里清楚，这次父王肯定得了不一般的病，要不，不会在这个时候催返儿子。也就顾不上向宋廷上要求的事情，回营要紧。

不过给秦桧留下了话，让他传达给宋君与严家，求娶严莸苓这件事，不会就此收场。

第十六章　父因附子惹祸毙命
　　　　　　　女受皇旨被催赴金

　　蕊珠宫中，依然是华彩斐然，珠光照壁，各个宫肃立听命。

　　原来蕊珠宫的侍卫严积实，自从护主救驾有功，早已被提升为宫廷领卫，却受到皇上的另外授命，要他除了承接宫廷要务之外，仍然为蕊珠宫守护。

　　只见严积实正在宫外踱走，似乎格外尽职。内室，木婉小心翼翼地端着碗，把碗中的药汁，一勺一勺盛起来，喂潘婕好喝下。

　　潘婕好喝药不久，突然间哎哟一声大喊，看她，只见眉头深拧，一双手紧紧地捂住了自己的肚子。

　　木婉赶紧上前照看，却一眼看到，潘婕好的身下竟然有红色，血红！

　　木婉伏身跪地，惊骇地问："娘娘，你这是怎么了？"

　　潘婕好："我，我的肚子疼，好疼……"

　　木婉颤抖地喊："天呀！"

　　潘婕好："怕，怕是保不住了。"木婉一听，连忙挣扎起身，朝着外面，声音凄厉地喊："快，快唤御医！"一众御医赶到，诊过，都摇头退出。

　　严之慎赶到，一看，再一摸潘婕好的脉象，也摇了头，只说："回天无力了。"

　　宫门外，各宫各处人等，都已闻讯赶到，随时待命。宫人一声高喊："皇上皇后驾到。"

　　赵构看来已经被告知实况，急得紧步要往内室赶，却被王继先挡住了。

　　王继先："皇上，来不及了，内室正在处置，恳请皇上止步。"赵构不理，径直闯入内室。只见，稳婆双手沾血，床上一片血污。

　　稳婆哆嗦着说："皇，皇上，已经成形了，是位皇子。"

　　床上的潘婕好气息奄奄的样子，无力地唤了一声："皇上。"

　　赵构扭头走出来，随手抓起一件东西，狠狠摔在地上，然后指着眼前的一帮人，大声骂道："你们，一帮奴才，连朕的这点骨肉也保不住，朕还要你们干什么！"龙颜震怒，众人齐齐跪地，捣蒜般磕头。

赵构依然双眼冒火，指着王继先再骂："王继先，都是你干的好事！"

王继先："皇上，下官该死，可是皇上，下官就是死了，也是个冤死的鬼。这段时间，潘娘娘的调理诊治，下官并没有参与。"

赵构："你没有参与？那是谁在执行？"

王继先："是严太医一手经办。"

赵构一听，牙咬得山响，狠狠地说："严之慎啊严之慎，你果然是虎狼之人，连朕的这一点血脉都要算计，你到底是什么来路？毒害皇嗣，是什么居心？"

严之慎只是说了一句："凭我方中所有用药，不可能让孕妇流产，请皇上明察！"

赵构："你，严之慎，竟然还要狡辩，朕这一回绝不放过你！来人，把药渣取来！"

宫娥把潘婕好的药壶拿来，王继先接过，并亲手倒出药渣，慢慢拨动。一团黄褐色渣片，其中的长薄片，是当归，细圆根，是芍药。当归补血，芍药养血滋阴，都是针对潘婕好血虚体弱之症。而且看所用药的药量，都比较少，而这些药的药性，也都是温和的，确实不至于让孕妇落胎。

王继先却接着拨，直到拨出几片形状不一的小切片，拿起来，看一眼，又闻了一下，然后跟赵构说："是附子！"

王继先解释："附子药性大热，是阳中之阳，潘娘娘本来血虚，用了附子之后各血脉躁动，心力难控，从而造成小产。"

赵构："附子夺命！夺去了朕的麟儿！严之慎，你还有什么话说？"

严之慎说："皇上，就算初学医者，也明白孕妇忌用附子的道理。何况小人我虽然医术谈不上造极，但行医数十年，这点基础医识怎么可能不知？所以皇上啊，小人给婕好娘娘开出的药方中绝对不会有附子！一定是有人给动了手脚！恳请皇上明察，错怪小人事小，放过真凶才是大事！"

赵构："那就把药方拿来！"御医馆早就拿来准备，见皇上开口，连忙奉上。

赵构拿过药方，看了一眼，一把丢在严之慎脚边，让他自己看。严之慎拿起药方一看，方子上除了当归、芍药几味之后，明明白白写了一味，附子。

严之慎看了，也就明白怎么回事，再也把持不住，立时老泪纵横，说："原来早就设下圈套，却真是我的疏忽。近日只顾着闭门查阅医档，并没有每次亲口尝药，让人趁机动了手脚。我严之慎死不足惜，只是祸害了皇家血脉，也真是个千古罪人哪！"

赵构断然地说："严之慎，杖毙！"很快，众侍卫在严枳实的带领下，把严之慎捆绑起来。严之慎看了严枳实一眼，眼中千言万语。

严枳实呢，脸上也不见得轻松。到底，眼前被捆绑着很快就毙命的正是他的生身父亲！而严枳实的心里，当然还藏着一件事情。这件事情是他父亲严之慎不知道的，可能到死都不可能知道。那就是潘婕好腹中流产夭折的，并不是皇家赵氏的血肉，而是严家的！是他严之慎的亲孙子！

这时候，严茯苓和小蟾闻讯赶到。严茯苓和小蟾看到严之慎被捆，不顾一切，扑倒在地，一起叫了一声："爹！"

赵构听了，说："除了这女医，还有这宫娥，竟然都是严之慎的女儿！说吧，你们进宫到底带有什么目的？

小蟾："皇上呀，我们一家人是不得已进宫，不带任何目的呀！"

赵构："都不肯说实话，来人，统统给朕抓起来！"

严之慎："皇上，看在草民替皇上看病的面子上，求皇上放过我的两个女儿。还求皇上，让草民死前跟两个女儿说句话。"

赵构："你害死了朕的儿子，要朕放过你的女儿？别做梦了！想要死前说句话，做个交代，那朕可以成全你。"严茯苓和小蟾一听，连忙爬上前，靠近严之慎的身边。

严之慎先跟小蟾说："我的苓儿，都是爹害了你。爹先走了，你可不要害怕！"

小蟾哭着说："爹，苓儿从来没怪过爹，苓儿听爹的，不怕，什么都不怕……"

严茯苓同小蟾一样哭成了个泪人，却还是说："爹，情况这么危急，就请爹让我跟他表明自己的身份吧。我求他放过爹，让我们出宫，回家！"

严之慎一听，轻声又严厉地说："不行！现在你说你是佛佑，谁信你？千万不能再轻举妄动！"又说："茯苓，我的好女儿，听着，你一定要活着。要好好钻研医术，再好好替你的亲爹治病。治好了他的病，让他恢复虎熊之躯，让他振作起来，御驾亲征，北上抗金，让大宋早日复国！"

严茯苓泪流满面，却说："爹，女儿听着！"

严之慎："茯苓，你再听好了，爹这些天已经查阅太后跟皇上的所有医档，爹抽丝剥茧查出了眉目，发现有些药方中朱砂的用量有异！"严之慎说着，竟然从袖子里摸出了一件东西，悄悄塞给了严茯苓。

严之慎神态决绝，盯着严茯苓问："茯苓，爹说的都记住了吗？"

严茯苓哭着说："爹，女儿记住了。"严之慎却再没有提及儿子严枳实，做爹的，不可能不牵挂自己的骨肉。恐怕他最担心的还是严枳实，所以，至死都不想把他的身份暴露出来。

马上，严之慎被众武侍押着，要带走了，走之前，他再说了一声："孩子们，爹走了，你们要好好的！"吴皇后赶到，却也只能眼睁睁地看着严之慎被押走。

是日，一代名医严之慎，屈死在了皇宫的棍棒之下。

宋宫监牢，关押着严获苓和小蟾。当时，皇上赵构想把严获苓和小蟾一同处置了，就算吴皇后替她两个求情也没用。倒是秦桧赶来，开口说金国完颜少主还有婚约，要是处死了严获苓，怕不好向金国交代。赵构说那就先放了严获苓，把这个小宫娥毙了。严获苓却说，要是小蟾死了，她马上自绝。赵构一时没办法，才答应暂时留下她们的小命，关起来再说。

小蟾虽然是民女，只是这些年进宫以来，看多了宫里的凶险无常，所以身在牢中，倒也不见得惊慌。倒是严获苓，心身有些异样，说："我恨他，把我生在皇宫，却在最危难的时候不见他的影子。如今，竟然杖杀了对我恩重如山的养父，把我关押起来，想让我死。好啊，我死！马上死！让他再无血脉！让他断子绝孙！"

小蟾倒是劝获苓，说："你要是死了，那爹可就是白死了，谁给他洗冤呢？而我活着，也是白活，我来这里是为了什么？为了谁呀？还有，爹生前最后交代你的话，你都忘了？"

严获苓："我没忘，只是，他杀死了我爹，还要我给他治病？真是做梦！"

小蟾："错了，严之慎是我爹，当今皇上才是你爹，你必须给他治病！我爹说得没错，治好了他的病，说不定他就能打败金人。要能这样，爹在地下也一定开怀大笑！"

严获苓："妹妹，我做不到啊！"

小蟾："姐姐，你一定要振作起来！"

宫牢看守森严，从嬉带着吴皇后的手谕，才被放进牢门。从嬉入内，看见获苓和小蟾两个，连忙抓住她们，上下里外看看，有没有受伤。没有看到她俩身体上有伤痕，才吐了口气。严获苓和小蟾叫声姐姐。从嬉什么都没说，却先给严获苓行了个礼。严获苓惊了一跳，连忙推开她，说："从嬉姐姐，你这是怎么了，我只是一名小小的女医呀，怎么能让你给我行大礼？"

从嬉说："瑷瑷呀，康王府的小郡主，当今皇上皇后的佛佑公主，你进宫这么长时间了，竟然不肯跟亲人相认？你小的时候，姐姐就陪在你的身边，你怎么连姐姐也不认？"

严获苓说："从嬉姐姐，我，不是……"

从嬉说："瑷瑷，别说了，姐姐早就知道了，你手臂上的黑蝴蝶，还有，小蟾已经告诉姐姐了。"严获苓连忙看了一眼小蟾。小蟾也看着获苓，带着歉意地点了点头。

从嬉："瑷瑷，你放心，你的身份，目前宫里只有我和蟾姑娘两个人知道。此外，连你娘亲也不知道，没有得到你的同意，我们对谁也不会说。"

严莜苓："谢谢你们。"

从嬉："可是瑷瑷，你们如今被关在牢里，要是再不把你的身份告诉你的亲爹亲娘，怕是难以出去了呀！"

严莜苓："从嬉姐姐，谢谢你这些年一直尽心照顾我的娘亲。而皇上，他杀了我的恩父，我恨他！在我的心里，他再不也是我的亲人！"

从嬉："骨肉亲情，血脉相连，就算你不想认他，这份关系还在的呀！"

小蟾："从嬉姐姐，我爹临走前交代，要莜苓姐姐想办法给她的父皇治病，再想办法鼓励督促他抗金复国！"

从嬉："严大人，真是深明大义啊！"又对严莜苓说："瑷瑷，小蟾说得真没错，你和我们不一样，你是公主，是当今皇上唯一的血脉亲人。身为皇家的女儿，你一出生身上就带着责任。这个责任，是很大的，你必须担起来！"

严莜苓听了，再沉默了一会，还是说："你们放心，我会有所担当，我一定让自己振作起来！"从嬉和小蟾听着，点头笑了。

朝堂金銮殿上，赵构正襟危坐。殿阶下面，文武班立。有宫侍来报，说有金使前来，要面见皇上。赵构准许进殿，金使上前说受完颜金主派遣，给宋国送来文书。赵构便让人接了文书，呈到自己的面前再展开来看。

赵构看后说："众位爱卿，这一次金国来书并不是要朝廷奉送金银，也不要求割地，更不像上次一样要送去大批技人工匠，只要求派遣几名有医术的医人。"

秦桧："既然金国不强求金帛等物，只是要些医人，那遂人心愿就是了。"

赵构："金人在此件中点了一个人的名字，女医严莜苓。"

王继先："严莜苓，御医馆在职女医，专侍慈元宫，也就是那名罪毙宫医严之慎的女儿。"

赵构："朕见过她，如今人在哪里？"

秦桧："被关押在死牢中，等候处置。"

赵构："那就免其死罪，再选几名医人，一同送去金营。"

秦桧："臣下照办。"

赵构想了一会，又说："朕几次接触过那名小女子，觉得她的性格有些刚烈，怕她再生出什么异端，坏了国事，等退朝之后，把人带来福宁宫，朕要面授她几句话。"

殿下人听着，赶紧点头称是。

福宁宫，严莜苓和小蟾一起被带进宫里，来到赵构的面前。两个人忍着心里的怨恨，只是脸上，却是遮不去的阴愠。

赵构并不计较两人的脸色，只说："严茯苓，你一名小小的宫廷女医，能够被金少主相中，金国要与宋国结秦晋之好，休兵罢战，那可是你的大福气，也是我宋国的福气，你应该为朕，更为我大宋家国着想，顺从少主，侍奉金人。"

严茯苓听后却问："皇上，民女斗胆问一声皇上，要是被金人看中的是您的女儿、当朝公主，请问皇上怎么办？"

赵构："朕要是有公主被金人相中，那么一定立马许配，没有二话。"

严茯苓听着，不由得暗中咬咬自己的牙齿，再说："皇上，要是民女誓死不从呢？"

赵构："那你，还有你身边这位小宫娥，她是你的妹妹吧，将立马受死，而且，你还将是国之罪人！"严茯苓看着赵构，想再问到底谁才是国之罪人？只是一时恨极，说不出话来。

赵构继续说："民女严茯苓，你听着，只要你接受朕的旨意，顺从金人，朕许诺，厚葬你已经死去的父亲严之慎。还有，你的妹妹朕就免她的死罪，还答应让她从此改变身份，让她享受荣华。"

严茯苓听后，竟然大声说："好，我答应！"

赵构听了笑着说："很好，去吧，朕答应你的，不会食言。"

小蟾听了，拉着严茯苓，急急地问她："你为什么不求求皇上？为什么要去金营？金营里有多危险，你难道不知道吗？"

严茯苓："妹妹，姐姐我不答应去金营，那你我都得死。我去了，就算是死了，你到底还有条活路呀。"

小蟾："我宁愿马上死！"

严茯苓倒笑着说："妹妹，你救过姐姐，这一回，姐姐就是豁出命去也要救你！而且，说不定我去金营后并不会死，还能有回来的一天。"小蟾听着，当然知道是严茯苓故意宽慰的话，一时间心中万苦，却也无奈，只能空有泪水喷涌。

严茯苓替小蟾擦去眼泪，说："好妹妹，你一定要好好的，等着姐姐回来。"

杭州城外的官道上，只见两旁草叶渐黄，行人寥落。不觉间，过来一行车马，由南而来，向北而行。其中几匹马拉着车子，车子里坐了人。另外几匹马背上，坐着武装的官兵，看起来是负责押送的。为首的武官不是别人，正是宋宫领卫严枳实。

严枳实朝众人呼喝："快点！快点！必须赶在日落之前走完这条山路，以防意外！"呼喝声刚停，只见一匹快马，绝尘而来。来人见到车马阵并没有停下来，而是直冲到了严枳实的面前，才勒住了马绳。严枳实朝人看一眼，认出来了，是邓自明。

严枳实说："姓邓的小子，你没死在金营，已经万幸了，还不躲在岳家军帐中，跑到这里来干吗？"

邓自明："严枳实，我现在没空找你寻私仇，我过来只是想见个人！"

严枳实："这里可是朝廷要人，你想见哪个？"

邓自明："我要见哪个，你自然清楚！"

严枳实："好快的消息，得知严莜苓要被朝廷贡献给金国了？"

邓自明："让我见她一面！"

严枳实："我要是不同意呢？"

邓自明："那我只好劫人！"

严枳实："劫朝廷派遣的人员，你就是造反！"

邓自明："就算给我定下造反的罪名，你也不能免责，朝廷也会追究你失职！"

严枳实："本领卫倒没兴趣跟你磨嘴皮！只是我这心里倒有个疑问，现在就问你一句，这严莜苓，不，真正的严莜苓是我的妹妹，她不叫严莜苓！这名假严莜苓，是不是你的亲妹妹？"

邓自明："当然是我的亲妹妹！"

严枳实："既然如此，本领卫看在你我当年发小的分上网开一面，让你们兄妹生离死别之前，好歹见上一见。"

严枳实话毕，人马让路，邓自明被放行，来到一辆马车前。邓自明揭开车帘叫一声妹妹，却看见车里的严莜苓被捆绑了手脚，绑得像个粽子，连嘴巴都被塞住了。

邓自明怒吼："严枳实，你竟然这样对待莜苓，她好歹也是你的义妹！"

严枳实不屑一笑，说："为她好，怕她路上出意外。"一面示意手下，给严莜苓松了绑。被取出塞堵之物，严莜苓吐出口重气，盯着眼前的邓自明，问："哥哥，你怎么来了？"

邓自明："营里已经知道严伯父遇难和你出使金营的消息，可是获知得迟了，伯父已逝，你也在路上了。"

严莜苓："哥哥，我的养父严爹爹是遭人陷害，相信宫里迟早会找出陷害他的恶人，为我爹伸冤！我没事的，你回去告诉岳将军和我的邓爹爹，让他们别担心我，相信我能够活着走出金营，回到大宋。"

邓自明："金营可是狼虎窝，你一个姑娘前去，叫人如何能放心？而且，岳少将也知道了，他，他……"

严莜苓听着，不由急问："他怎么了？"

邓自明却又强行把话咽了回去，只说："他也不想你去。"

严莜苓听后暗自叹了口气，说："他已经成家了，让他和他的家人都好好的，我的事不用他操心。"

邓自明："妹妹，我真的不放心你，要不，让我陪你一起去金营吧。"

严茯苓："不要！哥哥，你赶快回营，与岳将军和邓爹爹他们在一起，妹妹我只希望你们早日与金人决战！"严茯苓说完，把自己脖子上的玉佩取下来，放在邓自明手上，说："哥哥，这个玉佩，是爹爹给我们的，我们一人一个，我一直戴着。"

邓自明见了也掏出自己的玉佩，说："我也一直戴着。"

严茯苓说："哥哥，你先替我保管着，等我从金营回来再给我戴上，万一我回不来了，你和爹爹要是想我，就看看这玉佩，也就看见我了。"

邓自明："妹妹呀，我的心好痛！"

严茯苓："哥哥，你要相信，迟早还能亲手给妹妹戴上这玉佩！"

邓自明："好妹妹，一定要保重，此去万般凶险啊！"

严茯苓："好哥哥，你们要记住，勤兵秣马，无日懈怠，只要你们挥师北上打败金兵，收回故土，恢复大宋，就算我死在胡营，我也会含笑九泉！"

兄妹两个说了几句，押解的士兵上来催赶，只好互嘱保重，约定今生再逢，不得不挥泪告别。邓自明走之前，警告严枳实说："不许再绑茯苓！要是再亏待我妹妹，到时候新账旧账一起跟你算！"

严枳实哈哈一笑，说："我哪里敢亏待她，她马上要做金国皇妃了。"邓自明听着，一面咬牙切齿，一面握紧了手中剑。

严枳实一挥手，车马开步，继续前行了。邓自明只得眼睁睁地看着马车前去，只能在心里朝自己狠狠地骂一声，无能！作为兄长，作为男人，白长了七尺之躯，竟然不能保全亲人的性命与平安。只好独立秋风，潸然泪下。

其实，还有一个孤独的人和一匹孤独的马，立在高高的山冈上，马上人一双眼正定定地远眺着北行的马车，一动不动。冈上落木萧萧，秋风吹动着他的袍袂，落日余晖拉长他骑马的身影以及挂在马鞍上的双锤，那么静静地，那么默默地，那么那么……

马车前行，一路尘土飞扬，前面一片扎帐的军营，只见一面巨大的旗帜迎风飘扬。却是胡旗。金营，就在眼前。进了金营，早有等候的兵将过来接洽。

几名医人都是文弱人，赶了远路，已经累得不行。见了黑脸粗糙的金兵又吓得不行。一个个垂手而立，瘟鸡一般。严茯苓虽然身体一样疲惫，目光如电，昂着头，身子也挺直了，站在人群中，无疑是鸡中白鹤。

严枳实跟金人交接之后，便要回赶，走之前，对着严茯苓冷冷一笑说："要是早知道有今日，是不是后悔没死在那坑里？"

严获苓说:"不管你怎么对我,你都是我恩父的儿子,是我的哥哥。"

严枳实嗤笑:"那好吧,等你成为金国皇妃,别忘了再叫我一声哥哥。"

严枳实他们走后,很快几名医人被派发到各营,严获苓倒没有急着让她给病人看病,而是被带到了一处营帐中。

本以为营帐中会有什么人在等着她,却没有。走入帐里看一看,只见有桌有榻,桌榻上干干净净的,还闻到了一股香味,很淡雅的熏香。有穿胡人衣服的妇人随后进来,给严获苓行了礼,一面说:"我叫察达,是少主派来专门侍候姑娘的,姑娘有什么事情,尽管吩咐。"

胡女察达边说,边给严获苓端来一盆清水,水面上还漂着花瓣,让她洗洗。再给她彻了奶茶,捧上吃食。然后,胡女说:"少主让姑娘先休息好,他等会再来看你。"

严获苓也便说:"好的,你先出去。"察达走后,严获苓清了身子,吃饱了肚子,也就上床躺下了,自言自语地说:"就算是龙潭虎穴,也要养好精神,蓄好体力,也去斗龙虎,哎呀,真困了……"

严获苓睡醒,梳洗了,从容等待即将面临的测或不测。一会儿,胡女察达又来了,照旧送花送水,还带了一束不知名的花草,插在一只瓶子里,送到严获苓的面前。看着瓶中悄然绽放的小花,严获苓的心情不觉放松了不少。还见眼前的察达手脚勤快,态度卑谦,也就没有把她当恶人,还把她叫到跟前,悄悄向她问了话,问她知不知道一名被金兵俘虏的汉人,叫王立先。

察达回答了严获苓,说她并不知道。严获苓听了,也就没有再多说什么。过了一会儿,外面来报,说是完颜少主过来了。

帐帘揭开,完颜亨站帐门口,衣着整齐,目光亮炯炯的,看着眼前人。静静地,默默地,一动不动地,全神贯注地。看了好一会,完颜亨抬起脚,一步步走近严获苓的面前。

完颜亨抑制不住激动的声音,说:"我的姑娘,你终于来了。"

严获苓:"少主,我是来给病人治病的。"

完颜亨:"获苓,我的姑娘,你知道吗?自从野亭相遇,你夕阳下的容颜就一直映在我的脑子,让我从此深深懂得了什么叫情到深处,什么叫身不由己。"

严获苓:"少主,你错了,我严获苓只是乡野村姑,除了稍懂医术之外别的一无所长,一无所有。"

完颜亨:"我的姑娘,你悲悯又刚烈,你清澈又美丽,是我心中那朵最圣洁的雪莲花!要是能与你长相厮守,我完颜亨今生也就无憾了!"

严获苓:"少主,这是不可能的。"

完颜亨:"为什么?因为金宋之间的家国仇恨吗?那是国与国之间的事情,

不是你我之间的事情！还有什么？不会是你的心中没有我，另外有一个人？”

完颜亨说完了这些，只见笑容从他的嘴角退去，取代的是一片愁苦。愁云苦雾，一下子涌上了年轻男子的眉眼，笼罩那张英挺无双的脸。那张脸不由得低了下去。看得出来，金国少魔王完颜亨对她严荟苓，是怀了真心，动了真情的。

然而严荟苓并不为之所动，只说：“不管怎么样，我只能告诉少主，我前来金营只为治病，别的断断不会从命！”完颜亨听着，慢慢地抬起头来，只见他的双眼间有些发红，好像是想要憋着眼中的泪水不让它流出来。

过了一会，完颜亨才不无伤感地说：“老天，我金少主自小马踏天下，纵横四野，并发誓要赢得天下，可是，可是我为什么赢不了一位姑娘的芳心？”严荟苓的神情坚毅，看起来丝毫不为所动。

完颜亨平静下来之后，只好跟严荟苓说：“那就请你先为病人治病，你我的事情，稍后再说。”末了，完颜亨又说，“此后，你我会在这营中日日相处，我想你严荟苓就算铁石心肠，也一定能被我完颜亨感化！我会让你铁石消融！”

金营主帐，在昏暗火光下，看见黢黑的床榻，以及铺在床前的巨幅兽皮。严荟苓被引上前，引到火光之下，也就看见一位须发黑中夹白的男人，躺在床榻上，一动不动的样子。男人病了，有病在身，只是就算他脸色灰黄，不能动弹，但还是一脸须发偾张，横肉连峰，浑身透出一股不一样的气势。严荟苓猜想，床上的男人说不定就是金大王完颜兀术。

完颜亨上前，叫唤一声父王。病人果真是金主。完颜亨对着病床上的父亲说：“父王，她就是孩儿请来替您看病的大夫，叫严荟苓，是宋宫里的女御医。”

完颜兀术慢慢张嘴，说：“一个小姑娘，能有什么医术？”完颜兀术说话吐声含混，但还能让人勉强听清。

完颜亨：“她和她的父亲，原本都是医术极其高超的民间大夫，被召进宋宫，不过她的父亲太耿直，听说被人算计，已经被赵构杀了。而这位荟苓姑娘，她曾经救过孩儿一命，孩儿见识过她的医术，她的医术已经不在她父亲之下。所以孩儿相信，荟苓姑娘能治好父王的病，让父王能够早日康复，早日重返战场。”

完颜兀术听了，说：“姑娘，你的父亲是被赵构杀了，你一定痛恨他吧。既然这样，那就让你试着替本王治疗，亨儿，快帮父王翻个身。”看来，完颜兀术虽然还能启动口齿，但显然已经偏身麻痹，不能动弹。那么，这位金国大魔头，一定病得不轻。

严荟苓上前诊视，只见病人口舌喝斜，让人张嘴，舌肿苔白，喉间夹痰，再一把脉，脉象沉滑。

严获苓说："大王中风之症，之前肯定已有大夫诊治。"

完颜亨："是的，已经有大夫给父王诊治，父王喝了不少药，但是没见大起色，所以父王一怒之下，命人把之前的大夫都砍了。"

完颜兀术："是啊，都砍了，一个不剩？姑娘，你怕了吗？"

严获苓："就算砍光天下医人的脑袋，你就能去病了吗？

完颜兀术："看来，你并不像之前的大夫一样生怕本王，那好，本王暂不与你说砍脑袋的事，本王只问你，本王的病什么时候能好？"

严获苓："你的病已经进入经络，能不能治好，很难说，而且就算下药后有所见效，也不是一时半刻能够好转。"

完颜兀术："那要多长时间？"

严获苓："起码一年半载。"

完颜兀术："一样是庸医！立马砍了！本大王如何等得了一年半载？"

完颜亨连忙说："父王休怒，获苓既然已经探明病症，就试着喝喝她的药，就算真的不行，再找别人。"完颜兀术听后，对着严获苓说："看在我亨儿孝敬的分上，本王先不砍你，听好了，马上给本王开药！"

案桌前，严获苓一手握着笔，另一只手按在绢纸上。墨笔白绢，要写的是一剂药方。不过是一剂药方。对症下药，治病救人。而需要明白的是，这要救的人，是哪一个呀？是来自金国、侵害大宋的魔鬼强盗！是严获苓以及自己的亲人和身边的所有人诅咒和、切齿痛恨的恶贼！

正是他和他的家族让大宋山河破碎，国难横生！有多少大宋的父老兄妹，死在了金人的铁蹄下！还有多少大宋的百姓亲人，正被金人践踏蹂躏！而要是让这个金国大魔头一死，说不定金军就会溃堤。那么，韩将军岳将军他们便可策马而战，挥师北上！直到收回故土，恢复大宋！

是不是，开几味逆病而治的药？这样下药实在容易，针对完颜兀术目前体力消竭的病况，用些补药就是了。要是庸医下药，完全可能凭他的气血状况给予增补。要是这样用药，很可能可以不动气色地、不露痕迹地置人于死地！

可是，一个个远古而响亮的声音，却在严获苓的耳朵里响起来。

医圣孙思邈说："凡大医治，必当安神定志，无欲无求，无谋无害。"又说："人命至重，有贵千金，一方济之，德逾于此。"

当代名医刘昉："业医者，活人之心不可无，而自私之心不可有。"

名医史堪："度其浅深，分毫不可差，明其轻重，锱铢不可偏。得失之间，死生性命之所系。"

其中竟然还有自己的养父，被宋宫谋害的养父严之慎，也在严获苓的耳朵里说："女儿，作为汉人，你面对的无疑是仇人；作为医者，你面对的只是一位病人，师祖的医德医训说过六不治，也没有说仇家不治！好女儿，记住，在医人眼中，天地之间性命最大！"

严茯苓含泪说："各位前辈，爹，你们的话，我听到了！"

严茯苓落笔开方，方子上是生石膏、杏仁、桑枝、茯苓、妨己、通草等。开完了药方，完颜亨取过一看，马上变了脸色，瞅着眼前的严茯苓，恶狠狠地说："严茯苓，本少主真的错看你了吗？我父王明明是体消力竭，你还给他开生石膏这样的凉寒药物，你这是想置人于死地，为你宋国报仇雪恨吧？"

完颜兀术："快把蓄意谋害本王的人给砍了！"

严茯苓却不惊不惧，一脸平静地说："你们先前请的医人，没少用补药吧？怎么不见效呢？你们想过了吗？本姑娘要是只看到自己汉人的身份，完全应该用药杀人，杀掉毒害我大宋国的大魔头金兀术！但是我严茯苓却又看见自己的另一个身份，实在是看得过于清楚了！我告诉我自己，我是一名医者！是医者，就必须遵守医规！那是我大汉族从轩辕炎黄下来一脉相承的，是从医者必须人人遵守的医规！在医者的眼里只有病人，没有金宋，没有爱恨！"

完颜亨听后，连忙转变了口气，跟严茯苓说："那请解释一下方中用药吧。"

严茯苓："病人完颜兀术的脉象沉滑，似乎有体竭之象，应该用药滋补回力，但仔细诊，是数脉，而且舌头肿大，多痰，那是体内有火，生石膏可以透热外出，杏仁是开肺气，肺气开，全身的水湿才能散去，而茯苓、通草、防己是泻水湿的，桑枝通经络……"没待严茯苓说完，床上的老完颜已经叫起来："还不快把药煎来！"

宋宫，傍晚时分，赵构从蕊珠宫看望了潘婕妤出来，众侍从要拥他回宫，他却挥手让众侍卫走开，只留下一名贴身太监，说是要自己走走，散散心。径直走进了御花园里。只见眼前繁花已退，树木萧条。只有几丛菊花，不惧秋风，还在枝头绽放。

不是花中偏爱菊，此花开尽更无花。赵构嘴里念着靖节先生的诗句，慢慢踱步上前，像是要亲泽傲霜花，顾怜幽倩影。这时，竟听到绽着菊丛的假山后面传来嘤嘤泣声，一听就是有女子在哭。赵构被搅了心情，不由喝道："是谁？"

太监快步过去，很快把逮住的小宫娥拉过来，拉到赵构的面前。

太监说："好大的胆子，打扰了皇上，还不快给皇上赔罪！"宫娥听着，马上朝赵构跪下身子。

太监再说："皇上，这个人叫小蟾，就是那名受死御医严之慎的女儿。"

赵构："是你？我当初见过，怎么一个人在这里哭？"

太监："皇上问你话，怎么还不抬起头来回话？"小蟾抬起头来只得说："是奴婢该死，心里苦闷，想一个人躲起来哭一哭，没想到惊了圣驾，罪该万死……"小蟾一面说着，一面依旧泪下纷纷。再看小蟾的泪脸，只见一张鹅蛋小脸上，雨打梨花，风吹海棠，但底下的容颜却白如嫩藕，娇如春花。

暮辉下，赵构看着小蟾，竟然让他心尖无端地有所触动。那是男人与女人，在天意的安排下相见、邂逅，千年重逢，天地隐秘之间，一剑轻柔，一指温软，在一个人的心头轻轻地触碰了一下。也就让一个人的心间，有了一种莫名的惊喜与感动。好一会儿，君王才从迷醉中回醒过来，却情不自禁地说："好一朵雏菊呀，娇嫩纯美，让朕忍不住想怜惜。"

太监："要是皇上不怪罪这宫娥，奴才就打发她走吧。"

赵构抬手止住，还上前轻轻拉住了小蟾的手，对她说："朕记得，朕曾跟你的姐姐严荙苓许诺过，只要她肯去金国，朕就厚葬你们的父亲严之慎，朕还要改变你的身份，让你享受荣华。"小蟾惊恐不已，轻声说："奴婢不敢。"

赵构说："你与众不同的娇容打动了朕的心，就到朕的身边来吧，朕要封你为才人，让你从此沐浴朕的恩泽。"圣口开启，就是旨意。至于小蟾的意愿，没有人会顾及了。

沐华宫，只见宫中内外装饰一新，红窗绿纱，罗墙缎壁，喜气洋洋。看来，赵构对这宫里新晋的才人还是用足了心思，想以奢靡的给予，来换取美人芳心吧。

小蟾，没有人再唤这个名字。从此，这宋家皇宫里，下面人都会仰礼，尊称她为娘娘，上面人就算俯视，也会客气地称谓她为严妃，严才人。

严才人端坐宫榻，一样是华装丽裹。而经这一身华丽的装裹，让原本纯美的女子越发娇美了。这样一来，难免让人觉得这沐华宫的新人，原来是一颗埋没的明珠。期间，皇上赵构的厚雨薄露，要尽归于这新开辟的玉垅芳丘了。

而沐华宫严才人的心里，是喜是忧？应该是喜呀，少小离家进深宫，不知道受了多少气，遭了多少罪。没想到竟然还能摆脱宫娥奴婢的身份，成为主子，并且还能得到天子的宠爱，这样的大美事，能不叫人欣喜吗？可是严才人的眉头，却还是抹不开一道忧凄。

想一想吧，这位叫赵构的天子，应该算是自己的男人，可就是他下令杖杀了自己的亲生父亲！他，他是自己的杀父仇人呀！严才人前思后想，左思右想，虽然一时没能解开自己的心结，但到底是新晋的宫人，不能过分暴露自己的心思，也就把一切压抑下来，换上欢愉的容颜，陪在皇上的身边。

岳家军营操场上，一大批兵将，在这霜寒天袒胸露背，手挥刀剑，挥拳踢脚，正在一丝不苟地操练。队伍最前面的是岳云，只见同样褪去了上衣，裸露着结实的胸膛，正带领着手下，一招一式在挥掌击拳。

岳飞和邓元亮走过来。岳飞看着操练的将士，颔首浅笑，一面说："闲时勤练兵，战时不慌忙，国土尚未收复，将士一日不可懈怠。"

邓元亮："岳兄，要是朝廷真的与金国议和呢？"

岳飞："相信皇上不会不顾念故土，还有如今仍陷落在鞑子手中的大宋君臣，朝廷暂商议和，一定是韬养之计，趁此勤兵秣马，待到兵强马壮，直捣黄龙。"

邓元亮："岳兄之心，忠义宽广。"

岳飞走近儿子身前，一眼看去，只见儿子岳云虽然心在操练，毫无懈怠，但明显眉头上锁，似乎心头担负着重重的心事。岳飞的目光离开儿子，只朝前面的邓自明走去，走到了邓自明的跟前，问他："贤侄，近日有没有金营传来的消息？"

邓自明："伯父，暂时还没有。"

邓元亮看着岳飞，微微叹了口气，说："岳兄，愚弟明白，你一定也在牵挂着我的养女瑷瑷。她被强行送到金营，真的是生死难卜了。"

岳云闻听上前，说："父亲，邓叔，我想好了，我们不能见死不救，我要只身去劫营！"

邓元亮："金营重兵，谈什么只身劫营？"

岳飞："简直胡闹！"

岳云："父亲，当年荻苓姑娘和她的养父严之慎大，救过你，也救过我，还救过营中众多的将士，他们父女对我们岳家军实在是恩大功高。如今荻苓有难，我们要是见死不救，那不就是忘恩负义？"

岳飞："这不是忘恩负义！要知道荻苓此行是奉了朝廷的旨意，你就算有本事把她劫回，等金人告知朝廷，朝廷也会给你们扣上逆君的罪名。到时候，你不但救不了荻苓，反而还会害了她。所以，现在明知荻苓姑娘受苦，我们也只能把痛苦压在心里。岳家军目前必须做的是勤练兵，多磨砺，到时候一举攻陷金营，解救所有受苦受难的大宋君臣子民！"

邓元亮："岳兄说得有理，云贤侄，你千万不能轻举妄动！"

岳云只得点点头："父亲，邓叔，我明白了，为早日灭除金贼，我岳云一定会加倍苦练！"

蕊珠宫中，潘婕好经历小产，调理了些时日，身子已经有所恢复。只是一颗受伤的心，怕再也恢复不了了。要知道，自从儿子赵旉夭折，做娘的这颗心，就像被利剑戳穿了，只要想起心口便在滴血，嘀嘀嗒嗒，没日没夜，无止无休，一片嫣红。再次有孕在身，虽然明白腹中的骨肉不该到来，但是下腹一小块微微的隆起，摸上去硬硬的，感觉到另一个生命又一次在自己的身体里真实地存在，这种感觉真是神秘又美好，温暖又柔软，而且还觉得，一定是失去的雳儿又回来了，又回到了娘亲的身边。所以，这些日子里，潘婕好心里虽然忐忑，但竟然又不自禁地享受着重获骨肉的欣喜。然而，终于还是再一次地失去了。

不能多想了，心口的血珠已经断线，啪啪掉落。干点什么吧！自从潘婕好流产之后，皇上只是偶尔踏足蕊珠宫，来了就走，不再多停留。而那些凑热闹的各色人等也便闻风而散，比猴都快。就算是这宫里的，比如像陈小蛮这样的宫侍，也时常不见个人影，说不定都去沐华宫凑热闹了。

人声暗，人情薄，自古事，由来久，何必幽怨诉？蕊珠宫，又回到以前的日子，披日月，熬人汤。

有一天潘婕好忽然问木婉："璩儿呢？"

赵璩算是潘婕好名下的养子，入住蕊珠宫这些年，却被她一直忽视，就像小猫小狗一样丢在一边，从来都没用心瞧上一眼。现如今倒记起人家了，这让木婉也觉得惊讶。

木婉说："信王除了去慈元宫看望皇后，和他哥哥建王说说话，平日也就读点书，很少出屋。"

潘婕好叹着气，说："这世间呀，娘在的儿没了，儿在的娘又没了，我潘玉卿与他赵璩，倒真是一对苦命的母子。"

木婉说："娘娘，要是你喜欢，就让信王多过来陪陪。"

潘婕好："木婉，你可知道，在这宫中有一双黑手，偏不放过我们命如苦瓜的两个人。抓住了我们，抓我，是要把我的手染黑，和他们一起抓别人，抓他，却是要把他往上面推，充当他们的门面。"

木婉赶紧说："娘娘，你又想多了，快休息吧，别胡思乱想了。"

潘婕好也就躺下了。看床上的这个人，身体是展开了，可眉头却还是拧紧着，拧成了一把锁，一把或许再也解不开的锁。木婉替潘婕好盖好被子，看着主子锁眉的神态，一定心头烙痛，也就不由得暗暗叹了口气，可能会隐隐觉得，这蕊珠宫里，还会有风波。

第十七章 严妃义勇为申父冤
茯苓孤胆且斗金营

金营主帐，完颜兀术喝了严茯苓的药，几天下来，感觉喉咙里干净多了，开口说话也比之前清晰了许多，而且觉得麻痹的身体也轻松了一些。

完颜兀术忍不住对严茯苓说："姑娘，你果然有些身手，要知道，一名好大夫，抵得上一个营的兵力。"

严茯苓说："不明白你在说什么。"

完颜兀术："要是你在军营，能让许多受伤的将士起死回生，这就是战斗力，所以说，你，一名有医术的大夫，就是兵力。"

严茯苓："所以，只要我走，你们就会把我杀了，不会让我归宋。"

完颜兀术："没错。"

严茯苓："而在金营，因为你们现在还需要我，所以暂时不会杀我，而且为了你们的需要，还会提防我自绝，不会轻易让我死。"

完颜兀术："姑娘，你真聪明。"

严茯苓回到宿处，坐下来，却又抬头看看篷窗外，若有所思的样子。完颜亨紧随来了，手里捧着个盘子，盘子上一只盅碗。完颜亨走到严茯苓身前，笑着说："这是我亲手炖的八珍燕窝羹，快尝尝。"

完颜亨把羹碗放在严茯苓面前，自己坐在人家的对面，目光亮亮地看着她。严茯苓却把羹碗推开了，说："我不饿。"

完颜亨："我费了好大的工夫才做了这一碗羹，你就尝一口吧。"严茯苓摇摇头。

完颜亨见状，不由动了怒气，大声说："严茯苓，你听着！本少主打出了娘胎就被人侍候，饭来张口，衣来伸手，侍候人的活，从来没做过！为了你，我在灶火前整整站了三个时辰，才做了这碗羹，你就不能尝一口吗？"

而严茯苓此时心里，说不定吼着同样的声音。她会说，我不是同样出生就被人侍候，在锦衣玉食中成长，要是没有你们金人入侵，如今我赵佛佑应该身处汴梁城中，要风就是风，要雨就来雨，谁又稀罕你胡人的一勺汤羹？

见严苿苓没有回应，完颜亨又换了语气，说："我也情愿自己是一名樵夫，一名渔父，而你就是个小村姑，我们在乡道上相逢、相识、相爱，我耕田你织布，我挑水你浇园，在乡间田野的茅屋里，炊烟升起，灶火缭绕，煮茶煨汤，儿女绕膝，过着平静恩爱的日子。"

严苿苓听着，她的眼睛里也泛出了波光，只是神情依然飘忽，似乎身在金营，心却不知落于何处，而且，她又摇了头。

完颜亨："严苿苓，我再问你，要是我不是我，是另外的人，比如说是岳家军中的少将军岳云，你，会爱上我吗？"严苿苓这回认真看了一眼完颜亨，马上语气坚定地说："不会！"

完颜亨："你的心上人不就是岳云吗？如果我是岳云，与你同为汉人，同仇共爱，生无罅隙，你怎么就不会爱上我了？"

严苿苓："因为，你和岳云是完全不同的两个人。"

完颜亨："一样是七尺男儿，一样文武兼备，有什么不同？"

严苿苓："岳云就像他的双锤，质朴，宽厚，就算把人砸死，也会让人死得明白，而你是一柄利剑，一柄极其刁钻的利剑，无形游走，杀人不见血。"

完颜亨听了，无奈地摇一摇头，却又放声一笑，说："你说得没错呀！"继而眼中慢慢褪去光芒，喟然一声长叹，说："看来，我是取代不了他了——"

沐华宫现出陈小蛮的身影。这位性情飘忽的女子来沐华宫干什么？只听得跟严才人的贴身宫娥卫妍说，要求见严才人。卫妍也就禀报了。

严才人认识陈小蛮，是蕊珠宫侍医，偶尔去慈宁宫找王娇娇说话。而当初王娇娇恃宠而骄，没少欺凌严才人。所以，严才人对陈小蛮也并没有好感。不过人家既然前来求见，那就让人进来。

陈小蛮见了严才人跪下行礼，一面竟然自荐，说是想要离开蕊珠宫，来沐华宫侍候。还说只要严才人开口，皇上一定恩准。严才人一听，做这样的事情那是万万不可以的。想想，蕊珠宫潘婕好无论是年岁还是身份，都长于自己，怎么可以轻易挖她宫里的人？严才人便一口拒绝了陈小蛮的要求。

陈小蛮竟然不急着走，说她有一件东西，想送给严才人。这个小宫医，这样有心计，是想送礼讨人情吗？可是，她应该知道，以严才人的品性，以及她现在的拥有，不可能被一份下人的财物所打动。

陈小蛮悄悄扫一眼严才人的脸，明白这位新贵的心思以及她那略带卑薄的目光。可她陈小蛮依然故我，不紧不慢地掏东西，掏出来，却是一张纸。严才人有些惊讶，问："这是什么？"

陈小蛮："娘娘看了就知道。"

严才人也就让卫妍接了，给她呈上。一张折叠整齐的纸，一抖，摊开来，是一张药方。方子上，写着当归、芍药等，还写着附子。

严才人一下子懂了，惊问："这东西你从哪里拿来？"

陈小蛮："当日皇上过目后，就当废纸扔了，奴婢觉得应该留着，就捡起来一直保管着，只是觉得这东西交给娘娘保管更加妥当。"

严才人再也把持不住自己的仪态，站起身来，走上前一把抓住陈小蛮，问："你一定还知道其中的什么情况，快说！"

陈小蛮当然不肯轻易开口，只说："娘娘，奴婢只是一名小小的侍医，一心想投奔娘娘，却被娘娘拒绝，那么奴婢也就不能在沐华宫多停留，应该马上回蕊珠宫。"陈小蛮说完，果然就起身走了。

严才人怀着一腔蓦然被唤起的悲情，有因升起，却无处着落，一时无可奈何。过了好一会，严才人才收了悲绪，反过身来，一面再次摊开药方。

一张白纸，也就是褚纸，宫中常见的，上面墨字，像字体笔画，横像阵云，点如坠石，撇捺见锋锷，没错，这确实是父亲的笔迹。见此遗迹，如见生父，严才人不由又是一阵暗泣。辛酸风雨，偏要击打这苦树瘦梨花。

完颜兀术的病床边坐着完颜亨。只见完颜亨抱着自己的脑袋，竟然再不是往日威风少主，只是一位痛苦不堪的年轻人。

完颜亨说："父王，这位给你治病的茯苓姑娘，就是孩儿的心上人，自从认识她，孩儿的心就被她占据了。"

完颜兀术："孩子，父王早就看出来了，你心怀这位女医，而且用情极深。"

完颜亨："可是就算日夜看见她，孩儿也得不到她，她已经明确拒绝孩儿了，她带给孩儿的只有痛苦和失望。"

完颜兀术："父王可以下令，让你们马上完婚。"

完颜亨："不不，父王，得不到她的心，就算得到她的人那也只是一具美艳的尸体，这不是孩儿想要的。"

完颜兀术："既然这样，那你就试着改变她。"

完颜亨："父王，孩儿就是想用心感化她，可就是感化不了。"

完颜兀术："孩儿，父王跟你说的不是感化，是改变，把她改变了。"

完颜亨："改变？怎么做才能改变一个人？"

完颜兀术："听着，要想改变，首先要得把一个人给分解了，从身体到精神，从外到里，一一分解！懂了吗？"

完颜亨："父王，孩儿还是不明白，怎么把一个人分解了？"

完颜兀术："分解，就是摧毁，把原来的毁了，不择手段，毁得彻底！"

完颜亨："这样一来，孩儿想得到的一个人，就是没有了？"

完颜兀术："分解之后，不是扔了，而是按照你的需要，把切碎的找回来，重新装起来，这样，你就改变了她，让她成了你想要的模样。"

完颜亨："还请父王明示，孩儿到底该怎么做？"

完颜兀术："是铁打铜铸的，就投进火炉里！是石头，就敲碎！是人，就得让她非人！"

完颜亨："要是这么做，茯苓姑娘就能爱上我了？"

完颜兀术："是的！"

完颜亨："孩儿照着父王的指示去办！"

完颜兀术："别说是改变一个人，就是面对一个国，一个民族，一样可以这么做！击碎！重装！奴国！奴民！彻底地改变！"

完颜亨："孩儿懂了。"

帐篷里，原先看上去温顺的察达，一下子变了嘴脸，说是得了命令，严茯苓从宋国来到金国不过是金国的奴隶，不能住在这舒适的帐篷里。她把严茯苓的东西拿起来扔出帐外，再让严茯苓离开帐房走出去。一出帐外，金兵围上来，给严茯苓的手脚戴上沉重的镣铐，一直把她拉到马厩前，把她投进了马厩。他们告诉她，马厩才是她的住所，而她以后的食物，也跟牛马一样。

严茯苓虽然一时不能明白金人的所作所为，但猜想一定是完颜父子的意思。说不定，父子两个正在等着她去求饶呢。那么，就让他们去等吧。

严茯苓什么话也没说，就在马厩中安下身来。只是这马厩中不仅臊臭难闻，而且四面通风。衣着单薄的严茯苓，用戴铐的双后抱紧自己的身体，在冷风中瑟瑟发抖。守兵递上来的食物，果真像牛马食一样馊臭难闻。

严茯苓的身子缩在马厩一角，艰难又坚定地吞咽着食物。

第一夜，她挺过来了，没有求救。

第二夜，她还是挺过来了。

第三夜……

一夜又一夜……严茯苓身上的衣服破烂了，她的手脚被镣铐磨破，一片血口。但是，她没有衣冠不整，她把破烂的衣服穿好了，她也没有蓬头秽脸，她抹掉粘在头发上的草叶，十指为梳，把头发梳理整齐了，挽起来，带上簪子，而且，她的脸上还带着似有若无的微笑。

完颜亨等不及了，他跑上前，恶狠狠地夺下严茯苓的簪子。是一根碧玉簪。

完颜亨："看你每天戴着它，是你的宝贝？对你很重要？"

严茯苓摇摇头，说："第一次在宫中行医，太后给的，算是对我医术的肯定。"

完颜亨说："我现在就把簪子折了，看你还能用什么挽住你的颜面！"

严茯苓："完颜少主，算我求你一次，把簪子给我留下，我不想蓬头秽脸地去给大王疗病，我想大王也不想见到一位蓬头秽脸的女医。"

完颜亨想了一想，忽然笑了，说："你终于肯求我了，有了第一次开口，马上会有第二次，我等着。"完颜亨果真把簪子递还给严茯苓。

严茯苓重新绾起头发，然后，昂起头，挺直消瘦的身子，朝前走了。完颜亨还站在那里，愣愣地看着严茯苓的背影，喃喃地说："好美啊，我的姑娘！"又说："我这样折磨你，还是没能把你转化，将你改变，所以我担心，这样下去，你会不会把我给转化了呀！"

严茯苓又给完颜兀术做了一遍针灸。在仇人的身体上耐心细致地扎下针，拔出来。一针针，对准了穴位，不差一丝，没偏一毫。做完了，严茯苓又该拖着镣铐回到马厩。完颜兀术却开口说话了，说是让她严茯苓不要急着离开，让她坐下来，说自己要给她讲个故事。

杀人如麻的金国老魔头，要给年轻的汉族女医讲个故事？严茯苓倒想看看，这老魔头又要玩出什么新花样。也就拢了自己手脚上的镣铐，安然地坐下来，坐在了老完颜的面前。老魔头要了口水，喝了果真讲了。

他说："在遥远的北国，有一个民族叫女真。女真人发源于白山黑水，开始称作肃慎，后来称作靺鞨，林靺。林靺中有一支叫黑水靺鞨，渐渐发展壮大，有了自己的领袖，他们的领袖叫完颜绥可。有一天，完颜绥可做了一个梦，梦见自己长出一双肢膀，像大鸟一样飞上了天空。完颜绥可飞着飞着，一面飞一面往下看，看到有一个地方，好美丽。那是他从来没见过的美丽，一座座山全穿着碧绿的衣服，一条条河流又拖着好看的蓝裙子，还有华彩夺目的楼台殿阁，还有穿梭来往的行人，他们穿着各种色彩的衣服，而且有一些衣服上，竟然还闪烁着他从来没有见过的光泽。完颜绥可想知道这个好地方在哪里，叫什么地名。梦中有个声音告诉他，这个地方在南边，叫天堂。完颜绥可醒来之后，发誓要找到梦里所见的天堂。他果真带着族人，从白山黑水间走出来，一路向南，去找他的天堂。但是完颜绥口只走到了一个叫出虎的地方。又过了五代，完颜家族出了一位更了不起的领袖，他叫完颜阿骨打。完颜阿骨打决定继续祖先的梦想，向南走，寻找天堂。"

完颜兀术对着严茯苓，继续说："姑娘，我要告诉你，完颜阿骨打他灭掉辽国，建立大金朝，然后再进攻宋国。姑娘，女真人已经找到天堂，这天堂就是你们的大宋国。"

"姑娘，我们在去往天堂的路上受到了阻碍，是你的同族，拿着刀枪跟我们打仗，杀了不少女真人，把我们前进的脚步给一次次阻挡下来。但是海东青一样英勇的女真人不会服输，因为我们有着百折不挠的精神，有着不达目的不罢休的勇气，更有着占领天堂的决心。所以，最终把你们打败了。我们，完颜绥可的子孙，冲进了你们的都城，把城里所有的财宝洗劫一空，还把你们的君王以及所有的宫廷男女当作了战利品，押回了北方。现在，你们的君王还在金国，老徽宗已经死了，年轻的钦宗像狗一样活着，而所有的妇人都统统被关进了浣衣院，任凭金兵百般蹂躏，千般践踏。"

严获苓听着，咬碎了牙齿，骂道："魔鬼！"完颜兀术一笑，依然不急不慢地说："姑娘，听我把故事讲完吧。你可知道，我，完颜宗弼，又叫完颜兀术，就是女真大英雄完颜阿骨打的儿子，我和我的父亲一样，体魄强健，胸怀大志。我要灭除宋国最后的剩余，从此，让这个叫天堂的地方成为女真人永远的居住地、统领地。姑娘，女真祖先的梦想，将在我完颜兀术和我儿子完颜亨的手里变为现实。等到大业完成的那一天，我们会隆重祭祖，相信完颜绥可，以及女真人所有的祖先，都在天上微笑。"

严获苓："做梦！"

完颜兀术："姑娘，好好听着吧。要知道，在到达天堂的路上，难免会流血，等到你们汉人全都奴服，女真人就会和汉人和平相处。到时候，女真人和汉人，我们和你们，和你，就是一家人了。"严获苓突然拔下头簪抓在手上，指着完颜兀术说："完颜兀术，我现在就杀了你，让你的梦想到死都不能实现！"

完颜兀术却还是笑着，平静地说："姑娘，你不会杀我。一位医者不会杀一位瘫痪在床的病人。你要是现在杀了我，你就不配做一名医者。"

严获苓："不杀你，我不配做一名大宋女子！"

完颜兀术："你是一名医者，又是一名宋国女子，要是想配得上这两个身份，你只有一个选择，就是先把我的病治好，再杀了我。"严获苓的双手颤抖着，整个身子颤抖着，还是说声："好！"

沐华宫，严才人吩咐卫妍去药房找到当时给潘婕好煎药的小太监。很快，小太监被带来了。小太监上前，来到严才人的跟前跪下，身子发抖。

卫妍："别怕，娘娘叫你来只是问问你，当日严御医给潘娘娘开出的药，是不是你给煎的？"

小太监："是奴才煎的。"

严才人："那药包，是严太医亲手交给你的？"

小太监:"不是。"

严才人:"那是谁交给你的?"

小太监:"奴才不知道。"

严才人:"不知道?那你怎么就说不是严太医?"

小太监:"给奴才送药包的那个人虽然戴低了帽子,看不见他的脸,但是听他的声音是年轻人,不是严太医这般年纪的人。"

严才人:"他跟你说了什么?"

小太监:"他当时给我了两包药,一包大一包小,我问他,这药是分包的,怎么煎法,他说一起煎。我还问一句,既然一起煎怎么还要分包,他说你只管煎药就是了,不要多嘴,当时就只说了这么几句。"

严才人:"想来,撮药的时候并没有改方子,没有把附子添进去,因为药堂是断然不会让孕妇的方子里有附子的,就先撮了药,再抓了附子,煎药的时候放了进去。"

卫妍:"娘娘,那么就问问药堂,谁撮了附子。"

严才子:"不用问,你想,撮来附子的人会没有防备?留下这样明白的一手?而且一把附子要是从宫外带进来,也不是难事。"

卫妍:"那这位小公公又没看清送药人的脸,不是查不下去吗?"

小太监:"娘娘,我这里倒有一件东西。"

严才人:"什么东西?"

小太监:"当日的送药人可能不当心,他走后掉了一件东西出来,我还捡起来追他,可他走得太急,没听到我的喊叫,我也就留下了,心想等他找来再还给他。娘娘,也不是什么金贵的东西,只是一块手帕,我这随身带着呢。"

严才人:"一块手帕?拿来给我看看。"小太监取出手帕,呈给严才人。

严才人一看,只是一块普通的绢帕,上面倒还绣了花。只见刺绣的针脚极其细致匀称,看起来并不是出自一般粗糙妇人的手,上面绣的是一朵小小的素莲。正看着,下人报说陈小蛮侍医要过来给严才人请脉。严才人听了,也就打发小太监回去。

很快,陈小蛮走进来。这陈小蛮,因为先前在严才人面前显露了一回心意,把她有心留下严之慎的药方送给了严才人。严才人念她的情,也就有心遂她提出的一个心愿。请禀了吴皇后,让陈小蛮兼了沐华宫的差事。吴皇后当下就同意了,还赞扬严才人,说她为宫里着想,减少开支。陈小蛮看来经忙完了蕊珠宫的医事,再来沐华宫。

陈小蛮上前给严才人请了脉,只说:"严才人身体可好了,给皇上怀十位八位皇子公主都没问题,一定很快就能怀上龙胎了。"年轻的姑娘,说怀孕的事情竟然一点不害臊，不愧是做大夫的。倒是严才人已经成婚的人，听着还是不由红了脸。

陈小蛮说着，还斜眼瞧瞧严才人的身旁，看到她的面前摊着一块手帕，便奉承说："是娘娘的针线吗？好精致。"

严才人说："不是我的，是捡来的，不知道是谁的呢。"陈小蛮听着，探身凑上前，仔细看了一眼手帕，竟然说："这块手帕我好像见过，我知道是谁的。"

严才人一听，急迫地问："是谁的？"

陈小蛮故意推托起来，只说："娘娘这么看重这块手帕，不会出了什么事吧？要是有事，我就不敢说了。"

严才人："没事，你说吧。"

陈小蛮："娘娘一定是想把手帕还给人家，不就捡了一块手帕嘛，娘娘也真是，这么有心，既然娘娘有心，就把手帕交给我吧，我一定给人还回去。"

严才人："快说，谁的？"

陈小蛮："原先也是蕊珠宫的，现在不在了，高升了。"

严才人一听，蕊珠宫中高升的有谁呢，好像只有自己的哥哥严枢实呀，便惊疑了问："你是说，是严侍卫？"

陈小蛮："现在应该叫严领卫了。"

严才人："他一个大男人，拿着这绣花手帕干什么？"

陈小蛮："我也不知道他拿着干什么，反正我见过，他会在没人的时候拿出来看，看着竟然还掉眼泪，我也是趁他不注意，偷偷瞅见的。"严才人听了，若有所思。

陈小蛮倒是岔开了话题，说："娘娘啊，一块手帕的事，你就不要操心了，要操心，就操心你自己的肚子吧，你想想，这后宫多少妃嫔都没能怀上，只有潘婕好怀上了，可是偏偏又没能保住。"严才人听着，也便说："是啊。"

陈小蛮："娘娘的父亲严太医多么好的一个人，白白担了谋害龙胎的罪名，枉送了性命。娘娘，你就不想替你的父亲伸冤吗？"

严才人听陈小蛮这么一说，心头一凛，动情说："我父亲自从入宫，一直心怀皇室，尽忠尽职，天地可鉴，怎么可能生出谋害龙胎的恶心？"这时，陈小蛮眼睛里厉光闪烁，一面凑近严才人的耳朵边，说："娘娘有没质疑过，那龙胎，到底是不是龙胎？"

严才人听着心头又是一凛，厉声问："你说什么？"

陈小蛮一脸委屈："娘娘，下医什么都没说。"

晚上，严才人躺在床上想着父亲的死，想着慢慢掌握的情况，想着女医陈小蛮的言行举止，也就感觉到这其中肯定有事。而且感觉到，自己正在已经走进事件当中，有可能会抵达核心。

现在她在脑子里大胆地猜想一下，顺着陈小蛮的话，潘婕好怀的不是龙胎，而是私种，为了不惹来杀身之祸，想办法处理掉，然后趁御医开药的机会，在药里加进附子，成功堕胎。可能是潘婕好有私情？引发了祸端？可是，这祸怎么就转嫁给了自己的父亲？还有，他严枳实到底是父亲的亲儿子呀，他应该知道往那药里添加附子，会给生身父亲带来杀身之祸，他为什么还要这么做？他会有什么样的目的？他真的是啃亲人骨头的虎狼吗？

在严才人的脑子里，好像觉得这件与父亡有关的事情逐渐清晰，可是一阵细想，却又觉得成了一团乱麻。只因为可能牵涉严枳实，是自己的亲哥哥呀！从小到大，哥哥是那么关爱自己这个妹妹，为了妹妹，他可以一枪捅死猫；为了妹妹，他可以与亲生父亲反目为仇；为了妹妹，他才与茯苓形成水火呀！现在，兄妹同在宫中，虽然哥哥还不肯与自己相认。或许他是为了保全兄妹彼此的平安。因为要是挑明关系，很可能随时会被人利用，受人算计。所以，严才人也不敢造次，开口喊一声哥哥。但是相信，迟早会相认的。哥哥，一定是自己在世上最好的依靠。自己，也一定是哥哥念念不忘的牵挂。这样想着，好像先前发誓要为父亲伸冤报仇的决心有些消减了。是的，不敢往下查了，不能再追究了。好怕，牵扯了哥哥。

严茯苓这里有些焦急了。倒不是对蜷缩在马厩中的生活，而是因她的治疗，完颜兀术的身体有了恢复。原本全然麻痹的半身，现在小拇指已经能够动作，腿脚也有了知觉。继续治疗下去，完颜兀术可能很快就可以行动了。作为一名大夫，治好了病人，这是多么令人欣喜的事情。可是，严茯苓的治疗，是把大仇人给治好了。那么治好以后，他完颜兀术又可以南征北战，大开杀戮了。

严茯苓决心要把完颜兀术的病况告诉岳家军，好让岳家军趁机杀敌。她想了，大夫不给病人治病是失德，但没有规定说大夫不可以透露病人的病情，何况他是仇家。岳家军呢，他们应该知道自己入金营给人治病的事情，可他们不会知道治的是完颜兀术，更不知道完颜兀术病得这么重。

时不可待，机不可失。可是，严茯苓身陷金营，金兵每天看守得这么严，而且自己没有一个亲信，这种情况下，哪有可能把消息传出来？有什么办法？严茯苓绞尽脑汁，日思夜谋，还是想到了一个办法。

什么办法？采药！既然想好了，严茯苓马上跟完颜父子提出来，要让老完颜的病情真正转机，好得再快一些，必须用一味药，叫活血藤。完颜兀术一听，可高兴了，马上说："那就快用活血藤，马上用！"

严茯苓说："要新鲜的才好，必须现采现挖。"

完颜兀术吩咐完颜亨："马上派人去挖。"

完颜亨："父王，这些兵将只会骑马打仗，哪里认识草药？"

完颜兀术："那怎么办？"

严茯苓："要是实在没有办法，只有我自己上山，为你完颜大王采药。"

完颜亨："你去采？你是不是想趁机逃跑？"

严茯苓："你们可以派人跟着我，多派一些。"完颜父子一听，倒是个办法。就这么办吧。去采药之前，严茯苓朝完颜亨举起双手，冷冷地说："完颜少主，戴着这身镣铐，我是上不了山的。"

完颜亨听了，只得令人把她身上的镣铐取了。出营前，完颜亨对着严茯苓，说："我的姑娘，从心里说，我是多么希望你出去之后就不要再回来了。你就去一个美丽的地方吧，没有战争，没有苦难。"

严茯苓点点头，说："我愿意相信。"

完颜亨再说："茯苓，这些日子以来，让你睡马厩，让你吃恶食，不是我成心让你吃苦。我这么做只是想让你改变，让你早日回心转意，把你的人交给我，把你的心也交给我，做我的女人，让我们结成夫妻，恩爱一生。"

严茯苓："少主，你放心，采到了药，我一定回来。"

完颜亨："回来之后，你是不是就来到我身边和我在一起了？"

严茯苓："我会回到马厩中。"严茯苓说完走了。姑娘的身后，留下一脸苦痛的金国少主完颜亨。

群山峻岭，连绵不绝，一片苍翠，那就是完颜绥可在梦中所见的景色，全都穿着好看的绿衣服。

严茯苓因为遭受金人的肆虐折磨，身体已经很虚弱。但她极目远眺，选择最高的山，最险的峰。看到前面一处大山，兀峰插云。她就朝着大山走去。

严茯苓爬山，一步步往上爬，一直爬到了险峰下面。这样一来，可苦了跟随监视他的人。这些金兵马背上驰骋万里不在话下，爬山就已经勉强了，还要上那样险峻的山峰，那实在是太不可思议了。

严茯苓跟他们说，想要早点治好完颜大王，只有上险峰找药，要是他们不想上去，只好她自己一个人上，而他们只要把守住峰下的道路，就算她严茯苓的身手像猴子一样，也下不去。金兵一听，这办法好。

严茯苓终于甩开金兵，一个人上山了。她咬紧牙齿，往上爬，拼命地往上爬。这险峰的道路实在是太危险了，除了猴子，只有采药人能过吧。要做一名好的医人，必须成为一名过硬的采药人。因为只有上达险峰，找到人迹罕至的地方，才可能采到最难得的好药，比如野灵芝、石斛等。

金人并不知道，她严茯苓找一株活血藤需不需要上险峰。而她严茯苓一定要上险峰，那是因为要找的并不什么好药，而是，想在这险山密林中找到人，找到采药人。

天灵灵，地灵灵，一定要碰到采药人！只有在这样的地方找到人，才有可能躲过金人鹰隼一样的眼睛，把金营中的消息透露出去，让岳家军掌握。可在危壁耸立的高峰上，连只猴子都没见到，怎么会有人？怎么可能，那么凑巧地碰到别的采药人呢？她严茯苓，是不是有点异想天开？

严茯苓钻过荆条，贴上岩壁，向上攀爬，脚下一滑，岩上沙石直掉，啊呀，差一点失足。要知道，一个不小心坠下山崖，那可就粉身碎骨了。可是，严茯苓还是不肯放弃。严茯苓一点点往上爬，像一只人体壁虎，不管不顾，朝着峰顶的一片丛林，一点点攀爬而上。咬紧牙，只看眼前。一步，又一步。一寸，又一寸。终于登上了顶峰。

很快严茯苓惊喜地发现，眼前有一丛草叶朝一边倒伏，像是刚被人踩过。她不顾劳累，暗自笑了起来。一时间，浑身充满了劲，精神倍增，就寻着倒伏的草叶，朝前面寻去。

听，有声音！有节奏的声音，就在不远处。循声而去。见到人了，前面有人！有一个采药人，正在前面挖，一定是挖草药。看到挖药人的背影，壮实，有力，应该是位年轻的男人。严茯苓连忙上前，三步两步赶过去。到达人家跟前了，喊了一声，可那人竟然还没有发觉，依然认真细致地挖着。严茯苓在他的身上拍了一下。采药人受惊，立马站起身子，转过身来，还举起了手中的锄头，像要朝人砸来。一看，竟然面熟。想起来了，是哑巴哥哥！

深山谷里，救过她的沈大娘和沈大娘的义子哑巴哥哥。哑巴哥哥也认出严茯苓了，扔了手里的锄头，拉着茯苓的手，左看看右看看，乐得呵呵直笑。还一面飞快地给严茯苓打手势，要跟她说什么。似乎心中有千言万语，想跟故旧好好说说。可是，严茯苓看不明白。而严茯苓要说的话，又怎么跟他说？明明白白地说给一个哑巴？

等哑巴哥哥激动完，停下手势。严茯苓要说了，她想了想，试着指指自己的嘴巴，又指指自己的心，也就想说，自己心里有话要跟他说。哑巴哥哥看着严茯苓，点点头，似乎明白她的意思。可是，金营、大王、生病，这些怎么说？让他把消息告诉岳家军岳飞将军，又怎么说？

严茯苓实在没法跟人用手势讲明白，再想了想，终于又想到一个办法。她从身边的刺藤上摘下最锋利的刺，然后，刺进自己的手指。

哑巴哥哥见状吓坏了，呀呀叫着扑过来，要阻止茯苓。严茯苓摆摆手，表示没事。一会儿，她的手指上沁出血珠。严茯苓撕下自己衣服上的布条，用血在上面写了几个字："金主病重，岳帅速攻。"

怕岳家军担心情报的真假，再写上自己的名字荶苓。严荶苓把血书交给哑巴哥哥，告诉他，回去交给沈大娘。严荶苓知道，沈大娘她先前是汴梁城中的世家女人，一定识字。看到血书，肯定知道怎么回事，怎么处置。

哑巴哥哥见严荶苓用血写字，明白这东西的重要性，连忙收好了，打着手势表示，他一定不会把东西丢失。终于把事情落实了，严荶苓重重地吐了口气。人一轻松，结果脚下一软，身子一下子瘫倒在地。

哑巴哥哥见状明白怎么回事，连忙打开自己的水壶，让严荶苓喝了口水。再打开干粮袋，把袋里的一只面饼拿给严荶苓。严荶苓也就不客气，接过面饼啃了一口，使劲嚼起来。啊呀，这饼实在是太美味了，她严荶苓觉得，自己好像从来就没吃到过这么美味的食物。

严荶苓吃饱喝足，体力很快恢复。再找了几根活血藤挖出来，背好了。一面和哑巴哥哥道别，让他保重，自己先下山去了。

宋宫中，严才人想搁置为父伸冤这件事了。然而，树欲静而风不止。宫中太监宫娥间议论传开，当初严之慎的药被人调包加入附子，才使得婕妤娘娘堕胎。严之慎不是罪臣，他是被陷害冤枉的。这话竟然传到了皇上赵构的耳朵里。

赵构来到沐华宫对严才人说："爱妃，你父亲严之慎的事情，朕已经听说了，朕一定全力追查，找出真相，还你父亲一个清白。"

严才人说："皇上，臣妾的父亲已经不在了，要是再追究这件事，又会闹出大动静，让死者也不得安生。为了让我父亲安息，希望皇上不要查了，就让事情过去了吧。"

赵构："这怎么可以，你的父亲虽然死了，但他是朕的国丈，让国丈含冤地下，叫朕如何安心？查！必须查！"

皇上要查，那动静就大了。追查就从那张药方开始，药方上的字确实是严之慎的笔迹，当归、芍药，一字一字，横点竖撇，端庄整齐。云横锋撇，字体苍遒。但看方子下端的"附子"两个字，字形看上去与前边的分别不大，但定睛仔细分辨，看这字体，横没有阵云的势，撇少了带芒的锋，确实不像出自同一只手。再看用墨迹，上面的字有浓有淡，通篇连贯。而后面写附子这两个字，全然是蘸了新墨，而且沾蘸过饱，用劲又过猛，渗透了褚纸，显出书写人别样的心机。也就能够明显分辨，这"附子"两字并不是严之慎的真迹，而是有人仿照着他的字迹填写上去的。

再问煎药小太监，小太监又把他所知道的如实复述了一遍。赵构听了，别的不说，先斥他失职，要杖毙。倒是严才人心生不忍，替小太监向赵构求情，说人家可怜，事情也不是他的错，求皇上饶过他。赵构见爱妃开口求情，也就顺了她的意思，免了小太监的死，让他回到煎药房去尽心职守。小太监见状，连忙跪地给皇上磕头，给严才人磕头，磕得山响。

再问绢帕。因为有人指证，也就不可避免地牵出了严枳实。严枳实当然说，这绢帕根本不是他的，他一个大男人哪来的绢帕，要绢帕干什么，他也没去过煎药房，又怎么会在煎药房遗落手帕。陈小蛮站出来，说她确实亲眼见过这方绢帕，就是严枳实的。

严枳实说陈小蛮无中生有，捏造是非。只见陈小蛮眉眼一横，对着赵构跪下，开口说："皇上，奴婢是蕊珠宫中的侍医，先前这位严领卫是蕊珠宫的侍卫，他与潘娘娘两个有奸情，潘娘娘所怀身孕并非龙胎！"这番话，可谓是石破天惊呀。

赵构一听，当然是又惊又气，一时间堵了喉头，说不出话来。过了好半天才说："小奴婢，你要是有半句谎言，污蔑皇室，罪当凌迟！"

陈小蛮："小奴婢面对着皇上，胆子再大也不敢说半句谎言。奴婢所说的是不是事实，请皇上明察！"

赵构："那好，给朕搜查蕊珠宫！"

蕊珠宫，蓦地闯入人马。木婉不知道发生了什么，想拦住，但哪里拦得住。潘婕妤被惊动，来到门口，看一眼倒是一脸平静，只说："该来的总会来的，木婉，让他们进来吧。"

为首侍卫说一声："娘娘，得罪了。"一遍搜查，满室零乱。别的没有搜到，倒是搜到了几张画像。

侍卫来到赵构面前，把搜到的画像交给他。赵构接过来一看，只见纸上人像，一张国字脸，两道浓眉，眉上双目炯炯，下巴上一丛须髯，根根犹如银针。谁画的？还有谁？画像上的人又是谁？这个人赵构认识，当然认识。是他的肱骨爱将、朝廷梁柱岳飞！

蕊珠宫怎么会有岳飞的画像？那还用说，妇人的心思早就飞远了。当下，赵构撕了画像，却并没急着去蕊珠宫，只是来到严枳实的跟前，看着他说："严领卫，朕记得，你曾不惧生死，护宫救驾，也算是个英雄，可没想到，却竟敢污秽皇室宫闱，叛逆天伦！"

严枳实："皇上，罪臣哪敢忤逆，实在是受人毒害，她，她，一样是受人毒害的呀！"

赵构："毒害？说吧，谁毒害？怎么毒害？"

严枳实突然指着陈小蛮，说："就是她！"众人听着，一片哗然。说一个小小的侍医设计害人，这不是死到临头，疯狗咬人吗？

严枳实说："别看这个人身体娇小，地位低下，但她与别人不一样，她敢想敢做。先前，她有意于我，可我无情于她，没想到竟然敢设毒计，在娘娘的酒中加了药物，而娘娘当时心情不好，邀我作陪，那药酒竟使人迷失心性，不知所以。"

皇上问陈小蛮："他说的可是真的？是你故意施毒所致？"

陈小蛮没有辩解，只说："奴婢有没有施毒，也请皇上明察，口说无凭，要有证据。"这时候木婉赶来，手里拎着一只小壶，跑到赵构面前伏地就跪。

木婉叩着头说："皇上，这就是当日被下药的酒壶，娘娘知道事情迟早会败露，就留下酒壶，不让人清洗，壶中酒虽然空了，但是壶壁上会有残留，想要取证，证据就在这里。"

赵构盯着陈小蛮："你还要怎么说？"

陈小蛮："就算酒中被下药，又怎么肯定下药的人是我？"

木婉盯着陈小蛮："你忘了，我没忘。娘娘当日已经喝完了一壶，我劝她不要再喝了，不再给她温酒，是你抢过酒壶，说给娘娘再温一壶，娘娘当时还夸你知心呢，没想到，你竟然会在酒中动手脚，施计害她！"

陈小蛮还说："怎么不说是你动了手脚，偏偏说是我呢？"

木婉："有皇上在，听皇上的明判！"

赵构再不容陈小蛮狡辩，喝道："小小年纪，竟敢如此生端，拉出去，杖毙！"一下子，陈小蛮被众侍卫抓起来。

这个时候，陈小蛮却也没有表现出大惊慌，只是仰了头，朝天放大声音，说："后娘啊，从小到大，你在人前夸我，人后掐我。我好不容易熬到长大，学会了你的阴毒，开始反抗，你就动用最阴毒的一招，让我的父亲把我送进宫里。你说，爱一个人，就让她入宫，恨一个人，就让她入宫。入宫为侍，我还想试着好起来，想找个喜欢的人依靠，可人家对我不屑一顾。我又想攀上高枝，混出模样再回家找你算账，但是没想到这么快就要毙命了。后娘啊，还是你厉害啊……"陈小蛮被拉走了。

赵构再对严枳实说："轮到你了，放心，朕会念你的旧功，赏你一个全尸。"众侍卫又蜂拥而上，一下子把他们的领卫严枳实控制了。这时却见严才人"扑通"一声跪下了，哭着对赵构喊："皇上，不能……"没待严才人说完，严枳实抢着说："严才人，你别猫哭耗子了，我栽了，你算是替你的父亲报仇了，你就放声大笑吧！"

赵构对着众侍卫："那还不赶快给朕动手！"

严枳实忽然掏出一物，大喊："我有免死金牌！"

赵构怒道："免死金牌可以免你一死，只是你竟敢动朕的后宫，朕可以赐你十次死！"一面对着侍卫发令："还不快动手！"正在这时，有太监跟跄来报，说：

"不好了，不好了，潘娘娘上吊了！"赵构一听，再顾不上什么，拔腿朝蕊珠宫走去。

这里，严枳实还被众人围住，待钦命下令处决。严才人突然走到众人跟前，厉声说："放开他！"

侍卫说："娘娘，他是皇上要下令处决的钦犯，不能放啊。"

严才人："你们应该知道，娘娘我是皇上的新宠，只要我向皇上撒个娇，求个情，不过是把个犯人放了，皇上会不依我吗？你们，竟然违逆我？不把我放在眼里？"

众侍卫听了，不由得有些为难。放，还是不放，一时拿捏不准，只是抓控严枳实的手，不免松了。这时，严枳实忽地挣脱，飞速夺过侍卫的鞘中剑，跃身上前，一把抓住了严才人，把剑架在了她的脖子上。

严枳实对着众人狠恶地说："放我出宫，否则，马上要了她的命！"

众侍卫眼见着皇上的新宠严才人落在了人家手里，也就全然不敢轻举妄动。严枳实便以他的妹妹严才人为人质，逼着众人步步后退，直到退到宫门外。

宫门外，严枳实看到马桩上拴着一匹马。便指着马匹，让人把缰绳打开。然后，严枳实在严才人的耳边说："妹妹，哥哥我对不起父亲，也对不起你了。但我起初并不是存心作恶，都怪那个冒了你名字的严莰苓，才让我落到这般境地，所以要怪要恨，只有恨她！"

严才人："哥哥，这些妹妹我都知道了，我谁都不怪，谁都不恨。哥哥你也要一样，不要有恨，这次的事，是我给你惹了祸。"

严枳实："没你的事，记住，替哥哥保管好那块手帕。绣帕的主人叫姣娘，她已经不在人世了，只是她在你哥我的心里活着，永远活着。"

严才人："哥哥，我记住了。"

严枳实接着说，"皇宫狼虎地，你自己保重，我要走了。"

严才人："哥哥，你要去哪里？"

严枳实："放心，既然天不绝我，我自有去处！"

严枳实说完，一把推开严才人，自己飞奔到马前跃身上马，拿手中利剑往马身上一刺。马受痛腾起，奔蹄而跑。众侍卫醒悟过来，连忙朝人搭弓放箭。却只见，马驮着人已经跑出一程。也就只能眼看着严枳实远远跑开了。

第十八章　宋金大战胜负分明
人蛇对决生死难卜

官道上，尘土飞扬，走着南来北往各色人等，只是大多衣衫褴褛，脸呈菜色。一位年老的妇人，被一位年壮的小伙子搀扶着，像是母子两个，正在行走。看来已经走了不少路，老妇脚下明显有些趔趄，一步步，走得艰难。这时候，一匹马快速跑来。马背上坐着一个人，那人装束与人不一样，那装束认得出来，是朝廷的武官。

老妇连忙拉着孩子，一起跪在路中，挡住骑马人的去路。马果真停下来了。骑马人见状，朝他们怒气冲冲地吼道："干什么？"

妇人："你是朝廷的官员？"

骑马人："正是。"

妇人："大人，老妪这里有一封密信要赶送到岳家军，可是我们母子两个实在是走不动了，所以想请求大人帮忙。"骑马人一听，密信？岳家军？不由翻身下了马，走到老母两人的跟前扶起他们，转变了语气，只让他们好好说。

年轻人看来不会说话，愣愣地站在一旁。还是老妇开口，她指着儿子，说："我儿子采药时碰到了一个人，那个人老妪见过，是位机灵的姑娘，姓严，叫茯苓。"原来这老妇不是别人，正是沈大娘，那么这个不会说话的小伙子，就是她的义子哑巴哥哥。

马上人并不认识沈大娘母子，只是听人提到严茯苓的名字，让他双眼放光了。或许，这个人在隐隐之中感觉到，有大好的事情降临到了他的身上，很可能是个从天而降的大馅饼。所以他马上转动眼珠，问："严茯苓？她有事吗？"

沈大娘："大人也认识茯苓姑娘？"骑马人点点头。

沈大娘："那真是太好了，严茯苓不知道怎么情况，她好像被人控制了，暗中写了封血书，让我儿子带下山，要我们带给岳家军，我老妪怕这样走下去耽误了大事，正好遇到了大人，就求助大人了。"

骑马人听了眼中闪过一丝异亮，嘴角暗笑，一面说："大娘、兄弟，既然你们信得过我，我愿意为你们效劳，帮你们送信，那就快把东西给我吧。"沈大娘也就没有犹豫，把血字布条拿出来交给了陌生的骑马人，并叮嘱："大人，你一定要快马加鞭啊！"

骑马人看一眼东西收了，只说："一定！"然后骑马人重新翻身上马。可是，并没见他策马掉头向南，而是继续朝着北面飞奔而去。

沈大娘一见，心中大惊。一时省悟，明白自己托错人了，心中追悔莫及。但是，没有任何办法去阻挡人家，只能眼睁睁看着飞马远去。痛悔了一阵，也就只得认命，一面母子相扶着，继续拼命朝前赶路。一定是想尽快赶到岳家军营，把事情告诉岳将军。

沈大娘实在体力不支，头晕目眩，瘫倒在地。哑巴哥哥看着，吓得呀呀直叫。又一队人马过来，马上人也是全副武装。他们应该看到了倒地的老妇，停下了。有一位领头的军官下马取下水壶，走上前扶起地上的老人，慢慢给她饮下。饮了水，过了一会儿，沈大娘才睁开眼睛。军官见大娘醒了，和蔼地问："大娘，你们要去哪里？"

沈大娘看着眼前人的脸，果敢地说："我们要去岳家军营，找岳飞将军！"

军官："大娘，我就是岳飞的儿子，我叫岳云。"

沈大娘一听，一把抓住岳云的手，抓紧了，说："岳少将，不好了，大娘我犯了大错，恐怕要误了你们的大事！"便把血书的事以及血书落在了陌生人的手里，都说了一遍。

岳云听了，说："大娘，我知道了，太谢谢你们母子二人，我马上回营，把这重大的消息禀告我的父亲！"

岳家军营帐，岳飞、邓元亮、岳云等人都在。岳云已经把沈大娘的话禀明父亲岳飞，几位首领正讨论着攻打金营的事情。

邓元亮："说是茯苓传出血书，可是无凭无据，光是一位老妇人口转，就不怕有诈？"

岳云："凭我感觉老大娘不可能是奸人，她说血书被陌生人骗走，一定是真的。"

岳飞："茯苓的血书不知道落在谁的手里，要是被金人获得，茯苓她一定性命不保。"

岳云："父亲，那就赶快出战！"

邓元亮："茯苓她，她可千万不能出事！岳兄，战吧！"

岳飞："邓弟，你爱女心切，可以理解，可朝廷着意与金人议和，这出战必须征得朝廷同意才行。"

邓元亮："请示朝廷来得及吗？获苓她，她可是……"正在这时，韩世忠赶到。韩世忠大声地说："将在外，君命有所不受！"

岳飞："韩兄，你来了！"

韩世忠："岳弟、邓弟、云贤侄，我韩世忠今天过来，就是想跟你们商议联手攻打金营的事情。刚才你们在讨论，我没有惊动，所说的事情我都听到了。本帅认为，机不可失，时不再来，就算完颜老贼没有生病，我们也来个强攻，把他打个屁滚尿流！"

岳飞："万一朝廷怪罪……"

韩世忠："大不了砍了你我两颗脑袋，只要灭了金人，我韩世忠与你岳飞就算共赴黄泉，那又如何？"

岳飞："那好，邓弟，云儿，通知全军，准备攻打金营！"

邓元亮、岳云脆亮回答："是！"

岳飞又补充："八百里加急，告知朝廷，力争得到朝廷的开战圣旨再开火。"

韩世忠："这样也好。"

岳云："我马上去办！"

金营主帐，完颜兀术喝了加了活血藤的药之后，病情果真日见转机，能够下床，被人扶着，开始慢慢挪步。

完颜兀术十分高兴，对严获苓说："姑娘，你是位了不起的医者。你治好了本王的病，本王不觉对你起了恻隐之心。这种恻隐的心思在杀人如麻的金大王心里，是从来没有出现过的，所以，本王答应，等本王痊愈之后放你走，让你回到你的宋宫。"

严获苓听了当然欢喜，忍不住回应他："完颜大王说话算数！"

完颜亨听着却皱了眉头，说："要是本少主不放人呢？"

完颜兀术："有老子做主，他小子拦不了你。"严获苓心怀惊喜，退身出帐。

完颜兀术又上了床，打算休息。完颜亨安置好父王，也想离开。正在这时，兵士通报，说有人要求进见金大王，说有重要的事情要禀告，那人自称严枳实。

完颜兀术一听，只得又落回座上，让把人放进来。严枳实快步进入金帐，一见完颜兀术和完颜亨，一下跪倒在他们面前，说："大王，少主，小人严枳实在宋国朝廷受人打击，并被赵构赐死，好不容易逃出命来，恳请大王和少主收留小人。从今往后，小人一定忠心追随大王和少主，为大金国效犬马之劳。"

完颜亨："你在宋国混不下去了，逃来金营，我们凭什么收留你？"

严枳实："大王，少主，我严枳实可是多年来一直暗中为大金国效力，希望大王和少主看在旧交情上，开个恩，留下我，给我一个容身之地。"

完颜亨："就算我们有收留你的仁心，可万一你是宋国的奸细呢？你专门来我金营卧底，得到消息，再告诉宋廷，就算你为我大金国做过事，也难说不是双面奸细。"这样的话，听进严枳实耳里，不知心里会不会凉去半截。但是，丧家犬已经别无去处，只得不顾廉耻说："我严枳实对天发誓，绝不是宋国派来的奸细，金国一定是我的归宿。大王和少主就是我的再生父母。今天，我严枳实为表忠心，特地给完颜大王和少主带来了一件见面礼。"

完颜亨："什么见面礼？要是你偷了宋宫的东西来献媚，我们可是不会有半点稀罕，要知道，宋国的一切迟早都是我大金的。"

严枳实："大王和少主肯定稀罕！"

完颜亨："那就少废话，快拿来。"

严枳实听后，在身上慢慢摸出一件东西，但是不见珠光，不闻宝气，看一眼，竟是一块破烂的布条。

完颜亨一见大怒，说："姓严的，你小子活得不耐烦了吗？"

严枳实："少主休怒，这布条上有字，是用血写的，也就是说，这是一封血书，请大王和少主过目。"血书？竟然是褛布血书？这样看来，半路上骗了沈大娘母子的朝廷武官，就是他严枳实！

完颜亨带着疑惑，从严枳实手上接过来，果真看了一眼。一看，完颜亨的脸色突地转变。过了好一会，完颜亨才将手中血条，转呈给父亲。完颜兀术扫了一眼。同样，完颜兀术也一下把他那一双魔眼瞪圆了，嘴巴一时说不出话来。

宋宫中，赵构赶到蕊珠宫，看到已经被解下绳索的潘婕妤衣冠整齐，躺在床上。近前一探，却已然气绝身亡。

魂出窍，魄归天。三生界里与谁泣，奈何桥上又奈何。君自重，妾去也。从此一碗孟婆汤，喝，是个苦，不喝，也是一个苦。浑浑生界，幽幽情天，玉箫声里，伊人的诉唱婉婉袅袅。

"你是一枝花，嫁进帝王家，原来想，傍了大树，从此荣华，哪料到，篱墙破，群狼喧哗，拎着小命抛了家，从此天涯……"

皇上赵构与潘妃玉卿到底有过初相见，共朝暮，又在北劫南逃中共生死，且还共育过一子。虽然孩子命苦，三岁别父母，别离无追处。但，恩十载，怨十载，这十数年的恩恩怨怨，也是伴君，也是望卿，也一定是有情有义。

不用管情有多深，义有多重。这样的两个人，一个活着眼睁睁地看着另一个去了。这活着的当然揪心疼痛，疼得人真的不想活了。赵构当下抱着潘婕妤逐渐冷去的尸体，号啕大哭了一场。赵构咬牙发誓，一定把造祸之人，剁成肉酱，诛灭九族。侍卫进来报告，说严枳实逃跑了。

金营马厩，霜雪天里，严茯苓披着一条破烂的毯子，蜷缩在角落里。她的面前，放着一只破碗，碗里盛着半碗散发着恶臭的糊汤。一只穿着皮毛靴子的脚踏进来，上前踩在了破碗上，一使劲将碗碾碎。

严茯苓抬起头来，见是完颜亨。却见完颜亨铁青着一张脸，一动不动地瞪着双眼，眼神僵硬冰冷，就像绝望之后的狼。严茯苓觉得，眼前的完颜亨不再是那个爱她如痴的人，他变了。不，不是变了，是恢复模样了，原形毕露。恢复了狼形。

严茯苓濡了濡干燥的嘴唇，说："少主，大王的病很快就会好了，我也就可以回去了。在我们最后相处的日子里，希望你我互不干扰。"完颜亨冷笑，从牙缝里说："你，还想回去？"

严茯苓一听，一时不知道又发生了什么事情，但是隐隐感觉到大事不好。严茯苓也就不由自主地将自己的身子往后面退缩。完颜亨上前，突然朝严茯苓伸出手去，一把抓住她身上的破毯扔去老远，然后再回手把严茯苓手臂抓住。衣破不遮体，露出一条手臂，瘦弱的，几近皮包骨头。臂上，有一块斑记，是一只墨色蝴蝶，振翅欲飞的样子。

完颜亨："严茯苓，我完颜亨双手捧着自己的心肝来对待你，可你，你竟然这样对待我！你，你竟然使计谋害我们！谋害金营！谋害大金国！"严茯苓也就想到，血书送情报的事情看来是败露了，只是实在想不通是如何败露的。严茯苓想要是血书真的败露，这一次，自己是活不了了。

一名年轻的女子，面对饿狼恶鬼般的金人，难免不吓得发抖。但是一味发抖又能怎么样？会让恶狼心生恻隐吗？不会！只会给恶狼增添淫威，让他越发肆无忌惮！这样想着，严茯苓也就一咬牙，横下了心思，跟自己说，死就死吧，反正已经多少次死里逃生了。一个人既然不顾生死，也就平静从容了。严茯苓整一下破烂的衣裙，盘坐在地上，一动不动。

完颜亨看出了严茯苓的心思，说："不怕死是吧？告诉你，就算你立马想死，偏不让你死，要让你尝尝什么叫生不如死！"是的，凭金人的心性，不会轻易让谋害他们的人轻易死去。

完颜亨再一把抓去，抓住了严茯苓，稍一用劲，把她整个人提了起来，再一扬手，把人甩出了马厩。严茯苓被带上营场，扔在了营地的中间。

完颜亨仍然眼进寒光，面如石蜡，站在严茯苓的面前。只见，他完颜亨朝严茯苓伸手一撕，撕掉了严茯苓身上已烂成碎布的衣服。而他自己也飞快脱去了上衣，赤裸着半身。

严获苓见状，惊呼："完颜亨，你要干什么？"

完颜亨："以为本少主要强暴你？严获苓，请你听着，让一个阴狠的女人来污染本少主纯粹高贵的身体，本少主会这样做吗？"完颜亨看看严获苓，再大吼："你是那位夕阳下挥发如波的姑娘吗？你是我完颜亨心目中最纯洁美丽的雪莲花吗？我完颜亨千辛万苦，千方百计，都无法改变你吗？你的一颗心，是铁打的，还是铜铸的？"依然没有听到严获苓求饶的声音。

完颜亨最后绝望地喊："我爱的姑娘，我要杀了你！"完颜亨开口，要人把马鞭拿来，最结实的马鞭。鞭来了。又粗又长，鞭身是蛇，鞭尖是蝎。完颜亨再让人端来一碗水。

水盛在大碗里，来了。完颜亨接过碗，一口把碗中水喝进嘴里，扔了碗，拿好鞭子，张嘴朝着鞭子一口喷去。牛皮鞭，喝足水。然后，完颜亨抬手，提起鞭子，慢慢扬高了，然后，对着严获苓的后背，以闪电般的速度一鞭抽下。

"呀"的一声嘶叫。那叫声，像午夜猿鸣般凄切。一鞭。再一鞭。又一鞭。一鞭又一鞭……凄叫声，一声又一声……完颜亨抽了一阵，停下来吐口气，对着被抽的严获苓说："你先前不是跟人打听过一名叫王立先的宋人吗？那么本少主现在就告诉你，那名宋将同你一样，不懂分辨时势，不知道改变自己，只会逆流而行，一条路走到黑，心里只有宋国宋君，断断不肯投降金国，还一声声骂金人是强盗。所以，本少主想试试他的骨头到底有多硬，也就抽他，同现在抽你一样，一鞭又一鞭，一鞭再一鞭，直到把他活活抽死！"

王立先，王继先的兄长，王娇娇的父亲，原来，他已经不在人世了！原来他死在了金人的毒鞭之下！大宋将领王立先，果真是一位顶天立地的壮烈之士！然而此时此刻，还有一个汉人缩在金帐一角，听着抽打声，听着凄厉的喊叫声，却不由得蜷缩起身子，双手发抖，双腿发抖。他叫严枳实。他竟然是铁骨铮医严之慎的儿子，女医严获苓的义兄。

营场上，鞭挞还在继续。一鞭，又一鞭。像龙卷，像蛇舞，像闪电游走。而这场盛大的挥鞭，就好像是他金国少主完颜亨要完成一个仪式，一个由人到魔，不，是由半人到全魔的仪式。

严获苓，是他完颜亨完成入魔仪式的祭品。以血肉之体，以皮开肉绽，以最后的血尽肉竭，作最鲜活完美的祭奠。就在恶魔狂鞭的抽打之下，不知过了多久，严获苓的凄叫声渐渐微弱，渐渐消止。

这时，老魔头完颜兀术由人搀扶着，赶到营场。倒没有为儿子的鞭祭表示庆贺，竟然摆手制止了完颜亨。完颜亨不解，却还是不肯罢手，请示他老子说："父王，您看着，孩儿用不了三五鞭，就能叫她气绝身亡了！"

完颜兀术却说："亨儿，父王的病体还没有痊愈，先留她半条命，等她彻底把父王的病治好了，再取她性命吧。"完颜亨也打累了，喘着粗气，裸露的身体上冒出汗珠，既然老完颜这么要求，也就扔掉了鞭子，一面对手下人吩咐："把她扔回马厩，不许给她用药！"地上，几近肉泥状的一个人，被人拖了过去。身后，留下一条醒目的血路。

马厩里，严莀苓身上的鲜血把身下的干草染红了。而她，还在昏迷中。风雪一生，冰刀霜剑，死去活来，活来又死去。这一回，不知道她还能不能醒过来。

天已暮，人奄奄。

一朝公主，一位名医，一名烈女，真名赵佛佑，借名严莀苓，小名瑷瑷。这个人，眼看着要命断金营了。正在这时，只见马厩里又了两个人。一个是女人。金营里的女人不多，应该是先前服侍过严莀苓的侍女察达。另一个是男人。暮光里只见一张大黑脸，脸上须发丛生。只怕又是个魔头。

却见男人拿出一件东西，强令女人拿着上前，靠近角落里的那个人。女人似乎不愿意，但是不敢违拗男人。只好照着男人的意思上前，又听从男人的意思，朝地上血肉糊模糊的身子上抹。三下两下，抹得草率。男人见了，"啪"一声扇了女人一个巴掌。女人再不敢含糊，给严莀苓身上每一道创口仔仔细细地抹一遍。抹完之后，女人还给严莀苓换了一身干净的衣服，再裹上厚厚的毛毯。男人过来把严莀苓扶起来。再让女人把一只碗拿过来。他端着碗，亲手把碗里的汤水送入严莀苓的嘴巴里，看着她艰难地咽下去。

严莀苓却又昏死过去，紧闭着双眼，一动不动。男人没有离开，坐在她的身旁，静静地守候着。在马厩微弱的灯火下，胡女察达坐在一旁打起了瞌睡。而男人，睁着双眼，目不转睛地盯着莀苓。

不知过了多久，只见严莀苓的眼皮又动了一动。慢慢地，她的眼睛又微微地睁开了。只见严莀苓的目光平静又安详，极像骤风暴雨之后天空中的云彩，轻柔的，洁白的，也有些飘忽，却全然不见阴鸷与灰暗。她的目光落在身前这个男人的脸上，停留了好一会儿，她的目光跳动了一下。从目光中看出来了，他认识眼前的这张脸。记忆告诉她，这个人是金人，他是完颜亨的手下，是金国的一名将领，他的名字应该叫聂儿孛堇。

没错，是聂儿孛堇，古亭里见过他，岳家军营里见过他，给他疗过伤，看着他伤愈后走出军营。聂儿孛堇，他来干什么？

聂儿孛堇见严莀苓醒了，黑须大脸上现出笑容，非常高兴的样子，一面说："莀苓大夫，你没死，真是太好了。"

严莀苓："是你救了我？"

聂儿孛堇："给你抹了些金创药，是让她给你抹的。"聂儿孛堇说着，有些难为情的样子，指了指察达。

察达从瞌睡中醒来，一脸不情愿的样子，说："是他聂儿孛堇逼我的！你们两个人一定在私底里有勾结，我迟早把这件事告诉大王和少主。"

聂儿孛堇却不理察达，再跟严茯苓说："还给你喝了药和参汤，希望你能快点好起来。"

严茯苓："聂儿孛堇，你为什么要救我？"

聂儿孛堇："因为你救过我，你可知道，我虽然是金人，与你们汉人相互为敌，但是知恩必报一直是我们家族的训律，也是我们民族的信奉。"

严茯苓："可是，聂儿孛堇，他们不会放过我的，你救活得了我的身体，却救不了我的性命。"

聂儿孛堇："我已经让她从完颜少主那里偷来令牌，你现在就可以拿着令牌出营逃跑，跑得越远越好。"

察达："聂儿孛堇将军，你肯定知道，偷令牌是死罪，等到被少主发现，你就是个死！可你要是想死你就死吧，何苦搭上我？"

聂儿孛堇："茯苓大夫，事不宜迟，别管我们，你快跑吧！"

严茯苓："聂儿孛堇，谢谢你的好意，可我现在身体里还是没有半点力气，就算拿到令牌，也是走不出金营的，我不走了，更不想连累你们。"

聂儿孛堇："那你就是等死啊！"

严茯苓："在我死前还能得到你的真心帮助，得到你这样真诚的一位金国朋友，就算马上死了也瞑目了。"

聂儿孛堇："如果没有战争，我们是朋友。"

严茯苓："是啊，如果没有战争，我们一定是好朋友，可现在你不能管我，所以你们快把令牌悄悄还回去，把我身上的厚毯也拿走，再不要管我。"

聂儿孛堇："这样的冰雪天，你会被冻死。"

严茯苓："我不会死，相信我一定能等到岳家军前来，看着金兵溃败，看着完颜父子的脑袋被岳将军和云少将劈下！"

聂儿孛堇："要是战场上面对，我和你不可能是朋友，一定是敌人。"

严茯苓："等战争结束，我们又是朋友。"

聂儿孛堇："是的。"

宋宫大门前，一匹快马夹着尘土直朝着大门飞奔而来。守门的侍卫上前要拦下人马。马上人手拿令牌，向侍卫示意，这是八百里加急的快马，要面见皇上。守门人一见，立马闪开让道。

飞马跑到福宁宫门外停下，马上人跃身而下，以令牌径直入殿，见了皇上赵构,马上伏下身子跪叩。

急报人:"皇上,岳家军八百里加急,岳将军要即刻起兵攻金。"

赵构:"攻金?攻打金营?宋金已经议和,他岳飞这又想搅什么乱子?"

急报人:"岳将军已得到来自金营的可靠情报,完颜兀术重病,而且金兵离开北国日久,思乡情切,军心涣散,所以岳将军特禀报皇上,此刻攻金,时不可失,时不再来。"

赵构:"好端端的又要打仗,简直是胡闹!传朕的旨意,就地按兵,万万不可轻举妄动,否则,以逆反之罪论处!"

急报人一听,皇上否决出兵,是在意料之中,却一定想着如何向岳飞交代,便跪地没动,迟迟起身。赵构看见,断然一挥衣袖。也就明白,皇上罢兵的决心确是决绝果断,要是再赖下去怕不仅无益军机,还会惹祸,也就只得垂头起身。

正在这时,张浚赶到。这张浚是三朝功臣,赵构的肱骨,身兼帅、相两职。赵构之所以倚重他,当然是让他来牵制秦桧和岳飞。要知道朝堂上,秦桧说一不二。营阵中,岳飞气势如虹。这一文一武、一内一外,赵构都宠信,然后臣盛君危,当皇上的又不得不防。所以需要有个人与秦、岳两个制衡,这个人就是张浚。张浚帅、相皆兼,有着秦桧没有的帅职,又有着岳飞不具备的相位。只是,张浚有相位朝堂中又缺帮势,有帅职却又没兵权,这样一来,他对皇权又不构成威胁。赵构遇事,除了秦桧,也就愿意再听听张浚的。

张浚赶到一定得知了什么消息,一来就跟赵构说:"皇上,恳求皇上恩准岳将军出兵!"

赵构看一眼张浚,不由脸色也变,说:"你也想忤逆朕吗?"

张浚进一步上前,在赵构的跟前轻声说:"皇上,要知道岳家军的士气蒸蒸日上,大有天下归心的趋势。要是再这样积蓄下去,大有撼动朝野的可能,万一岳飞有异心,朝廷要对付他,是不是难了?"

这样看来,张浚对岳飞已然担心。要知道张浚先前举荐过岳飞,也救助过岳飞。只是身为上级,总希望自己强大,帮助弱小。要是下级强大,不管无意还是有形威慑到上级的安稳,那么上级就要使出解数,对下级不惜刀削、棒打。

赵构听张浚这么一说,明白其中的分量,不免担心起来,问他:"那有什么办法制约?"

张浚:"皇上,要想制约岳家军,就让他们跟金人打去,打得越狠,消耗得越多,对我们越有利。"

赵构:"也好,就让鹬蚌去相争吧。"

张浚:"皇上坐收渔翁之利。"

赵构对着急报人："那好，你赶紧回去，传朕旨意，就说朕同意岳飞所请，让岳家军立马北去攻打金营。"

急报人："是！"立马起步，飞奔出宫门。

路上，岳飞父子已率师北移。只见一路上队伍整齐，士兵个个目光炯灿。快马飞奔而来，追到岳飞等人马前传达圣旨，说是皇上已经恩准岳将军的奏请，让岳家军攻打金营。岳飞听了，竟然飞身下马，朝南边的方向跪倒，大喊一声："皇上圣明！"

然后起身，挥旌向北，马不停蹄。

金营中，突然哨兵奔来，奔到完颜兀术和完颜亨面前急报，说岳家军的大批人马挥旗向北，朝金营扑来了。

完颜父子一听，一时蒙了。在他们眼里，金宋议和是金国给了宋国天大的面子，宋国君臣兵马能够休兵罢战，应该是高兴还来不及，怎么有胆轻举妄动。也就没想到，宋国这个时候会来个毁约，岳家军大举来攻，让金军措手不及。

完颜亨等到心神略定，竟然大大迁怒于严枳实。说他之前的举动肯定有诈，拿个沾血破布条来邀功，说是已经截下血书，岳家军得不到情报，就不会有举动。现在看来，他很可能是糊弄人，让金军去除戒备之心，好让岳家军杀个出其不意。

严枳实听了只说："少主，请听小人解释。小人想起来了，都怪当时匆忙，一心想着把东西带给你们，没有砍死那两个送信的，留下了祸根。"完颜亨听了，咬牙切齿："无论如何，是你的错！"

严枳实："少主，饶了小人这一回吧，小人一定将功补过！"

完颜亨："你先前不屑金银，本少主还佩服你是条汉子，如今看来，不过也是条摇尾乞生的狗。"

严枳实："是啊，先前心中有人，也就有志。现在心中的人没有了，身体成了一副空皮囊，不就成了一条狗。"

严枳实原本说的是他自己，听在完颜亨的耳里却有了另一种意思，这无疑刺痛了他，使得他更加怒火中烧，便毫不迟疑地吩咐手下兵将，说："砍了！"

严枳实一听，惊呼："少主，你不能这么做……"

完颜亨不改脸色，说："本少主最不看起贪生怕死的。"又说："不行，砍脑袋太便宜他了，要想个办法，让这个心思叵测的汉人慢慢去死。"一名士兵说："营外有口枯井，把他丢下去。"

另一士兵："营里还有豢养取毒的蛇和蛤蟆。"

完颜亨："好，把他扔进井里，再扔些毒蛇和蛤蟆陪他。"

士兵："是！"

完颜亨又说："对了，还有马厩中的那一个，一起丢下！"

士兵忙再应："是！"

只见完颜亨脸现狞笑，狞笑开来，笑声不止，就好像做了一件特别令他自己开怀的事情。只是，看他那张脸，原本冰雕玉琢极其英俊，却被邪毒占据了，使得眼鼻扭曲，口歪舌斜，成了一张狰狞恐怖的魔鬼脸。

金兵果真把严枳实和严茯苓架走了。待人走后，完颜亨朝严茯苓远去的方向看了一眼，目光似乎定了定，但是很快扭过头去，不再理会。这时候，只见聂儿孛堇跑了过来，一副慌张的样子，直接跑到完颜亨的面前，然后"扑通"一声，竟然一下跪倒在地。

完颜亨问："聂儿孛堇，你这是怎么了？"

聂儿孛堇急迫地说："少主，聂儿孛堇求你了，你就放过茯苓姑娘吧，不能让她死！"

完颜亨一时有些发蒙，不知道手下人怎么会说出这样的话。胡女察达随后赶到了，也对着完颜亨跪下了，说："少主，聂儿孛堇给那汉人姑娘疗伤，还逼我偷你的令牌，想把汉人姑娘放走。"

完颜亨听了，怒问："聂儿孛堇，她所说是不是真的？"

聂儿孛堇点点头，说："是真的，少主。"

完颜亨厉斥："聂儿孛堇，你是我大金国最勇敢的将士，是我完颜亨最信任的手下，你竟然胆敢包庇汉人，你，你怎么会做出这种事情？你，你真的是让我完颜亨心寒，也让聂儿家族的祖先蒙羞！"

聂儿孛堇："少主，我聂儿孛堇这么做，是因为茯苓姑娘救过您，也救过我聂儿孛堇的命。"

完颜亨："聂儿孛堇，你的所作所为一定是受到了汉人的蛊惑，是马厩里的那个毒女人诱惑你？毒药？美色？还是别的？一定不是你真心想这么做，是不是？"

聂儿孛堇："少主，茯苓姑娘很清白，她没有蛊惑我，没有人蛊惑我。我聂儿孛堇忠心于大金国，忠心于少主，但是聂儿孛堇谨记聂儿家族祖先的训律，祖先的训律说，人家救了你的命，当救你的人有难的时候，你就要拿出你的命来回报人家。"

完颜亨："聂儿孛堇，你这么做，不怕金国以背叛的罪名处罚你？鞭打你，把你送进马厩，甚至削去你的军职，让你终生为奴。"

聂儿孛堇："少主，我不怕。"

完颜亨："你不怕，是因为你鬼迷心窍了，可以什么都不怕，可你是我的手下，本少主还怕受到你的连累！"

聂儿孛堇说："少主，聂儿孛堇已经准备好了，不会连累少主。"

完颜亨："准备什么？"

完颜亨话刚出口，竟然看见聂儿孛堇抽出自己鞘里的刀，一把寒光闪闪的大刀，并且举起来架在了他自己的脖子上。

完颜亨惊叫："聂儿孛堇，你要干什么？"

聂儿孛堇："少主，只要聂儿孛堇交出了自己的命，你就不会受连累了，只是聂儿孛堇在交命之前，还想再一次求求少主，放了茯苓姑娘。"

完颜亨："聂儿孛堇，你疯啦！你不能这么做！"

聂儿孛堇："少主，聂儿孛堇最后求您了，答应我吧！"

完颜亨："不……"

完颜亨想阻止，可是已经来不及了，只见聂儿孛堇的手猛一抬刀，用力一抹。一下子，锋刃割开了他的脖颈，顷刻间，血流如注。

完颜亨惊叫："聂儿孛堇，你好傻！"在场的人，一个个瞪大眼睛，呆成木鸡。却见，聂儿孛堇轰然倒地。

一名金人，一名将士，一名情义忠烈，为了秉承祖宗的训诫，以血肉之躯构筑民族诚与信的骨骼，献出了自己的性命。去了。至死，聂儿孛堇的眼睛瞪得圆圆的，铜铃一般盯着完颜亨。

完颜亨蹲下身子，伸手把聂儿孛堇的双眼合上。他拿起血泊中的利刀，不眨眼睛地看着，看了一会儿，然后，手一挥，把刀朝前甩去。一道白寒，倏地闪过。只见，利刃扎在了胡女察达的胸口。

很快岳家军杀到，只见马抖擞，人从容，人腾马跃，以排山倒海般的态势，朝金营冲杀而来。金兵仓促应战，自然不是岳家军人马的对手。金兵也就一面打，一面退。眼看着，宋金战争的阵线向北移动。

完颜亨凭着一身武功和马背上的精湛技艺，还是没有人能够轻易近他跟前。而完颜兀术因为担心和劳累，竟然又瘫倒了。躺在担架上，由士兵抬着，只能眼睁睁地看着别人打斗，又眼睁睁地看着岳家军长驱直入，金兵一步步败北。这样一来，完颜兀术实在是焦急得不行了，对儿子完颜亨说："快把茯苓叫来，让她继续给本大王治病，快把本大王治好了，本大王要骑马杀敌！"

完颜亨："严茯苓她已经死了！"

深井，井底并没有水，是一口干涸的枯井。从底下往上看，只见井壁又高又直，纵然化身猴子也难以攀爬。而井口看上去好像一只圆白的盖子。有光线从那盖底射下来，灰白色的，有时看见灰白中几根红绿闪烁，那一定是太阳当空的时候。

而严获苓和严枳实竟然这样面对面了，坐在井底，各自背靠身后的井壁，四目相对。不知道在各自的心里是兄妹相见感叹万分，还是仇人相见分外眼红。至少，他们并没有肢体相向，而是像两具泥人一动不动。他们可能不是不愿动，特别是严枳实，要是可以随心所欲，肯定已经出手。是不敢动！因为，他们中间横着毒蛇和毒蛤蟆！蛇和蛤蟆也一动不动。

严获苓、严枳实与毒物三者之间，大概各自都在估量敌情，在掌握胜算之前都不敢轻举妄动，也就出现了一个平衡的局面。当然，这样的平衡是短暂的，就像一根针支起了一个盘子，盘中盛着水，水不动盘不动针不动，但只要一方稍有失衡，马上盘砸水泼。严枳实和严获苓试着翕动嘴唇和鼻翼，看到毒物并没有动作。

严枳实便忍不住了，说："你怎么还没死？"

严获苓："你变节求荣，认贼作父，最该死。"

严枳实："我落到今天这样的田地，还不都是拜你所赐。，要是邓家没有惹出事情，你没有缠上我们严家，我们一家人怎么会成如今这个样子？没有你，我们严家一定好好的，我会学习祖宗传下的医技，做名安分守己的大夫，支撑杭州城里的严家医馆，孝敬父母，爱护幼妹。待到妹妹年龄及笄，把她嫁给一户殷实的人家，而不是像现在，父亲惨死，妹妹她……"

严获苓："蟾妹妹，她怎么了？"

严枳实："她不叫小蟾！她才叫严获苓！她被昏君赵构看中，成了再见不到天日的后妃！"

严获苓："蟾妹妹性命无忧，我就放心了，只是……"

严枳实："只是什么？"

严获苓："真没想到蟾妹妹，哦不，我不能这样称呼她了，那就只好称娘娘吧，没想到她会是这样的归属，要是她不情愿为妃，那真的是受我连累，被迫入宫，是我害了她。"

严枳实："你就别假惺惺了，只有杀了你，才能解去我的心头大恨！"

严获苓："我们两个身在井里，眼前有蛇和蛤蟆，难道还要自相残杀？"

严枳实："反正不是受困饿死就被咬毒死，都是一个死，能亲手杀了你再死，总是痛快一点。"

严获苓："不要轻举妄动，蛇和蛤蟆随时会攻击。"

严枳实："好吧，我暂时不出手，在你死前我想问你一件事情，也是在我心里藏了多年的一个疑问。"

严获苓："问吧，我会努力解开你的疑问。"

严枳实："很好，听着，我问你，你是不是邓家的亲生女儿？"

严获苓听了，一时没有回答。

严枳实："依我看，邓元亮并不是你的生身父亲，要不，就算危急时候把你扔给严家，事情平息之后也会把你认领回去，但他却没有。所以，你不姓邓，对不对？快回答！"

严获苓："是的，我不姓邓，我不是邓家亲生的女儿，是养父捡来的孤儿。"

严枳实："我起初也想，你可能只是孤儿，但后来想明白了，你不是平常的孤儿，你有来历，要不，我爹严之慎不至于让自己的亲生女儿把你换下，是不是？"

严获苓："是的，我有些来历。"

严枳实："说，什么来历？"

严获苓："好吧，我实说了，靖康年鞑子洗劫宋宫，掳尽宫室，在北行的马车上滚下一个小女孩，一时气绝，却没有身亡，被邓将军邓元亮救下，那个小女孩，就是我。"

严枳实："那，你是皇室郡主？"

严获苓："我的真名叫赵佛佑。"

严枳实："你是赵佛佑？当今皇上赵构的亲生女儿？"

严获苓："是的。"

严枳实："那你为什么不与你的亲生父母相认？"

严获苓："我九死一生，逃出命来，发誓生不入帝王家。"

严枳实脸露狞笑，说："真没想到你竟然是公主？那好啊，今天我严枳实能有幸亲手杀死公主，灭绝赵构唯一的血脉，也算是替潘婕妤和我父亲，还有我那没来得及见天日的孩子报仇了！"

严枳实说完，果真跳起来，伸手想掐严获苓。在狭小的井底，严枳实想杀死严获苓，严获苓也是无处可藏身的，只有受死了。

可就在这时，严枳实"啊"的一声，回手捂住了自己的双眼。一定是严枳实忘记了身前毒物的存在，蛤蟆受惊，迸出毒汁，射进了他的眼睛里。与此同时，毒蛇也一跃而起扑向严枳实。严获苓同样一跃而起，一把抓住了毒蛇。可是，到底迟了，随着严枳实又"啊"的一声响起，明白毒蛇已经咬中了他。

严获苓一只脚踩着蛤蟆，一双手紧紧抓住毒蛇。要是稍一松劲，蛇头往后一搭，那么随时就会咬中她。那么只有咬牙抓住，一刻不能放松。可是，可是她的手臂被蛇身绞住了，一圈圈地绞，越绞越紧，这样下去，迟早臂膀麻木，血滞力竭。严枳实想起身，只见他双手乱抓，身子倾斜。很显然，他的眼睛已经失明了。也就是说，身体里的毒液开始发作了。

　　眼看着无计可施，都将毙命于毒物。蓦地，严莰苓的眼睛一亮，一定是想到了什么，只见她腾起一只手，一把从自己头上拔下一件东西。是发簪！然后，见她使出全身的力气，把簪子扎入了蛇体。一下子，只见蛇血喷薄而出。蛇血喷进了严莰苓的嘴巴里，让她猝不及防，不由自主地吞了下去。毒蛇的身子，终于瘫软下来。

　　严莰苓一不做两不休，拿簪剖开蛇肚子，挖出蛇胆。严莰苓让严枳实快吞下蛇胆，蛇胆可以明目。却发现严枳实没有反应，一看，他的牙关已经紧闭。连忙拿簪子把他的嘴巴撬开来，先给他浇一口蛇血，再让他吞蛇胆。在井底微光下，看到严枳实的腿脚已经一片青紫。严枳实喝了蛇血，勉强启动嘴唇，说："我就要死在这里了。"

　　严莰苓："哥哥，你挺住，不能死，会有人来救我们的。"严莰苓抓住严枳实的腿，要帮他切开创口吸血排毒。严枳实却把她给推开了。

　　严枳实说："知道吗，我今生最遗憾的事情不是别的，是我眼睁睁地看着你在我的眼前，而我，竟不能亲手把你杀死。"

　　严莰苓："哥哥，都什么时候了，你怎么还说这些？"

　　严枳实："杀不了你了，我知道自己已经死到临头。"

　　严莰苓："哥哥，我们要活着出去，出去之后，相信你一定会痛改前非，重新做人。"

　　严枳实："来不及了，我是出不去了，要是你能活着出去，就替我办一件事吧。"

　　严莰苓："哥哥，你说。"

　　严枳实："照顾好赵璩，他是姣娘的孩子。"

　　严莰苓："赵昚和赵璩都是好孩子，我答应你，帮助他们，尽我所能。"

　　严枳实："还有一件事是关乎朝政的大事，本来不想和你说，你到底是我心心念念的仇恨之人，但是现在只有你在我的跟前，只有告诉你了。"

　　严莰苓："哥哥，你不应该仇视我。"

　　严枳实："我还剩一口气，不多说了，听着吧，朝廷中一手遮天的丞相秦桧，他不会臣服赵构现有的立嗣安排，他还会继续用尽计谋，想要把赵璩扶上正位。"

　　严莰苓："丞相着意扶助赵璩，是为什么？"

　　严枳实勉强张嘴，冷笑一下，说："这是因为，他秦桧以为赵璩是他的亲骨肉。"

　　严莰苓："赵璩的父亲是赵子彦，怎么可能牵扯上秦桧？"

　　严枳实："别插嘴，听我说，赵璩的生母叫姣娘，姣娘她原先是秦府的小妾，在靖康难中流离失散，失散前已经怀有身孕，那当然是秦桧的骨肉。后来，赵子彦救了姣娘，把姣娘纳为他的妾。之后姣娘生下赵璩，当然赵璩是姣娘与赵子彦的孩子，姣娘在秦府所怀身孕在颠簸中流产了。而赵子彦知道姣娘的秦府前事后，为了得到秦桧的帮助，实现他的野心，竟然对秦桧谎称自己的亲骨肉是他秦桧的，也就是谎称赵璩是秦桧的儿子。现如今，赵子彦和姣娘死了，秦桧并不知道真相，还以为赵璩真的是他的儿子，所以会耿耿于怀，密谋宫事，扶持赵璩上位，而知道这件事真相的只有我一个人。"

严获苓："你是怎么知道的？"

严枳实："当然是姣娘亲口告诉我的，姣娘她是一个苦命的女人，给两个男人做妾，一个失散，另一个除了利用她，还虐待她。赵子彦是个没天良的畜生，因为忌恨姣娘的过往，便在暗中施虐，活活地折磨姣娘，并且还拿儿子赵璩的性命相威胁，不许姣娘外说，直到把姣娘虐待致死。"

严获苓："没想到，世间还有赵子彦这么可恶的人。"

严枳实："我严枳实也是个作恶的人，恶对生父，恶对你，也对不住死去的潘婕好，但我心底还有一小块地方是洁净温柔的，这个地方，除了留给母亲和妹妹，还有一个人就是姣娘。"

严获苓："姣娘，她一定是位美好的女人。"

严枳实："是啊，姣娘她貌美如花，性情如水，太美好了，谢谢你，赵佛佑，哦不，严获苓，谢谢你能夸奖姣娘。"

严获苓来不及说什么，严枳实又说："我的脖子也开始麻木了，我不行了，要死了……"

严获苓："哥哥，你不能死啊！"

严枳实："我要走了，去找我爹，给他认个错，还要去找姣娘，她，她在天上等我呢，她等的人一定是我……"

严获苓按住自己呼吸，焦急又无奈地看着严枳实，只见他的整个人肿起来，脑袋越来越大，大得像个斗，脖子也粗成了冬瓜，而且，而且他的身体在慢慢变黑，一片紫黑。

严获苓在心里叫，严获苓啊严获苓，你说什么学医多年，说什么妙手回春，起死回生，如今面对着一个人的死亡，你是这样无计可施，束手无策，根本就是无能为力呀！

严获苓痛苦地摇头，一直摇着头。一会儿，严枳实一动不动了。上前去探一探鼻子，已经没有气息了。严获苓的身子，一下子跌倒在地。

看看吧，就在她的面前，严枳实死了。刚才还在说话的身体逐渐冰冷，成为一具尸体。一旁，还有蛇和蛤蟆，同样是尸体。

严茯苓也一动不动了，看着眼前，看了许久。后来又抬起了头，看一眼上面。上面是遥不可及的井口，也就慢慢灰心了。她开始一点点回想起往事，自己流落出宫之后的种种遭遇，从北到南，又从南到北。特别是在金营中，遭受了没有人性的摧残。一面又想着养父严之慎对自己的如山恩情，想着双双罹难的严家父子。突然间悲从中来，再控制不住自己，放声大哭起来。一旦哭开，如同江河决堤，万千潮水涌来，冲堤而泻，再也收势不住，直哭得翻肠倒胃，声嘶力竭。

但是很快，严茯苓体力不支，脖子一软，脑袋一挂，晕死了过去。

第十九章 死里逃生茯苓回宫
恶贯满盈继先流放

　　岳家军与金军兵马交锋，只见岳家军个个精神抖擞，挺枪挥刀，策马冲杀，勇猛向前。金兵亦然骁悍，不惧生死，无奈在南方日久，风湿入侵，半数身体患疾，而这次情报失准，准备不足，所以难以抵挡，只得边打边退。

　　岳云和完颜亨又在阵前相遇了。岳云手执双锤，抡得虎虎生风。完颜亨一杆银蛇长枪，也是舞得出神入化。锤来枪闪，枪来锤挡。两个人整整打斗了两三个时辰还没分出胜负。要是对方并非死敌，说不定在心里会暗暗感叹对方的强大，还会结交切磋，英雄相惜。但是宋金对垒，一位护国，一位强侵，这样的两个人，一定是你死我活，不见鲜血不罢手。

　　眼见士兵节节败退，完颜亨心有旁骛，难免精神分散，心力不支。而岳云知道岳家军士气高涨，自己越发提振，双臂又增添了无穷力量。岳云又朝完颜亨砸来，一锤，又一锤，一锤更比一锤猛。这样一来，完颜亨很快处于下风。完颜亨勉强再抵挡了一阵，却已经冠落辫散，一副狼狈不堪的样子。

　　完颜亨只好边打边退，逃开双锤，保命要紧。岳云追上前，倒也不急着取完颜亨的性命，只问他："完颜小子，我大宋朝廷的女御医严茯苓严姑娘是不是还在你营中？把她交出来，可饶你不死！"

　　完颜亨嗤笑："这个时候你想着的还是严茯苓？好一个情痴呀！"

　　岳云怒目圆睁："你交还是不交？"

　　完颜亨："岳云，本少主与你势不两立！她严茯苓明明是本少主看中的姑娘，可她的心思竟然在你的身上！"

　　岳云："少废话，快交人！"

　　完颜亨大笑，说："交不了了，严茯苓她已经死了！是本少主杀了她！"

　　话刚说完，完颜亨感觉自己头顶一凉。一柄巨锤擦着他的头皮飞了过去。完颜亨见岳云下了狠手，吓得不行，连忙策打胯下追风良马，闪身逃了。待收官清点，岳家军伤亡轻微，而金兵死的伤的，不在少数，并且落下了不少辎重，让岳家军得以一一收捡。

这一仗，岳家军把金兵整整打退了五十里地。

严获苓动了动慢慢地睁开了眼睛。在她的眼前，站着一位须发花白的老人，身后还站着个青年小伙。

老人见严获苓醒了，高兴得笑了，说："姑娘，你真命大。"

严获苓虚弱地问："我没死吗？是你们救了我？现在哪里？"

老人说："我小老儿以行医为业，人称陈木扇。"

严获苓："恩公，你就是汴梁城里大名鼎鼎的神医陈木扇？"

老人说："正是小老儿，前日小老儿和徒儿去采药，在一口深井边听到哭声，明白井下有人，正要朝井下喊叫，却听得哭声戛然而止。情知不妙，就让徒儿搭绳下井，却看到井底一人已亡，而姑娘你也已是气若游丝，命悬一线。"

严获苓："谢谢恩公，还有这位哥哥，要是没有你们，我肯定是葬身井底了。"

陈木扇："姑娘，你们如何进了那枯井？"

严获苓听着，轻轻地摇了摇头，说："我命中多劫难，注定是九死一生，恩公，听我慢慢给你说吧。"

岳家军营帐，岳云独自坐在帐中，身子一动不动，愣着双眼，默默地看着窗外，有琴声，是《潇湘水云》的音律，似有若有地飘过来。

邓自明突然冲进帐中，大声说："云哥哥，我的妹妹瑷瑷，哦不，是严获苓，她并没有死，只是她被人投进井里了！"

岳云听后双眼终于又会转动，赶紧问："谁说的？"

邓自明："金兵俘虏说的，他说是完颜亨下令把人投井，还说同时被投入井的还有一个人，叫严枳实。"

岳云听了急问："那井呢？在哪里？"

邓自明："说就在金兵原先的驻营外，不出一里地。"

岳云："那还不赶快去找！"

野地里，风吹着荒草，一队人马在荒草中搜寻。领头的是岳云和邓自明，他们高声喊着严获苓的名字，声音里带着焦急，也带着怜爱，一步步前进，一点点寻找，但是一遍遍拨开荒草，下面除了坚实的黄土，什么也没发现。

过了很久，邓自明的声音突然惊喜地响起来："看，井口！"邓自明指着前面。岳云朝前面看了一眼，一改平日的沉稳飞奔起来，朝井口直冲而去，大声喊着："获苓，获苓啊，我们来了！"

看井下，好像确实团着一堆东西，但是井口距离井底太远了，看去模糊混沌一片，叫了几声严获苓的名字，什么回音也没有。各人的心里，也就凉飕飕的。

岳云不容置疑地说："快，拿绳索！"兵士很快拿来绳索。邓自明伸手要接绳索，岳云跃身上前，一把抢过绳头，并飞快地在自己的腰上绑了几匝，果断地说："我下！"

岳云说完，果真就下井了。众人把绳一面慢慢松放，绳索也就慢慢往下。只见岳云的身子不断往下沉去，突然间绳索一松，肯定人已经到达底部。再看他，却看不见了，整个身子融进了一团黑糊当中。过了好一会，绳上的警铃响起来，是井底人报上来的信号。邓自明和众兵士一听，连忙一起使劲拉绳。很快把人拉出来，先出井的是岳云，他后面带着另一个人。只见那个人的身子板硬，脚手耷拉，看起来已经死了。却是男人的装束，不可能是严获苓。待安放好，看一眼死人的面容，邓自明认出来了，是严枳实。

邓自明叹了口气，说："真没想到，他就这样死了。"

再看岳云，只见他一脸疲惫的样子，摇着头说："下面，没别的人了，没有她。"邓自明听了倒高兴起来，说："获苓说不定没有被人投下，或者被人救走了，她一定还活着！"

岳云听着，眼睛望向前方，一片灰白苍茫的前方，微微地点了点头。

山居，严获苓便把自己被皇上派遣去金营，以及在金营的遭遇说了。陈木扇听后，不由血脉贲张，说："这帮恶贼，凭着兵强马壮，肆掠我大宋国土，致使我大宋国不国，家不家，多少人惨死在他们马蹄下，又有多少人流离失所，所幸有岳将军这样的国之栋梁，还有岳家军这样的神威之师，相信他们再也折腾不了多久了。到时候，一定被岳家军尽数收拾！"

严获苓："是的，我们一定能把鞑子赶走，把被掳在北国的亲人接回，让大宋恢复祥和，让普天众生回归安宁，所以恩公，我要快点好起来，我要赶回宋宫。"

陈木扇："宋宫皇室对你一个弱女子毫无顾念之心，把你推向金国魔窟，你为什么还要返回宫中？"

严获苓："回宫给他治病。"

陈木扇："他是谁？"

严获苓："皇上！"

陈木扇："皇上赵构重用秦桧这样的奸臣，还主张卖国议和，是昏庸懦弱之辈，为什么还要给他治病？"

严获苓说："这是我养父的遗愿，我的养父严之慎像恩公一样，也是一位医术高超的大夫。原先在杭州城里坐馆候诊，后来几经辗转，带着小女我一起进宫为御医，只是他已经不在人世了。在他临走前，对小女我重附，要给皇上治病，把他的病给治好。"

陈木扇："岐黄杏林，北有陈木扇，南有严之慎。小老儿知道严之慎，只是没想到他竟然先行一步，无缘与我小老儿会晤切磋了。"

严茯苓："养父说，当今皇上屈节是因为身体有恙，精不强骨不硬，所以性情软弱，只得向强人低头。要是治好了他的病，让他恢复强健的体格，说不定能够从此铁骨昂首，不惧强敌，御驾亲征，收土复国！"

陈木扇听了，喟然一声长叹，说："之慎兄，我陈木扇不如你啊，我只顾东奔西走求保命，而你却不顾自身安危，想着以治君求治国，真的做到了悬壶济世，胸怀天下！之慎兄，你是杏林中手执杏枝的义士啊！"

严茯苓："所以恩公，我现在就必须走。"

严茯苓说完，果真要挣扎起身。只是她的身子到底太虚弱了，刚起来又软身瘫倒。

陈木扇连忙安慰她，说："姑娘，你的身体没有恢复，不要急，我小老儿陈木扇一定尽我所能，帮你调理身体，让你早日康复。"严茯苓也就只好安心住下，喝药调理。

突然严茯苓想起什么，问陈木扇他的夫人是不是姓沈。陈木扇说正是，问严茯苓怎么知道。严茯苓便把偶遇沈大娘，以及沈大娘与哑巴哥哥的状况说了。陈木扇听了，涕泪潸然，说汴梁一役全家丧命，自己因为出诊捡了一条命，以为与家人从此天地两隔，却没想到老妻还在人间。便说等严茯苓起程，他就带着徒弟在附近走访，一定把老妻寻着。

陈木扇妙手回春，在他的调理下，严茯苓的脸色很快红润起来。再过了几天，严茯苓觉得自己的脚下稳定了，腰背直了，先前失去的力气似乎尽数回到了体内。严茯苓也就决定起程，想着早日回到宋宫，为君医治。而且，这位君上，还是她的父亲，是生身亲父！

临走之前，陈木扇拿出一本书交给严茯苓。严茯苓赶紧接过来一看，书名叫《素庵医要》。陈木扇说这是他几十年行医的医案和心得，让严茯苓留用。严茯苓跪地给恩公叩头，再与他们师徒两个告别。然后毅然起身，走上了千山万壑、凶吉难料的前路。

慈元宫，吴皇后坐在镜前，从嬉在给她梳妆。吴皇后抬起头来看一看前面的镜子，她的目光在自己的脸上扫了一下没有停留，而是落在了从嬉的脸上，停了下来。只见从嬉眉头锁着，锁得紧紧的，眉峰间堆着愁，堆得山样高。

吴皇后有些惊愕，问："从嬉，你有心事？怎么了？"

从嬉听问，就说："娘娘，不知道荻苓她，还能不能回来。"

吴皇后："原来你是为荻苓担忧呢，荻苓她是个好姑娘，本宫也怜爱她，只是被派去金营，能不能回来真是难以预料。"

从嬉："娘娘，从嬉斗胆，想问娘娘一句话。"

吴皇后："你我相伴多年，场面上是主仆，私底下是好姐妹，有什么话你尽管说。"

从嬉："娘娘，从嬉想问，您不觉得荻苓她特别像一个人吗？"

吴皇后："初次见面，本宫就觉得她像极了瑗瑗，可惜她不是，她的手臂上没有墨蝴蝶，不会是我的瑗瑗。"

从嬉："娘娘，要是她有呢？"

吴皇后："不可能，本宫亲眼视看过。"

从嬉："娘娘，您就救救荻苓姑娘吧，想办法救！一定要救！非救不可！"从嬉简直语无伦次，把入宫多年老练沉稳很少失态的她急成这样，不知道吴皇后有没觉得过于意外。

吴皇后只是叹口气，然后说："你看这宫里，皇上的龙体还是欠佳，太后近来又抱深恙，还有太子昚儿也染了急症，一桩桩一件件，都揪着本宫的心，本宫也真是心力交瘁，暂时顾不上别的了。"

从嬉："娘娘，是奴婢心急了，不能再让娘娘操心。"

吴皇后："本宫也很希望荻苓姑娘早日回来，希望大家都吉祥安好。"

沐华宫，严才人坐在榻前。她的面前摊着一块绢帕。绢帕上一朵素莲，劈丝而绣，散套针、接针、滚针，针针细致，绣出活生生的数个莲瓣。看着这针线也就容易猜想，绣花的女子一定极其慧美。

严才人听她哥哥严枳实说过，绣帕的人叫姣娘。严才人不知道姣娘的身世，也不知道她如何生又如何离别了人世，只是能够猜得出，这姣娘在哥哥心中相当有分量。

严才人轻抚着绢帕，心头又涌起千般况味，想着父亲严之慎屈死宫杖之下，至今冤情未白。哥哥严枳实犯下天讳死罪，就算能够闯逃离，想必也是活不了了。最让人心痛的是，哥哥虽然邪恶，却还记着关键时刻喝止妹妹的言语，不让她暴露身份，避免受到牵连诛坐。兄妹生死情，真叫人肝伤肺裂。而母亲严夫人在自己为妃之后，曾派人去唐昌接迎，却不见人被接来，只是得到了一个噩耗，被告知老夫人已经病殁。

严才人身在深宫，得知母亲亡讯，也只有痛哭一场，对着西边方向，遥相祭拜。严才人哭毕，想到除了父母兄长三位亲人，这世上与自己还有亲情联系的恐怕只有严茯苓了。其实，自己才叫严茯苓，她呢，叫赵佛佑呀。自己早就知道这个秘密，只是遵从父命，以死相守，所以就算在接受册封为妃的时候，也只称自己原名叫严苓儿，与她严茯苓是姐妹。只是，只是现在与严茯苓，不，与佛佑，说起来，自己已然是长她一辈的人了，怎么还能以姐妹相称呢？最让人担心的是，严茯苓被遣去金营，无疑是羊入狼窟，她还好吗？还能活着回来吗？正想着，卫妍来报，说是侍医桂枝来给娘娘请脉。

桂枝进来，给严才人请过脉，报了平安，完了还没走，跪着跟严才人说："娘娘，请您救救茯苓吧。"

严才人："我又何尝不想救她，可是，她去的地方是金营！能有什么办法呢？就是想救，也只是有心无力了。"

桂枝："娘娘，您就求求皇上吧。"

严才人："要是皇上做得了主，能让茯苓回来，我早就求了。"

桂枝："茯苓她她只有等死了吗？"正说着，有人来报说，慈宁宫太后病重，各宫嫔妃前去应侍。严才人也就起身收拾一下，朝慈宁宫赶去。

慈元宫中，严才人赶到，进入内室，看见宫娥在给太后侍药，连忙接过来。严才人亲手给太后喂药，一匙药喂进太后的嘴里马上流了出来。严才人见状，赶紧掏出自己的手帕接住了。再喂，还是不行。侍医王娇娇过来，把药碗接去了。

不一会儿，吴皇后赶到，看了太后的形状，厉声问侍应的王继先："太后都病成这样了，怎么不早通知各宫？"

王继先说："太后以前也这样，老毛病了，怕让各宫的娘娘担心，就先压了消息。"一时间，别的妃嫔也都赶到。

太后被扶坐起来倒说话了，急促地说："照办，马上照办，让皇上改立嗣，废掉太子，改立璩儿为太子，马上！马上！"再看，太后虽然坐得直挺挺的，但是她的眼睛不同常人了，就像死鱼的眼睛一样一片浊白，没有一丝光亮。

王娇娇在太后榻前又是捶敲又是推摩，很尽心的样子。吴皇后再问王继先，太后怎么一下病得这么急。王继先回答说他刚接诊时，太后的神志还清醒，只说是做了个梦，竟然同几年前的梦境一样，又梦见了太祖。太祖在梦里朝她厉声训斥，说自己对目前宋室赵家的立嗣不满意，要是不改立，就要了太后和皇上的命。太祖梦毕又梦，竟然梦见了一个无头鬼，那鬼胸腔里发声，自称赵子彦。只见赵子彦一手提着刀，一头提着个血淋淋的人头，说不马上立他的儿子赵璩为太子，他就砍人。太后哪里禁得住这些，吓得不浅。老人家的身体本来就虚弱，现在受了这么大的惊吓，肯定支撑不住了。

众人看着太后，心里一定想，太后满嘴嚷着废太子改立嗣，皇上听着会怎么想？这么一想，想到皇上了。那么皇上呢？太后都病成这样了，怎么不见皇上？这时太监来报，让吴皇后快去福宁宫瞧瞧，皇上也病得不轻。

众人一听，都揪了心。吴皇后倒还冷静，把人分为两拨，严才人等人守在慈宁宫，她自己带人赶去福宁宫。而在众人的背影里，王继先与王娇娇叔叔侄女两个飞快对视了一眼。目光中分明有话，眼角里还拖着一道得意的波光，实在是意味深长。

福宁宫中，吴皇后等人赶到一看，见皇上赵构与太后一样，双目失神，也在声声叫嚷，叫什么太祖饶命，嚷什么子彦兄弟放心，还说一定马上下旨改立嗣，废太子赵眘，册立赵璩为太子。

赵构嘴里大声叫着，没想到还突然跳起来，一把抓过悬挂墙头的剑，握在手里，狂乱地舞动。只见他披头散发，衣冠零乱，哪里还有帝王尊上的形象，分明是一个病入膏肓的疯子。吴皇后到底不放心，想靠前劝说。却见赵构乜斜着眼睛，举手一剑朝吴皇后刺来。吴皇后受惊，脚下一个趔趄，眼看要被赵构刺中。从嬉不顾一切，挺身上前，用自己的身子替吴皇后把剑挡住。也就眼见着白晃晃的剑身，刺进了从嬉的臂膊里。

吴皇后看着眼前的一切，再也承受不住，说一声："我的天，这都是中什么邪了呀？"一面赶紧对侍从下令："快，快把皇上制住！"众人连忙控制住赵构，把从嬉从剑口救下。只见，从嬉的臂膊间已经通红一片，血染衣衫。

吴皇后看着慌了神，胡乱喊起来："快，唤严太医！"侍下提醒说："娘娘，严太医已经不在了。"

吴皇后听了再说："严太医的女儿，茯苓，茯苓呢？"

从嬉说："娘娘，您别太急了，茯苓姑娘被遣去金营了呀。"

吴皇后叹了口气，说："是啊，严太医走了，茯苓也不在，眼下可怎么办？"

正在这时，有人通报，说："茯苓姑娘回来了！"

宋宫中，严茯苓回来了。只见姑娘缟衣素裹，身着极其简陋，但是双目炯炯，眉宇间比先前更添了一份英气，整个人看上去精神满满。

桂枝一见到严茯苓，"哇"一声就哭开了，说："我以为再也见不到你了……"

从嬉不顾身上有伤，跑到严茯苓跟前说："茯苓，你真的回来了？不是在做梦吧？"

严茯苓笑着说："从嬉姐姐、桂枝，我活着回来了。"只是严茯苓来不及与姐妹叙情，马上得到吴皇后的召唤，要她去福宁宫。

福宁宫外，一头碰到了王继先。不过看王继先骄横自得的神情，说不定已经得到严茯苓回宫受召的消息，从而先来一步，在宫门外等她。严茯苓见了王继先，好歹是御医馆的上司，也就给他施了礼。

王继先先说话了，他说："茯苓姑娘，你能从金营活着回来实在难得，不过是不是在金人威逼下叛主投敌，如今被反遣回来卧底祸害朝廷，那就难说了，所以你想要自保，最好在馆舍中待着，不要在这宫中随意跑动。"

严茯苓："王大人，我严茯苓的所作所为，朝廷一定会彻查。我进福宁宫，是接了皇后懿旨的，王大人想拦，只怕拦不住。"王继先没想到严茯苓竟然变得这么凌厉，只得说："皇上龙体的安危康泰，一直是本大人亲手操持。你爹严之慎若在，倒是可以过问一二。你一个黄毛丫头，不知天高地厚，要是惊坏龙身，该如何受处？"

严茯苓："王大人不会不知道，古时就有文挚殉医的典故。而今茯苓既然学医，只要病人需要，也就不应该惧怕生死。王大人，请纡足，皇后懿旨在，谁敢挡道？"王继先被严茯苓的气势震住，竟然一时间不知道如何应对。

严茯苓也就撇下王继先，踏步走进了福宁宫。吴皇后一见严茯苓，没待她行礼，不自觉走上前拉住她，左右瞧瞧，说："好孩子，你瘦了，回来就好，回来就好。"严茯苓也好好看了一眼吴皇后，看见吴皇后的鬓发间已经添了几根银丝，不觉眼眶里隐隐泛上泪花，却还是忍住了，只说："皇上皇后，只求你们龙康凤祥。"

吴皇后："皇上，皇上病成了这个样子，茯苓，快给瞧瞧，能不能治愈。本宫做主，都不会降罪于你。"

严茯苓："皇后仁厚，茯苓深谢！"

严茯苓上前，看到龙榻上躺着赵构，像是被人按了手脚。只见他虽然双目紧闭，却鼻拧眉皱，一副痛苦紧张的样子。严茯苓也就再近前，把自己的手指按在了赵构的手腕上。或许，严茯苓的心头会有一个小声音，说，这骨肉分离几多年后，竟然以这样的形式，女儿和父亲再一次亲密地接触了。然而严茯苓来不及多想，凝神屏息，把过脉，说："六部脉都弦长而劲，是实证，心胆二经火气过于旺盛。"

吴皇后："可是王太医说皇上是虚证，他说皇上每日劳累，难免体虚力乏，加上梦中受惊，那是雪上加霜，所以用药，都是滋补为主。"

严茯苓："皇后，你要是相信小医我严茯苓，就用极苦的药物来泻掉皇上心胆二经中的火气。"

吴皇后："怎么泻？"

严茯苓："泻心火者必泻小肠，病在脏，治其腑，而胆也无出路，借小肠为出路，也必泻小肠。"

吴皇后："本宫相信你，开药吧。"

严茯苓果真提笔，开出了龙胆草、天门冬、细生地、胡黄连等苦寒的药。严茯苓还说，这龙胆草泻肝胆余火，天门冬入肺经，清热滋阴，细生地滋凉血，胡黄连可以迅速将火向下降，比黄连要快得多。药汤很快煎了呈上来，赵构喝了药，竟然安静下来，很快睡了过去。

严茯苓赶到慈宁宫中，步入内室，先看到榻前守候的严才人。严茯苓一见，激动不已，只唤了一声："妹妹！"却看见原先身为宫娥名唤小蟾的妹妹，一身华衣丽裹，不再是先前的模样。

严茯苓不假思索地问："妹妹，你怎么了？"身后的桂枝提醒严茯苓说："是娘娘。"

严茯苓听后，有些醒悟，却说："你被皇上接纳了？"严才人没有解释什么，只拉着严茯苓说："你我有话以后长叙，救太后要紧！"

严茯苓来到太后榻前，看到太后仰面躺着，近前再看，看到太后双目张开，但是眼中没有光芒。连忙诊脉。一诊，严茯苓摇了摇头。

她说："左寸细数无伦，尺中微细如丝。"

严才人听了，再一把抓住她，说："那快给开药呀，太后喝了药，不就好了？"

严茯苓说："肾水下竭，真火即将飞散，太后她……"严茯苓说着，也就一时哽咽。要知道裕隆太后与她严茯苓，哦不，是赵佛佑，虽然不是血脉至亲，但老人曾给她温暖关爱，在北掳的车阵中，她们同乘一辆马车，一同历险，却又各自大难不死，死里逃生。严茯苓虽然没有与太后相认，但在她的心目中，太后一直是长者，是她的亲人。在临终的亲人面前，严茯苓又一次感受到，自己身为医者，是这样束才无策，无能为力。不说起死回生，就是让人延口残喘的办法也没有了。可是严茯苓还不能陪伴在太后的病榻前，为太后送终。因为，还有一位病人等候着她出诊。是谁？是太子赵旉。

太子年轻力强，他怎么也病了？严茯苓也不相信赵旉得病，而且说什么病重了。但是桂枝告诉她，太子确实病了，病得实在不浅。还说太子的治疗也是由王继先王太医亲自经手的，诊治多时却不见好转。严茯苓也问过桂枝，太子为什么起病。桂枝竟然说她王太医不让她插手，所以她不是很清楚。严茯苓听了，也就不多问什么。

严茯苓来到太子殿时，看到了太子赵旉，一些时间没见，又长大一些了。倒并没有躺在床上，而是坐在窗下。只见他捧着卷本，正在阅读的样子。走近一看，只见太子他的脸色灰白，一左一右两个鼻孔还塞着两团棉花。雪白的棉球，渗出血红。

赵眘见了严荏苓，马上起身相迎，说："姐姐，你终于来了。"严荏苓皱了眉头问："太子，你这是怎么了？"

赵眘让严荏苓先坐下，让下人捧上茶点，然后自己也坐下。再慢慢地说话，他说，自己起初只是鼻子出血，只是偶尔出血，并不厉害。皇后关爱心切，请王太医给他诊治。王太医给开了药，吃了之后，衄血不见止，反而更加频繁了。

严荏苓问王太医给开了什么药方。赵眘说是凉血止血的药。严荏苓一听，说："年轻人鼻衄，一般总是风热犯肺所致，用清热泻火、凉血止血的药，应该没错。"

严荏苓说着，到底不放心，再给赵眘把一把脉。一把，脉象细沉。严荏苓惊了一下，说："是寒证，不能用凉药！"赵眘听着，却依然一脸平静，说："姐姐，我知道。"

严荏苓："你知道自己的病因是身体里寒？你知道寒证喝凉药会病上加病？那你为什么还要喝药？"

赵眘说："姐姐，我知道的是凭他们的医术，完全可以正确诊断我的病，毕竟鼻衄的病又不是疑难杂症，但他们既然敢用反药来治我，为什么？所以，如果他们开出的药我不喝，那么他们一定会用别的药来灌我，要是那样，姐姐，下面的话不用我说出来，你能明白。"

原来太子的心里什么都清楚！清楚自己的病情！清楚自己的处境！但是，他竟然心中一清二楚，但是却装作什么都不知道。看来，眼前这位年轻人他能够明辨身边的人和事，却又能不让别人发现他。善于藏机，懂得应对。用别人想不到的方式保全自己。

严荏苓不由感叹，太子赵眘确实与一般人不同，他有城府，有主见，而且稳重。这样的人，不说是人中龙凤，也绝不是凡类。赵构立他赵眘为嗣，算是英明之举，也应该是宋国臣民百姓的福气。严荏苓相信，凭太子赵眘的心胸与谋略，一定能成就大事。

严荏苓还在自己心里暗暗吐了口气，一个内心的声音说，我放心了。这个我，或者不仅是严荏苓，还是赵佛佑。不仅是一名宋国的臣民百姓，还是当朝公主，帝后唯一的血脉传人。

她，放心了。

当下，严荏苓对赵眘说："我一定尽自己所能，治好太子的病！"正说时，听到宫里人前来报讯，说是，太后殡天了。

裕隆太后殡天国葬。一时间，只见从杭州凤凰山到绍兴攒宫山，一路上河山裹素，旗幡飘动。宋宫中所有皇亲国戚、官宦仆从，皆车马随行。

送葬的行程中，严茯苓得以与严才人同车结伴。路上，严茯苓也就把她两个的哥哥严枳实的死说了，也说了严枳实临死前交代的话。严才人听到哥哥死于金人手中的噩耗，虽然不觉得十分突兀，但好歹是至亲归西的讯息，听后还是免不了偷偷痛器了一场。末了，严才人说："是时候了，该揪出宋宫幕后的黑手了！"

葬礼完毕，众人回朝。这皇上赵构先前大病一场，加上原本体虚，旧疾新恙，加上哀悼太后以致心伤，回宫后也就再次卧倒了。这一次赵构亲开圣口，除了留下严才人伴榻侍疾，还指名要女御医严茯苓侍药。

秦桧与王继先当然不甘心，在赵构面前说严茯苓年轻，又刚从金营回来，不知道可不可靠。赵构当然不会为了一名侍医，与他所倚重的臣下反目，也就说只是让严茯苓尝试，要是不见效果，不会放过她，到时候旧罪新罪一同追究。

王继先明白这一次违不了圣意，就提出，慈宁宫裕隆太后已经驾鹤，宫中空闲，就让原先侍候太后的女御医王娇娇也来福宁宫，和严茯苓一同给皇上侍药。赵构听他提这么个要求，也就答应了。

赵构服用的药物，还是大多由王继先经手。而王娇娇来到福宁宫，倒是日夜勤于奉药换汤，全然不见先前在待试馆中那般娇骄。这样一来，就把严茯苓撇在了一旁。严茯苓暗眼观察，觉得王娇娇虽然手脚勤快，但她明显有心事，扑闪的眼神，时不时拧结的眉头，还有情不自禁地叹息。私下无人时，严茯苓忍不住拽住王娇娇，把自己在金营中获知她父亲王立先的消息说了。说她父亲已故，死于完颜亨之手，是一位了不起的壮烈之士。

没想到王娇娇不相信，说她的父亲一定没死，迟早会回来的，还竟然说是严茯苓故意造谣挑拨，为的是抹杀金少主完颜亨在她心中的形象。还说，她就是痴迷完颜少主，就算真的死在少主的鞭下，也愿意。

严茯苓见王娇娇实在是执迷不悟，也就不再多说什么。王娇娇又在龙榻前侍药，而看榻上皇上赵构，只见脸色灰白，嘴角颤动。严茯苓终于忍不住了，上前一把夺过了王娇娇手中的药碗。

王娇娇一惊，马上说："皇上，严茯苓造反了，她想弑君！"王娇娇说着扑过来，回夺严茯苓手中的药碗。

严茯苓见她疯狂，干脆把碗里的药泼向地上。"噗"一声，药汁溅得一地。

黄褐色汁水，但是，其中隐隐可见朱红色。严茯苓一看，大叫："此药有毒！"

赵构一听，也惊慌了，挣扎起身，说："谁？谁敢给朕下毒？"外面待唤的一听都连忙跑入内，包括王继先。赵构让王继先解释药汤怎么回事。

王继先倒还不惊慌，只说："好好的汤药，怎么会有毒？皇上圣明，一定不会轻易听从歹人从中挑拨。"

严茯苓："王太医，你解释一下这药里的朱砂。"

王继先："皇上需要安神，药里确实用了朱砂。"

严茯苓："可是看这汤药的颜色，明显朱砂过量。"

王继先："过不过量，我王太医自有分寸，怎么是你一个黄毛丫头说过量就过量了？"

严茯苓见王继先还不肯承认，就掏出一样东西，正是一张纸，分明揉成了一团，却又摊展开了，说："这上面的字，王大人肯定认识吧？"

王继先一看，脸色微变，说："是本人书写的，已经扔弃，不知严姑娘捡来何用。"

严茯苓转向赵构，说："皇上，这方子上所写才是王太医给皇上真正开的药，御医馆存档的，都是擅改后的假方！请皇上过目，看看这上面朱砂的用量！"

王继先："皇上，这个不知天高地厚的丫头疯了，她血口喷人！"

赵构："严御医，你说这才是王太医开的药方，王太医也承认了，没错，可说这方子就是给朕的用药，王太医不承认，你怎么说？"正在这时，严才人来了，她身后还有卫妍，卫妍领着个小太监。这个小太监，正是煎药房的，差一点被皇上下令杖毙的那个人。小太监的手里还抱着一个煎药罐。

严才人进来，上前在赵构面前跪下，禀告说："皇上，臣妾把煎药房的差人唤来了，他这药罐里正是要煎给皇上的药，还没有上炉，请皇上揭盖查看。"

严才人把药罐接过来抱上前，揭开罐盖，赵构果真看了一遍罐中的药物。

严才人又拿出一方手帕，却是一方绢帕，正是绣了素莲的，这帕心间一团污渍。

严才人说："皇上，这手帕的药渍是太后擦拭留下的，臣妾已让御医馆中多位御医辨识过，药渍中朱砂成分明显，而且过量。"

赵构："为什么？为什么要给太后和朕用过量的朱砂？"

严茯苓："朱砂虽然称为丹药，但有毒性，少量服用，利于镇神催眠，但服用过量，会致人头晕头痛，失眠多梦，体虚乏力。"

赵构："没错，朕就是这样的症状，想必太后也一样，这么说来，那么母后她并不是病故，很可能是中毒身亡，是不是？"

严茯苓："是这样。"严茯苓又拿出一张药方，说："而在这张方子中，你王继先王大人竟然给皇上开出过量的灵仙脾！"

王继先："好啊，你一个未出阁的黄毛丫头，你倒是给说说，这灵仙脾怎么可用，又怎么不可用。"

严茯苓："医者无忌！有什么不可以说的？这灵仙脾又名淫羊藿，确实有补肾壮阳、益精补气的功效，但是用量过大，过度依赖，轻则会使人阳虚相火，不孕不育，重则肾伤精尽，亡命于药端。"

赵构听着，盯着王继先看了半天，才说："王继先，朕的爱卿，自你入宫以来，朕对你信赖有加，视你为异性兄弟，安心把朕的身家性命交付于你，可是，你竟然设计戕害于朕，你安的是什么心？"

王继先："皇上，您别听这个疯女子胡说八道！"

赵构："你就说吧，把什么都说出来，朕想听听。"

王继先说："皇上，您都看到了，这些人肯定是一伙的，一定是他们串通起来，想要陷害于小人！"

赵构："要是说他们是一伙的，那么这伙人的领头者一定非严爱妃莫属。你说，朕的严爱妃组织人手想要陷害于你？那是为什么？"

王继先："为她的父亲严之慎报仇！"

赵构："严爱妃的生父含冤而死，已经查出元凶，同你王继先又有什么牵连？不会是那桩冤案并没有了结，还与王继先有关，你与冤案也有牵连？"

王继先："没有！没有牵连！只是严之慎先前与我一起在御医馆共事，怕是娘娘思及故父，责怪小人当日没有出手护救，所以对小人怀恨在心。"

赵构："那朕再问，这煎药房小太监一样是受人指使，要故意陷害你王大人吗？"

王继先："是这样。"

赵构："小太监，还是你说说吧，是你改了朕的方子？存心谋害朕？还存心陷害王太医？"

小太监："皇上，奴才不敢！奴才实话实说，这药确实是照着王大人的方子验明入壶的，要是小人有半句虚言，请皇上马上下令把奴才杖毙！"

赵构："王大人，这小太监平日与你无冤无仇吧？他怎么会凭空出头，故意陷害于你？严爱妃与茯苓，她们与你也没有不共戴天之仇！如今朕看到的这一切，只怕是因为你恶行多时，终于露出了马脚！"正在这时，太监来报，说是宰相进宫，求见皇上。

赵构果断地说："这件事关乎朕的身体安危和太后的亡故，谁来说情也没用，把王继先连同这名小侍医押起来，交给司刑房，让他们把事情原原本本说出来。"众侍卫上前，押住了王继先、王娇娇叔侄两个。

福宁宫外，王继先和王娇娇被人押着出来。这时候，眼前一匹快马跑来，马背上的人翻身下来。看样子，应该是军营里派出专门觐见皇上的快马。手下接过马缰绳，牵马走去拴桩。

王娇娇刚好从马匹旁边经过，身子擦着马背。这时候，只见王娇娇不知道哪来的力气，突然挣开人手，而且以极其快速的手脚飞身上了马背，赶紧策马，就要奔跑。

随后的严茯苓见了追上前，大喊："娇娇，你要去哪里？"王娇娇在马上回答："去金营！"看来，她想要学当初的严枳实，抢马投奔金营。

严茯苓连忙喊止，大叫："娇娇，你要是这么做，就是大错了！"

王娇娇："我要是不走，肯定是个死！我要去金营找我的父亲，他一定没有死！我还要找完颜少主！"王娇娇边说，边纵马奔跑起来。眼看着王娇娇驾驭的马匹奔得飞快，竟然闯出了宫门。

在她的身后，一群侍卫拉满了弓，搭上了箭。严茯苓和桂枝跑来，喘着气喊："不要！不要！不要射箭！"只是，领卫并不理会，一声令下，只见百箭齐发。一支支利箭，像一道道闪电，更像一条条游蛇。

眼看着，一支箭直直地飞向王娇娇，一直飞到了她的身后。"扑哧"一声，利箭扎进了王娇娇的后背！马驮着人，继续奔跑。却看到，马上人身子一歪，从马背上跌下来。

严茯苓和桂枝不顾一切，追上前去把王娇娇扶起来。只见王娇娇的嘴里满是血，鲜红的血顺着嘴角流淌下来。

严茯苓焦急地说："娇娇，你为什么要跑呀？"

王娇娇说："不跑，等着被关进牢，被砍头吗？"

严茯苓："你的父亲王立先跟随宗泽大人保卫东京，为国杀敌，被俘后拒不投敌，壮烈为国捐躯，要是把这些跟皇上说了，就算你有错，相信皇上也会饶恕你的呀！"

王娇娇："我的父亲，他，他真的死了吗？"

严茯苓点点头："是的，是完颜亨亲口告诉我的，王大人壮烈殉国，天地英雄。"

王娇娇听着眼中沁了泪珠，慢慢说："我听我的叔父，进宫所做的一切，都是为了见到我的父亲。我一直以为父亲会回来的，我还会像小时候一样，依偎在父亲的身边，感受他宽厚温暖的大手抚摸我的脸。没想到，我照着叔父的意思做下许多恶事，到头来搭上性命，却再也见不到父亲了。"

严茯苓："娇娇，你要挺住，我和桂枝都是大夫，都是你的好姐妹，我们救你！"

王娇娇："我不行了，谁也救不了了，我要去了，去找我的父亲。"

桂枝也急得大叫："你王娇娇，她陈小蛮，还有她严茯苓和我桂枝，我们是四姐妹，小蛮不在了，你不能再走了，不能啊！"

王娇娇："谢谢你，桂枝，还有茯苓，我和小蛮没少欺负你们，你们却始终把我们当姐妹……"

严茯苓："你和小蛮都不是存心作恶的人，我们知道，你们两个人的心里都藏着心事，你们的心很苦，我们明白，一直明白，所以我们是好姐妹，永远的好姐妹！"

王娇娇："茯苓，桂枝，你们要、要好好的，我、我要先走一步……"只见王娇娇的嘴巴里大口大口地涌出了鲜血，而她的后背也是洇红了一大片。眼睁睁地看着，王娇娇身体一点点软下去，她的呼吸越来浊重，很快，只有出气，没有了吸气。末了，她竟然又启动了嘴唇，竭尽了力气说："我，我又看见完颜公子了，他，他朝我走过来了，他笑了……"

王娇娇说着，淌血的嘴角边，卷起了一丝笑意。片刻间，只见她气息断落。芳魂孤魄，从此远走，竟不知南往还是北回。

牢狱中，粗大的木栅栏后面关押着王继先。只见手脚戴着镣铐，发须一片零乱，再不现当日宋宫中王大御医趾高气扬的神态。

随着叮咚取链开锁的声音，牢门"嘎"的一声打开，一道亮光从门框间亮起来。

出现在门口亮光下的，是宽袍翅帽的宰相秦桧！只见秦桧在狱卒陪同下，一步步走进来，走上前来。王继先一见，连忙挣扎起身，扑上前双手紧紧抓住栅栏，一双眼睛又放出了光芒。

王继先："丞相，你来了，小人就知道，宰相一定会来的，会来救小人的！"

秦桧摆一摆手，让狱卒退下。狱卒看了看他，有些迟疑，可还是退去了门外。

秦桧这才走到王继先跟前，说："你可跟人说了什么？"

王继先："我只说是自己医术不精，用药不当，别的什么也没说。"

秦桧："很好，要是多说一句话，就算把老夫我牵连进来，老夫并不害怕。因为他赵构始终一心想结好金国，而老夫是在宋金间牵线的，宋金都需要我，所以老夫肯定是没有性命担忧的，而你，可就贱命难保了。"

王继先："小人知道，小人一定守口如瓶。"

秦桧："只要你守得紧，老夫答应保全你。"

王继先："丞相，小人出去还是御医馆的大御医，内廷的三品知事吗？"

秦桧："既然事情已经败露，能保全一条命就不错了。"

王继先："丞相，你当初答应过小人，只要小人照丞相的意思办事，丞相就能保我哥哥平安返宋，还保我一世荣耀。"

秦桧："没错，本丞相当初确实答应过你，但是本丞相现在要告诉你，其实，你兄长王立先早就不在人世了，因为他不肯投金，就被金人活活鞭死了。"

王继先："我的哥哥早就死了？你早就知道？

秦桧："是的。"

王继先："你这个老奸巨猾的家伙，你骗了我，你压根不是为了帮助我，帮助我哥哥，只是让我成为你阴谋控局的棋子，利用我！"

秦桧："没错。"

王继先："可我，不仅自己被你利用，还把我的亲侄女王娇娇也拉了进来，让她年纪轻轻的枉送了性命！"

秦桧："王继先呀，这几年你在内廷后宫也算得意了，还不是前呼后拥，恣意呼喝，可以说是冠绝人臣，你的威风几乎与我宰相一般无二了。如今既然事情败露，落下怙宠奸法的罪名，想回归过去，那是不可能了。你要做的就是，闭紧你的嘴巴，然后拖着你的残命，滚出杭州城，滚得越远越好。"

王继先听后，不理秦桧，却突然仰面大喊："哥哥呀，你是大宋的壮烈，而我成了任人摆布的一条狗，我好恨我自己呀，恨不得一头撞死了！"

秦桧听着，阴阴一笑，说："你是王继先，不是你的兄长王立先，你不会一头撞死，你没有你兄长那份血性与贞烈，要不，你当初哪里会轻易屈从于我，替我干了这么多年的坏事。好了，何去何从，你自己掂量吧。"

王继先："丞相呀，你狠！我答应你，什么都不说，求你替我把命留下来！"

秦桧听了，哼哼两声，说："本丞相到底没走眼，大事关头，你王继先总算还识趣。"

当下王继先招供，他为金人所收买，下毒弑杀宋室尊要。所有的毒计，只有他和他侄女王娇娇共谋实施，背后再不受他人指使。

秦桧便向赵构开口，说王继先既然受金人指使，要是杀了他，金人肯定恼怒。如今虽然岳飞攻下了金营，但金国国君获知宋国撕约，已勃然大怒，下令让大批人马南下攻宋。所以，万一战况有变，留下王继先，说不定还能跟金国讨个人情。

赵构一听金人要动重兵，吓得把一颗稍稍伸出来的头赶紧缩回来，哪里还有心思再计较王继先的罪，秦桧怎么说，那就怎么办。

于是乎，一代奸医王继先得到的惩处，只是流放福州，永不许返杭。

第二十章 壮志未酬英雄赴西 悬壶济世贞女长存

岳家军营中帐，岳飞、韩世忠、韩夫人梁红玉、邓元亮以及岳云和邓自明等在座。岳飞站立中间，又不时来回走动，只见他一只手紧握拳头，另一只手中拿一份簿册，正在看着。很快，岳飞的脸涨成了猪肝色，他说："这是前日一战，在完颜帐中缴获的记事本，看看吧，这上面都记了什么！"

岳飞把簿册递给岳云，岳云接了，照着上面的字句念起来。

"汴梁北归，得宋室妃嫔八十三人，王妃二十四人，帝姬二十二人，嫔御九十八人，王妾二十八人，宗姬五十二人，御女七十八人，近支宗姬一百九十五人，族姬一千二百四十一人，宫女四百七十九人，采女六百单四人，宗妇二千单九十一人，贵戚、官民女三千三百十九人。"

"三月八日，抵达相州时，适逢大雨不断，车帐渗漏，宫女到金帐避雨受侵，多毙。"

"三月二十六夜，长途鞍马，风雨饥寒，死亡枕藉，妇稚不能骑者，沿途委弃，抵达燕山时，活妇仅一千九百余人，且十有九病。"

"五日夜，大王完颜宗弼宴请手下将领，令宫嫔换装侍酒，有郑氏、徐氏、吕氏三女抗命不从，被当场斩杀，另一人因不堪侮辱，用箭头现时穿喉咙自尽，另有张氏、曹氏等三位女子，因不顺从少主完颜亨之意，竟以铁竿刺着，悬挂在营寨前，血流三日方才死去。"

"十一日，金兵摆设酒筵，威逼朱皇后、朱慎妃唱曲，朱皇后唱：昔居天上兮，珠宫玉阙，今居草莽兮，青衫泪湿，屈身辱志兮，恨难雪，归泉下兮，愁绝。"

"金天会六年八月二十四，徽、钦二宗及其后妃、宗室、诸王、驸马、帝姬易胡服，披羊裘，袒上体，祭太祖庙，行牵羊礼，礼毕，太宗诏赦，封徽宗为'昏德公'。封钦宗为'重昏侯'，后，妇女近千人赐禁近，韦、邢二后以下三百人留浣衣院。"

"二十五日，朱皇后自缢，被救，仍投水薨。"

帐中人听着，几个须发壮士、巾帼女杰，一时间都望北声号，泪喷不止。

岳飞："畜生不如呀，不杀金贼，不灭金国，我辈不配为人！"

韩世忠："如今岳家军已大胜金兀术，只消向北挺进，猛攻实打，直捣黄龙，不怕不消这千古奇恨！"

众人齐声："饥餐胡虏肉，渴饮匈奴血，收拾旧山河，朝天阙！"

慈元宫，吴皇后因为长日忧思，加上太后葬礼的劳顿，以及宫中大事小事的纷扰，也就又病倒了。

从嬉说："娘娘病了，奴婢去禀告皇上吧。"

吴皇后躺在病榻上，对着从嬉说："本宫这样的身体只会给皇上添堵，还误了后宫的事务，不如跟随太后去了，把位让给有能力的人。"

从嬉说："让茯苓姑娘给娘娘开药，一定能让娘娘好好的。"

吴皇后："无情的草木治不了有情病，本宫这病病在心里，今生今世，只怕再治不好了。"

从嬉："奴婢知道娘娘的病因，奴婢还知道一味好药，一定能治好娘娘的病！"

吴皇后："什么好药？"从嬉上前，在吴皇后耳边密语几声。

吴皇后听后，一下子坐起身来，好像病一下子没有了。

吴皇后："快，快，本宫要去见她！"

从嬉："娘娘，你还是躺着吧，她现在在福宁宫呢，奴婢先去禀报皇上，就说娘娘病了，请茯苓御医前来诊治。"

吴皇后："好，快去！快去！"很快，从嬉带着严茯苓来到吴皇后榻前。待严茯苓上前给吴皇后诊治，从嬉退去宫中众人，随手掩了室门。严茯苓给吴皇后诊过，说倒不是大恙，只是吴皇后忧思难抑，还是旧病。

这时候，从嬉说："茯苓姑娘，明明有一味能治皇后的好药，你为什么还不给开呢？"

严茯苓听着，倒还冷静，只说："从嬉姐姐，你不要多虑了，什么病症开什么药，我身为医者，自然心中有数。"

从嬉说："可我心急呀！"

吴皇后再起身，说："本宫更急！"

吴皇后一把抓过严茯苓的手臂，揭开她的衣袖一看，黑蝴蝶赫然在目。霎时声泪俱下，说："瑷瑷呀，我的心肝，你怎么这样狠心呀？"

严茯苓见事情已经全然摊开，摆在了自己娘亲的面前，她自己再也忍不下去了，一头扑进了母亲的怀里。母女两个抱头痛哭。

一时间，只觉得江湖决堤，涛起浪涌。这些年的经历，家仇国恨，出生入死，一桩桩一件件，只把这无尽的磨难、无边的痛苦、诉不尽的委屈全交付在泪水中了。末了，母女两个在从嬉的劝慰下，好不容易收住泪水。

严莩苓恳求母亲，继续替她的身份保密。因为，她说她还要给皇上，哦不，是她的生父治病。而父亲的病是痨病。要是挑明了父女的身份，让女儿替父亲治这病，是不是中间生碍，似有不妥呀。

吴皇后听着，觉得女儿说得有理，答应暂时保密，待女儿把她父亲的病治好了，再说明不迟。

严莩苓说她日夜研读《青囊经》《千金方》《素庵医要》这些古籍经典，齐古今医家的精粹，开出最适合父亲的药方，并相信一定能够治好父亲的病。

严莩苓说父亲的病好了，一定能带领宋国臣民，痛杀金寇，把北掳的众亲救回来，让大宋荣耀复国，从此普天安宁。

吴皇后真真没想到，自己日思夜想的爱女就在眼前了，已经长大成人，出落娉婷，而且还学医有成，胸怀家国，免不了又搂着女儿再痛哭了一场。

福宁宫，皇上赵构看来精神不错，只见脸现微红，衣整冠端，正坐在案前批阅奏章。宫人上前禀报，说是丞相进宫求见。赵构听后，点头答应。秦桧进殿，给皇上行礼。礼毕，说是拿到一份密报，十分重要，所以赶来面呈皇上。赵构便问是哪里来密报，如何重要。

秦桧竟然屏退殿中伴君的左右，才跟赵构说："皇上，这密报是金人送来的。"

赵构听了，脸上显露不屑，说："今日不比以往，以往听到"金人"两字就让人闻风丧胆，可今日我朝韩岳大军已大败金兀术，获得胜利，向北挺进，朕就等着他们直捣黄龙，收复中原，还我大宋。"

秦桧："可是皇上，金主闻知我们毁约出兵已然盛怒，放言要让三倍于原先的兵马力量直挥南下，全力攻打我宋朝廷！"

赵构听了，不由又皱起了眉头，说："金主真的大怒了？金国要增兵？三倍人马？这不是比当初攻打汴梁城的力量还要多？"

秦桧："皇上，正是这样。"

赵构："韩岳的人马能抵挡吗？"

秦桧："韩岳人马就算再厉害，只怕也难抵挡盛怒之下的滚滚铁骑。"

赵构："是这样呀？那，那朕要考虑一下。"

秦桧："皇上，这密报中，还有一件大事呀。"

赵构："说吧。"

秦桧："金人说了，要让太皇回朝！"

赵构："让我皇兄回朝？那可是大喜事呀！"

秦桧："皇上呀，您要慎思呀。您虽然已遥尊您的兄长钦宗皇帝为太皇，可他并不曾下旨逊位。要是他真的回来了，那他就不是太皇了，而是皇上！"

赵构："他是皇上？那朕呢？"

秦桧："皇上，到时候恐怕您只得还位于您的兄长，因为他才是名正言顺、天下归心的大宋皇帝，而您不过是临时居位。"

赵构听了，喃喃说："丞相说得没错，朕，朕是临时居位。"

秦桧继续说："要是钦宗皇上念手足之情，与你平和相处还好，万一他忌惮于皇上您的威望，一山不容二虎，一朝不容二君，到那时候，不知道钦宗皇上会怎么对待您。只恐怕，天下再没有皇上您的立锥之地了。"

赵构："一山不容二虎，一朝不容二君，对，对！朕怎么就没想到呢？"

秦桧："皇上现在能够想到，还不迟。"

赵构："丞相呀，那朕怎么办呢？"

秦桧："金人在密报中说了，只要皇上阻止岳飞北进，那么什么都好说，宋金就能够平和相处，相安无事。"

赵构："好吧，那朕马上下旨，让岳飞停止北进，班师回朝！"

秦桧："皇上也不能火急，务必要张浚、韩世忠等人先班兵，孤立岳飞，再颁旨说是宋金已再度议和，要岳飞受旨班师。要不，凭岳飞的性情，只怕万万不肯依从。"

赵构："丞相想得周全，就按照丞相的主意办。"

岳家军营，岳飞父子和邓元亮等人在帐中商议向北挺进的军事，兵士通知，说是有岳府家人来到。岳飞听说府中人到来，脸上疑惑一会，答应让人进来。

家人进帐，带着哭腔禀报："岳将军，少将军，太夫人她，她老人家亡故了！"

原来是，岳母老夫人西逝了。岳飞一听母亲逝去，不由跌身坐倒，潸然泪下。岳云扶住父亲，一同落泪。要知道岳飞与母亲情深如海。岳母老夫人义薄云天，刺字励儿，保家卫国。儿子岳飞壮怀激烈，爱国敬母，拼却性命。

邓元亮："岳兄节哀，老夫人仙逝，你和云儿赶紧回去奔丧，敬送老夫人魂归九天。这军营的事，就暂且放下吧。"

岳飞："不行！宋金两兵交战，正在锋眼上，这个时候，我们父子怎么能离开？让家人操持安葬我母，待我军攻下金国都，灭光金贼，我岳飞再回去给母亲焚香磕头！"

邓元亮："母丧不归，这，这能行吗？"

岳飞："我母大义，要是天上有知，一定勉励儿孙舍家为国，厉兵杀敌！"

岳云："父亲，孩儿恳求，替父亲回乡尽孝，为奶奶送葬归仙。"

岳飞："我儿是个孝子贤孙，由你代替父亲送奶奶一程，也好。"

岳云告别父亲和岳家军众将士，快马还乡。

岳府大门外，远远看去一片素白。岳云赶到，跃身下马，箭步朝着家门冲去，扑向灵堂。垂着白幔的灵堂里，停放着黑大的灵柩。爱你的人，你爱的人，走了。慈容不在，仙音已渺。胸怀家国大义，却深深爱子疼孙的岳母老夫人，寿终驾鹤了。

岳云进堂，扑倒在祖母的灵柩前放声痛哭。其情切切，其声哀伤，祖孙连心，生死离别，让闻者无不动容。一位麻衫素裹的妇人，过来轻轻拉住岳云，劝慰着说："相公，节哀。"原来是巩氏。

看来，这岳府中平时侍老扶幼、老夫人仙逝后入殓布置以及对来往吊唁者的迎来送往，都是她巩氏在操持。

一位年纪轻轻的女子，得以嫁入岳府，成为名动天下的大将军岳飞的儿媳，少将军岳云的妻眷，真是三生有幸。然而新婚之夜即受丈夫冷落，所有的憧憬一夜间都化作了泪水。只是她依旧无怨无悔，只认夫家是己家，只知丈夫是那参天树，为妻不过攀树藤。一门心思侍奉祖母，调教幼叔，淑贤持家，默默付出。岳云想到这些，不由朝巩氏的脸看了一眼。看到的，是一朵雨洗梨花。

是夜，在房中，巩氏悄悄挨近岳云，在丈夫的背后轻声说："相公，祖母太夫人临终前说，最遗憾的是没能抱上曾孙，祖母还说，希望孙儿孙媳你我早日有后，以此告慰岳家先祖于九天。"

岳云听着，慢慢地回转了身子，定定地看一看眼前人，似乎在隐隐中还是叹了口气，却终于拉住了她的手，熄灯入帐。

宋宫，秦桧替赵构拟好圣旨。赵构过目，默许。秦桧连忙盖上敕命钤印。送信的宫人慎重接过圣旨背在身上。

赵构拿出一块金牌交给宫人，再说："八百里加急，务必亲手将圣旨与金牌送达岳将军手上。"

宫人："是！"宫人走后，秦桧对赵构说："皇上，依岳飞的禀性，老臣估计就算接到圣旨与金牌，怕是还不肯轻易罢手。"

赵构："要是这样，朕再传金牌！"

岳家军营，岳飞铠衣外面罩了白衣素袍，面南而跪，抵石磕头，一而再，再而三。看来，军中男儿，只能以遥祭的方式，来拜别至亲了。岳云策马赶到，步入营中，陪伴在父亲的身后。

岳飞遥祭礼毕。岳云叫了一声父亲。

岳飞问儿子："祖母已经入土？家中都妥当了？"

岳云："祖母有遗言，先厝柩停放，待收复故土、大宋光复之日再入土！家中都好，妥当了。"

岳飞："我母岳太夫人人死真神在，荡气写春秋，是千古高义之人！"又说，"只是家母已逝，家中巨细，都只能指望长媳了，真是苦了她。"这时，守卫报告，说是宋廷来人，带来了皇上的圣旨。

即刻，宫人入营，取出圣旨。

宫人宣旨："今大宋已和大金议和，边境无事，即着尔岳飞带领全军立刻回兵进京，加封官职，三军有功将士俱有升赏，钦此。"岳飞一听旨意，简直不相信自己的耳朵，圣旨说让自己领军回兵，这，这是自己听错了吗？

岳飞不由朝宫人惊问："这个时候，正是我军节节胜利，金兵步步败退，怎么又是宋金议和？还要我岳家军班师回朝？这旨意是真是假？"

宫人："岳将军怎么可以怀疑圣旨？这圣旨还是皇上亲拟的，千真万确！皇上还一再嘱咐，请将军接旨后，务必立刻班师回朝。"

岳飞："立刻班师回朝？实在是叫人难以置信！"

宫人当下拿出金牌，说："皇上说了，命岳飞即刻带兵进京，不得迟缓，见到金牌，如见朕面，立刻照办！"

岳飞："金牌相催？"

邓元亮："岳兄，皇上说了，见到金牌如见君王面，这可是十万火急的事情呀！"

岳飞："战事在节骨眼上，复宋灭金在此一战，怎么可以轻易收手？不行！我岳飞不会退缩半步，岳家军也绝不想后退半步！"

这时邓自明进帐，报告岳飞说："岳将军，接到韩将军密报，说他和张元帅都已接到皇上的金牌，张元帅已经班师回朝，韩家军也快坚持不住了。"

岳飞："就算只有岳家军一支队伍，也要与金人决战，血战到底！"便对着颁旨的宫人说："公公请先回去，即时禀报皇上，就说我岳飞心中只怀大宋，所做的一切只为大宋复国。现在让岳家军罢兵，恕岳飞不能从命！将在外，君命有所不受！"

可是，先来的宫人还没转身，紧接着又有执旨宫人赶到，快步入帐，直冲岳飞高喊："第二道金牌到！"

马上，"第三道金牌到！"

······

"第七道金牌到，再不火速返京作叛逆论处！"

"第八道金牌到，命你速即起身，若再迟延即是违逆圣旨，立斩不赦！

"第九道金牌到！"

······

"第十二道金牌！"

一天之内，十二道金牌。

邓元亮："岳兄呀，一天之内十二道金牌，这可是大宋从来没有发生过的事情，我们该怎么办呀？"

到达的宫人齐声说："岳将军再不受皇命，不班师回朝，那就是执意叛君，就是逆将！"

岳飞终于动摇了，他说："我岳飞生为大宋的忠良，死也是大宋的鬼。多年来出生入死，一心只为精忠报国，皇上已经送达十二道金牌，我岳飞再不从皇命，就真成了逆君逆朝廷的叛贼，不，不能这样，返京吧……"

邓元亮："岳兄，你要是返京，就算皇上念你旧功放过你，只怕朝中那些奸臣不肯放过你呀。"

岳飞："君要臣死，臣不得不死！邓弟，营中事务先交给你了，我与云儿先快马进京，面见皇上，向皇上陈述宋金形势，力求皇上取消停战旨意，让岳家军继续北上灭金！"

邓元亮："岳兄，一定要保重！"

岳飞朝邓元亮抱拳："谢邓弟，你和自明贤侄也要保重，云儿，备马。"

《宋史·岳飞传》——岳飞，字鹏举，相州汤阴人。少负气节，沈厚寡言，家贫力学，尤好《左氏春秋》、孙吴兵法。生有神力，未冠，挽弓三百斤，弩用石。学射于周同，尽其术，能左右射。同死，塑望设祭于其家。父义之，曰："汝为时用，其徇国死义乎！"

宣和四年，飞应募。康王至相，飞因刘浩见。康王即位，飞上书数千言。

建炎二年，战胙城，又战黑龙潭，皆大捷。

三年，飞战于清河。

四年，兀术攻常州，飞单骑入其营。

绍兴元年，张浚请飞同讨李成。

二年，命飞权知潭州。

三年，帝手书"精忠岳飞"字，制旗以赐之。

四年，飞渡江中流，与王万夹击之，连破其众。

五年，飞入贼垒，余酋惊曰："何神也！"俱降。

六年，太行山忠义社梁兴等百余人，慕飞义，率众来归。

七年，飞方图大举。

八年，还军鄂州。

九年，以复河南，大赦。飞请以轻骑从洒埽，实欲观衅以伐谋。

十年，大军在颍昌，诸将分道出战，飞自以轻骑驻郾城，兵势甚锐。兀术大惧，会龙虎大王议，以为诸帅易与，独飞不可当。

十一年，谍报金分道渡淮，飞请合诸帅之兵破敌。飞策金人举国南来，巢穴必虚，若长驱京、洛以捣之，彼必奔命，可坐而毙。师至庐州，金兵望风而遁。

时和议既决，桧患飞异己。

兀术遗桧书曰："汝朝夕以和请，而岳飞方为河北图，必杀飞，始可和。"

桧亦以为飞不死，终梗和议，己必及祸，故力谋杀之。

……

杭州城外，秋时已到，满耳是迁雁南飞的哀叫。放眼远眺，见由北向南的官道上，风卷四野，落叶纷飞，一派草凉木凄的景状。两匹军骑，也是由北向南而来。马蹄声里，尘土飞扬。马背上，两名背挺腰宽的男子。近前，看清了，正是岳飞和岳云父子两个。

宋宫门外，岳飞父子下马，向守卫禀告，要求进宫面见皇上。守卫答应禀报，却突然朝天吹了个口哨。

桂枝正好经过，看到岳飞和岳云。因为她与严茯苓同去军营行医时与岳家父子相识，正想上前问候。只见宫门内外，一下子拥出许多侍卫，全都朝岳家父子冲去。看来众侍卫早有准备，埋伏等候，一个个拿刀带剑，叠成人墙，里三层，外三层，把并没有带兵器的岳家父子团团围住了。

桂枝见状，不敢停留，拔腿就跑。

岳云和父亲抵背而立，一面说："父亲，看来皇上不会放过我们了，大势不好。"

岳飞："云儿，别担心，你的父亲岳飞精忠报国，千古忠良，你岳云少年英雄，为国杀敌，气壮山河，就算皇上受奸人蒙蔽，错怪你我，但相信迟早能辨明是非，还我们父子以清白！"很快，岳飞父子被众侍卫绑缚。随后，闪出秦桧的一张奸脸。

秦桧吩咐众侍卫："押去司刑房！"

御医馆中，严茯苓的面前摆着一大堆瓶瓶罐罐。只见她轻步上前，从这瓶中抓一把，又在那罐中择一些。姑娘看起来心情不错，眉宇舒展，俏唇边似乎还泛有盈盈笑意。

严茯苓自语："待岳家军北定中原，佛佑求父皇母后赐婚，让佛佑与云哥哥结百年之好，佛佑不要正妻的名分，只要一辈子陪在云哥哥的身边。"

这时，却见桂枝飞奔而来，奔跑得很急，直喘粗气，一时说不出话来。

严茯苓："桂枝呀，我在给皇上配药呢，皇上吃了我的药，病情已经转机了。"

桂枝喘了一会，才慌张地说："茯苓，大事不好了，岳将军，还有少将军，他们，他们……"

严茯苓："岳将军他们怎么了？"

桂枝："他们被抓起来了！就在刚才！宫门外！"

严茯苓一听岳家父子被抓，不由大惊，手中的药跌下来撒了一地，她说："谁敢抓岳将军他们？"

桂枝说："还有谁呀？茯苓，快去，去告诉皇后！"

严茯苓连忙点头，说声："哎——"一脚踢开药罐，飞跑出门。

慈元宫中，吴皇后正襟而坐，脸上凄然。严茯苓跑进来，对着吴皇后，焦急地说："娘娘，母亲，有人抓了岳飞将军和岳云少将军！"

吴皇后："瑗瑗，母亲已经知道了，他们已经被投进狱中。"

严茯苓："这么快就被投进狱中了？什么罪名？"

吴皇后："叛逆。"

严茯苓："天哪，岳家父子那是天大的忠臣呀！怎么可能是叛逆！"

吴皇后："欲加之罪，何患无辞。"

严茯苓："母亲，你一定是明白的，岳家父子不是叛逆，绝对不是！你就想办法跟皇上说说，让皇上放了他们吧。"

吴皇后："瑗瑗，我的孩子，你也应该知道的，母亲虽然身为皇后，却不过替父皇操持内宫的事务，对外廷的一切，是不能过问的。"

严茯苓："那怎么办？眼看着忠良父子被人陷害吗？"

吴皇后："孩子，不妨你趁现在向你的父皇表明身份，让他欣喜，再求求他，或许，还有收效。"

严茯苓："好！我现在就去找他！"

福宁宫，赵构卧榻休息。严茯苓进来，什么话也没说，一下跪在了赵构的榻前。

赵构："茯苓御医，朕正要让人找你呢。朕吃了你的药，身体里有生机了，朕要好好感谢你呢，你就免礼吧。"

严茯苓："皇上，我有罪。"

赵构："你帮朕除去了恶医，还尽心为朕治病，何罪之有呀？"

严茯苓："我不该长久隐瞒自己的身份。"

赵构："你的身份？你有什么身份？你不是严之慎严太医的女儿，严才人的姐妹吗？"

严茯苓："我是严之慎的义女，我的亲生父亲，是您，皇上！"

赵构："是朕？你，你是？"

严茯苓："我是您的女儿，赵佛佑。"严茯苓说着，主动揭起衣袖。洁净如藕的手臂上，一只墨蝴蝶，欲飞欲翔。

赵构从榻上一跃而起，朝严茯苓看了又看，突然大叫一声："天哪，你真的是瑗瑗，朕不是在做梦吧？"父女两个，四目相对。

霎时间，都不由忆起了昔日康王府中的欢歌与笑语。赵构把小瑗瑗举起来，举过头顶。瑗瑗的笑声，穿过春树繁华，阳光一般灿烂。赵构拉着严茯苓，高兴地说："太好了，朕有女儿！朕有骨肉！朕没有断后！严茯苓仿佛又见到了昔日朝气勃发的父亲，又得到了厚宽温暖的父爱，也不由唏嘘不止，泪染父襟。

赵构："瑗瑗，再不要走了，哪里都不许去。从此陪伴在父母的身边，父皇要好好补偿你，把最好的东西都给你，统统给你！"

严茯苓："父亲，女儿什么都不要，女儿只求父亲一件事。"

赵构："说吧，只要不是让你父亲爬上天去把月亮摘下来，什么事都答应你，别说一件，一百件一千件都行。"

严茯苓："求父亲放了岳将军父子，他们是好人，是大宋的忠臣。"赵构听着，不由皱起了眉头，沉思了一会。

严茯苓一见，赶紧问："父皇，你不肯答应女儿吗？"

赵构终于点头了，坚决地说："好！父皇答应你！什么都答应你！朕的佛佑公主想要什么，朕都满足！"

严茯苓听见父亲答应放过岳飞父子，不由笑起来，还好好地给父亲磕了个头。严茯苓还跟父亲要求，先不要急着公开自己的身份，自己还想继续医职，继续为父亲治病，直到父亲病愈。

赵构也就答应了。

秦桧家密室，秦桧垂袖而立。在他的面前坐着一个黑衣人。只见黑衣人面朝内方，背对秦桧而坐。

秦桧："老臣听从大王和少主的吩咐，已经将岳飞父子投入死牢。"这时黑衣转过身来。一看，正是金少主完颜亨。

完颜亨："你干得不错，金主和父王都称赞了，接下去，不能有丝毫放松，一定要取下岳飞的命！"

秦桧："老臣已经让司刑房对岳飞父子严刑拷打，要他承认逆反，但岳飞父子都是硬骨头，打死也不肯承认。"

完颜亨："父王说了，你秦桧有的是办法，岳家父子栽在你的手里，你肯定能取下他们的头颅。"

秦桧："老臣尽力，老臣也恳请大王和少主事成之后，请大金辅佐信王赵璩为宋国皇上。不瞒少主，这赵璩其实并不姓赵，他实为老臣我的骨肉。"

完颜亨："那好，灭了岳飞父子之外，把赵构与赵眘也灭了。赵构虽然还算听话，但是软骨头善变，时不时出尔反尔，赵眘既然也不在你我队列中，那么就除掉，统统除掉。"

秦桧："谢完颜大王，谢少主，请大王和少主放心，老臣一定把事情办好。"

福宁宫，赵构笑逐颜开，看来还沉浸在爱女失而复得的喜悦中。一时宫人进报，丞相秦桧入宫面圣。

秦桧："皇上，岳飞父子的事，老臣都安排下去了，请皇上下一道圣旨，择日开斩。"

赵构："斩了岳飞父子？不，不，朕不能这么做，朕已经答应了，要放过岳飞父子。"

秦桧："皇上！皇上你要不照着金人的意思除掉岳飞父子，那么，金人怎么会善罢甘休？皇上，你就不怕失去现在的所有吗？"

赵构听了，不由得怔住了。

秦桧："皇上呀，想一想吧，刀下闪身，月黑奔逃，湖海漂泊，舟劳船顿，食不果腹，衣不遮体，那一桩桩，一件件，就在眼前，那样的日子，哪里是人能过的？"

赵构："可是，朕已经答应了，为难呀。"

秦桧："老臣也不问皇上答应了谁，要是皇上觉得为难了，那么一切就交给老臣来办。"

赵构："那好吧，丞相来办，朕装作不知道。"

秦桧："皇上，还有一件事，老臣听说太子长期以来身体欠佳，特意让家人泡了一坛滋补壮身的药酒，想带给太子试试。"

赵构："丞相真是大宋良臣，不仅替朕解忧，还为太子操心，朕真是感谢你呀。那就请丞相把药酒带给昚儿，助他强壮。"

太子殿内室，秦桧抱酒进殿，参拜过太子，说明来意。赵昚也便道谢还礼。这时候，秦桧亲手倒了酒要赵昚喝下。赵昚连忙推让。秦桧见殿下无人，竟然要给赵昚强灌。赵昚对秦桧虽然有提防，但没想到他会这么猖狂，眼看着要被灌下药酒。

赵璩刚巧过来看望哥哥，撞见了眼前一幕，不由分说，上前拉秦桧，却没能拉开，也就再不管不顾，扑上去朝人猛咬了一口。秦桧受痛，只得放开了赵昚。

秦桧虽然松了手，却不肯罢休，指着赵昚跟赵璩说："你知道他是谁吗？他是你的拦路石！是你的死敌！只有除了他，龙椅才能由你来坐！"

赵璩："他是我哥哥！我不要坐龙椅！"

秦桧指着赵璩，大声叫道："小子，你别不识好歹，你知不知道你是谁的种？谁才是你的亲爹？"

赵璩拂开秦桧的手，冷冷地说："我爹死了！"

秦桧不肯罢休，一把抓住赵璩，厉声说："小子，我才是你的亲爹！快帮你爹除掉赵昚这个杂障！"这时，严茯苓进了太子殿，听到争吵声，赶到内室，看清了眼前发生的事情，不由朝秦桧惊呼："老贼，你要干什么？"

秦桧见又有人来，不免惊慌，却还是不肯作罢，一眼瞧见壁上悬剑，上前一把抽出来，直指着太子赵昚。秦桧恶狠狠地说："你们再上来，我马上取了他性命！"

这时候赵璩竟然不惧怕，大声说："你要杀就杀我吧，不要伤害我哥哥！"

秦桧对着赵璩说："小子，你爹我就是死了，也要替你除掉这个障碍！"

赵璩并不听秦桧的话，他和严茯苓一左一右，用身体挡住利剑，护住太子。

而秦桧手中的剑，就直朝严茯苓刺去。危急间，只听到门口一声喝断："住手！"是严才人带人来了。

秦桧一惊，还是一剑刺去，但是剑尖失准，并没有刺中严茯苓，他自己反而一个趔趄。

严才人："秦桧，你身为宰相，这样大胆，竟然敢行刺太子殿下？"

秦桧这才丢下手中剑，却说："是这几个目中无人，串通了要祸害老臣，老臣被迫，才不得不还手。"

严茯苓："秦桧，这个奸猾的老贼，什么话都说得出来！"

秦桧："一个小小的女医，哪有你说话的分？"

严才人："那么我来说吧，我说，既然在太子殿中犯事，怎么处置就由太子决断发落！"

赵昚："我与璩弟见丞相平日过于严谨，就趁他来殿中送药酒，故意和他开个玩笑，没想到丞相不善于开玩笑，被我们惹急了，才出现大家所见的情态。"

赵璩听着，一下皱紧了眉头，惊呼："哥哥——"

严茯苓也不解，问："殿下，你这是怎么了？"

赵昚："丞相，你事务忙，别在我殿中多耽搁了，忙你的去吧。"

秦桧也没想到太子赵昚遇事竟然这样处理，一定被惊慌了心神，也就连忙给赵昚行了个礼，退身往外走。

严茯苓见秦桧走了，不由跺着脚追问："太子，你为什么轻易放过他？为什么不把他趁机关押起来？你也是知道的，他秦桧是个天大的恶人！"

赵昚："他是父皇最信赖的人，在目前的前庭后宫，只要有父皇庇护，谁能动得了他呀，我，只有忍了。"严才人听着太子的话，只有点点头。

严茯苓到底不解气，追出去冲着秦桧的背影，大声喊："老贼，你听好了，别再痴心妄想了，信王他姓赵，是皇上的儿子，太子的弟弟与你压根没有关系！"

赵昚听严茯苓说这样的话，倒是不解，问："茯苓姐姐，你说什么呢？"

严茯苓："这话，老贼听得懂！"

赵璩听着，却潸然泪下，说："都是我不好，差一点害了哥哥。"

严才人一笑，对赵昚和赵璩说："你们两个是好兄弟，一定要做到互帮互助，互敬互爱，亲如手足。"严才人说着，取出手帕替赵璩拭泪。赵璩看着手帕上的莲花，更加悲来中来，哽着声音叫了一声："娘亲！"

严才人："璩儿，你认识这手帕？这花是你娘亲绣的？"赵璩点点头。

严才人："好璩儿，你要是不嫌弃我年轻无为，往后，我就是你的娘亲。"赵璩听了，一头扑倒在严才人怀里，叫唤一声："娘亲！"赵昚和严茯苓看着他们，都展眉笑了。

朝堂外宫阶上，秦桧和张浚等人冠戴整齐，一步步朝堂前走去。

张浚招呼秦桧，说："秦相留步，听说秦相给岳飞定了叛逆的罪名，真有其事吗？"

秦桧："岳飞谋逆，莫须有吧。"

张浚："莫须有？那到底是有还是没有？这样的说法，能让人信服吗？"

秦桧："有，还是没有，并不重要，只要是把人放了，那就是没有，而要是把人斩了，就是有。"

张浚："你想斩了岳飞父子？"

秦桧："你张相不想吗？"秦桧说完，昂头扬长而去。

张浚愣在原地，看着秦桧的背影，不由紧了紧自己身上的衣服。说什么两朝元老，道什么当今重臣，看起来，倒像是身心俱寒。

军营帐中，韩世忠怒发冲冠，手提大刀要往帐外冲。夫人梁红玉死死拉住丈夫，不让他鲁莽出帐。

韩世忠："我岳兄弟为大宋出生入死，身经百战，没有死在战场，倒要死在昏君奸臣的手里，待我韩某冲进宫去，劈了昏君奸臣！"

梁红玉："夫君呀，那奸贼巴不得你有动向。只要你我稍有出格，他们就会趁机挑事，取了你我夫妻的性命，去除异己，独揽内外，从此一人独大。所以，这个时候你我一定要清醒冷静，万万不能趁了奸贼的心愿呀！"

韩世忠："那要我眼睁睁地看着兄弟丢了性命？"

梁红玉："你我要是活着，还能看见奸贼的下场，还有机会替岳兄弟报仇，而要是死了，是非曲直，谁来分辨？要是真没人了，那不是家国万事全由奸贼说了算！那么，天下将黑作一团了！"

韩世忠："夫人，我韩某咽不下这口气！"

梁红玉："咽不下，也得咽！作恶多端，终有一报，不是不报，时辰未到！"

韩世忠："夫人，你说得没错，我韩世忠听夫人梁红玉的，现在必须把什么都忍下，还要主动退出朝政，避开纷争，忍辱保命，苟且偷生，只有这样，才能在来日看着秦桧这类千古奸恶，是怎样受人鞭挞唾骂！"

梁红玉："没错！"

慈元宫中，严茯苓和吴皇后母女两个依偎而坐。两个人的脸上，都带着笑容。

严茯苓："母亲，父亲已经答应女儿，要放了岳飞父子。"

吴皇后："女儿进宫多时，面对亲生父母一直隐瞒，而如今，竟然违心祖明，全力奔走，可见，这岳家父子在女儿心中的分量是如何巨重。"

严茯苓："母亲，他们在大宋的分量才更重啊！"

吴皇后："是啊，不过母亲看得出来，女儿对他们的情怀，恐怕不仅仅是皇室公主对将士的偏护，也不仅仅是民众对英豪的爱戴，只怕，女儿另有心思。"

严茯苓："母亲，你说什么呀？"

吴皇后："我们的暖暖已经长大成人了，儿女长大成人，当然得考虑终身大事了。我的好女儿，稍待时日，母亲再禀请父皇，为我们的佛佑公主恢复冠戴。

然后呢，父皇母后，你的亲生父母，也就应该为你的婚嫁大事操心了。"

严茯苓："母亲，女儿安心陪母亲和父皇，才不要嫁人。"

吴皇后："终身不嫁？陪双亲？一张小嘴，说得好听，连你的鼻子都不相信呢。你看你看，你这眉毛间眼睛里，都明明白白写着，早就有心上人了。"

严茯苓："母亲，女儿要是真有了自己的意中人，你和父皇会同意吗？"

吴皇后："只要瑗瑗高兴，父皇母后哪里会不同意？怕是高兴都来不及呀！"

严茯苓幸福地笑了，说："女儿等着这一天。"

牢中，岳飞和岳云父子两个，戴着枷铐，席地而坐。

一道白光，从狭窄的窗间射进来，照在岳飞的后背。就在这伤痕遍布的脊背上，纹有大字，赫然现出四个，工整而深刻：精忠报国。

岳云来到父亲的身边，替父亲披上衣衫，轻轻地整理好，然后，偎着父亲坐下，把头靠在了父亲的臂膀上，像小时候一样。岳云对着父亲，幽幽地问："父亲，我们还会有沙场杀敌的一天吗？"

岳飞蹙着眉头，却神情果毅，说："云儿，只要心在沙场，你就能感觉到，自己的人仍然在沙场，永远都在！就算像你我父子这样身陷囹圄，也不会有丝毫在意。你我心中只需记住，意志类坚铁，魂魄同日月，为国而生，为国而死，死而无憾。"

岳云："可是我们父子是遭到了奸佞的陷害，想想南征北战这些年，从来不惧金人的铁蹄鬼头砍刀，一心想要报国，想要马革裹尸，却哪里想到，被关进了大宋自己的牢里，所以，孩儿我的心里，实在是憋屈呀。"

岳飞："云儿，人间自古正邪同在，邪总攻正，摧正，毁正，但是最终，邪压不了正！我们父子天地忠心，就算受害而亡，但相信忠心照日月，一定会有拨开黑云见朗月的一天。"

这时候，牢门打开，狱卒进来。狱卒低头打开牢门，让岳飞父子走出来。狱卒一面捧上两杯酒水，含泪说："岳爷，小爷，小人也知道，两位爷是顶天立地的大英雄，是大大的忠良。可如今奸人当道，实在没有办法，所以，小人只好奉上一杯薄酒，让两位爷喝了，好上路。"

岳飞："小哥，谢谢你的心意，我们父子领了！"

岳飞和岳云，接过狱卒手中的杯子，仰头一口喝下。

一起把杯子摔了，大步朝门外走去。

杭州城中风波亭，只见亭外四周，那眼前，只见落木萧萧，枝压残雪，风卷寒岁，四野呜咽。头顶处，更是天幕低垂，暮云摧城。

岳飞父子，被带到亭中。在他们的面前，是两具架子。绞刑架。

福宁宫，秦桧来到赵构面前。

秦桧："皇上，老臣都安排好了"

赵构："真的要杀了岳飞父子？"

秦桧："是的，已经将人押去风波亭，即将施刑。"赵构听着，微叹了一口气。

严才人刚给赵构送点心，听到赵构秦桧君臣两个的对话，不觉手中点心脱落，撒了一地。严才人顾不上收拾，拔腿就走。

慈元宫外，严才人脸失桃花，姿态全无，一路跌撞跑来，来不及要人通报，一头朝宫里跑去。

严才人来到吴皇后和严莯苓面前。

严才人："不好了！不好了！岳将军和少将军被押上刑场了！"严莯苓一听这消息，一下晕倒。

吴皇后："赶快，赶快施救呀！"七手八脚，赶紧掐严莯苓的人中。严莯苓醒过来，发出一声凄厉的大叫："父皇，你好狠心呀！"

宋宫祭庙的高台上，严莯苓身着公主的衣装，临高站立。只见得风吹衣袂，摇摇欲坠。一时间，宫中众人，齐齐赶到台下。

皇上与皇后也来了。严莯苓站在高台之上，面对台下乌合众人，大声地喊："我的名字，叫赵佛佑，是当朝皇帝赵构和皇后吴蠡采的亲生女儿！"

"我是大宋的公主！"

"本公主在此发话，要是父皇不肯马上下旨，将岳飞岳云父子无罪释放，那么，本公主马上纵身，从这高台上跳下，以当朝公主的身份为岳氏父子殉葬！"

台下，吴皇后赶到，一听女儿要跳下高台，马上哭倒在地，苦苦相求，说："瑷瑷呀，我的女儿，我的心肝，我的性命，你好不容易回到父母的身边呀？怎么可以再丢下父母？你要是跳下来，母亲我也跟你跳！"

赵构也急了，说："好女儿，你快下来，有话好好说，父皇都听你的！"

严莯苓："我的父皇，大宋朝的皇帝，你言出不行，出尔反尔，听信佞言，谋害忠良，你是一代昏君！是千古大罪人！"

赵构："女儿，你骂吧，父皇不怪你，可你是父皇唯一幸存的骨肉，你快下来吧，千万不要出事！"

严莯苓："我再说一遍，不马上放了岳飞父子，我就跳！我粉身碎骨！我万劫不复！"

赵构听着，咬了咬牙，说："好！女儿，父亲答应你！父亲你给金牌，见到金牌，如见君面！你马上拿着金牌赶去刑场，让他们刀下留人！"赵构拿出金牌，朝严茯苓高高举着。严茯苓看见，不再多想什么，连忙走下高台。

杭州城从宋宫通往风波亭的道路上，严茯苓身骑白马，手举金牌，一路风驰电掣般奔跑，跑向刑场。严茯苓一路高呼："金牌在此，刀下留人！刀下留人！"

风波亭的绞架前，绞绳已套上了岳飞父子的项脖。眼看着只要机关一动，这父子两人，英雄一双，就会套颈悬空，从此远离沙场，只赴黄泉。

命悬丝线！千钧一发！

这时候岳云隐隐看见，前方一道雪白的身影，像仙女，像轻云，又像梦境。飞翔着，舞蹈着，飘扬着。由远而近，来了。一点点地清晰，一点点地闪亮，一点点地明媚。来了。隐约间，听到，一个熟悉的声音，在喊，在大声地喊。

"我是大宋公主，我是赵佛佑。本公主手执父皇亲赐的金牌，要求马上面见岳飞将军和岳云少将军，谁敢挡本公主的路，格杀勿论！"

岳云听清了，对着父亲岳飞，高兴地说："父亲，是茯苓姑娘！"

岳飞说："父亲也听到了，确实是茯苓姑娘来了，没想到这位医术高超、心地善良的茯苓姑娘，竟然就是当朝公主赵佛佑。"

岳云："她是佛佑公主？不，她是女医严茯苓！"

岳飞："她是位好姑娘，而且对我儿有情有义，要不是父亲我横阻，说不定她当年就与我儿你义结姻缘。"

岳云："要是有来生，孩儿想和茯苓姑娘在一起，不为别的，因为两心相许。"

岳飞："要是活着走出刑场，云儿，你们不必等到来生，相信长媳巩氏贤良，不会阻拦。"

岳云："不，父亲，今生已经错过，孩儿对家妻巩氏定不相负！"

岳飞："忠义孝悌礼信，确是我岳家的家风，希望儿孙永继！"

岳家父子在刑场里，言语间谈论的不是生死，而是如何对待情缘，以及为人的信念。只是，只是所谈所议，此时的严茯苓并不知道。而她严茯苓心中，此时只响着一个声音，那就是大宋没能失去忠臣良将！人间不能没有飞云！

救人！是的，岳家父子是生是死，只能看严茯苓的了。哦不，是看佛佑公主！

公主出马，金牌在握，理当可以扭转乾坤。只要乾坤扭转，谁都知道，接下去的事情，会是什么样的场面。

那是，岳家父子一脚走出那夺命风波亭，马上一声呼喝，八面威风再起。紧接着，马不停蹄！只争朝夕！挥斥方遒！震天撼地！

挥师北上，澎湃汹涌！

千万金贼，闻风胆裂！

驾长车，踏破贺兰山缺。

壮志饥餐胡虏肉，笑谈渴饮匈奴血。

待从头、收拾旧山河，朝天阙！

那么大宋，也将从摧枯拉朽的境地里，圮壁回立，倾柱归耸，恢复大宋国巨人的姿势，从而，在千万年的历史长河中，再铸辉煌，续书荣耀。

可是，就在这千钧一发之际，秦桧安置下的爪牙说话了。

他说："宰相有令，遇有意外状况，必须提早行刑！"紧接着，一声令下。

"动刑！"

施刑者听令，无疑是头顶泰山动，泰山压顶来，也就不由自主地抬手，双手抖抖，手触机关。一触，即发！只见亭中踏板即刻陷落。板上之人，同时陷落。

只是，人的脖颈间，束着绳索。人体下落，往下一顿，立马绳口收紧了。顷刻之间，只见岳飞与岳云父子两个绳索勒颈，双双悬挂！

严荻苓赶到时，只听得施刑者一声："刑毕！"去了。去了。去了。

英魂烈魄，悠悠何在？冥阳之间，一定听到了一声女子的呼喊，刺穿了杭州城，刺伤大宋国，直直刺入千年万古，万古千年的民族心魂。

"岳将军！云哥哥！"

岳府，只见门歪桌斜，庭里院外一片零乱。看来，岳府被抄家了。昏君与奸臣，誓要把忠义之家赶尽杀绝。

白雪，漫天的白雪，纷纷而下。这从天而降的雪，把岳府以及整个宋国的南山北土素裹起来。就好像一道天幔，为岳家父子戴孝了。

一位年轻的妇人，麻衣束草，手执孝棒。她，是巩氏，岳飞的长媳，岳云的妻子。看，她的小腹已经隆起来了，高高隆起来了。那腹中孕育的，一定是一位姓岳的小子。父亲岳云早早为腹中儿定下了名字，叫甫。岳甫。

回到宋宫，进入御医馆，只见严荻苓披散着头发，满脸是汗，一双手拿着个大锤，将手中大锤朝眼前的瓶瓶罐罐砸去。瓶瓶罐罐应锤而裂，掉落而下，一片破碎的声音。瓶罐之中的物品，也便散落一地，有草根，有树皮，有大大小小的籽颗。

严荍苓一边砸，一边大声地叫："什么治病！什么救人！什么治君！什么救国！见鬼去吧！统统见鬼去吧！"

金兵营帐中，完颜兀术靠坐在虎皮椅上，完颜兀术飞奔进帐，朝父亲扑来，跪倒在地。

完颜亨："父王，岳飞父子已经毙命！"

完颜兀术听了，一下子双眼发光，不由得哈哈大笑几声，说："好哇，岳飞，你到底先本王而死了！"

完颜亨："父王，是你的大谋大略，要了岳飞父子的命，从此，为我大金国的前进道路扫清了的障碍！"

完颜兀术："岳家父子，一代雄杰啊，可惜生不逢时，遇到赵构这么一位昏君，只好是心愿未竟，枉此一生！"

完颜兀术又说："要不为大金国早日一统天下，本王实在不屑用这种下三滥的手段取人性命，真正的男人，应该在沙场上驭马横刀，堂亮相见，激战三百回合，我杀了你，或者你杀了我，都心甘情愿。"

完颜亨："父王，岳飞死了，你好像并没有真正高兴。"

完颜兀术："没有了对手的世间，会让人感觉寂寞。"

完颜亨："父王，大金不会没有朋友，汉人都是我们的对手。"

完颜兀术："大金祖先完颜绥可要寻找的是天堂，不是战争。不管哪个民族，不管谁与谁，都不应该是对手。"

完颜亨："可是，要到达天堂，必须战胜阻拦的对手，杀出一条血路。"

完颜兀术："战争是暂时的，大金与宋，金人与汉人，相信会有一天，不再是对手，而是朋友。"

完颜亨："父王仁慈了。"

完颜兀术："是啊，可能本王老了。"

慈元宫中，吴皇后坐在椅间，从嬉在一旁陪伴。严荍苓和桂枝进来。只见严荍苓不再着公主盛装，而是换回了自己简朴的衣装，带着一只小包裹，上前跪在吴皇后跟前。在严荍苓的身后，还跟跪着桂枝。

严荍苓脸上不带表情，素而淡定，对着吴皇后说："母亲，我要走了。"

吴皇后惊问："瑷瑷，我的好女儿，你还想去哪里？"

严茯苓："离开宋宫，归返民间，回家去。"

吴皇后："孩子，你是父皇母后的骨肉，这宋室宫廷才是你的家。"

严茯苓："母亲，你忘了赵佛佑吧，她已经死了，我叫严茯苓，是一名来自民间的村姑，我要回去了。"

吴皇后："瑷瑷，你不能再狠心丢下父母！"

严茯苓："母亲，女儿心意已决，一定要离开这里，别怪我狠心，也别拦我，要是拦下我，我随时自绝宫中。"

吴皇后："你就忍心让母亲一个人孤老宫中吗？"

严茯苓："这宫中，有我的姐妹严娘娘，有旹弟和璩弟，还有从嬉姐姐，有他们陪着你，我放心。"

吴皇后："瑷瑷呀，娘亲的一颗心碎了几回了，你回来，娘亲总算心愈了，你一走，又要把娘亲的心给击碎。"

严茯苓从桂枝手里接过一件东西，交到吴皇后手上。

严茯苓："母亲，这张琴叫'和云'，你应该记得，当年康王府中，女儿和岳云哥哥在'和云'上合奏《故园春》，琴声感动了父亲，父亲便将这张琴送给了岳云哥哥。岳云哥哥后来与我在军营相遇，虽然他并不知道我的身份，但感动于我弹奏的琴曲，又把'和云'送给了我，我一直带在身边。今日我走以后，母亲要是想我，就抚摸这琴身，拨动琴弦吧，琴身，是女儿身，琴音，便是女儿的声音，见琴，如见女儿，就当女儿一直守在母亲的身边。"

吴皇后："可是女儿，你就不肯跟你的父皇说一声，道个别吗？"

严茯苓："希望母亲把女儿的话转告给他，就说，我与他今生今世，再不相见！"

严茯苓说完，起身要走。吴皇后也就只得掩面痛哭。

桂枝说："娘娘，你放心，我陪着茯苓，一生一世陪着，我会照顾好她的。"

从嬉："你们也放心，我也会生生死死陪伴着娘娘。"

严茯苓听着又返身回来，重在吴皇后跟前跪下，磕了个头。起身，又朝从嬉跪下，再磕了个头。

严茯苓和桂枝出来时，严才人和赵旹、赵璩都来了，与严茯苓她们互嘱珍重，盈泪道别。

终于，严茯苓和桂枝，告别众人，朝前走去。在严茯苓的背影中，赵构到达。

赵构问吴皇后："我们的女儿，就这样走了？"

吴皇后："是啊。"

赵构："从此安身民间，不再回宫？"

吴皇后："是啊。"

赵构："是朕伤了她的心，朕知道，朕把女儿的心给伤透了，再也挽不回来了。

吴皇后："就让她们去吧，她们有医技，更有仁心，民间百姓，需要她们。"

唐昌镇街头，一幢老宅门前又挂上了一块牌子，严家医馆。

街头，响起村民欢快的呼喊："严家医馆又开张了！严家医馆又开张了！看病吃药再也不愁了。"

有妇人接口："是严大夫又回来啦？回到唐昌了？"

村民："是严大夫的女儿，小严大夫，正坐馆候诊呢！"

妇人："去瞧瞧！"

众人："快去瞧瞧！"

严家医馆，严获苓坐在原先父亲严之慎坐过的诊桌前，微笑着，迎候着众乡亲。

朱三帖来了。白掌柜来了。强二来了。都来了。

有人便坐在诊桌前，说："严大夫，快给瞧瞧，我这肚子里胀，有三四天了。"

完毕，又一人坐上前，说："严大夫，我这病，哪里都不去瞧，就等着你们回来给治。"

严获苓不由得笑说："病怎么可以拖呢？"

村民："我就知道你们会回来的，乡亲们一直惦念你们，你们肯定也惦记着乡亲们，哪能不回来呢？"

众人："是啊是啊，我们都惦记你们，都快惦记成病了！"

都笑。

这时有人来报，说有个外地大哥来了，要找严大夫。以为也是病人，待人进来，一看，竟然是邓自明！

邓自明："终于找到你们了！"

严获苓："哥哥，你离开军营了？邓爹爹呢？"

邓自明听着，神色黯淡，说："金兵害死岳伯父和云哥哥之后，趁机起兵，血洗岳家军，我父亲和多位将领阵亡了。"严获苓听着，不免一阵哀伤。

桂枝安慰邓自明和严获苓："我们要好好的，让岳将军他们在天上看着放心。"

严获苓和邓自明，也都点头。而后，邓自明从怀里掏出两块物件，是双佩，一块是貔貅，一块是凤凰。他把其中的凤凰给严获苓佩上，另一块貔貅，他自己佩上。

邓自明说：“妹妹，你说过，让哥哥我有一天再替你戴上这玉佩，如今终于给你再戴上了，这是爹留给我们的，能保我们兄妹平安。”

严莜苓：“哥哥，严爹爹和邓爹爹，都与我们同在。”

正在这时，听到外面噼里啪啦的声音，出去一看，只见许多人一同走来，朝着严家医馆。一面走，一面点响着鞭炮。说是，给严家医馆送匾来了。一块墨底金字的大匾，上面四个大字，“杏林高义”。众人七手八脚把大匾抬过来，扛起来，悬挂在严家医馆的门楼上。说这匾是县令大人送来的。

严家医馆刚刚重新开张，县令大人就送匾来了？县令大人也来了。一看，这唐昌县令，倒是面熟。是谁？仔细一看，认出来了，原来是他！就是当年犯“尸厥症”，被严家父女所救的年轻人陈鹏呢！

陈鹏陈县令说他当年多亏严家父女，才能起死回生。后来向朝廷荐医有功，得了封赏，还给了个衙门中的小职务。一点点努力，一步步上升，如今竟然做到了唐昌县令。

都是旧识，都是故人。一时间，笑声欢愉遍布了山野小镇。

严家医馆门前再次响起鞭炮的时候，只见旧宅披红，门庭挂彩。是，一对新人结百年好合呢。

又是谁谁？原来是，邓自明和桂枝。

他们两个，一个是严莜苓义兄，一位是严莜苓的好友，生死好友，如同姐妹。这一兄一妹，在严莜苓的撮合之下，结为秦晋。

几年后，老宅中便多了几个蹦跳的小人。

以为这严家医馆，以及医馆中的大夫等人，将和唐昌镇上的打铁铺、茶叶铺、肉铺、当铺等等一样，与镇外渡口来了去，去了来的船只舟楫一样，与唐昌朝起暮坠，朝坠暮起的日月一样，成为小镇肉血连心的一部分。与小镇和小镇上的人们相伴，相守，相交，相融，相依偎，长长久久的。

可是有一天，严家医馆闭门了，馆里的人不见了。人呢？走了吗？

村民们一见，一个个捶胸顿足，号哭开来，都说：“严大夫走了，丢下我们了，以后再有三病两痛，找哪个医治呀？”这时候，看见一群孩童在蹦蹦跳跳，一个个拍着手，唱起来。

黄芪鳖甲地骨皮，芜菀参苓柴半知。地黄芍药大冬桂，柑橘桑皮劳热宜。

升阳益胃参木芪，黄连半夏草陈皮。苓泻防风羌独活，柴胡白芍姜枣随。

百合固金二地黄，玄参贝母桔甘藏。麦冬芍药当归配，喘咳痰血肺家伤。原来，医方与药用，都在孩子们的歌声里了。

据说，此后严苪苓等人行医的足迹到过唐州、邓州、随州、郢州、虢州、洮州、岷州、鼎州、潭州等等，最后定居在江西的信州。这信州，是邓自明的故里。邓自明的父亲邓元亮，曾在信州做过县令。

不为公主，只为良医，悬壶济世，留名田野阡陌。

而南北同存的宋廷与金国，日行月走，春来秋往，又画了怎样一幅百岁记年图：

绍兴十八年，金皇统八年，完颜兀术死。

绍兴二十五年，秦桧死。

绍兴三十二年，高宗赵构退位，赵眘即位，称孝宗。

是年，孝宗颁旨，平反岳飞冤案，追复少保、武胜定国军节度使、武昌郡开国公。

隆兴元年，金大定三年，宋军北伐，完颜亨死。

庆元二年，吴贵妃薨，严苪苓进宫为母奔丧。此时宁宗在位，即孝宗之子，称呼严苪苓为皇姑。钦赐严苪苓大宋第一女医官称号，并赐祭田十顷，作为不愿回宫皇姑的终身俸禄。葬礼后，严苪苓在邓自明及其子女陪伴下，拜岳王祠。

白发皓首的老人，在后辈搀扶下，一步步，走到将军像前，一拜，二拜，三拜。

是不是，在她严苪苓，或者也可以说在她赵佛佑的心里，又响起一个声音，一个依然脆脆亮亮的声音。

那声音，突破云霄，横亘数十载，绵长又真切，旷古而绝今。

叫一声，岳将军！

呼一声，云哥哥！

九天之上，会不会有应和？一定，有。

而在岳王祠外，秦桧和祸害岳家父子的数人被铸成了铜铁像，跪在一角。来往的人，拜过岳王，都忍不住朝秦桧唾上一口。严苪苓看着，长长地吐了口气。

隆裕五年，南海、香山等地出现瘟疫，严苪苓等医人赶赴疫区诊治，不幸自身染疾，而后救治不成，病亡。

严苪苓亡故之后，遵其遗言，就近安葬。

一代女医，一朝公主。医名严苪苓，原名赵佛佑。毕生行医，终身未嫁。

生于宫廷，死于草野。悬壶济世，仁爱开河。以民为天，生死关联。心怀家国，不折不挠。向忠立义，天地鉴心。故事传奇，有存有佚。坚贞品性，日月留颂。

千年之后，南国狮子山，山峻立，水淙流，草木掩映之下，一块风化斑驳的旧石碑，碑上刻着三个大字：

皇姑墓

注：近考，皇姑墓主人赵女，传说是宋高宗赵构之女，孝宗赵昚之姐，光宗赵惇之姑。时值宋室南渡，国势倥偬，兵荒马乱，皇姑流落民间，而获江西赣县令邓铣收养。

皇姑洞明人情世故，眷恋田园，不入宫廷，奏请埋首乡间，获光宗恩准。

据邓氏重修墓记记载，"宋淳祐五年（1245年二月初七），皇姑卒，享年87岁"，诏命官谕葬，并命当时的风水明师、大宋国师厉伯韶亲自主庚，选址造墓，立"坤申向之原"，赐祭田十顷。

皇姑坟历经明清两代三次重修，先后于1483年、1570年、1712年进行过重修。新中国成立后，墓室多次被盗，上盖已倒塌，在颓垣败瓦中仍可见墓室的砌砖。1988年，旅居香港的邓氏后裔捐款重修，在东莞文物部门的协助下寻回原墓碑，重整墓面，恢复原有的华表，并新建一座"宋姬亭"，新筑的道路直至墓前。现成为东莞市重点文物保护单位。

图书在版编目（CIP）数据

大宋女医官 / 张爱萍著. -- 北京 ： 中国文史出版
社，2018.11
（实力榜·中国当代作家长篇小说文库）
ISBN 978-7-5205-0852-0

Ⅰ．①大… Ⅱ．①张… Ⅲ．①长篇小说－中国－当代
Ⅳ．①I247.5

中国版本图书馆 CIP 数据核字(2018)第 265392 号

责任编辑：全秋生
封面设计：杨飞羊

出版发行：中国文史出版社
地　　址：北京市海淀区西八里庄路 69 号　　邮编：100142
电　　话：010－81136602　　81136603　　81136606 （发行部）
传　　真：010－81136655
经　　销：全国新华书店
印　　装：北京温林源印刷有限公司
经　　销：全国新华书店
开　　本：787×1092　　1/16
印　　张：21.75　　字数：340 千字
版　　次：2019 年 3 月北京第 1 版
印　　次：2019 年 3 月第 1 次印刷
定　　价：58.00 元